# 원교수가
# 日本에서 만난 사람들

### 일본인 기질 | 섬나라 근성

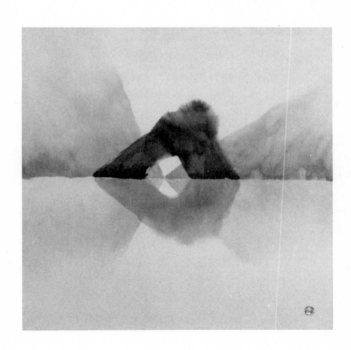

지구문학

국립중앙도서관 출판시도서목록(CIP)

원 교수가 日本에서 만난 사람들 : 일본인 기질 | 섬나라 근성 / 지은이 :
원도길. -- 서울 : 지구문학, 2015
   p. ;   cm

ISBN  978-89-89240-60-0  03810 : ₩20000

일본인[日本人]
자전적 수필[自傳的隨筆]
일본(국명)[日本]

818-KDC6
895.785-DDC23                                       CIP2015009286

# 프롤로그

몇 년 전에 써 놓은 일기장을 살펴보다가 이것 역시 일본에서 겪은 나의 즐풍목우櫛風沐雨의 또 하나의 기록이라는 생각이 들어 이 일기를 책으로 펴내면 일본을 잘 모르는 한국의 젊은 세대들에게 도움이 될 것 같아 출판을 결심하게 되었다.

이 일기 속에는 주로 일본 사람들의 생활과 문화·역사 등을 짧게 소개한 부분도 있고, 한 편으론 내가 K대학에서 20년간 교편생활을 하면서 많은 일본 사람들로부터 따뜻한 환대와 격려에 힘입어 열심히 한국 문화를 일본 대학생들에게 지도 강의한 내용이 있는데 나는 이런 나의 생활을 큰 보람으로 생각하며 지냈었다.

그런데 이상한 사람이 새 이사장으로 부임하면서 이해할 수 없는 개혁바람을 일으키는 과정에서 외국인 교수와의 갈등과 인권문제가 단초가 되어 서로 보이지 않는 가운데 견원지간犬猿之間이 되었다고나 할까. 그 내용이 그 해 일기에 고스란히 적혀 있는 것을 한국의 독자들에게 그대로 발표 공개함으로써 일본인의 장단점을 알리는 계기가 되었으면 하는 생각이다.

사실 일방적으로 당하다 보니 일본이란 나라는 약자를 보호하려는 국민의식보다 그들의 옛 관습에 따라 외국인을 대하려는 듯한 느낌마저 들어 그에 대한 원망과 분노를 생각나는 대로 글로 옮겨 보았다. 그렇다고 해서 일본 사람 개개인에 대한 감정은 전혀 갖고 있지 않다. 다만 그들이 일제 식민지 정치를 운운하며 잘했느니 어쨌느니 하는 일본의 우익 정치가들의 망언이나 또 외국인의 인권을 무시하고 면전에서 한국 사람을 얕잡아보는 오만불손한 일본 사람들과는 아무리 진지하게 대화를 하려 해도 소용이 없다는 것을 알게 되었다.

대다수의 양심적이고 상식적인 일본 사람들은 대체적으로 한국 사람을 좋아

한다. 혹시 역사를 왜곡하고 있는 일본 사람이 있다면 나는 그 누구와도 일대일의 대화를 통하여 그들 스스로가 한국을 이해하고 한국 사람을 좋아하는 일본인으로 변화시키는 노력을 게을리 하지 않았다.

어쨌든 이 일기문에 불행하게도 악당의 무리들이 등장하게 된 것을 유감으로 생각한다. 나는 그들을 통해서 그들의 행동거지와 타고난 습벽, 기질, 근성들을 헤아리게 되었고, 동시에 그들의 나쁜 습성을 통해서 새로운 인간상을 관찰할 수 있는 계기가 되었다고 생각한다.

한편 나의 남다른 이력으로 인하여 대학시절부터 훌륭한 일본인 교수(스승)들을 만날 수 있었던 것은 크나큰 행운이며, 대학에서 4년간 공부한 일본어를 통해 1945년 패전의 폐허에서 급속도로 성장 발전해 온 일본의 새로운 모습을 엿볼 수 있었던 것은 어쩌면 나에게는 큰 충격이었다.

1960년대 들어 당시 한국은 GNP가 100불도 채 되지 않던 시절이었고 박정희 정부는 외화가 없어 한·일수교를 조속히 체결하려고 한·일 배상청구권에 눈독을 들이고 있던 시절이었다. 대학생들은 매일같이 세종로 거리로 나와 한·일수교 반대데모를 할 즈음, 순간 내 머리에 번쩍 스친 것은 '이제 일본은 적국이 아니다' 라는 엉뚱한 생각이 떠올랐던 것이다. 흔히 정치가들이 쓰는 말 중에 '영원한 적도 영원한 친구도 없다' 라는 말을 되새겨 보는 계기가 된 것이다.

당장 그날부터라도 적을 친구로 만들기 위해서는 내가 먼저 이웃 일본 사람을 적대시해서는 안 되겠다는 생각을 갖게 되었다. 그리고 한·일수교 이전부터 일본 사람들과 교우관계를 맺으면서 그들과 자연스레 가까이 지낼 수 있는 노하우를 터득한 것이 훗날 그들로부터 호응을 받게 되었다고 생각한다. 동시에 그들과 허물없이 지낼 수 있었던 것은 나 자신이 순수하고 양심적인 사람이라는 믿음을 그들에게 보여주었기 때문이라고 생각한다.

이번 나의 자전적自傳的 일기를 통해 극소수의 몇몇 일본인을 비난했다고 해서 지금까지 내가 생각하고 있던 일본인관日本人觀이 바뀐 것은 절대 아니다. 다만 한국 사람(외국인을 포함)을 얕잡아 보는 비열하고 오만하고 독선적인 이익집단만은 규탄하고 싶은 심정이다.

　'미꾸라지 한 마리가 온 웅덩이를 흐려놓는다' 라는 속담처럼 못된 한 사람 때문에 많은 양심적이고 착한 일본 사람들이 심각한 오해에 휩싸여서는 더구나 안 될 일이다. 내가 4반세기 동안 일본에서 사귀어 온 수많은 일본 사람들 역시 양심이 바르고 온화한 성격의 소유자들이기 때문에 그 같은 일본 사람들을 나는 감히 품격과 식견이 있는 Good friend라고 말하고 싶다.

　또한 이번 체험적 일기를 통하여 조금이나마 지나온 나의 발자취를 더듬어 보는 계기가 되었다고 생각한다. 평양에서 태어나 어린 시절 단란한 가정을 이루어 살고 있을 즈음, 상상치도 못한 한국 전쟁으로 인하여 우리 민족은 동족 상잔의 비극을 겪어야 했고, 우리 여덟 식구가 반으로 갈라져 이산가족의 비극적 주인공이 될 줄 그 누구도 상상하지 못했을 것이다.

　나와 두 누나는 고아 아닌 고아가 되었고, 어머니는 과부 아닌 생과부로 헤어진 가족들을 기다리며 매일을 근근이 살아야 했다. 피난처는 더구나 낯선 타향이라 우리 가족들을 찾는 이도 없었거니와 오두막집에서 쓸쓸히 먼 고향하늘을 바라보며 매일 같이 향수를 달래기가 일쑤였다.

　하루는 어린 내가 피난처 장터에서 담배팔이를 하고 집에 돌아와 보니 어머니가 나에게 "너는 이제 학교에 가서 공부를 해야 한다"는 말을 하였다. 나는 어머니의 말이 믿어지지가 않았다. 언젠가 아버지와 형들을 만나면 평양에 돌아가서 그곳에서 다시 공부하리라고 생각하고 있었기 때문이다.

　지금 내가 이 자리에 설 수 있었던 것은 나에 대한 어머니의 교육열과 사랑이 있었기 때문이었고, 또한 우리를 굳건히 지켜준 것도 어머니의 경건한 신앙심이었다고 나는 믿고 있다. 어머니는 그 난리 속에서도 새벽이면 반드시 하나님께 뜨거운 기도를 올리셨다. 새벽마다 드리는 어머니의 기도소리를 옆에서 들으면 왠지 나도 모르게 마음이 느긋해지는 것이었다. 어머니의 기도문 중에서 "오늘날 우리에게 일용할 양식을 주옵시고" 란 성경구절을 떨리는 목소리로 간구할 적마다 나는 이불로 얼굴을 가리고 속으로 흐느끼기도 했었다. 어쨌든 어머니의 간곡한 기도가 하늘에 닿았던지 우리 가족은 긴 피난 생활을 굶지 않고 기적처럼 살아남은 것이다.

어머니가 실제로 교회에 나가게 된 것은 내가 고등학교를 다닐 때로 알고 있다. 그 당시 낮 예배에는 가게일 때문에 못나가고 밤에만 교회에 나가 예배를 드렸다. 어머니의 신앙심은 언제나 은밀히 하느님께 드리는 기도에 있었다고 생각된다. 그리 많이 배우지도 못한 어머니였지만 그 기도가 어린 자식들에게 감동을 주었던 것은 하나님의 샘물처럼 솟는 생명의 말씀이 어머니의 입을 통하여 구원의 말씀으로 내게 와 닿았기 때문이 아니었을까.

"심령이 가난한 자는 복이 있나니 천국이 저희 것임이요, 애통하는 자는 복이 있나니 저희가 위로를 받을 것이요, 긍휼히 여기는 자는 복이 있나니 저희가 긍휼히 여김을 받을 것임이요, 마음이 청결한 자는 복이 있나니 저희가 하나님을 볼 것임이요, 의를 위하여 핍박을 받은 자는 복이 있나니 천국이 저희 것임이라."

이 성경 구절(마태복음 5장)을 좋아하시던 어머니는 없는 살림에도 가난한 사람들에게 사랑을 베푸셨고 그들을 불쌍히 여기셨다. 또 물건을 훔친 사람을 불러 너그러이 용서하여 가까이 지내기도 했다.

"너희가 사람의 과실을 용서하면 너희 천부께서도 너희 과실을 용서하시니라"고 한 성경 말씀을 어머니는 몸소 실천하셨다고나 할까. 나는 일본에서 어쩌다 생각지도 않는 거짓말을 일삼는 사람들을 만나 혼자 고심할 적마다 돌아가신 어머니가 사무치도록 그리웠다. 나에 대한 어머니의 지극했던 사랑도 제대로 느껴 보지 못한 채 내 곁을 떠난 당신을 생각하니 이제야 풍수지탄風樹之嘆의 눈물이 온몸에 흐르는 듯하다. 필경 어머니가 살아계셨더라면 이 같은 어처구니없는 사건들은 일어나지 않았을 것이다.

그러나 어머니의 깊은 뜻을 헤아린 후에 비로소 내가 내린 결론은 '나 지금 모든 사람들을 용서하리라'고 마음을 바로 고친 일이다. 이제 나는 성서에서 '원수를 사랑하라'는 예수 크리스트의 말씀을 실천하는 자로 거듭나 세상에 빛을 밝히는 노생老生으로 하나님께 영광을 돌리고 싶다.

나의 실수는 어이없게도 많은 친구를 이웃처럼 가까이 지낸 일, 대학 동료 교수들의 신의와 우애를 믿었던 일들을 뼈저리게 후회하고 있다. 이제라도 어머니의 경건한 신앙적인 삶을 통하여 '용서'의 깨달음을 알게 되어 다행으로 생각한다.

나의 체험을 바탕으로 한 자전적인 이 일기문 274문장을 통하여 조금이나마 독자들에게 인생의 공부가 된다면 이 책값의 무게만큼 덜어지지 않을까, 하는 엉뚱한 생각을 해 본다.

날짜마다 위에 소제목을 붙여서 간결하고 일상적인 한자숙어와 외국어(일어와 영어 및 신조어新造語)를 사용하여 일기를 산문 형식의 다양성을 살리려 했으나 오히려 그것이 혼돈을 주지 않았을까 걱정스럽기도 하다. 어쨌든 비싼 대금을 지불하고 이 책을 구매하신 독자 여러분들께 고개 숙여 깊이 감사의 인사를 드린다.

2014년 12월 20일

저자

# 차례 Contents

# 6월

# 7월

# 차례 Contents

# 8월

# 9월

# 10월

# 11월

## 차례 Contents

# 12월

4월

# 온천향 벳푸

## 4월 1일 화요일

　날씨가 화창하다. 춥지도 않고 덥지도 않아 참으로 기분 좋은 봄날이다. 어딘
가로 훌쩍 떠나고 싶은 심정이다. 1박2일 코스의 온천향 벳푸(別府)라도 아내와
같이 다녀왔으면 싶지만 언제나 의욕만 앞설 뿐이다. 몇 년 전에 일본의 지인
들과 같이 창설한 국제봉사단체, 아시아 피스 피플(Asia Peace People - APP)의
일원으로서 한국 회원들이 일본을 방문했을 때 가까운 가와타나(川棚) 온천, 유
모토(湯本) 온천을 다녀온 지도 꽤 오래 되었다. 피부가 좋지 않은 나로서는 온
천욕이 피부건강에 좋다는 것을 누구보다 잘 알고 있다. 그러나 현실적으로 쉽
게 실행에 옮기지 못하는 것이 늘 마음에 걸린다. 대학에 몸담고 있는 자가 이
온천 저 온천을 찾아다니는 것이 남의 눈에 띄면 좋게 볼 사람이 어디 있겠는
가. 실제로 타인의 시선보다 시간적 여유가 없었던 것이 현실이다. 우선 K대학
으로부터 나에게 주어진 강의시간이 많았고, 여타의 국제적 이해와 유학생들
을 위한 볼란티어 활동으로, 때로는 일본 각 지역의 초청 강연으로 인해 나는
시간적 여유를 가지지 못했다. 내가 K대학의 교수로 초청되어 온 지 올해로 꼭
20년째가 되는 해이다. 돌이켜보면 꽤 오랜 세월 동안 K대학에서 별 탈 없이 달
려온 것은 내 주위에 있는 좋은 일본 사람들의 덕분이라 생각한다. '가깝고도
먼 나라'이기도 한 한국 사람인 나를 거리낌 없이 순수한 마음으로 맞아주던
불처사佛處土 같은 사람들이었는데 이분들이 요즘에는 내 곁에서 보이지 않는
다. 왜일까? 그도 꽤나 세월이 흘러서 그런지 그간 유명을 달리 하신 분, 70세
가 되어 낙향한 퇴직교수들, 그리고 할애割愛 되어 타대학으로 자리를 옮겼거
나 수년 전 자국으로 귀국한 외국인 교환교수들이 왠지 그리워지는 요즘이다.
교수진은 거의가 일본인 교수들이지만 중국인과 인도네시아 사람, 미국인들이
내게 베풀어 준 친절과 은덕은 백골난망白骨難忘이라 할 정도다.

# 조선족 유학생

## 4월 2일 수요일

맑음. 오전에 유학생과의 상담이 있어 미리 연구실에 나갔다. 약속 시간에 H 학생이 노크하고는 얼굴을 살짝 디밀어 보이더니 "선생님, 안녕하세요"라고 인사를 한다. 몇 달만의 만남이다. 나는 그 학생을 보는 순간 좀 놀랐다. H학생 은 중국 심양沈陽에서 온 조선족 여학생이다. 아주 얌전하고 공부도 꽤 잘하는 학생이다.

그런데 오늘 그녀의 모습은 그전과는 많이 달라져 있었다. 화사한 옐로 투피 스 차림으로 평상시의 모습과는 너무도 딴판이었다. 그녀가 3학년 때 나의 제 미 Seminar, 'crossing culture communication'에 참가할 때는 늘 블루진 차 림이었는데 오늘은 180도 변신한 하이패션이다.

"아주 예쁘군." 이렇게 말하자 그녀도 수줍은 듯이 빙그레 웃는다. 그녀가 나 를 만나자는 이유는 지난 3월에 대학졸업을 했으니 자기는 중국으로 돌아간다 는 것이다. 귀국 인사차 신세진 선생님들을 만나 뵙고 내주에는 심양행 비행기 를 탄다고 했다.

랴오닝(遼寧)대학에서 일본어를 전공한 학생이라 K대학에는 곧바로 3학년으 로 편입했다. 2년 동안 일본 친구들을 많이 사귀었는지 일본어는 곧 잘 했다. 그러니까 그녀는 졸업과 동시에 한국어 중국어 일본어 3개 국어가 능숙하니 그 야말로 '트라이 링거리스트'인 셈이다.

대화를 나누다 보니 12시가 지났다. 나는 근처에 있는 레스토랑에 가서 그녀 가 좋아한다는 '나가사키 짬뽕'을 시켜 먹으면서 일본에서 경험한 얘기들을 나누며 지난 2년을 돌아보았다. H학생은 귀국하면 우선 취직을 해야 한다고 강조했다.

그녀는 장녀라서 가정에서도 책임이 크기 때문에 취직자리로 무역회사든 호텔이든 가리지 않는다면서 갑자기 표정이 굳어졌다. 그녀의 집안 사정에 대해 미주알고주알 묻는 것은 실례일 것 같아 나는 입을 다물었다. 젊은이의 프라이 버시를 잘못 건드리면 마음에 상처를 줄 수도 있기 때문이다.

나는 언뜻 그녀의 얼굴 표정에서 정지情地가 엿보이는 것 같아 측은지심惻隱之心이 들었다. 식사를 마치고 헤어질 때 그녀는 내게 자작自作 명함을 건네주면서 환한 얼굴로 '선생님, 중국에 오시면 꼭 전화 주세요.' 라는 말을 남기고 길 건너 기숙사 쪽으로 달려갔다. 나는 손을 흔들어 보이며 제자의 행운을 빌었다.

연구실에 다시 돌아오니 전화벨이 울렸다. 대전에 사는 윤대영 동문이었다. JP(김종필) 초청강연 문제로 그 분의 연락처를 친구에게 부탁했었다. 친구도 백방으로 수소문해 보았으나 전화번호를 알 길이 없다면서 국회의원을 지낸 고교 후배 이양희 씨가 잘 알 것이라며 그의 전화번호를 대신 알려 주었다. 매번 내 말을 잘 들어주니 참 고마운 친구다.


# 난고손(南鄕村)의 백제 후예


### 4월 3일 목요일

아침에 일어나니 마당 한쪽에 자목련紫木蓮 꽃망울이 아름다운 자태를 뽐내듯 피어 있다. 우리 작은집과 함께 오랜 세월을 같이 지내온 목련, 목련화는 비바람에 약할 뿐더러 그 생은 매우 짧아 아쉽기만 하다.

어제 친구로부터 받은 전화번호로 서울에 전화를 걸었다. 마침 후배 전 국회의원인 이양희 씨가 나를 알아보았다. 자초지종을 설명하고 JP를 K대학에 초청하고 싶다고 하니 그도 한·일 친선에 큰 도움이 될 것이라 환영한다고 했다. 그는 우선 우리 NPO법인 APP에서 정식으로 초청장을 보내주면 자기가 직접 교섭을 해 보겠다고 했다. 나는 JP와 직접 전화로 말씀드릴 생각이었는데 의외의 반응이었다. 할 수 없이 그렇게 하겠다는 답을 전하고 전화를 끊었다. 무슨 일이든 일단 시작을 하면 크든 작든 벽에 부닥치기 마련인가 보다.

저녁에는 몇 달 전부터 쓰던 논문을 마무리 짓기 위해 자료를 재정리하였다. 나는 구마모토(熊本) 방언과 우리 카라음(韓音)과의 관계는 7세기 백제의 멸망에서 기인한다고 주장하고 있다. 나당羅唐연합군에 맞서 백제군을 지원하던 일본군과의 전쟁 즉, 백촌강白村江 전투에서 백제군이 전멸하자 백제궁의 궁녀들이 부여의 낙화암에 올라 벼랑 아래로 몸을 던졌다는 슬픈 전설처럼 백제의 왕족을 비롯해 나라를 잃은 수많은 백성들이 거룻배에 나누어 타고 현해탄을 건넜다는 역사적 사실을 우리는 알아야 한다.

한국 사람이면 누구든지 구마모토 방언을 들어보면 우리말의 잔재가 그 말끝(終止辭)에 어렴풋이 묻어 있다는 것을 느끼게 될 것이다. AD. 660년 백제의 패망으로 백제 사람들은 '출애굽기'에 나오는 홍해의 기적 같은 또 하나의 엑소더스 즉, '출백제기出百濟記'를 연출을 하지 않을 수 없었던 황급한 상황에 놓여 있었던 것을 누구도 부정하지는 않을 것이다.

일본고대시가집인 '만요슈(萬葉集)'에 나오는 가인歌人 중에서 유명한 '야마노우에노오쿠라(山上憶良)'는 백제인의 후예라 전해지고 있다. 아버지 억인憶仁은 백제궁궐의 시의侍醫였으며 오쿠라가 어릴 때 난리가 나자 가족들은 목선을 타고 규슈(九州)로 피란을 하였다고 추정하고 있다. 그는 나이가 들어 천재적인 가인이 되었고 결국에는 일본에 귀화했다는 기록이 남아있다.

당시 망망한 바다를 떠돌다가 겨우 규슈 서부 해안에 도착한 많은 백제인들은 규슈 토착민들과 풍습도 다르고 언어도 달라 아마 그들은 사람이 살지 않는 심산오지를 찾아 짐짓 토착민들과 동떨어진 곳을 찾아 다녔을 것이다. 그러면서 바다를 건너온 도래인渡來人으로 정착하게 되고 자연스레 원주민들과 접촉을 통하여 고대 일본 토착어를 익혔다고 본다. 일본 사투리 중에서 특이한 구마모토 벤(弁)은 백제어 즉, 카라(韓) 언어가 짙게 남은 방언으로 추정된다. 더욱이 미야자키(宮崎)현의 한촌, 난고손(南鄉村, 현재 美鄉町) 사람들은 자기들 고향은 백제라며 백제의 영가왕 전설을 믿고 있으며 매년 백제신사에 모여 조상을 숭상하는 제사를 지내고 있다. 그리고 지금도 그곳 촌민들은 자자손손 백제의 후손으로 남는 것을 자랑스럽게 생각하고 있다.


# 촉탁교수


### 4월 4일 금요일

K대학 주변의 벚꽃 길목(사쿠라 토리)은 연분홍 꽃잎들이 눈보라처럼 흩날리고 있다. 벚꽃은 한 번에 피어났다가 바람과 함께 한꺼번에 사라지는 가련한 꽃인가 보다.

오후에 연구실로 출근했다. APP이사회의 준비 때문에 기야루리코(木八) 이사가 찾아왔다. 이달 안에 이사회를 조기에 열어야 한다고 힘주어 말을 한다. 이사회를 열지 않으면 9월로 기획한 JP초청강연계획은 어려울 것이라고 한다. 나도 그 말이 지당하다고 생각되어 루리코 이사에게 맡기기로 하고 후쿠오카 현청(福岡縣廳)에 보조금 지원 신청을 서두르라고 지시했다.

강연회 주최에 관해서는 그녀가 처음부터 자신 있게 추진할 의사를 보였기에 다른 이사들도 믿고 그냥 동의한 셈이다. 이사장인 나로서는 JP와 연락을 취해 정식으로 초청장를 보내면 그것으로써 나의 몫은 일단락될 것 같다.

퇴근할 무렵 전화가 왔다. 야시(屋司) 학부장이다. 신학기가 되었으니 사령장辭令狀을 받아가란다. 일본의 대학에서는 4월 1일부터가 신학기인지라 3월 말일까지 교직자에게 각각 사령장을 전하는 것이 관례처럼 되어 있다. 학부장실은 대학 본관 2층에 있으며 교수 연구동楝과는 좀 떨어진 곳이다. 나는 퇴근하는 길에 학부장실에 들렀다. 나보다 나이가 대여섯 살 젊은 학부장인데 머리가 백발이요 주름도 나보다 더 많다.

학부장실의 문을 노크하고 들어가니 학부장은 나를 기다렸다는 듯이 빙긋 웃더니 곧바로 사령장을 전하면서 "선생님 올해도 잘 부탁합니다"라 말하고 바로 사령장을 내게 건네주었다. 사령장을 살펴보니, 66세가 된 올해부터 촉탁嘱託교원으로 내년 3월 31일까지 1년 간 임명한다고 적혀 있었다. 나는 슬며시 "앞으로 촉탁교수는 몇 년을 할 수 있을는지…" 이렇게 지나가는 말로 물어보았다. 그러자 "글쎄요" 하더니, "올해는 신입생 수가 작년보다 좀 나은 것 같아요." 학부장이 의외의 대답을 하였다. 그 말은 마치 자기 과시를 하는 듯 보였다.

나는 얼마 전에 작년보다 신입생이 줄었다는 말을 입시담당자에게서 들어 알고 있다. 학부장실을 나오면서 그의 태도가 이전과는 좀 달라졌다는 느낌을 받았다. 먼저 너른 방에 팔짱을 끼고 찍은 자기 상반신 사진을 몇 장이나 크게 붙여놓은 것이 마음에 거슬렸다. 한 마디로 거드름을 피우듯 불손한 모습에 역겨움마저 느꼈다. 조금 윗자리에 올라갔다고 으스대는 모습은 교수회의를 진행할 때에도 마찬가지다. 어느 교수가 일을 잘못하였거나 말실수를 하면 그 자리에서 면박을 주어 꼼짝도 못하게 얽어매 놓으려 한다. 이것이 일본의 수치문화라면 한국 사람들은 좀 이해가 되지 않을 것이다. 그가 예전과 위치가 달라졌다고 그에게 시야비야是也非也 따질 것도 없지만 하여튼 지난 정을 모르는 인간이 되어서는 안 된다.

# 박수 받는 스피치

### 4월 5일 토요일

오늘은 신입생들을 맞이하는 입학식 날이다. 날씨도 좋아 입학식장인 체육관은 개회식 시간이 다가오자 새 옷으로 산뜻하게 단장한 학생들과 학부모님들이 꾸역꾸역 모여들었다. 10년 전만 해도 천여 명의 정원이 넘칠 만큼 인기가 대단했던 K대학이 그 후 해마다 정원이 줄었으며 올해도 정원을 채우지 못해 헉헉대고 있는 실정이다.

오늘도 600명이 채 안 되는 신입생을 모아놓고 입학식이 시작되었다. 먼저 일본의 국가인 '기미가요'를 제창하는 순서가 들어있다. 한때는 일본천황의 치세治世를 찬양하는 노래라 하여 대학과 학교장의 생각에 따라 식순에서 이 '기미가요'를 빼고 식을 진행하는 학교도 적지 않았다. 그런데 여러 나라에서 초빙된 외국인 교원이 많은 이 대학에서 천황을 찬양하는 이 노래를 꼭 불러야만 하는지 학장 이하 지도층에서는 조금이나마 외국인의 정서를 생각해 주었으면 하는 바람은 예나 지금이나 마찬가지다.

"그 나라에 가면 그 나라의 풍습에 따르라"는 말을 곧잘 하는 일본 사람들, 솔직히 말해 우리나라는 다른 나라와 달리 36년간 일제의 강압적 지배를 받아온 민족이어서 그런지 '기미가요'의 노랫소리가 주위에서 세차게 들려올 때면 나는 온몸에 찬 물을 끼얹는 듯한 소름이 끼친다. 어느 중국인 선생도 졸업식이나 입학식 때에 그 '기미가요'를 들으면 나와 같이 비슷한 느낌을 일으킨다고 말한다.

오후에는 언제나 그렇듯이 학부형들을 강당에 모아놓고 각 학부별로 교수들이 자기소개와 함께 자기의 담당과목을 학생들에게 이렇게 지도하겠다는 소신을 밝히는 스피치 시간이 있다. 나이가 많다고 해서 나를 제일 먼저 강단에 세운다. 나는 한국이 가까운 나라인 것을 알리기 위해 입을 열었다.

"여러분 만나서 반갑습니다. 나는 한국어와 한국문화, 역사를 맡고 있는 사람입니다. 후쿠오카(福岡)에서 비행기를 타면 40분 안에 도착하는 김해공항, 또 고속정 비틀(Bettle)호를 타면 부산터미널에 3시간 만에 닿을 수 있을 뿐만 아니라 신칸센(新幹線)과 같은 한국의 신생 KTX고속철을 타면 부산에서 서울까지 3시간에 갈 수 있습니다. 한국의 산하는 예부터 아름답기로 유명하여 금수강산이라 부르고 있으며, 또한 한국의 스타 '욘사마'를 만나러 일 년에도 수차례 서울을 찾는 '오바상(아주머니)'들이 얼마나 많은지 여러분들은 알고 계십니까? (웃음소리) 지금 웃은 부형들은 가족 몰래 '욘사마'를 만나러 한국에 가본 경험자가 아닌가요?(폭소) 20년 전 정말 제가 이 K대학에 처음 부임했을 당시 한국은 '연사마'도 없었고, '이병헌'도 없는 가난한 나라였습니다. 그런데 지금은 현해탄 건너편에 전개되는 아시아 대륙의 관문 부산항은 세계의 5대 수출항이 바뀌었습니다. 그리고 지금 그 곳에 살고 있는 정 많은 사람들은 참으로 일본 사람들이 생각하는 것보다 잘 살고 있습니다. 학부형 여러분! 언제든지 시간의 여유가 있을 때는 일의대수─衣帶水의 가깝고도 가까운 나라, 한국 땅을 한 번 밟아보는 것도 좋은 추억이 될 것입니다. 나는 여러분들을 믿습니다. 부디 한 번 한국 여행을 가족들과 함께 다녀오시길 부탁드립니다. 감사합니다."

　(박수) 신입생 입학식 날 학부형들로부터 박수까지 받으니 기분이 좋을 수밖에……

# 자작시, 벚꽃

## 4월 6일 일요일

날씨가 벚꽃처럼 화사하다. 기타큐슈(北九州) 시내 어디를 가도 벚꽃이 만발해 눈이 부시다. 내 자작시를 일기에 적어본다.

> 한 서리 큰 눈송이 아스라한 하늘
> 구름 꽃 안개구름 봄바람 길녘
> 생가지 벚나무 뻗어나는 가지 끝
> 가지마다 꽃 잔치 봄눈꽃송이
> 꽃잎마다 햇빛 닮은 연분홍 도원桃源
> 꽃잎마다 달빛 닮은 새하얀 설원雪原
>
> – 如江 作詩 –

벚꽃은 안개처럼 피었다가 사라진다. 꽃이 너무도 황홀하고 혼란스러워 사람이 숲속의 이매魑魅가 되기도 하고 망량魍魎이 되기도 한다. 안개가 짙게 뒤덮인 산앵림山櫻林 속에서는 사람은 더 움직일 수가 없다. 잘못 움직이다 헛발이라도 짚으면 낭떠러지를 거꾸로 떨어질 수 있기 때문이다. 소리를 질러도 소용이 없다. 안개 속에서 절규는 겹겹이 연막을 치고 있기 때문에 사람들 귀에는 SOS의 목소리는 메아리치지 않는다.

오후에 아들의 차를 타고 아내와 함께 벚꽃이 만발한 시립 미술관에 가 보았다. 산등성이에 위치한 미술관은 고즈넉한 곳에 자리하고 있어 시민들의 휴식처로도 널리 알려져 있다. 관내를 들러보니 생각지 않은 밀화密畵가 전시되어 있었다. 오랜만에 찾아온 미술관에서 오랜만에 보는 용필침웅用筆沈雄한 대형 그림은 나의 시각을 충분히 자극시켰다. 아내도 아들도 연달아 감탄한다. 구내

에 있는 카페에 들어가 커피를 마시며 창 너머 울창한 벚꽃을 물끄러미 내려다
본다. 서녘에 붉게 지는 해를 바라보며 우리는 미술관을 나왔다.


# 혐오 근성


### 4월 7일 월요일

아침 자리에서 일어나니 방안 공기가 싸늘하다. 며칠 전부터 묽은 콧물이 자
주 나온다. 꽃잎이 지는 계절이면 으레 코가 근질근질해 온다. 비염인지도 모
른다. 시간이 있을 때 이비인후과에 가봐야겠다. G생명보험회사로부터 전화가
왔다. 3월 말일로 일단 만기일이 지났으니 계약이 자동으로 해지가 되었다고
한다. 그리고 배당금을 통장으로 입금시켰다면서 확인을 하라고 했다.

오늘도 신학기 수업 준비와 논문자료 수집 등으로 바쁘다. 연구실에서 간단
히 빵으로 저녁식사를 하고 여느 때와 마찬가지로 산책에 나섰다. 대학교 캠퍼
스를 돌아 야하타(八幡)역 앞을 돌아오면 땀이 날 정도로 기분이 좋다. 운동을
하지 않으면 몸이 무거워지는 느낌이 들어 나는 거의 매일 같이 산책을 한다.
최근에는 혈압뿐만 아니라 당뇨도 있어 신경이 쓰인다. 당뇨 약을 먹기 시작한
것은 2년 정도 되었지만 특별히 이렇다 할 증상이 없어 스스로 위로하며 지낸
다.

산책길에서 제자 고즈에 양과 나오 양을 만났다. 오래 간만이라고 소란을 편
다. 구마모토에서 온 고즈에 양도 사가현의 카라츠에서 온 나오 양도 3년 동안
나의 과목들을 이수한 내가 아끼는 학생들이다.

일본 사람들은 대체적으로 '스키, 기라이'(likes or dislikes)가 분명한 사람들

이다. 예컨대 일본 사람과 사귀다 보면 한국 사람을 좋아하는 사람과 싫어하는 사람이 극명하게 나타난다. 그렇다면 상대방이 나를 좋아하는지 싫어하는지를 알려면 손쉽게 악수를 해 보면 안다. 가령 처음 일본 사람과 만나 "나는 한국에서 온 ○○○입니다"라고 했을 때 그저 빙긋이 웃으며 멀뚱히 손만 내미는 사람은 한국인을 싫어할 확률이 높다. 다시 말해 혐한파嫌韓派라 해도 좋을 것이다. 그러나 손을 꽉 잡아주며 악수하는 사람은 정열적이고 사교성도 많아 일단 외국인을 좋아하는 국제파國際派로 간주해도 좋다.

그러나 일본 사람 중에는 특정한 나라를 싫어하는 사람도 꽤 많다. 예를 들어 한국 사람은 좋아하지만 중국 사람은 싫어하는 케이스이다. 그 반대의 케이스도 있다. 개인의 성격과 사회 환경에 의해 '스키, 기라이'를 무 자르듯이 딱 갈라놓고 친소관계를 이어가는 모습들을 보아왔다. 이 같은 외국인을 까닭 없이 싫어하는 혐오근성嫌惡根性은 시정돼야 한다고 생각한다.

지금은 메이지(明治)시대가 아니다. 지구촌 사람들이 서로 이웃 나라를 제 나라처럼 넘나들고 있는 글로벌시대에 살고 있다. 그런데 외국 사람이 가까이 사는 것을 꺼려하는 우졸愚拙한 일본 사람이 있다면 너무 서글픈 일이 아닐 수 없다.

# 또순이 유학생

### 4월 8일 화요일
APP이사회가 이사들과 점심을 겸해 내 연구실에서 열렸다. 7명의 이사와 감사가 모두 참석했다. 작년 1년간의 국제교류사업 보고 및 회계결산 보고도 있었다. 2000년 4월에 출범한 이 국제교류와 국제봉사사업은 뜻을 같이 하는 일본 사람들과 손을 잡고 활동하고 있다. 나는 가깝게 지내는 지역주민들과 APP 창설 상담을 받았다. 대부분의 상담자들은 이전에 내게 한국어를 배운 제자들이었으며 그들은 현역 직장인과 퇴직자들이었다. 그들은 나의 국제 볼런티어 정신에 모두 동의 찬성하면서 NPO법인으로 현청縣廳에 등기할 수 있었다. 이 모임의 주 목적은 국제 친선교류와 외국인 유학생을 돕는 장학사업 등이다.

처음 몇 년 동안은 기금도 부족하고 해서 장학생을 3명만 뽑았다. 그때만 해도 중국, 몽고, 한국에서 온 유학생들이 태반이었다. 그 당시는 일본의 경기가 좋지 않아 유학생들의 아르바이트 자리가 흔치 않았다. 그런 이유로 대부분의 유학생들은 대학 기숙사에서 궁색하게 지내면서 어려운 캠퍼스생활을 해야 했다. 어떤 유학생은 공부보다 아르바이트에 맛이 들려 아예 밤낮으로 돈벌이에 나선 유학생도 있었고, 또 어떤 여학생은 대학 강의는 듣지 않고 스낵바(술집)에 나가 작부로 일하면서 고국의 부모님께 매달 생활비까지 송금하는 또순이 유학생도 있었다.

대학 강의에 나가지 않으면 자연히 결석 일수가 많아지고 그러면 대학에서 퇴학당하게 되고, 그러면 체류비자가 끊기게 되어 결국은 불법체류자 신세가 되어 전국 각지를 도망 다니다가 재수 없이 경찰에 붙잡히게 되면 영락없이 고국으로 추방되고 만다.

처음 나는 그런 학생들을 돕기 위해 NPO법인을 출범시켰으나 10년이 지난 지금 생각해 보니 숫자로는 작으나마 50여 명의 유학생들에게 매년 매달 장학금을 지원해 주었다는 것을 생각하면 지금도 가슴이 뿌듯해 온다. 볼란티어 사업은 우리 임원 및 여러 회원들의 봉사정신이 없었더라면 어찌 이 어려운 일들을 이룰 수 있었을까. 지난날을 뒤돌아보게 된다. 그 동안에 APP운영을 둘러싸고 회원들간의 의견충돌과 우여곡절迂餘曲折도 없지 않았으나 앞으로는 그런 불협화음이 일어나지 않기를 바랄 뿐이다.

오후에는 바둑(圍碁 - igo)대회에 참석하기로 약속이 되어 있다. 부산에 있는 '바둑동호회' 에서 8명의 회원이 기타큐슈시를 찾아온 것이다. 일본 측, 야노

(矢野) 회장이 한·일 바둑친선시합을 주선한 것이다. 모임은 구로사키(黒崎)에 있는 Y회사의 무도관에서 있었다. 한·일 두 나라의 회원들이 20여 명이 모여 있었다. 나는 자신이 없어 한참 구경을 하다 뒤늦게 바둑돌을 잡았다. 한국팀은 모두 유단자라고 일본팀 간사가 귀띔을 해 준다.

나는 두 번 다 접바둑을 두었는데 모두 패하고 말았다. 대마불사大馬不死란 말은 하급수인 나에게는 통하지 않았다. 수를 제대로 읽지 않고 상대방을 집중 공세를 한 것이 나의 패배의 원인이 아닌가 싶다. 시합이 끝나고 가까운 지정 식당에서 저녁식사를 하면서 한국의 여러 사정을 들을 수 있었다.

식후에는 한국 회원들과 어울려 가라오케(karaoke - 노래방)도 즐겼다. 밤이 늦어 내년에는 한국에서 만나기로 약속하고 부산 바둑동호회 회원들과 아쉬운 작별을 해야 했다.

# 멸사봉공의 정신

### 4월 9일 수요일

오늘은 한국에서 국회의원을 뽑는 총선이 있었다. 나는 별다른 관심이 없어 정치와는 거리가 있어도 나라를 걱정하는 마음은 그들 못지않다고 자부한다. 지금 우리나라가 경제적으로 이 정도의 비약이 있었던 것은 50대 60대 세대들의 피나는 노력과 헝그리(hungry) 정신이 있었기에 지금의 이 나라로 우뚝 서 있는 것이 아닌가 생각해 본다. 이명박 대통령이 소년 시절 어머니로부터 배운 풀빵장사를 했다는 경험담은 기성세대에게는 그리 감동을 주지 못한다. 그 당시에는 열 명이면 7, 8명이 이미 그런 배고프고 서러운 경험을 수없이 했기 때문이다.

밤늦게 선거 결과가 보도되었다. 한나라당이 153석, 민주통합당이 81석, 자유선진당이 18석을 차지했다. 한나라당이 과반의 의석을 얻었으니 앞으로 국정은 무난히 잘 헤쳐 나가리라 믿어진다. 나는 개인적으로 이 정부에 기대를 해 보고 싶다. 왜냐하면 지금까지의 역대 대통령이 국민의 기대와는 달리 국민들로부터 절대적인 호응을 받지 못한 것이 사실이기 때문이다. 대통령의 치적이 국민의 눈높이에 닿지 못하니 흔한 말로 일국의 국부國父가 국민들로부터 존경을 받지 못한다는 점이다.

참으로 '인간성 투시기'가 발명되었다면 나쁜 정치인들은 사전에 아웃되어 선거에 나올 수가 없을 것이다. 마음이 깨끗하고 양심적인 사람이 대통령이 되고 또 국회의원이 되었다면 이미 우리나라는 'a small spot of paradise in the east Asia'(동아시아의 소천국小天國)을 이룩했을 것이다. 전쟁이 없고 온 국민이 평화스럽게 살기 위해서는 한 나라의 지도자는 숭고한 멸사봉공滅私奉公의 굳은 정신력이 따라야 한다고 생각한다.

# 한국어 전도사

### 4월 10일 목요일

오늘은 규슈(九州)치과대학에서 처음 한국어 수업이 있는 날이다. 이 대학에서도 한류 바람이 봄과 함께 불어온 듯하다. 외국어로 영어와 독일어만 있던 대학이 한국어와 중국어를 처음으로 도입하여 개설하였단다. 나는 이 대학과 아무 연줄이 없다. 그런데 지난 가을에 다무라(田村) 사무주사主査가 사무장을 대동하여 내 연구실에 찾아왔다. 꼭 한국어 강의 2코마를 맡아달라면서 고개 숙여 청원하였다.

지금까지 여러 타 대학에서 비상근非常勤 강사講師로 수업을 맡아 왔지만 이렇게 정중하게 강의청탁을 받기는 치과대학이 처음이었다. 실은 작년 3월에 다른 대학의 출강을 모두 접은 상태이다. 우리 K대학에서 한국어와 한국 문화 · 역사 그리고 외국어 커뮤니케이션 '제미' 만 맡아도 일주일에 7강좌가 넘는다. 거기에다 다른 대학 강의까지 두 세 코마를 담당하게 된다면 체력이 달리는 것이 사실이다.

10년 전만 해도 그때는 싱싱 뛰어다니며 수업을 해냈으며 한국을 일본 대학생들에게 소개하는 것만으로도 그저 즐거웠다. 같은 도시에 있는 대학이라면 차로 어디나 30분 이내로 닿을 수 있으니 문제가 안 되지만 60킬로나 떨어진 후쿠오카(福岡)까지 가려면 여간 힘든 일이 아니다. 전차를 타고 가서 다시 지하철을 갈아타고 F대학에 닿으면 거의 왕복 4시간을 허비해야 한다.

강의실에 들어가 강의를 연속 2코마(1코마 90분) 수업을 마치고 나면 힘은 들지만 일본 학생들에게 한국어를 가르친 것 자체가 나에게는 되레 큰 보람으로 느껴졌다. 하루 왕복 4시간을 통근시간으로 허비하는 것이 좀 아쉽다. 지하철을 타고 다시 쾌속전차로 바꾸어 타기 위해 기다리며 플랫폼에서 사람들과 몸을 부딪쳐 겨우 좌석을 차지하면 갑자기 온 몸에 피로감이 확 몰려와 두 정거장도 채 못가 나는 바로 졸기 시작한다. 그냥 깜박 잠을 자다 하차할 역을 지나칠 때면 어이없이 혼자 웃으며 급히 다음 정거장에서 내린다.

오늘 첫 수업은 한국 사람의 인사법부터 시작해서 한글의 역사와 그리고 한글의 모음과 자음을 소개하면서 한국어와 일본어의 유사점을 설명해 주었다. 수업을 마치고 1층 현관문을 나설 때 몇 년 전에 S대학으로 적을 옮긴 모리야(森谷) 선생을 우연히 만났다. 몇 년 전만 해도 같은 대학에서 가까이 지내던 동료였다. 그녀도 이 치과대학에 출강하여 인류학을 가르치고 있다고 했다. 만나서 반가웠다.

# 초지일관의 신념

## 4월 11일 금요일

날씨가 맑고 온화하다. 우리 K대학은 내주부터 개학이다. 신입생 숫자가 작년보다 줄어들었다고 대학 경영진이 괜한 교수들을 들볶을 것 같아 마음이 편하지 않다. 각 분야에 전문적인 실력과 교수진이라 선전을 해도 우수한 학생이 오지 않으면 모두 도루묵이다. 공부 안 하는 학생을 데려와 놓고 공부 잘 하라고 열심히 가르치고 보충수업을 해 봤자 나무접시가 놋접시 될 리가 없다.

나는 이 대학이 외국인 유학생 모집에 열중하는 모습을 보고 뒤늦게 교육방침이 잘못되어 간다고 생각했다. 돈을 들여 수천 리 밖에 있는 외국 학생들을 데려다 머릿수만 채워 정부로부터 보조금만 받아내려는 얄팍한 꼼수 경영이 마음에 들지 않았다. 맛 좋은 식당은 시골 밭 언덕배기에 차려 놓아도 손님이 모이는 것처럼 좋은 학교로 이름이 나면 유학생들도 스스로 이 대학을 찾기 마련이다.

20년 전 신설 국제상학부 - 지금은 국제관계학부가 이 K대학에 들어설 때만 해도 유명한 교수들이 많이 있었다. 그런데 지금은 그렇지 못하다. 미래의 비전이 보이지 않는 대학은 학생들보다 선생들이 먼저 자리를 뜨는 경우가 많다. 모리야 선생도 그런 케이스였지만, 최근에 경영진과의 갈등 때문에 다른 대학으로 옮긴 일본인 교수도 몇 있다.

이제 나는 무엇인가. 이 나이가 들도록 바르게 이 자리를 지켜온 내가 아니던가. 내가 이 K대학에 처음 부임할 때 '나는 K대학과 같이 한다' 라며 초지일관 初志一貫으로 살아온 것은 당시의 야스다(安田弘) 이사장이 내게 던진 말 한 마디 때문이었다.

"선생님, 오래오래 이 대학에서 분발해 주세요. 우리 대학은 70세가 정년이니까요."

그 말이 아직도 내 머리에 쟁쟁하다. 저녁에 다데후지(立藤) 씨로부터 내일 '한글회화모임'을 15일로 미뤄야겠다는 연락이 왔다. 무슨 일이 생겼나 보다. 저녁에는 세 집 건너 이웃에 새로 이사 온 요시다(吉田) 씨댁 부인이 따님과 함께 뭔가 선물을 들고 인사차 우리 집을 찾았다. 앞으로 잘 부탁한다며 깍듯이 인사를 한다. 부녀간의 인상이 퍽 좋아보였다.


# 희망을 항아리에 담아라


### 4월 12일 토요일

흐림. 가끔 실비가 내린다. 오늘은 서재에서 영국의 시들을 읽으면서 그 시상에 내 영혼을 비추어 보며 시를 감상해 보았다. 중세 영국이 낳은 천재 시인 존 밀턴은 그의 서사시 '실낙원'에서 천상天上의 판도라와 지상地上의 이브를 비교하면서 신神들로부터 많은 선물을 가지고 지상에 내려온 판도라보다 더 어여쁜 이브라는 시구詩句에 왠지 눈길이 끌린다.

그리스 신화에 의하면 천공의 신 제우스(Zeus)가 여자를 만들어 그 이름을 판도라라고 지었다. 그녀를 프로메테우스(신과 인간을 매개하는 영웅)와 그 아우에게 보냈다. 그 이유는 이 두 형제가 천상의 불을 훔치는 엉뚱한 짓을 저질렀기에 그랬고, 또 인간은 그 선물(불)을 받았다고 하여 이 형제와 인간에게 함께 벌을 주려고 지상으로 보낸 것이다.

판도라는 천상에서 처음 만들어진 여자인 까닭에 신들은 모두가 그녀에게 뭔가 선물 하나씩을 줌으로써 판도라의 위상은 자연히 굳어져 갔다. 아프로디테(미美와 연애의 여신)는 그녀에게 아름다움을 주었고, 헤르메스(행운의 신)

는 설득력을, 아포론(음악 의술 예언의 신)은 음악을 각각 주었다. 이 같은 많은 선물을 받은 판도라는 지상으로 내려와 에피메테우스(후에 생각하는 남자)에게 넘겨졌다. 그는 형 프로메테우스(먼저 생각하는 남자)로부터 제우스가 내려준 선물에 유의하라고 충고를 했지만 너무 기쁜 나머지 판도라를 그저 자기의 아내로 만들기에 급급했다.

그런데 에피메테우스는 집에 한 개의 항아리를 가지고 있었다. 그 속에는 유해한 것들이 가득히 들어있었는데 그런 것들은 인간이 새 집을 지을 때는 불필요했음으로 그것들을 항아리 속에 모두 넣어버린 것이다. 그런데 판도라는 강한 호기심에 끌려서 이 항아리 속에 도대체 어떤 것이 들어있을까, 이렇게 궁금한 생각이 들었다.

그러던 어느 날 항아리 뚜껑을 살짝 들어 그 속을 살펴보게 되었다. 그러자 바로 그 속에서 불운하게도 인간에게는 고통의 근원이 되는 것, 예를 들어 육체적으로는 통풍이라든가 류머티즘이라는 것들과, 정신적인 것으로는 질투와 원한이라든가 복수라는 무시무시한 것들이 수없이 나타나 사방팔방四方八方으로 날아가 버렸다. 판도라는 당황한 나머지 뚜껑을 닫으려 했으나 어쩔 수가 없었다. 항아리 속에 있던 것은 모두 날아가 버린 뒤였다.

그럼에도 단 한 가지가 항아리 바닥에 남아 있는 것이 있었다. 그것은 '희망'이라는 것이었다. 그러므로 우리들에게 어떠한 재난이 닥친다 해도 희망의 끈만은 절대 놓아서는 안 될 것이다. 또한 우리는 희망만이라도 갖고 있으면 어떤 아픔이 있다 할지라도 우리들은 불행의 골짜기로 떨어지는 일은 없을 것이다.

그러나 다른 전설에 의하면 판도라는 인간을 축복하기 위해서 제우스신이 성의를 다하여 보낸 것이라고도 한다. 그녀는 결혼 선물이 들어있는 상자를 받았으나 그 속에는 여러 신들이 보내온 축하의 물건들이 가득 들어있었던 것이다. 그런데 그녀가 조심성 없이 상자 뚜껑을 열었기 때문에 선물이 전부 날아가 버렸고 단 희망만이 남아 있었던 것이다.

인간은 신이 아니다. 그러나 인간이 출세를 하면 자기가 마치 제우스신이라도 된 것처럼 사람(부하)을 무시하는 자들이 반드시 등장한다. 더욱이 나라에서 부름을 받은 고관대작高官大爵이 중차대한 직무를 소홀히 한다든가 무능하다 보면 자기 직위를 이용하여 온갖 나쁜 짓들을 하다가 나중에는 감방을 들락거리다가 절망의 나락奈落으로 빠지게 된다.

인간은 신이 아니기 때문에 실수를 할 수도 있다. 실수는 자기가 책임을 지면 그만일 수도 있다. 그러나 이 판도라의 상자처럼 일단 실수를 하면 그것으로 책임을 면할 수 없는 일들이 우리 사바세계에는 얼마든지 있다. 살인자, 사기꾼 도적들에게 법정에서 최고형을 받는다 해도 그들의 책임과 죄책은 면할 수 없을 것이다.

가령 판도라가 항아리 뚜껑을 열지 않았다고 가정한다면 인간의 고통과 시기 원한 복수심 등이 우리 마음 속에서 당초부터 움트지 않았을 것이다. 그리고 우리의 희망도 지금처럼 우리들을 지켜줄 것이다. 희망이 없는 세상은 과연 어떠한 세상일까를 인간은 다시 생각해 보지 않을 수 없다. 아마 그런 세상이 온다면 가난한 사람, 신체장애가 있는 사람, 외로운 사람, 권력이 없는 사람들이 외치는 절망적인 아우성으로 인해 인간세상은 천지창조 이전의 카오스 상태에 빠질 것이다. 나 역시 기박奇薄한 운명 속에서도 희망의 꿈을 버리지 않고 살아왔기에 오늘이 있다고 믿고 싶다.

나는 대학에서도 유학생과 일본 학생들의 인생 상담을 할 기회가 있을 때마다 늘 학생들에게 희망希望을 뛰어넘어 대망大望에 도전하라고 권하고 있다. 젊은이에게 희망은 그들의 인생에 있어서 무엇보다 큰 보물과 같은 것이기 때문이다.

젊은이들이여! 희망을 자신의 항아리 속에 꼭 담을지어다!

# 안녕 한글 연구회

## 4월 13일 일요일

오늘은 일찍 아침식사를 마쳤다. 고쿠라(小倉)에 있는 한국인 교회에 가기 위해서다. 일요일은 좀 쉬고 싶었지만 목사의 간곡한 권유가 있어 몇 년 전부터 아내와 함께 교회에 나가고 있다. 그러나 매주 나가는 일은 그리 단순한 일이 아니다.

첫째로 교회가 우리 집에서 멀리 떨어져 있기도 하지만 가는 길이 좁아 운전하는 데 신경이 쓰인다. 지금 이 교회는 일찍이 최창화崔昌華 목사가 몸담고 있던 장로교회이다. 그가 소천하자 후임으로 J목사가 부임하여 새로 교회를 건축했다. 최 목사는 한국에서도 꽤 알려진 유명한 목사였다. 그는 재일동포의 지문 날인을 거부하고 또 한국인들의 이름을 일본식으로 부르지 말라고 저항했던 인물이다. 그러한 일본 정부방침에 맞대응하는 운동을 폄으로 인해 먼저 일본 사회에서 괘씸한 조센징(朝鮮人)으로 낙인이 찍히기도 했다. 그러다 그는 심한 스트레스를 이겨내지 못하고 65세의 나이로 소천하게 된다. 지문 날인 반대 운동으로 인해 피해를 입은 것은 본인보다도 그의 가족들이었으리라 생각된다. "조선 사람은 조선으로 돌아가라"며 면도칼을 우편으로 보내어 "죽여 버리겠다." 이처럼 일본 사람들로부터 온갖 공갈과 협박으로 인한 그 가족들의 고통과 울분은 이만저만이 아니었으리라 짐작된다.

일본에서 기독교의 포교 활동은 제한되어 있는 상태이다. 에도(江戶)막부시대도 그랬듯이 기리스탄(吉利支丹)을 신봉하는 신자들이 얼마나 박해를 당했는지 나가사키(長崎)에 가보면 능히 짐작할 수 있다. 일본은 예부터 다신교 국가이다. 일본의 신은 몇 만이 있는지 파악이 되지 않는다. 그런 까닭에 일본에서 일본인을 대상으로 기독교 포교활동을 하려면 여간 어려운 일이 아니다.

일본의 교회를 가보면 기껏해야 신자 수가 30명 안팎이다. 그런 까닭에 교회는 일요일에 신자들을 모아놓고 예배만 보아서는 목사들의 목구멍에 풀칠도 못한다. 유치원을 겸하거나 어학원을 부설하여 따로 운영하지 않으면 몇 달 못 가 교회 문을 닫을 수도 있다.

이 고쿠라 한인 교회도 예외가 아니라 생각된다. 부업으로 한글을 가르치고 그때그때 교회의 부흥예배를 통해 열을 올리고 있다. 9년 전에 J목사의 간청에 나는 '안녕 한글 연구회'를 만들었다. 그 목적은 후쿠오카현(福岡縣)과 야마구치현(山口縣) 주위에서 한글을 가르치는 강사들을 위한 한국어 특별강좌를 열기도 하고 매년 공공시설을 빌려 '한국어 변론대회'를 실시하여 한국어를 사랑하는 일본 사람들과 재일 한국인들 간에 벌리는 축제라 할 수 있다

오늘은 특별히 교회의 예배가 끝나고 외래강사의 강의를 들었다. 시모노세키 한국문화원의 이영송 원장이 알기 쉬운 한글문법에 대해 강의가 있었다. 저녁에는 '안녕 한글 연구회' 회원 모두가 교회 근처의 야키도리(燒鳥) 전문집에 모여 찌개를 시키고 아사히(朝日) 맥주를 따르며 회원 간의 친목을 위해 건배를 외쳤다.

식사를 마치고 계산서를 요구하자 식당에서 아르바이트를 하고 있는 중국 조선족 유학생 지창길 군을 우연히 만났다. 여전히 활달한 성격의 학생이다. K대학을 졸업하고 1년 전부터 여기서 아르바이트를 하고 있다고 했다. 아르바이트를 하면서 결혼을 했다니 대견스럽기만하다. 다음 모임에는 그에게 작은 선물이라도 전해야겠다.

# 신학기 첫 수업

**4월 14일 월요일**

오늘은 우리 K대학의 신학기 첫날이다. 첫 수업에 들어갔다. 내가 맡은 1학년 한국어 클래스는 학생들로 거의 꽉 차 있었다. 출석명부가 아직 나오지 않아 모르겠지만 50명은 넘어 보인다.

오늘은 출석체크를 생략했다. 미리 준비한 한글자모 프린트를 돌리고 한글 창제의 역사와 당시의 역사배경을 학생들에게 이야기해 주었다. 그리고 기본 모음 10자를 칠판에 큼직하게 써놓고 먼저 쓰는 순서를 알려주었다. 자기가 손으로 익혀 알 때까지 반복해서 써보라고 했다. 얼마 지나 2명의 학생에게 칠판에 모음자들을 직접 써보라고 시켰다. 생각보다 잘 쓰고 있었다. 교실을 한 바퀴 돌아보면서 학생들이 어떻게 잘 썼는지를 각각 살펴보았다. 몇 학생을 제외하고 거의가 내 생각대로 수업이 진행되어가고 있었다. 나중에 프린트를 보지 않고 쓸 수 있는 학생이 있으면 앞으로 나와 써보라고 하니 3명이 손을 들었다. 모두 모음 글자(棒文字)를 곱게 써 내려가고 있다. 무엇보다 마음이 놓인다.

학생들도 첫 수업이어서 그런지 표정들이 긴장되어 있는 것처럼 보였다. 그런데 학생 중에 나이가 든 여자가 혼자 따로 앉아 있었다. 아직 명단을 받지 못한 상태라 뭐라고 말을 할 수도 없었다.

저녁에는 '코리아연구' 과목 강의 준비로 바빴다. 올해도 작년과 같은 한·일 현안문제를 테마로 하여 수업을 진행할 생각이다. 일본인 교수들이 나의 강의를 어떻게 생각하는지가 좀 신경이 쓰인다. 영토문제, 역사교과서 문제, 그리고 재일동포의 권익문제를 어떤 방식으로 수업에 접목시킬까가 과제이기도 하다. 아직도 국수주의적 사상을 갖고 있는 일본 사람이 이 대학에 없다고는 생각지 않는다. 일본인 학생들에게 위와 같이 골머리 아픈 연구 과제를 주어 조사해 오라면 열이면 칠팔 명은 심드렁하게 대답을 한다. 나도 편하게 젊은이들이 좋아하는 트렌드 영화나 한국의 인물연구 같은 단조로운 과제를 생각해보았지만 3학년 학생에게는 걸맞지 않는 것 같아 새 학기에는 테마를 바꾸기로 정했다.

현재 우리 K대학은 각국과 맺었던 자매학교 약정을 모두 파기하는 바람에 한국의 동아대학교도 우리 곁에서 떨어져 나갔다. 몇몇 학생들이 한국에 연수를 가겠다고 해도 받아줄 대학이 없으니 이제 우리 대학도 국제관계학부란 간판을 내려놓아야 될 성 싶다. 대학의 이념과 목표를 하루아침에 헌 신발처럼 내팽개치고 엉뚱한 탁상공론만 일삼는 자들이 윗자리를 차지하고 있는 한 이 대학의 앞날은 없어 보인다.


# 유학생 상담


### 4월 15일 화요일

오늘은 많은 학생들이 내 연구실을 찾아왔다. 일부 신입생은 미처 구하지 못한 교과서를 구하러 왔다고 했다. 유학생들도 몇이 상담차 찾아왔다. 지난 해 APP장학금을 받았던 진陳 양과 이李 군이다. 이 두 학생은 중국 한족이다. 공부도 잘하고 성실한 중국 유학생이다.

그런데 우리 K대학 대학원을 졸업은 했으나 일자리를 찾기가 어렵다고 하소연한다. 이 군은 중국에서 한때 호텔에 근무했던 경력을 갖고 있다. 그래서 영어회화도 수준급이다. 처음 그가 일본에 왔을 때 일본 말이 잘 안 나올 적에는 그저 웃는 일이 이 군의 커뮤니케이션 수단이었다. 그런데 5년 넘게 일본서 생활하다 보니 지금은 모르는 말이 거의 없을 정도로 농담도 잘한다.

어느 날 내 연구실에서 내가 "일본 녹차를 마시겠어요?" 했더니, 이 군이 일본어로 "겍코데스"라 대답한다. 그때 잠시 나는 중국 사람은 일본차를 싫어하는 줄 알고 아무렇지도 않은 듯 가만히 있다가 딴 얘기를 꺼내자, 이 군이 "선생님" 하고 나를 부르더니, "센세이, 겍코우쟈 아리마생" 한다. 나는 깜짝 놀라 확인하려고 문답식으로, "노무?"(마실래?) "노마나이?"(안 마실래?) 했더니, "노무"(마신다)라고 대답했다. 그리고 둘이서 한참 웃고 나서 포트에 물을 붓고 차를 넣은 다음에 버튼을 눌렀다.

차가 끓어 차완茶碗 두 개를 꺼내 녹차를 따르자, 이 군은 차를 금방 다 마신다. 내가 다시 첨잔을 하자, 이 군이 선생님은 왜 안 마시냐고 묻는다. 나는 뜨거운 차는 천천히 마신다 했더니 빙긋이 웃으며 "센세이노 구치와 네코노 구치데스네"(선생님의 입은 고양이 입이군요) 그런다. 그때 나는 웃음이 절로 나와 마시던 차를 그만 테이블에 흘릴 뻔했다. 이 군도 덩달아 '하하' 웃었다. 그런데 들은 풍월은 있었나 보다. 구치(구치 - 입 - 口) 대신, 시타(시타 - 혀 - 舌)로 바꾸어 말했더라면 백점이었을 텐데….

이 군과 진 양이 돌아가자 얼마 있다 APP의 루리코 이사가 나를 찾아왔다. 마침 잘 됐다 싶어서 나는 불쑥 초청강연회 이야기를 꺼냈다. 현청縣廳에 자기가 보조금 신청 서류를 가까운 시일 안에 보내겠다고 말했다. 나도 한국에서 JP와 콘택트하고 있다고 얘기해 주었다. 그리고 그쪽에서 수행원이 두 명 정도는 따를 것이라고 미리 말을 하자 그녀도 그 정도는 생각하고 있었다고 고개를 끄덕이었다.

저녁에 서울에서 친구로부터 전화가 왔다. JP를 초청하려면 제법 강연료가 셀 것이라고 귀띔을 한다. 정확한 강연료를 말하지 않는 것으로 보아 흥정 가능성도 있다는 느낌도 들었다. 하여튼 원만히 해결되었으면 한다.

# 멋대로 근성

## 4월 16일 수요일

아침부터 아들이 학교에 나와 보조 학생과 함께 교과서 판매를 돕고 있었다. 신입생 클래스가 주·야 두 반으로 나뉘어 있기 때문에 나의 수업 시간도 지난 학기보다 많이 할당되었다.

수요일은 정기 교수회의가 있는 날이다. 점심 식사를 마치고 7층 교수 회의 실에 들어갔다. 어느새 내가 상석上席에 자리 잡게 된 것이 위안이 되기도 하고 한편 세월이 너무 빨리 흘러간 느낌이 들어 수수롭기도 하다. 내 옆자리의 시 바다(柴田) 교수는 신문사 기자 출신이다. 그는 나이가 나보다 몇 살 아래인데도 만나면 먼저 인사하는 법이 없다. 내가 먼저 목례를 하면 마지못해 고개를 끄 떡일 뿐 시건방지기 짝이 없다. 그가 아시아 지역에서 특파원 생활을 다년간 했다 하여 교수로 특별히 기용할 때에도 나는 그에게 찬성표를 던졌다. 그는 준교수도 거치지 않고 전격 교수가 된 위인이다.

교수회가 시작되자 예상대로 야시 학부장(학과장)이 인상을 쓰며 한참 불만 을 토한다. 학생모집이 불만스러웠던지 전 학부장(노마 - 野間)을 향해 한참 큰 소리로 나무라더니 그런 식으로 일을 하려면 "당신, 이 대학에서 나가주었으면 한다"고 따끔하게 침을 놓는다. 그 엄포 소리에 나뿐만 아니라 그 자리를 지키 고 있던 30명 교직원들의 얼굴이 모두 굳어버렸다.

그런데 그런 말을 들은 노마 전 학부장은 아무 소리도 못하고 죄인처럼 머리 를 떨구고 있다. 나는 이 두 사람 사이가 나쁘다고 짐작은 했지만 이 같은 폭언 은 이해할 수가 없었다. 지금까지 수많은 교수회의에 참석해 보았지만 그렇게 선생이 학생에게 호통치는 듯한 광경은 보질 못했다. 나는 개인적으로 야시 학 부장과 격의 없이 가까이 지내왔지만 '이건 아니다' 라는 생각이 번쩍 들었다. 자기가 뭔데? 학생모집이 잘못된 것을 학부장 본인의 탓으로 돌려야 할 것을 괜한 핑계를 삼아 전임자에게 책임을 덮어씌우는 일은 자기 책임을 모면해 보자는 수작이 아닌가. 자기가 윗사람이라고 해도 제멋대로 말을 해서는 안 될 일이다.

아무리 학장, 이사장이라 해도 일단 고용된 자에 대해 이래라 저래라 함부로 할 수 있는 권한이 그들에게 없는 이 마당에 '개구리 올챙이 적 생각 못 한다' 더니 그 말이 야시 학부장에게는 암나사에 수나사가 맞아 들어가듯 꼭 맞는 말 같다. 아무리 무지해도 곡자아의曲者我意라는 고사는 알고 있을 법도 한데 정도를 넘고, 자기의 권한을 넘어 자기 마음대로 칼을 휘둘러대는 일은 절대 해서는 안 될 것이다.

다시 말하자면, 남이야 어찌 되건 자기가 좋고 옳으면 다 그만이야, 하는 멋대로(에데갓테 - 得手勝手) 근성이 그에게 숨겨져 있었다는 사실을 나는 뒤늦게 알게 된 것이다.

# 군자君子의 삼락三樂

### 4월 17일 목요일

오늘 아침 치과대학에서 한국어 수업을 했다. 오늘은 첫 수업이라 그런지 출석을 체크하러 '다무라' 주사가 일부러 교실에까지 들어왔다. 전원이 출석이다.

오늘 따라 학생들의 눈초리가 빛나 보였다. 나는 언제까지 일본에서 한국말을 가르칠지 몰라도 수업 시간마다 최선을 다하여 한국어를 가르치고 싶다. 한국어를 말살하려고 한 사람들의 후손들에게 한글이 얼마나 배우기 쉽고 과학적인 글자라는 것, 또 일본어와 어떤 관계에 있었는지 역사적으로도 이 학생들에게 알려줘야 한다는 의무가 나에게 주어진 사명이 아닌가 생각한다.

90분 수업을 마치고 나니 몸에 땀이 흥건히 배어 있었다. 수업이 끝났을 때의 기분도 이만저만 좋은 게 아니다. 맹자님이 말씀했듯이 군자의 삼락三樂 중에 영재를 얻어 가르치는 일이 인생에 있어 가장 즐거운 일이라 하지 않았던가.

치과대학을 끝내고 다시 내 연구실에 돌아왔다. 계桂 선생이 자기가 맡고 있는 반 학생 셋을 데리고 내 방으로 찾아왔다. 아직껏 한국어 교과서를 구하지 못한 학생들이었다. 계 선생과 학습지도에 관해 이야기를 나누고 있는데 N생명보험 회사의 하라(原) 씨가 찾아왔다.

나는 그녀와의 약속을 깜빡 잊고 있었다. 그녀는 나의 노후 보험설계에 관해 자세하게 설명해 주었다. 고마운 분이다. 돈을 얼마 붓지 않아도 입원이나 사망 시에 많은 액수의 보험금을 탈 수 있는 것이 '실버보험'의 메리트라 강조했다. 불안한 내일을 위해 또 다른 보험을 들어두는 것도 나쁘진 않을 것 같다.

요즘 가끔, 내가 바쁘게 사는 것이 운야산야雲耶山耶인지 도무지 알 수 없을 때가 있다. 그것도 나이 탓일까.


# 책값과 기부금


### 4월 18일 금요일

맑음. 오늘 교과서 대금으로 들어온 돈을 은행에 입금시켰다. 돈은 머리로 벌고 마음으로 쓰라는 말이 맞는 것 같다. 돈을 가치 있게 쓰기 위해서는 일단 통장에 넣어두면 반드시 의미 있게 쓸 일이 생긴다. 나는 주로 국제볼란티어 활동에 필요한 돈을 교과서 판 이익금을 기금으로 기부하고 있다. 또 딱한 처지에 있는 유학생들을 돕기 위해 필요한 가전제품 등을 제공하기도 한다.

지금은 사정이 나아졌지만 몇 년 전만 해도 고학생이 많았다. 나를 찾아와서 APP장학금을 타게 해달라고 애원하는 학생도 있었고 아르바이트 자리를 소개해 달라는 학생도 있었다. 장학생을 한 번 선발하면 1년 동안은 대상자를 바꿀수가 없어 나 자신도 안타까운 마음이 들 때가 있다. 그럴 때마다 나는 내가 살아온 인생 이야기 즉, '한국에서 궁하니까 일본에서 통하더라' 란 말을 들려주며 '궁窮하면 통通한다' 는 철리哲理를 입버릇처럼 해 준다.

이상하게도 실제로 그 학생들이 얼마 후에 다시 나를 찾아와, "선생님, 지금 열심히 아르바이트를 하고 있어요"라며, 밝은 표정을 지을 때면 내 자식처럼 눈물겹고 기특하다. 사람의 앞일은 누구도 장담을 못한다. 베짱이처럼 허구한 날들을 건들대며 놀고 지내는 자에게 찬스는 절대 오지 않는다. 예비하고 준비된 사람에게만 귀한 찬스가 오는 법이다. 그러나 인간만사 새옹지마塞翁之馬라고 말하지 않던가. 선한 사람에게는 좋지 않았던 일이 좋은 일로 바뀌고, 열을 지어 행진하는 군인들에게 '뒤로 돌아갓' 하는 전후가 반전反轉되는 신의 천명이 떨어질 수도 있기 때문이다.

저녁에는 옆방의 사쿠라(櫻) 선생이 내가 잘 모르고 있는 포털 사이트에 대해 상세히 가르쳐 주었다. 너무 고맙다. 집에 돌아오니 S대학에서 강의를 마치고 온 아들이 내 앞에 책 한 권을 내놓는다. 김정숙 선생이 번역한 나츠메소세키(夏目漱石)의 '유리문 안에서' 란 소설이었다. 책 겉장을 넘겨보니 내 이름 옆에 '혜존惠存' 이란 글씨가 곱게 쓰여 있다. 까다로운 문장을 한국어로 번역하느라 고생이 많았겠다는 생각이 들었다. 생각지 않은 책을 받으니 고맙기만 하다.

# '한글방' 준비

## 4월 19일 토요일

새벽 침대에서 일어나니 머리가 어지럽고 몸도 거뜬치 않고 나른하다. 무리가 온 것 같다. 뭔가 직방에 듣는 특효약이라도 있으면 좋겠다. 집에 있기보다 연구실이 나을 것 같아 차를 몰고 대학으로 나갔다. 중국 심양瀋陽에서 린 선생으로부터 E-메일이 와 있다.

일본에 있는 2년 동안 많은 도움을 받았다며 고마움을 전하면서 중국에 오면 연락을 달라는 짤막한 소식이다. 그래도 중국 사람에게는 자스민 차 같은 향긋한 향기가 풍기는 느낌이다. 중국에 오면 연락을 달라니 빈말이라도 그저 반갑다.

사람은 만났다가 헤어지고 또 다시 만날 수도 있다. 사람은 누구와 항상 같이 있을 수는 없다. 친한 친구도 그렇고 사랑스런 부모 자식도, 제자도 마찬가지다. 생生이별도 사死이별도 회자정리會者定離라는 인류의 법칙을 거스를 인간은 아무도 없다. 인간의 만남도 덧없는 일이거니와 헤어짐도 공허한 일이 아닐까. 또한 서로가 살다가 헤어지나 죽어서 헤어지나 인연을 끊는다는 일은 인간에 있어 최악의 쇼크요, 비극이라 할 수 있다.

오늘은 4.19민주학생혁명(48회) 기념일이다. 이승만 독재정치에 항거하다 희생된 젊은이들이 있었기에 지금의 번영된 민주대한민국이 있다고 본다. 고교시절 나도 부정 독재집권을 반대하여 교문을 박차고 3.8데모에 참가한 선각적 세대의 한 사람이라고 자부하고 있다.

저녁에는 내주에 오픈하는 한글무료강좌 '한글방'에서 가르칠 레지메 작성에 시간을 보냈다. 수강 대상은 일반 사회인과 대학생들인데 '한글커뮤니케이션'이란 강좌명으로 그들을 맞이하게 될 것이다.

# 무라하치부(村八部)

## 4월 20일 일요일

봄다운 온화한 날씨다. 오후에 시市 자치회自治會의 반상회(町內會 - 죠나이카이) 회비를 받으려고 윗동네까지 돌아다녔다. 일단 우리 가족이 일본에 살고 있으니 이웃들과 사이좋게 지내기 위해서 자치회에 가입하게 되었다.

위원은 매년 돌아가면서 일을 맡는데 올해는 우리 가정이 자치회 위원이 되었다. 회비는 1년에 가호당 3600엔(円)이다. 우리 가족은 올해로 두 번째 자치회 위원을 맡게 된 셈이다. 자치회란 한국에서 반상회와 비슷하다. 그렇다고 수시로 동네 사람들이 모여 반상회 같은 모임을 열지는 않는다. 다만 동네 안(町內 - 죠나이)에서 있었던 일, 앞으로 있을 행사 등은 회람回覽을 돌려 갖가지 정보를 교환하는 시스템이다.

처음에 우리는 외국인이라 자치회에 가입하지 않으려 했으나 같이 한 동네에 살면서 잘못하면 본의 아니게 우리 가족들이 따돌림 받을 것 같은 느낌이 들어 가입하게 되었다. 일본 풍습에 '무라하치부'(村八部)라는 옛 풍습이 전해 온다. 이 풍습은 에도(江戶)시대부터 내려오고 있다. 한 마디로 말하자면 새로 마을에 들어온 사람이 나쁜 짓을 하거나 풍기문란을 일으켰을 때 동네 사람들이 모두 그들과 손을 끊어 왕따시키는 것이 '무라하치부' 다. 다만 그 집에 초상이 났다든가 어쩌다 화재가 났을 때는 예외이다.

저녁 즈음에 모리모토(森本) 유코의 어머니가 갑자기 집으로 찾아왔다. 내가 퇴직하였다는 말을 듣고 계란 1케이스와 퇴직 위로금까지 봉투에 넣어온 것이다. 의외였다.

이미 며칠 전 APP회원들이 유학생들과 함께 나를 위한 퇴직 축하 파티를 열어 주었는데, 내가 잠시 유코를 상담해 주었다고 봉투까지 찔러주니 감동을 받을 수밖에…. 유코는 지금 정 간호사의 자격으로 야마구치(山口)시에 있는 모 병원에서 열심히 일을 하고 있단다. 유코에게 미안한 마음마저 든다. 언젠가 그녀가 새하얀 면사포를 쓰는 날이 오면 꼭 찾아가리라 다짐을 해 본다.


# 늦깎이 여학생


### 4월 21일 월요일

오늘은 도쿄에서 한·일정상회담이 열렸다. 후쿠다(福田康夫) 수상과 이명박 대통령과의 회담이다. 다행하게도 후쿠다 씨는 올해 야스쿠니(靖國) 신사 참배를 하지 않을 것이라 한다. 일본 사람의 질도 가지각색이다. 몇 년 전 고이즈미(小泉純一郎) 수상의 행동방식은 전형적인 일본인 상이며 또 그 기질이다.

그가 수상으로 재임하고 있던 5년간은 참으로 한·일 두 나라 관계는 풍전등화風前燈火의 위기에 처해 있었다. 국교 단절도 불사한다는 우리 국민들의 감정이 극에 달해 있었다. 나도 화가 나서 B일간지에 새 일본역사교과서를 비판하는 글을 써 논단에 발표한 적이 있다. 주권 국가로서 이웃 나라에서 자꾸 이래라, 저래라, 사과하라고 하니 기가 차고 아니꼬울 것이다.

그러나 일본은 제국시대에 아시아 여러 나라에서 행한 만행을 지금껏 뉘우치는 기색이 전혀 없어 보인다. 잘못한 것을 잘못했다고 사과하고 잘한 것은 잘했다고 하면 누가 일본을 나무라겠는가. 앞으로 한·일 양국의 지도자들은 내성불구內省不疚의 행동으로 평화의 길을 택하여야 될 것이다. 저녁에는 와타베 에미나 씨가 놀러왔다.

36살의 늦깎이 여학생이다. 그녀는 결혼도 하고 지금은 시간이 많아 대학에서 공부하고 싶어 입학했다고 한다. 가만히 보니 그녀는 자기 말만 늘어놓는 스타일의 학생이다. 남편은 동경에서 의사를 하고 있다는데 자기는 여기서 혼자 산단다. 좀 말수가 많은 여자처럼 느껴졌다. 자기는 지금 벤츠를 타고 다닌다고 자랑도 했다. 그리고 한참 수선을 떨더니 갑자기 두툼한 지갑을 나에게 여닫아 보이며 자기가 돈 많은 사람처럼 보이려 애쓰는 눈치다. 좀 보통사람과는 다르다고 느껴졌다.

저녁에 집에 돌아와 친구가 전해준 전화번호로 한국의 자유선진당 R의원에게 전화를 걸어 다시 JP와 연락이 닿도록 부탁을 했다. 내일까지 알려주겠다고 한다. 기다릴 수밖에 없는 일이다.


# JP와의 숨바꼭질


### 4월 22일 화요일

오늘은 한국어와 한국문화 강의가 있어 바빴다. 야간수업까지 하고 나면 몸이 지친다. 24일부터는 '한글방' 무료 강좌가 있기 때문에 더욱 그런 것 같다. 그런데 교실 사용 문제로 사무직원과 상의를 했다.

한참 후에 연구실 옆동에 있는 1층 대학원 세미나실을 이용하라는 연락이 왔다. 마음이 한결 놓인다.

저녁에는 한국에서 전화연락이 없어 다시 이양희 전의원에게 연락을 해 보았다. 불통이었다. 이런 식으로 바로바로 연락이 닿지 않으면 JP강연회는 취소될지도 모르겠다. 이 행사는 APP가 주최하지만 K대학의 선전을 위해 하는 일이지 세속적으로 누구 개인의 영달이나 명리를 좇아서 하는 일은 결코 아니다.

지금 한국 사람 중에서 일본 사람들에게 한국 사정을 제대로 전해 줄 수 있는 인사는 손꼽을 정도가 아닌가 생각해 본다. 우선 학식과 경험이 많은 분이어야 하고 또한 상대국의 언어가 능숙한 사람이어야 한다. 그런 것들을 감안해 볼 때 JP처럼 맞아 떨어지는 인물이 드물다. JP는 60년대 한ㆍ일회담의 주역이었으니 그 회담 과정과 회담 내용 등을 누구보다 잘 알고 있는 거물 정치인이 아닌가. 어떤 때는 가끔 통역을 옆에 붙여 강연이나 토론도 해 보지만 생동감이 거의 없어 방청객들로부터 좀처럼 감흥을 불러일으키지 못한다.

내일은 정기 교수회의가 있는 날이다. 그런데 이 대학은 어디를 향해 달려가는지 알다가도 모르겠다. 내가 지향하는 문은 열려 있는가. 아니 지금 나는 닫혀진 문을 향해 가고 있는 것은 아닌가. 어떻든 간에 나는 내 영혼을 꼭 안고 어딘가를 향해 가야만 한다.


# 벤토(도시락) 대학


### 4월 23일 수요일

오후 1시부터 교수회의에 참석하였다. 분위기가 아주 썰렁하다. 웃고 있는 표정들은 별로 찾을 수 없다. 그런데 옆에 앉은 '시바다'는 그 앞에 앉은 교수와 수군거리며 빙긋빙긋 웃고 있다. 어떤 모사謀事라도 꾸미고 있는 것 같은 느낌이다. 지금 '대학기준협회'에서 우리 대학이 불합격 판정을 가까스로 면했다지만 입학생의 정원 부족과 부실한 재정 상태를 이유로 '보류' 판정을 받은 대학이 아니던가.

아니나 다를까. 오늘의 교수회의 심의사항의 포인트는 교직원 급료의 삭감 문제였다. 지금과 같은 부실한 재정 상태로는 '대학기준협회'도 봐 줄 수 없다는 것이다. 그래서 할 수 없이 교직원 조합에서도 학교법인 이사회의 의견을 그대로 받아들였다는 얘기다. 일단 퇴직한 촉탁囑託 교직원의 봉급에 관해서는 이달 4월부터 실시 이행한다고 했다. 그 소리를 들으니 속이 그저 뭉클해져 벽적癖積이 일어나듯 점심에 먹은 짬뽕의 면발이 뱃속에서 꿈틀대는 느낌을 받았다. 촉탁교수는 그것도 현행 봉급의 반이나 깎인다니 말문이 막힌다.

여태까지는 본봉에서 2할을 제하고 받아 왔었다. 대학에 빚이 많으니 그럴 수밖에 없지 않을까 하는 동정심마저 불러일으킨다. 어느 교수는 경영부실은 이사진理事陣이 져야 하는데 왜 교수들에게 짐을 떠넘기냐고 항의도 했으나 목을 자르지 않는 이상, 반액 월급에 대해서도 대부분이 불필장황不必張皇의 입장이었던 것 같다.

이대로 가면 얼마 안가 벤토(도시락) 대학(3류대학)으로 전락될 것이다. 교수회의는 시간을 초과해 계속되었지만 나는 4째 시간에 수업이 들어 있어 미리 회의실을 나왔다. 앞으로 나는 봉급과는 관계없이 이 대학에 봉사하는 마음으로 학생들을 열심히 가르쳐야겠다고 다짐을 해 본다.

저녁에 집에 돌아오니 서울에서 이양희 전의원으로부터 직접 전화가 왔다. 내일쯤 JP의 측근이 일본으로 전화를 할 것이라 전했다. 일이 잘 돼 가려나 보다.



# 빈천지교


**4월 24일 목요일**

아침 치과대학으로 차를 타고 가는 도중에 한국에서 전화가 왔다. 국회의원을 지낸 원철희 씨였다. 자기가 JP의 측근이라면서 우리의 초청 계획서를 E-메일로 보내달란다. 자기가 그 서류를 가지고 JP를 만나 상의를 한 다음에 결과를 알려 주겠다며 이번 일본강연계획을 주도하는 나에게 애국적인 발상이라며 칭찬을 빼놓지 않았다. 하여간 거물 정치가를 부르는 일이 그리 간단한 일이 아닐 것 같다. 대학 측의 의중을 물어보았자 국제관계위원회의 시바타 교수를 비롯해 타교수들도 돈을 핑계로 거절을 할 것이 불을 보듯 뻔해 보였다. 나는 일부러 초청비용을 거의 반으로 줄여 보고할 것을 미리 생각하고 있었다.

치과대학 수업을 마치고 곧바로 야하타 캠퍼스로 돌아왔다. 점심식사를 마치고 오늘 오픈하는 '한글방' 교실에 가 보았다. 그런데 생각지도 않은 '에미나'가 혼자 책상에 앉아 있었다. 내가 어쩐 일이냐고 물으니 '한글방' 수업을 듣기 위해 왔다고 했다. 나는 이 수업은 3학년 학생과 일반인을 상대로 하는 스터디이니까 1학년인 자네는 안 된다고 잘라 말했다.

그러자 자기가 잘 모르는 한글을 가르쳐 달라며 나를 불렀다. 옆으로 가 보니 한글기본자를 노트에 가득 쓰고 있는 중이었다. 글씨체가 이상해 쓰는 순서를 몇 자 고쳐주고 교실 주위를 살피고 있는데 그녀가 나를 다시 부른다. 다른 글자 쓰기를 하며 그것도 필순을 가르쳐 달라고 했다. 그녀는 곧바로 내가 쓰는 그대로 잘 따라 썼다. 나는 잘 쓴다고 칭찬을 하며 어깨를 두드려 주고는 교실 밖으로 나왔다.

수업시간이 되어 다시 세미나실에 가 보니 일반인과 학생들이 나를 기다리고 있었다. 한국 가곡 '내 마음'이란 시 가사가 적힌 악보 프린트를 돌려주고 발음부터 따라 읽게 했다. 그리고 한 구절 한 구절 해석을 해 주고는, '내 마음은 호수요 그대 노 저어오오.' 이렇게 노래도 불러 주었다. 학생들이 내가 노래를 잘 부른다고 손뼉을 쳐준다. 고교시절에는 서정적인 가사의 노래도 많이 불렀건만 지금은 그때의 정서는 사라지고 희로애락喜怒哀樂의 감정마저 돌처럼 굳어 있다고나 할까?

나이가 드니 가끔 배고프던 6.25 피란시절에 같이 동네방네 뛰어놀던 죽마고우竹馬故友들이 불쑥 생각이 난다. 먹을 것이 없어 친구 집에 찾아다니며 고구마와 강냉이로 요기하던 그 시절이 눈물겹도록 아련하다. 그래서 빈천지교貧賤

之交는 일생 잊지 못한다는 선현들의 말이 맞는 것 같다.

저녁에 집으로 돌아와 JP에게 장문의 초청장을 쓴 후에 APP가 해마다 발행한 기관지들을 모아 큰 봉투에 넣어 봉하였다. 초청장의 말미에 '잘 부탁드립니다' 라는 인사말을 또박또박 힘주어 눌러 썼다.


# 귀화歸化의 권유


### 4월 25일 금요일

봄인데도 아침은 서늘하다. 오늘은 촉탁교수가 되어 처음 받는 월급날이다. 1층에 있는 사물함에서 내 봉급명세서를 받아보니 대학 측의 말대로 그전의 본봉에서 반액이 깎인 금액이 은행 통장에 입금되어 있었다. 집사람에게는 퇴직 후의 월급에 대해 아직 자세한 얘기를 하지 않은 상태이다.

새로 부임한 세키(關) 이사장이 개혁을 한답시고 교직원들을 둘러치고 메치며 괴롭히는 것 같은 인상을 준다. 이미 외국인 파견 교수를 모두 정리하여 한국, 중국, 인도네시아에서 파견되어 그 나라말을 담당하고 있던 네이티브 교수들은 지난 3월에 자매대학과의 체결을 파기하여 이제까지 근 20년간 지켜온 필수 외국어 언어 코스가 국제관계학부에서 자취를 감추게 되었다. 현재 외국 국적의 외국인 교수로는 영어를 담당하는 미국인 H선생과 한국어 주임교수인 나뿐이다.

이미 일본인으로 귀화한 두 사람의 중국인 교수는 성과 이름을 개명하여 일본인 행세를 하고 있다. 해방 후 창씨개명創氏改名을 한 예는 재일교포가 가장 많겠지만 그들의 경우는 생계형 귀화라 하겠다. 한국 이름으로는 일본 사회에서는 무슨 일을 해도 좀처럼 통용되지 않기 때문이다. 배타적인 일본 사람들은 말이 다르고 피부가 다르면 먼저 차별적 시각으로 외국인을 대한다.

처음 나도 재일동포들에게 왜 조상으로부터 물려받은 핏줄 같은 성함을 팽개치고 개명하느냐고 불평을 늘어놓기도 했다. 그러나 얼마 후 일본인의 의식구조와 일본의 조직사회에서 그들이 택한 개명이 이치에 맞는 현명한 태도라고 늦게 깨달았다. 일본 사람은 먼저 이방인을 대할 때 색안경을 쓰고 흑백 논리에 따라 내 편이냐, 아니냐. All or Nothing의 극단적인 답을 요구한다. 예를 들어 두 개의 답 중에 'Nothing' 을 택한다면 어떠한 차별이라도 받을 각오로 살아야 할 것이다.

중국인 교수들은 차별이 싫어서 그랬는지, 나는 그들도 우리나라 사람처럼 조상을 섬기는 유교적 사상이 끈끈한 피로 이어진 민족인 줄 알았는데 손바닥을 뒤집듯이 쉽사리 귀화하는 중국인의 모습을 보고 적이 놀라지 않을 수 없었다.

오래 전 대학 사무장이 나에게 이런 말을 해 준 적이 있다. "선생도 귀화하면 일본 사람들과 같은 급료를 받을 텐데…" 하며 그는 나에게 아쉬운 듯 말을 흘렸다. 실제로 이 대학의 경우 같은 급수의 호봉이라도 일본인 교원과 외국인 교원 봉급표 사이에 대개 일이만 엔(円) 전후의 금액차가 있는 것은 이미 나도 알고 있었다. 하찮은 여우도 죽을 때에 자기가 살던 언덕을 바라본다는 호사수구狐死首丘의 고사처럼 우리가 우리의 근본을 잃는 것은 조상의 뜻이 아니듯이 사소한 돈 몇 푼 때문에 조상의 혈통을 팔 수는 없지 않은가. 우리는 현실적인 중국사람과 같을 수 없다.

# 데이슈 칸파쿠(亭主關白)

## 4월 26일 토요일

오늘은 바람이 세차게 불었다. 벽돌 담 위에 얹어두었던 꽃 화분이 땅바닥으로 떨어져 모두 박살이 났다. 바람이 마치 미친개가 붉은 쌍심지를 켜고 이리저리 날뛰는 것 같아 그저 불안한 마음을 자아낸다.

한국에도 마찬가지로 질풍의 회오리가 많은 피해를 준 모양이다. 인천국제공항에 도착할 비행기가 강풍으로 인하여 부산 김해공항으로 회항했다는 한국의 TV뉴스가 나왔다. 인간의 미미함이 자연의 엄청난 위력 앞에서는 더욱 두드러진다.

날씨 핑계로 좀 집에서 쉴까 했더니 아내가 겨울 세탁물을 찾으러 스피나 슈퍼마켓에 가야 한다고 법석이다. 날씨가 좋지 않은데 자전거 타고 갔다 오라 하기도 그렇다. 기분 전환 겸해서 같이 차를 타고 스피나로 갔다. 지난 겨울에 입던 코트 등 두터운 양복들을 찾았다.

외출한 김에 쇼핑도 했다. 아내는 식구들이 잘 먹는 반찬감 이것저것들을 카트에 실었다. 미소(味噌 · 密祖 - 된장)도 사고 도후(豆腐 - 두부)와 긴 파도 샀다. 아내는 두부찌개를 잘 끓인다. 그런데 아내는 자기가 만든 찌개를 좀처럼 들지 않는다. 나는 그런 아내의 태도가 좀 불만스럽다.

옛날 일본의 가부장제도에서 봐왔듯이 아버지(家長)들의 데이슈 칸파쿠(亭主關白)란 말을 나는 좋아하지 않는다. 나 자신은 자상한 남편(亭主)으로 이제까지 살아왔건만…, 아내는 왜 그럴까. 가만히 옛 일들을 돌이켜 생각해 보니 그것은 아마도 장인어른이 안 여자에 대한 삼종三從의 도道를 집 안팎으로 몸소 실천해 왔기 때문에 가부장적인 폐습이 처가에 그렇게 전해진 것이 아닌가 하는 생각을 해 본다.

# 인생대병人生大病

## 4월 27일 일요일

봄 감기인가 보다. 어쩌면 화분花粉 알레르기인지도 모른다. 콧물이 나고 재채기도 나온다. 가끔 멀건 가래도 나온다. 오늘은 교회에 가지 못했다. 병원을 찾고 싶지만, 지난번처럼 아내가 감기로 Y병원에서 겪었던 일을 생각하니 그저 병원에 가고 싶지가 않았다.

그날 의사는 아내를 나지리 여겼던지 처방전만 건네주면 근처의 약국에 가서 약을 받으면 될 일을 의사는 X레이를 찍어야 한다더니 다시 피하주사를 놓고 나서는 다시 채혈까지 했다. 환자 가족과 상의도 없이 이리저리 불려 다니다가 보니 병원에서 반나절을 보낸 것이었다. 건방진 의사이다. 환자보다 의사가 큰 병을 갖고 있는 것이 아닌가 의심스러웠다.

'인생대병지시일오자人生大病只是一傲字' 란 말처럼 이 '오傲' 자는 자기재능과 능력을 과신하여 사람을 낮추어보는 오만傲慢의 뜻이다. 예를 들어, 자식이 오만해지면 불효자가 되고, 신하가 오만해지면 배신자가 되고, 의사가 오만해지면 살인자가 된다고 나는 생각한다. 병원 측에서 보면 여러 가지 검사를 했으니 진료비가 오를 것이오, 또 많은 돈이 의료공단에서 들어올 것이다.

그런데 한 번만 댈 메스를 두 번 댄다면 수술비는 높아질 수도 있겠지만 만일에 잘못된다면 어쩌면 그 의사는 본의 아니게 살인자로 전락하고 말 것이다. 흔히 발생하는 의료사고는 의사의 의술미숙보다 돈벌이에 눈이 먼 의사들의 유견망상謬見妄想이 아닐까 조심스레 생각해 본다.

그때 아내의 치료비는 전보다 다섯 배가 되는 검사진료비를 지불해야 했다. 의료보험에도 오래 전부터 가입하고 있는데도 불구하고 그리 많은 진료비를 내야만 했다. 화가 난 아내는 Y병원에는 절대로 다시 가지 않겠다고 선언했다. 그런 일이 있고 난 후부터 나도 병원 가기를 망설일 때가 있다. 먼저 의사에 대한 믿음이 가지 않기 때문이다.

오늘 나는 병원 가기를 포기하고 침대에서 이리저리 뒹굴면서 폭 하루를 쉬었다. 저녁에는 아내가 따끈한 계란죽을 쑤어오더니 먹어보란다. 맛있게 다 먹었다. 콧물도 줄었고 기침도 그쳤다. 아침보다 기분적으로 몸이 가뜬해진 느낌이다.

# 사제지간

## 4월 28일 월요일

오전수업을 끝내고 연구실에서 쉬고 있는데 에미나가 찾아왔다. 한글이 어렵다면서 쉽게 알 수 있는 방법을 가르쳐 달라고 한다. 하루에 명사든 동사든 10에서 20 단어를 외워보라고 권했다. 한 달에 300에서 600 단어의 어휘를 알게 되면 1년 안에 입에서 한국말이 절로 튀어 나올 것이라 권했다. 그녀는 36세의 만학도라 좀 어려울지 몰라도 그래도 한참 공부할 나이가 아닌가. 늦게 공부를 시작하여 성공한 사람들의 이야기도 들려주었다.

얘기 도중에 그녀는 점심식사를 했냐고 나에게 물었다. 하지 않았다고 하자 갑자기 같이 식사를 하자고 조른다. 그래서 캠퍼스 바로 뒷길 쪽에 있는 '기사라기' 라는 일식당으로 갔다. 히가와리(날마다 바뀌는) 메뉴를 같이 주문하고 여담을 하며 기다리는데 그녀는 버릇처럼 자기자랑을 또 늘어놓는다. 자기가 사는 아파트 평수가 크다는 등, 자기 차 벤츠가 좋다는 등 자랑을 빼놓지 않았다. 시간이 날 때면 자기 차를 보여주겠다며 헤헤거리다가 식사도중에는 자기의 불우했던 과거사를 나에게 토로하며 간간히 울먹이기도 했다.

나도 놀랐다. 그녀는 어릴 때 조실부모早失父母하여 조부모 밑에서 외롭게 자랐다고 말했다. 나도 어릴 때 6.25 한국전쟁이 일어나 별의별 고생을 다 하며 어렵게 학교를 다녔다고 하자, 그녀가 갑자기 밝은 표정을 짓더니 "선생님은 고생한 사람 같지 않다"며 웃어댔다. 나도 덩달아 "자네도 그렇게 보인다"고 말하자 자기는 다르다면서 다시 시무룩해진다. 식사를 끝내고 캠퍼스로 돌아와 그녀와 헤어졌다.

연구실에 돌아와 나는 번뜩 모 교수가 일러준 불가근불가원不可近不可遠이란 말이 떠올랐다. 사제지간師弟之間의 정은 가까이 해서도 안 되고 멀리 해서도 안 된다는 것이다. 어디까지가 선생의 영역인지 애매할 따름이다. 그리고 그녀의 언동을 되새겨 보았다. 아무래도 그녀의 결혼생활에 문제가 있지 않은지…. 도쿄에 사는 의사 남편과 이곳 규슈에서 아이도 없이 홀로 사는 부인 사이라면 그 거리만큼 무슨 말 못할 사정이 많이 있는 게 아닐까 하는 의구심이 슬쩍 들었다.

내일은 공휴일이라 마음 놓고 새벽 1시 넘게까지 오랜만에 서부영화를 보았다. 옛날 고교시절의 영상들이 되살아나는 듯하여 아련한 추억에 잠기기도 했다.

# 대체공휴일

## 4월 29일 화요일(昭和의 날)

오늘은 작고한 쇼와천황(昭和天皇)의 탄생일이다. 예나 지금이나 일본의 전현前現 천황의 생일날은 공휴일로 정해져 있다. 덕인德仁 천황은 갔어도 일본 사람들은 그를 기리기 위해 달력에는 '쇼와의 날'이라고 빨갛게 표식을 해 놓았다. 일본은 쉬는 날이 많아 회사원이나 근로자들은 피로에 지친 몸을 하루라도 편히 보낼 수 있어 좋은 것 같다. 설날은 물론 춘분, 추분, 바다의 날 등 한국 달력보다 쉬는 날이 훨씬 많다. 만약 이 날들이 일요일이면 자동으로 월요일이 대체공휴일代替公休日이 된다.

아침에 아내는 친구 따라 길상사吉祥寺의 등꽃(藤花)축제에 간다며 나갔다. 나는 혼자 집에서 내일 '코리아 연구' 수업준비를 위해 재차 자료를 정리하였다. 한국인의 '선비사상'에 대해 강의할 참이다. 일본의 사무라이(武士・侍)정신과 비교가 되는 점도 많으니 학생들의 이해는 빠를 것 같다.

낮에 루리코 씨로부터 전화가 왔다. 내일 자기가 직접 후쿠오카 현청縣廳에 가서 조성금 신청서류를 내려 하는데 JP초청 강연자의 강연 요지를 작성해 갖다 달란다. 나는 급히 강연요지를 작성해 메일로 보냈다.

1. 기성세대는 장차 한국과 일본의 청년들에게 역사를 어떻게 가르쳐야 하는가.
2. 아시아 평화를 위해 한・일간의 젊은 세대들은 우선 무슨 일을 해야 할 것인가.
3. 한중일韓中日 동북아 공동체 구상은 가능한 것인가.

등등 우리 APP측에서 생각하고 있는 주제를 적어 따로 팩스로 보내주었다. 강연 날짜도 미리 10월 4일로 정해 주었다.

루리코 씨도 관계자에게 적극적으로 설명하여 꼭 조성금을 타오겠다고 약속했다. 나는 그녀를 믿기로 했다. 아직 감기기운이 있는지 몸이 거뜬하지가 않다. 오늘은 일찍 자야겠다.

# Noblesse Oblige

### 4월 30일 수요일

오늘 온도는 21℃이다. 덥지도 않아 지낼 만한 봄 날씨다. 오늘은 임시 교수 회의가 있는 날이다. 회의도중 내 담당인 대학홍보에 대해서 보고를 하면서 APP에서 JP를 초청하여 강연할 것을 계획하고 있다고 말을 하자, 옆에 있던 '시바다' 교수가 못마땅한 표정으로 누구를 초청하는가를 물었다. JP의 이름 세자를 대고 한국의 거물 정치가라 했더니, 자기는 그런 사람을 모른다면서 그럼 주최 측이 어디냐고 다시 물었다. APP가 주최하려 하나 될 수 있으면 우리 대학과 공동으로 했으면 좋겠다고 제안했다. 그러자 그는 펄쩍 뛰며 나를 향해 이름도 모르는 무명 인사를 초청하여 무슨 학교 PR에 도움이 되겠냐는 등 자기는 강력 반대한다고 나를 몰아 세웠다. 그런 후 다시 거물급 정치가라면 초청 강연료가 적어도 백만 엔 정도의 돈은 들어갈 것이라며 머리를 절레절레 흔들었다.

나는 그가 내 사정을 잘 모르는 것 같아 처음부터 토진간담吐盡肝膽할 수밖에 없었다. 현청에 3십만 엔의 보조금을 신청해 놓았으니 대학에서는 10만 엔만 내놓으면 나머지는 APP에서 자금을 대겠다고 말하자 그의 강력한 목소리가 갑자기 수그러졌다. 보통 일본 국내에서 좀 이름이 있는 대학교수를 초청해도 20만 엔은 사례해야 하는데 한 나라의 명사를 초청하여 하룻밤 호텔에서 재워 보내려는 무례한 인간이 대학에서 강의를 맡고 있다고 생각하니 그의 대인관對人觀이 더욱 의심스럽다.

나는 새로 부임한 대학 이사장을 만나 나의 홍보 계획을 설명하고 대학 당국의 태도를 타진해야겠다고 다짐했다. 교수회의가 끝나고 나는 학부장에게 다시 JP초청강연이 잘 성사되기를 부탁한다고 말하자, 그는 심드렁하게 "하이"로 대답할 뿐이다. 한국 속담에 '때리는 시어머니보다 말리는 시누이가 더 밉다' 는 말처럼 어쩐지 나에게 대들듯이 반대 의견을 떠벌이던 시바다보다도 '야시' 학부장이 만만치 않게 느껴졌다. 대학의 발전을 위해 뭔가 하려고 애쓰는 사람에게 무표정한 얼굴로 "하이"로 대꾸하는 그의 태도가 예전과 같지가 않아서이다.

인간은 끝없이 변하는 속세俗世에 살고 있으니 그를 뭐라고 나무랄 필요도 없는지 모르겠다. 그러나 적어도 학식이 있고 지위가 있는 사람이라면 노블레스 오블리주(noblesse oblige)의 기품은 있어야 할 것이 아닌가. 옛날 우리나라 선비들은 과연 식자의 의무와 역할을 하며 살아왔을까. 나는 역사적인 훌륭한 인물만을 기억하고 있기 때문에 의문과 감탄의 Interro-bang 부호를 나란히 찍고 싶다.

저녁에 루리코 씨가 현청에 보조금 신청을 마치고 돌아왔다고 전화연락을 했다. 나는 수고했다고 격려를 해 주었다. 대학에서 집으로 돌아오는 길에 주유소(Gasoline stand)에 들렀다. 주유하려는 차들이 빽빽하게 줄을 서 차례를 기다리고 있었다. 나는 레귤러 기름을 만탱크(滿tank) 넣었다. 내일부터 기름값이 또 오른단다.

5<sub>월</sub>

# 모정母情

## 5월 1일 목요일

내일부터 5월 황금연휴가 시작되는 날이다. 오전에는 치과대학에 한국어 수업이 있어 10시 반에 강의실에 들어갔다. 결석한 학생이 한 명도 없다. 학생들이 한국 글자를 읽는 것이 신기하기만 하다. 한 달 동안 나의 열강이 있었기에 학생들의 발음이 향상되었다고 생각한다.

이번엔 거꾸로 한글을 로마자로 바꿔 써보기도 했다. '우리나라 만세'를 'urinara manse', 이같이 영자 표기로 연습해 보았다. 모두들 꽤 잘한다. 한글 발음을 잘 모를 때 먼저 위와 같이 한글을 로마자로 바꿔 쓰는 연습을 반복함으로써 학습효과가 큰 것 같다.

일본 가나(假名) 문자에 없는 발음, 특히 밑에 받침이 붙는 종성 자음의 발음은 일본 사람들에게는 영어 발음보다 몇 배나 어려운 발음이라 할 수 있다. 그것도 이같이 먼저 발음기호처럼 로마자를 써 놓고 실제로 발음을 해 보면 거의가 한국어 발음에 유사한 음音을 낸다. 또 연음(liaison)도 매끄럽게 발음할 뿐만 아니라 시니피앙(signifiant·記標)도 가능할 것 같다. 단지 일본어에서 볼 수 있는 탁음濁音이 우리말에 없는 점과 반대로 우리말에 있는 경음硬音과 격음激音이 일본어에는 없는 것이 언어의 벽으로 나타난다.

저녁에는 연휴를 이용하여 아내와 함께 JR(日本私鐵)로 시모노세키(下關)로 가서 한국행 부관釜關 페리를 탔다. 이번 여행은 몇 년 동안 요양병원에서 지내는 큰 누님의 병세가 최근 좋지 않다는 말을 들었기 때문이다. 오늘 따라 한국에서 수학여행 온 고등학생들이 많아 늦게 배에 올랐다. 우리가 배정 받은 방은 아늑한 투인 베드룸이다.

저녁이 되자 아내는 준비해 온 김밥을 내놓는다. 우리는 간단히 끼니를 때웠다. 혹시 배가 흔들리면 많이 먹어 좋을 것이 없다. 식후 아내가 면세점에서 살 것이 있다며 훌쩍 밖으로 나간다. 히요코(병아리) 만두 3상자와 담배 1카턴을 사가지고 왔다. 담배는 왜 샀냐고 물으니 줄 사람이 있으니 묻지 말라고 내 입을 막는다. 아들놈이 생각난 모양이다. 부부라 해도 자식에 대한 정을 육감으로 먼저 느끼는 것은 모정母情이라는 걸 알 것 같다.

인지기소친애이벽언人之其所親愛而辟焉이란 말처럼 예쁘게 보면 곰보도 보조개로 보이듯이 아들이 예쁘니 우선 그가 좋아하는 것을 찾는 것이 아닐까. 나는 늘 버릇처럼 담배 끊으라 했지만…. 오늘밤도 페리호가 무사히 항해하기를 하나님께 기도하고 자리에 들었다.

# 재롱둥이

## 5월 2일 금요일

아침에 눈을 뜨니 벌써 페리호는 부산 외항外港에 닻을 내리고 있었다. 멀리 오륙도五六島 쪽을 바라보니 짙은 해미가 바다 위에 흰 비단을 펼쳐 놓은 듯이 하얗게 깔려 있었다. 오랜만에 보는 항구의 진풍경이다. 지난 밤은 정말 잔잔한 바다 위로 노를 젓듯이 현해탄을 건너온 느낌이 든다. 잠을 잘 자서 그런지 몸에 피로감이 전혀 없다.

배 안에서 아침 식사를 했다. 아내가 일회용 된장을 가지고 큰 종이컵에 뜨거운 된장국을 즉석에서 만들어 왔다. 나는 김초밥(마키즈시)를 맛있게 먹었다. 배에서 내려 입국심사를 마치고 밖으로 나가 보니 아들이 반가이 맞아주었다. 그간 별 다른 일이 없다니 다행이다. 오후에는 시내 광복동光復洞 거리에 나가 일도 볼 겸 점심도 먹을 겸 아내와 함께 지하철을 탔다. 한국의 노인들은 누구나 무료승차를 할 수가 있어 다행이다. 일본의 노인들은 이런 혜택이 전혀 없다. 교통 면에서는 한국이 일본보다 훨씬 앞서가는 복지선진국이라 하겠다.

점심은 내가 옛날에 자주 가던 중국집에 가서 간짜장면을 시켜 먹었다. 오래간만에 먹으니 절로 혓바닥소리가 날 정도의 입에 맞는 짜장면 맛이다.

은행에 가서 한국에서 쓸 돈 엔(円)을 모두 원으로 바꾸었다. 오늘 시세는 1만 엔이 9만6천 원이다. 은행원이 엔 시세가 어제보다 오른 값이라 한다. 어쨌든 외화 시세는 그때그때 환율 변동에 맡길 수밖에 없지 않은가.

저녁은 아들가족이 안내하는 숯불고기 집에 가서 오랜만에 고기와 냉면을 맛있게 먹었다. 네살박이 손녀의 재롱이 앙증스럽기도 하고 귀엽기도 하다. 하나 밖에 없는 핏줄이라 그런 것 같다.


# 매형은 애처가


### 5월 3일 토요일

어제 밤 늦게 잠을 잔 덕에 대낮이 되어 외출할 수 있었다. 어제 미리 자형과 전화를 하여 누님이 입원하고 있는 요양병원에서 만나기로 약속을 해 놓았다. 아내와 같이 택시를 타고 서면에 있는 병원을 찾았다. 10층 엘리베이터를 내려 병실을 좌우로 두리번거렸다. 입원 환자가 많아 한눈에 누님을 찾을 수가 없었다.

그런데 저편 창문 쪽에서 자형이 나를 먼저 알아보고 손을 흔들고 있다. 지난번의 병실이 아니다. 움직일 수 없는 환자는 한층 위로 옮겼다고 했다. 몇 달만의 누님의 얼굴을 보니 참으로 말로 형용할 수 없을 만큼 야위어 있었다. 마치 피골상접皮骨相接의 산송장을 보는 듯했다. 태생이 포류지질蒲柳之質이 아닌데 이렇게 모습이 달라질 수가 있을까? 나는 저승사자가 지금이라도 누님을 데리고 갈 것만 같은 착각에 휩싸였다. 속이 별안간 울컥하며 몸 안에서 뭔가가 목 위로 올라오는 느낌을 받았다. '악' 하고 욕지기를 하려 하자 뜨거운 눈물이 어느새 나의 눈가를 적시고 있었다.

누님은 나를 알아보았는지 가는 목소리로 뭐라 두런거린다. 나는 알아들을 수가 없어 "뭐라고? 뭐라고?"를 소리 높이 되뇌자, 매형이 누님의 말뜻을 알아 채고는 "찾아와서 고마워"라고 통역을 해 준다. "뭐가 고맙다는 거야. 바보같 이…" 나는 이렇게 누님을 큰 소리로 나무라고 있었다. 하나 더하기 하나는 둘 밖에 모르던 누이, 너무 고지식해서 이웃사람들로부터 오해 아닌 오해를 받으며 살아온 한 많은 세월. 누구에게 폐를 끼치는 일을 싫어할 뿐만 아니라 또 남에게 도움을 받는 것도 탐탁하게 생각지 않던 누이는 실제로 이 풍진 세상의 사람이 아니었다.

어쩌면 인간은 누구나 외길을 외롭게 걷다가 홀로 가는 꼴이 아닌가. 루소도 그랬고 괴테도 그랬다. 석가모니도 그랬고 공자도 그랬다. 누이도 그럴 것이고 또 나도 언젠가는 그럴 것이다. 올해로 병원 생활 4년차가 되는 누님은 입원 초 기에는 한때나마 곧 퇴원할 것이라고 희망어린 말을 나에게 한 적이 있었다. 이제 5남매 모두 혼사를 시켰으니 노후에 자식들을 찾아다니며 손자들을 돌보 며 살기를 원했었고, 남북통일이 되면 고향 평양에 꼭 가고 싶어 했다. 그리고 신앙생활을 통하여 아직 경험하지 못한 하나님과의 만남을 바라고 있었다. 이 세 가지의 소망이 다 이루어진다면 얼마나 좋으랴.

그러나 지금 누님의 몸 상태로는 그것들이 한갓 헛된 노욕老慾처럼 들려온 다. 자신이 건강치 못하면 자식들을 찾아 나설 수도 없거니와 어느 세월에 통 일이 되어 고향땅을 밟을 수 있겠는가 말이다. 누이의 순수한 성품으로 보아 이 같은 욕심은 아예 생각지도 않았을 것이다. 칠십여 년의 세상살이는 그리 순탄한 세월이 아니었다. '팔자도망은 못한다'는 말처럼 누이는 행복한 삶을 누려본 적이 거의 없었던 것 같다. 남편의 사업실패와 동업자의 배신으로 인하여 한때 집안이 몰락하기도 했다. 그러나 누이는 그 고통 속에서도 자식들을 잘 키워왔다. 그것은 누이의 하나 같은 미생지신尾生之信이 있었기에 얻어진 결과라 생각된다.

누이의 얼마 남지 않은 생을 위해 동생으로 도울 수 있는 것은 아무것도 없었다. 하느님께 기도를 드릴 수 있는 것 밖에는…. 하늘나라에 가면 이승에서 못 이룬 누이의 소원이 꼭 이루어지기를…, 그보다 더 큰 기쁨이 어디 있으랴.

오후 2시가 되어 매형과 같이 근처 식당으로 가려고 하자 중년의 간호사가 다가오며 "할아버지는 하루도 빠짐없이 할머니 병간호를 하고 계셔요"라고 우리 부부를 보며 칭찬의 말을 건넨다. 근처 식당에서 셋이 점심식사를 하면서 미간에 생긴 매형의 깊은 주름살을 보니 애처가였다는 것을 짐작케 했다.


# 포도나무교회


### 5월 4일 일요일

아침은 아내가 시장에서 사온 밑반찬하고 밥솥에 있는 따끈한 밥을 떠서 둘이 간소하게 먹었다. 오늘은 주일날이라 어느 교회를 갈까 망설이다가 수영水營에 있는 '포도나무교회'에 가기로 했다. 개척교회이기 때문에 조금이라도 힘이 되었으면 하는 마음에서이다. 지난 날 같은 장로교회에서 아내와 사이좋게 지내던 윤계순 권사가 세운 개척교회이다. 영국에 유학까지 하고 돌아온 사위가 목회를 맡고 있는 교회다.

젊은 목사가 자그마한 교회에서 열심히 그리스도의 복음을 전도하는 모습이 대견스레 보인다. 설교내용은 '가치 있는 존재로 살자'는 '에베소서'의 성경

구절이다. 당신은 누구와도 닮지 않은 유일무이唯一無二의 최고의 작품이며 가치 있는 일을 하기 위해 태어났다. 당신은 뜻과 목적을 위해 만들어진 신의 걸작이다. 당신은 존재하고 있는 만큼 가치가 있다. 당신을 위해 가장 멋진 인생 플랜이 준비되어 있으며 그것이 실현되는 날을 기다리고 있다. 그리고 그것을 실현하기 위해 필요한 온갖 재능과 능력이 이미 당신 안에 잠재해 있다. 그러니까 당신은 아무런 불평을 늘어놓을 일도 없고 남을 부러워할 필요도 없다. 자. 그럼 시작하자. 당신은 반드시 성공하여 더없는 행복한 생을 만끽하며 살 것이다. 왜냐 하면, 당신은 그 때문에 디자인 되어진 하나님(神)의 작품이니까…. 설교를 요약하면 이렇게 해석을 할 수 있었다.

목회가 끝난 후 1층 홀에서 교인들과 함께 점심식사를 했다. 내가 좋아하는 카레라이스다. 찬으로 내놓은 갓 담은 김치가 새콤하여 맛있게 먹었다. 짧은 시간이었으나 윤 권사와 지난 날의 얘기를 나누었다. 마음이 가뿐하고 상쾌하다. 심성이 착한 사람에게서 느끼는 화기和氣는 언제나 애애하다. 윤 권사에게 "안녕"을 고하자, 그녀는 한길가까지 나오더니 갑자기 나에게 살짝 이별의 허그를 한다. 한국 사회도 시대의 흐름과 함께 빠르게 변하는 여성의 문화를 피부로 느꼈다.

저녁에 국제시장에 나갔다. 내일이 어린이 날이고 해서 손녀에게 자전거를 사줄까 하여 장난감 가게를 돌아보았으나 색상과 모양새가 투박스러워 포기했다. 좀 더 큰 다음에 예쁜 자전거를 선물해야겠다고 다짐하고 지하철 1호선에서 3호선으로 바꿔 타고 연산동 집으로 돌아왔다.

# 유교의 폐습

## 5월 5일 월요일(어린이날)

부산에서 가까이 지내던 백승재 형 내외와 김안석 형 내외가 우리 부부를 동네 식당으로 불러냈다. 오랜만에 세 쌍의 부부가 만나 아귀찜을 안주삼아 소주를 마시며 그간의 회포를 풀었다. 자식 얘기 손자 얘기가 자연스레 입에 오르내린다.

요즘은 장가 시집가기가 어려워서 그런지 어느 가정이든 결혼적령기를 놓친 처녀총각이 있기 마련이다. 부모의 입장에서는 빨리 결혼하여 손자 하나라도 더 보고 싶은 것이 부모의 심정일진대 지금의 젊은 세대는 그런 것들을 아예 생각지 않는 것 같아 우리 세대와 너무 격세지감隔世之感을 느낀다. 하기야 옛날 사람들은 땅 몇 마지기만 있어도 집에 머슴을 두고 아들 딸들을 쑥쑥 낳아, 자식들은 다 자기가 먹을 몫은 타고 난다며 먹고 사는 데 그리 신경도 쓰지 않았다. 그래도 우리 선조들은 '나물 먹고 물 마시고 팔을 베고 누웠으니 대장부 살림살이 이만하면 족하지 않느냐?' 이처럼 물질적 욕망과 관능적 욕구를 자기 의지로 극복했을 때에 얻어지는 마음의 평화를 극기복례克己復禮, 안빈낙도安貧樂道라 하여 인생의 최고 가치로 생각하며 살아왔다.

그런데 우리 전 세대는 어쩌면 곰처럼 미욱하기 짝이 없이 살아오지 않았나 생각된다. 시집가고 장가가서 딸을 낳고 또 딸을 낳아도 대를 이어 제사지내 줄 아들이 태어날 때까지 애를 낳고 살았다. 백 년이고 천 년이고 자기 조상들을 지켜 주고 대를 이어줄 종손宗孫만 있으면 그가 출세를 하든 말든 그리 상관하지 않았다.

그런데 지금의 젊은이들은 유교관습에 그리 관심이 없어서 그런지 자기의 행복은 결혼을 하여 자식들을 낳아 기르는 것보다 자기들이 좋아하는 일을 찾아 결혼생활을 만끽하는 데 있는 것 같다. 최근 3커플이 결혼하면 1쌍은 이혼한다는 통계도 나왔다. 그러니 자식을 가진 부모들도 이제는 유교적인 사고에서 하루 속히 탈피해야 자식들과도 원만히 지낼 것 같다.

이웃집 백 형 부부는 주말에 김해에 있는 농장에 나가 텃밭을 가꾸며 주말을 보낸다고 한다. 넓은 농토를 갖고 있어서 그런지 그의 검게 탄 얼굴에서는 그저 여유로움이 넘치는 것 같다. 오늘도 이웃친지 덕분에 우리 부부는 행복한 하루였다.


# 찌개 나베


### 5월 6일 화요일

오늘은 페리호를 타고 부산을 떠나는 날이다. 나는 오늘 부산여자대학의 S교수와 만나 학교간의 학생 교류문제에 대해서 의견을 나누기로 했다. 아침에 대학을 찾아가니 S교수가 반가히 맞아주었다. 교무처장도 같이 자리를 하여 졸업생의 편입문제를 어떻게 양교간에 합의점을 찾을 것인가에 대해 솔직하게 얘기를 나누었다. 그러나 합의점은 찾지 못했다.

아내도 아침부터 쇼핑하러 부전시장에 나갔다. 한국에서 사가지고 갈 것이 한두 가지가 아니란다. 아내는 가깝게 지내는 일본 친구들에게 선물로 사탕봉지라도 집어 줘야 성이 차는가 보다. 라면, 과자, 돌김, 밑반찬, 생선, 과일류 등 다양하다. 가지고 갈 때는 많은 것 같아도 실제로 일본에 가 집에서 짐을 풀어보면 별것도 없다. 한국에서 갖고 온 애호박을 넣고 풋고추에 두부를 썰어 도기나베(陶器鍋 · 냄비)에 된장국을 끓이면 매콤하고 구수하여 일본에서는 맛볼 수 없는 천하일미天下一味의 찌개 나베가 된다.

아내가 가끔 한국에서 먹거리를 사가지고 오면 가고시마(鹿兒島)산 명주인 소쮸(燒酎·소주)를 따라 술을 음미하곤 한다. 사람을 좋아하면 자연히 술고래가 되는 까닭을 알 것 같다.

오후 4시가 되어 부관페리 터미널에 도착하여 박스로 포장된 짐은 모두 화물로 부쳤다. 일본세관에서 짐을 풀어보고 식물검사를 한다면 번거롭기만 하다. 하여간 검은약(阿片), 하얀약(痲藥)만 없으면 프리패스다. 오늘 타고 갈 배는 일본 배, 하마유(海棠花)호이다. 16000톤급의 초대형여객선이다. 부산 국제터미널은 일본의 골든 위크를 한국에서 보내고 귀국하는 일본인 단체손님들로 가득 차 있었다. 국제터미널 주차장이 너무 협소해 불편한 느낌이다.

오늘도 아담한 투윈 룸의 특실을 배정 받았다. 밤 10시경, 페리 하마유 호가 현해탄의 여울목을 지날 즈음 몇 번이나 배의 롤링이 있었다. 속이 좀 울렁거렸다. 저녁을 많이 들지 않은 덕에 우리 부부는 무사히 모국 방문을 마칠 수 있었다.

# JP의 편지

## 5월 7일 수요일

아침 눈을 떠보니 페리호는 이미 일본 시모노세키(下關) 외항에 정박해 있었다. 날씨는 푸른 하늘에 흰 구름이 둥실둥실 떠 있다. 상쾌한 날씨다. 세관에서 입국 수속을 마치고 터미널 로비로 나오니 작은 아들이 차를 갖고 마중 나와 있었다. 덕분에 짐을 모두 싣고 보니 두 사람 자리가 좀 좁았지만 무사히 야하타(八幡)에 도착할 수 있었다. 집에 도착하니 안도의 한숨이 절로 난다.

아침은 한국에서 갖고 온 약밥으로 끼니를 채웠다. 오후에는 대학 연구실로 나갔다. 며칠간 비워놓았던 내 연구실이 썰렁한 느낌마저 들었다. 연휴라 일용 청소 아줌마들이 청소를 전혀 하지 않았나 보다. 연구동 빌딩에도 연구실에 나와 있는 선생들이 여느 때보다 적어 보였다.

야간수업까지 3코마 수업을 마치고 저녁 9시가 넘어서 집으로 돌아왔다. 심신이 피로하다. 야간수업은 보통 비상근非常勤 강사講師들이 담당하는 것이 보통인데 이 대학의 커리큘럼이 그리 짜여 있으니 교무과에 따로 요구할 형편이 안 된다.

저녁 늦게 속달로 JP측 김종필 씨로부터 우리의 강연요청을 승낙한다는 편지가 도착해 있었다. 앞으로 이 빅이벤트를 차질 없이 추진해 나가야겠다는 다짐을 했다.


# 친구의 관광안내


## 5월 8일 목요일

치과대학 수업을 마치고 연구실로 돌아가는 길에 루리코 씨 댁을 찾아가 초청강연회 건에 관하여 상담을 했다. 차가운 물, 양갱과 생과자를 내놓았다.

한국에서 온 편지를 설명하고 대책을 상의했다. 그녀는 초청강연 경비를 내가 생각한 것보다 두 배 가까이 책정하고 있었다. 경비가 너무 많이 들면 지금 형편으로는 APP의 재정문제도 있으니 줄여야겠다고 하니 대학당국에 부탁하여 보조금을 타면 될 것이라 한다.

아직 서로 정식으로 인사도 나누지 않은 세키 이사장에게 가서 처음부터 돈 얘기를 꺼내기가 싫어서, 나는 대학으로부터 지원금 요청을 취소하고 우리끼리 단출하게 행사를 하면 어떻겠느냐고 제안을 하자, 그녀는 현청에서 나오는 보조 지원금이 있으니까 별로 어려움이 없을 것이라며 내일이라도 세키 K대학 이사장을 만나 건의해 보자고 했다. 나는 판단이 서지 않아 APP이사회를 소집하여 결정을 내리기로 결정하고 헤어졌다.

한국 측에서 조건을 정확히 말해 주면 일하기 좋으련만 그런 힌트는 주지 않는다. 모든 것을 당신들이 알아서 하면 따라가겠다고 하면 편하게 일을 진행시킬 수도 있을 텐데…. 강사와 수행원의 왕복 비행기표, 호텔 숙박비, 그리고 별도의 벳푸온천 관광경비를 따져보니 루리코 씨의 예상이 맞지 않는 것도 아니다. 저녁에는 서울에서 강태일 동문으로부터 전화가 걸려왔다. 관광차 서울을 방문한 일본인 아리에(有江) 씨를 이틀간 서울 관광 안내를 무사히 마쳤다며, 나에게 손님을 소개해 주어서 새삼스레 고맙다는 말을 했다.

한국어를 모르는 일본 관광객들에게는 일본어가 능숙한 한국 사람을 만난다는 것도 행운이라 생각한다. 나의 한국어 제자인 아리에 씨와 그녀의 친구에게 강 형을 소개해 주었었다. 아리에 씨의 말을 들으니 최근 강 형이 관광 안내를 할 만큼 일본어 회화실력이 향상된 듯하다.

# 다이고미

**5월 9일 금요일**

아침 수업을 마치고 야시 학부장을 만났다. 내가 부산에 갔을 때 부산여자대학을 방문한 얘기를 전하기 위해서였다. 그곳 학장을 비롯해 교무처장을 만나 우리 K대학 선전 팸플릿을 전달하고 우리 K대학의 유학생 편입제도와 특별장학생 선발에 대해 상세히 설명을 하고 왔다고 보고를 했다. 그러자 학부장은 수고가 많았다며 차를 내놓는다.

대개 2년제 단기 대학 학생들은 무엇보다 취업이 우선이다 보니 외국 유학보다도 국내대학에 편입학하려는 학생들은 좀 있을지 몰라도 엔고(円高) 현상이 계속되고 있는 관계로 일본에 유학하려는 학생들은 거의 없을 것이라는 나의 생각을 솔직히 전했다. 한국의 전문대학 학생들은 취직을 목표로 입학한 학생들이 대부분이어서 만약 우리 K대학에서 수업료 전액 면제 조건이라면 전문대학 측에서 추천할 수 있는 학생은 몇 있다는 사실도 전했다.

그런 후 우리는 바로 옆방으로 자리를 옮겨 아보시(安干) 법학부장과 함께 세 사람이 둘러앉아 차를 마시며 한국 대학의 실정에 대한 이야기로 시작해서 우리 K대학생들과 외국인 유학생들의 진로에 대한 얘기 등을 기탄없이 나누며 얘기의 꽃을 피웠다.

오늘은 여느 때와 달리 아보시 법학부장이 밝은 얼굴로 자주 만나자면서 문까지 나와 깍듯이 내게 인사를 한다. 저녁쯤에 아리에 씨로부터 전화가 왔다. 서울에 잘 다녀왔다며 직장이 끝나는 대로, 서울 방문 보고도 할 겸해서 연구실에 들른단다.

한 시간 쯤 지나 그녀는 몇 개의 종이백을 들고 나타났다. 강 선생이 안내를 잘해 줘서 즐겁게 서울 관광을 무사히 마치고 돌아왔다며 싱글벙글이다. 사실 얼굴 표정을 보니 기분이 썩 좋은 것 같다. 그녀는 나에게 선물을 사왔다면서 직접 넥타이를 케이스에서 꺼내 보인다. 산뜻한 색상의 타이다. 그리고 한국 비스킷 종류를 몇 개 내놓았다. 나는 "뭘 이렇게 많이 사왔어요?" 하며 돌려주려 하자 아리에 씨는 뿌리치며 "그럼, 이 과자 학생들에게 하나씩 나눠주면 좋아할 것이에요"라고 전한다.

요즘 일본 학생들은 그전과 달리 '김치'를 '다꾸앙'(단무지) 먹듯이 잘 먹을 뿐더러 아귀쩜도 혀를 널름거리며 맛있다고 법석을 떤다. 매운 신辛 라면을 하카타(博多) 라면을 먹듯이 순간에 한 그릇을 뚝딱 비운다.

시대가 많이 변했다. 김치 냄새조차 싫어하던 일본 사람들이 이제 그것이 다이고미(醍醐味 - 최고의 맛)로 알고 있으니 말이다. 그러니 요즘은 만대불역萬代不易이란 말이 무색할 만큼 예전에 볼 수 없던 변화가 일본 사회에서 일어나고 있다.

# 먹구름 쓰나미

**5월 10일 토요일**

아침부터 비가 계속 내린다. 오랜만에 내리는 반가운 비다. 가뭄으로 농작물이 말라간다 해도 도시 사람들은 실감을 못하지만 농사짓는 농부에게는 그야말로 단비가 아닐 수 없다. 이런 날이면 나는 혼자 그냥 비를 맞으며 어디론가 정처 없이 걷고 싶다.

창밖을 보니, 비가 오는데 우산도 받치지 않고 뛰어가는 가냘픈 몸매의 낯선 소녀가 동네 아스팔트길을 질주한다. 왜 우산도 쓰지 않고 허둥지둥 뛰어갈까? 소녀는 비가 좋아서일까. 바람이 좋아서일까? 어쩌면 그 소녀는 풍래랑風來娘인지도 모른다. 나는 쓸데없는 상상을 하며 시커먼 허공을 한참 바라보았다. 소녀가 사라진 길거리는 빗소리와 함께 싸늘한 기운이 감돌았다.

저쪽 하늘 끝에서 먹구름이 쓰나미(津波)처럼 몰려온다. 마치 천군만마千軍萬馬를 이끌고 도성에 입성하는 개선장군의 기세처럼…. 이윽고 번개가 치고 연거푸 뇌성雷聲이 지축을 흔든다. 나는 깊은 호흡을 하고 다시 귀를 기울인다.

하늘에서 쿵! 쾅! 우렁찬 천둥소리가 점점 가까이서 들려온다. 운부천부運不天賦란 말처럼 인간의 길흉은 하늘에 맡길 수밖에 없지 않은가. 하지만 나는 조용히 기도를 올린다. 오늘만은 이 단비로 인간 세상을 기름지게 해 주시옵소서….

　오후가 지나도 아내의 감기가 낫지를 않았다. 아내는 동네 W병원에 가서 진찰을 받고 약을 타왔다. 그길로 나는 '유코' 어머니가 일하는 가게에 들러 한국에서 사온 선물을 전했다. '유코' 어머니는 내 얼굴을 금방 알아보지 못했다. 내가 모자를 벗어 보이자, 그제야 큰 소리로 웃으며 반겨주었다.

　가게에 손님이 많은 듯하여 짧게 한국 얘기를 나누고 바로 대학캠퍼스로 달려갔다. 연구실에서 내주에 강의할 조선시대의 양반에 관해 레지메(résumé · 연구발표의 요약)를 작성하였다. 저녁에 집에 돌아오니 아내는 감기약을 들었다는데도 차도가 없는 모양이다. 아내가 누워있으니 슬그머니 걱정이 앞선다.


# 코리안 컨버세이션


### 5월 11일 일요일

　날씨가 꽤나 맑다. 가까운 관광지를 찾아다니고도 싶지만 좀처럼 선뜻 마음이 내키질 않는다. 우리 가족이 일본으로 이주한 이후 직장에서 일본 사람과 같이 일하다 보면 자신의 모습이 일본인으로 비추어질까 두렵기도 했고 어쩌면 나를 향해 한국의 친지들이 '에코노믹 애니멀'로 비아냥거리는 소리를 들을까 몸이 그저 섬칫해질 때도 있었다. 매일 직장과 가정을 시계추처럼 왔다갔다 하다가 이웃들로부터 옹졸한 사람으로 낙인찍히지 않을까 하는 걱정도 해 보았다.

　사람을 만나는 일이 나의 직업이긴 하나 시간이 없을 때는 어쩔 수가 없다.

학교에서는 학생들을 많이 만나고 언어 연구학회에서는 학자들을 만나고 국제봉사활동 클럽에서는 볼런티어들과 만나 솔직한 대화를 통하여 국제이해와 상호협력을 꾀한다.

오늘도 한글을 열심히 공부하고 있는 히사노 씨와 이이모리 씨를 '이온' 대형쇼핑 몰에서 같이 점심을 하면서 Korean conversation 시간을 약속했다. 이 두 사람은 학구파여서 가끔 나에게 까다로운 질문을 할 때도 있다. 그뿐만 아니라 또 한국의 언어, 그리고 한국의 풍속과 전통예술에도 깊은 관심을 가지고 있다. 한국을 수차례 다녀왔기 때문에 한국말도 잘하는 편이다. 그래서 그들과 만나면 습관적으로 나는 일본어를 쓰지 않는다.

나는 한국 얘기를 그들이 이해하든 말든 상관치 않고 일사천리—瀉千里로 말을 이어간다. 아리송한 말은 각자 메모하였다가 나에게 다시 질문을 할 때면 나는 쉬운 말로 천천히 다시 얘기해 주기도 한다. 나의 얘기를 이해하게 되면 그제야 모두 함박웃음으로 한글회화 공부가 끝난다. 오늘은 '이솝 이야기'를 들려주었다.

그들과 헤어지고 나는 슈퍼에 들러 먹음직스런 '니기리 즈시'(주먹초밥)를 사들고 집으로 돌아왔다. 아내는 감기 때문인지 아직 입이 당기지 않는 모양이다. 그런데 초밥이 식탁 위에 오르자 아내는 어린애같이 활짝 웃으며 맛있게 들었다.

# Benz의 유혹

### 5월 12일 월요일

오늘은 9년차 APP장학생을 뽑는 날이다. 선임이사로 게이코 감사와 루리코 이사가 면접을 맡기로 했다. 모두 열두 명으로부터 장학생 신청서류를 받았다. 여기서 일곱 명을 금년 APP장학생으로 선발할 생각이다. 중국 유학생, 한국 유학생, 몽고 유학생, 베트남 유학생 등이다.

오후 1시부터 면접이 시작되었다. 장학생 선발은 모두 이사들에게 일임하고 나는 수업에 들어갔다. 수업을 마치고 나니 면접을 마친 이사가 나에게 결과보고를 하였다. 중국인 유학생 2명, 한국인 유학생 1명, 몽고인 유학생 1명, 중국 조선족 유학생 3명을 추천서와 함께 그들의 인적서류를 내보였다. 모두가 K대학 유학생들이었다. 나는 심사 결과에 이사장 도장을 찍어 7명의 유학생을 확정지었다. 그리고 이사들과 차를 나누면서 면접학생들의 뒷얘기로 시간을 보냈다.

그리고 뭐니해도 JP초청강연회가 모두의 관심사였다. 루리코 씨는 이달 안에 현청으로부터 보조금의 가부를 알 수 있을 것이라 했다. 그러자 게이코 씨가 내일 학교법인 세키 이사장을 만나는 것이 순서라고 강조했다. 나는 별로 탐탁하게 생각하지 않았지만 두 사람이 나의 등을 떠밀듯이 재촉하였다. 그래서 바로 세키 이사장에게 전화를 걸었다. 비서가 이사장이 지금 자리에 없다고 한다. 나는 내 소속과 직위 명칭을 대고 내일 APP의 멤버들과 인사차 '세키' 이사장을 만나 뵙기를 원하니 그리 전해 달라 하고 전화를 끊었다.

두 이사를 보내고 나니 늦깎이 대학생 에미나가 연구실 문을 활짝 열고 들어온다. 나는 톤을 높여 "오랜 만이군요" 했더니 자기는 내가 없을 때에 몇 번이나 내 연구실에 왔었다고 한다. 그런데 오늘 그녀의 표정이 안 좋은 것 같아 보였다. 그녀는 대학캠퍼스 안에서 항시 외톨이처럼 내 눈에 비친다. 한국어 수업시간에도 다른 학생들과 어울리는 스타일은 아닌 것 같아 보인다. 자기보다 나이가 열여덟 살 차이가 나는 학생들과 어떤 대화를 나눈다해도 소통이 될 것이라 볼 수 없기 때문이다.

이 같은 상황은 남자라 해도 서로 소통하기란 쉽지는 않을 것이다. 그러니 그녀에게 대학캠퍼스 안에서 복심지우覆心之友를 찾기란 그리 쉬울 것 같지가 않다. 요전에는 자기 차를 자랑하더니 오늘은 자기가 자라온 과거사를 꺼내며 나에게 호소하듯 떠벌렸다. 자기는 조실부모早失父母하여 조부모 밑에서 자라왔고 학교시절 친구들로부터 이지메(따돌림)을 받아왔다며 과거에 괴로웠던 일들을 털어 놓기도 했다. 그녀의 말을 듣고 보니 한편 가련한 느낌마저 들어 동정심마저 불러 일으켰다. 그녀의 그늘진 얼굴 표정을 보고 나는 어떤 위로를 해 주고 싶었지만 갑자기 좋은 생각이 떠오르지 않았다.

잠시 침묵이 흐른 뒤 '고진감래苦盡甘來'란 말이 생각났다. "사람은 누구나 여러 가지 어려운 고비를 겪으며 살아가는 것이니까 앞으로는 좋은 일이 많을 거야"라고 위로의 말을 해 주었다. 그러자 그녀는 나에게 고맙다는 말을 하고 나가면서 "선생님, 언제 제 벤츠차를 한 번 보여드릴게요." 이렇게 말을 남기고 홀쩍 밖으로 사라졌다.


# 따뜻한 사람들


### 5월 13일 화요일

맑은 하늘이다. 그런데 오늘 중국 사천성四川省의 성도(成都 - chengdu) 부근에서 7.9M의 대지진이 발생했다. 엄청난 사람들이 희생됐다는 뉴스보도가 있었다. 그 사상자 수가 12,000명이라 전한다.

초등학교 전체가 폭삭 무너져 내려 가여운 어린 싹들이 거의 몰살을 당했다고도 했다. 너무나 안타까운 재앙이다.

이것이 어찌 하늘의 뜻이라 감히 입에 올릴 수 있으랴. 하나 밖에 없는 이 지구상에서 지진이 자주 일어나는 곳은 저주의 땅인지도 모른다. 지진의 미동마저 느끼지 않는 내가 살고 있는 이 땅은 신이 내린 안식처가 아닐까. 악의 마그마가 없는 이 땅에 살고 있는 한 우리는 하느님께 감사하는 마음으로 살아야 할 것이다.

오후 3시에 APP 이사들은 K대학 세키 이사장과 JP초청 강연문제로 상의하기로 약속을 했다. 시간이 되어 나는 루리코 이사, 오구라 이사와 함께 이사장실로 찾아갔다.

먼저 APP의 사업 취지와 목적을 밝히고, 이번 JP초청 강연회를 개최하게 된 경위를 간결하게 설명했다. 알고 보니 세키 이사장과 오구라 씨는 옛 직장에서 한 때 상사와 부하관계의 인연이 있었다고 한다.

그래서 그런지 우리의 얘기를 듣고만 있던 세키 이사장은 국제관계학부의 승인을 얻으면 공동으로 강연회를 추진하기로 약속을 했다. 이사장의 전향적인 태도에 나는 퍽이나 놀랐다. 우리는 협조해 주어서 고맙다는 인사를 하고 이사장실을 나왔다.

오구라 씨는 세키 씨가 이미 이 대학의 이사장으로 취임을 하고 있음에도 불구하고 여태껏 일체 나에게 아무런 얘기를 하지 않은 점이 좀 의아스럽기도 했다. 혹시 두 사람이 전에 근무했던 직장에서 서로 사이가 좋지 않았을지도 모른다.

저녁에 서울에서 전 국회의원 원철희 씨로부터 전화가 왔다. 강연비용에 대해서 너무 신경 쓰지 말란다. 그 역시 따뜻한 마음씨를 가진 한국 사람임에 틀림이 없다.

# 들러대기 근성

## 5월 14일 수요일

맑음. 오늘은 교수회의가 있었다. 교수회의 한 시간 전에 국제분과회에서 일단 어제 이사장실에서 있었던 사항을 보고하고 양해를 얻었다. 그리고 나는 다시 교수회의에서 JP초청강연회에 관한 경과보고를 정식으로 했다. 이사장이 우리 APP와 공동으로 주최하는 것을 찬동하였다고 말을 하자 옆에 있던 시바다 교수가 막 바로 JP가 누구냐고 묻는다. 나는 이름 석자 金鍾泌을 써 보이며 한국의 박정희 대통령 시대부터 오랫동안 한국 정치에서 빼놓을 수 없는 거물 정치가라고 설명을 했다.

그러자 그는 연달아 자기는 그런 정치가를 들어본 적이 없다며 톤을 높였다. 그러면 지금 당신이 맡고 있는 '아시아개론' 이란 과목에서 한국의 정치 경제에 대해 아무것도 학생들에게 가르치고 있지 않다는 말로 들린다고 하자, 그는 화가 났던지 큰 소리로 나도 모르는 그런 찐피라(피라미) 정치인을 우리 대학에 초청할 필요가 전혀 없다고 잘라 뗀다. 그리고는 교수들을 향해 자기는 결사코 반대하니까 찬성하는 사람들과 잘 해 보라는 투로 고개를 저었다.

나는 이 행사가 APP를 위해 하는 것이 아니라 우리 대학의 홍보를 위해 하는 일이라고 거듭 강조하여 교수들에게 협조를 부탁한다는 말로 마무리를 지었다. 가만히 생각하니 세키 이사장을 만났다는 말에 시바다는 민감한 반응을 나타낸 것 같다. 사실은 학교에서는 일반적으로 국내 강사 초청 정도로 생각하면 그만인데 모두가 강연사례비에 대해 오버센스하고 있는 것 같아 마음이 떨떠름하였다.

이십년 가까이 교수회의를 지켜봐 왔지만 오늘같이 한국 사람에 대해 '찐피라' 운운하는 모욕적인 말을 듣기는 처음이다. 시바다는 성격이 까다롭기로 정평이 났으니 마음이 아파도 내가 꾹 참기로 했다. 어제 세키 이사장이 한 말, 즉 국제관계학부에서 승인을 얻으면 허락해 준다는 말이 믿어지지가 않았다. 어쩌면 이사장은 우리 앞에서는 강연을 허락하는 척하고 뒤로는 '시바다'를 내세워 JP초청강연회를 묵살시키려는 둘러대기 근성이 드러난 것 같아 내 마음을 더욱 아프게 했다.

어제 만난 사람은 이사장이 아니라 간녕배姦佞輩를 만난 셈이 아닌가. 나의 경험치經驗値로 하여금 그들의 속내를 짐작할 수 있었다. 지금은 자기들끼리 낄낄대며 웃고 있을지도 모른다. 호사다마好事多魔란 말이 정말 실감이 난다.


# 선시후사


### 5월 15일 목요일

아침부터 바빴다. 치과대학 수업을 마치고 연구실에 돌아오니 루리코 씨로부터 전화가 왔다. 모레 APP총회준비 때문에 급히 상의할 것이 있다고 했다.

1시가 지나 루리코 씨가 연구실로 찾아왔다. 그녀는 회계를 맡고 있기 때문에 회계장부와 통장을 관리하고 있다. 나는 숫자에 대한 관념이 거의 제로상태이기 때문에 계산이 빠른 그녀가 오랫동안 장부정리와 대차대조표 등을 작성하여 매년 NPO법인 관리관청과 총회에 제출하여 왔다.

아무리 봉사활동이라 해도 아무런 사례도 없이 성가신 잡무를 좋아할 사람은 없을 것이다. 나와 같이 볼란티어 활동을 하는 사람들은 어쩌면 나의 동지이며 팬인지도 모른다. 10년 전에 내가 앞장서서 같이 국제봉사활동을 하지 않겠느냐고 일본인 제자들에게 러브콜을 보냈을 때 거의가 찬동을 해 주었기 때문에 NPO법인을 만들 수 있었다.

이사진理事陣을 구성할 때도 봉사정신이 투철하고 국제 감각이 있는 사람들로 자리를 채웠다. 예를 들면 컬처 센터라든가 시청에서 매년 실시하는 외국어(한국어) 특강을 할 때 만난 사람들이다. 대개 그들 수강생의 대부분은 사회생활을 하는 일반인들이다. 일단 그들과의 관계는 사제지간師弟之間의 관계이기 때문에 서로 상대방의 의견을 존중하며 국적을 뛰어 넘어 사이좋게 지내왔다. 루리코 씨도 오구라 씨도 내가 믿고 있는 컬처래티이다.

오후 늦게 한국인 유학생 E양으로부터 전화가 왔다. "선생님, 스승의 날 축하드려요." 그저 말만 들어도 고맙기만 하다. 그녀를 직접 가르친 적도 없는 나인데…. 오히려 도움을 준 유학생들로부터는 전화도 없는 것을 보면 사람의 연緣이란 묘한 일이다.

일본에는 스승다운 이가 없는 건지 아니면 훌륭한 선생님을 제대로 간파하는 학생이 없어서인지 스승의 날이 없다. 일본은 사무라이가 지배하던 봉건시대부터 선시후사先侍後師 사상이 뿌리 깊게 내려와 지금에 이르렀기 때문에 師(스승)보다 侍(무사)가 우선하는 것이 아닐까.

오후에는 치에, 미호, 슈리 양 등 한국 사회실습에 참가할 학생들이 부모로부터 서약서를 갖고 왔다. 에미나로부터는 아직 서약서 얘기가 없다.

오늘 '한글방'에는 노가타(直方)에서 온 요우코 씨를 비롯해 8명 전원이 수업에 참석했다. 점점 일취월장日就月將하는 한글 제자들의 모습에서 나의 기쁨이 새롭다.

# 안개 숲속의 늑대

**5월 16일 금요일**

수업이 있어 아침부터 연구실에 나갔다. 그런데 루리코 씨로부터 전화가 왔다. JP초청강연회에 문제가 생겼다는 얘기다. 이상한 예감이 머리를 스친다. 세키 이사장이 잘 알지도 못하는 루리코 씨에게 직접 전화를 걸었다는 사실이 너무 이상하기만 하다. 처음 본 사람에게 전화를 건다는 것이 통 이해가 안 된다. 버젓이 APP의 책임자는 따로 있고 같은 직장에 있는 나에게 전화를 할 것이지…. 하여튼 자기의 약속을 번복한다는 것이 이사장 혼자는 아닌 것 같았다.

나는 전화를 끊고 직접 야시 학부장을 찾아갔다. 그런데 그는 최근 이사장을 만나지 않았다고 잘라 뗐다. 그의 말에 의하면 가노(加野) 부학장이 이사장과 가깝다면서 직접 찾아가 만나보라 했다. 대학의 발전을 위해 같이 홍보 행사를 하자는데 도움은 주지 못할망정 훼방꾼만 줄 세우니 이 대학의 앞날이 우려스럽기만 하다. 노마 부학장에게 전화를 걸었다. 전화를 안 받는다. 나는 분을 참지 못하여 부학장실로 직접 찾아갔다. 문이 잠기고 없었다. 사무직원이 업무차 외출하여 지금 학내에 없다고 했다. 배신감에 다리가 후들거렸다.

지금 나는 이 대학에서 보이지 않는 잔배냉적殘杯冷炙의 주안상을 받고 있는 꼴이 아닌가. 할 수 없이 연구실로 돌아와 분을 삭이고 있는데 에미나가 불쑥 나타나 한국 사회실습에 필요한 학부모 승낙서를 어떡하면 좋겠냐고 나에게 물었다. 당신은 결혼한 사람이니 남편의 승낙서를 받아오면 된다고 하자 그녀는 며칠 걸릴 것 같다고 한다. 아니 바로 팩스로 보내면 금방이라도 승낙서를 받을 수 있는데 무슨 말이냐고 되물었다. 그러자 그녀는 머쓱히 웃어 보이며 월요일에 서류를 갖고 오겠다고 말을 하고 돌아갔다.

요즘 내 주위의 사람들은 안개 숲속의 호리狐狸떼처럼 그 정체를 알 수가 없다.

# APP meeting

### 5월 17일 토요일

오늘은 APP총회가 열리는 날이다. 대학 뒤편에 있는 야하타(八幡) 국제교류센터에서 이사진과 회원들이 모였다. 오전에 유학생들도 다수 참석하여 취사장에서는 점심 준비를 하느라 시끌벅적하다. 중국 유학생 류 군이 모 식당에서 주방장을 하고 있는 관계로 그가 만들어 내는 중국 요리가 오늘의 메인 메뉴이다. 말하자면 팔보채와 포즈(중국 만두) 등 먹거리를 많이 만들어 냈다. 한편 회의실에서는 회원들과 유학생들이 어울려 얘기로 꽃을 피우고 있었다.

내가 별로 말을 않고 가만히 앉아 있자 중국 학생들이 나를 보고 어디가 불편하냐고 묻는다. 내가 '아니다' 라고 답을 하자, 그는 더욱 짓궂게 다가서며. "어제 사모님과 싸우셨어요?" 이렇게 농담을 건다. 나는 그냥 웃고 말았다. 언제나 나는 유학생들을 아들딸같이 대하고 있다. 자기의 고민과 갈등을 제때 풀지 못한 채 풍습과 언어가 다른 나라에서 하루하루 살아가는 그들이 그래도 장래의 꿈을 안고 있는 여유가 보여 다행으로 생각한다. 어른들도 학생들에게도 배울 점이 많다.

그런데 어제 세키 이사장의 이상한 행동에 나는 자연히 의구심에 휩싸이게 되었다. 나는 상상할 수 없는 계략에 빠져 있는 기분이었다. 내 얼굴에 수심이 있는 것을 학생들이 먼저 알아채고 있었다. 점심 식사를 마치고 이사회를 개최했다. 오구라 이사가 의장 역을 맡아 회의를 진행했다. 회계보고가 끝나고 사업 계획에 관한 토론이 있었다. 루리코 씨가 경과보고를 하면서 이번 JP초청은 어렵게 됐다며 자기 생각으로는 내년으로 연기를 하자고 주장했다.

그녀의 얘기로는 어제 세키 이사장으로부터 전화가 걸려와 JP초청강연을 반대하는 교수들이 있었다는 것을 핑계 삼아 취소하게 되었다고 내가 할 말을 대신 말하고 있었다. 다수결의 의결사항을 교수회의에서 심의도 없이 또 제안자에게 상의도 없이 멋대로 취소하는 것은 누가 보아도 독선적인 행동이라 하지 않을 수 없었다. 어떤 훌륭한 의안을 내놓아도 반대는 있는 법이다. 만일 시바다 교수가 반대했다고 그 건을 그대로 인정하면 제안자의 의사는 무시돼도 좋다는 말인가. JP초청을 보이콧한 자는 시바다와 가노 부학장임에 틀림없다. 그렇다고 지금 이 상황에서 그들을 설득할 생각은 없었다. 나에게도 언젠가 생어우환生於憂患 사어안락死於安樂의 철리를 이해할 날이 있으리라.

나는 그 자리에서 APP 단독주최로 JP초청강연을 다시 추진하면 어떻겠느냐고 제안했다. 그러자 다수의 의견에 따라 이달 중에 APP 이사회를 별도로 열어 의논하여 결정하기로 정했다. 중요한 교수회의 안건을 심의도 한 번 하지 않은 채 파기하는 그런 무뢰한들과 자리를 같이하고 싶지가 않았다.

저녁에는 미하라(三原朝彦) 전 대의사代議士의 정치활동보고회에 참석하여 여러 계층의 사람들과 식사를 하면서 그의 강연을 들었다. 박력 있는 그의 정치적인 호소력이 가슴에 와 닿았다.


# 퇴직 축하파티


**5월 18일 일요일**

맑음. 오전에 작은 선물을 사러 고쿠라에 있는 D가구점에 갔다. 오늘 저녁에 고쿠라 한인교회에서 J목사가 나의 정년퇴직을 축하하기 위해 파티를 열어야겠다며 지난주부터 여러 번 연락이 왔다. 나는 극구 사양을 했으나 내가 회장을 맡고 있는 후쿠오카(福岡)현 '안녕 한글 연구회' 회원들이 들고 나서 뜻있는 회식을 해야 한다고 고집을 피운다.

북큐슈(北九州) 한글변론대회 실행위원장인 스케야(芥屋) 씨를 비롯해 현역으로 각지에서 한글을 가르치고 있는 30여 명의 한글강사들이 우리 모임의 주 회원들이다. 이 강사들은 거의가 전문적인 한국어문학 과정을 이수한 사람들이 아니다 보니 매달 모임이 있을 때는 특별강사를 초청하여 한국어의 문법과 철자법 그리고 정확한 표준 발음법 등을 지도하기도 한다. 한동안은 후쿠오카(福岡) 한국 영사관에 속해 있는 '한국어 교육원'의 원장을 강사로 모셔 스터디 클럽을 운영해 온 적도 있다.

오늘은 나의 K대학 퇴직기념 파티뿐만이 아니라 8년간의 '안녕 한글 연구회' 회장의 직을 내려놓기 위해서도 파티에 참가해야 할 것 같다. 수 년 전에도 회원들 앞에서 회장직을 젊고 참신한 사람에게 물려줘야겠다고 몇 번이나 주장했으나 연구회 간부 목사와 스케야 위원장이 합당한 사람이 없다는 평계로 오늘까지 미뤄온 것이다. 나는 커다란 벽시계를 선물하려고 인원수대로 샀다.

그런데 중국 사람들은 시계를 선물로 주지 않는다고 한다. 시계의 '종'(鐘, chung)과 끝난다는 '종'(終, chung)이 같은 동음이라서 시계를 선사하면 헤어진다는 징크스가 있어 그런가 보다. 나와 아내는 저녁시간에 맞추어 고쿠라 한인 교회로 향했다. 회원들의 박수를 받으며 우리 부부는 교회 안으로 들어갔다.

J목사의 환영인사와 함께 간소한 파티가 시작되었다. 몇 가지의 떡과 한국 요리가 준비되어 있었다. 목사의 권유로 나는 퇴직인사와 함께 환영파티에 참가한 회원 여러분들에게 감사의 말을 전하고 오늘부로 나는 '안녕 한글 연구회' 회장직을 사임한다는 선언을 했다.

그런데 반응은 신통하지가 않다. 나는 실망했다. 8년 전 스케야 씨가 내 연구실로 찾아와 '안녕 한글 연구회'와 부설 '한글변론대회 준비위원회'에 대해 회장직을 맡아 달라는 부탁에, 그때 나는 이미 국제볼란티어 사업인 APP를 창립하여 얼마 지나지 않은 상태였기 때문에 시간적 여유가 없어 No를 선언했다. 그런데 며칠 후 다시 나를 찾아와 목사의 간청이라며 같이 한일 양국을 위해 한글보급 봉사사업을 같이 추진하자며 깍듯이 회장으로 모시겠다고 간청을 했다. 나 역시 크리스천인지라 목사의 간곡한 청원을 거절할 수가 없었다. 그

때부터 나는 회장직을 맡아 격월로 모이는 '코리안 스터디'에 참가하여 회원들을 도와 나 역시 한글지도에 힘써왔다.

파티가 끝날 무렵 다시 내가 회장의 직을 내려놓겠다고 하자, 안 된다는 소리가 여기 저기에서 나왔다. 그래도 나는 회원들에게 새삼 정중히 부탁을 했다. 그러자 J목사가 다음에 구체적으로 의논을 해서 결정하겠다며 자기에게 맡겨달라고 말한다. 나는 목사에게 부탁을 하고 아내와 같이 집으로 돌아왔다. 집에 돌아오니 밤 10시가 지났다. 피로하였던지 졸음이 밀물처럼 밀려왔다.

# Rumor Monger

### 5월 19일 월요일

날씨가 끄무레하다. 새벽에 꾼 꿈이 너무나 잡다하여 마치 백귀야행百鬼夜行하듯 머리가 혼란스럽다. 그런데 내 꿈을 내 입으로 설명할 수 없는 것이 해괴하고 또 신비스럽기만 하다.

수업 때문에 아침 일찍 연구실로 출근했다. 머리가 텅 빈 것 같아 진한 커피를 마시고 수업에 들어갔다. 지각생 서너 명이 각각 몇 분 사이로 나타나 수업을 방해하곤 했다. 프레쉬맨의 긴장감이 누그러지는 봄날에는 5월병五月病의 증상이 나타나는 때이기도 하다.

점심때 에미나가 한국 사회실습 건으로 내기로 한 서약서를 갖고 나타났다. 남편이 보낸 서약서라며 봉투를 테이블 위로 내민다. 그리고는 나에게 담배를 피워도 되냐고 묻기에 나는 그녀를 생각해서 No라고 잘라 말했다. 한국 학생들은 선생님 앞에서 담배를 절대로 피우지 않는다고 말했는데도 그녀는 기혼 여성답지 않게 엉뚱한 짓을 한다. 그러자 그녀는 머뭇거리더니 밖으로 나가더니 한참 후에 다시 돌아왔다. 복도 밖 계단에서 몇 모금 피운 모양이다. 그녀는 1학년생이라 아직 한국의 문화 역사를 배우지 않아서 그럴 수도 있으려니 했다.

그리고 그녀는 뜬금없이 경제학부의 B교수를 아느냐고 내게 물었다. 서로 눈인사를 나누는 사이라 잘은 모른다고 하자, B교수가 여학생을 세쿠하라(성추행)했다는 소문이 퍼진 것도 모르냐며 넌지시 물었다. 나는 가만히 듣고 있다가 "학생이 그런 소문을 퍼뜨리고 다니면 좋지 않아요"라고 따끔하게 침을 놓았다. 그러자 그녀는 서먹한 표정을 지으며 나에게 '사요나라'를 고하고 문을 열고 나가 버렸다.

그 소문은 이미 오래 전에 퍼진 루머인데 신입생인 그녀가 교내의 불미스런 일들을 떠벌리고 다니는 것이 좀 수상쩍었다. 얼마 전 나도 모 교수로부터 그 이야기를 들어 알고 있었다. - 一犬吠形百犬吠聲 - 한 마리 개가 짖으면 백 마리 개가 따라 짖듯이 한 사람이 거짓말을 퍼트리면 여러 사람이 이것을 사실로 믿고 소문을 퍼트릴 것이다. 그 후 그리 대단한 사건도 아닌 성 싶어 나는 한 귀로 흘려듣고 있던 터라 잊고 있던 일이다. 그녀가 돌아간 후 요전에 그녀가 내게 한 말이 언뜻 떠올랐다. 자기는 얼굴이 그래도 애인이 있다고 제 자랑을 하더니 바로 나를 향해 "선생님은 그런 사람이 없으세요?"라며 괴이한 질문을 던졌다. 나는 어이가 없어 "나를 사랑하는 사람은 다 애인이지." 이렇게 농담조로 대답한 것이 생각난다.

오늘은 중국의 사천(四川 - 德陽 - 綿陽市) 대지진이 일어난 지 164시간이 흘렀는데 기적적으로 50대와 60대의 두 여인이 무너진 콘크리트 불록 더미에서 발견되어 구조됐다는 신문보도를 보았다. 그 얼마나 긴 시간을 굶주림과 두려움 속에서 지냈을까. 정말 기적적인 생환이다. 중국 사람들은 기질적으로 느긋하기 때문에 그 긴 시간을 참고 견딜 수 있었던 것이 아닐까. 인간승리의 만세다. 이번 대지진으로 남녀노소男女老少를 가릴 것 없이 5만 명이나 희생을 당했다니 좋지 않은 기록이 또 다시 기네스북에 오를 것 같다.

# Oh my Papa

**5월 20일 화요일**

5월의 푸른 하늘을 바라보니 고향 하늘이 눈에 아른거린다. 오늘도 새벽 꿈 속에서 이상한 늙은이가 나타나 나에게 자꾸 다가서려 한다. 나는 무서움에 몸을 움츠리고 뒤로 물러서려 해도 마음대로 물러설 수가 없어 진땀을 빼고 있다. 그러자 늙은이는 손을 저으며 차츰 저 멀리 사라져간다.

이번은 이상하게도 내가 그 늙은이를 따라가며 험한 길을 헤매다 큰 벼랑 위에 맞닿았다. 꿈속에서도 아찔한 느낌에 주저하고 있을 때 어디선가 나를 부르는 울림소리가 들려왔다. 분명히 내 이름을 누군가가 부르고 있었다. 신神의 소리일까? 인간의 소리일까? 아니면 혼魂의 소리일까? 도무지 알 수 없는 소리가 내 귓가에 울려왔다. 나는 그 소리에 대답도 못한 채 공포심에 싸여 몸을 떨고 있었다. 그리고 바로 나는 눈을 뜨고 소스라치듯 자리에서 일어났다.

이상하고 무서운 꿈이었다. 하나님의 음성일까, 나를 아는 이의 목소리일까, 아니면 한창 나이에 돌아가신 아버지의 부름인지도 모른다. 그저 소름이 끼치는 상상치 못한 꿈이다. 꿈에 나타난 모습이 불투명한 늙은이가 혹시 아버지였는지 모를 일이다. 애초부터 늙은이를 아버지로 느꼈다면 나는 소리 높여, "아버지!"를 부르며 그 품에 안겼으리라.

나는 유교적인 초혼재생招魂再生의 제사와 그 혼백을 그리 믿지 않지만 가끔 꿈을 꾸면서 우연하게도 조상들이 보일 때마다 좋은 일이 있는 것을 단순히 탁선託宣으로 해석해야 할지 잘 모르겠다.

내가 6년 전에 내 고향 평양을 52년만에 찾았을 때도 그런 꿈을 꾸었다. 당시 베이징에서 평양행 고려항공기를 타고 순안順安 비행장에 닿았을 적의 감개무량感慨無量은 어떤 말로도 표현할 수가 없었다.

첫날 밤 보통강호텔에서 묵었을 때도 내일은 개선문, 모란봉, 을밀대, 주체

탑을 관광한다는 보위부원의 말에 나는 이제야 고향집에 간다는 설렘 때문인지 좀처럼 잠을 이룰 수가 없었다. 침대에서 엎치락뒤치락 노루잠을 자다가 깨어 보니 호텔방 커튼 사이로 불빛이 비치고 있었다. 커튼을 살짝 젖히고 저쪽을 바라보니 평양시가지는 먹칠을 한 듯이 까만데 오직 멀리 떨어진 미완공의 유경柳京호텔(평양의 최고빌딩)에서 비치는 일류미네이션이 커다란 고깔모자처럼 눈에 비추었다. 나는 마치 꿈을 꾸고 있는 착각에 싸여 눈을 부비며 다시 불빛을 한참 응시하고 있었다.

그런데 웬일인지 갑자기 눈앞이 까매지면서 아지랑이가 피어오르듯이 여러 개의 누렇고 둥근 형상이 내 눈을 가리어 어른거리고 있었다. 알고 보니 나는 엑스터시의 상태에서 누군가를 찾고 있었다. 누구의 모습일까? 허깨비가 보인걸까. 그리고 한참 후에 나는 두 눈을 손등으로 비벼보았다. 손등에는 물이 흥건히 젖어 있었다. 이상한 일이다. 나는 지금도 그날 밤의 수수께끼를 풀지 못하고 있다.

다음날 우리 일행은 일정대로 개선문관광에 나섰다. 그 때 놀란 것은 우리 집이 있어야 할 기림리箕林里 일대가 푸른 잔디공원으로 모습이 바뀌어 있어서였다. 우리 일행들이 안내원을 따라 다닐 때 나는 우리 집터가 있던 장소를 찾으려 풍수쟁이처럼 사방팔방을 바라보며 여기저기 잔디밭을 헤매고 있었다.

그런데 이상하게도 나는 다리에 힘이 빠지며 한 곳에 풀썩 주저앉고 말았다. 나는 그때 '이 장소가 우리 옛 집터였다' 라는 생각이 번쩍 들면서 내 눈에서 스르르 눈물이 솟구쳐 올랐다. 1.4후퇴 그 당시 우리 집 마당 한구석에 알록달록한 유리구슬(비다마)을 묻었던 장소가 바로 이 자리가 아닐까, 그런 생각이 들었다. 그 구슬이 이곳 어딘가에 묻혀 있다면 지금 그 구슬을 꼭 찾아내야 한다. 그것은 아버지가 내 생일 선물로 백화점에서 사준 것이기에 더욱 그렇다.

아버지와 헤어진 장소도 이곳이 아닐까. 지금도 아버지 얼굴이 마냥 그립고 보고 싶다. 내가 고등학교 다닐 적에 유행하던 'Oh my Papa' 라는 에디 핏셔가 부른 노래가 있었다. 나는 그 노래가사가 마음에 들어 버릇처럼 흥얼거리며 부르기도 했다.

Oh my papa to me he was so wonderful Oh my papa to me he was so good

no one could be so gentle and so lovable Oh my papa he always understood

gone are the day when he could take me on his knee and with a smile he´s change my tears to laughter

Oh my papa so funny so adorable always the clown so funny in his way

Oh my papa to me he was so wonderful deep in my heart l miss him so today

멜로디도 좋지만 이 노래가 내 마음에 들게 된 이유는 아버지의 인품이 드러나는 가사내용 때문이었다.

지금 재차 생각해 보면 전쟁시에 피난민들이 잊지 말아야 할 세 가지 중요한 물건은, 가족사진, 금전과 금붙이, 그리고 상비약이라 할 수 있다. 우리 이산가족이 남쪽으로 피난 내려오던 그 해는 말 그대로 엄동설한嚴冬雪寒의 동장군과 싸우지 않을 수 없었다. 평양에서 충청도 신탄진(대전)까지 500킬로가 넘는 거리를 무거운 등짐을 지고 걸어오느라고 어머니가 발에 동상이 걸려 고생한 것을 생각하면 지금도 눈시울이 뜨거워진다.

피난시절에는 약이 없었고 그 흔한 아카징키(머큐로크롬)도 없어 어머니의 발언저리는 코끼리피부처럼 갈라지고 뭉그러져 피가 나기 일쑤였다. 그럴 때마다 꼭 있어야 할 사람은 아버지였다. 그러나 만날 수도 없는 사람, 보고 싶어도 볼 수 없는 사람이 된 것을 누군들 어찌할 수가 없었다. 1.4후퇴 당시 그 같은 이비규환阿鼻叫喚 속에서 어머니가 챙길 수 있었던 것은 금붙이와 먹고 입고 자는 의류품 정도였으리라.

그런데 아쉬웠던 점은 가족사진을 한 장이라고 챙겼더라면 아버지가 보고 싶을 때 아버지의 사진을 보며 그리움을 달랠 수도 있었을 텐데…. 나는 내 고향 평양을 방문하기 전에 별별 생각을 다 해 보았다. 아버지와는 영영 이산가족이 되었다 해도 아버지의 학교 졸업앨범을 혹시 평양대학습장(평양도서관)에 가면 열람하지 않을까 하는 기대감에 차있었다.

평양체류 3일째가 되는 날 마침 관광 스케줄에 평양대학습장 관람이 들어있었다. 이제야 아버지를 찾는다는 설렘이 바로 눈앞으로 다가오는 느낌이었다. 우리 일행이 평양대학습장에 들어가 관내를 들러보는 도중에 나는 화장실에 간다는 핑계를 대고 도서 대출계를 찾아가 사정을 얘기하고 다짜고짜 '평양고보' 17기 앨범을 열람할 수 있느냐고 사서에게 물었다. 그러자 사서는 조선전쟁으로 미제가 평양 시내에 40만 발의 폭탄을 무차별로 퍼붓는 바람에 시가지가 모두 불바다가 되어 각 학교에 보관되어 있던 자료조차도 남아 있지 않다고 역설했다. 나는 너무 실망을 하여 허탈한 마음으로 발길을 돌릴 수밖에 없었다. 어릴 적에 막내인 나를 무릎에 앉히어 늘 알사탕을 주시던 인정스런 아버지 모습이 차츰 나의 늘어나는 백발과 더불어 기억이 희미해지는 것이 그저 서럽기만 하다.

학교 앨범사진이라도 볼 수 있었다면 젊은 시절의 늠름한 아버지 얼굴을 내 눈 속 깊이 새기어 내가 생을 마치는 그 날까지 간직할 수가 있으련만. 아, 원통하도다! 아버지의 얼굴이 어젯밤처럼 몽매간에도 이목구비耳目口鼻가 분명치 않은 환영幻影으로만 대할 수밖에 없으니…. 지금 나는 아버지의 얼굴 그림을 애써 그린다 해도 그릴 것 같지가 않다. 오직 내가 바라는 것은 이전처럼 부자父子간의 몽중상심夢中相尋하여 아버지가 뚜렷한 얼굴 모습으로 나타나는 일이다. 그리고 이 불효자의 마지막 바람은 지금 아버지가 어디에 계시든 부디 옥체금안玉體錦安하시길 두 손 모아 빌 뿐이다.

# 저돌맹진猪突猛進의 해害

## 5월 21일 수요일

캠퍼스 뒤 산등성이로 뻗어나간 사라쿠라(皿倉) 산은 회색 구름으로 짙게 깔려 있다. 교내식당에서 간단히 점심식사를 마치고 연구동으로 가는데 세키 이사장이 수 명의 낯선 사람들을 대동하고 캠퍼스를 자로질러 지나가고 있다. 그들은 서로 잘 아는 사이인지 싱글거리며 알 수 없는 말들을 주고받고 있었다. 그들 모습에서 이상스런 느낌이 내 머리를 스쳤다. 그리고 최근에는 학제 및 커리큘럼을 대대적으로 개혁할 것이라는 소문이 심심치 않게 들려오기 때문이다.

그래서 그런지 오늘 오후에 대학의 경영이사진과 교직원들과의 토론회가 있다는 교내방송이 몇 번이나 흘러나왔다. 나는 시간이 되어 특별 강의실로 갔다. 법학부, 경영학부, 국제관계학부 등 세 학부의 선생들이 거의 나와 자리를 차지하고 있었다. 나는 뒷자리에 앉아 그들의 발언을 듣기만 했다.

내용은 이전 3년의 임기도 못 채우고 그만둔 F이사장의 개혁내용과 별로 다를 것이 없어보였다. 한 마디로 말하자면 현재의 대학운영이 적자이기 때문에 어쨌든 간에 참신한 개혁을 통해 이 위기를 극복하지 않으면 대학이 문을 닫지 않을 수 없다는 절박한 내용을 이사장을 대신해서 모 교수가 설명을 했다. 그러자 지금 우리 K대학이 바라는 개혁이 어떤 것인지 소상히 밝히라고 젊은 H교수가 요구했다.

그 답은 간단했다. 인건비를 줄이는 것 이외에는 방도가 없다고 잘라 뗀다. 그렇지 않아도 지난 달부터 월급이 반으로 줄어든 나로서는 도대체 이사진들은 지금 무슨 생각을 하고 있는지 알 수가 없었다. 일반교직원의 급료가 30%, 촉탁교수가 반으로 줄었다면 평균적으로 40%가 여유 자금으로 남아돈다고 말할 수 있을 것이다. 그렇다면 사람 수를 줄이는 일 만이 능사는 아닌 것 같다.

그것보다는 적극적으로 학교를 홍보 선전하여 많은 학생들이 우리 대학에 지원하도록 하는 적극적인 방법과 입학생들에게 특전을 베풀어 장학생을 많이 뽑아 우수한 학생들을 양성시키는 방안, 또 산학産學협동을 실천하여 장차 졸업생들이 사회에 나와 일자리를 찾을 수 있게 된다면 입학생 부족 사태는 극복해 나갈 수 있을 것이다.

세키 이사장은 너무 근시안적인 생각에 집착한 나머지 교직원들을 월급 도둑으로만 보고 있는 것이 아닌가. 혹시 이 단계에서 교수들이 조금이라도 의문점을 갖고 있는데 제멋대로 실행에 옮긴다면 의모물성疑謀勿成의 결과에 직면할 것이다. 아무리 급하다 해도 바늘허리에 실을 매는 누를 끼쳐서는 절대 안 될 것이다. 미래를 담보할 수 없는 대학개혁은 일시적으로 반짝 약효가 나타나는 마약과도 같은 것이다. 자기 생각과 다르다고 해서 자기가 싫어하는 자의 목을 치기 위해 이것저것 법을 고치면 언젠가 자신도 그 법에 코가 꿰일 수 있다는 것을 알아야 한다. 저양촉번이기각羝羊觸藩羸其角이란 말이 그 같은 실례가 아닐까. 자기 힘만 믿고 돌진하던 숫양이 생 울타리에 뿔이 걸렸으니 얼마나 괴로울꼬….

# 서울의 사대문四大門

### 5월 22일 목요일

아침 치과대학 수업을 마치고 곧바로 아노우(穴生) 노인생애대학으로 직행했다. 점심은 아내가 싸준 토스트와 우유로 강사 대기실에서 해결했다. 오늘 아노우 노인생애대학에서 하는 강연은 이번이 세 번째이다. 해마다 수강생들의 얼굴이 바뀌는 것은 병들어 나오지 못하는 사람과 새로 등록하는 신입생이 교체되기 때문일 것이다.

오늘도 낯익은 얼굴들이 눈에 띠었다. 시간이 되어 나는 준비한 내용을 네 부분으로 나누어 강연을 시작했다. 먼저 조선시대의 역사적 배경과 이성계李成桂가 전래의 불교를 배척하고 유교를 국가정책으로 받아들인 이유, 유교의 덕목을 한양성漢陽城 지금의 서울 4대문에서 익힐 수 있듯이 현판을 걸어 백성들에게 가르친 것이 한국 유교문화의 기본정신이다.

지금 서울의 사대문은 東쪽의 흥인문興仁門, 西쪽의 돈의문敦義門, 南쪽의 숭례문崇禮門, 北쪽의 홍지문弘智門, 그리고 성城 안에 보신각普信閣 등의 현판의 의미, 즉 仁, 義, 禮, 智, 信의 다섯 가지 인간이 갖추어야 할 덕목 즉, 仁은 인간으로서 가장 중요한 '상대방'을 배려하는 마음이며, 義는 사람의 골격과 같아서 뼈가 없으면 머리도 세울 수 없고 다리로 걸을 수 없듯이 세상을 살아가는 바른 도의道義이며, 禮는 사람의 피부와 같아서 얼굴 없는 사람 없듯이 사람을 만나면 상대방을 존경하고 절하고 자만하지 않고 사람을 의심하지 않는 예절禮節이며, 智는 사람의 신경과 같아서 신체의 오감五感을 통제하여 선과 악을 구별하고 사물의 선과 후를 아는 지혜智慧이며, 信은 사람의 피와 같아서 몸속에 피가 흐르지 않는 사람이 없듯이 서로가 믿음을 갖고 사회생활을 영위하는 신념信念이 바로 그것이다. 조선시대의 품격과 의식구조를 역사적 인물들을 곁들어 이야기 해 주었다.

반응이 좋은 것 같다. 강연을 마치자 손을 드는 사람이 있어 질문을 몇 개 받았다. 일본 사람들에게 한국을 알릴 수 있는 찬스였다고 생각했다. 수강생들이 내 강의가 재미있었다니 나로서는 뜻있고 즐거운 하루였다. 저녁에는 서울에서 원철희 씨로부터 전화가 왔다. 6월 초에 자신이 JP를 만나 일본초청강연회 건을 자세히 전하겠다고 말했다. 나도 잘 부탁드린다고 인사를 하고 전화를 끊었다.

# 탁 소위의 죽음

## 5월 23일 금요일

요즘은 그냥 심신이 피로하니 신문 볼 틈도 없는 것 같다. 어제 아사히(朝日) 신문 기사를 뒤적이다가 한·일 교류에 관한 기사가 눈에 띠었다. 일본의 여배우 구로다(黑田福美) 씨가 쓴 논단이었다.

내용인 즉, 일제 말기 태평양전쟁 당시 일본인의 이름으로 특공대원에 끌려가 젊은 나이(24세)로 오키나와 전투에서 전사한 光山文博(미쓰야마 후미히로 - 卓庚鉉) 소위에 관한 일화가 짧게 실려 있었다. 나는 이전에 가고시마(鹿兒島) 현에 있는 지란知覽이란 곳에 유학생들과 함께 그곳을 들렀다가 우연히 '지란 특공 평화회관'을 들러본 적이 있다.

1,000명이 넘는 특공대원들이 천황폐하의 어명에 따라 나라를 지키기 위해 폭탄 비행기를 몰고 가 미 군함에 꼬라박는(다이아타리) 것이 그들의 절체절명 絶體絶命의 출격 임무였다. 그런데 해맑게 웃고 있는 어린 소년병의 사진을 보고 저들까지 전장 터로 내몰아야 했던 제국주의자들의 행태가 너무 어처구니 없어 눈물에 앞서 헛웃음이 터져 나왔다. 그곳에서 더욱 놀란 것은 한국의 젊은이까지 끌어들여 고된 비행 훈련을 시킨 뒤 가미카제(神風) 특공대원으로 그럴싸한 이름을 바꿔 오키나와 해전에 출격시켰다.

그 당시 거의가 미 군함에 제대로 '다이아타리'도 못하고 죽어간 특공대원이 수백 명이 넘었다. 그중에서 어이없게 죽음을 당한 한국 청년들이 11명이나 있었다는 사실이다. 실은 그들 모두는 이미 창씨개명創氏改名을 하고 출격에 앞서 천황을 위해 목숨을 바치겠다고 맹서한 망국의 우리 청년들이었다. 제국주의자들은 그들의 이름을 일본식으로 개명하여 천황의 명령이 떨어지면 언제든지 천황을 위해 목숨을 바치겠다는 것을 혹독한 훈련을 통해 세뇌를 시킨 것이다.

여배우 구로다(黑田福美) 씨가 아사히(朝日)신문에 기고한 내용은 이러했다. 일본에서 우익단체 몇몇 사람, 이시하라(石原愼太郞 - 동경도지사)를 비롯하여 유명인사들이 태평양전쟁 당시 오키나와 전투에 참전하여 24세의 젊은 나이로 전사한 미쓰야마(光山), 한국명 탁경현卓庚鉉 소위의 귀향 추념비追念碑를 그의 고향인 경남 사천시에 건립하는 과정에서 사천시 시의회 당국자들과의 의사소통이 충분치 못한 상태에서 벌어진 해프닝을 구로다 씨가 비난조로 쓴 글이었다.

일본에서는 청일전쟁, 노일전쟁을 통하여 전쟁 영웅들이 많이 배출되었다지만 천여 명이나 출격하여 산화한 특공대원 중에는 이렇다 할 영웅적인 전과를 이룩했다는 말은 들어보지 못했다. 그런데 대부분의 일본 사람들이 생각보다 '미쓰야마' 소위에 대한 일화는 거의 알고 있는 것이었다. 일본인이 그에게 관심을 갖게 된 까닭은 그가 조선인이라는 것도 있었겠지만 당시 자기에게 주어진 임무를 그는 충실히 해냈기 때문이 아니었을까.

그가 출격하기 전야 45년 5월 10일, 군용식당 토미야(富屋)에 와서 자기를 항상 아껴주던 토메 주인 아줌마와 두 딸에게 처음으로 "나는 조선 사람입니다"라고 고백을 하고는 자기가 가지고 있던 유품, 지갑을 고향 사천의 아버지께 부탁하면서 마지막으로 조선의 민요 '아리랑'을 부르고는 넷이 같이 부둥켜안고 울었다는 얘기가 어쩌면 일본 사람에게 크게 감동을 주었는지 모른다. 그래서 구로다 씨를 비롯해 수명의 일본의 인사들이 미쓰야마(卓) 소위의 추념비 제막식을 위해 사천까지 비행기를 타고 왔었다고 한다.

그러나 사천시민들 입장에서 보면 이미 야스쿠니(靖國) 신사에 모셔져 있는 조선인 특공대원들의 영혼을 이 땅에 따로 비문을 새겨 기념祈念할 필요가 없다는 결론을 내린 것 같다. 더구나 광복회를 비롯하여 독립운동가 단체에서 적극 반대한 것으로 알고 있다.

그런데 문제는 일본 측에서 처음 추도비 제의가 왔을 때 애당초부터 사천시 당국은 "Thank you for nothing" 이렇게 단호히 거절했어야 뒤탈이 없었을 텐데, 사천시에 이미 추도비를 모두 완성해 놓고 제막식에 참석하러 온 일본인사들 앞에서 사천 시민들의 격한 반대시위로 제막식 행사가 무산된 것은 어쩔 수 없는 일이다 치더라도 비석까지 세워 놓은 상태에서 사천시의 석연치 않은 면면이 마음에 걸린다. 문제는 아직도 한·일 양국민간에는 서로 이해할 수 없는 두터운 기름막이 드리워져 있기 때문이 아닐까.

기름과 물은 절대로 서로가 융합할 수가 없다. 일본 국민과 한국 국민이 이해하고 화합하기 위해서는 일제 36년이라는 긴 세월의 기름때를 걷어 내는 일이 우선과제이다. 그같이 짙은 기름때는 인위적으로는 무마시키기보다 양 국민들이 먼저 상대방을 사랑하는 신앙인의 자세로 돌아가지 않으면 기름때는 영원히 벗겨지지 않을 것이다.

예수께서 "원수를 사랑하라"고 하셨듯이 일본 사람들이 한국 사람에게 진정으로 사죄하고 사랑한다면 한국 사람들도 일본 사람들을 사랑할 것이라 나는 그렇게 생각한다. 이같이 사랑운동이 전국적으로 전개된다면 정치적 현안문제도 해결될 것이며, 한·일 상호의 비판적인 대항문화對抗文化도 사라질 것이라 믿는다.


# 나의 보험설계사


### 5월 24일 토요일

벌써 더위가 시작된 듯하다. 오늘은 토요일이라 강의는 없지만 새로 노후 보험설계를 받아보기 위해 지부랄탈 생명보험의 도미타 씨에게 보험설계 상담을 받기로 한 날이다. 날씨가 더울 것 같아 노타이에 쿨 피즈 차림으로 연구실에 나갔다. 대학법인의 일방적인 개혁으로 하루아침에 월급과 수당이 반 토막으로 줄어드니 그저 가슴 한구석이 휑뎅그렁한 느낌이다. 이제는 나이가 있으니

다른 대학으로 자리를 옮길 수도 없거니와 나이든 사람을 특별 채용하는 케이스는 더군다나 없다.

나는 운 좋게 이제까지 K대학에 적을 두고 여러 대학에 출강하면서 한국어 문화를 일본 학생들에게 가르치며 수년 동안 명맥을 이어온 것은 나의 굳은 투지력이라 생각한다. 나 자신이 시간에 쫓기다시피 하며 이 대학 저 대학에서 수많은 한글강의를 해 온 자신을 칭찬해 주고 싶다. 올해부터 외부 출강은 주 2코마 밖에 없으나 70세까지 강의를 하는 것으로 만족해야 할 것 같다.

오후에 보험설계사 도미타 씨가 내 연구실로 찾아왔다. 그녀는 십수 년간 나의 생명보험을 보살펴준 고마운 보험 컨설턴트이다. 나의 월급 수령액이 반으로 줄어듦으로 인해 앞으로는 지금과 같은 보험금을 그대로 지불할 수가 없다고 솔직히 얘기하자 도미타 씨도 내 말에 수긍한다면서 일단 지금의 생명보험을 해약하는 일이 순서인 것 같다고 제안을 했다.

그리고 현실 봉급 수령액에 맞추어 새로 생명보험설계를 내주까지 작성해 오겠다는 약속을 하고 도미타 씨는 돌아갔다.

나는 저녁 늦게까지 연구실에 있으면서 미제未濟 논문을 일필휘지一筆揮之로 컴퓨터의 보드를 두들겼다. 집에 돌아와 식사 후 TV로 일본 스모(씨름)를 보았다.

이번 나고야 바쇼(名古屋 場所) 스모대회에서도 요코즈나(橫綱 - 천하장사) 아사쇼류(朝青龍)가 또 우승할 것 같다. 일본문화의 꽃이라 할 수 있는 스모가 외국 사람인 아사쇼류, 몽고 사람이 최고의 자리를 차지하고 있다는 것에 대해 요즘 일본 사람들은 그리 관심이 없는 것 같아 보이지만 실제로는 지금 일본의 각계角界(씨름계)에서는 전 요코즈나인 와카, 다카 若花田/貴花田 형제 이후 몇 년 동안 계속 일본인 요코즈나가 탄생하지 않는 것에 신경을 곤두세우고 있는 것은 숨겨진 사실인 것 같다. 요즘 상황으로 말하자면 일본 씨름판이 몽고 씨름판으로 둔갑한 것 같아 스모를 관전하는 일본의 스모 애호가들도 착각을 일으키고 있지 않나 하는 생각을 해 본다.

일본의 씨름판을 도효(土俵)라 부르는데, 도효는 지면에서 약 60센티 높게 사각형으로 토대를 닦고 그 안에 직경 4.55미터의 원형 안에서 두 리키시(力士 - 씨름선수)는 스타팅 라인에서 서로 마주 응시하고 있다가 두 몸이 부딪치면서 씨름이 시작된다.

한국 씨름은 두 선수가 모래판에서 샅바 끈을 서로 잡고 씨름이 시작되지만 일본의 스모는 1미터 정도 떨어져 있는 상태에서 시합이 시작된다. 그때 마와시(샅바)를 누가 먼저 유리하게 잡느냐에 따라 상대방을 원형의 도효 밖으로 떠밀어내느냐, 아니면 기술을 써서 상대방을 먼저 바닥에 눕히느냐에 따라 승패가 갈린다. 씨름은 힘으로만 이기는 경기가 아니니까 더욱 흥미진진興味津津한 멋진 장면이 연출되기도 한다.


# 신앙심은 인격이다


### 5월 25일 일요일

날씨가 흐리고 후덥지근하다. 10시가 지나서 차를 타고 고쿠라 한인교회로 행했다. 매주 일요일에 교회에서 예배를 드리지 못하는 것을 학교의 탓으로 돌리는 것은 나의 신앙심에 대한 나태일 수도 있다. 사실 요즘은 우리 K대학교의 분위기가 어수선해 더욱 그런 느낌이 든다. 나라가 잘 되려면 마음이 깨끗하고 인간애를 실천하는 리더가 나와야 하듯이 대학의 운영도 양심이 없고 낙하산을 잘 타서 운 좋게(天降 - 아마쿠다리) 어떤 권력을 잡았다 하여 허장성세虛張聲勢을 떠는 자들은 필연코 많은 사람들에게 알게 모르게 피해를 준다고 생각한다. 허세를 부리는 것은 거짓말을 하는 것과 다를 바 없는 죄이다.

고쿠라 한인교회는 항상 낯익은 신자들로 자리가 차 있다. 인원수도 거의 변화가 없다. 일본 사람들의 신자는 O(제로)라 해도 무방하다. 한국인과 결혼한 일본 사람이 몇몇 있어 보인다. 일본에서의 전도는 그리 쉽지가 않은 모양이다. 그것은 마치 북한에 가서 기독교를 전도하는 일과 거의 다를 바가 없을 것 같다. 그런고로 기독교의 입장에서 보면 일본과 북한은 동류의 국가가 아닌가? 그런 생각도 해 본다. 다만 종교의 자유가 있고 없고만 다를 뿐, 평양에는 정확하게 십자가를 세운 교회는 '봉수교회'와 '칠곡교회' 두 군데 밖에 없다.

6년 전 내가 평양을 방문했을 때 봉수교회에 가서 예배에 참석한 적이 있었는데 나의 예상과는 달리 거기에는 흰둥이와 검둥이가 십여 명이나 예배에 참석하고 있는 것이 아닌가. 세계 각국에서 평양에 기독교전도사를 파견하여 선교활동을 하고 있다는 사실을 짐작할 수가 있었다. 평양에는 교회가 둘 밖에 없지만 실제로 지하교회(hidden church)가 수없이 많다는 말을 흘려들었다.

그러니까 일본에서 사역하는 목사님들은 평양의 봉수교회 목사보다 고충이 더 많지 않을까. 성직자의 생활이 풍요하다면 그것은 진정 하나님의 뜻이 아닐 것이니 오로지 참된 신앙생활로 여러 상처받은 영혼을 어루만져주는 일이 목회자의 첫 번째 사명이라 생각된다.

오늘도 예배를 마치고 1층 식당에 내려와 삼삼오오 식탁에 둘러앉아 신자들과 카레를 맛있게 먹었다. J목사는 바삐 돌아다니느라 그에게 말을 걸 틈이 없었다. 요전에 약속한 나의 한글 연구회 회장직 사퇴에 대한 회답을 이달 안에 해 주기로 했는데 목사는 그 때의 내 말을 까맣게 잊고 있는 듯했다. 교회 문을 나오면서 그 말을 꺼냈더니 목사는 아직 회원들의 의견을 묻지 못했다며 나보고 1년만 좀 참아달란다. 나는 그저 씁쓸히 웃으며 그냥 교회 마당을 나섰다.

# 스노브 근성 - snobbery

## 5월 26일 월요일

맑은 날씨다. 은행에서 15만 엔을 뺐다. 이달 생활비다. 거의 반으로 줄어든 가계부이다. 아내가 갑자기 힘들어 할 것 같다. 그렇지만 좀 달리 알뜰히 살아 가는 법을 터득하는 것도 나쁘지는 않을 듯싶다. 최근에는 가솔린 값이 너무 올랐다. 그 뿐만 아니다. 슈퍼마켓에 가 보면 야채를 위주로 물건 값이 모두 올랐다.

아내는 앞으로 각 슈퍼에서 내놓는 할인상품 즉 찌라시(싸구려 상품 삐라)를 매일 찾아 체크하여 살림살이를 돈에 맞추어 꾸려 나갈 거라 믿는다. 우리 세 대들은 여차하면 헝그리 정신밖에 내세울 것이 없는 진짜 사람들이다. 그러기 에 우로풍상雨露風霜의 어떤 고난도 헤쳐 나갈 수 있는 유전자를 갖고 있다. 어 떤 어려움이 닥친다 해도, 그렇다고 윗사람에게 아부하고 아랫사람에게 으스 대는 스노브(snobbery) 근성의 인간은 아니다.

야시 학부장이 내 연구실을 찾아왔다. 올해 3월에 이미 정년퇴직한 70세 미 국인 '코프린' 교수의 명예교수 추대에 관한 얘기였다. 사실 그는 본 대학에서 영어담당 교수로 19년 간 근속한 착실한 교수였다. 그런데 대학 학칙에는 명예 교수가 되려면 만 20년 근속한 업적이 첫째 조건이다. 그런데 코프린 교수는 70세 정년의 19년 간 교직생활을 했기 때문에 실제로는 해당이 안 된다는 얘기 다. 그러니 나와 같이 이 신설 국제상학부(후에 국제관계학부)에 부임한 그이 기에 내가 그를 명예교수로 추대하는 모습이 자연스럽다는 것이다. 그런 이유 로 그 내용을 문서로 작성하여 모레 교수회의에 '코프린 교수를 명예교수로 추 대하는 변'을 문서로 작성하여 오면 그날 교수회의 때 심의를 거쳐 명예교수로 인증을 하자는 것이 학부장의 취지였다.

나는 오랫동안 '코프린' 선생과 가까이 지냈던 사이라 뭐라고 말하기가 난처했다. 어쩌면 그를 싫어하는 사람이 있다면 나는 하는 수 없이 메주알고주알 그의 대학에서 이룩한 연구업적이니 봉사활동이니 등을 조사하여 그것을 교수들에게 알리고 또 모든 교수들로부터 이해를 구할 수밖에 없는 사안이었다. 내가 대답을 머뭇거리자 학부장이 뒷일은 자기가 책임을 진다고 걱정하지 말란다. 학칙을 어겨가며 내가 앞장서서 발언대에 서는 것이 좋은 것은 아닌 것 같다.

그러나 개인적으로는 찬성이지만 비상식적이라고 꼬투리 잡아 주도자主導者를 괴롭히는 까다로운 자가 나타나 대신 나를 흔들어대면 내 체면이 뭐가 될까. 일단 학부장의 청을 받아들인 것은 오로지 나부터가 코프린 선생을 인간적으로 신뢰할 수 있고 존경하기 때문이었다.


# 독도 강의


### 5월 27일 화요일

오늘 '코리아 연구' 시간에는 독도獨島(竹島 - 다케시마)에 관한 수업을 실시했다. 매년 2코마 봄 학기와 가을 학기를 배정하여 일본 대학생들이 독도에 대해서 어떤 생각을 갖고 있는지 알아보는 시간이기도 하다.

처음부터 내가 독도에 관한 조사 자료, 즉 삼국사기와 옛 조선지도를 학생들에게 소개하지 않고 거꾸로 학생들이 인터넷에서 조사해 온 것들을 각자 발표하게 하여 거기에서 한국과 일본 사이에서 발생하는 공통적인 쟁점 A를 포커스(focus)에 맞추어 집중적으로 선생과 학생들이 같이 토론을 하는 방식으로 수업을 진행한다. 그리고 문제점 B를 찾아내 이것을 어떻게 해결해야 하는가에 대해 또 다시 토론형식을 취하여 수업의 마지막 결론 C를 내린다. 결론은 각자 다를 때도 있고 거의 같을 때도 있다.

오늘 학생들이 택한 결과는 후자 측이다. 내가 지도교수라 해서 학생들의 의견을 무시하거나 찬동하는 발언은 절대 금물이다. 이렇게 수업방식을 바꾸고 보니 일본 학생들도 유학생들도 눈빛이 달라 보였다. 몇 년 전에 나는 내가 작성한 독도에 관한 레지메를 프린트하여 학생에게 나눠주고 일방적으로 내 방식대로 설명을 한 적이 있었다. 그런데 일본 학생 누군가에 의해 '선생님의 독도 강의는 일방적이고 편파적이다' 라는 말이 나돈다고 한 학생이 나에게 살짝 귀띔을 해 주었다. 그것은 어쩌면 한국 영토 '독도' 를 지키기 위한 나의 일방적인 강의였는지 모른다.

일본 학생들이 생각하는 '타케시마' 는 분명히 한국인의 입장과는 다르다는 것을 무시하고 나는 그냥 간과한 것이다. 학생들에게 오해가 있었다면 그것은 오로지 선생인 나의 과실이라고 느낀다. 모든 학문은 객관적인 입장에서 바라보고 생각하고 그리고 나서 학생들에게 메시지를 정확하게 전달하는 것이 지도교수의 정도正道라면 그때는 내가 좀 흥분해 있었는지 모른다.

수업을 마치고 사쿠라(櫻) 선생과 함께 대학홍보 팸플릿을 만들기 위해, 현재 자매대학과 상호 학생교환을 실시하고 있는 해외 자매대학에 관한 안내문을 써내려갔다. 나는 서울의 한양대학교와 부산의 동아대학교를 소개했고, 사쿠라 선생은 인도네시아 국립대학을 소개했다. 우리는 각각 A4 용지에 K대학 PR용 팸플릿으로 쓰일 선전문을 그럴싸하게 완성하여 입시홍보 담당자에게 전했다.

# 명예교수 만들기

## 5월 28일 수요일

새벽부터 폭우가 쏟아졌다. 나는 비를 가르며 대학캠퍼스로 향했다. 오후에 교수회의가 있었다. 회의실에 들어가자 야시 학부장이 눈짓을 하더니 내게 다가와서 '코프린 선생의 명예교수 건'에 대해 잘 부탁한다는 말을 살짝 던지고 자기 자리로 가 앉는다. 나는 미리 작성해 온 코프린 선생의 19년간의 교육업적과 봉사활동 등을 연달아 소개하고 나서 현 학칙대로라면 불가능한 일이지만 오랫동안 한 지붕 아래서 지낸 정을 생각할 때, 코프린 선생이야말로 우리 대학의 간판스타였으며 교역자(목사)로서 우리 동료들 간의 인화에 앞장섰던 분이라고 설명을 하고는 여러분들의 이견이 있으면 솔직히 말씀해 주시면 고맙겠다고 부탁을 하고 나는 여러 교수들을 향해 고개를 숙여 당부의 인사를 대신 했다. 그러자 잠시 침묵이 흐른 뒤 모 교수가 그런 사례가 다른 학부에서도 있었냐는 질문이 나왔다. 그러자 학부장이 그런 사례가 있었는지 자기는 잘 모른다고 하자, 다시 분위기가 조용해졌다.

생각할 시간을 준 후에 학부장이 그럼 반대하는 사람이 없는 것 같으니 박수로 의사결정을 하자는 제의가 나오자, 박수소리가 여기저기에서 터져 나왔다. 그러자 다시 학부장이 "코프린 선생의 명예교수에 관한 심의사항은 5월 28일자 교수회에서 통과되었음을 알립니다"라는 말로 막을 내렸다.

그런데 나는 시바타 교수의 무반응이 의아스러웠다. 사소한 교칙 위반 사항이라면 사사건건 꼬투리를 잡던 사수가 왠지 오늘은 입을 꾹 다물고 있다. 나는 그를 다시 곁눈질로 힐끔 보았다. 알 수 없는 일이다. 미리 학부장이 네마와시로 사전 설득해 놓은 것으로 생각되었다.

저녁 수업이 끝날 때까지 집중호우集中豪雨는 계속되었다. 비를 맞으며 차를 조심조심 몰고 집으로 돌아왔다. 어제는 이상할 정도로 놀라운 꿈을 꾸었다.

어릴 때 평양에서 생이별한 아버지가 생각지 않게 꿈에 나타났다. 아버지의 기억이 이제 안개처럼 저 멀리 사라진 지도 오래 건만 아버지라는 분이 나에게 뭐라고 하는데 영 음성을 알아들을 수가 없었다. 어머니가 살아 계실 때도 어머니께 아버지 꿈 이야기조차 한 번도 들려주지 못한 불초자식不肖子息에게 뭔가 전할 말이 있었는지 모른다.

외할머니의 꿈은 그전에 가끔 꾸었는데 그 꿈 이야기를 어머니 앞에서 얘기를 하면 어머니는 "그래, 할머니가 무슨 옷을 입고 계시더냐?" "뭐라고 말씀하시더냐?"는 등, 꼬치꼬치 물어 나를 당혹하게 하던 일들이 생각난다. 지금 어머니가 살아 계신다면 나는 이렇게 멋대로 얘기를 했을 것이다. '아버지가 하이칼라의 마카오신사로 나타나 '요시짱' '요시짱' 내 이름(애칭)을 부르면서 어머니를 찾는 모습이었어요. 그런데 내가 아버지께 아무리 다가서려 해도 가까이 갈 수가 없었다'고 얘기했을 것이다. 외할머니의 꿈 이야기도 그렇게 관심이 있었거늘 아버지의 꿈 얘기를 가끔 그럴싸하게 꾸며대어 어머니에게 꿈 얘기를 해 주었더라면 당신의 생이별한 임에 대한 그리움이 잠시나마 가슴에 짜릿하게 사무쳤을지도 모른다. 어머니의 마음을 전혀 헤아리지 못하고 지낸 불효의 세월이 어머니로 하여금 눈물을 자아나게 했는지도 모른다.

이제 나이가 들어보니 조금이나마 어머니의 외로운 마음을 이해할 것 같다. 어머니가 돌아가신 지 어언 30년, 지금 뒤돌아 아련히 흘러간 연월을 바라보니 나는 어머니에게 제대로 다정한 말 한마디도 전하지 못한 불효막심한 몹쓸 자식이었다.

# 한국의 식문화

## 5월 29일 목요일

맑음. 오늘 치과대학에서 기말 테스트를 치렀다. 대충 답안지를 훑어보니 어지간히 다들 정답을 쓴 것 같다. 반 학기 동안 사제 간의 열정과 노력이 엿보이는 듯하여 보람을 느낀다.

오후에는 APP 루리코 이사가 찾아와 6월 월례회 회의 논제를 상의했다. 한국에서 JP초청강연회에 관한 연락이 오면 임원들이 모임을 갖고 그때그때 대응해 나가기로 정했다. 그녀는 회비의 수납사항을 다시 장부에 올려 나에게 보고하고 돌아갔다. 그리고 오늘 '한글방' 모임에는 요오코 씨를 비롯하여 멤버들이 거의 다 참석했다.

오늘은 한국인의 식食문화에 관한 이야기를 다루었다. 자기가 좋아하는 한국 음식을 각자 차례로 말을 하게 한 후에 그 음식이 왜 좋은지를 물어 보았다. 대체적으로 널리 알려진 음식들이 호명되었다. 비빔밥, 냉면, 삼계탕, 곰탕, 한정식 그리고 불고기, 떡볶이, 삼겹살, 호떡, 지짐이 끝이 없이 많은 음식들을 각자 자료들을 찾아와 보여주었다. 흥미로운 것은 이제 수강생들은 어떤 한국 음식이든 가리지 않고 다들 잘 먹고 있다는 사실이다. 김치도 고추장도 마늘도 한국 사람보다 더 맛있게 먹고 있다는 사실에 나도 놀라지 않을 수 없다.

수업이 끝났을 무렵 스케야 씨로부터 전화가 왔다. 이번 일요일 '한글능력검정시험'을 올해도 K대학에서 시험을 치르게 배려를 해 준 것에 다시 나에게 사의謝儀를 드린다는 말과 함께 시험 감독할 보조 대학생 두 명을 급히 추천해 달라고 한다. 나는 그의 말에 일단 그리 하겠다고 응답을 하고 전화를 끊었다.

이번에도 한글능력검정시험은 1급에서 5급까지 수험생들이 2백여 명이 응시할 것이라고 했다. 매년 한글능력수험생이 늘어나는 것은 우연이 아니다. 올해는 우리 K대학에서도 많은 제자들이 한글능력시험에 응시하기로 되어 있다.

# 차 시인과의 만남

### 5월 30일 금요일

　맑음. 1학년 학생들의 수업 태도가 좀 좋아진 느낌이다. 학생 수가 많다 보니 일일이 통제하기가 쉽지 않았다. 내가 큰 소리를 지르면 조용해지나 또 한참 시간이 지나면 매 마찬가지다. 그런데 요즘은 출석율도 좋을 뿐만 아니라 떠드는 학생도(시고私語 - 떠드는 일) 퍽 줄어들었다.

　4월에 입학한 신입생들이 새 학습 환경에 적응을 잘 못할 줄 알았는데 별 탈 없이 오월병五月病의 고비를 잘 넘긴 것 같다. 외국어 학습은 기초발음과 문자를 익히는 2개월이 가장 중요한 시기이기 때문에 나는 항시 학생들에게 어쩔 수 없이 결석을 꼭 한 번 하려면 6월에 가서 하라고 권한다. 한 번은 그냥 넘어갈 수 있지만 두 번째 결석한 학생에게는 좀 심하게 꾸중을 한다. 그러니 그 다음은 벌 대신 아예 한글을 포기하라고 강요하기도 한다.

　그래서 그런지 최근 학생들의 학습 태도가 썩 좋아진 것 같다. 저녁에는 북큐슈를 방문한 차한수車漢洙 시인이 고쿠라 한인교회에서 '시 문학의 밤'이란 타이틀로 한국 시낭송과 한국의 서정시에 대한 강의가 있다고 해서 우리 대학생들과 현재 동아대학교 파견교수인 황혜자 선생님과 함께 참석하려 했으나 모두 선약이 있어 차 시인의 문학강의에 참석할 수 없었다. 너무 섭섭한 마음이 들었다. 차 시인의 성품과 시문은 양금미옥良金美玉이라 표현해도 무방할 것이다. 나는 차 시인으로부터 받은 시집을 읽고 그를 알 것만 같았다.

### 흐르는 물같이 － 차한수 지음 －

　나는 지금 어디까지 왔는지
　내가 서 있는 곳이 어디인지

남은 길이 얼마인지 알 수가 없네
흐르는 물같이 그저 걸을 뿐
누굴 만나기 위하여
어디까지 가기 위하여
무엇을 얻기 위하여 가는 것은 결코 아니다
비가 내리고 매화가 피는 계절
고인 물을 밟으며
길을 걷는다.
길가에는 언제나
꽃 같은 노래가 둘러앉아 돋아나고 있네.

　이 시 속에서 '물같이 그저 걸을 뿐' 여기서 자연에 거슬리지 않으려는 시인의 겸손함은, '상선은 흐르는 물과 같다.' 상선약수上善若水라는 노자의 말처럼 아래를 바라보며 살아가려는 순수함이 엿보인다. 하루 전 날이라도 연락을 주었더라면 나도 고국을 떠나온 황 교수도 한국 명시名詩를 감상하며 모처럼 향수에 젖을 찬스를 그냥 놓쳐 아쉬움만 남았다.

　한·일 양국 간의 시인들 모임이 미야자키(宮崎)에서 열리게 되어 차 시인은 내일 아침 그곳으로 가야 한다고 전한다. 오늘 새벽에 연락을 받아 나도 당혹스러웠지만 '코리안 웨이'가 일본에서는 통하지 않는 것은 어쩔 수 없는 일이다. 만남도 없는 헤어짐이란 김빠진 맥주 같아서 뭐라 말할 수 없다.

# 동포 학생의 자살

## 5월 31일 토요일

흐림. 오늘은 오래 전에 알고 지내던 S씨가 내 연구실에 찾아왔다. 나이는 나보다 꽤 연로하신 선배인데 만나면 가끔 일본 사람들의 역사관을 비평하며 태평양 전쟁 당시 자기의 참전경험담을 흥미진진하게 말해 주었다. 그런데 때로는 분노에 찬 어조로 서슴없이 일본 사람을 '바가' 라고 큰 소리로 욕지거리를 하곤 했다. '바가馬鹿' 는 우리말에 '숙맥菽麥' 과 상통하는 말이다. 일본 사람은 눈이 나빠서 말(馬)과 사슴(鹿)을 구별 못하고 한국 사람은 눈이 밝은데도 콩(菽)인지 보리(麥)인지를 잘 구별 못하는 이유는 뭔가 자세히 따져보면 역시 일본 사람이 더 바보에 속하는 것이 아닌가. 큰 동물도 구별 못하니 말이다.

나는 S씨를 우리 국제봉사 클럽에 가입시켜 지도요원으로 모시려 했으나 그는 매달 월례회에 나와 유학생들과 커뮤니케이션을 할 수 있는 시간이 없다며 회원 가입을 사양하였다. 그가 내게 처음 얘기해 준 것은 '부락문제' 部落問題였다. 이전부터 말로만 들어왔던 '부락' - 조센징(조선인 - 부라크) 또는 '마을'(무라)에 대해 나는 거의 지식이 없었다. 막연히 일본 사람들이 조선 사람을 차별하는 단순한 표현으로만 생각하고 있었다.

그런데 그의 말을 듣고 나는 놀라지 않을 수가 없었다. '부라크' 문제는 현실적인 재일동포만의 문제뿐만이 아니라 8.15해방 이전 우리 민족이 일제로부터 받아온 차별과 인권유린과 같은 치욕의 잔재 같은 것이었다. 그가 젊었을 때 자기 집 가까운 곳에 조선 사람들이 '부라크' 를 형성하여 더불어 살고 있었다고 한다.

하루는 그 곳에서 자살 소동이 일어났다. 고등학교에 다니던 조선계 A학생이었다. 그 학생은 자기가 조선인이라는 것조차 알지 못하고 자라 중학교까지는 무사히 지낼 수 있었다. 그런데 고등학교에 들어와 자신이 조선인(조센징)

이라는 것을 자기를 이지메(왕따)하는 동급생들로부터 들어 알게 되었다고 한다. 일본인 학생 몇몇이 그가 학교에 나오면 말장난으로 시작하는 놀림대상에서 다음은 주먹으로 치고 발로 차는 행동으로 에스칼레이트하게 되었다는 것이다. 그 사실을 교사도 학부모도 한동안 모르고 지내던 어느 날 체육시간이 되어 짧은 체육복을 입고 학생들이 체육관에 모였다. 그런데 A학생이 팔꿈치에 큰 밴드를 붙이고 있는 것을 알게 된 체육교사가 이상하게 여겨, A학생에게 왜 밴드를 붙였냐고 물어보니 우물쭈물하며 대답을 못하자 A학생의 팔을 살피다가 이상한 낌새를 느낀 교사가 밴드를 강제로 떼어 보게 된 것이다.

그런데 팔 전체에서 상처를 발견한 교사는 따로 A학생을 불러 자초지종을 물었다. 그것은 팔목에 열 군데가 넘는 담뱃불로 지진 뜸자리였다. 어찌된 일이냐고 캐묻자 대꾸를 하지 않자 교사는 일방적으로 A학생에게 정학처분을 내렸다. 학칙에는 몸에 문신을 하거나 그와 비슷한 흉물스런 자국을 남겨 남에게 위협적이고 혐오스런 신체의 부분을 보이는 학생은 정학처분을 받게 되어 있었다고 한다. 정학처분에 너무나 큰 쇼크를 받은 A학생은 다음날 자기 집 근처에서 유서를 남기고 자살했다는 애기를 들려주었다.

나는 그 얘기를 듣고 소름이 온몸에 끼쳤다. 나라가 다르다고 '부라크'에 사는 가난뱅이라 해서 이웃을 얕잡아보는 소인적인 일본 학생들의 태도는 반인륜적이고 야비한 인간쓰레기들의 행태라 아니 할 수 없었다. 이와 유사한 '부라크'에서 살아가는 조선 사람들의 비화는 한둘이 아닐 것이다. 만일 A군의 가족이 일본에 귀화하지 않고 박朴 아무개라든지 안安 아무개라는 한국 이름으로 사회생활을 했다하더라면 그들 역시 재일 한국인 사회에서도 인정을 받지 못하며 살았을 것이다.

이것이 오늘날 재일동포의 복수불반분覆水不返盆의 비극이 아닐까.

6월

# 한글능력시험 총감독

## 6월 1일 일요일

오늘은 날씨가 맑고 하늘이 푸르기만 하다. 일요일은 교회에 가든가 아니면 근교의 명승지를 찾아 심신의 피로를 풀었으면 좋을 텐데 오늘이 공교롭게도 한글능력검정시험이 있는 날이다. 엊그제부터 스케야 씨가 나에게 시험 총감독을 나한테 부탁한다면서 전화가 왔었다. 나는 한글과 관계있는 사업은 적극적으로 참석하여 우리 한글 보급에 오랫동안 봉사해왔다.

일본에서 '한글능력검정시험' 이 시작된 것은 10년이 훨씬 넘는다. 지금까지 규슈(九州) 구역은 후쿠오카시를 중심으로 실시해 왔었다. 그런데 몇 년 전부터 기타큐슈(北九州) 시를 따로 떼어 한글능력검정시험을 실시해왔다.

이번에도 수험생이 2백 명이나 되었다. 그중에는 재일在日 교포 3세도 있지만 대부분이 일본 사람들이다. 오늘 감독은 김영숙 씨, 손금자 씨, 강영실 씨, 스케야 씨, 그리고 시험장마다 감독 이외에 보조가 따라 붙게 되어 있다. 시험 감독은 일본에서 한글을 직접 가르친 경험이 있는 강사를 선정한다.

오늘 한글능력검정시험에는 1급 수험생이 한 명도 없었다. 2급과 준2급, 3급, 4급, 5급 순위로 시험이 이뤄졌다. 한글능력검정시험이 전부 끝난 것은 오후 3시가 지나서였다.

시험이 모두 끝나면 답안지와 수험표를 동봉해 즉시 도쿄에 있는 '한글능력검정시험위원회' 에 특별 우편으로 보내야 한다. 시험의 합격여부는 한 달이 지나서 직접 수험생의 주소로 합격통지를 보낸다. 모든 시험 문제에서 60점 이상을 받아야 합격증을 받게 된다. 대체적으로 합격률은 50퍼센트라고 들었다. 요즘은 한국 '국립국어원' 에서 실시하는 정부 차원의 한글능력시험도 있는 모양이다.

내년 3월에 졸업하는 제자들 중에 고즈에 양, 사오리 양, 히로미 양이 2급과

준2급에 도전장을 냈다. 고즈에 양과 사오리 양은 각각 1년간 동아대학교와 한양대학교에서 유익한 유학생활을 경험했기 때문에 충분히 답을 썼으리라 생각된다. 나는 그들이 한글을 통해 국제사회에서 자기의 역량을 발휘할 그날을 기대해 본다.


# 한류스타의 인기


### 6월 2일 월요일

아침부터 이슬비가 내린다. 잠에서 깨어 보니 몸이 제대로 말을 듣지 않는다. 과로한 느낌이다. 누구를 원망할 것도 없다. 열심히 살려는 나의 의지가 조금 도를 넘었는지 모른다.

오후에는 제자 '후미코' 씨가 찾아와서 한국 동화를 일본어로 번역해 달라고 한다. 초등학교 교사로 재직하고 있는 그녀는 오래 전에 나에게 한글을 배운 제자이기도 하다. 한 시간 쯤 걸려 한국 동화를 일본어로 번역해 주었다. 자기 반 학생들에게 한국의 동화를 소개하고 싶어서 그렇단다.

'푸른 하늘 은하수 하얀 쪽배에…' 윤극영의 동요 '반달' 도 번역해 주었다. 학생들에게는 직접 한국 발음대로 가르치고 싶다고 했다. 어찌 일본의 어린 초등학생들에게 한국 동요를 가르칠 것을 생각했단 말인가. 재치가 있는 좋은 선생님이다. 나는 훌륭한 제자를 둔 것 같아 마음이 흐뭇하다.

그녀는 한류의 중심에 서 있는 아줌마이기도 하다. 그녀와 만나면 배용준, 이병헌 등 한류스타 얘기로 시간 가는 줄을 모른다. 이번 주말에는 오사카(大阪)에 배용준 씨가 오기 때문에 2박 예정으로 그곳에 가 그의 얼굴을 보고 오겠다고 말했다. 한편 그녀의 식지 않는 한류스타에 대한 열정이 부럽기도 하고 경이롭기도 하였다.

팬들로부터 열풍과 같은 인기 속에 사는 사람은 어쩌면 신神의 선택을 받은 자가 아닐까. 더구나 한류스타에게서는 사람들을 심복心服하게 하는 퀴도스라는 영적인 마력魔力이 무한발산無限發散하고 있기 때문이 아닐까? '후미코' 씨는 한국의 책갈피를 보고 사이즈를 일본의 것과 같게 하는 것이 좋을 것이라는 제안을 한다. 일리가 있는 말이다.

# 케세라 세라 근성

### 6월 3일 화요일

맑음. 아침 가미야(紙谷) 전 대학 이사장으로부터 전화가 왔다. 점심시간에 잠시 학교 근처에서 나를 만나야겠다고 했다.

그는 뭔가 보따리를 들고 나왔다. 그 내용물은 선물로 받은 인삼들이었다. 십수 년 전에 한국에서 선물로 받은 인삼이라며 보따리를 풀어놓는다. 그동안 인삼에 관심이 없었던 그가 몇 년 전부터 실제로 인삼 가루를 복용하고부터 건강이 좋아져 지금까지 고려인삼을 애음상복愛飮常服하여 이제는 회춘을 한 기분이라고나 할까.

그래서 그런지 가미야 씨를 만날 때마다 그의 홍안紅顔이 내가 부러울 정도로 원기에 차 있다. 팔십 중반의 상노인이 나보다도 혈색이 좋다. 나는 그가 가지고 온 인삼을 보고 놀랐다. 거지반이 복용기한이 지난 것들이었다. 인삼 뿌리를 만져보니 고목나무 가지처럼 푸석푸석 부스러진다. "이것들은 거의가 시간적으로 오래 되어 약효가 없는 인삼들입니다"라고 하자 그는 아쉬운 듯 쓴웃음을 지었다. 나는 인삼의 약 효능이 있는 것과 없는 것을 따로따로 나눠 주고 점심을 같이 했다.

최근 일본은 장수노인이 자꾸 늘어나 복지문제가 어려워지고 있는 형편이다. 결혼을 꺼리는 젊은 세대가 늘어가는 것도 문제이지만 결혼한 사람들이 애 낳기를 꺼려하는 것이 더 큰 문제이다. 이런 추세라면 일본이 2,500년이 될 때 쯤에는 일본의 인구가 지금의 1억2천3백만의 반도 안 되는 4천5백만 정도가 될 것이라는 통계가 나왔다. 인구의 증가도 문제이지만 인구의 감소야말로 더욱 인류에게 큰 재앙을 갖다 줄 것임에 틀림없다.

오키나와(沖繩)에 가면 세계에서 백 살이 넘는 노인들이 가장 많이 산다는 장수촌이 있다. 그 동네에는 백 살이 넘는 노인들이 삼 백여 명이나 살고 있다고 한다. 앞으로 우리나라도 머지않아 노인문제가 사회 이슈로 크게 부각될 것이 틀림없다. 젊은이가 있고 늙은이가 있어야 정상적인 국가인데 늙은이만 있고 젊은이가 없는 국가사회는 바로 비정한 무연사회無緣社會로 전락할 확률이 높다. 인간이 인간다워지려면 자자손손子子孫孫 자기의 씨족들을 자손만대子孫萬代에 영원히 남기는 일이다.

지금 일본의 젊은이들은 자기만 좋으면 결혼도 할 필요가 없다는 '케 세라 세라' Que sera sera 근성이 유행처럼 번지고 있는 것 같아 한편 걱정스럽기도 하다.

# 하이쿠(俳句) 시작

**6월 4일 수요일**

오늘 나는 T씨를 오랜만에 만났다. 대학캠퍼스 뒤 카페에서 커피를 마시면서 옛날 얘기를 나누었다. 고등학교에서 교유(教諭, 교사)를 지냈던 그는 지금은 하이쿠(俳句)에 심취해 있다고 했다. 대학시절 일본문학에 관심이 많았던 나는 그 당시 '하이쿠'를 일본인 교수로부터 직접 강의를 받은 기억이 난다. 수십 년만에 하이쿠에 관한 얘기를 듣고 있으니 옛날 배운 바쇼(芭蕉)의 하이쿠 구절이 머리에 떠오른다.

오랜 연못에 개구리 뛰어들자 물 튀는 소리

이와 같이 하이쿠는 5, 7, 5조의 정형시다. 하이쿠를 우리말로 옮기다 보니 글자 수가 우연하게도 17자로 마무리가 되었다. 우리나라의 시조는 초장 중장 종장의 42자로 제한되어 있는 것처럼 하이쿠는 시조보다 훨씬 짧은 시라 하겠다. 그러니까 시조의 초장보다 2자가 모자라는 시형식이다.

하이쿠의 역사는 100년이 좀 넘었는데 그전에는 '핫쿠'(發句)라고 불려왔다고 한다. 바쇼(芭蕉)와 잇사(一茶)가 작품 활동을 할 때, 하이쿠는 그다지 유행하지는 않았다. 에도(江戶)시대를 지나 메이지(明治)시대에 들어서 처음으로 하이쿠라는 시형식이 유행하기 시작했다고 전해진다. 내가 처음 하이쿠를 접했을 때 나는 좀처럼 이해가 되지 않는 부분이 많이 있었다. 구절에 반드시는 아니지만 기고(季語, 계어) 즉 계절을 나타내는 단어가 들어가야 한다든가, 단어 하나하나를 숫자에 맞추다 보면 고어古語 같은 뉘앙스가 한글 음과는 잘 어울리지 못하는 점이라 하겠다.

다음은 나의 미숙한 자작 하이쿠인데 잠시 감상해 보시길 바란다.

바위섬 청송靑松 비바람 몰아쳐도 솔잎 푸르러

무궁화 강산 밤고양이 날뛰니 우린 어디로

찾아간 고향 반세기 흘렀어도 비루飛樓 평양성平壤城

우리 시조의 축소판이라 할 수 있는 하이쿠는 어딘가 알레고리가 담겨 있는 듯한 느낌이 있다. 17자음으로 한정된 하이쿠의 표현은 쉬운 듯하지만 되레 어렵고, 부자유스러운 듯하나 실제로는 자유로운 시형식이다. 그리고 이 지구상에서 가장 짧은 시형詩型이기 때문에 시정詩情이 있는 사람이면 누구나 자신의 마음을 추스려 시로 은근히 표현할 수 있지 않을까.

# 한·일 양국어의 의성어

## 6월 5일 목요일

오늘 '한글방' 강좌는 한국어와 일본어의 의성어擬聲語와 의태어擬態語를 중심으로 공부하기로 했다. 먼저 동물의 의성어를 비교해 보았다. 개 짖는 소리는 멍멍과 왕왕, 고양이 우는 소리는 야옹과 니야, 소 우는 소리는 음매와 무, 돼지 밥 달라는 소리는 꿀꿀과 부—부—, 암탉 우는 소리는 꼭꼭과 곡꼬, 여우 우는 소리는 캥캥과 갱갱, 염소가 우는 소리는 매와 메, 맹꽁이 우는 소리는 맹꽁맹꽁과 가—가—, 비둘기소리는 구구구와 구꾸, 뻐꾸기 우는 소리는 뻐꾹뻐꾹과 각꼬각꼬, 종달새 우는 소리는 지지배배와 지지, 모기소리는 왱과 붕, 총

소리는 팡팡과 빵빵, 이처럼 서로 발음이 다르니 웃음이 절로 난다.

일본어에는 모음이 '아, 이, 우, 에, 오' 하고 '야, 유, 요' 밖에 없기 때문에 동물의 소리를 유사음類似音으로 흉내 내기란 그리 쉬운 일이 아니다.

그리고 의태음을 서로 비교해 보았다. 눈이 펄펄 내리는 모양을 히라히라, 비가 주룩주룩 내리는 모양은 지로리지로리, 바람이 솔솔 부는 모양은 소요소요, 천둥이 쾅쾅대는 모양은 돈─돈─, 물이 콸콸 흐르는 모양은 다쿠다쿠, 불평스럽게 쫑알쫑알대는 모양을 부츠부츠, 재잘거리는 모양은 뻬짜구짜, 추위에 몸이 오싹오싹한 모양은 조쿠주쿠, 사람이 엉금엉금 걷는 모양은 놋시놋시, 사람에게 알짱알짱대는 모양을 우로우로, 사람 몰래 쏙닥쏙닥하는 모양은 고소고소, 물체가 뻔득뻔득 빛을 발하는 모양을 치라치라, 별이 밤하늘에 반짝반짝 빛나는 모습은 키라키라, 토끼가 깡충깡충 뛰는 모습은 뾩─뾩─, 연신 방긋방긋 웃는 모습은 니꼬니꼬, 불만스레 연신 삐쭉삐쭉거리는 모습은 츤─츤─, 우물쭈물 주춤거리는 모습은 구즈구즈, 훨훨 날아가는 모양을 빠다빠다, 불이 활활 타는 모습은 보우보우, 사람을 흘끔흘끔 보는 모습은 교로리교로리, 위태로운 상황에서 허둥지둥대는 모습은 아다후다로 표현하고 있다.

이들 한·일 두 언어의 의성어와 의태어로 짐작할 수 있듯이 음音의 구조가 다르면 이처럼 말이 달라진다는 이치를 알아야 한다. '한글방' 강좌에 매주 나와 성우 역할로 바른 한국어 발음으로 친절하게 지도해 주는 이수연 유학생의 수고를 잊을 수가 없을 것 같다.

# 나의 순애 보純愛譜

## 6월 6일 금요일

아침부터 학장선거관리위원회의 회의가 열렸다. 국제관계학부에서는 N교수와 내가 참석했다.

학장선거일을 7월 21일로 결정하고 통상대로 교직원 수 과반수에 투표자 과반수의 표를 얻지 못하면 1위 표를 얻은 자와 2위 표를 얻은 자만의 결선투표를 하여 다수표를 획득한 사람을 새 학장으로 뽑기로 결의했다. 누가 나올지는 몰라도 이달 안에는 누가 될 것이라는 소문이 자연스럽게 나돌기 마련이다. 맘머스종합대학의 총장선거는 잘 몰라도 일본의 일반대학에서는 '네마와시' 사전 물밑교섭 작전으로 포스트의 아우트라인을 서로 그려낸다.

나는 여느 때와 달리 후보자가 다이내믹하고 미래가 보이는 공약이라도 내놓고 대립적 경쟁 선거를 치렀으면 하는 바람이지만 이 대학은 구태의 관습에서 좀처럼 벗어나지 못하고 있는데 그 까닭은 무엇인가. 몇 년 전부터 입학정원이 차지 않아도 다른 대책을 세우지 못하고 신입생 모집하는 연말이 다가올 때마다 허둥거리는 경영진의 모습이 안쓰럽기만 하다. 내가 생각하기에 이 대학에는 참된 연구자와 입시전문가가 없을 뿐만 아니라 올바른 경영자도 없다는 것이 문제라는 생각이 들었다.

회의를 마치고 연구실로 오는 도중에 아보시 법학부장을 엘리베이터에서 만났다. 요즘 어떠냐고 나에게 묻는다. 나는 동문서답東問西쭙하듯 일이 잘 돼 간다고 대답하자, 엘리베이터 문이 열렸고 그는 3층에서 내렸다. 그는 내가 추진하고 있는 JP초청강연회의 내막을 알고 있는지도 모른다.

저녁에는 2년 전에 우리 대학에서 인도네시아 대학의 파견교수로 강의를 맡고 있었던 '쟌도라' 교수가 히로시마(廣島)에서 온다 하여 환영하는 뜻에서 구로사키(黑崎)에 있는 스시야(壽司屋, 초밥집)에서 가까운 사람들과 식사를 같이 하기로 했다. 작년에 퇴직한 전 학부장 하야시(林) 선생, 규슈산업대학으로 자리를 옮긴 인류학 전공의 모리야(森谷) 교수, 지금 우리 K대학에서 인도네시아어를 담당하고 있는 사쿠라 선생, 그리고 쟌도라 선생과 나 모두 다섯이 함께 식사를 하면서 지난 애기로 웃음꽃을 피웠다. 사람들은 오래간만에 만나면 서로간에 무슨 할 애기가 그리도 많은지 모르겠다.

일본생활에 익숙해진 쟌도라 교수는 내후년까지 고국을 방문하고 싶어도 히로시마대학과 그렇게 연구계약이 맺어 있기 때문에 자카르타에 가고 싶어도 갈 수가 없다며 푸념을 털어놓았다.

그러자 하야시 선생이 불만을 토로한다. 요즘은 아픈데가 많아 병원을 찾아 검사받는 일이 괴롭다고 하자, 모리야 교수는 고쿠라에서 후쿠오카까지 매일처럼 신칸센으로 출퇴근하는 일이 너무 힘들다고 전했다. 나를 포함해 너도나도 상련지정相憐之情을 느끼는 듯하다.

저녁 9시가 지나자 자리에서 일어나 모두 식당 밖으로 나왔다. 쟌도라 교수는 사쿠라 준교수댁 아파트에서 하룻밤을 신세지고 내일 히로시마대학으로 돌아간다고 했다. 나는 속으로 움찔했다. 남녀가 하룻밤을 같이 지낸다는 것이 이해할 수가 없었다. 나는 무심히 내 차로 사쿠라 선생 아파트에 두 사람을 내려주고 집으로 돌아왔다. 두 사람 사이가 인도네시아어로 통할 수 있는 허물없는 사이라 하지만 한국사람 같으면 일단 호의狐疑하지 않을 수 없을 것이다. 그럴 수도 있겠지.

그 이후 나는 마음을 달리했다. 순수한 남녀 관계에서는 절대 흠잡을 수 있는 일이 아니라고, 나의 젊은 날의 순애보純愛譜가 말해 주듯이…. 하여간 피곤했던 하루였지만 즐거운 만남의 날이었다.

# 하와이의 한인교회

## 6월 7일 토요일

아침에 일어나니 목젖이 아파서 괴로웠다. 어제 나는 술도 안 했는데 왜 그럴까. 과로인지도 모른다. 아침식사를 대충 마치고 곧바로 동네 G병원을 찾아갔다. 의사가 피로가 쌓여 그렇단다. 당장 의사의 조제약을 먹고 나서 어젯밤 모자란 잠을 청했다. 한숨 푹 자고나니 몸이 가뿐해진 느낌이다. 수업준비가 많은데 요즘은 왠지 일이 손에 잘 잡히지 않는다. 내일은 고쿠라 한인교회에 나가 예배에 참석해야 하는데 걱정이다.

저녁에 한국 TV를 보니 오늘도 수많은 사람들이 시청 광장에 모여 촛불시위로 '이명박 OUT'을 외치며 연좌데모를 하고 있다. 정말로 그들은 광우병 쇠고기 때문에 왜 그리 야단을 치는지 의문이 간다. 그야말로 청와대에 있는 이 대통령은 민중으로부터 고립무원孤立無援의 상태에서 좌불안석坐不安席하며 밤을 지새우는지도 모른다.

대통령의 자리는 아주 혹독한 얼음의자로 된 자리라 생각된다. 차고 미끄러운 얼음의자는 누구나 앉을 수 있는 자리가 아니다. 잘못 앉으면 미끄러워 의자에서 떨어지기 쉽고, 요령도 없이 뜨거운 엉덩이를 온종일 대고 있으면 얼마 안 가 얼음의자가 녹아내리게 되어 그것으로 의자는 녹아내려 끝장이 난다. 그러니 의자에만 앉아 있지 말고 밖으로 다니며 서민의 아픈 마음을 헤아리는 대통령이 되어야 그런 반정부 촛불 데모가 사라질 것이다. 촛불은 얼음과 비각이니 대통령들은 정말 촛불을 조심하여야 할 것이다.

구름이 잔뜩 낀 날씨다. 아침을 먹고 교회로 가려고 하니 안식구가 관절이 또 아프단다. 나 역시 몸도 피곤하여 그냥 집에서 CTS TV로 예배를 대신하기로 했다. 가끔 시간이 날 때마다 기독교 방송을 보며 나의 신앙을 확인하기도 한다. 장로교 침례교 성결교 감리교 등 한국 교회는 교파가 여럿으로 나눠져 있다.

그것은 미국도 마찬가지이다. 연전에 내가 초청 연구원으로 하와이주립대학에 연구차 머무르고 있을 때는 주일마다 한인교회에 나가 그곳의 사람들과 사귀면서 유익한 시간을 보냈다.

하와이로 이주한 한국 이민자들은 시대에 따라 여러 가지 이민 비하인드 스토리를 지니고 있었다. 일제가 한국을 지배하기 위해 강제적으로 을사늑약乙巳勒約을 맺었던 1905년에는 약 7천 명이 하와이로 처음 이주하여 거의가 사탕수수밭에서 일용 노동자로서 노예처럼 일을 해 왔으나 지금은 이민3세들이 버젓이 미국 각지에서 여유 있는 삶을 살고 있다.

또 한국전쟁 당시 미군과 결혼하여 온 여성들, 그리고 70년대 '아메리칸 드림'을 일궈내기 위해 태평양을 건너온 수많은 이민 1세와 2세들, 현재 그들의 직업도 다양하여 한국인의 DNA가 타민족과 비교가 되지 않을 정도로 우수하다는 것을 증명이라도 하는 것 같다.

내가 10년 전에 호놀룰루에서 한인들을 만나 놀란 것은 작은 '오아흐' 섬에 백 개의 한인교회가 있다는 것이다. 제주도濟州道보다 작은 섬에 한국인 교회가 그리 많이 있다니 누구도 상상하기 어려울 것이다. 예를 들어 일본과 비교하면 일본 전국에 있는 한인교회 수보다 많다는 얘기이다. 내가 주일마다 다니던 하와이의 모 교회는 변두리에 있었는데 신자들은 그리 많지 않았지만 너무나 가족적인 분위기여서 일요일이 기다려지는 언덕 위의 하얀 멋진 교회였다.

기독교 국가인 미국 국민과 잡신을 신봉하는 일본 사람은 비교가 되지 않는다. 그렇기 때문에 일본에서 선교하는 것은 미국의 몇 배가 되는 힘을 들여야 하며, 힘을 들이지 않으면 교회운영이 어렵다. 지금 한국에는 매년 매머드 교회가 여기저기 높이 올라가고 있다.

미국 본토에서도 보기 어려운 극대극소極大極小의 교회들을 보면서 오늘날 한국 교회들도 빈익빈 부익부貧益貧富益富의 양상이 두드러지는 것에 시야비야是耶非耶를 따질 것은 아니나 어쩌면 이것도 성서의 말세적 현상(Messianism)처럼 느껴져 왠지 씁쓸한 기분마저 든다.

# 불고기 파티

**6월 8일 일요일**

맑음. 오늘은 기대한 대로 화창한 날씨다. APP 주최로 사라쿠라산(皿倉山)의 바비큐 하우스(山の家)에서 일본 학생과 유학생들의 국제교류회가 있는 날이다.

우리 주최 측에서는 매년 하는 국제 행사라서 K대학을 중심으로 참가하고 싶은 일본 대학생과 거기에 각 나라에서 온 유학생들이 같이 모여 한국식 불고기를 먹으며 서로 대화를 나누는 모임이다.

이 행사를 하기 위해 주로 유학생들이 주어진 예산으로 고기류를 사고 미리 포즈(만두)를 만들어 서로 도와가며 식사준비를 한다고 했다. 나는 점심을 맛있게 먹으려고 아침을 빵과 우유로 대신했다. 오늘은 40명 정도의 학생들이 참석할 것이라고 엊그제 대표 유학생들로부터 연락을 받았다. 유학생 중에는 따렌(大連) 출신 요리사 劉 군이 있어 우리 집행부는 별 신경을 쓰지 않아도 문제가 없을 것 같다.

나는 이주일 전 우리 이사들과 함께 바비큐 하우스에 가서 주위를 살펴보고 사용허가를 받기도 했다. 이 시설은 市에서 관리하는 까닭에 사용료도 없다.

숯 같은 것도 무료이고 물 값도 내지 않는다. 바비큐는 불을 사용하므로 화재 발생이 무엇보다도 신경 쓰인다. 소화전은 여기저기 놓여 있지만 혹시 학생들이 불을 피우다가 실수로 손에 화상을 입는다거나 옷에 불이 붙는다거나 하면 모든 것은 내가 책임을 져야 하기 때문에 주로 요리를 맡아서 하는 학생과 우리 회원들에게는 단단히 주의를 주기도 했다.

12시가 되자 많은 학생들이 모여들었다. 개중에는 낯선 일본 학생도 있었다. 요리를 담당하는 사람들은 바삐 각 테이블에 소고기와 햄, 소시지, 양파와 버섯이 든 쟁반들을 돌리자 숯불을 피우기 시작했다. 불을 피우고 고기를 굽는 소리와 함께 학생들 모두는 '와' 하고 탄성을 지르며 즐거워했다. 한 일본 학생은 나에게 다가와 꾸벅 절을 하며 이런 불고기 파티를 열어주어서 고맙다며 좋아했다. 또 어느 여학생은 한국식 불고기 맛은 역시 일본 식당에서 먹는 것과 다르다며 '오이시'를 연발하며 '맛있다'고 어쩔 줄을 모른다.

나와 우리 APP 회원들은 학생들이 연기가 자욱한 속에서 국경을 넘어 서로가 친구가 되어 무언가를 재미있게 이야기하는 모습을 보면서 한일관계든지 중일관계든지 이 젊은 학생들에게 주인공 역할을 주어 정치 경제 문화 등의 문제를 맡긴다면 모두가 원만히 해결될 것 같은 기분마저 들어 나름대로 평화의 나래를 펴고 하늘을 나는 상상을 해 보았다.

따지고 보면 조그마한 섬 하나를 가운데 놓고 땅 따먹기 싸움을 하는 것 같아 마치 아이들 소꿉장난처럼 유치하고 시시하여 째째한 사람으로 비쳐질까 그저 얼굴이 붉어진다. 현재 진정으로 전쟁을 일으킬 만큼 한·일관계와 중·일관계가 분쟁의 소지가 있다면 우리의 기성세대는 외교문제를 젊은 세대에게 배턴터치를 해야 한다고 본다.

만약 영토분쟁으로 양국이 전쟁으로 치닫는다면 두 정부의 지도자는 무능하고 무지막지한 못된 인간으로밖에 평가를 받지 못할 것이다. 젊음은 저 높은 하늘이 파랗게 보이는데 어째서 나이든 늙음은 저 높은 하늘이 노랗게 보이는가. 젊은 그 얼굴에는 황금빛의 만도라(mandorla - 光背)가 나타나는데 늙은 저 얼굴에는 만도라가 나타나지 않는가.

'채근담菜根譚'에 이런 말이 있다. '人生減省 一分, 便超脫一分.' 예를 들어 교제를 줄이면 다툴 일이 줄어들고 말수를 줄이면 비난 받을 일이 줄어들 듯이 줄일 생각을 하지 않고 늘릴 것만 생각하는 사람은 꽈배기 인생을 사는 것처럼 일이 꼬여 괴롭기 그지없다.

이 얼마나 가련한 자인가. 누구보다 능하게 줄여가는 사람은 인생의 달인이 될 것이다. 이와 마찬가지로 국제사회에서도 하나를 줄이면 어느 나라보다 위대해질 수가 있다는 것을 깨우쳐야 한다.

불고기 파티가 끝나자 각자가 기념사진을 찍으며 안녕을 고했다. 사람은 대체적으로 많이 먹으면 만족스런 표정이 얼굴에 바로 나타난다. 모든 학생들과 웃는 얼굴로 헤어지니 나도 오늘 하루의 보람이 뭉게구름처럼 솟아오른다.

우리 회원들과 차를 타고 산길을 내려오면서 내년에는 학생들에게 더 좋은 불고기 파티를 해 줘야겠다고 나 스스로 새로운 다짐을 해 보았다. 오늘도 날씨가 좀 더웠지만 즐거운 하루였다.


# 배신에의 트릭


## 6월 9일 월요일

흐림. 오후에 루리코 씨가 연구실을 찾아왔다. JP초청강연회에 대한 보조금 신청이 무산된 것 같다고 했다. 후쿠오카 현청縣廳으로부터 전화로 연락이 왔다고 했다. 말문이 막힌다. 그녀는 그렇게 자신 있게 보조금 30만 엔(円)을 지원받을 것이라 큰 소리로 호언했었다. 내가 너무 가볍게 판단을 내린 것 같았다. 지금에 와서 그녀를 원망할 수도 없다. 그동안 한국에 국제전화를 한 것이 몇 번이었던가. 그리고 그들에게 말한 약속이 물거품처럼 사라질 것을 생각하니 먼저 면목이 서질 않는다.

한국 측에서도 JP초청강연회가 관심사였기 때문에 매일같이 연락을 주고받으며 일을 추진하고 있던 참이다. 다른 APP 임원들은 쉽게 내년으로 연기하자고 하는 걸 보면 그들은 나의 속사정을 도무지 알고 있는 것 같지가 않다. 처음 JP를 초청하여 강연회를 하자고 적극 제의를 한 것은 '루리코' 씨였고 후쿠오카 현청에 보조금을 신청하면 무난히 강연회가 성공적으로 이루어질 것이라 호언장담豪言壯談한 것도 그녀였다. 말하자면 그녀가 기세를 피우며 밀어붙이는 바람에 나도 그냥 부화附和하여 따라간 것이 지금의 실수를 낳게 한 것이다.

그간의 소견세월消遣歲月을 무엇으로 어떻게 보상받을 것인가. 참으로 배신당한 기분에 내 심정은 뭐라 표현할 수가 없었다.

그런데 더 괘씸한 것은 루리코 씨의 표정이 아무렇지도 않다는 듯 무덤덤한 태도였다. 자기가 한 일에 대해 한 마디 사과도 남기지 않고 그냥 홀쩍 가버렸다. 너무나 황당해 나는 넋을 놓고 창문 밖을 멍하니 바라보고 있었다. 그녀가 나의 능력을 시험하고 있는 것 같아 마음이 더 싸해졌다.

# 광풍은 보이지 않는다

### 6월 10일 화요일

어제 일을 생각하니 내가 누군가에 의해 미리 파놓은 함정陷穽에 빠진 느낌이다. 역시 일본 사람에게서 따뜻한 정을 느끼기란 호롱불에 손등을 쬐는 것 같아 언제나 마음이 헛헛하다. APP 회원들은 국적을 뛰어넘어 볼란티어 정신을 살려 한국 일본 중국 등의 그 나라 문화를 서로 이해하고 그 나라 사람들과 사이좋게 지내기 위해 하나의 언어 일본어로 각각 만족스러운 커뮤니케이션이 이뤄지도록 매달 월례회를 열어 상호이해와 대화를 통해 소통을 꾀하고 있다. 그럼에도 불구하고 볼란티어 정신을 저버린 채 일본 사람은 자기들끼리 어울리게 되면 국제간의 이해와 우호는 말뿐이지 실제로는 물 건너간 거나 다름없다.

우리가 힘쓰고 있는 APP 활동도 요즘은 10년 전 처음 모여 스타트할 때와는 분위기가 퍽 달라진 느낌이다. 한 마디로 말을 한다면, 상명하달上命下達의 시스템이 무너져가는 느낌이다. 언뜻 누군가가 이 NPO 국제봉사사업을 방해하려고 또 다른 누군가에게 쏘개질을 하고 있는 듯한 생각이 들었다.

보이지 않는 광풍狂風이 내 머리 위를 휘돌고 있는 느낌이다. 머리가 아프다. 일본 사람들의 마음을 알 수 없기 때문에 별의별 생각이 다 든다. 여러 사람이 한 사람을 병신 만드는 일은 순식간에 이뤄지는 것이니까. 요전에 세키 이사장을 만난 후부터 루리코 씨도 오구라 씨도 태도가 좀 달라진 것 같다. 세키 이사장이 하는 행동으로 보아 다분히 그에게 엄펑스러운 데가 있어 보인다.

내년 봄에 한국으로 유학을 간다는 치에 양과 사치코 양이 내 연구실에 찾아왔다. 한국에 대해 여러 가지 이야기를 들려주고 있는데 마침 한양대학교에서 유학경험을 한 사오리 양이 히로미 양과 함께 케이크 상자를 들고 불쑥 연구실에 나타났다. 히로미 양이 갑자기 "선생님, 생일 케이크 하나 사왔어요"라며 생뚱맞게 말을 했다. 무슨 일이냐고 물으니, 오늘이 자기 생일이란다. '떡 본 김에 제사 지낸'다는 말처럼 바로 케이크에 양초를 꽂고 불을 붙인 다음 학생들과 함께 히로미 양을 위해 즉석에서 생일 축가를 불러 주었다.

우리는 케이크를 나눠 먹으면서 한참 한국 대학생들의 놀이문화에 대하여 얘기꽃을 피웠다. 치에 양은 이번 여름 방학동안에 부산으로 사전 답사를 겸해서 미리 한국에 가겠다고 말했다.


# 조선 팔도 이야기


### 6월 11일 수요일

창밖에 실비가 내린다. 마음이 차분해진다. 그리고 실바람이 분다. 또한 마음이 상쾌해진다.

## 실비가 내리면 - 如江 作詩 -

실비가 내리면 모두가 벌거숭이가 된다
어느새 실바람이 살랑살랑 불어오니
벌거숭이가 실개천을 달린다
어디선가 낯선 여인이 실눈 윙크로 하얗게 웃고만 있다.
한맺힌 상처를 지으려는가
나는 실구름에 나래를 펴고 창공을 날은다.


일본어에는 '실'(絲 - 이토) 즉 '이토' 접두사가 붙는 단어는 그리 흔하지 않다. 한국어는 '실바람' '실비' '실눈' '실고추' '실구름' '실핏줄' '실뱀' '실반지' '실개천' '실가지' 등 많이 있다. 그러나 일본어에는 '이토 가제'(風), '이토 아메'(雨), '이토 메'(目), '이토 도카라시'(唐辛子), '이토 구모'(雲), '이토 치스지'(血筋), '이토 헤비'(蛇), '이토 유비와'(指輪), '이토 가와'(川), '이토 에다'(枝)와 같은 단어는 일본어 고지엔(廣辭苑, 일어사전)에서도 찾을 수 없다. 가만히 생각해 보면 우리 한글이 얼마나 시적이고 얼마나 미적 감각이 뛰어난지 위에 열거한 낱말에서 금방 느낄 수 있을 것이다.

2시 반부터 임시교수회의가 열렸다. 오늘은 이상하게도 옆자리의 시바타 교수가 보이지 않았다. 무슨 국내 출장이라도 갔는지 모른다. 솔직히 요전 사건 이후 그와 견원지간犬猿之間이 된 나로서는 내 앞에 나타나지 않기를 바랄 뿐이다.

교수회의가 끝나고 마지막 수업시간에 조선팔도朝鮮八道 이야기를 학생들에게 사자숙어四字熟語를 인용하여 함경도, 평안도, 황해도, 경기도, 강원도, 충청도, 경상도, 전라도 사람들의 기질을 각각 설명해 주었다. 그리고 다시 학생들에게 자신의 기질에 맞는 숙어를 하나 고르라고 했더니 석전 경우(石田耕牛 - 황해도)와 청풍명월(淸風明月 - 충청도)이 많아 보였다.

일본 학생들은 적극적인 성격보다 수동적 성격의 소유자가 많아서 그런지 내가 생각했던 대로 맞아떨어졌다.

어둑해서 연구실을 나와 집에 도착하니 아내가 현관에 나와 반갑게 맞이했다. 간단히 저녁식사를 끝내고 한국 TV에서 데모하는 뉴스를 좀 보다가 일찍 잠자리에 들었다. 괜히 피곤한 하루 같아 보였다.


# 일이지십


## 6월 12일 목요일

아침에 한국에서 전화가 걸려왔다. 전 국회의원인 이양희 씨였다. 내용인즉 APP로부터 JP초청강연에 대한 정식초청장을 보내라는 얘기다. 그는 초청장을 받아 6월 말까지 JP를 직접 찾아가 우리 APP 얘기를 모두 전하겠다고 했다. 그리고 너무 사례비에 신경을 쓰지 말라는 말을 함께 전해 왔다. 나는 너무 고맙다는 인사를 하고 전화를 끊었다.

사실은 현청의 보조금 없이 우리의 자력으로 할 수 없는 것도 아니기 때문에 일단 그리 대답을 해 두었다. 다만 우리의 운영자금으로 하게 되면 몇 개월의 장학금 지급이 불투명하기 때문에 다시 이사회를 소집하여 이사들의 의견을 들어봐야 한다. 대다수가 'No' 라고 거부하면 아무리 윗자리에 있는 나라 해도 억지로 밀고 나갈 수는 없는 입장이다. 설득이 필요한데 아무리 그렇다 해도 해외에서 온 유학생들에게 지급하는 장학금을 예고도 없이 끊어 버린다면 그야말로 상식 밖의 일이 아닐 수 없다. 아직 시간이 있으니 다시 심사숙고深思熟考해야 할 기간이 필요할 것 같다.

매주 야간에 하고 있는 '목요 코리안 스터디' 를 저녁 7시부터 시작했다. 몸은 피로하지만 잘 알고 있는 제자들의 간청이니 거절할 수도 없다. 연구실에서 테이블을 놓고 서로 둘러앉아 한국어 회화 교재를 사용하여 한 시간 공부를 했다. 장기간 한글공부를 해온 제자들이라 그런지 몰라도 하나를 가르치면 열을 알아듣는(一以知十) 기분이 들어 가르치는 나로서는 '식은 죽 먹기보다 수월하다'고나 할까. 학생 모두가 내 강의 내용을 이해하니까 나도 마음이 가뿐하다. 치지루 씨가 좀 늦게 왔다. 요즘 회사일이 바쁘다고 했다.

# 몰상식한 학생

### 6월 13일 금요일

대학캠퍼스로 출근할 때 아내가 쥬오마치(中央町)까지 차를 태워달란다. 오늘 꼭 살 물건이 있다고 한다. 무엇을 사는지 전혀 모르지만 나는 아내가 쇼핑하는 일에 그다지 상관하지 않는다. 크게 돈쓰는 일이 없는 아내에게 일일이 잔소리하면 도리어 아내에게 스트레스가 될 것 같아 나는 되도록 입을 다문다. 지금은 일본 사람들보다 알뜰하게 싼 물건을 찾아 이 시장 저 장터를 두루 찾아다닌다. 이제는 쇼핑의 달인처럼 싸고 비싼 것은 번개처럼 가려낸다.

나는 음식을 뭐든지 잘 먹는다. 그래서 그런지 오늘날까지 대학에서 휴강을 해 본 적이 없는 것 같다. 건강하니까 그런 것 같고 아내가 음식을 잘 만들어 내니까 그런 것 같다. 하지만 지지난해 겨울에는 일시적인 팔에 마비가 일어나 이주일간 병원에 입원한 적도 있었지만 다행히 겨울 방학 중에 있었던 일이라 학생들에게는 피해를 주지 않았다. 오늘 내가 탈 없이 꾸준히 강의할 수 있었던 것도 아내의 내조의 덕이 아닌가 생각한다.

오후에 연구실로 한 남자 학생이 나를 찾아왔다. 자기의 외국어 수강과목이 사정에 의해 바뀌게 되었다며 한국어 교과서를 반납하겠다고 했다. 두 달이나 쓰던 책을 돈으로 바꿔 달라니 어이가 없었지만 학생의 입장을 생각하여 나는 얼른 돈을 돌려줘 보냈다.

그 후에 더 놀란 것은 교과서 여러 군데에 낙서한 것처럼 지저분한 볼펜 글씨들이 쓰여 있었다. 아마도 한국 같으면 견리사의見利思義하는 학생은 있어도 이같이 견리망의見利忘義하는 학생은 없을 것이다. 어처구니가 없었다. 이렇게 몰상식한 학생은 처음인 것 같다.


# 아내의 류머티즘


## 6월 14일 토요일

흐린 날씨다. 금방이라도 비가 내릴 것 같다. 피로가 겹쳐 한나절 동안 집에서 이리저리 뒹굴며 콧물 감기약을 먹었다.

점심에는 시원한 쓰유소바(汁蕎素 - 메밀)를 맛있게 먹었다. 쓰유(맛국물)의 맛은 독특하다. 메밀국수(소바)를 먹을 때는 쓰유에 와사비(고추냉이)를 풀어먹으면 이 또한 일미이다. 한국 손님을 메밀국수집에 데려가면 한국에서 먹어본 그것과 다른 특이한 맛이 있다고 한다. 아마도 와사비의 신선도에 따라 그 맛도 달라지는 것이 아닌가 생각한다. 나이든 사람들은 가끔 메밀국수를 먹어야 몸에 좋은 것 같다. 특히 혈압이 높은 사람은 바로 약효를 알게 된다.

오후에는 아내와 함께 고쿠라(小倉)에서 류머티즘 강연회가 있다고 해서 함께 참가했다. 강사는 지금 S병원에서 아내의 진료를 맡고 있는 하라쿠지(原口)

선생이다. 나는 잘 모르지만 아내의 말에 의하면 그는 이 지역에서 노인성 류머티즘에 권위가 있다고 소문이 난 의사란다.

2시가 좀 지나서 강연이 시작되었다. 장내에는 대체적으로 나이든 고령의 여성분이 많았다. 손마디가 아픈 것은 남성보다 여성분이 많다고 한다. 그 이유는 나도 알 만하다. 사시사철 집안일을 매일같이 하는 주부의 손은 항시 물이 마를 날이 없기 때문이다. 그래서 손발의 뼈마디가 마모되어 자연히 못쓰게 되고 나중에는 마디뼈가 이리저리 마구 튀어나오면 그 통증은 이루 말할 수 없다. 또 그런 증세가 팔굽과 무릎에 전이되면 걷지도 못하여 따로 리하빌리(Rehabilitation) 치료를 받아야 한다.

거기서 일어서서 걷지 못하게 되면 인생은 더욱 큰 고통을 겪어야 한다. 오늘의 Treat to target는 관절 부위의 부기浮氣가 있는지, 빈혈이 있는지, 쉽게 피곤증이 오는지, 체중이 주는지, 항시 37℃의 미열이 있는지, 면역이상免疫異常이 있는지 등이 증상의 포인트라 했다. 이런 증상이 있을 시에는 조기진단과 조기치료가 중요하다고 한다. 그리고 약발이 듣지 않을 경우에는 스테로이드를 중체약中休藥으로 쓸 수밖에 없다고 말한다. 치료방법은 약물치료와 수술치료, 그리고 리하빌리 치료가 있다고 한다.

지금 아내는 약물치료를 하고 있지만 팔 다리가 아플 때에는 가까운 병원에 가서 걷기연습 등을 하고 있다. 류머티즘을 앓고 있는 여성들은 무엇보다 정신적으로 스트레스를 받지 말아야 한다. 즐겁게 살아가는 새로운 인생관 즉, 취미를 가지는 생활과 멋 부리는 생활로 항상 웃음을 잃지 말아야 할 것이다.

돌아오는 길에 E백화점에 들러 홋카이도(北海道) 물산 직매점에서 쨈과 버터를 몇 개 샀다. 오늘은 노후를 다시 생각해 보는 뜻있는 날이기도 했다.

# 또 하나의 사투리

## 6월 15일 일요일

오늘은 고쿠라 한인교회에서 '안녕 한글 연구회' 모임이 있는 날이다. 나는 예배를 마치고 교회식당에서 교우들과 함께 카레를 먹었다. 식사 후 2시가 지나 한글 연구회 회원들이 모이기 시작했다. 이영송 시모노세키 한국 교육원장도 참석했다. 요즘은 일본 사람들이 별로 참석을 하지 않는다. 너무 한글의 어법과 문법만 얘기하다 보면 흥미가 좀 떨어지는 느낌도 없지 않다.

오늘도 이 원장의 한글강의가 있었다. 일본에서 자란 재일동포들의 한국어 선생들은 아무래도 발음이 서툴러 문제이긴 하지만 그것은 일조일석一朝一夕에 고칠 수 있는 일이 아니다. 굳이 말하자면 또 하나의 사투리로 받아들인다면 마음이 편할 것 같다. 한동안 나도 발음법에 대해 힘써 보았지만 거의가 종성음 -n가 붙는 발음과 -ng가 붙는 발음이 애매하여 변별력이 거의 없다. 그리고 농음濃音(경음)과 격음激音의 구별 없이 발음하는 초년생 일본인 강사와 재일동포 강사들이 문제이다.

늦게 후쿠오카 한국 교육원의 김광섭 원장이 한국 정부의 한글 보급사업에 대하여 여러 가지를 얘기해 주었다. 이곳 교습소의 교육 프로그램과 한글수강생 등 여러 사항을 적어 문화관광체육부에 신청서류를 제출하면 정부로부터 지원금을 받을 수 있게 된다고 권했다. 모두가 관심이 있어보였다.

그러나 내가 생각하기에는 한국 정부로부터의 지원금은 간단히 신청한다고 될 것은 아닐 성 싶었다. 단순히 생각해도 이곳의 한글교육 커리큘럼 등 한글 수강생 강의 보고서를 매달 해야 한다니 번거로운 일이 아닐 수 없다.

강의가 끝나고 저녁은 교회 근처의 한韓 '카라'라는 식당에서 곱창을 시켜놓고 아사히 맥주로 '위하여' 건배를 외쳤다. 분위기가 화기애애和氣靄靄한 가운데 모두 오랜만에 만난 형제자매처럼 시끌벅적 한국어로 수다를 떨며 서로 우의를 다졌다. 나는 운전 때문에 맥주를 거의 마시지 않았다. 집에 돌아와서 머리를 식힐 겸 해서 컴퓨터 바둑을 서너 판 두고 자리에 들었다.


# Love's Labour's Lost


### 6월 16일 월요일

아침에 먼저 미즈호 은행에 들러 가와소에 씨를 만나 금융 상담을 받았다. 전번에 맡긴 돈이 별로 손해가 있어 보이지 않아 그냥 은행에 계속 예치하기로 마음을 먹었다. 다른 후쿠오카 은행에서 파이낸스에 손을 대어 손해 본 것을 생각하면 지금도 가슴이 앵하다. 은행원의 말만 믿고 멋모르고 투자했다가 손해를 본 사람이 나뿐이랴. 은행이 신용 없기는 일본도 마찬가지이다. 잘못되면 모두가 발뺌을 하며 나 모른다는 시늉을 한다. 야비한 친구들이다.

연구실에 돌아와 수업에 들어가려니 머리가 어쩔하여 한 5분 늦게 강의실에 들어갔다. 몸 상태가 좋지 않아 예고도 없이 오늘은 한국 영화를 본다고 하자, 학생들은 좋아라하며 '와' 소리를 지른다. 누이 좋고 매부 좋은 짓은 그리 나쁠 것은 아닌 듯하다. 앞으로 이와 같은 일들을 찾는데 우리는 머리를 맞대고 지혜를 짜내야 할 것이다. 누이 좋고 매부 좋은 일 즉, 한국 좋고 일본 좋은 일들을 한 · 일 양국의 지성인들이 창조해 나가야 할 과제라 생각한다.

섬 하나를 바다 가운데 놓고 수십 년 동안 서로 내 것이니 네 것이니 이렇게 고집을 부리는 작태는 아무리 봐도 선진국가의 모양새는 아닌 것 같아 보인다. 특히 일본의 우익 정치가들은 크게 반성해야 할 것이다. 만에 하나 영토문제로 분쟁이 일어나 일촉즉발—觸卽發의 위기에 직면하게 되면 한 · 일 두 나라의 운명은 절망의 나락으로 빠져 또 다시 과거처럼 앙숙관계로 되돌아갈 것이 아닌가. 아, 이 얼마나 슬픈 역사의 수레바퀴인가. 한·일 양국은 세계를 향해 그런 불명예스런 일들이 재발하지 않도록 양국의 양심적인 지성인들은 앞을 내다보는 혜안이 있어야 할 것이다.

오후에 에미나 학생이 잠시 연구실에 들렀다. 최근 자기의 신변얘기를 한참 늘어놓았다. 나는 몸이 피로하여 그냥 그녀의 얘기만 듣고 있었다. 결혼한 여자가 선생을 어찌 생각해서인지 자기 차(벤츠)를 타보고 싶지 않느냐고 내 마음을 떠보는 눈치다. 나는 그녀의 눈빛에서 번득 마녀의 느낌이 들어 애써 얼굴을 돌려 그냥 웃어넘기자 그녀는 눈치를 챘는지 낯을 붉히며 연구실을 서둘러 나갔다. 그것은 사제 간의 씁쓸한 Love's Labour's Lost라 하겠다.


# 이방인의 삶


### 6월 17일 화요일

오늘도 나는 어제처럼 힘이 없고 맥이 빠져 있었다. 감기기운이 며칠 갈 듯하다. 콧물도 나고 가끔 기침도 한다. 저녁 수업을 모두 마치고 곧바로 집으로 돌아왔다. 집에 돌아와 보니 아내가 안 보인다. 어디 갔을까? 2층으로 올라가 보니 베란다에서 인기척이 들린다. 고개를 돌려 그쪽을 바라보니 아내는 홀로 화분을 정리하고 있었다.

아내는 꽃을 좋아하는 편이어서 가까이 친구가 없어도 외롭지 않은 모양이다. 수다를 떠는 나이는 지났다지만 그래도 아내는 그런 친구가 옆에 있으면 나이를 잊고 한참 수다를 떨 수도 있으리라. 인간의 외로움이란 대화의 불통에서 온다고 본다. 같이 말할 사람이 없을 때, 말할 사람은 있는데 언어소통이 안 될 때, 또 마음에 내키지 않는 부담스런 사람과 하는 대화는 겉치레일 뿐 진정성이 없기 때문에 담배 한 가치 피울 시간이면 족하다.

인간은 자기도 모르는 무의식 속에서 어린애처럼 고독에 잠긴다. 그러나 자신의 일상에서 그런 외로움이 마치 공허한 고독으로 느껴지지가 않는 것은 에고(自我)를 넘어 인격의 중심이 바로 이뤄졌다는 증거일지도 모른다. 어느 날 혼자 누가 무인도에 가서 생활을 한다 해도 그리 불편을 느끼지 않고 지낼 수 있다면 기인奇人의 기거무시起居無時처럼 의식의 정신세계에서 벗어나게 될 것이다. 나도 또 내 아내도 어떤 면에서 볼 때 의식적인 우울증을 뛰어넘어 지금도 이방인이란 프레임을 간직한 채 일본 땅에서 근근이 살고 있다고나 할까.


# 현명하게 사는 길


### 6월 18일 수요일

엷은 회색 구름이 온통 하늘을 뒤덮고 있다. 오후에 임시 교수회의가 있었다. 교수회의가 있는 날이 자꾸 싫어지는 이유는 뭘까? 이전에는 특별히 심의할 의제가 없으면 회의를 아예 열지 않았다. 그런데 세키 이사장이 부임하고부터 그런 일은 없어졌다. 개혁의 기치를 그럴 듯이 내걸고 교수들을 초등학교 선생 다루듯이 본인이 직접 수업참관을 한다는 소문도 나돌고 있다. 자기가 외국어 수업을 참관해 보았자 까막눈인데 무엇을 하겠다는지 알 수가 없다. 무슨 꼬투리라도 잡겠다는 건가. 어불성설語不成說도 이만부득이다.

일본인 교수들도 이사장의 기행奇行에 혀를 찬다. 미친개 같은 짓이라고. 오늘 교수회의는 중요한 의제 없이 40분만에 끝났다. 보통은 휴식시간 없이 2시간을 연속 회의를 진행한다. 오늘은 야시 학부장의 얼굴이 붉게 굳어 있었다.

교수들이 가장 싫어하는 것이 교수회의다. 간담회다 분과회다 무슨 학생 선발회다 입시 사정회다 하여 잡다한 회의가 매일같이 이어갈 때도 있다. 간부직(役職)에 있으면 그만큼 골치 아픈 일도 있기 마련인데 교수 중에는 결사코 간부직에 오르려고 아등바등하는 야심적인 부류들이 따로 있다. 그 같은 자들은 많은 수당을 받는다. 그런데 대신 일이 잘못 되었을 때는 엉뚱한 변명으로 교묘히 책임을 피해간다. 비열한 자들이다. 그런 자들로 간부진이 짜여져 있다면 그 대학은 얼마 안가 와각지쟁蝸角之爭으로 위기를 맞을 것이다.

저녁에 집에 돌아오니 옆집에서 돌출된 환기통을 오늘에서야 떼어냈다고 했다. 몇 년 전부터 방치해 온 흉물스런 환기통을 오늘에서야 뗀 것이다. 새로 산 집주인이 자가 판단하여 그리 처리한 것이다. 새 주인은 양심이 있는 분 같다.

두 집 사이에는 2미터 공간 사이로 펜스가 둘러져 있었는데 어느 날 갑자기 펜스를 떼어내어 1미터의 베란다를 잇대어 짓고 있었다. 내가 학교에 가고 집에 없는 동안에 날치기 공사로 2층 베란다까지 설치한 것이다. 내가 돌아왔을 때는 플라스틱 지붕을 올리고 있는 상태였다. 나는 놀라서 바로 옆집 주인 다케가와 씨를 불러내어 사전에 상의도 없이 일방적으로 벽을 치는 것은 불법이 아니냐고 따지자 그는 불법이 아니라고 경찰서에 가서 물어보란다. 한심한 이웃 친구다.

나는 화가 나서 일본의 건축법은 잘 몰라도 화재나 지진이 났을 때 통로가 없으면 문제가 되지 않느냐고 캐묻자 그의 대답이 가관이었다. "한국 사람이 뭘 안다고 이러쿵저러쿵 말이 많냐"며 집 안으로 들어가 버렸다. 더욱 화가 치밀었다. 말도 채 끝나지 않았는데 멋대로 행동을 하는 것은 나를 한국 사람이라 깔보는 것 같아 내 심사가 뒤틀렸다.

다음날 구청(區役所)에 들러 직접 물어보았다. 건축담당자의 얘기는 그 일을 자기들이 이래라 저래라 할 수 없고 이웃이니까 서로 합의하에 일을 추진하는 것이 일본의 관례라고 한다. 그러니 다케가와 씨가 이웃집과 상의도 없이 제멋대로 담을 친 것은 잘못임에 틀림없다. 내가 일본 사람이었더라면 과연 그가 예고도 없이 펜스를 걷어내고 멋대로 베란다를 냈을까?

그 후 나는 그에게 한국의 건축관례를 진지하게 전하고 싶었지만 왠지 비상식적인 인간과 대면하기가 싫어서 그 이후 그와 나는 마주치는 일이 거의 없었다. 나는 이 땅에서는 한 발 물러나 사는 것이 스트레스를 받지 않고 현명하게 사는 길이라고 뼈저리게 느꼈다.

.

# 속담 이야기

### 6월 19일 목요일

아침 햇살이 따갑게 내리쬔다. 상쾌한 기분이다. 치과대학에 수업이 있는 날이다. 오늘은 1학년 학생들에게 약속대로 한국 영화를 보여주기로 했다. 배용준, 손예진 주연의 '4월의 눈'이란 영화를 보여주었다. 군데군데 낯 뜨거운 장면도 있었지만 학생들은 성인인지라 그리 문제가 될 신은 아닌 것 같다. 언젠가 한국 영화를 일본 학생들과 같이 보다가 너무나 찐한 베드신이 불쑥 나오는 바람에 혼자 진땀을 뺀 적이 있었다. 그 때 DVD 렌탈가게 점원은 순애물純愛物이니까 학생들에게 보여도 문제없다고 말했었다. 시간적 여유가 없어 집에서 미리 훑어보지 않고 온 것이 나의 과오였다. 그나마 그런 장면은 한 군데 밖에 없어서 다행이었다.

일본 학생들은 사랑과 성性에 있어서 한국 학생들보다 개방적인 면이 있기에 나는 마음을 조금 놓을 수 있었다. 일본고등학교 학생들이 에로물 만화를 수업시간에 선생님의 눈을 피해 옆 친구들과 돌려가며 보는 것이 보통이라는 얘기를 들어 알고 있다. 그런 일은 대학 캠퍼스에서도 다반사이다. 일본의 어느 대학에서도 그런 만화를 책상 서랍에 숨겨놓고 보는 학생들을 나는 여러 번 봐왔기 때문에 이제 나도 면역이 생겨서인지 뭐라고 학생을 꾸짖기보다 '만화는 집에 가서 봐요' 하고 조용히 타이른다.

어떤 때는 아버지같이 호되게, 어떤 때는 어머니같이 부드럽게 대하기도 하고, 어떤 때는 침묵으로 나의 메시지를 전하기도 한다. 이것이 학생에 대한 나의 강한 커뮤니케이션 수단인지도 모른다. 비교적 일본 학생들은 내 말을 잘 듣는 편이다. 일본 학생들은 대체적으로 선생에게 대들지 않는다. 물론 그렇지 않은 학생이 없다고도 볼 수는 없지만….

오후에는 '한글방' 스터디가 있었다. 오늘의 테마는 우리 생활 속의 속담인데 그런 속담을 중심으로 공부했다. 한·일간에 공통으로 쓰이는 속담과 서로 전혀 관계없는 속담을 모아서 비교해 보았다. 속담俗談은 일본어로 고토와자(諺)라 부른다. 속담은 우리들의 지혜로운 생활 속에서 태어난 것이라면 사투리는 우리들의 다양한 음성 속에서 태어난 것이다. 속담은 말과 뜻의 축소형이라면 사투리는 음音과 운韻의 축약형이라 할 수 있다. '개밥에 도토리'는 말 그대로는 번역이 안 되는 말이다. 개는 도토리를 안 먹는다는 말의 뜻이다. 또 충청도 사투리에 '어서 오랑께'는 '어서 오라니까 그러네'의 준 음성이라 하겠다.

인간사회는 일본이고 한국이고 같은 모습을 하고 있는 인간들이 생각하고 활동하고 말하고 사귀고 배우고 사랑하고 짝을 찾고 아이를 낳고 가족을 이루어 질서를 지키며 살아가는 사회집합체이다. 다시 말해서 인간이 언어생활 속에서 찾아낸 보물이 바로 속담이 아닐까. 거대한 암석에서 작은 다이아몬드를 캐듯이 우리가 흔한 말 속에서 속담을 찾아낸다는 것은 그리 용이한 작업이 아니다.

예를 들어, '그림의 떡'이라 함은 실제적으로 소용이 없다는 말뜻이다. 그림에 떡이 그려져 있는데 너무 실체처럼 잘 그려져 있다면 정말 식욕을 자극하고도 남을 것이다. 그러나 그림이기 때문에 먹고 싶지만 먹을 수 없는 떡이니 어쩔 수가 없는 노릇이다. '꿩 대신 닭'이란 속담도 어쩔 수 없을 때, '사슴을 잡으려다 너구리를 잡았다' 는 말처럼 그나마 임시대용으로 만족할 수밖에 없는 경우에 쓰는 말이다.

'이빨 빠진 호랑이' 에서 호랑이는 무섭지만 이빨이 없으니 두려울 것이 없다는 뜻이고, '이빨 빠진 늑대는 무섭지 않다' 고 하듯이 상대의 약점을 알면 아무도 무서울 것이 없지 않겠는가. '배보다 배꼽이 크다' 는 말은 말도 안 되는 말을 한다든가 모순된 언행을 비난할 때 쓰는 속담으로, 예를 들어 헌 라디오를 수리했더니 수리공이 수리비를 새 라디오 값보다 더 요구했을 때 이 속담이 딱 들어맞는다. 옛날에는 시골에 배꼽참외가 흔했다. 참외 배꼽이 너무 커서 모양새도 묘하지만 당시는 먹을 것이 없던 시대라 그랬는지 내 기억에는 그 참외가 꽤 달고 맛이 있었다.

당시는 왜 그랬는지 몰라도 가난한 집 어린애들이 툭 튀어난 배를 그냥 내놓고 다니던 고달픈 춘궁기春窮期가 있었다. 동네 장난꾸러기들은 심심하면 그 배불뚝이 애를 쫓아다니며 중지와 엄지를 써서 구슬치기하듯이 배를 탕 치고 도망치며 놀려대던 일들이 생각난다.

또 일본 속담에 '좋은 담장은 좋은 이웃을 만든다' Good fences make good neighbours라는 말처럼 일본이 우리의 따뜻한 이웃사촌으로 다가오는 모습을 보고 싶다.

오늘 '한글방' 에는 요우코 씨가 새로운 수강생 3명을 모시고 왔다. 교실에는 활기가 띤다. 한글발음 도우미인 유학생 이수진 양도 성의를 다해 표준어로 발음 지도를 도왔다. 보람 있는 하루였다.

# 유학생의 일탈

## 6월 20일 금요일

흐림. 둘째 수업이 끝나 연구실에서 쉬고 있는데 중국 유학생들이 찾아왔다. 따렌(大連)에서 온 친구를 소개하러 왔단다. 얼굴이 잘 생긴 남학생이다. 올해 경영학과에 들어온 1학년생이라고 소개했다. 먼저 내가 '니하오' 라 인사하자 웃으며 서투른 일본어로 자기소개를 하였다. 중국에서 일본어를 2년간 공부했는데도 아직 발음이 어렵다며 그저 수줍은 표정을 짓는다. 어쩌면 중국 학생들은 한국 학생들보다 더 순진한 면이 있는 것 같다. 한·중 두 나라 사람이 제 3의 언어로 소통을 하다 보면 웃지 못할 일들이 가끔 생긴다. 두 나라 사람 모두 말이 딸리다 보면 더욱 웃기는 일이 벌어진다.

두杜 군의 발음을 내가 알아채지 못하자 친구들이 중구난방衆口難防으로 떠들어대며 그 뜻을 전한다. 중국 사람들은 사성四聲의 높고 낮음과 장단의 음이 다르기 때문에 그들의 목소리가 시끄럽게 들릴 수도 있는가 보다. 점심은 네 명의 중국 유학생들과 근처 라면집에서 일본의 음식문화를 얘기하며 맛있게 먹었다. 그들과 헤어질 때 내일 토요일에 시간이 있으면 APP월례회에 나올 것을 권유했다. 그런데 모두가 아르바이트 시간과 맞물려 월례회에 나갈 수가 없다고 대답했다.

수업이 모두 끝나고 연구실에서 내일 APP월례회에서 하는 이사장 스피치를 메모지에 적어보았다. 각국의 유학생들이 모이는 회의라 그들이 일본에서 건강하게 많은 것들을 배워 고국으로 돌아가 유학시절에 배운 학문을 충분히 활용하기를 교수의 입장에서는 항상 바라고 있다. 교통사고, 자살, 약물중독, 절도 등으로 모처럼의 유학생활을 망치고 고국으로 강제로 송환되는 케이스도 적지 않기 때문이다. 내일은 그들이 일본에서 보람 있는 생활을 할 수 있는 방법을 얘기해 주기로 했다.

첫째로, 일본에서 소통할 수 있는 일본어 능력시험 1급을 따기 위해 매진할 것.

둘째로, 일본인 학생과 가까이 지낼 수 있는 친구를 만들 것.

셋째로, 아르바이트를 일주일에 이틀 이상 하지 말 것과 대학교 수업을 중요시할 것.

넷째로, 일본에서 있었던 일들을 빠짐없이 일본어로 일기를 쓸 것. 만일 일본어 문장력이 안 되면 자국어로 써도 무방함.

다섯째로, 대학캠퍼스에서 또는 지역사회에서 개최하는 유학생 관련 행사에 적극 참가할 것. 그리고 어떤 정보라도 먼저 알아 자기 스스로 정보를 충분히 활용하도록 힘쓸 것 등이다.

이상 다섯 가지의 조항을 잘 이행한다면 후회 없는 유학생활을 무사히 마칠 수 있을 것이다. 내일은 나의 유학경험담을 중심으로 마음이 들떠 있는 새로 입학한 유학생들에게 좋은 얘기를 해 주리라.


# 주중적국 舟中敵國


### 6월 21일 토요일

오늘은 APP정기월례회가 있는 날이다. 오후 2시 전에 루리코 씨와 게이코 씨가 미리 내 연구실로 찾아왔다. 같이 간단히 도시락을 먹으며 앞으로의 봉사 활동에 대해 의견교환을 했다. 나는 아직 미련이 남아서 JP초청강연 이야기를 하자 루리코 이사가 다시 내년으로 미루자고 힘을 준다. 한국 측에서 우리 사정을 알아챘는지 돈에 너무 신경을 쓰지 않아도 된다는 얘기를 하자 두 사람이 미리 말을 맞춘 듯이 반대하는 눈치였다. 좀 낌새가 이상했다.

아마 그런 반대의견은 세키 대학 이사장이 지난 번 전화에서 우리 이사들에게 그런 말을 전한 것 아닌가 하는 생각이 들었다. 그 전화 내용을 밝히지 않는 우리 이사들이 마땅치가 않았다. 주중적국舟中敵國이란 말처럼 우리의 조급한 조직 속에 혹시 간자間者가 있으리라고는 나는 믿고 싶지 않다. 그러나 요즘 일본인 이사들의 언행이 이전과는 달리 느껴지는 것은 나의 착각일까.

오늘은 일본인 학생 사오리를 비롯해 유학생 이수매 등 많은 학생들이 참가했다. 서로 한 · 중 · 일 문화에 관하여 자기 의견을 발표하면서 장내분위기는 매우 좋았다. 게이코 이사가 일본의 다도茶道에 관한 자료를 학생들에게 나눠 주고 일본다도日本茶道의 역사와 실제를 알기 쉽게 설명해 주었다. 그리고 유학생들을 위한 다도회茶道會를 내일 간다(芶田) 공민관에서 직접 체험해 보는 것이 좋을 것이라 해서 미리 14명을 예약해 놓았다고 한다. 외국 사람들은 누구나 그 나라의 문화를 이해하려고 하나 그 기회가 닫지 않아 그냥 그림 자료를 통해 볼 수밖에 없는 형편이고 제대로 일본차가 어떤 것인지 그 맛도 모르고 귀국하는 학생이 태반이다.

내일은 좀 쉬려고 했으나 참가할 유학생이 많으니 내가 불참하기가 어려울 것 같다. 루리코 씨가 나더러 같이 가서 유학생들과 함께 일본차를 마셔 보면 어떻겠느냐고 권한다. 나는 아직 감기로 기침이 나는 데도 거절을 못하고 오케이 사인으로 답을 했다.

오늘 월례회는 유학생들의 적극적인 자유토론으로 유익한 얘기들이 많이 나왔다. 한류 학생들은 일본 학생들과 가까이 지내고 싶어도 친구 만들기가 어렵다고 토로한다. 그것은 일본 학생들이 너무 잘 알고 있었다. 이유인즉, 일본인의 폐쇄성 때문이라 일본 학생 자신이 대답하였다. 일본 사람들이 한국과 중국에 대한 감정이 없다면 문제가 되지 않겠지만 아직 기성세대들은 상호간에 역사적인 견해 차이로 가슴 속 깊이 앙금이 남아 있기 때문이다. 일본에서 외국인 유학생들을 지도하다 보니 또 다른 책임과 보람을 느끼는 기분이다. 몸은 고단하나 즐거운 하루였다.

# 일본의 다도茶道

## 6월 22일 일요일

　맑음. 아침부터 유학생들을 내 차에 태우고 간다(神田)로 향했다. 그곳은 시외이고 대학캠퍼스와 꽤 떨어진 거리라 도시고속도로를 타고 가야 했다. 다른 학생들은 같이 차를 3대에 나눠 타고 간다공민관으로 온다고 했단다. 오랜만에 고속도로를 달리니 조금 두려운 마음이 들었다. 출발 40분 만에 간다공민관에 도착했다. 게이코 감사는 수수한 기모노 차림으로 미리와 우리를 기다리고 있었다.

　11시부터 우리 대학생들의 다도 체험이 시작되었다. 공민관 일실에 '다다미'로 된 다실茶室이 있었고 다로茶爐 한쪽에 차 도구, 다기茶器와 대나무를 쪼개서 만든 다솔(茶筅 - 차선)이 놓여 있었다. 손님이 앉는 게스트 석에는 우리 유학생들이 정좌를 하고 조용히 자리를 차지하고 있다. 잠시 후 차를 가르치는 차케(茶家) - 선생이 기모노를 입고 족자 그림과 꽃병이 있는 도코노마(床の間) 앞에 사뿐히 와 무릎을 꿇고 앉는다. 그리고 손님들을 향해 두 손을 모아 엎드려 절을 한다.

　우리들도 함께 고개를 숙였다. 멀리 외국에서 온 유학생들을 환영한다는 인사말을 하고는 말차抹茶를 다기에 넣은 후 끓은 물을 넣고 다솔로 여러 번을 돌려 젓는다. 진한 녹색의 차가 다기에 그득하다. 다 만들어진 차를 보조원들이 차 쟁반(茶盆)으로 나르기 시작한다. 먼저 차를 받은 손님은 두 손으로 조심스레 차기를 받은 후 왼쪽으로 돌려가며 차의 그윽한 향기를 가까이 맡아본다. 그리고 천천히 차를 음미하며 마신다. 약간 떫은맛이 있으나 미리 받은 다과자茶菓子를 입에 넣으면 산뜻한 입가심이 된다. 모두에게 말차抹茶가 돌고나니 호스트와 게스트의 감사의 인사말로 다회茶會 - tea party를 모두 마치었다. 일본 문화를 공부하는 의미 있는 파티였다고 생각이 된다. 내가 대학에서 일본 문학을 공부할 당시에는 이런 산 체험을 할 환경이 아니었다.

그 즈음 나는 어쩌다 고등학교 동문 이세복(서울법대생) 형과 함께 충청도의 어느 선찰禪刹에서 템플스테이를 하게 되어 선사禪師로부터 간소한 차 접대를 받으면서 차茶는 선禪과 같다는 얘기를 들은 기억이 다시금 생각난다. 다시 말하면 다선일치茶禪一致의 사상 즉, 다도茶道는 선禪에서 나왔으므로 인간이 간절히 구하고자 하는 것은 선도禪道와 같다는 주장이다. 그럴 듯하다. 일본의 센케류(千家流)다도의 원조인 센노리큐(千利休)도 말차를 즐겨 마시면서 선리禪理를 깨달았는지도 모른다.

다회를 모두 마치고 오는 길에 새로 생긴 기타큐슈공항에 들러 공항식당에서 유학생들과 같이 점심을 먹고 집으로 돌아왔다. 기침이 좀 더 심해진 느낌이다. 아내가 저녁식사를 준비하느라고 좁은 부엌에서 땀을 흘린다. 하루 종일 일만 시키는 것 같아 미안한 마음이 슬며시 들었다. 내주에는 아내에게 즐거운 주말이 되도록 작은 이벤트라도 보여줘야겠다.

# 상족常足의 마음

### 6월 23일 월요일

맑은 날씨인데 후덥지근하다. 오전수업을 마치고 약간 피곤을 느껴 소파에서 새우잠을 자고 있는데 노크소리가 났다. 한글 연구회의 총무직을 맡고 있는 스케야 씨가 예고도 없이 나타났다. 그는 나보다 두 살 가량 연하인데 일본에서 자라 지금껏 이곳에서 살아온 재일토박이이다. 그는 나를 만나면 항상 '교수님'이라 불러줘 많은 사람들 앞에서는 쑥스러울 때도 있다. 8년 전 처음 나를 찾아왔을 때부터 지금까지 그는 나를 그렇게 불러주었다. 한글을 통해서 일본의 지역사회에 봉사하자고 제의하기에 나는 그의 권유를 뿌리치지 못하고 회원들을 모아 한글 연구회를 만들었다. 그는 항상 나에게 여러 가지로 도움을 받아 고맙다는 말을 자주 해왔다.

그런데 오늘은 의외의 말을 한다. 그가 하고 있는 부동산 중개업에서 좋은 물건이 있는데 투자를 하면 도움이 될 것 같으니 나더러 여윳돈이 있으면 투자를 하란다. 나는 웃으며 잘 아는 사람들이 돈거래를 하면 못 쓴다 하자 그가 말하기를 내가 아는 사람도 많이 있는데도 불구하고 교수님에게 신세를 많이 진 것에 대해 보답하기 위해 나를 찾아왔다며 자기 집을 저당해도 되니 다시 생각해 보란다. 나는 갑작스런 돈 얘기에 어쩔 줄 몰라 좀 시간을 두고 생각해 보겠다고 답을 하자 그는 잘 부탁한다면서 돌아갔다.

야간수업에 앞서 좀 쉬려고 하는데 에미나가 찾아왔다. 그녀는 가끔 나에게 놀러오는 아줌마 대학생이다. 나는 그녀가 항시 어린 학생들과 잘 어울리지 못하는 것 같아 좀 안쓰러운 생각이 들 때가 있다. 오늘도 엉뚱하게도 '선생님, 이번 여름에 한국 연수 가는 것 틀림없지요?' 하며 몇 번이나 다진다. 나의 대답에 힘이 없어서 그리 되풀이했는지 모른다. 다른 학생들은 관심이 없어서 나를 찾지 않는 것일까. 8월 중순까지 아직도 시간이 많이 있는데 왜 그럴까 하는 생각도 해 보았다. 그녀는 대학캠퍼스 생활이 아직 익숙하지 않아 그런 것 같다는 생각도 해 보았다.

야간수업에 들어가기 전에 근처 식당 '키사라기'에서 '타마고 오야코돈부리' (닭고기 계란덮밥)을 시켜 먹었다. 간단히 허기를 채우는 데는 이처럼 싸고 맛 좋은 음식이 또 어디 있을까.

야간 한국어 수업을 마치고 밤 9시가 지나 집에 돌아왔다. 아내가 작년에 담근 매실주와 금빛깔 도미를 구워서 안주로 내놓았다. 조금씩 술을 마시는 동안에 허기진 뱃속이 차올랐다. "지족자知足者는 빈천貧賤도 역락亦樂이요, 부지족자不知足者는 부귀富貴도 역우亦憂니라"고 한 말이 언뜻 떠올랐다. 상족常足하는 마음으로 살아야 하는데….

# 다다미방의 향기

## 6월 24일 화요일

흐림. 아침에 일어나 샤워를 하려고 수도꼭지를 트니 더운 물이 나오지 않는다. 하는 수 없이 찬물로 대충 몸을 씻었다. 내가 봐도 몸무게가 줄어든 느낌이다. 체량기에 주름이 많은 내 몸을 실어보니 2킬로그램이나 줄어 있었다. 좀 무리가 있었던 것 같다. 일요일만은 푹 쉬면서 보양을 해야 하는데 그것이 제대로 되지 않고 있다는 증거다.

고장 난 온수기를 새로 교체하는 데 20만 엔 정도 든다고 아들이 알려준다. 여기서 새집을 짓고 이사를 했을 때는 기분이 아주 좋았다. 무엇보다 일본식 다다미(疊) 방에서 만끽할 수 있는 특유한 풀 향기가 내 코를 강하게 찔렀다. 며칠간 나는 그 향기에 마취되어 머리까지 멍해 오는 감각을 경험했다. 그 풀내음이 사라진 지금은 수많은 세월의 탓인지 아무런 취각의 느낌이 없다.

온수기 고장도 이제 두 번째이니 세계에서 가장 품질이 좋다는 일본제품(日製)도 제 명을 다한 것이 아닌가 생각된다. 집을 질 때도 건축업자가 제대로 된 자재를 쓰지 않는 바람에 집을 짓고 난 후에 여기저기서 고장이 나면 골탕을 먹는 것은 건축주뿐이다. 한 마디로 외국 사람이 짓는 집이라 얕잡아보고 대충대충 기둥을 세우고 벽을 붙이고 기와를 올려 넣었다고나 할까. 안타깝지만 C'est la vie(세라 비 - 그것이 인생이다).

수업을 마치고 4학년 제자들과 로터리 카페에 들러 커피를 마시며 취업활동 등 여러 이야기를 나누었다.

히로미 양은 요전에 본 신입사원 시험에 떨어졌다며 고개를 잘 들지 못한다. 경쟁률이 몇 배나 됐다고 투덜대었다. 적으나마 쇼크를 받았을 것을 생각하니 나도 가슴이 아려오는 것 같았다. 사오리 양은 그간 익혀온 한국어 회화실력이 퍽 향상된 인상을 받았다. 1년간 서울유학을 다녀온 효과가 이제야 돋보인다.

나와 한국어로 대화를 해 봐도 거의 다 알아듣는 편이다. 그 정도로 한국어 커뮤니케이션이 된다면 내년 취직은 별 문제는 없으리라 믿어진다.

일본의 경기가 20년간이나 바닥을 치고 있으니 대졸자들에게는 일본이란 나라도 꿈이 사라지고 일루의 희망이 보이지 않는 불모지가 된 느낌이 든다.

오호! 통재라. 일본의 위정자들은 나라의 기둥이 될 청년들이 일자리 찾는 데·도움을 주지는 못하면서 독도(다케시마) 영유권 문제에 신경을 곤두세우고 있는 까닭은 무엇인고. 탈속초범脫俗超凡의 정치가라면 하루하루 청년 일자리 창출에 전력투구全力投球할지어다.

저녁에는 캠퍼스에서 야하타역驛 주위를 돌아 30분 정도 혼자 워킹을 했다. 나의 건강을 위해 사토(佐藤薰) 선생과 약속을 했기 때문에 일주일에 5일간은 어떤 일이 있어도 나는 걷고 있을 것이다. 산책을 하고 난 후의 상쾌함이란 아침잠에서 깨어나 시원한 건강음료수(黑酢·구로즈)를 마실 때의 기분이라고나 할까.


# 고생길 피란길


## 6월 25일 수요일

날씨가 흐리다. 오늘이 6.25사변이 일어난 지 58주년이 되는 날이다. 내가 평양에서 인민학교 2학년 다닐 때에 일어난 일이니 그때의 기억들은 멀리 흘러간 구름처럼 세월의 저 하늘로 날려 보낸 것 같아 허허롭기 그지없다. 아버지를 끝내 만나지 못하고 수많은 세월 동안 통한痛恨의 서러움을 참으며 살다가 돌아가신 어머니를 생각하면 지금도 눈물이 쏟아질 것 같다. 어머니는 위로 세

아들과 남편을 잃고 어린 세 남매만을 먹여 살리려고 남한에서 30년 동안을 고생고생하시다 돌아가셨다.

1.4후퇴 당시 평양을 떠나던 날 누구도 형제들과 헤어지리라고는 생각지도 않았다. 잠시 황해도 사리원 근처에서 며칠 지내면 유엔군이 다시 평양을 탈환하게 될 것이라는 루머가 평양의 거리마다 분분했기 때문이었다. 그래서 어머니는 가족사진 하나도 챙기지 못하고 금붙이와 옷과 이불 보따리를 싸매지고 살얼음을 깨가며 대동강 능라도를 저녁 늦게 건넌 것이다. 그 때는 얼마나 추웠던지 나는 강가에 피워놓은 장작불 구덩이로 그냥 뛰어들고 말았다.

그 피란길이 황해도에서 그친 것이 아니라 개성을 지나 임진강을 건너 서울에서 며칠 지내다가 다시 한강을 건널 때는 우리 가족들 모두는 지쳐 있었다. 어머니는 버선발에 동상이 생겨 제대로 걷질 못했고 먹을 것이 없어 배를 움켜쥐며 밤낮으로 걷고 또 걸어서 마지막에 닿은 곳이 대전 근교의 신탄진新灘津이란 곳이었다. 그러니까 평양에서 대전까지 5백여 킬로를 기차 한 번 타 보지 못하고 밤낮으로 걷다가 우연히 찾아온 곳이 바로 신탄진의 망골이라는 시골 동네였다. 며칠을 걸어서 거기까지 왔는지도 모른다. 우리네 가족은 모두 지쳐 몸을 더 움직이려 해도 움직일 수 없는 한계점에서 멈춘 곳이 바로 사람 좋고 인심 좋은 이 피란처였다.

그 때 당시 마지막 피난길을 절룩거리며 애를 쓰던 어머니의 뒷모습이 지금도 눈에 어른거릴 때는 가슴이 무너지듯 쓰리고 아프다. 집도 절도 없는 피란민들이 이곳 저곳을 찾아 헤매던 어느 날 충청도 유구를 지나고 공주를 지나 유성을 향해 가파른 고갯길을 넘어 산마루턱에 주저앉아 쉬고 있을 때 그래도 이 땅의 산촌은 평화스러워 보였다. 푸른 산이 보이고 파란 강물이 흐르는 것을 보니 마음이 차분해지는 것 같았고 고향의 굽이치는 강물이 떠올랐다. 해는 서산에 걸려 있는데 갈 곳이 없는 올망졸망한 우리 가족은 배를 움켜쥐며 어느 고갯길을 힘겹게 내려오고 있었다. 같이 걷던 다른 피란민들도 하나둘 떨어져 나가고 우리는 가족나들이라도 하듯이 어느 시골 마을로 들어섰더니 주민들이 이상한 눈빛으로 우리를 보고 있었다. 저녁이 되어 잘 곳을 찾고 있는데 농촌

인심이라 해서 다 그런 것은 아니었다.

그런데 소 외양간이 비어있는 집에 이르러 하룻밤을 쉬어갈 수 있겠냐고 물으니 늙수그레한 노인이 고맙게도 그러라고 허락을 해 주었다. 봄은 아직도 멀리에 있었는지 지푸라기밖에 없는 외양간은 너무 추웠다. 그런 후 며칠을 지나고 나서야 운 좋게 망골이라는 농촌마을에 짐을 풀어 가까스로 정착을 하게 되었다. 45살에 과부 아닌 과부가 된 어머니는 어린 자식들을 굶기지 않으려고 풍습이 다르며 낯선 타향에서 즐풍목우櫛風沐雨하면서 초가집 단칸방을 얻어 근근이 죽을 끓여 먹이며 살았다.

어머니는 이 세상을 떠난 지 오래지만 피란시절을 생각하면 지금도 눈물이 절로 난다. 아! 슬픔의 세월이여! 다시는 이 한반도에서 동족상잔의 그런 피의 비극이 없기를 빌 뿐이다.


## 煉獄의 땅 - 如江 作詩 -

총알이 흔들거린다. 포탄이 춤을 춘다.
군화가 갈라지고 군복이 갈기갈기 찢긴 파핏트가
형제에게 서로 총질을 하게 한다.
여기는 천국과 지옥을 잇는 계단, 프거터리
혈풍혈우血風血雨의 무간지옥無間地獄에서
인간의 아바타를 보았다.
피가 흩어지는 산하를 보았다.

# Why so?

## 6월 26일 목요일

맑음. 치과대학에서 오전 한글수업을 마치고 내 연구실로 돌아왔다. 얼마 있다가 스케야 씨로부터 전화가 왔다. 내일 시간이 나는 대로 연구실로 상담 차 부동산 업자와 대동하여 나를 만나야겠다고 한다. 나는 무심히 응답을 하고 전화를 끊었다.

오후에 '한글방' 특별수업이 있어 어제 작성한 레지메를 다시 펼쳐보았다. 한국 유교와 종가의 제사에 관하여 강의하기로 되어 있다. 실제로 먼저 한국 사람들의 효孝 사상을 애기하면서 한국 유교의 규범을 조목조목 한자에 음을 따로 써가며 설명해 주었다. 특히 제사지내는 순서와 제사상에 올리는 음식과 과일, 고기와 생선 등을 한글과 일본어로 알려주었다. 그리고 성묘할 때 제를 지내는 것도 알기 쉽게 가르쳐 주었다. 학생들도 각자 조사해 온 자료를 비교하면서 다들 머리를 아래위로 끄덕이며 수긍하는 태도이다.

6.25전쟁 당시 눈이 산처럼 쌓인 추운 겨울에 진군을 하던 미군부대원들이 강원도 어느 산골 외딴집에 이르렀을 때의 이야기를 학생들에게 들려주었다. 거의가 눈으로 덮인 오두막집을 살피던 중 미군들이 방안에 굶어 죽어 있는 노부부를 발견하게 되었다. 그런데 방안 위쪽 선반을 살펴보니 묵직한 종이 봉지가 보이기에 그 봉지를 뜯어 보니 거기에는 흰쌀이 그득히 들어 있더라는 것이다. 그때 미군들은 왜 쌀이 이렇게 있는데 굶어죽다니? 의아해 했다는 것이다. 이 쌀을 매끼 아껴 먹었더라면 눈이 녹을 때까지 두 노인은 연명할 수도 있었을 텐데, 하며 미군들은 Why? Why so? 를 연거푸 되뇌며 고개를 갸우뚱거렸다는 이야기다.

한국인의 충효사상을 모르는 미군들로서는 노부부가 바보 같은 주검을 택했다고 느꼈을 것이다.

부모님의 제사상에 올릴 쌀밥을 자기들의 연명을 위해 먹을 수가 없었기에 차마 선반 위의 쌀 봉지를 풀 수가 없지 않았을까. 유교사상은 무엇보다 먼저 조상을 섬기는 것이 효도의 불변지법不變之法인지라 그럴 수밖에…. 첫째 부모를 부끄럽게 하는 일. 제사 지낼 수 없는 처지의 자식. 둘째 집이 궁한데도 일을 않고 늙은 부모를 부양하지 않는 일. 노부모를 굶기는 자식. 셋째 결혼을 하지 않아 대를 이을 자식이 없는 일. 즉 대를 이어 제사를 지낼 자손을 낳지 못하는 자식 등, 이것이 맹자가 말하는 불효삼유不孝三有라고 설명했다.

# 믿어주세요

### 6월 27일 금요일

맑음. 오늘은 엊그제 전화 약속한 대로 아침에 스케야 씨가 웬 젊은이를 데리고 내 연구실을 찾아왔다. 젊은이는 T부동산 회사의 이시다(石田) 주임이었다. 모지(門司)에 있는 한 아파트가 경매에 나왔는데 그것을 지금 사면 싸게 살 수 있으니 일주일간 돈이 있으면 잠시 투자를 하면 대충 백만 엔의 이익이 발생할 것이라 했다. 그러니 그 일이 해결되면 나에게 사례금으로 얼마를 잘라 주겠다고 한다. 나는 스케야 씨에게 여러 가지 물어보았다. 이시다 주임은 자기가 부동산 전문가이니 교수님은 돈만 대면 스케야 씨가 자기 집을 저당해 드릴 터이니 아무 걱정할 것 없다고 했다.

스케야 씨와는 그간 8년 가까이 한글보급 봉사사업을 같이 하면서 호제호형呼弟呼兄하는 사이라 나는 그를 믿고 그들이 소개한 S법무사 사무실을 따라갔다. 나는 H거래은행에 가서 돈을 인출하고 다시 법무사와 함께 서류를 작성했다. 차용금액만을 적고 부동산 저당은 오늘이 금요일이라 어렵다며 월요일에는 무슨 일이 있어도 자기 집을 저당해 주겠다고 했다. 스케야 씨는 미안하다며 '자기를 믿어 달라' 며 고개를 몇 번이나 굽실거리면서 "신지테 구다사이" (믿어주세요)를 연발했다.

그는 여태까지 하던 행동과는 좀 다른 면도 있어 보였지만 나는 그와 오랫동안 믿고 같이 한글봉사사업을 해 온 터라 기분 좋게 투자금을 건네주고 스케야 씨의 도장과 입회인 이시다 씨의 도장이 찍힌 차용증서를 받고 나서 오후 3시가 지나 S법무사 사무실을 나왔다. 택시를 타고 내 연구실로 오면서 어제 A교수가 내게 던진 말이 번득 내 머리를 스쳤다. "친구 간에 하는 돈거래는 돈도 잃고 친구도 잃게 되는 거래요"라는 말이었다. 나는 애써 그 말을 머리에서 지우려 했으나 그 말이 새삼 메아리처럼 귀 바퀴를 맴돌곤 했다. 혹시나 그가 나를 물렁하게 본 것은 아닌가 하는 엉뚱한 생각도 들었다. 하지만 목사가 소개한 사람이 그럴 리가 없을 것이라고 단정하면서 그와 사이가 좋았던 일들을 상상하기도 했다.

나는 이웃 사람들이 무엇을 하든 간에 서로 도울 수 있는 일이라면 먼저 도와가며 사는 것이 도리라고 생각한다. 그래서 어떤 자리에서든 줄탁동시啐啄同時라는 말을 일러주며 서로 협력할 수 있는 일은 형제처럼 도와주는 것이 이 세상을 살아가는 지혜요, 인간의 정의情義라고 학생들에게도 일러주곤 한다. 줄啐이란 병아리가 알을 깨고 세상 밖을 나올 때, 안에서 똑똑 쪼는 것을 말하고, 탁啄이란 어미닭이 밖에서 큰 부리로 껍질을 딱딱 쪼는 것을 말한다. 즉, 안 팎에서 동시에 알의 껍질을 쪼아주지 않으면 병아리는 살아 태어나기 어렵기 때문이다. 그래야 무슨 일이든지 타이밍이 잘 맞아 일이 스무드하게 이뤄진다고 본다.

집에 돌아와 아내에게 스케야 씨에게 돈 준 얘기를 하자 아내는 아무 응답도 하지 않고 심드렁한 태도다. 내가 무슨 잘못이라도 했는가 싶다. 한 마디 상의도 없이 거금을 빌려준 나를 아내는 속으로 원망을 하는지도 모른다. 월요일에는 그와 만나 자기 집을 저당해 준다니 믿을 수밖에 없다. "신지테 구다사이."

이렇게 수차 반복하여 믿어 달라니 그 누가 거절할 수 있으랴. 일이 잘 풀리기를 빌면서 피곤한 심신을 침대 위에 던져본다. 단꿈이나 청해 보자.


# 무소유의 삶


### 6월 28일 토요일

흐림. 아침에 일어나니 꿈자리가 어수선한 것 같다. 무슨 꿈을 꾸기는 했지만 뚜렷하게 말할 만한 줄거리가 잡히지 않는다. 개꿈이란 말인가. 아내의 심기가 너무 언짢아 보여 바깥바람을 쐴 겸해서 고쿠라에 있는 이즈츠야 백화점을 같이 둘러보기로 했다. 사치스런 물건들이 내 눈을 유혹한다.

오래 간만에 아내에게 조그마한 선물을 하나 사줘야겠다는 마음이 언뜻 들었다. 7층 위에서 아래층으로 내려오다 가방점에 들어가 기웃거리다가 적당한 핸드백을 골랐다. 그러나 아내는 괜찮다며 내 손목을 잡아당긴다. 그래도 나는 고집스럽게 손을 뿌리치며 "이것 어때?" 하고 손에 쥐어주었다. 마지못해 들어본 핸드백이 마음에 드는지, 힐끗 아내의 얼굴을 살펴보니 미소가 살짝 비쳤다. 비싸다고 다 좋은 것은 아니다. 남편이 사주는 것을 고맙게 생각해 주는 것 같아 나도 기분이 나쁘지 않았다.

그러나 내 마음의 한쪽 구석에서는 불길한 언어들이 소용돌이치고 있었다. '센세이, 신지테 구다사이! 신지테 구다사이!'를 연발하던 그의 눈빛이 여느 때와는 달리 보였기 때문이다. 나는 여태껏 누구한테 속아 살아온 일이 없기에 남을 의심하는 일은 거의 없다. 용감한 남자는 의義에 죽을망정 불의不義로 살지 않는다는 말을 스스로 믿으며 살고 있다. 이 말은 구시대의 충신이나 무신들이 자기충성을 과시하기 위해 쓰기도 했지만 실제로 죽음으로써 의를 지킨 충신들은 동서고금 어느 왕조시대에도 있었던 일이다.

나는 내 주위에 있는 사람들을 믿고 싶다.

백화점 8층 식당가에서 점심으로 스시(초밥)을 먹고 엘리베이터를 타려 하자 아내가 4층으로 내려가잔다. 따라가 보니 남성용 매장이다. 여름옷들이 산뜻하게 진열된 점포에서 아내가 반소매 셔츠를 하나 고른다. 이번에는 내가 아내의 손을 잡아 당겼다. "있는 옷도 많은데…" 하며 손을 저어도 아내는 나를 위해 여름옷 선물 하나를 하고 싶었나 보다.

불자들이 말하는 무소유란 이 유교경 속의 '소욕小欲' - 큰 욕심을 내지 않는 것 '적정寂靜' - 조용한 곳에서 사는 것, '정진精進' - 열심히 불도를 닦을 것, '불망념不忘念' - 법도를 지키는 일을 잊지 않는 것, '선정禪定' - 마음을 흩트리지 않는 것, '수지혜修智慧' - 지혜를 수양하는 것, '인식認識' - 바르게 생각하는 것, '지족知足' - 족함을 아는 것 등, 이 여덟 가지 덕목을 통하게 되면 속세의 인간들도 자연히 무소유의 삶을 살 수가 있다고 생각한다.

책 이외에 크게 사는 물건이 없는 나로서는 무소유의 삶을 살고 있지 않은가 자문해 본다.

# 견공의 추억

### 6월 29일 일요일

비가 부슬부슬 내린다. 오늘은 부산 아들의 생일이다. 손녀의 입에 난 상처는 다 나았는지 궁금하다. 어제 전화를 했어야 하는데 깜박했다. 여러 가지로 신경을 쓰다 보니 제대로 머리가 굴러가지 않는 것 같다. 거의 낮때가 되어서 전화를 거니 미역국에 닭고기 튀김을 해서 아침을 먹었단다.

부모와 같이 살면 엄마가 더 잘 해 주었을 텐데. 떨어져 사는 것도 다 나쁘지는 않지만 설명절, 추석명절, 생일날에는 손녀와 아들 며느리가 다 모여 떠들썩하게 함께 지냈으면 하지만 그것도 마음대로 되지 않는다. 거친 여울목 현해탄을 사이에 두고 부모와 따로 사는 것도 이제 이골이 나서 그런지 요즘은 서로가 심드렁한 것 같다. '무소식이 희소식'이란 말이 무색할 정도로 어떤 때는 몇 달이고 전화를 않고 지낼 때도 있다. 잘 있다니 안심이다.

사람은 누구나 똑 같을 수가 없다. 풀도 나무도 색깔 크기 모양 등이 다 다르다. 소나무는 곧게 높이 자라고 가시나무는 가지를 많이 쳐서 험한 가시밭길로 비유하기도 한다. 그런 의미에서 송직극곡松直棘曲이란 소나무는 가시가 많아서는 안 되고 찔레(가시나무)는 곧게 자라서는 안 된다. 이 나무들은 각기 특성이 다르고 쓸모가 다른 것처럼 우리 인간에게도 각자 특성과 재능을 무시하여 획일적으로 사람을 취급해서는 안 될 것이다.

오늘은 아내가 교회에 가자고 한다. 열 시에 차로 집을 출발해 열한 시 전에 고쿠라 한인교회에 도착, 이층 예배실로 들어갔다. 항상 교회 신자들이 모자란 듯하여 좀 안타까운 마음이 든다.

예배가 끝나서 일층 식당으로 내려가 점심을 먹었다. 여느 때처럼 카레가 나왔다. J목사가 식당에 나타나자 아내는 그에게 살짝 다가가더니 스케야 씨에 대해 별안간 "목사님, 스케야 씨는 어떤 분이세요?"라고 당돌하게 아내가 묻자 "좋은 사람이에요"라고 목사가 간단히 대답한다. 누구보다도 스케야 씨를 잘 알고 지내는 사이라 그 대답은 옳은지도 모른다. 나는 아내에게 목사님이 그렇게 말하니까, 믿어보라고 타이르고는 아내의 입을 막았다. 말이란 자칫 와전되면 좋을 것이 없으니까.

식사가 끝나자 오리오(折尾)단과 대학의 이경화 선생의 기독교 강연을 들었다. 주로 우치무라 간죠(內村鑑三)의 생애와 그의 기독교 사상에 대해서 간결하게 설명하여 주었다. 내가 알기로는 그는 일본 제국주의자들을 혐오했으며 일제의 조선식민지 정책을 반대한 사람으로 유명하다.

집에 돌아와 스케야 씨에게 전화를 했다. 내일 등기서류를 작성하기로 한 날이라 그 쪽 사정을 물어 보았다. 그는 내일 아침 부동산에 가봐야 안다며 자기가 우리에게 연락을 하겠다고 말했다.

저녁에는 여느 때와 마찬가지로 산책에 나섰다. 혼자 거리를 걷는 것은 좀 쓸쓸할 때도 있다. 몇 년 전만 하여도 '아라' 와 '쿠마' 라는 두 마리의 암개를 데리고 산보하던 그 시절이 즐거웠던 것 같다. 14년간 같이 살아온 아라와 쿠마는 나의 애견이자 충견이었다. 한 해 걸러 두 견공은 모두 죽어 가버렸지만 동물도 같이 오래 살다 보면 그 눈빛 하나로 그들의 마음을 읽을 수 있어서 나는 그들을 가족처럼 느끼며 또 그들로부터 많은 위안을 받기도 했다. 말하자면 일종의 Animal therapy라 할까. 그간 개로 인한 상상치 못한 액시던트도 있었지만 개는 주인을 절대로 배반하지 않는다는 사실을 알게 된 것이 무엇보다 큰 보람이었다. 지금도 그때 '아라' 와 '쿠마' 의 사진들을 보면 내 마음이 푸근해지는 느낌이 들어 아름다운 추억으로 남아 있다.

# 명상의 시간

### 6월 30일 월요일

맑음. 아침 일찍 스케야 씨에게 전화를 했다. 오늘은 자기가 바쁜 일이 생겨서 만나기 어렵고 내일로 미루어 달란다. 기분이 썩 안 좋았다. 월요일에 자기집을 저당할 서류를 법무국法務局에 가서 해 온다고 말해 놓고 지금 바쁘다는 얘기는 나를 무시하는 것 같아 기분이 언짢았다. 그렇다고 뭐라고 할 수는 없다. 내일 서류를 가지고 와서 처리해 준다니까 내가 참는 것이 예의가 아닌가 하는 생각이 들어 좋은 말로 전화를 끊었다. 아내가 옆에서 걱정스런 얼굴로 어찌 되었느냐고 캐묻는다. 내일 만나기로 했다니까 아무 말도 않고 방안으로 홀쩍 들어간다.

대학에서 둘째 시간 학교 수업을 마치고 부동산 중개업을 하고 있는 시라이시(白石) 씨를 잠시 만났다. 그 부부는 십여 년 전에 아사히(朝日) 컬처센터에서 나에게서 한국어를 배운 제자이다. 그는 나의 이야기를 한참 듣고 이상한 말을 건넸다.

"선생님, 부동산에 손을 대는 일은 위험하니 앞으로는 절대로 하지 마세요" 라고 충고해 주었다. 그는 같은 부동산업을 하고 있기 때문에 스케야 씨를 누구보다 더 잘 알고 있었다. 그뿐만 아니라 북큐슈시 한국어 변론대회를 행사할 때마다 그는 우리를 도와서 안내와 접수 진행 등을 돕고 있기 때문에 서로 잘 아는 사이라 했다. 내가 쇼크를 받은 것은 스케야 씨와 부동산 관계로 투자를 했다고 하자, 그는 놀란 듯이 눈을 크게 뜨더니, 그는 한참 입을 다물고 있다가 어렵게 말문을 열었다.

"저는 스케야 씨를 좋다 나쁘다 평할 수는 없지만 요즘 일본의 부동산 경기가 없어서 그런지 나쁜 짓을 하는 브로커들이 많아진 것 같아요"라고 하던 말을 잘라 뗐다. 나는 혹을 떼러 갔다가 되레 혹을 붙이고 온 느낌이 들어서 마음이 퍽 찝찝했다. 그렇다고 그 얘기를 아내에게 할 수 있는 상황이 아닌 것 같아 일체 오늘은 입을 다물고 내일을 기다리기로 마음을 고쳐먹었다. 내일은 내일의 태양이 떠오를 테니까.

집에 돌아와서 나는 서재에서 세계 애창곡들을 들으면서 밤늦게까지 명상瞑想의 시간을 보냈다.

7월

# 무 원 려 無遠慮 필 유 근 우 必有近憂

### 7월 1일 화요일

맑음. 아침부터 아내와 함께 S사법서사에 갔다. 9시에 만나기로 한 스케야 씨가 안 보였다. 10분쯤이 지나 기다리던 그가 나타났다. 등기수속을 하려면 등기하는 사람이 수수료를 내어야 한다고 그가 말했다. 나는 아무 소리도 않고 6만 엔을 지불했다.

그런데 문제가 생겼다. 그가 저당하는 건물이 자기 집이 아니고 모지(門司)에 있는 모 아파트로 해 왔다는 것이다. 이유를 물으니 자기 와이프와 집 소유문제가 있어서 그러니 나더러 이해해달라며 간청을 했다. 어차피 7월 7일에는 모든 일이 해결되면 저당 잡힌 집을 다시 풀어야 하는 번거로움을 겪어야 하기 때문에 아파트로 하겠다고 말을 한다. 그 아파트는 도우부 주관 부동산 회사가 소유하고 있는 건물로 자기 집과 거의 같은 매매가의 건물이라 했다. 나는 이 시다 주임이 안 보이기에 이유를 물어보니 오늘은 타지에 출장갈 일이 있어서 오지 못했다고 했다. 도깨비장난도 아니고 나는 너무 어이가 없어 그의 얼굴을 한참 바라보았다. 그때 가만히 듣고만 있던 아내가 석연치 않은 듯 변경 이유를 자꾸 다그치자 스케야 씨는 다시 연거푸 자기를 믿어달라고 허리를 굽실거렸다.

좋은 게 좋다고 나는 더 이상 그를 추궁하지 않았다. 자기 집을 저당 잡으려 했을 때 스케야의 처妻가 반대를 하여 이렇게 되지 않았나 하는 생각이 들었기 때문이다. 우리 아내도 내가 집을 담보로 어떤 거래를 한다고 하면 틀림없이 쌍수를 들고 반대를 했을 것이다. 나는 둘째 시간에 수업도 있고 해서 그가 가지고 온 등기이전 서류에 내 도장을 찍고 확인한 다음 S사법서사에게 등기 이전이 되는 날 연락을 해달라고 전하고 사무실을 나왔다.

차를 타고 돌아오는 길에서 아내는 스케야 씨를 불신하는 어조로 그를 나무랬다. 사람의 마음 속을 그 누군들 알 리 있으랴. 믿어 달라니 그를 믿어 줄 수밖에 없는 것이 아닐까. 노후에 해외여행을 하며 즐겁게 살기를 원하는 아내에게 걱정거리를 만들어 준 것 같아 불안한 생각이 덜컥 들었다. 시라이시 씨를 먼저 만났더라면 하는 후회도 해 보았다. 그러나 나는 그를 믿고 싶다. J목사가 그를 소개했고, 그리고 지금까지 나와 같이 한글봉사사업을 해 온 사람이 아닌가.

원려遠慮가 없으면 반드시 머지않아 우려憂慮가 있다는 말이 자꾸 뇌리에 가물거린다. 나는 이번 일이 아내의 걱정과는 달리 단순한 기우杞憂로 끝이 날 것을 기대해 본다.

# 수일우이유만방守一隅而遺万方

## 7월 2일 수요일

흐림 저녁에 비. 아침부터 기운이 없다. 연구실에 나가야 하는데 몸도 무겁다. 운동을 게을리 해서 그럴까. 스케야 건 때문에 신경을 써서 그런지 모른다. 오늘은 교수회의가 있으니 아니 갈 수도 없다. 여태까지 K대학에서 휴강을 한 번도 하지 않은 선생은 나 밖에 없지 않을까. 일본 사람은 거의가 절대로 남들 앞에서 너스레를 늘어놓지 않는다. 우리 같으면 오랜 동안 열심히 학생지도에 수고가 많았다든가 유학생들을 위해 장학금을 마련하느라 수고가 많다든가 이런 격려의 소리를 들어본 적이 없다. 일본 사람들은 첫째 이기적 사고방식의 사람들이 많아서 그런 것 같다.

오후에 교수회의가 있었다. 오늘은 왠지 불참한 선생이 많았다. 무슨 바쁜 일이라도 있는 것일까. 무슨 개혁을 한다고 학칙을 이것저것 바꾸느라 회의시간을 허비했다. 한 마디로 말하자면 돈 들지 않는 대학으로 가자는 말이다. 정교수 대신 싸구려 비상근非常勤 강사를 쓰면 그만큼 경비가 줄어들 것이고 직원들을 줄이면 또한 돈이 그만큼 적립될 것이다. 그런데 세키 이사장이 취임하고부터 사무실 여기저기에 낯선 얼굴들이 보이는 것 같다. 촉탁교수의 월급을 반으로 잘라 버리더니 이제는 자기 사람을 멋대로 자리에 앉힌 것이 아닌가. 개혁과는 앞뒤가 맞지 않는 인사를 한다면 월권이 아니고 뭣인가.

이사장이 어떤 인물인지 몰라도 교수회의 결정을 무시하고 멋대로 칼을 휘두른다면 자기가 먼저 다칠 수도 있다. 윗사람이 아랫사람을 이해하는 데는 3년이 걸리지만 아랫사람이 윗사람을 이해하는 데는 3일도 안 걸린다는 말이 있다. 어떤 상사든지 한두 가지 약점은 갖고 있기 마련이다. 더구나 별스럽지 못한 상사가 어떤 일을 할 때면 처음부터 실패를 하여 부하들로부터 손가락질을 받게 된다. 자기가 다 잘하는 것 같아도 개혁의 결과를 살펴보면 겉으로는 뭔가 바뀌진 것 같으나 실제로는 아무것도 달라진 것이 없는 경우가 많다. 소악어상所惡於上 무이사하(毋以使下)란 말은 독선적이고 엉터리 상사들에게 주는 충고라 할까.

저녁 늦게 학생들이 찾아와 녹차를 마시면서 신변의 얘기를 나누었다. K학생은 아직 회사로부터 채용 내정內定이 부진해 걱정이라며 투덜댄다. 젊은이의 고민 등을 들어주고 마음의 상처를 치료해 줄 수 있는 카운슬러가 이 대학에도 필요할 것 같다. 학생들의 취직보다 입학생들의 머리 숫자를 먼저 생각하는 대학이 있다면 마치 '한 구석만을 지키려다 만방을 잊어버리는 우'를 범할 것이다.(수일우이유만방 - 守一隅而遺万方)

# 장학생 1호 김 군

## 7월 3일 목요일

맑음. 오늘은 오랫동안 책장에 방치해 두었던 '만엽집' (만요슈 - 萬葉集)을 정리하다가 가인歌人들의 이름에서 '마로' (麻呂)라고 불리어지고 있는 사람이 92명이나 있다는 사실에 놀라지 않을 수 없었다. 지금 같으면 문사文士들이 이름 대신 따로 부르는 호號나 예명이 있지만 이와 같이 누구누구 마로라고 부르는 예는 찾을 수가 없다.

그런데 '만요슈'에 등장하는 가인의 수가 480명이 넘는데 그중에 5분의 1이 마로라고 따로 붙인 이름의 내력이 당연히 학술적으로 규명이 돼 있어야 하는데 그렇지 못한 것이 퍽이나 안타까운 느낌이다. 일설에는 '마로'라는 이름이 붙은 가인들은 한국(韓國 - 카라국)계, 도래인渡來人, 즉 바다를 건너온 사람이라는 설도 있다.

일본 사람과 구별하기 위해 은연중에 쓰여진 것이라 하나 그것도 확실한 증거가 없는 듯하다. 그렇다고 모두가 꼭 그런 것은 아닌 성싶다. '심아자애문沈痾自哀文'의 가인 야마노우에노오쿠라(山上憶良)는 백제가 백촌강(白村江 - 백마강) 전투에서 나당연합군에 의해 패망했을 당시(663년) 그의 부친인 오쿠진(憶仁)과 함께 난을 피해 거룻배를 타고 규슈섬(九州島)으로 온 백제계의 도래인이다.

오쿠진은 백제왕궁의 시의侍醫로 한학에 조예가 깊었기에 어린 아들 오쿠라에게 성의를 다해 한학을 가르친 결과 그가 훌륭한 가인으로 우뚝 설 수가 있었다고 본다. 이와 같이 그는 백제계의 가인인데도 불구하고 '마로'라는 이름이 붙어있지 않았다. '마로'에 관한 자료가 추가로 입수되는 대로 논제를 찾아 논문을 생각하고 싶다.

저녁에 집에 오니 중국 조선족 졸업생인 김 군이 우리 집을 찾아왔다. 중국제로얄제리를 내밀며 나이든 사람에게 좋은 것이라며 권했다. APP장학생 1호인 그는 재주도 많고 청경우독晴耕雨讀하는 만사에 적극적인 청년이다. 몇 년 전부터 일본 모 회사에 취직해 번 돈을 중국에 사는 모친에게 보내어 따롄(大連)에 집을 한 채 장만했다고 한다. 대단한 생활력의 소유자이다. 그도 그럴 것이 그의 집안 형편이 어려웠던 시절이 있었기에 장남인 그가 분발하게 되었고, 악착같이 돈을 아껴 쓰며 살아왔기 때문이 아닐까.

일본에 유학 오기까지의 김 군의 지난 이야기를 들어보니 한 편의 소설을 쓰고도 남을 눈물겨운 생리사별生離死別이라는 인고의 나날이 있었던 것 같았다. 신이 착한 사람들에게 큰 고통을 안겨주는 것은 그를 더 크게 쓰이기 위함이 아닐까 하는 생각이 들었다. 그를 보내고 나니 빈손으로 그를 돌려보낸 것이 마음에 걸린다. 한국에서 보내온 라면 몇 개라도 싸줄 것을 깜빡 잊었다.

# 망아리타忘我利他의 정신

### 7월 4일 금요일

흐림. 점심때 에미나 학생이 연구실로 찾아왔다. 자신이 잘 모르는 한국어를 가르쳐 달라며 한글교과서를 내민다. 어려운 발음과 문법을 알기 쉽게 설명해 주었다. 그녀는 나이든 학생이라 그런지 젊은 학생들과 아직도 잘 어울리지 못하는 것 같다. 항상 혼자인 것을 보면 안 된 마음이 든다. 오늘은 웬일인지 자기가 먼저 점심을 먹으러 가자고 한다. 대학 근처에 있는 키사라기 레스토랑으로 갔다. 같이 우동 세트를 시켰다. 그녀는 자기 자랑을 하듯 어제 있었던 얘기를 했다.

며칠 전에 친구와 모 식당에서 일본 요리를 먹었는데 몇 만 엔을 썼다고 한다. 친구의 신분은 알 수 없지만 드라이브를 했다는 것으로 보아 남자 친구인 것 같았다. 그녀는 한 마디로 말하자면 이런 말 저런 말을 하고 다니는 것 같아 정말 그녀의 정체를 알 수 없다. 처음은 캠퍼스 내에 친구가 없는 것 같아 나는 인간적으로 말 상대가 되어주기도 했다. 그녀의 말투에서 가끔 불만과 불평을 쏟아낼 때면 내 입장이 난처해지기도 한다. 세상에는 바보 같은 남자들이 많다며 남성을 멸시하는 말을 거리낌 없이 내뱉는다.

식사를 마치고 연구실에 돌아오자 3학년생인 치에 양이 나를 찾아왔다. 내년에 한국에 유학을 가게 된 그녀는 가끔 나에게 들러 부산에 있는 동아대학교 얘기를 나누기도 하고 가족 얘기도 터놓고 얘기하기도 했다. 얘기 도중 오늘이 자기 생일이라 해서 나는 어제 시모노 씨로부터 받은 케이크를 냉장고에서 꺼내 바로 치에 양에게 생일 선물로 주었다. 그녀는 고맙다고 고개를 몇 번이나 조아린다.

오후에 루리코 씨로부터 전화가 왔다. 내일 아카마(赤間)에서 있을 APP연락회에서 쓸 돈을 인출하라고 한다. 며칠 전 통장을 가지고 갔을 때 자기가 돈을 미리 찾았으면 될 것을 지금 나더러 하란다. 사람들과 봉사사업을 오래 하다 보면 그 사람만이 아는 비장의 기질이 드러나게 마련인가 보다. 이전 같으면 만일 내가 회원들 앞에서 어떤 허드렛 잡일을 하면 그 일은 못하게 말렸다. 그런데 지금 전화를 받고나니 그냥 홀대받는 느낌이 들어 기분이 야릇하다.

일본 사람과 한 번 잘못하여 사이가 벌어지면 좀처럼 회복하기가 어렵다. 그렇게 되면 상대방의 눈빛이 달라질 뿐더러 목소리의 톤이 달라진다. 예전에는 '하이, 하이' 이렇게 잘 따르던 사람이 최근에는 심드렁한 표정으로 망아이타忘我利他의 봉사정신도 찾아보기 힘든 것 같아 마음이 아프다. 내가 매년 기부하던 적립금이 반으로 줄어든 탓일까.

이제 나도 맹호위서猛虎爲鼠의 신세가 된 것이 아닐까. 예산이 모자라면 임원들끼리 상의하여 두 배로 이사진들의 회비를 늘리면 충분히 수지결산에 별 차질이 생기지 않을 것을 알면서도 그들 대부분은 손가락 하나 까딱도 하지 않는다. 봉사정신이 퇴색해 버린 무정한 사람들과의 봉사사업을 계속해야 옳은지 요즘은 자꾸 갈등만 생긴다.


# 고향으로 가자


### 7월 5일 토요일

흐리다가 오후에 날씨가 개다. 오늘 APP연락회를 포구浦口 가네자키(鐘崎)에 있는 히비키(響) 호텔에서 열었다. 언덕 위의 호텔 창가에서 바라보는 일망무제一望無際의 푸른 바다가 내 마음을 사로잡았다. 시원한 바람이 곁들어 더더욱 나의 복잡한 머리를 식혀주는 것 같았다. 가는 날이 장날이란 말처럼 오늘이 타나바다(七夕 - 칠석)라 우리 임원 몇몇이 색종이로 고리 줄을 여러 개 만들어왔다.

마침 호텔에 들어서자 로비에 큰 장식용 대나무에 벌써 여러 개의 단자크(短冊)가 걸려 있었다. 일본 사람들은 칠석날이 오면 자기의 소원을 담은 글귀를 종이에 적어 색종이 고리에 매달아 두면 일 년 내에 뜻이 이루어진다고 믿고 있다. 이십여 명의 회원과 유학생들이 각자 단자크에 매직펜으로 글을 적는다.

나도 하나 적어 보았다. '南北統一남북통일. 韓中日平和友好한중일평화우호.'라고. 그리고 단자크를 색종이 고리에 매달았다. 나의 단자크를 보자 회원들이 너무나 소원이 거창하다고 웃어댄다. 학생들은 유학생활의 무사를 빌었고 일본 사람들은 거의가 가족의 행복을 빌었던 것으로 알고 있다. 내가 남북통일을 쓴 이유는 몇 년 전에 평양에 갔을 때 그들 보위부원이 안내하는 '평양 산원'을 방문한 적이 있었다.

아주 큰 산부인과 병원이었다. 그런데 병실을 돌아보면서 나는 너무나 놀랐다. 산모는 베드에 앉아 있는데 아이가 없었다. 물어보니 인큐베이터에 아기가 있다고 했다. 산후에 제대로 먹지 못해선지 얼굴이 창백하고 깡말라 있었다. 젊은 산모와 눈을 마주쳤을 때 갑작스레 마음이 울컥하여 나는 그녀를 더 이상 바라볼 수가 없었다. 나는 안내원의 눈을 피해 사탕봉지를 슬쩍 자리 옆에 놓고 병실을 나왔다.

인큐베이터 실에는 체량미달의 작은 아기들이 새끼동물처럼 꼼지락거리고 있었다. 의약품과 의료장비가 태부족한데 허울만 그럴 듯한 것이 북한의 의료사정이었다. 엘리베이터를 타고 내려오면서 거울에 비친 하얀 가운을 입은 내 모습을 보고, 내가 의사라면 저 깡마른 젊은 산모를 해맑은 얼굴로 바꿔 놓을 수도 있었을 텐데…. 이렇게 나는 혼자 되뇌고 있었다.

'천강동일월千江同一月 만호진봉춘萬戶盡逢春.' 모든 강물에 같은 달이 뜨고 만 가호에 다 봄이 찾아오건만 어찌하여 북녘 땅에는 봄소식이 없는가.

이렇게 한숨을 크게 쉰다. 어서 통일이 되어 남북의 동포가 뜨겁게 손을 잡고 춤을 추는 그날이 하루라도 빨리 왔으면 하는 것이 나의 바람이다.

### 고향으로 가자 - 如江 作詩 -

고향으로 가자. 진달래 피고 산새 우는
고향을 찾아 가자.
고향 사람들이 나를 모른다 해도
고향 사람을 만나러 가자.
고향 땅에 그리운 그 옛집이 보이지 않아도
고향 땅을 찾아가자
고향의 형제들이 세상에 없다 해도
고향 땅을 찾아가자

이제 이산의 아픔은 저 구름처럼 흩어지고
새들의 메아리조차 울리지 않는구나.

우리 꿈나무들에게 이 땅이 다시 열리는 날
너도나도 고향을 찾으리라.
환희의 춤을 추며 희망의 노래를 부르며
그리운 산천 고향을 찾으리라
그리고 우리 모두 손을 꼭 잡고…
자자손손 이어갈 고향 산천을 찾으리라.

저녁에는 바닷가에 나가 고등어와 문어를 잡았다. 어찌 문어가 얕은 물가에
까지 와 어슬렁거리는지 모르겠다. 현해탄 저 멀리서 불어오는 상쾌한 신바람
이 언뜻 내 귀를 스치며 나에게 뭐라 소곤대는 듯했다.
'한국은 말 그대로 금수가경錦繡佳景의 아름다운 나라가 될 것이며, 한국 사
람들은 무사태평無事泰平의 복지국가를 건설하여 만수를 누리리라고.'

# 천일야화

### 7월 6일 일요일

히비키 호텔에서 곤히 잠을 자고 있는데 오구라 이사가 나를 깨운다. 시계를
보니 새벽 5시다. 지금 가네자키(金崎) 포구에 가면 어부들이 잡아온 신선한 고
기들을 살 수가 있다고 했다. 귀가 솔깃했다. 호텔을 나서려 하니 게이코 씨도

같이 가자고 따라나섰다. 차로 10여 분 정도 달리니 작은 포구가 보인다. 배가 닿은 선창가에는 사람들이 꽤 많이 서성대고 있었다.

몇 척의 어선이 밤바다에서 잡은 고기와 어패류를 배에서 내려놓았다. 양은 그리 많아 보이지는 않았다. 그러나 바다고기도 소라도 싱싱해 보인다. 아침도 먹지 않은 공복상태라서 그런지 고기 비린내가 내 비위를 상하게 한다. 나는 소라를 2천 엔 어치를 사고 발길을 돌리려 하니 오구라 이사와 게이코 씨는 아직 살 것이 있다면서 아카다이(붉은 도미)와 큰 바다조개를 사들고 왔다.

차를 타고 호텔로 돌아오니 아침 식사가 준비되었다고 1층 식당으로 내려오란다. 식당에 내려가니 우리 멤버들은 각자 식사를 하고 있었다. 그런데 유학생 몇이 보이지 않았다. 한 학생이 어제 밤에 거의 잠을 못 잤기 때문에 지금껏 자고 있다고 말했다. 요즘 젊은 학생들은 야행성 인간형에 익숙해진 것 같다.

10시가 지나 호텔측 송영送迎 버스가 우리 일행을 아카마(赤間)역까지 태워다 주었다. 그곳에서 모두 해산을 했다. 각기 갈 방향이 다르기 때문에 나와 몇 사람은 고쿠라(小倉)행 JR을 타고 오면서 각자 다른 역에서 내렸다. 지금 내가 하고 있는 봉사활동이 과연 보람된 일이라 할 수 있을까? 유학생들로부터 칭송을 받을 만한 일들을 우리 APP임원들이 제대로 하고 있는지 의문이 갈 때도 없지 않다.

창업이수성난創業易守成難이란 말처럼 창업은 쉬우나 일을 다루고 유지하기가 어렵듯이 오래오래 일이 계속되지 못하는 경우를 자세히 살펴보면 이유는 인사관리에 있다고 나는 생각한다. 사람 하나 잘못 쓰면 편을 가르고 나중에는 패거리 세력을 만들어 하극상下剋上이라는 뜻밖의 사건이 벌어지기도 한다.

이 같은 극단의 일이 인간의 이성을 잃게 하는 비극적 시나리오의 모형이 될 수 있다고 본다. 나는 최근 꿈을 계속 꾸고 있다. 불만과 스트레스가 쌓이면 꿈(악몽)이 자주 보이는 것 같다. 몇 달 전만 해도 그리 꿈을 꾼 일이 없었는데 최근 심경의 변화로 인해 나의 꿈 이야기가 샤하라자드가 샤흐르야르 왕에게 들려준 '천일야화千日夜話'처럼 흥미롭게 전개되어가는 느낌마저 든다. 내일 스케야 씨와 연락이 잘 될까 좀 의심스럽다.

# 망우물

## 7월 7일 월요일

맑음. 아침에 일어나 먼저 스케야 씨에게 전화를 걸었다. 벨은 울리는데 받지를 않는다. 퍽이나 궁금해서 집 전화를 찾아 다시 다이얼을 돌렸다. 역시 받지를 않는다. 부인이 같이 살고 딸도 집에 있을 텐데 좀 이상한 낌새가 느껴진다. 뭣이 잘 풀리지 않는다는 걸까.

오늘은 더 이상 전화를 하지 않기로 했다. 아침수업을 하러 치과대학을 가던 중 운전실수를 하여 앞차를 받을 뻔했다. 브레이크 페달을 조금이라도 늦게 밟았더라면 접촉사고를 냈을 것이다. 진땀이 났다.

지금까지 무사고 운전사인 내가 왜 그리 급히 달렸을까, 이해가 안 된다. 역시 스케야 씨로 인해 내가 신경과민증에 걸린 사실을 뒤늦게 알 수 있었다. 사람을 어디까지 믿어야 하는지 도무지 알 수가 없다. 술을 즐기는 사람은 사람의 마음을 읽는 독심술讀心術을 자연스레 터득한다던데 나는 술을 못해서 그런지 그런 재주는 제로와 같다. 오늘은 망우물忘憂物, 천일주千日酒라도 실컷 마시고 모든 시름을 잊고 싶다.

그런데 프랑스에서는 사람들이 식후를 즐기는데 4C를 빼놓지 않는다고 한다. 카페(cafe) 씨오콜라(chocolat) 코냑(cognac) 시가(cigar), 여자들은 커피를 마시면서 초콜릿을 들고, 남자들은 코냑을 마시면서 엽연초를 피운다. 뜨거운 액체가 몸 안에 들어가면 사람은 자연스레 자기본성이 드러나기 때문이란다. 점잖은 사람도 술이 얼큰히 들어가면 소리도 지르며 새침데기 처녀도 입안에 당분이 녹으면 평소에 안 하던 게염을 부리기도 한단다.

오늘 G8 정상회담(summit conference)이 북해도北海道의 더 윈저 도야(洞爺) 호텔에서 막을 올렸다. 이번 도야 정상회담은 중국, 인도, 브라질과 아프리카 신흥국 등 22개국 수뇌들도 참석하여 최대 규모의 토의장이 될 것 같다. 원유와 식량의 가격상승문제도 중요하지만 지구온난화 문제가 마땅히 빅 이슈가 되어야 하지 않을까. 중국 인도와 같은 신흥중공업 국가들이 협력하지 않으면 지구의 온난화가 가속화 되어 인류의 종말이 그만큼 가까워질 것이다.

# 트레바리 기질

### 7월 8일 화요일

맑음. 오전에 정기 신체검진 때문에 S병원에 갔다. 오늘은 생각보다 환자들이 많아 보였다. 거의가 노인이라 노인병원에 와있는 느낌을 준다. 허리가 90도로 휘어진 노인, 발걸음조차 제대로 떼지 못하는 노파, 휠체어에 의지하여 움직이는 환자, 일본은 확실히 노인천국이다. 한국에서 친척 병 문안차 어느 병원에 들렀을 때도 일본처럼 그런 느낌은 아닌 것 같았다.

나는 내과 병동으로 가서 간호사가 시키는 대로 피를 뽑고 종이컵에 소변을 받아 검사실에 전했다. 한 시간 후 결과가 나왔다. 사토 선생이 3대 수치, 헤모글로빈 혈당 혈압이 높아진 것 같다며 운동을 더 열심히 하라고 권한다. 요즘 며칠 동안 신경을 쓰다 보니 산책을 게으르게 한 것은 나도 인정한다. 사토 의사는 저녁을 적게 들고 밀가루 음식과 국수, 라면을 피하라고 말한다. 새삼스러운 얘기도 아닌데 실제로 저녁식사를 하다보면 많이 먹게 되고 또 눈으로 먹음직스런 빵이나 지지미를 보면 자연히 손이 그리 간다. 오늘부터라도 굳은 각오로 먹는 양을 우선 줄여야겠다.

저녁에 스케야 씨로부터 전화가 걸려왔다. 목요일에 H사법서사 사무실에서 10시에 만나자고 했다. 그날은 그가 나에게 차용한 돈을 모두 갚기로 약속한

날이다. 그런데 S사법서사로부터 요전에 아파트를 등기한 저당권 서류가 등기
우편으로 이미 우리집에 도착해 있었다. 내일 모레 빌려준 돈을 모두 받으면
곧장 끝나는 일을 아파트 저당까지 할 필요가 있었나 하는 생각도 들어 황당한
느낌을 받았다. 그러나 한편으로 저당 잡힌 M아파트에 문제가 있지 않은가 하
는 걱정이 들기도 한다. 아니면 스케야 씨가 무슨 트릭을 쓰고 있는 느낌이 들
어 마음이 편치 않다.

　　결국 '소인간거위불선小人間居爲不善' 이란 말인가. 쓸모없는 사람이 남들 앞
에서는 자기를 근엄한 척하면서 돌아서면 나쁜 짓을 하는 것은 결과적으로 자
신을 속이는 행위와 같다. 남을 속이는 행위는 남의 의견에 반대하기를 좋아하
는 콤플렉스 형 '트레바리' 기질과 다름이 없다고 본다.


# 묻지 마, 살인행각


### 7월 9일 수요일

　흐림. 때때로 가랑비가 내리다 그치다 했다. 일본의 시장경기가 바닥을 치고
있는 요즘이다. 젊은 사람의 일자리가 거의 없다고 해도 지나친 말이 아니다.
그런데 비정규직을 찾아보면 있기는 있나 보다. 일본 사회도 학력사회이기 때
문에 문제가 없지 않다. 같은 직장 내에서 정규직과 비정규직이 따로 있는 한
자연히 불평분자들의 볼멘소리가 차츰 커지게 마련이다. 같은 대졸임에도 불
구하고 누구는 정규직이고 누구는 비정규직이라면 같은 사원 사이에 심리적으
로 갈등이 생기기 마련이다. 사회구조에 대한 불만과 부족함이 자기 자신을 너
무 분노케 하고 비참한 지경에 이르게 하는 것이 아닐까.

지난 6월 5일 도쿄의 번화가 아키하바라(秋葉原)에서 트럭을 몰고 '보행자 천국'으로 돌진하여 여러 사람들을 짓밟아 놓고 그래도 성이 차지 않아 지나가는 행인을 칼로 마구 찌르는 말하자면 '묻지 마 살인' 사건이 일어났다. 25세의 카토라는 청년은 왜? 그런 끔찍한 일을 저지르게 되었을까?

언뜻 생각해 보니 나이가 든 나라 해도 그 심정은 이해할 것 같은 마음이다. 누구라도 좋다는 무차별 살인 행각, 이런 살인사건이 요즘 유행하는 이유는 뭘까? 이것은 일본인의 무정 무연無情無緣의 관계에서 오는 인간의 불안, 초조, 불신, 허무감 때문이 아닐까 생각한다.

나라가 싫고 정치가가 싫고, 돈 많은 사람이 싫고, 협잡꾼이 싫고, 으스대는 놈이 싫으니 그런 놈들과 같은 하늘 아래서 살 수 없으니 불구대천지원수不俱戴天之怨讐가 아니고 무엇이랴. 이런 원수 같은 자들이 아귀도餓鬼道에 빠져 항상 목이 말라 아등바등하는 놈들이야말로 현실적인 아귀餓鬼들이 아닐까. 이 세상의 모든 살인행위는 남이야 어찌 되든 거들떠보지도 않고 자기 배만 채우려는 아귀들이 많기 때문에 일어나는 빈곤한 약자들의 돌출에서 시작되는 것이다. 사람을 살생하면 지옥도地獄道에 간다지만 욕심쟁이는 항시 배고프고 목이 타오르는 아귀도餓鬼道에 빠지게 되어 음식조차 먹을 수 없는 지경에 이른다고 한다.

오후에 전체 교직원 모임이 있었다. 강당에 나가 보니 모 대학에서 대학교육 혁신 전문가를 초청하여 강연회를 열고 있었다. 말은 그럴싸했지만 우리 대학의 현실사항과는 퍽 거리가 있어 보였다. 한 시간 이상 자리를 지키다가 연구실로 돌아와 소파에서 잠시 눈을 붙였다.

얼마동안 잤지만 몸이 거뜬하지 않다. 가끔 기침도 나고 콧물도 나온다. 며칠간 쉬었으면 한다. 그러나 그럴 수 없는 상황이다. 내일을 기대해 본다. 스케야 씨가 약속을 지킬 것을 기대하면서….

# 청맹과니

### 7월 10일 목요일

맑음. 오늘은 스케야 씨와 만나는 날이다. 아침을 대충 먹고 아내와 같이 약속한 H사법서사 사무실로 나갔다. 스케야 씨가 기다리고 있었다. 이제 곧 이시다(石田) 주임이 올 것이라 말했다. 나와 아내가 사무실 소파에 앉아 10여 분을 기다려도 이시다가 나타나지 않았다. 어찌 된 것이냐 물으니 스케야 씨는 당황한 얼굴로 이시다에게 전화를 걸더니 밖으로 나갔다. 그들의 통화 내용은 알수 없었으나 한참 후 다시 사무실로 들어온 스케야 씨의 표정에서 이상한 느낌을 느낄 수 있었다. 나는 즉각 어찌된 일이냐고 따져 물었다. 그러자 그가 곧 올터이니 잠깐만 기다리라며 자리를 권한다.

10시 30분이 되어 이시다가 나타났다. 나는 먼저 차용증을 내 보이며 빌려준 돈을 요구했다. 그러자 그는 경매건물을 사기로 한 사람 B씨가 시골에 가서 뱀에 물려 쓰러졌다고 했다. 자기도 그 소식을 아침에 들었다면서 오늘은 내게 돌려주기로 한 차용금액을 돌려줄 수 없게 되었다고 했다. 나는 지금 B씨가 있는 장소가 어디냐고 물으니 야먀쿠치(山口)현의 어디라며 자기도 자세히 모른다고 얼버무렸다. 나는 그때 이 두 사람이 나를 속이고 있다고 직감했다.

그런데 스케야 씨는 이왕 이렇게 일이 벌어졌으니 며칠만 기다렸다가 B씨가 모지(門司)에 있는 집으로 돌아오면 틀림없으니 나더러 그 때까지 참아달라고 한다. 만일 B씨가 입원을 하거나 만에 하나 죽는다 해도 B씨의 장성한 딸과 아들이 자기 도우부 부동산에 와서 A건물을 구입하기로 약속이 되어 있으니 조금도 걱정할 것이 없다며 나와 아내에게 허리를 굽실대며 안절부절 못하고 그냥 사무실을 들락거린다.

스케야 씨가 하도 간곡하게 부탁하며 차용해 달라기에 나는 같이 한글봉사 사업을 하는 사람이라 믿고 빌려준 돈이다. 이 돈은 내가 20년간 K대학에서 한국어 문화 강의를 통하여 피땀으로 이루어 놓은 퇴직금의 일부이다. 이제부터 이 금전문제 때문에 몸서리가 날 것만 같은 느낌이 번쩍 들었다. 그들과 다시 만날 약속을 하고 나는 연구실로 돌아왔다.

차를 타고 오는 동안 아내의 얼굴이 거의 울상이었다. 좀 더 신중히 가족과 상의를 한 후에 돈을 건네주었더라면 하고 늦은 후회도 해 보았다. 아내가 이 시다 주임 말을 하면서 "그 사람 꼭 사기꾼같이 생겼던데 당신은 정말 청맹靑盲과니 아니예요?"라며 투덜댄다. 며칠 안에 해결해 준다고 하니 나는 스스로 그들을 믿고 오히려 위안을 받고 싶었다.

연구실에 돌아오니 APP 사무관계로 루리코 씨가 찾아왔다. 회계장부 정리와 입금통장을 확인한다며 한 시간 정도 얘기를 나누다가 내 얼굴빛이 이상했던지 루리코 씨가 어디가 아프냐고 묻는다. 괜찮다고 내가 대답하자 그녀는 뭣도 모르고 시간이 나면 주말에 회원 몇몇이 같이 식사를 하지 않겠느냐고 물었다. 나는 "글쎄요?"라고 짧게 답하고는 바쁘다는 핑계를 댔다.

# 궁하면 통한다

### 7월 11일 금요일

햇볕이 쨍쨍 찌는 전형적인 여름 하늘. 오늘은 3학년 학생들에게 한국어 테스트를 실시했다. 문제가 어렵지 않아서인지 거의가 70점 이상의 점수를 받았다. 그 이하는 바가(馬鹿 - 바보)로 볼 것인가. 일본에는 이른바 3류 대학을 '바가다(田)대학'이라 부르기도 한다. 밭전(田)자를 붙인 이유는 시골의 지방대학이라는 말을 상징적으로 표현한 것이다.

시골에 있다고 3류이고 대도시에 있다고 1류 대학이라고 나는 그리 보지 않는다. 설사 지방에 있는 대학이라 해도 교수진과 실러버스(Syllabus) 내용이 충실하면 어느 정도 수준에 도달할 수 있기 때문이다. 특히 1류 대학이 아니라도 특징성이 있는 학과를 잘 살리면 얼마든지 그 분야학과에 실력이 있는 학생들이 모이기 마련이다. 같은 계통의 학과가 많아지면 자연히 1류가 나오고 3류도 나오기 마련이다.

일본도 대학 수가 너무 많다. 따라서 대학생이 많으니 졸업생도 많다. 이 같은 일본의 불경기에 취직하기란 정말 바늘구멍으로 들어가는 것보다 더 좁다. 일본에는 취활就活이란 말과 혼활婚活이란 신조어가 유행하고 있다. 말하자면 취직활동과 구혼활동이라는 뜻이다.

청춘을 불태워 오로지 학업에 매달려 대학을 졸업하고 회사에 들어가서 좋은 배필을 만나 약혼하고 결혼에 골인하게 되면 일단 제2 인생의 성공 스토리(success story)를 쓸 수 있지 않겠는가. 뚜렷한 목표가 있는 자에게는 반드시 가까운 미래에 그리스 신화에 나오는 삼미여신三美女神 - 에프로슈네, 아그라이아, 타레이아가 홀연히 나타나 훌륭한 선물 3개를 당신의 품에 안겨 줄 것이다. 즉 호화찬란한 향연饗宴과 춤, 사교적인 환락歡樂, 기품 있는 예술이 당신을 아름답고 멋진 인간으로 바꿔 놓을 것이다. 사실 우리는 이처럼 기적 같은 일들은 우리 주변에서도 곧잘 보아왔다.

'역경易經'에 '궁칙변窮則變 변칙통變則通'이란 말이 있다. 요즘 우리 주위에 미래가 안 보이고 제 길 찾기에 방황하는 젊은이들이 얼마나 많은가. 나는 그 친구들에게 "사태가 막바지 상태에 이르면 거기에는 반드시 정세변화가 일어나고, 변화가 일어나면 거기에 새로운 전개가 시작되어 자연히 통하게 된다"고 일러주고 싶다. 이유는 90프로가 자신의 꾸준한 노력여하에 달렸다고 보기 때문이다. 일본의 젊은이여, 간바레!(힘내라) 한국의 대학생들이여, 파이팅!

오후에 미호 양이 연수 회비를 가지고 나를 찾아왔다. 아직 한 번도 한국에 가보지 않아서 꼭 가고 싶다면서 말을 하다가 어느새 자기 가족 얘기를 털어놓았다. 식구라고는 엄마와 자기뿐이란다. 엄마는 수년 전에 재혼하여 자기는 혼자 따로 산다고 했다. 대개 일본 학생들은 그런 집안 얘기를 서슴없이 선생에게 말을 한다. 나는 그런 타입의 인간형이 마음에 든다. 내숭을 떠는 여자는 아주 질색이다. 미호 양이 말수가 적었던 것은 이유가 있었구나 하는 생각이 들어 가슴이 쩽해 왔다.

대학 사무실에 가서 다키 씨와 야시 학부장을 만났다. 한국 사회실습 연수에 문제점은 없는지 추궁을 했다. 지금까지 수십 번이나 연수차 한국을 다녀온 나에게 새삼스레 조건을 캐묻는 이유를 모르겠다. 연수생은 2명뿐이고 나머지 2명은 관광차 그리고 자매대학교 기숙사 시찰로 한국에 간다고 전했다.


# 가나보우히키 기질


### 7월 12일 토요일

흐리다가 개임. 요즘은 자도 잔 것 같지 않고 음식을 먹어도 입에 당기지 않는다. 신경을 써서 그런가 보다. 스트레스가 만병의 근원이라던데 나는 확실히 몸이 가뿐하지 않고 그냥 발목에 뭔가 납덩이가 매달려 있는 느낌이다. 기분전환을 하기 위해 오늘은 모지항(門司港)에 나가보기로 했다. 아내도 같이 가겠다며 따라 나선다. 날씨도 후텁지근해서 머리가 썩 가뿐하지가 않다. 전화로 페리호 예약을 해도 될 것을 일부러 차를 몰고 모지항 터미널까지 나가보았다.

전에 전화통화를 했던 요시타 씨를 찾아갔다. 마침 그는 사무실에 있었다. 내가 명함을 내밀며 K대학에서 왔다고 하자 반기며 사무실 안으로 안내를 했다. 사실은 연수생 5명과 같이 가기로 했던 것을 학생 4명만 가게 되었다고 전하고 명부를 보여주었다. 학생들은 왕복 페리 운임을 6,200엔으로 할인해 주겠다고 한다. 고마운 일이다.

이번 한국 사회실습도 이전과 마찬가지로 실비로 계산한 것이기 때문에 내게 남는 것은 하나도 없다.

그런데 나에 관해 이상한 말을 퍼뜨리고 다니는 사람이 있는 것은 틀림이 없다. 캠퍼스에서 내가 꽤나 돈이 많은 사람으로 소문이 나 있다는 얘기다. 그것도 최근 G교수로부터 그 말을 전해 듣고 나도 깜짝 놀라지 않을 수 없었다. 남의 속사정도 모르는 자가 쓸데없이 허튼 소문을 퍼뜨리고 다니는 '가나보우히키'(金棒引) 기질의(소문을 퍼뜨리고 다니는 사람) 인간이 캠퍼스 안에 있다는 사실을 알게 되었다. 헛소문을 떠벌리는 자는 누구일까? 그 자는 우리 K대학의 교직원일 수도 있고 아니면 나와 가까이에서 같이 봉사활동을 하고 있는 회원일 수도 있다. 알 수 없는 것이 인간사人間事이다. 가깝다고 다 가까운 사람이 아니다.

우리 부부는 페리 예약을 마치고 해변의 찻집에 들렀다. 2층에 새로 꾸민 레스토랑인데 바다 건너편에 시모노세키(下關) 시의 높고 낮은 건물들이 줄지어 보이고 심심치 않게 크고 작은 화물선들이 간몬(關門)해협을 유유히 지나가는 모습을 보니 마치 한 폭의 예쁜 풍경화를 보듯 착각에 사로잡히는 느낌이다. 한참동안 간몬해협(關門海峽)의 바다 풍경을 하염없이 바라보고 있노라니 가슴이 트이는 것 같고 무겁던 머리가 그저 개운해진다.

우리 부부는 내친김에 거기서 점심까지 시켜먹고 난 뒤에 해안가를 거닐다가 간몬대교(關門大橋)를 배경으로 사진도 찍었다. 멋진 기념사진을 기대하면서 늦게 집으로 돌아왔다. 일주일의 피로가 바다의 썰물처럼 쏴쏴 씻겨나가는 것 같다. 아, 오늘만이라도 기분 좋은 날이었다고 일기장에 남기고 싶다.

# 야마토 다마시(和魂)

## 7월 13일 일요일

맑음. 늦잠을 잤다. 10시가 지나서 아침을 먹었다. 그저 무덥고 따분해서 아내와 이온쇼핑몰에 갔다. 외래품 가게에서 공짜 커피를 마시고 서점에 들렀다가 회전 스시야(초밥집)에 가 점심으로 초밥을 먹었다. 아내가 맛이 있게 먹으니 나도 맛이 나는 기분이다.

오징어 초밥이든 다랑어 초밥이든 쇼유간장(장유, 醬油)만 있으면 회맛이 나니 이 조미료 없이는 먹을 수 없을 것 같다. 일본 사람은 해외에 나갈 때 이 쇼유를 갖고 나가는 사람도 있다. 그리고 생선을 먹을 때에는 꼭 그것을 찍어 먹는다. 서양요리에서 소스가 빠지지 않듯이 일본 사람에게는 쇼유 없는 식사는 있을 수 없다. 우리나라 사람들이 고추장이 한국의 맛이라고 하듯이 일본 사람들은 쇼유가 일본의 맛이요, 또 정신으로 믿고 있다. 말하자면 '야마토 다마시'(大和魂)가 이 같은 장맛에서 나온다는 것이다.

쇼유의 맛에서 일본의 야마토 혼이 나온다는 것을 그들은 암암리에 서로 인식을 하며 살고 있다고 해도 지나치지 않는다. 그렇다면 한국 사람들의 얼(魂)은 어디서 찾아야 하는가. 매운 고추장에 숨어 있는 걸까, 아니면 하얀 백미白米에 가려 있는 걸까. 매워도 맛있는 고추장, 그냥 먹어도 쫄깃하고 반지르르한 쌀밥, 이것들은 확실히 우리나라 사람들이 즐겨 먹는 음식 중에 제일로 생각하는 미각味覺이라 말할 수 있다.

그런데 우리들은 우리의 입맛에서 그런 얼이 잠재한다든가 스피리티(정신)를 느끼지는 않는 것 같다. 오히려 매운 해장국을 먹고 나서 "얼이 나갈 것 같다"라는 말을 간간이 들을 때도 있지 않은가. 그런데 일본 사람들은 무엇이든 쇼유를 찍어 맛있게 먹고 나서야 마치 혼(야마토 다마시)이 자기 몸 안에 들어온다고 생각하고 있는 것이다. 그러니까 쇼유는 화혼和魂의 온상으로 생각하고 있다고 할 수 있다.

오랜만에 미츠비시(三菱) 자동차 정비 사무실에 들렀다. 다카오 씨가 반기며 아이스커피를 타서 우리 앞에 내놓았다. 지금 타고 있는 차가 6년 이상 탔으니 신형 모델로 바꾸라고 그전부터 나에게 가끔 신차 팸플릿을 보내주기도 했다.

그런데 내 생각은 다르다. 나이가 들면 그리 타고 다닐 곳도 없겠지만 자동차 세와 휘발유 값이 너무 비싸니 경제적으로 부담이 가기 때문에 이 기회에 소형 차로 바꿀 생각이다. 그런데 거기에 전시한 소형차는 수십 대 전시되어 있었지 만 뉴 모델이 썩 마음에 들지 않았다.

한참 그와 신차 얘기를 하다가 사무실을 나왔다. 저녁에 스케야 씨로부터 전 화가 왔다. 집을 사기로 한 B씨가 사정에 의해 18일이 되어야 돈이 나오기 때문 에 그 때에 돈을 갚고 등기이전을 할 것이니 좀 기다려 달라고 전했다. 나는 믿 는 사람이니 일이 잘 해결될 것을 바랄 뿐이다.


# 고향이 그리우면


### 7월 14일 월요일

맑음. 아침인데도 찌는 듯이 덥다. 대학캠퍼스에 가서 교직원 주차장에 차를 주차시키고 연구실로 가는데 사무직원 M씨와 마주쳤다. 여느 때 같으면 나에 게 다가와 "센세이, 오하요 고자이마스." 이렇게 굽실거리며 아침인사를 하던 사람이 좀 싸늘해진 느낌이다. 아침부터 더위를 먹었던지 말도 없이 머리만 끄 떡이더니 저쪽 사무실로 사라진다.

외국인 교수라고 얕잡아 보는 못된 직원이 예나 지금이나 몇 있기는 하지만 내 입장에서 그에게 뭐라 대놓고 나무라고 싶지는 않다. 그러나 예의를 모르는 일본 학생이 있다면 나는 그 자리에서 학생을 불러놓고 따끔하게 일러둔다. 그리고 실제로 예절강의를 즉석에서 실시하곤 한다. 선생님이 허락하지도 않았는데 내 연구실에서 멋대로 담배를 피우는 학생, 선생에게 필요를 느낄 때마다 아양을 떨며 자기 친구 대하듯이 마구 기어오르려는 싹수없는 학생, 그리고 물씬 향수 냄새를 뿌리면서 아양을 떨며 선생에게 환심을 사려는 묘령의 여대생, 이런 학생들은 말할 것 없이 문제아이다.

오후에 다시 스케야 씨로부터 전화가 걸려왔다. 어제 얘기한 B씨가 사정이 생겨서 계약한 날짜 18일에 할 수 없게 되어 다시 21일로 미루게 되었으니 그날까지 참아 달라는 부탁이다. 나는 그에게 강력하게 되물었다. 그럼 21일은 무슨 일이 있어도 당신이 차용한 금액 전액을 갚을 수 있다는 것을 약속해 달라고 다그쳤다.

그러자 스케야 씨는 상투적으로 '나를 믿어 달라' 면서 틀림없다고 장담을 한다. 나 또한 그 말을 믿어야 스트레스가 쌓이지 않을 것 같다. 머리가 아파 한동안 연구실의 소파에 누워 한국 가곡 '고향의 노래', '가고파', '옛날은 가고 없어도' 등을 들으며 시간을 보냈다.

한국의 가곡을 듣고 있노라니 옛 고향의 조무래기들 생각이 떠오른다. 나의 피난시절 신탄진에서 강으로 산으로 들판으로 뛰놀던 박인팔, 오상세, 장기용, 그리고 수년 전에 교통사고로 운명을 달리한 박찬기 형 모두가 내 생애의 잊을 수 없는 친구들이다. 아 그립다. 그 친구들이 지금 여기 내 곁에 있다면 나는 결코 눈물을 보이지 않을 텐데…….

### 고향은 님과 같아라 - 如江 作詩 -

고향이 그리우면 님 생각 절로 난다.
나도야 이제 고향으로 가고 싶다.

하루하루 님 생각에 넋을 잃고
그리운 산천을 나홀로 헤매고 있다.
흐르는 시냇가 수양버들 아래서
버들피리로 사랑가를 불러주던
정다운 그 님은 지금 어디에…
냇물은 졸졸 흘러 그리움을 흘러보내고
강물은 쫠쫠 흘러 서러움을 흘러보낸다.
이제 내가 떠날 곳은 저 바다 어디메뇨.


# 소인배 근성


### 7월 15일 화요일

맑음. 하루가 또 다시 시작된다. 오늘의 태양이 솟아오른다. 그리고 오늘의
새 바람이 분다. 내일은 또 내일의 바람이 불 것이다. 걱정을 한다고 일이 풀리
는 것이 아니다. 내 몸과 영혼을 모두 하느님께 맡길 수밖에 없다. 전화를 한다
고 약속을 하고도 전화를 안 해 주는 사람들과 수년 동안 같이 모임을 통해 일
해 왔다는 것이 정말 후회스럽고 원통하다. 고쿠라 한인교회에서 모여 한국어
보급을 위해 같이 봉사하자고 모인 한국인 강사들도 마찬가지다.

대학에서 수업을 마치고 나는 옛 한국 자료에서 재미난 기사를 발견했다. 말
하자면 일제가 1905년 한국의 외교권을 빼앗기 위하여 강제로 맺은 을사늑약
乙巳勒約 - 乙巳五條約으로 인하여 많은 일본 사람들이 한국에 와서 살기 시작
했다. 융희隆熙 2년 7월 12일 황성신문皇城新聞에 실린 일본 사람들의 행동거지

行動擧止를 보고 웃지 않을 수 없었다. 내용인즉 이러했다.

    경성, 종현 천주당 뒤에 고아원이 있었는데 그 주변은 거의가 일본 가옥이었으며, 일본 고용인이 쓰레기를 고아원 마당에 버리는 것 때문에 가끔 서로 다툼이 있었다. 7월 7일 일본인 고용인이 빨래한 옷가지를 자기 집에서부터 고아원 담장까지 줄을 높게 바쳐 말리고 있었는데 갑자기 바람이 불어 빨래한 적삼이 고아원 안뜰에 떨어졌다. 그러자 고용인이 고아원에 들어가 병약한 김 모씨에게 말하기를, "이놈아, 내 적삼을 주워 와라"라고 명령을 하자, 김씨가 "어찌 이놈이라 말하느냐"고 따지자 일본 고용인은 먹던 귤 껍데기를 그를 향해 던졌다. 그러자 김씨도 따라 그 귤 껍데기를 그에게 되던졌다.
    이런 다툼이 한동안 반복되고 있는 사이에 갑자기 어디선가 일본인 십 여명이 고아원 안으로 몰려오더니 몽둥이로 김씨를 마구 때리자, 김씨도 질세라 대들어 그들을 패댔다. 그래서 일본인 중에 한 사람이 머리와 손을 다쳤다. 그러자 일본인들은 패거리가 되어 김씨를 발길로 차기도 하고 주먹질을 한 후 일본 순찰청으로 끌고 가 김씨를 철창에 가두게 했다. 그런 사실을 알게 된 천주당의 수녀가 프랑스 영사를 찾아가 사건처리를 부탁하자 영사는 일본 관리와 힘께 고아원에 찾아와 사실을 조사한 뒤 피해자인 김씨를 즉각 석방했다. 그리고 질책을 받은 일본인 고용주는 고아원에 가서 사죄를 했다. 일본 사람들은 거의 다친 데가 없었으나 김씨 측은 손과 발에 큰 상처를 입었다. 그 후 모든 일을 불문에 부치고 서로 잘 지낼 수 있었다더라.

    이렇게 소상하게 기사가 실려 있었다. 여기서 싸움의 발단은 당초부터 일본인 고용인에게 있었고 단순한 말싸움으로 끝날 일을 자기 패거리까지 끌어들여 큰 싸움판을 벌인 것이 문제였다. 이런 것들은 오늘날 일본 사람들의 소인배小人輩 근성에서 보듯이 패거리로 상대방을 위협하여 자기 힘을 과시하려는 데서 나타난다.
    저녁에 집에 돌아와 E메일을 보니 지난 번에 부산여자대학에서 만났던 교무처장의 소개로 알게 된 최영이라는 학생으로부터 인사말과 함께 일본에서 대학교 3/4학년을 공부하고 싶다며 편입학 안내와 전형방법에 대해 구체적으로 알고 싶다고 했다. 나는 바로 메일로 상세한 내용을 적어 보냈다. 요즘은 일본 엔(円)이 너무 비싸 좀 경제적인 부담이 될 것 같아 걱정이다. 장학금을 받으며 공부할 수만 있으면 좋으련만….

# 한국 신新지리

### 7월 16일 수요일

맑음. 오늘은 며칠 전부터 생각하고 있던 독도(일본명, 竹島 - 다케시마)에 관한 글을 써서 아사히(朝日)신문에 투고를 했다. 일본에 대한 비판적인 글을 일본 언론이 고분고분 받아주려는지 모르겠다. 지금 한국 언론도 열이면 아홉 나의 주장과 대동소이大同小異할 것이다. 일본의 메이지(명치, 明治)시대의 외교문서를 보면 이미 그들은 다케시마를 한국의 섬으로 선을 긋고 있다. 그리고 지리학자인 다부치(田淵友彦) 씨도 그의 저서 '한국 신지리' (1905年 9月 9日, 博文社 發刊)에서 우리 영해안에 혹처럼 두드러지게 죽도竹島(rock)를 넣고 있다. 그 외에 일본의 많은 역사학자들도 신문지상에 수차례 독도는 한국 영토라고 엄연히 주장을 펴고 있지 않는가.

일본 사람들 중에 다케시마를 자기네 땅이라고 외치는 집단은 오로지 우익단체의 고리타분한 정객들이 대부분이다. 그들은 퍽 하면 다케시마를 내세워 정치적으로 이용하면서 자기와 반대파 당원인 정치가들을 친한파親韓派로 매도하면서 그들을 또 자학사관自虐史觀을 가진 매국노라고 맹비난하고 있다.

전후 그들은 정작 러시아와 어떤 평화협정도 제대로 이끌어 내지 못한 채 '북방4도'를 오늘날까지 방치하고 있는 까닭은 무엇인가. 즉, 남南 지시마(千島) 열도 중에서 구나시리(國後), 에토로후(擇捉), 하보마이(齒舞), 시코탄(色丹) 등 이같이 보물 같은 멋진 네 섬을 러시아로부터 거의 포기한 상태로 간주되는데, 유독 독도만을 만만하게 보는 그들의 심보를 알 길이 없다.

오늘 언뜻 아사히신문을 보니 근래 러시아에서는 그들 러시아인이 생각하는 영웅(Nationanl hero)이 복고적인 경향을 띠고 있다고 평하고 있다. 말하자면 인터넷 투표에서 러시아 역사상 대표인물 500인이 선정되었는데 1위가 제정러시아 최후황제인 니콜라이 2세, 2위가 스탈린, 3위가 레닌 순으로 나타났다. 대숙청의 원흉, 독재자 스탈린이 2위에 있다는 것이 한국전쟁을 치른 우리로서는 이해하기 어려웠다.

해방 후 스탈린의 대숙청으로, 연해주 시베리아 툰드라(凍土帶)에서 또 일제의 징용을 살아야했던 사할린에서 고려인들을 이유도 없이 내쫓아 집도 절도 없는 집시처럼 시베리아에서 몰아내어 유랑민으로 내몰아 살아온 굴욕의 세월이 그 얼마였던가.

일제 강점기 광부로 끌려가 죽도록 고생만하다가 해방을 맞이하고도 조국으로 돌아갈 수 없었던 고려인 1세대들이야말로 천추의 한을 품고 살다가 간 장본인들이 아닌가. 꽃다운 청춘을 노예로 살아온 그들의 고달픈 인생을 일본 정부는 책임을 지고 일본으로 송환하겠다고 약속을 했지만 결국은 실행되지 않았다.

구소련 정부도 고려인들을 무시하고 홀대하기는 마찬가지였다. 그들이 연해주에서 십수 년 간 근근이 개간한 토지가 모두 수탈당하고 가옥마저 불태워 인간의 기본 인권마저 빼앗긴 채 시베리아의 툰드라(凍土帶) 벌판으로 개돼지처럼 쫓겨난 것이다.

고려인들의 인간 이하의 생활고를 보다 못한 한국 정부가 마지막으로 생각해 내놓은 정책이 나이든 고려인 1세들에게 한국 땅에서 살게 하여 그들이 이 조국 땅에서 뼈를 묻을 수 있도록 한 것이 고려동포 이주정책이다. 이 정책에 찬반의 이견이 없지는 않았으나 당시 한국의 경제사정이 여의치 않아서 어쩔 수 없이 궁여지책窮餘之策에서 나온 생색내기 동포지원 사업에 불과했다고 나는 생각한다.


# 군자유구사君子有九思


**7월 17일 목요일**

맑음. 치과대학에서 처음 한국어 오럴 테스트를 실시했다. 학생들 모두가 문장을 암송하여 합격점수를 땄다. 나도 기분이 좋았다.

오늘은 아내와 함께 치과대학에 갔다. 1시에 스케야 씨를 만나기 위해 미리 아내를 치대 식당에 대기시켜 놓았다. 수업을 끝내고 바로 식당으로 내려가 보니 아내는 점심을 주문해 놓고 나를 기다리고 있었다. 아내와 식사를 하고 있는데 한국어를 배우고 있는 아즈마 군과 아리무라 양, 그리고 와타나베 양이 우리 부부가 있는 식탁으로 옮겨와 다섯이 같이 식탁에 둘러앉아 점심을 먹으며 얘기를 나누었다. 아즈마 군은 오키나와에서 온 늦깎이 학생이고 아리무라 양은 시코쿠(四國)에서 온 학생이다. 자기의 꿈을 이루려고 불원천리不遠千里 규슈까지 찾아온 그들의 각오가 대단하다.

우리는 식사를 마치고 바로 고쿠라에 있는 우츠자키 법무사 사무실에서 스케야 씨를 만났다. 그는 B씨와 아파트 매매 계약서 복사본을 보여 주면서 며칠만 기다리면 틀림없으니 다시 믿어달라며 이전처럼 허풍을 떨었다. 한심한 친구다. 그런데 이시다 주임이 갑자기 병원에 입원을 했다고 말했다. 나는 말 같지 않아 입을 다물고 말았다. 스케야 씨는 나더러 돌아가는 길에 교리츠(共立)병원에 잠시 들러보면 어떻겠느냐고 제안했다. 아내가 어떤 느낌이 있었던지 병원에 가보자는 눈치를 주었다. 가는 길에 병원이 있다기에 같이 입원실에 들렀다.

이시다는 심장이 좀 나쁜 것 같다며 어제 입원했단다. 얼굴을 보니 전혀 환자의 모습이 아니다. 그렇다고 누워서 링걸 주사를 맞는 것도 아니다. 그 역시 스케야 씨처럼 며칠 있으면 모두 해결되니 조금도 걱정하지 말라는 등 나에게 비라리를 친다. 만일에 일이 잘 안 되면 차용금액에 대한 이자를 쳐주겠다고 호언을 했다. '뭣이 이자를 준다고. 너 이자 줄려고 내 돈 빌려갔냐?' 나는 이렇게 고함을 치려다가 참았다. 앞으로 이 금전 문제가 어찌 될지 오리무중五里霧中이다.

이 친구가 갑자기 병원에 입원한 까닭이 따로 있을 것 같은 느낌이 번쩍 들었다. 나는 오늘 다시 그의 얼굴을 자세히 뚫어보니 아내가 말한 '사기꾼' 같은 사악邪惡함을 그의 검붉은 눈동자에서 찾을 것 같았다. 병원을 나서면서 나는 혼자 자신을 책망하면서, 내가 어찌하다 이 오사리잡놈들에게 발목을 잡혔는가를 생각하니 목덜미에서 불뚝 혈압이 뜨겁게 올라오는 느낌을 받았다. 이러다가 먼저 내가 쓰러질 것 같아 크게 심호흡을 한 후 천천히 차에 올랐다.

이번 일은 내 부덕의 소치라 생각한다. 나는 '명민明敏의 눈이 없었고, 예민한 귀가 없었고, 또 온정의 마음이 없었으며, 성실한 태도가 모자랐고, 충실한 말을 하지 못했고, 진중한 행동을 취하지 않았다. 그리고 감정이 일 때는 어려움을 생각하고, 이익이 직면할 때는 의를 생각하고, 의문이 있을 때는 탐색해야 한다'는 군자君子가 사람을 대할 때 생각해야 할 9가지 조건을 제대로 갖추지 못한 것이 나의 실수였다고 자성해 본다.

# 카라무시 셔츠

## 7월 18일 금요일

흐림. 날씨가 더우니까 짜증이 그저 난다. 오늘은 한국에서 사온 모시(韓苧 - 카라무시) 셔츠 차림으로 캠퍼스로 출근했다. 연구동 엘리베이터에서 만난 법학부의 N교수와 경제학부의 O교수가 나에게 "오하요 고자이마스"라고 아침 인사를 하더니 내 모시옷이 잘 어울린다면서 한국 옷이냐고 물었다. 그렇다고 하자 두 분 다 부러운 표정이다. 잘 어울린다니 싫지는 않았다.

오늘은 연구실이 한증막처럼 후덥지근하다. 에어컨이 고장 난 것 같아 사무실로 전화를 하니 1시가 지나야 작동한다고 했다. 나는 창문을 위로 열어젖히고 밖의 새 공기를 코로 깊게 맡았다. 전기를 절약하는 것은 이해할 수 있지만 갑자기 안 하던 짓을 하니 이해가 안 된다. 사전에 미리 통보를 해 주면 누가 뭐라고 하는가? 경영자가 바뀌면 이것도 저것도 모두 바뀌어져야 하는 걸까?

그런데 이상하게도 법인 사무실에 못 보던 새 얼굴들이 보이는 것을 세키 이사장은 뭐라고 변명할 것인가. 그의 우렁이 속을 알 수가 없다. 오늘 '제미날' 코리아연구 시간에는 한국의 관혼상제 중에서 먼저 한국인의 결혼풍습에 대해서 이야기를 들려주었다. 혼례의 순서를 설명하고 일본의 혼례풍습과 비교하며 옛날부터 전해 오는 전통혼례를 사진 자료와 함께 이야기해 주었다.

먼저 고려시대에 유행했던 초서혼招婿婚 즉 남자가 여자(색시) 집으로 장가를 가서 몇 년을 지내다가 아이를 낳고 나서 남자(신랑) 집으로 돌아와 사는 결혼. 그리고 민며느리(預婦)라 해서 미리 어린 계집애를 데려다 키워서 후에 며느리로 삼는 결혼. 동성불혼同姓不婚 즉, 불취동성不娶同姓의 혼인으로 말하자면 가까운 친척이나 같은 성姓과 같은 본관本貫의 남녀는 원칙적으로 결혼을 해서는 안 된다는 유교적인 규범 때문에 옛날에는 젊은 남녀가 이 동성동본의 틀을 벗어나지 못하고 비련悲戀으로 인생을 마치는 일들이 적지 않았다. 지금은 혼인관련법이 바뀌어서 8촌을 넘으면 동성동본이라 해도 얼마든지 결혼을 해도 무방하다. 그런데 전쟁이 일어나면 혼인방식도 비정상으로 행해지는 예는 동서고금 어느 나라에서도 있어 왔다. 비근한 예로 태평양전쟁 당시 일본 사람들도 결혼한 형이 전쟁터에 나가 전사하게 되면 그 가족들, 즉 부인과 자식들의 부양을 위해 아래 남동생이 발을 벗고 나서지 않을 수 없는 상황에 이르게 되면서 자연스레 형수와 같이 도와가며 동거하다가 정식으로 결합하는 '레비레트'의 순연혼順緣婚이 알게 모르게 이어져 왔었다.

반대로 딸 아들이 있는 부인이 갑자기 교통사고를 당해 저세상으로 떠났을 경우, 부인의 여동생이 조카들의 슬픈 마음을 달래주기 위해 집안일을 도우며 지내다가 마음이 통하여 자기의 형부와 같이 사는 '솔로레트'의 역연혼逆緣婚도 우리나라에서 6.25 전후 혼란기에 꽤 있었다.

현대 선진 국가에서는 거의가 일부일처一夫一妻제도를 택하고 있지만 이슬람 계통의 나라에서는 남자가 능력이 있으면 부인을 네 여자까지 데리고 살아도 아무런 법적 문제가 없다고 한다. 우리나라도 백 년 전만 해도 소실제도小室制度를 묵인하는 남성 중심의 사회였고, 흔히 부인이 아들을 못 낳게 되면 양반집 사대부들이 다시 첩妾 장가를 가도 누가 뭐라고 비방하지 않는 특이한 일부다처제一夫多妻制의 나라였던 것을 누구도 부인하지 않을 것이다.

저녁에 한국에서 원철희 전의원으로부터 전화가 왔다. JP의 초청강연회를 추진하고 있느냐는 내용이었다. 나는 이제까지 의욕적으로 추진해 왔으나 이번 차용금전 문제로 인해 점점 맥이 빠지는 듯한 느낌이다. 신경 쓸 일도 많은데 금년 10월에 초청강연회를 연다는 것이 무리라는 생각이 들어 이쪽의 APP 사정을 둘어 얘기하고 내년으로 일단 미뤄야겠다고 전하고 약속을 지키지 못한 점을 정중히 사과했다. 원 전의원도 나의 마음을 이해한다면서 내년에는 꼭 JP를 초청해 줄 것을 당부했다.

서울 통화가 끝나니 한 짐을 내려놓은 느낌이다. 다음 APP월례회에서 올해 강연회가 열릴 수 없게 된 이유를 직접 경과보고와 함께 자세히 설명해야겠다. 우리 임원들이 어떤 반응을 보일지가 퍽 궁금하다.

# 도손(藤村)의 아포리즘

## 7월 19일 토요일

맑음. 오늘은 하루 종일 집에서 일본 소설 '치마가가와(千曲川)의 스케치'을 읽으면서 하루를 보냈다. 이 소설은 시마자키 도손(島崎藤村)이 청년시절 나가노(長野)현의 고모로(小諸)라는 작은 도시에서 교사로 재직하고 있을 때 보고 들은 감상들을 친척집의 손아래 청년에게 친근감 있게 편지형식의 글들을 모아놓은 신슈(信州) 체재 일기라 해도 좋을 것이고, 또한 산 높고 물 맑은 산촌사람들과 지냈던 일들을 십여 개의 단편으로 기술한 산문散文적인 아포리즘(aphorism)이라 해도 좋을 것 같다.

시인이자 작가인 도손은 왜 아무도 가려고 하지 않는 두메산골로 내려갔을까. 그 이유는, "더 자신을 신선하게 그리고 질소質素하게 할 수 없을까?" 그것은 자기가 도시의 혼탁한 공기를 빠져나와 저 옛 고향으로 되돌아가고픈 마음이 있었기 때문이라고 말하고 있다. 그가 '치마가가와의 스케치' 를 발표할 즈음은 낭만주의 시인에서 자연주의 소설가로 변모하는 '도손' 의 정신적인 전환기라 말할 수 있을 것 같다. 하지만 내가 보기에는 산과 강, 그리고 농촌 사람들의 생활과 자연의 풍부함을 사실적으로 묘사한 에세이처럼 느껴지는 문장들이다.

예를 들면, 그들의 풍속에서 이이야마(飯山) 사람들은 수건을 사랑의 징표로 알고 있다고 한다. 사랑하는 사람에게는 수건을 건네주고 인연을 끊을 때는 그 수건을 찢어버린다고 한다. 그래서 이 지방의 여자들은 수건을 소중하게 여기며 그것을 잃어버리거나 길에 떨어뜨리면 재수가 없다고 전한다.

'기타야마(北山)의 늑대' 란 이야기 중에서 그들의 야만성을 알 것 같다. 늑대 뼈와 똥은 해열제로 쓰이며 이곳 사람들은 남의 닭을 훔쳐서 파는 사람이 있는가 하면 암탉과 수탉이 노는 곳에 미끼를 끼운 낚시를 던지어 모가지에 걸리게 하여 닭서리를 한다고 했다. 또 개를 훔치기도 한다. 흑설탕으로 아무네 개를 유인하여 잡아다 죽여 삶아 먹기도 하고 가죽은 벗겨 말려서 방의 깔개로 쓴다고 했다.

내가 아는 무라타 씨는 개고기를 먹는 한국 사람들을 야만인이라고 폄하하면서 일본 사람은 절대로 개를 먹지 않는다고 큰 소리쳤다. 그런데 이런 개 잡아 먹는 얘기는 나가노 현에만 있는 일이 아니다. 일본의 어느 곳을 가 봐도 전쟁 전만 해도 개고기를 먹는 일이 흔히 있었다는 말을 나는 많이 들어 알고 있다. 한국 사람들이 개장국을 먹는 것에 대해 과연 그들은 우리를 야만인이라고 말할 자격이 있는지 다시 묻고 싶다.

집에서 저녁 식사를 하고 있는데 갑자기 폭죽 터지는 소리가 '꽝―꽝―' 울려왔다. 알고 보니 옆 동네 도바다야마카사(戶畑山笠) 마쓰리(祝祭)를 위한 불꽃이 밤하늘을 찬란히 수놓고 있었다. 나는 한참 동안 높이 솟아오르는 영롱한 불꽃들을 바라보면서 참으로 아름다운 것은 순간에 반짝 빛을 발하고 바로 어둠 속으로 사라지는 것이라고 생각해 보았다. 인생사도 모두 그럴 법하다. 저 불꽃처럼 반짝 보이고 순간으로 사라지는 것들이야말로 참 예술이자 참 인간인지도 모른다.

모차르트도 슈베르트도 불꽃 같은 짧은 생을 살다 갔다. 안중근 의사도 윤봉길 의사도 자기의 생을 스스로 붙잡지 않았다. 그들은 인간세상에서 음악의 극치를 이룩한 참 예술가이고, 또 그들은 국가의 위기를 구해낸 아름다운 참 인간(義人)이 아니고 무엇이랴.

# Money is an enemy

## 7월 20일 일요일

아침에 일어나서 곧바로 스케야 씨에게 전화를 했다. 내일은 밀리고 밀려온 그가 빌려간 돈을 받기로 약속한 날이다. 그래서 미리 전화를 했더니 의아스럽게도 오늘 만나자는 것이다. 어째서 오늘이냐고 물으니 아파트를 사기로 계약한 B씨가 며칠 전에 죽었다는 얘기다. 너무 당황스러워 말이 나오지 않았다. 그럼 그 계약이 깨진 것이 아니냐고 물으니 그는 나더러 조금도 걱정하지 않아도 된다면서 B씨의 자녀가 아파트를 사서 곧 이사하기로 했다고 말했다. 그리고 일단 전화를 끊고 시간과 약속 장소를 다시 알려주겠다고 말한다.

그럴 리가? 나는 전화를 끊고 어안이 벙벙하여 손을 놓고 있는데 한참 후 그에게서 다시 전화가 걸려왔다. 오늘 오후 2시 고쿠라에 있는 패밀리 Y레스토랑으로 나오라는 것이다. 나는 그 전화를 받고 아내를 불러 그 말을 전했다. 오늘 돈을 모두 갚는다는데 수상쩍고 이상하다. 오늘은 일요일이라 은행이 모두 닫았을 텐데 하고 한참 심사숙고를 했다. 도대체 그런 중요한 일이 있으면 미리 내게 전화라도 줄 것이지 내가 전화를 하자마자 계약자 B씨 본인은 며칠 전에 죽었고 대신 그 자녀가 나온다고 하니 알다가도 모를 일이다. 그들 자녀들이 어떤 사람들인지 궁금하기도 했다.

나는 점심도 대충 먹고 아내와 함께 차를 몰고 Y레스토랑으로 갔다. 안에 들어가니 스케야 씨가 보이지 않았다. 한참을 기다리자 그가 나타났다. 그는 힘없는 기색으로 누가 오지 않았느냐고 나에게 되묻는다. 아니다, 라고 하자 핸드폰을 손에 들고 식당 밖으로 나가더니 몇 분쯤 지나 나에게 다가와서 하는 말이 전화 통화가 안 된다며 안절부절 레스토랑을 들락거렸다. 그리고는 자기 안주머니에서 수첩을 꺼내더니 어딘가로 다시 전화 걸기를 여러 번 했다.

그리고 여기저기 두리번거리더니 다시 카운터 쪽으로 가서 뭐라고 통화를 하는 모습이 엿보였다. 자리로 돌아온 그에게 내가 "이제 온답니까?"라고 묻자 다른 사람하고 전화를 했다고 엉뚱한 답을 했다. 아내가, "그 사람이 못 오면 우리가 그 집으로 찾아가면 되잖아요?" 하자 그럴 필요가 없다고 했다. 자기도 처음 만나는 사람이라 그러면 실례가 된다면서 좀 더 기다려보자고 말을 하고는 다시 자리를 떴다. 마치 연극을 하는 배우의 행동처럼 보였다. 나와 아내는 커피를 마시며 한동안 서로 말을 잃고 식탁에서 무료하게 시간을 보내고 있었다.

한 시간이나 기다렸는데 통화도 안 되는 사람을 무턱대고 기다릴 수는 없어서 우리는 자리에서 일어났다. 그러자 스케야 씨는 조금만 더 기다려 보자며 오늘은 계약금으로 200만 엔을 갖고 오기로 약속했다고 다시 강조했다. 나는 언성을 높이면서 정말이냐고 되묻자, 그는 너무나 태연하게 틀림이 없을 것이라며 둘러 말을 하는 눈치였다.

나는 오늘 아침 전화를 받으면서 그가 한 약속이 99프로가 거짓말이라고 생각했었다. 예상대로 그는 나를 바보로 생각했는지 30분만 더 기다려 보자고 다시 능청을 부린다. 나는 화가 치밀어 "이제 쇼는 그만해. 당신 사람을 끝까지 바보로 말들 작정이야!"라 소리를 지르고 레스토랑 문을 박차고 나왔다. 그도 우리 뒤를 따라 나오면서, 이 문제는 곧 해결할 것이니 나더러 조금도 걱정하지 말라고 했다. 너무나 어처구니가 없어 말문이 열리지 않았다.

나는 차를 타면서 분을 삭이지 못하여 그를 향해 "지쿠쇼(畜生 - 못된 놈)"를 연발하고 있었다. "교수님의 은혜에 보답하기 위해서 한 사업이라고? 염병할 자식." 나는 그에 대한 배신감에 손발이 떨려 차를 운전하기가 어려웠다. 천천히 차를 몰면서 집으로 돌아왔다. 오늘은 온종일 분한 마음에 가슴이 울렁거렸다.

'Money is an enemy to friendship.' - 돈이 원수다.

내일은 새 바람이 불겠지….

# 바다의 날

## 7월 21일 월요일

맑음. 오늘은 '바다의 날'이라 일본 달력에는 공휴일로 되어 있다. 섬나라 일본은 사방팔방이 바다로 둘러싸여 있으니 그럴 만도 하다. 일본은 해양성기후의 나라로 대륙성기후에 비해 습도가 높고 강우량도 많으며 태풍은 한국보다 더 많다.

오늘도 하루 종일 찌는 듯한 여름 날씨였다. 어제 일을 생각하니 스케야 씨에게 다시 전화를 하지 않고는 견딜 수가 없었다. 물어 볼 것이 한둘이 아니다. 실제로 내 돈을 어떻게 사용했는지가 궁금했다. 전화를 걸자 그가 받았다. 오늘 다시 만나 할 얘기가 있다고 하자, 오늘은 이시다 주임이 입원하고 있는 교리츠 병원에서 같이 만나자고 말했다. 나는 궁리 끝에 미리 각서를 준비하여 새로 다짐을 받아내야겠다고 생각했다.

아내와 함께 차를 타고 병원으로 찾아갔다. 병실에 들어서자 그는 누워서 링거액 주사를 맞고 있었다. 얼굴색은 좋아 보이는데 35살의 젊은 자가 누워있는 모습이 눈에 거슬렸다. 나는 그를 거들떠보려고 어디가 아프냐고 물었다. 그러자 그는 신경성 장염이라고 한다. 요전에는 심장이 나빠서 입원했다고 했었다.

스케야 씨가 늦게 병실에 나타났다. 나는 단도직입單刀直入으로 내 돈을 언제 갚겠느냐고 다그쳤다. 그러자 7월 30일까지 B씨의 자녀를 만나서 해결해 보겠다며 어제와 같은 일은 절대 없을 것이라 말했다. 나는 준비한 각서를 보여주고 도장을 찍으라고 하자 두 사람이 연대 책임을 지겠다면서 순순히 도장을 찍었다. 나는 어제의 거짓연극을 질책하려 했으나 이시다가 옆에 있어서 꾹 참고 병실을 나섰다.

스케야 씨도 내 뒤를 따라오기에 주차장으로 같이 걸어가면서 내 돈을 어디에 썼는가를 물어보았다. 그러자 그 돈은 도부주판부동산회사 하기(萩) 사장 앞으로 입금했다고 말했다. 놀랄 일이었다. 요전에 내 명의로 이전 등기한 아파트가 도부주판의 건물이 아니었던가. 이 아파트가 또 다른 수수께끼에 싸여있는 듯했다. 스케야 씨와 하기 사장 사이에 어떤 검은 돈거래가 있는 것이 아닌가 하는 의구심이 언뜻 들었다.

하여간 이달 말에 다 해결을 해 준다니까 다시 그들의 행동을 두고 볼 작정이다. 나는 절로 나오는 한탄조의 탄식을 가눌 수 없어 크게 한숨을 몰아쉬었다. 아무래도 하기 사장과 스케야 씨 사이에 해묵은 부채를 해결하기 위해 먼저 부동산에 어두운 나를 이 사건에 끌여들인 것이 아닐까. 혹시 그의 빚을 갚기 위해 스케야 씨가 내 퇴직금을 노린 것이라면 그야말로 사기꾼보다 더 나쁜 놈이다. 그런 놈을 호형호제하고 지낸 8년의 세월을 뒤돌아보니 너무 내 마음이 허허롭기 그지없다.

# 스기하라(杉原)의 인간애

## 7월 22일 화요일

흐림. 이따금 소나기가 내리다. 어젯밤엔 그래도 잠을 잘 잤다. 그런데 무슨 꿈을 꾼 것 같은데 꿈속 장면이 선명하게 뇌리에 좀처럼 떠오르지가 않는다. 좋은 꿈은 아닌 성 싶다. 요즘은 거의 흑백영화처럼 검고 흰색의 꿈나라를 헤맨다. 나는 아담과 이브의 에덴동산 같은 아름다운 꿈을 꾸고 싶다. 그것도 천연의 색깔로 그려진 멋진 꿈을….

3학년 졸업 제미에서 나는 E학생으로부터 생각지 않은 질문을 받았다. "선생님은 일본 사람 중에 존경하는 사람이 있습니까?"라고 물었다. 그리고 자기는 이순신 장군을 존경한다고 말했다. 나는 좀 머뭇거리다가 스기하라치우네(杉原千畝) 영사를 지목했다. 그러나 E학생은 '스기하라' 라는 인물을 잘 모르는 듯했다.

제2차 세계대전 당시 유태인들이 나치스 도이츠의 박해에 쫓기어 도망 다니다가 리투아니아 주재 일본 영사관의 스기하라 영사에게 비자를 받기 위해 수많은 사람들이 그에게 몰려들었다. 스기하라 영사는 일본 정부의 허가 없이 독단으로 생사의 갈림길에 처한 폴란드계 유태인 난민 수천 명에게 일단 일본 통과 비자를 무차별로 발급해 주어 그들의 생명을 구했다. 그 사건으로 인하여 그는 유태인들의 메시아로 칭송을 받기 시작했고 그의 박애정신은 당시 세계의 각국으로부터 높이 평가를 받았다.

어렵사리 생명의 비자를 손에 쥔 유태인 난민들은 필사적으로 수십 일 동안에 폴란드를 탈출하여 모스크바로 가서 시베리아 철도를 이용하여 구소련 극동의 군항 블라디보스토크에 도착했다. 유태인 난민들은 거기서 일본행 여객선으로 갈아타 동해를 지나 일본의 후쿠이(福井)현의 츠루가(敦賀) 항구를 경유하여 1940년 6월 최종적으로 피난민 수용소가 마련되어 있는 고베(神戶)항에 도착한 후 이인관異人館 거리에 있는 기타노(北野)를 거점으로 수용생활이 시작된다.

그때 처음 일본 땅을 밟은 유태인 난민은 모두 4,600명이나 되었다. 당시 독일과 동맹국이었던 일본은 독일 정부의 입장을 고려하지 않을 수 없게 되자 점점 유태인 난민들과 거리를 두게 되었고, 나중에는 의도적으로 냉담하게 대했던 것이다. 나라 없는 민족이요, 세계의 무국적자無國籍者로 알려진 유태인들이 이 거리 저 거리에 넘쳐나자 일본 사람들마저 그들을 돈 많은 룸펜이니, 놀고 지내는 투기꾼이니 이렇게 비방하면서 터놓고 싫어했다.

그 후 유태인 난민들은 오륙 개월 사이에 미국을 비롯해 팔레스타인과 남미로 이민을 택했으며, 그리고 1941년 3월에 나머지 1,700명 거의가 중국의 상해로 떠나자 고베 이민관, 유태인 난민촌은 마침내 문을 닫고 말았다. 하여간 폴란드의 아우슈비츠 수용소로 끌려가 결국 가스실에서 죽어야 했을 4,600명의 유태인들을 위해 인간애를 발휘한 스기하라 영사야말로 세계인들로부터 존경의 대상이 됐다고 전한다. 지금 같으면 노벨평화상을 받고도 남지 않았을까.

일본의 젊은 학생들이 이순신 장군과 안중근 의사를 알고 있는 사실은 그나마 반가운 일이지만 그들이 과연 마음 속에서 우러나오는 존경심인지는 두고 볼 일이다. 내가 이 K대학에서 최종 강의를 마치고 난 후에도 한국학에 정말 사자상승師資相承할 수 있는 특출한 제자가 나왔으면 하는 것이 나의 작은 소망이다.

# 인간의 욕망

### 7월 23일 수요일

맑음. 아침 일찍 연구실에 나갔다. 어제 정리한 신문원고를 놓고 고민하고 있는데 옆방의 사쿠라 선생이 찾아왔다. 오늘 교수회의 시간 전에 모이는 분과회의에 관한 얘기를 주고받았다. 영어 담당 모교수가 학생들의 수업평가에서 최하점을 받아 문제가 생긴 모양이다. 나도 학생들로부터 그 영어 선생의 영어 발음은 도무지 알아듣지 못하겠다는 불만 어린 이야기를 전에 들었던 적이 있다.

어쩌면 이런 기회를 노리고 있는 세키 이사장이 학생들의 불만을 핑계 삼아 영어 선생의 목을 자를 수도 있지 않을까? 그러기 위해 그 영어 선생의 강의실에 직접 들어가 학생들과 자리를 같이 하여 영어 강의를 들을 수도 있을 것이다. 그렇게 되면 그 영어 선생의 체면이 뭣이 되겠는가. 예나 지금이나 아무리 실력이 없는 중등학교 영어 선생이라 해도 그렇게 터놓고 공개수업을 하는 케이스는 없을 것이다. 정말로 그 선생의 실력을 믿기 어렵거든 다른 학교의 훌륭한 영어 선생을 불러 놓고 직접 발음에서 문법까지 시험을 치르게 하면 될 것을 동료 교수들을 앞에 앉히고 생뚱맞게 공개강의를 시키는 것은 차후에 또 다른 문제점이 생길 여지가 있다고 본다.

나는 최근 모교수로부터 그 영어 선생이 크게 화가 나서 대학 경영진 측을 향해 막말을 퍼붓고 다닌다는 소문을 들었다. 그것은 진정 대학개혁 이전에 인권에 관한 문제이기도 하다. 인권을 무시하는 대학 경영진은 몇몇 특권층만을 위한 이익집단으로 변질될 가능성이 높다. 그런 면에서 최근 우리 K대학은 여러 복잡한 문제를 안고 있는 대학이 아닌가 생각된다.

가짜 논문으로 교수 승진을 넘보다 들통이 나서 몇 년을 근신한 자가 있는가 하면, 자기의 이력서를 거짓 사칭하여 십수 년을 교수직위에서 높은 연봉의 월급만 받아먹다가 끝내 들통이 나자 야간도주한 엉터리 교수도 있었고 연구비를 부풀리어 부정하게 예산만 타먹고 논문을 제대로 발표하지 않은 얌체 교수도 있었다. 인간이 욕망慾望에 사로잡히게 되면 갈기갈기 찢어지는 자신의 마음마저 애타게 갈애渴愛하게 되는 걸가.

저녁은 캠퍼스 주변의 레스토랑에서 간소히 마치고 30분 동안 캠퍼스 주위를 걸었다. 연구실에 돌아오니 몸에 땀이 흥건히 배어있었다. 야간반 학생들의 한국어 전기 시험을 치르고 일단 종강을 알렸다. 앞으로 네 과목 시험이 남아 있다. 8월이면 여름 방학이다. 내일의 일을 미리 걱정하지 말자. 내일은 내일의 바람에 맡기는 것이 현명한 사람의 삶이 아니런가.

# 수어지교 水魚之交

## 7월 24일 목요일

맑음. 오늘은 수업이 없다. 한 과목의 기말시험만 있다. 우리 K대학에서 부동산학을 가르치고 있는 다나카 교수 연구실을 찾아가 지금의 나의 거래 내용과 금전관계를 상세히 설명하였다. 그는 하나하나 친절하게 지목해 주었고 전문가답게 나의 잘잘못과 앞으로 있을 수 있는 이불리利不利를 소상하게 알려 주었다. 그간 같은 밥솥을 먹는 동료이지만 솔직히 말해 학부가 다르다 보니 일면식은 있으나 가깝게 지내는 사이가 아니었다.

그런데 그는 나의 이야기를 듣고 나서 자기도 스케야 씨와 일면식이 있다면서 나의 실수를 지적해 주었다. 첫째 사람만 믿고 돈을 빌려준 것부터 잘못된 일이라 했다. 그리고 그의 말만 믿고 그와 같이 행동하게 되면 손해를 볼 것이라 말했다. 요즘은 일본의 부동산 경기가 가장 나쁜 때인지라 더욱 위험하다고 말했다. 그는 내가 저당 잡은 아파트 건물을 한 번 가 보면 금방 값을 알 수가 있다고 말했다. 다나카 교수에게 이달 30일에 빌려간 돈 전액을 갚겠다는 이시다 주임의 각서를 보여주자 각서는 믿을 것이 못된다며 일단 그 날에 그들이 약속 이행을 하는지를 보고 다시 상의하자고 말을 끝내고 나는 다나카 교수 연구실을 나왔다. 하여간 내 편에서 문제해결에 도움을 주겠다니 고마운 일이다.

오후에 연구실에 전화가 걸려왔다. 지치와 씨였다. 그녀는 10년 전에 A칼처센터에서 나의 한국어 강좌를 수강했던 아주머니이다. 대단한 한글마니아로 3년 간 열심히 한국어를 공부한 결과 그녀는 일상 회화가 가능했다. 한동안 소식을 모르고 지냈는데 갑자기 만나자는 것이다.

한참 후 지치와 씨는 고맙게도 예쁜 꽃을 사들고 내 연구실을 노크했다. 퍽 반가웠다. 얼굴 모습도 많이 세련된 느낌이었다. 그녀는 며칠 전에 프랑스를 다녀왔다며 나에게 따로 선물을 내보였다. 병 모양만 보아도 근사한 프랑스 와인이다. 내 마음을 아는 그녀의 정표라고 할까. 찾아준 것만도 고마운데 귀한 선물(박래품舶來品)까지 받고 보니 한동안 무심히 지냈던 것이 후회스럽기도 했다. 그녀는 전형적인 일본 여성으로 자기는 소위 명품을 좋아하는 타입이라 터놓고 말했다. 여유가 있어 해외여행을 하다 보면 눈에 보이는 것들은 모두 보물처럼 보일 것이다. 영국에서 양장기지, 독일에서 만년필, 이태리에서 가방, 그리고 스위스에서 시계 등을 보다 보면 현지 매장에서 그냥 발을 뗄 수가 없다고 말을 한다.

누구나 다 그럴까. 예컨대 여성들은 브랜드마니아에서 좀처럼 벗어나기 어려운 것 같다. 물론 부유치 못한 여성이 명품으로 몸을 치장한다면 사람들로부터 비난을 받을 수 있으나 있는 집 부녀자라면 손가락질은 받을 이유가 없지 않을까. 지치와 씨는 우리 식으로 말하면 뼈대가 있는 양가집 태생인 것 같다. 하여간 일본 여성들의 박래품에 대한 동경이 무로마치(室町)시대 이후 미국의 구로후네(黑船)가 폐쇄국가 일본에 내항했을 당시부터 향수병鄕愁病 그 자체가 아니었을까.

그녀는 한국도 수차 다녀온 한국통이기도 하다. 한국의 한류스타의 신상명세도 달달 욀 정도의 지한파知韓派이니까, '욘사마'를 신봉하는 광신자로 오해 받을지 몰라도 내 짐작에는 그렇지는 않은 것 같다. 때로는 한국의 고찰을 찾아가 부처님께 백팔번뇌百八煩惱라는 중생의 팬시(fancy, 변덕스런 마음)를 떨쳐버리려고 무릎이 닳도록 천 번이나 절을 했단다. 한국을 사랑한다는 일본 사람이 주위에 있다는 것은 참으로 나로서는 흐뭇한 일이다.

이와 같이 따뜻한 마음을 가진 일본 사람들이 하나 둘 주위에서 나타날 때 한일관계는 자연히 훈훈한 이웃 관계로 바뀌게 되는 것이니까 오늘은 지치와 씨와의 예상치 않았던 만남으로 여름해가 짧게 느껴지는 하루였다. 물과 고기는 떨어질래야 떨어질 수 없는 것처럼 한국 사람들과 일본 사람들이 이같이 수어지교水魚之交의 인연으로 맺어지면 얼마나 좋으랴.

# 잡절雜節

## 7월 25일 금요일

맑음. 오늘은 월급날이다. 정말 쥐꼬리만큼 보잘것없는 월급이 통장에 입금되어 있었다. 초과 수당이 줄었고 연구비와 도서구입비는 거의 제로 상태이다. 새 급료 명세서는 세키 이사장이 독단적으로 만들어낸 첫자리 숫자 바꿔치기 시나리오가 역력하다. 그래도 이 불경기에 월급을 받고 있는 샐러리맨이니 자족自足함이 옳소! 이렇게 되뇌며 은행 문을 밀치고 나왔다.

연구실로 돌아와 후쿠오카에서 변호사 개업을 하고 있는 H변호사에게 처음으로 스케야 씨 차용금에 대해 전화로 대충 이야기를 전했다. 그는 내가 일본 유학시절에 규슈대학 K교수의 소개로 알게 된 분이다. 실은 얼마 전에 그를 찾아가 법률상담을 받고 싶었지만 사사로운 금전관계로 그에게 심려를 끼치고 싶지 않았기 때문이다. 오랜만에 전화를 하니 H변호사는 웬일이냐며 반가워했다. 그리고 자기는 일본 어느 지역이건 건물감정사까지 할 수 있으니 건물 등기부를 팩스로 속히 보내달라고 했다. 나는 대학본부 사무실로 내려가 직원에게 사용私用이라고 전하고 법률 사무소로 팩스를 보냈다.

오늘은 낮에 밖으로 나다니기에 너무 더운 날씨이다. 그러고 보니 어제가 한여름에서 가장 덥다는 장어구이를 먹는 도요(土用)라는 절기이다. 우리가 삼복三伏 더위에 개장국을 먹는다면 일본 사람들은 이때에 군 뱀장어를 먹으면서 더위를 잊는다.

일본에는 이십사절기二十四節氣 이외에도 잡절(雜節, 잣세츠)이라는 절기를 따로 두고 있다. 도요는 입추 전 18일째가 되는 날이고, 장마철을 입매(入梅, 뉴바이·츠유)라 하고, 파종에 해당되는 절기가 팔십팔야(八十八夜, 하치쥬하치야)이고 장마가 걷히고 모심기를 시작하는 절기가 반하생(半夏生, 한게쇼)이고 춘분과 추분 전후 각각 7일간은 피안(彼岸, 히간)이라 하여 절이나 조상의 산소를 찾아 참배하는 절기라 하겠다.

올 여름은 여러 가지로 신경을 쓰다 보니 우나기돈부리(鰻丼, 장어덮밥)를 아직 먹어보지도 못했다. 한국 사회연수를 떠나기 전에 내가 좋아하는 장어덮밥을 꼭 한 번 먹어봐야겠다.

다시 연구실에 돌아오니 스케야 씨로부터 전화가 걸려왔다. 지난번은 참으로 미안했다면서 이달 말일 돌려주기로 한 차용금을 꼭 갚겠다며 내일 저녁에 문제의 M아파트를 보러 가자고 한다. 나는 시간이 나면 내가 전화하기로 약속을 하고 전화를 끊었다.


# 미친 짓


### 7월 26일 토요일

맑음. 오늘은 APP이사회를 유쿠하시(行橋)역에서 좀 떨어진 고고앙(五合庵)이라는 식당에서 열었다. 장소를 멀찍이 바꾸니 분위기도 달라지는 듯하다. 7人의 이사들이 서로가 웃는 얼굴로 의제를 놓고 의견을 나누었다. 후기 장학생 선발건과 국제 봉사사업 선정에 관해서 머리를 맞대어 얘기를 나누었다. 가을 학기에 졸업하는 3명의 장학생을 보완하기 위해 새로 3명의 장학생을 유학생 중에서 따로 뽑기로 했다. 점심식사를 마치고 나는 경과보고에서 한국의 JP초청강연회를 우선 내년으로 연기할 것을 선언하고 내년에는 꼭 실행할 수 있도록 이사들에게 당부의 말을 전했다. 이번 JP 초청강연회의 불발을 교훈삼아 대학 측의 힘을 빌리지 않고 단독으로 일을 추진할 수 있도록 새로운 각오를 다짐했다.

역경易經에 치이불망란治而不忘亂이란 문구가 있다. 먼 앞날을 생각지 않으면 군자의 삶이 아니라는 말이다. 나는 과연 군자의 삶을 살아 왔는지 자신에게 묻고 싶다. 모든 일을 단순하게 생각하는 아메바식의 단세포 사고에 문제가 있다고 느껴진다. 자기의 뚜렷한 판단도 없이 타인 또는 측근의 판단에 맡기다 보면 일의 결과는 거의 자기가 뜻한 바와는 너무 갭이 생긴다는 것을 뒤늦게 깨닫게 된다. "아뿔싸, 이 일을 어찌 한담." 일의 결말이 이렇게 되면 만사휴의萬事休矣. 이사회를 마치고 JR소닉 특급을 타고 고쿠라(小倉)로 가려고 하자 오구라 이사가 자기차로 고쿠라역까지 태워준다고 한다. 나는 차를 타기 전에 먼저 스케야 씨에게 전화를 걸었다. 그는 모지(門司)역 앞에 있는 도부(東武)부동산 모지지점에서 만나면 좋겠다고 말했다. 나는 고쿠라역 앞에서 오구라 이사의 차에서 내려 다시 전동차로 바꿔 타고 모지역에서 내렸다.

도부부동산은 바로 역 앞 길 건너편에 있었다. 사무실로 들어가니 스케야 씨가 미리 와 나를 기다리고 있었다. 그가 바로 저당 잡은 건물로 나를 안내했다. 4층으로 된 아파트 건물인데 좀 허름해 보였다. 2층의 문을 열고 안으로 들어가 보니 2LDK의 다다미방과 마루로 된 20평쯤 되는 소형 아파트였다. 스케야 씨는 아파트의 가격이 700만엔 나가는 아파트라면서 애써 나를 안심시키려는 말투로 나에게 어깃장을 놓고 있었다.

언제 지은 건물인가를 묻자, 그는 15년 전 쯤 지은 것이라며 엊그제도 이 아파트를 보러 사람들이 왔다고 했다. 내가 별로 반응을 하지 않자 그는 자리를 옮기더니 모처에 전화를 걸며 누군가에게 부동산경매 얘기를 한참 하고 나서는 나더러 이 건물을 사두었다가 팔아도 손해 볼 것이 없을 것이라며 말을 둘러대어 내 마음을 떠보려는 눈치였다.

아무 말도 없이 부동산 사무실로 돌아온 나는 M계장과 함께 셋이 테이블에 마주 앉아 커피를 마셨다. M계장이 얼핏 요즘 부동산 경기가 없다고 말을 꺼내자 스케야 씨가 말을 가로채듯 큰 소리로 자기 생각은 작년보다 올해가 부동산 거래가 늘어난 상태라고 한수를 더 떴다. 내가 여기 온 것이 마치 아파트를 인수하러 온 것 같은 오해를 준 것 같아서 나는 일부러 입을 다물고 심각하게 그들의 얘기만 듣고 있었다. 그때 M계장이 어떤 눈치를 챘는지 지금 M아파트를 구입하면 몇 퍼센트 다운해 줄 수 있다는 말에 "글쎄요. 새 아파트라면 몰라도…." 나는 심드렁하게 대답했다.

그들은 내 속도 모르고 김칫국부터 마시려는 눈치였다. 내 돈을 갚을 생각을 하지 않고 되레 헌 아파트를 내게 바가지 씌워서 팔아넘기려는 심보가 엿보였다. 나의 살을 잘라 먹고 나더니 이제 뼈까지 발라 먹으려는 그들의 고약한 심보를 보고 그제야 나는 나의 어리석음이 또 큰 우愚를 범했다는 사실을 깨닫게 되었다. 화가 목구멍까지 치밀어 올랐다. 나는 스케야 씨에게 30일 약속을 재차 강조하고 부동산 사무실을 뛰쳐 나왔다. 모지역에서 JR전동차를 타고 E역에 도착하니 해는 지고 어둑해 있었다. 역에서 내려 집을 향에 걷다 보니 길도 컴컴하고 내 마음도 컴컴해 옴을 느꼈다.

'미친 짓이야, 돈을 빌려주는 일은….'

# 외국인 연수생

### 7월 27일 일요일

맑음. 아침에 APP감사를 맡고 있는 시즈카 씨로부터 전화가 왔다. 어제 자기는 '동아시아연구소'에서 모임이 있어 그곳을 다녀왔다고 했다. 나도 몇 년 전에 연구소 회원에 가입했었으나 여기저기 학회에 입회하는 것도 너무나 번잡스러워 작년에 탈퇴를 했다.

동아시아연구소는 한국을 비롯해 아시아 각국에서 연구원들이 이곳 북北 큐슈시로부터 초대받아 각자 자기분야에서 연구한 논문을 발표하거나 일본의 기업체를 직접 찾아다니며 선진형의 기술과 외국인의 기능연수제도 등 정보를 활용하여 일손 부족의 일본 회사에 외국인 연수생을 보내 기술을 가르치고 터득하게하여 장차 아시아의 기능자로 키우고 있다.

그런데 이 같은 외국인 연수생은 말뿐이지 단순 노동자로밖에 볼 수 없다. 왜냐하면 그들이 중국인, 필리핀인, 태국인, 인도네시아인이 일본에 입국하면 자기가 터득하고 싶은 일들이 아니라 예를 들어 굴까는 공장이나 캔 식품 가공공장에서 단순한 일을 하는 경우 기술은커녕 일만 죽도록 하고 월말에 손에 들어오는 돈은 고작 6만 엔이 전부라 한다. 엔을 많이 벌어 고국에 돌아가 구멍가게라도 내야겠다고 밤늦게까지 잔업을 도맡아 하여 3년 만에 2백만 엔이란 거금을 쥐고 금의환향錦衣還鄕이라도 하듯 귀국하는 케이스도 간혹 있다고 한다.

일본의 엔은 필리핀의 페소나 태국의 비트와 비교가 될 수 없을 만큼 레이트(환율시세)가 높기 때문에 그 돈이면 자진 귀국하여 고향에 얼마든지 근사한 가게 하나는 차리고도 남을 것이다.

한편 일본이란 나라도 인간들이 모여 사는 세상이라 저임금에 잔업수당 등 상습적으로 위법을 하여 노동착취를 하는 얌체회사도 적지 않다. 개발도상국에 기능이전이라는 명분 아래 시작한 해외 연수생 제도는 겉은 그럴 듯하나 그들은 소위 3K노동 키타나이, 키켄, 키츠이 즉, 더럽고 위험하고 힘든 일들을 외국인들에게 하게 함으로써 그들은 휴일에도 출근해야 하고 기술은 가르치지 않고 짐 나르는 일만 시키면서 실상 연수수당을 지불하지 않아 연수생으로부터 고소당하는 업체도 있다고 들었다.

오후에는 해질 무렵 내가 늘 걷는 인레트(in let, 海灣) 산책코스를 오래 간만에 아내와 같이 걸었다. 해가 서산 너머로 질 무렵 하늘을 온통 붉은 빛으로 물들이는 순간이 너무나 신비스럽고 황홀하다. 아! 이 세상에 어느 화가가 저처럼 찬연한 하늘 빛깔을 화폭에 그려낼 수 있을까. 산책을 할 때마다 나는 잠시나마 만단수심萬端愁心을 잊고 자연의 품속으로 빨려드는 느낌을 받는다.

저녁 식사를 마친 뒤 고교 동창생인 조철구 형과 강태일 형에게 간단히 나의 신변잡기身邊雜記를 적어 E메일을 보냈다. 번거로운 편지를 간단히 메일로 대신할 수 있으니 지금은 너무 좋은 세상이 되었다. 밤늦게 컴퓨터 바둑 몇 판을 두었다. 신경이 딴 데에 가 있으니 바둑도 뜻대로 되질 않는다. 피곤하다.

오늘 밤에는 꿈이 없는 잠자리가 되었으면 한다. 요즘 매일 꿈자리가 뒤숭숭하다.


# 철부지 인생


### 7월 28일 월요일

맑다가 저녁 흐림. 아침에 일어나니 몸이 찜찜하다. 날씨 탓만은 아닌 성싶다. 일어나자마자 샤워를 했다. 몸무게를 재어 보니 3킬로그램이나 빠져 있다. 다이어트를 한 것도 아닌데 왜 줄었을까. 생각해 보니 신경을 쓰고 숙면을 제대로 하지 못했기 때문이 아닐까 싶다. 어머니가 살아계셨다면 꽤나 걱정을 했을 것이다. 아내는 아직 나의 몸 상태를 잘 모르고 있는 것 같다. 나를 낳아준 어머니가 나의 몸을 누구보다 잘 알고 있는 것은 당연하지 않을까. 그래서 늙으신 어머니가 곁에 있는 것은 자식들에게는 한약방을 끼고 사는 것과 다르지 않으리라.

어머니가 살아 계시면 자연히 더 잘 모시려는 효심이 우러나지 않을까. 누구나 경제적으로 여유가 있으면 부모를 편히 모실 수 있다. 그런데 우리나라의 경우 거의가 잘 살아본 적이 없었던 까닭에 궁한 살림을 핑계 삼아 부모를 홀대하기가 일상이었다. 부모가 자식들을 위해 아침부터 품팔이 나가 받아온 품삯으로 보리쌀을 사다가 밥을 끓여주면 자식들은 맛없다고 투덜대다 몇 숟가락 뜨다 말고 방문을 박차고 나가기도 했다. 아직 철이 들지 않았기 때문에 그 당시 학생들은 열이면 일곱 여덟은 그랬다. 남자는 더욱 철없는 애나 다름없다. 결혼을 하여 어른이 돼서도 철없는 사람을 주위에서 흔히 볼 수 있다.

그런 모습은 집안의 가까운 친척집을 잘 살펴보면 꼭 한두 집의 가장이 철모르고 방탕하게 살아가는 케이스를 볼 수 있다. '철' 이란 무엇인가? 일본어에서는 '모노고코로' 즉 '물심物心' 을 말한다. 간단히 해석하면 물질과 마음이다. 사전에는 사람이 나이가 들면서 세상 살아가는 이치나 사람으로서의 도리를 깨닫게 되는 정신적 능력이라 설명하고 있다. 내가 생각건대 철이 없다는 것은, 인간의 마음 또는 물건의 가치를 보는 판단력이 모라란다는 것이다. 사람을 잘못 보는 사람, 물건을 잘 모르는 사람, 즉, 심신미약자心神微弱者가 철없는 사람이라 할 수 있다.

첫째, 남의 말을 잘 믿는 사람, 둘째, 물건을 살 때 값도 따지지 않고 바가지를 잘 쓰는 사람, 셋째, 앞일을 예견하지 못하는 사람이 철없는 사람이라 생각한다. 나는 이 3가지 모두를 겸비했다고나 할까. 지금의 나는 현대를 사는 사람이 아니다. 18세기의 비루한 삶을 살다 간 순진한 농부와 같다고나 할까. 지금 우리는 눈감으면 코를 베어가는 두억시니와 같이 살고 있는 것은 틀림없다.

집에 돌아와 오늘 실시한 1학년생 초급 한국어 시험문제를 채점했다. 57명 중에 우수한 학생이 있는가 하면 그렇지 못한 F학점의 학생도 열 명이나 나왔다. 결석이 많은 학생을 제외한 나머지 학생에게는 예년처럼 리포트로 대신할 수밖에 없을 것 같다. 외국어 학습을 57명이나 되는 학생을 한 교실에 몰아넣고 가르치라는 이 대학의 새 경영진이 큰 문제이다. 국제상학부가 신설되던 1989년 시절엔 외국어 과목이 필수과목이었고 한 클래스에 20명으로 제한하여 선생들은 철저히 가르치고 학생들은 한국어를 열심히 배웠다. 그 시절이 새삼 그립기만 하다.

# 궁역락窮亦樂

### 7월 29일 화요일

염천. 불볕더위가 맹위를 떨친다. 요즘은 여러 가지 짜증스런 일들이 나를 괴롭히고 있다. 먼저 스케야 건이 그렇고, 교수들의 의견을 무시하는 세키 이사장의 행태가 그렇다. 여태까지 잘해 왔던 교수들인데 자질이 어떻고 실력이 어떻고 하는 그 사람이야말로 자기는 교단에 설 자격이 있는 사람인지 의심스럽기만 하다. 내가 일본에 와서 이렇게 짜증나기는 처음인 것 같다.

아침에 스케야 씨로부터 전화가 왔다. 오늘도 역시 일전에 약속을 한 날짜를 좀 연기해 주면 좋겠다고 한다. 화가 불쑥 나서 전화통에 대고 큰 소리를 질렀다. 한심한 인간이다. 그런 사람을 믿고 덥석 돈을 빌려준 내가 나쁜 놈이 된 기분이다. 즉시 도부부동산의 M점장에게 전화를 걸었다. 하기 사장과 한 번 만나 이 사건의 자초지종을 설명하고 이시다가 행한 부당한 거짓 행각과 스케야 씨와의 관계를 알아봐야겠다고 솔직히 말을 전했다.

오후에 다시 M점장으로부터 전화가 왔다. 8월 1일 시모노세키에 있는 도부 본사에서 하기 사장이 면담에 응해 주겠다는 메시지를 전해 주었다. 마음이 좀 놓인다. 그리고 나는 바로 시내 중심가에 있는 시라이시(白石) 부동산을 찾아가 자문을 구했다. 그는 나에게 일본의 부동산 거래에 관해 재차 상세히 설명해 주었다. 그리고 나에게 외국 사람이 부동산을 사고파는 일은 위험부담이 크다며 다음부터는 절대로 단독으로 부동산 거래를 하지 말 것을 당부한다. 지금 일본의 경기가 오랫동안 침체되어 있는 상태이기 때문에 악덕 브로커들의 사기사건이 매년 늘고 있는 경향이라고 말했다.

시라이시 씨 부인이 나의 한국어 제자인 관계로 그녀 역시 항상 나에게 친절히 대해 주었다. 처음부터 시라이시 씨에게 이 거래를 전부 맡겼더라면 이런 골치 아픈 일이 생기지 않았을 텐데…. 이렇게 후회하면서 나는 차에 올라 대학캠퍼스를 향해 액셀러레이터를 세게 밟았다.

오후에는 나카야마 씨가 한국 유학생 이금영 양을 데리고 갑자기 나타났다. 셋이서 한국 얘기를 나누며 한참 웃음꽃을 피웠다. 그리고 저녁때가 되어 대학 근처의 레스토랑에서 튀김 - 덴푸라 요리를 같이 시켜 먹으면서 이 양의 유학 생활에 대한 얘기를 들었다. 가정적으로 여유가 있어 보여 안심이 되었다. 잠시나마 머리를 식힐 수 있는 시간을 갖게 되어 나도 기분전환이 된 느낌이다.

인간의 행복은 자기가 삶에 대하여 얼마나 즐겁게 지내는가에 따라 행복도가 달라지는 것이 아닐까. '궁역락窮亦樂 통역락通亦樂'이란 말처럼 인생의 낙이란 돈이 없다고 해서 즐거움이 없는 것은 아니다. 즐거움이란 인생살이가 궁하든 통하든 자신의 자족自足하는 마음에 달렸다고 본다.

저녁에 '한글방' 수강생인 요시즈카 씨와 이이모리 씨로부터 이달 31일 노가타(直方)에서 나를 모시고 같이 점심식사를 하고 싶다는 전화가 왔다. 생각지 못한 접대라 한참 망설이다 yes를 하고 말았다.


# 여름밤의 꿈


## 7월 30일 수요일

맑음. 오늘이 스케야 씨가 일부의 금액을 갚겠다고 약속한 날이다. 나는 전화를 기다리고 있었다. 그러나 한나절이 지나도록 전화벨이 울리지 않는다. 어쩔 수 없는 인간이다. 분통이 가슴에서부터 목 위로 뜨겁게 달아오르는 느낌이다. 나는 의자에 앉아 심호흡을 하며 몇 번이나 숨 고르기를 했다. 좀 마음이 진정되는 것 같았다. 생각 끝에 나는 그의 처 나츠 씨에게 좀 따로 만나자고 전화를 하려 하자 아내가 손사래를 친다. 그들 부부는 똑같은 인간이니까 여태껏 우리에게 미안하다는 말 한 마디 없이 묵묵부답默默不答으로 일관해 오지 않았겠느냐고 아내가 달랜다. 어차피 모레 시모노세키(下關) 도부부동산 본사에 가면 이시다와 스케야 씨가 나에게 약속한 것이 얼마나 신빙성이 있는지 알 수 있을 것 같았다.

오늘은 오전에 임시 교수회의가 있었다. 역시 A영어 선생의 교수법이 학생들로부터 최하점을 받았기 때문에 대학경영진이 보는 가운데 공개강의를 실시할 것 같다는 소문이 들린다. 사실 그의 영어 발음이 어떨지는 몰라도 그와 대화를 해 보면 성미가 급해서 그런지 가끔 말을 더듬거리는 습관이 있다. 일본어(국어)를 가르치는 선생이 말을 더듬거리는 것도 문제가 있지만 더구나 영어 선생이 말을 더듬는다는 것은 더욱 문제가 있어 보이기도 한다. 하지만 A영어 선생에게 지지자가 곁에 있는 한 그를 억지로 내쫓지는 못할 것이다.

"Cheer up, we won't bite."

오후에는 '코리아 연구' 제미(세미나) 테스트를 실시했다. 모든 학생들이 열심히 공부한 탓인지 좋은 소논문들을 제출했다. 가르치는 교수의 입장에서 보면 공부 잘하는 학생이 가장 귀엽고 또 사랑스럽다.

오늘도 30도의 더위에 바쁜 하루였다. 요즘 내가 엉뚱하게도 다른 데 신경을 쓰다 보니 학생들과 상호 커뮤니케이션이 없었던 것 같아 미안한 생각이 들기도 한다.

짜증스런 긴 여름밤, 나는 비몽사몽간非夢似夢間에 모기소리인지 잠꼬대인지 "나쁜 놈, 나쁜 년"을 연발하더니 갑자기 '꽥' 하는 소리가 들렸다. 나는 소스라쳐 주위를 살펴보니 소리의 주인공은 바로 아내였다. 그 소리는 분명히 저주스런 욕설을 퍼붓고 있었다. 그것은 아내의 그간 가슴에 쌓여 있던 불만이 화산처럼 폭발한 것이다. 오호, 잠 못 이루는 여름밤의 악몽이로고….

# 제자들의 마음

**7월 31일 목요일**

　맑음. 오늘은 봄 학기말 시험을 모두 마쳤다. 한결 마음이 한갓진 기분이다. 그런데 '한글방' 공부를 하는 일반 수강생인들이 한 번 자기들이 나에게 점심을 접대한다고 하여 노가타(直方)까지 따라갔다. 마을 한적한 곳의 공민관公民館에 음식준비를 해 놓고 나를 기다리고 있었다. 그 제자들도 가정을 가진 사람들이라 손수 음식을 만든 것이 아니라 니기리스시(초밥)를 인원수에 맞추어 스시야(초밥집)에 주문했다고 한다. 열 사람이 먹을 수 있도록 스시가 큰 접시 대여섯 개에 가득 채워져 있었다.

　이이모리 씨와 요시츠카 씨가 아침부터 사전에 준비를 하여 오늘의 성대한 오찬이 차려진 것 같다. 사오리, 고즈에, 히로미 학생도 자리를 같이 했다. 고맙기 짝이 없다. 한 사람이라도 한글을 가르치려고 애쓴 보람이 있었다는 만족감에 하루의 피로가 싹 가시는 느낌이다. '한글방' 공부는 NPO법인 APP의 봉사사업의 일환으로 나는 생각하고 있다. 수강생들은 항시 나에게 한국어를 가르쳐주어 고맙다고 고개를 숙여 예의를 표하곤 한다. 이것이 낯선 일본 땅에서 내가 할 수 있는 최대의 봉사이자 자아실현이라 생각하고 있다. 앞으로 내가 언제 어떻게 될지 모르겠지만 이 몸이 움직일 수 있는 한 한글보급 봉사사업은 계속하고 싶다.

　점심식사를 마치자 모두가 공민관 바깥마당에 나와 여럿이 사진을 찍기도 했다. 그리고 요시츠카 씨는 자기 차로 나를 10킬로나 떨어진 야하타(八幡) 캠퍼스까지 태워주겠다고 한다. 내가 열차로 간다고 해도 막무가내이다. 대학캠퍼스에 도착하여 내가 "오늘은 너무 좋은 음식을 대접받아 고마웠습니다"라고 한국어로 말하자, 요시츠카 씨는 "아니에요, 선생님이 더 고맙습니다"라고 한국 사람처럼 차분히 답을 하고는 바로 차를 돌려 큰 도로 쪽을 향해 달린다. 오늘은 정말 여러 제자들 틈에 끼어 맛있는 요리와 와인을 들면서 즐거운 한때를 보냈다.

연구실에 돌아와 소파에서 잠시 새우잠을 잤다. 그리고 다시 스케야 씨에게 전화를 걸었다. 그의 대답은 여전히 B씨를 들먹이며 상투적인 말만 늘어놓으며 나를 바보 취급하고 있었다. 그런 뻔뻔스런 인간에게 속은 내가 부끄러웠다. 이중인격자, 좀 솔직하면 나도 마음이 달라질 수도 있으련만 지금의 너는 인면수심人面獸心의 사기꾼이 아니고 또 뭐란 말인가.

복수의 여신 에리뉴스여! 네메시스여! 자기 죄를 덮어버리려는 무례한 놈들에게 보이지 않는 바늘로 벌을 주소서. 생각해 보면 그에게는 자기가 상대방을 속이고 있다는 것을 넌지시 감추면서 상대방으로부터 그 사실을 정말 득면得免하려는 기질이 다분하다는 생각이 들었다. 자기에게 손해가 되는 일은 절대로 피해 다니면서 위기에 처하게 되면 임기응변의 거짓말로 때와 장소를 미꾸라지처럼 빠져 나가는 득면근성得免根性이 다분히 있다.

8월

# 일기일회一期一會

**8월 1일 금요일**

맑음. 오늘은 아침부터 아내와 함께 시모노세키(下關)에 있는 도부부동산 본사를 향해 집을 나섰다. 아들에게는 시장에 갔다 온다는 핑계를 대고 나섰다. 이제까지의 일들은 아들에게는 눈치 못 채게 비밀로 하고 있었다. JR전동차를 타고 시모노세키역에서 내려 택시를 잡아타고 보니 얼마 안 가 도부 본사 앞에 닿을 수 있었다.

엘리베이터를 타고 3층에서 내리자 여사원이 나에게 용무를 물었다. 하기 사장과 약속한 사람이라 하자 바로 응접실로 안내하였다. 나와 아내가 얼마를 기다리자 하기 사장이 나타났다. 서로 명함을 주고받고 보니 사장은 작은 체구에 온화한 인상을 주는 분이었다. 나는 먼저 이시다 주임을 만나고 싶다고 하니까 이시다가 사표를 내어 엊그제 면직 처리했다고 말했다. 더 이상 이시다 주임에 대해 말을 꺼낼 건더기가 없어 보였다.

나는 먼저 거두절미去頭截尾하고 이시다가 6월 27일 F은행을 통해 보낸 송금은 잘 받았느냐, 그리고 얼마가 입금되었는가를 물었다. 그러자 하기 사장은 난처한 표정을 짓더니 그날 돈은 입금이 되었다고 말할 뿐 금액에 대해서는 말할 수 없다고 대답했다. 남의 회사 거래 비밀을 밝히라고 억지로 떼 쓸 수도 없어 그 정도로 이해하기로 하고 내가 그들에게서 넘겨받은 차용계약서를 보여주자 수긍하듯 머리를 끄덕이더니 M아파트가 팔릴 때까지 기다려 주면 어떻겠냐고 양해를 구했다. 내가 그 아파트를 산 것이 아니고 스케야 씨와 이시다 주임이 저당을 해 주겠다고 해서 받은 것이 20년 가까운 헌 아파트라는 것을 뒤늦게 알게 되었다고 하자 사장은 처음부터 거래가 잘못 되었다며 되레 나를 탓하는 눈치였다. 그리고는 이시다가 회사를 그만둔 만큼 그가 책임을 지고 돈을 갚든지 아니면 저당 잡은 아파트를 팔아 해결을 보든지 하는 것이 마땅하나 그가 도부부동산을 떠난 이상 사장인 자기도 지금 뭐라고 말할 수가 없다고 냉정하게 대했다. 나는 스케야 씨와 이시다와의 사이가 궁금해 사장에게 다시 물어 보았지만 자기는 두 사람이 어떤 관계에 있는지 잘 모르며 자기도 스케야라는 사람은 전혀 모른다며 말꼬리를 흐렸다. 나는 다시 스케야 씨는 사모노세키에서 부동산 관계를 오랫동안 해 온 베테랑이라 추켜올리자 그는 웃으며 아무런 대꾸도 하지 않았다.

나는 하기 사장의 웃음에서 이상한 느낌을 받았다. 이시다 주임이 스케야와 오랫동안 사귄 사이라면 자연히 작든 크든 거래 등을 통해 하기 사장과의 대면이 없을 리가 없었을 것이다. 특히 부동산업자들의 의식구조는 우리와는 달라서 그때 그때마다 선금후리先金後理의 철칙 아래 모든 매매가 기획 처리된다는 사실을 추정해 보니 그저 부동산회사가 무서운 존재처럼 느껴진다.

내가 한국인이라는 것을 밝히자 하기 사장은 나에게 애써 부드러운 인상을 보여주려는 듯했다. 이시다가 없으니 대신 미우라 점장을 소개하면서 우선 아파트를 빠른 시일 안에 매매 조치하도록 지시 약속을 했다. 하기 사장은 다음에는 스케야 씨와 셋이 함께 상의를 하여 일이 원만히 해결되도록 자주 만나자며 손을 내밀었다.

일을 마치고 도부 본사를 나오니 강열한 여름 햇빛에 눈이 부셨다. 오늘도 30도가 넘는 날씨. 혹시 오늘이 말복이 아닌가 상상을 해 보았다. 저녁에는 코리아 연구 제미(세미나) 학생인 강연숙 양과 일본 학생 몇이서 '사요나라' 파티를 열기로 약속을 했기 때문에 연구실로 바로 나갔다. 몇몇 학생들이 찾아와 시험 점수를 알려 달라고 안달을 부린다. 강연숙 학생은 중국의 조선족 학생으로 선양瀋陽에 있는 랴오닝(遼寧) 대학에서 교환유학생으로 선발되어 온 우수한 학생이다. 대학 주변의 한국 요리점에서 한국 음식, 돌솥밥과 지지미를 먹으며 일본에서 있었던 일들을 학우들과 얘기꽃을 피우면서 저녁 한때를 보냈다. 헤어질 때 내가 중국에 가면 꼭 전화하기로 약속을 했다. 그녀 역시 다시 후쿠오카에 오면 나에게 연락하겠다며 손을 내밀었다.

회자정리會者定離라는 말처럼 사람의 만남은 반드시 헤어짐을 전제로 이루어진다. 인간의 존재는 유한하기 때문에 좋든 싫든 어떤 헤어짐도 운명처럼 다가온다. 하여튼 헤어짐은 슬픈 일이다. 기약할 수 있는 이별은 그리 슬프지 않겠지만 기약 없는 이별이란 슬프기 마련이다.

일본 고전에 일기일회一期一會라는 성구가 있다. 일생에 단 한 번의 만남을 말한다. 나는 일본에서 많은 만남이 있었다. 그러나 나는 부덕의 탓인지 거의가 일기일회의 인연으로 영원히 사라진 사람들이 많다. 말 한 마디로 헤어진 사람, 손 한 번 잡아보고 떠나간 청년, 다시 만나자고 언약을 하고 영원히 헤어진 제자 이것이 인생이라 생각하니 후회도 한탄도 소용이 없다. 그 제자들의 이름도 얼굴도 모두 잊어버렸지만 분명한 것은 그들은 내 일생의 한 순간에서 운명적인 나의 사람들이었다.

나는 오늘날까지 많은 순간순간을 거스르지 않고 순리대로 살아왔기에 오늘의 행복이 있지 않은가 생각해 본다. 오호라! 주마등처럼 내 생의 곁을 지나간 내 사랑하는 학생들이여!

# 보은報恩과 배은背恩

## 8월 2일 토요일

맑음. 오늘은 기무라(木村) 미호 양, 하야시(林) 치에 양 두 학생과 캠퍼스 근처에 있는 레스토랑 '카스토'에서 식사를 하며 한국에 관한 대화를 나누기로 약속한 날이다. 나는 그 약속을 까맣게 잊고 있었다. 아침에 수첩을 펴보니 '12시에 식사 약속, 기무라 군과 하야시 군, 카스토에서'라 적혀 있다. 피곤하지만 어쩔 수 없다. 제자와의 약속은 어떤 일이 있어도 지키는 것이 나의 행동규칙이다.

시간에 맞추어 레스토랑에 가 보니 두 학생이 나를 기다리고 있었다. "센세이"(선생님) 하고 나를 향에 손을 흔든다. 둘 다 한국에 남다른 관심을 갖고 있는 학생들이다. 두 학생은 이번 여름에 '해외연수'를 신청했기 때문에 나에게 물어볼 것이 많은 듯했다. 이달 중순에 나와 같이 한국 각지들을 두루 다니면서 사회견학을 하게 된다. 기말시험기간 동안 거의 보지 못했으니 반갑기도 하다. 각자 좋아하는 식사를 주문한 후 세 사람은 시험을 치른 얘기 등 신변에 있었던 잡담을 늘어놓는다.

지금 일본은 다문화多文化 다언어多言語 사회로 달음질치듯 근래 글로벌리즘이라는 사회 현상이 지역마다 다양하게 급속히 나타나고 있다. 얼마 전 후쿠다(福田康夫) 수상도 이에 발을 맞추어 유학생 30만 시대를 열겠다고 호언을 하기도 했다. 일본의 대학과 기업에서 외국의 젊은이들을 대량으로 받아들임으로써 일본의 이미지가 외국 사람들에게 좋게 반영될 것이라 생각된다.

한국 정부도 마찬가지이다. 지금이야말로 한국은 외국인 100만 시대를 맞아 Open door policy를 펴고 그들을 적극 받아들이고 있다.

하야시 양의 말을 들어보니 지금 한국 영화에 푹 빠져서 내년에 한국으로 유학을 가기로 결심을 한 상태이다. 일 년의 짧은 기간이지만 열심히 공부를 하면 한국어는 물론 자기 전공과목에도 크게 도움이 되리라 믿는다. 나는 일본 학생들에게 한국 유학을 적극 권하는 편이지만 하야시 양의 경우, 어머니가 한류 팬이라서 지도교수의 권유보다 어머니의 입김에 힘입어 유학을 가는 케이스라 하겠다.

점심식사가 거의 끝날 무렵 전화가 걸려왔다. 어제 도부부동산의 미우라 계장이었다. 4시에 모지지점으로 와서 새로 판매계약을 하자고 제안했다. 스케야 씨도 온다고 한다. 이상하다. 이시다가 스케야를 미우라 계장에게 언젠가 소개를 했다는 얘기다. 아니 어쩌면 하기 사장과도 이전부터 알고 지내던 사이인지도 모른다.

시간에 맞추어 4시 모지(門司) 영업소 문을 열고 들어가니 벌써 스케야 씨와 미우라 계장이 소파에 앉아 뭔가 얘기를 나누고 있었다. 계약서 내용은 M아파트 매매에 관하여 적정의 판매금액을 매입자에게 제시하여 빠른 시일 안에 판매할 것과 나머지 차액은 스케야가 즉시 환불하기로 약속을 하고 세 사람이 각자 도장을 찍었다. 일을 끝내고 부동산 사무소를 나왔다.

나는 스케야 씨에게 한 마디를 했다. 이번에 아파트가 팔리는 즉시 차액을 꼭 부탁한다고 하자, 그는 계약서의 가격이 너무 싸게 책정됐다며 투덜대더니 생뚱맞게 높은 값을 다시 주장하고 있는 것이 아닌가? 나는 화가 치밀어 꽥 소리를 질렀다.

"아니, 모든 건물에는 시세가 있는데 당신 같으면 그 가격에 사겠어요? 그럼, 당신이 말하던 B씨를 데려다 사게 하면 되잖아요. 왜? 그렇게 하겠다고 해 놓고 벌써 한 달이나 지났잖아요?"

그러자 그는 입을 다물고 고개만 끄덕이고 있었다. 나는 불같이 타오르는 화를 억누르며 '이게 나에게 은혜를 갚는 짓이야. 은반위구恩反爲仇도 분수가 있지.' 이렇게 욕을 해 주고 싶었으나 다시 한 번 꾹 참았다.

JR전동차를 타고 집으로 오면서 인간이 아무리 못됐다 해도 그렇게 달라질 수가 있을까? 하는 의문에 나는 몸서리를 치고 있었다.

# 도요(土用)

### 8월 3일 일요일

맑음. 오늘은 우리 K대학에서 Open Campus가 있는 날이다. 여느 때 같으면 고등학생들이 와글와글할 때인데 오늘은 가물에 콩 나듯 삼삼오오 짝을 지어 몇몇 고등학교에서 학생들이 찾아왔다. 그래도 나는 '한국어 체험'을 하겠다는 학생들을 모아놓고 "안녕하세요", "어서 오세요"를 연발하며 학생들에게 한국말을 걸어 대화를 나누기도 했다. 한국 유학생 이 양과 류 양이 가끔 테이블에 찾아와 나를 도와 학생들과 얘기를 나누기도 하고, 한국에 대한 사진 자료를 보여주며 K대학에 들어오면 여러 나라의 외국어를 배울 수 있다고 자세히 설명했다. 미리 대학 선전을 잘 했으면 학생들도 많이 오련만…. 학장 이하 학부장들의 안이함과 무능이 이렇게 날로 대학을 부실하게 만드는 것이구나, 이렇게 생각하니 가슴이 미어지는 느낌이다.

오후 구내식당에 가서 간단히 점심을 마치고 연구실에 돌아가서 좀 쉬다가 최종으로 고등학생들 면회를 마치고 3시 경에 집으로 돌아왔다. 아내가 쇼핑을 가야 한다기에 이온마트에 가서 카트를 끌고 다니며 주로 식료품을 샀다. 아내는 내가 좋아하는 가시와 벤토(柏, 도시락)와 구운 우나기(장어)를 샀다.

일본 사람들이 삼복더위(도요, 土用)에 먹는 장어구이는 내 입에도 아주 잘 맞는 것 같다. 아내는 요즘 복잡한 일로 신경을 쓰는 내가 안쓰러운지 세 끼 식사는 잘 챙겨주고 있다. 전쟁터에 나가는 군인이 잘 먹지 못하면 이길 수 없듯이 나에게 힘을 실어주기 위해 맛있는 건강식품들을 식탁에 차려 놓으면 식욕이 절로 나게 마련이다. '잘 먹어야 잘 산다'는 평범한 진리를 이제껏 나는 왜 잊고 살았는지 모른다.

오늘이 이번 여름날 중에 가장 더운 날로 기록될 것 같다. 기타큐슈시(北九州市) 최고 온도가 34℃, 사람 살려! 무더위가 한창 기승을 부릴 때이다.

# 하트 마크의 답안지

## 8월 4일 월요일

비. 오늘은 집에서 조용히 하루를 보냈다. 아무래도 하다가 미룬 성적표를 빨리 채점해야 마음이 한갓질 것 같다. 아침부터 마음잡고 시험 채점을 시작했다. 야간부 학생까지 점수를 매기다 보니 100명 가까이 된다. 점심때가 되어 채점을 모두 마쳤다. 그중에 F학점도 몇 명 있었다.

전투에서 부상자가 발생하듯 시험에도 항시 그런 학생들이 나오기 마련이다. 어쩔 수가 없다. 출석점수 10점을 보태도 점수가 모자라는 학생을 구제할 길은 없을까. 나라도 가난을 구제할 수 없듯이 대학도 낙방한 학생을 구제할 길이 없지 않은가. 점수가 모자라는 학생들의 답안지를 가만히 보고 있노라면 나는 야릇한 고독감에 싸인다.

'I love you sensei.' 시험지에 연필로 장난치는 여학생의 얼굴이 가물거린다. "바가야로!"(바보 같은 녀석)를 되뇌며 나는 채점시험지를 따로 파일에 정리했다. 20년 전 내가 이 K대학에 처음 부임했을 당시에는 학생들의 편차치偏差値는 꽤 높았고 수업 이해도 빨랐다. 어쩌다가 자기를 가르쳐주는 선생님을 우습게 보는 학생들이 들어왔는지 이해가 안 된다.

지난 해에도 시험지에 하트마크를 빨간 볼펜으로 여러 개 그린 학생도 있었다. 그 학생은 B학점을 받았었기에 애교로 받아들여 그냥 넘어갔다. 그런데 오늘은 F학점의 여학생이 하트마크를 수없이 그려놓았다. 나는 화가나서 가차없이 낙제점을 매기고 말았다.

요즘 일본 학생들이 스승에 대한 예의를 지키지 않는 것은 교육현장의 붕괴에서 시작되었고 가정의 붕괴는 자민당의 돈 정치가 그렇게 만들었다고 말한다. 나도 일본의 교육방침이 인성교육 중심이 아닌 학력 중심의 체제로 잘못되어가고 있다고 주장하고 있는 사람 중에 하나이다.

# 연금이 효자

## 8월 5일 화요일

맑음. 아침 일찍 아내와 함께 하카다(博多)행 쾌속 열차를 탔다. 퇴직 후 내가 받아야 할 연금액이 어느 정도인지 알기 위해서이다.

역에서 내려 택시를 타고 후쿠오카 중심가 텐진(天神) 근처의 가든 팔레스 호텔을 찾아갔다. 그곳에 '일본 사립학교진흥공제사업단' 후쿠오카 현 사무실이 있었다. 우리는 호텔 내부 2층에 있는 사무실을 찾았다. 전번에 전화로 약속한 고키 씨가 우리 부부를 반가이 맞아 주었다.

그녀는 나의 20년 간의 연금자료를 보여주며 앞으로 본인이 만 65세가 되는 해부터 연금이 지불된다고 설명했다. 연금은 매달 타는 것이 아니고 한 달 건너 두 달분의 연금이 한꺼번에 통장으로 입금된다고 말했다. 그리고 만일 수혜자 본인이 사망하게 되면 부인에게 지급 금액의 7할이 연금으로 계속 지급된다고 친절히 설명해 주었다. 내가 받을 연금은 그리 큰 액수는 아니었지만 우리 부부가 근검생활을 한다면 지금보다는 좀 부자유스럽겠지만 근근이 지낼 수 있을 것이라 생각하니 내가 낯선 일본 땅에 와서 아프지 않고 열심히 한국어를 가르치며 살아온 20년간의 교편생활이 커다란 보람으로 다가오는 느낌이다. 아내 얼굴도 만족스런 표정이다. 일단 연금 액수를 알고 나니 우리 부부의 노후문제는 해결된 것 같아 마음이 뿌듯했다.

그리고 바로 택시를 타고 근처에 있는 H변호사 사무실로 향했다. H변호사는 만일 M아파트가 팔리지 않으면 경매에 부칠 수밖에 없다고 조언을 해 주었다. 스케야 씨가 양심이 있는 사람이라면 한 달에 백만 엔씩이라도 몇 달 갚아 나가면 그것이 가장 좋을 것 같으나 그 사람의 행적을 그 주위 사람들로부터 들어보니 그렇지 못한 것 같아 시간이 걸릴 것 같다고 지적해 주었다.

변호사 사무실을 나와 텐진역에서 사철私鐵을 갈아타고 가스가바루(春日原)역으로 향했다. 30분 정도의 시간이 걸렸다. 가스가바루(春日原)역에서 다시 택시를 타고 가미오(上尾) 선생님 댁을 찾았다. 선생님은 내가 일본 유학시절 규슈대학의 교수로서 나와 가까이 지내던 분이다. 실은 며칠 전에 부인께서 눈병으로 고생한다는 소식을 들었을 뿐 내가 바쁘다 보니 여기까지 병문안을 할 엄두도 못내고 있었다.

그런데 집에 도착하여 벨을 눌러도 안에서 아무런 응답이 없다. 전화를 걸어도 받지 않는다. 혹시 노부부가 외출했는지도 모를 일이라 생각되어 준비한 선물을 우편함 안쪽에 넣어 두고 다시 택시를 탔다. 내가 일본에서 공부할 때 처음 하숙집을 구해준 분이 살고 있는 곳도 바로 이 가스가바루라는 소도시다.

오래 전 한국을 좋아하는 가와시마(川島) 씨를 우연히 후쿠오카 공항에서 만난 것이 인연이 되어 그와 친해졌으며 그는 나에게 훌륭한 하숙집을 구해 주는 바람에 나 역시 여러 일본 사람들과 자연스럽게 사귀게 되어 서로 친구가 됨으로써 나는 외롭지 않은 유학시절을 보낼 수 있었다.

오늘은 지난 달에 회사를 70세로 은퇴한 가와시마 씨를 만나 두 노부부를 우리가 식사 대접을 하기로 약속이 되어 있었다. 가와시마 씨 댁에 도착하여 초인종을 누르니 부부가 반가이 맞아 주었다.

옥상(奧樣, 부인)이 우리 부부를 갸쿠마(客間, 응접실)로 안내하였다. 잠시 있다가 시원한 녹차가 나왔고 두 가족은 차를 마시면서 지난 유학시절로 되돌아가 그때 고생스러웠던 나날들을 다시 얘기로 꽃을 피웠다. 그리고 미리 예약하였다는 레스토랑으로 자리를 옮겨 사시미(회)와 덴푸라 요리 등을 시켜 맥주로 건배를 하며 늦게나마 가와시마 씨의 은퇴기념을 축하해 주었다.

가와시마 씨는 술을 마시면서 미국에서 사는 둘째딸 얘기, 아직 결혼을 하지 않은 막내딸 얘기, 그리고 본인의 취미생활보다 차후 병약한 부인의 건강관리를 어떻게 해야 할지 걱정스러운 듯이 말을 채 잇지 못했다. 부인의 얼굴이 야윈 것을 보니 정말 아픈 데가 있는가 보다. 시간이 많지 않아 우리가 사는 얘기는 별로 하지 못했지만 하여간 오래 간만에 만나서 황혼기에 접어든 가와시마 씨 부부에게, 수십 년간의 노고를 위로할 수 있게 되어 뜻있는 하루를 보낸 기분이다.

　식사를 마치고 우리는 8시 40분 쾌속 열차를 타고 하카타역에 내려 다시 고쿠라행 특급열차 소닉으로 바꿔 타고 집으로 돌아왔다. 집에 도착하니 밤 11시가 훨씬 넘어 있었다. 오늘처럼 여러 곳을 찾아다니며 사람들을 만난 일은 근래 별로 없었던 것 같다.

　샤워를 하고 침대에 누우니 하루의 피로가 밀물처럼 밀려와 나는 어느새 꿈길을 달려가고 있었다.


# 센바츠루(千羽鶴)의 의미


### 8월 6일 수요일

　맑음. 아침 늦게 일어났다. 아내도 피곤했던지 9시가 넘었는데 아직껏 꿈쩍을 못하고 있다. 어제 먹은 음식이 아직 뱃속에 그득히 남아 있는 느낌이다. 아침을 걸러도 무방할 것만 같다. 아내가 이처럼 늦잠을 자는 것은 일본에 이주한 이후 처음인 것 같다.

　나는 세수를 하고 식탁에 앉아 커피를 타 마시며 창밖을 멍하니 바라보았다. 다소(茶素 - 카페인) 덕인지 그저 머리가 상쾌해지는 기분이 든다. 하늘은 구름 한 점도 없는 창공蒼空이다.

　나는 가까이 있는 TV 리모컨 버튼을 눌렀다. 오늘이 무슨 날인지 어디서인가 사람들이 많이 모여 정부 행사를 행하고 있었다. 알고 보니 오늘이 히로시마(廣島)에 원자폭탄(삐카탄)이 떨어진 날이다. 아침부터 원폭 희생자를 위한 위령 기념식이 평화 기념공원에서 열리고 있었다.

지금부터 63년 전 8월 6일 오전 8시 15분, 이 시점에 인류 최초의 홀로코스트(全燒死)가 군수병참도시였던 히로시마에서 일어났다. 전 시가지는 불 폭풍에 싹 쓸려 날아가 흔적도 없이 도시의 건물들이 구름처럼 사라지고 까맣게 숨이 꺼져가는 수많은 사람들은 서로 살려 달라고 단말마斷末魔의 비명을 지르며 마구 강물로 뛰어들었다.

　　지옥이 따로 있겠는가. 아비규환의 아수라장이 정말 지옥이 아니고 무엇이랴. 원폭 희생자는 일본 사람뿐만이 아니었다. 여성 정신대로 탄광 광부로 강제징용되어 희생된 조선 사람들도 수 없이 많았다.

　　내가 수년 전 히로시마를 방문했을 때에 평화 기념공원을 견학한 적이 있다. 폭심지爆心地에서 약 3백여 미터 쯤 떨어진 곳에 '한국인 원폭 희생자 위령비'를 보고 나는 깜짝 놀랐다. 그 희생자들은 일제 앞잡이의 꼬임에 속아 일본에 가면 월급도 많이 받고 호의호식好衣好食한다는 말만 듣고 현해탄을 건너온 젊은이들은 꿈을 안고 일본 땅을 밟았으리라. 밤낮 없이 혹독하게 일만 하다가 군수공장에서 죽어간 동포들의 비석 앞에서 그저 숙연해져 나는 한참 자리를 뜰 수가 없었다.

　　상상도 못한 미증유의 두 방의 핵폭탄 투하로 일제는 어쩔 수 없이 미국에 손을 들어 태평양 전쟁은 끝났지만 25만8천3백 명이라는 고귀한 희생자가 있었기에 이 땅에 평화가 찾아왔다는 것은 누구도 부인하지 않을 것이다. 한국인 희생자 위령비뿐만 아니라 수많은 위령비와 위령탑 옆에는 누군가가 색종이로 접어 만든 천 마리 학(千羽鶴 - 센바츠루)이 가지런히 걸려 있어 더욱 내 마음을 아리게 했다.

　　나는 몇 년 전에 재일동포 피폭자 P씨를 만나 그가 겪은 고통의 원자병 투병기를 진지하게 들은 적이 있다. 그는 나가사키(長崎)에서 피폭을 당했는데 그래도 운이 좋아서 폭심지에서 꽤 떨어진 거리여서 죽지는 않았으나 온 피부가 뜨거운 섬광에 검게 타들어가 수년간 원폭 병원에서 병고와 생활고에 시달리며 기구한 생애를 살아야 했다며 눈물겨운 얘기를 들려주었다. 그는 현재 유명을 달리했지만 햇볕을 피부에 쪼이면 마치 바늘로 살을 콕콕 찌르는 고통으로 며칠이나 잠을 잘 수가 없었다며 눈시울을 적시기도 했다.

지금 이 지구촌에는 수만 발의 핵폭탄이 저장되어 있다고 전한다. 미국, 러시아, 프랑스 등 강대국들은 거의 다 많은 핵무기를 보유하고 있다. 말하자면 지금 지구상에 있는 핵만으로도 몇 겁劫의 천지개벽을 가늠케 할 수 있다고 한다. 그런데 재작년 10월에 세계의 모든 국가들이 반대하는 가운데 북한은 처음으로 핵실험을 강행했다. 누구를 위한 핵인지 알 수가 없다. 지금 일본에서도 제국주의의 향수를 잊지 못하는 우익 정치가들이 헌법 9조를 고쳐 국방군 창설과 핵개발을 꿈꾸고 있다.

일본 정부는 무슨 일이 있어도 비핵非核 3원칙을 지키는 세계의 모범적인 평화국가로 환골탈태해야 한다. 그 길만이 일본이 세계만방으로부터 존경의 갈채를 받으며 평화국가로 살아갈 길이라고 나는 생각한다.


# 이상향理想鄉


## 8월 7일 목요일 立秋 - 공휴일

오늘은 입추立秋인데도 하늘을 보니 무더울 것 같다. 지금은 하계방학인데도 딱히 어디 간단히 갔다올 데가 별로 없어 보인다. 소파에 앉아 아직 채 읽지 못한 신문을 뒤적이며 기사들을 훑어보다가 내 눈이 '솔제니친 씨 사망' 이란 타이틀에 눈이 멈췄다.

그는 '수용소 군도' 를 발표하여 소련의 전체주의 체제에 의한 민중억압을 고발하여 노벨상을 수상한 작가가 되었다. 나도 오래 전에 '수용소 군도' 와 '암병동' 을 감명 깊게 읽은 기억이 떠오른다. 그는 러시아혁명이 일어난 이듬

해인 1918년에 남부러시아의 한촌寒村 키스로 벅크에서 태어나 1945년에 스탈린을 비판한 혐의로 고발되어 몸소 8년간의 수용소 생활을 경험한다.

1957년 옥고를 치룬 뒤 해빙기의 자유화 정책에 의해 명예회복을 한 후에 1962년에 수용소의 실태를 생생하게 폭로하여 세계적인 베스트셀러 작가가 된다. 1970년에 노벨문학상을 수상하지만 그 후 1974년에는 구소련 당국에 체포되어 국외로 강제 추방된다. 1976년 미국으로 망명한 그는 버먼트주州에 저택을 장만하여 다시 작품 활동을 계속하면서 강연과 평론 등으로 서방국가들을 혹독히 비난하기도 했다.

20년간의 망명생활을 모두 마치고 1994년 다시 조국 러시아로 돌아온 그는 회상록을 집필하면서 자택에서 거의 두문불출杜門不出하며 외로운 노후를 보냈다고 한다. 서거 1년 전 2007년에는 러시아 문학의 공로가 지대하다 하여 푸틴 대통령으로부터 최고의 국가상을 수상한다. 세기의 문호 솔제니친은 지난 8월 3일 향년 89세의 파란 많은 삶을 마감한 것이다.

오후에 스케야로부터 전화가 왔다. 자기가 오늘 모지 구청에 가서 실제 현 매매가격을 알아본 즉 M아파트가 엊그제 서약한 가격보다 백만 엔을 더 받을 수 있다며 나더러 좀 날짜를 참아달란다. 그것은 새빨간 거짓말이다. 엊그제 서약한 것을 또 다시 번복하여 돈을 갚지 않으려는 꿍꿍이수작을 부리고 있는 것이 뻔하다.

나는 슬며시 화가 치밀어 "당신, 아직도 나를 멍텅구리로 보고 있는 것 같은데 나도 내가 아는 부동산에서 조사하게 하여 다 알고 있으니 허튼소리 말고 각서 쓴 대로 당신 약속이나 지키시오" 하고 일방적으로 전화를 끊었다.

이런 추악한 우귀사신牛鬼蛇神과 8년 동안이나 같이 한글보급 사업을 한답시고 '안녕 한글 연구회' 에 음으로 양으로 도우며 허비한 세월이 너무 한스러워 허탈감이 순간에 엄습해 왔다. '교수님의 은혜에 보답하고 싶다고, 빌어먹을 놈.' 나는 혼자 중얼거리며 넋 나간 사람처럼 멍하니 소파에 앉아 치를 떨었다.

저녁에는 날씨도 후덥지근하여 기분전환을 할 겸 이온 마트에 갔다. 오랜만에 아내와 함께 회전 스시야(초밥집)에서 초밥을 먹으며 입원생활을 하는 누님

얘기와 여러 친척 조카들의 결혼 얘기로 시간을 보냈다.

가끔 우리 부부는 한국에 돌아가서 노후를 보낸다면 더 즐겁고 재미가 있을 것 같은 생각이 들었다. 정이 많은 고향 사람들이 모여 사는 충청도, 아내의 고향으로 가면 산 좋고 물 좋고 인심도 좋은 땅, 어디인지 잘 몰라도 쌍무지개가 뜨고 파랑새 지저귀는 이상향의 무릉도원武陵桃源이 있을 만 같다.

밤에는 아직 쓰다 만 논문 '한음계의 종지사와 구마모토 변弁의 종조사에 대하여' 을 다시 훑어보며 논문의 기승전결을 새로 구상하면서 시간을 보냈다. 엉뚱한 일에 신경을 쓰다 보니 진작 발표했어야 할 논문을 뒷전으로 제쳐놓고 나는 지금 한 발자국도 앞으로 나가지 못하고 있는 상태다. 아, 이 가슴이 붉은 노을처럼 타오른다. 오호통재嗚呼痛哉로고.


# 구마모토 사투리


## 8월 8일 금요일

맑음. 오늘은 연구실에 나가 논문 전체를 처음부터 다시 체크하기로 했다. 여러 가지 구마모토(熊本) 방언 자료를 살피면서 머릿속으로 순서를 다시 찾아 차근차근 써내려갔다. 논문이란 글 한 자라도 근거 없는 것이 있으면 논지論旨가 흐려져 학술적 가치가 떨어지게 된다. 시성詩聖인 두보杜甫와 한유韓愈의 시는 일자一字도 근거가 없는 것이 없다고 했다(杜詩韓文無一字沒來歷). 지난 번 6월에 구마모토 대학을 방문했을 때 방언 전문가인 인포먼트(informant)를 만나지 못한 것이 논문의 질을 낮추는 것이 아닐까 걱정도 해 본다.

인포먼트 S씨가 몇 달 전 TV에 출연해 구마모토 방언을 재미있게 설명하는 모습을 보고 나는 문득 꼭 만나 뵐 분이다, 라고 생각했었는데 그 분이 갑자기 돌아가셨다니 어이가 없었다. 그나마 구마모토 대학도서관에서 구마모토 방언에 대한 연구 자료를 얻을 수 있었다는 것이 다행이었다. 5월 연휴에 이 논문을 생각하지 않았더라면 나는 다른 한글관계 논문자료를 찾아다녔을 것이다. 구마모토 변(辨 - 사투리)의 종조사終助詞를 자세히 살펴보면 우리나라 말 종지사終止辭와 엇비슷하여 흥미를 가지게 되었고 두 나라 말의 어미를 비교하게 된 동기가 아닌가 생각한다.

혼히 우리들이 쓰는 문장에서 의문을 나타내는 종조사, 지정指定을 나타내는 종조사, 여정餘情을 나타내는 종조사 등이 일본의 구마모토 방언과 한국의 남도 사투리가 비슷하다는 점이 우연이라 하기에는 너무나 음성학적으로 공통점이 많기 때문에 나는 자신을 갖고 고대 백제인들이 쓰던 언어에 더욱 관심을 갖게 되었다. 이 논문의 결론은 구마모토 방언의 뿌리는 백제라고 증명할 수 있는 양국의 방언들을 수집하여 서로 비교하면서 논리적으로 설명해야 될 것 같다.

오후에 루리코 씨로부터 전화가 왔다. APP회계사무상 상의할 것이 있다고 했다. 그녀는 자기가 갖고 있는 메모를 그때그때 장부에 기입하여 금전의 수입과 지출을 계산한다. 그런데 요즘은 좀 게으름을 피우는 느낌이다. 지난달에는 친구의 부탁이라면서 엉뚱스럽게 나에게 2백만 엔을 빌릴 수가 없겠느냐고 물었다. 나는 바로 그 자리에서 거절했다.

그런 일이 있은 이후 그녀는 봉사사업 일들을 하는 둥 마는 둥 김이 빠져 있는 상태라할까. 나도 이쯤에서 이사장직을 내놓고 고문으로 물러앉아 좀 쉬고 싶지만 회원들 거의가 동의하지 않기 때문에 이러지도 저러지도 못하는 어정쩡한 상태에 있다.

루리코 씨는 장부 정리를 하다가 수지계산이 맞지 않는다며 얼굴을 찌푸리며 뭐라 불평을 늘어놓기도 했다. 나는 옆에서 가만히 듣고만 있었다. 그리고는 통장과 대조해야겠다며 통장을 며칠간 자기가 갖고 있겠다고 했다. 내가 통장을 건네주자 그녀는 '사요나라' 를 힘없이 뇌이고는 가버렸다. 고학하는 유학생들을 돕자고 NPO를 설립하여 시작한 일이 10년이 지난 요즘은 일본 경제의 불황과 함께 APP회원들의 초지일관初志一貫으로 이어온 볼란티어 정신이 안개 속으로 사라져가는 느낌이다.

저녁에는 집에서 베이징(北京) 올림픽 개막식을 뉴스를 통해서 보았다. 중국은 13억 인구의 대국답게 화려하고 거창한 불꽃놀이로 올림픽 스타디움을 붉게 물들여 놓았다. 중국 사람들은 역시 8자를 선호하는가 보다. 8월 8일 저녁 8시 세계평화와 인류애를 위해 오색 인종들의 경쾌한 올림픽 개막을 세계만방에 선포하였다. Big China!


# Under dog


### 8월 9일 토요일

맑음. 요즘은 아침저녁으로 좀 서늘한 바람이 불고 있다. 입추가 지나니 이제 좀 살 것 같은 느낌이다. 올해는 짜증스런 금전 트러블 때문인지 예년보다 퍽이나 더위를 탔던 것 같다. 내 몸무게도 3킬로그램이나 줄어 있었다.

저녁에 E-메일을 보니 부산여자대학의 최윤이 양으로부터 영문으로 편지가 와 있었다. 인사와 함께 며칠 전에 호주에서 어학연수를 마치고 지금은 취직 건으로 서울에 와 있다고 했다. 나는 바로 회신을 보냈다. 만일 일본 유학에 관하여 알고 싶은 것이 있으면 대학 교무처의 서 교수님 앞으로 '일본 대학 입시 전형자료'를 보냈으니 교수님과 진로를 상담하여 다시 연락을 바란다고 메일을 보냈다.

요즘같이 취직이 어려운 일본 사회에서 젊은이들이 알바(아르바이트)라도 해보려고 시간급 700엔을 받고 밤늦게까지 일하는 모습을 볼 때마다 애처롭고 안타까운 마음이 앞선다. 특히 외국 유학생은 더욱 알바 자리가 어렵다고 알고 있다. 더구나 일본 돈이 오랫동안 엔다카(円高) 현상 때문에 한국이나 중국에서 부유층 자녀가 아니면 일본 유학은 엄두도 못 낼 것이다. 특출하게 공부를 잘 하는 학생은 예외이겠지만 중산층 가정의 일반학생들은 공부를 하자니 생활비가 거덜나고 알바를 하여 몇 푼의 생활비를 보태자니 수업을 빼먹기가 일쑤이니 이러지도 저러지도 못해 혼자 속만 썩이다가 패잔병처럼 총책도 군복(학생신분)도 벗어던지고 맨몸으로 도망치듯 귀국하는 유학생을 가끔 보게 된다. 가엽기 그지없다. 자기의 재능을 한 번도 발휘해 보지도 못하고 또 부모의 기대에 반하는 행동을 하는 학생 자신은 죄인과 다를 바 없다고 느낄 것이다.

어느 일본 학생이 한국에 어학연수를 하러 서울에 갔다가 한국 생활에 어려움을 느껴 일 년도 채우지 못하고 다시 일본으로 돌아왔다. 그는 고향으로 돌아와서 한국 음식이 입에 맞지 않아 밥을 제대로 먹지 못했다느니, 한국 하숙집에서 이상한 냄새가 나서 고생했다느니 불평을 늘어놓았다. 특히 한국 사람 중에는 일본 사람을 싫어하는 특이한 사람들이 있어 자기는 항상 외톨이로 외롭게 지냈다는 이야기를 듣고 나는 투견鬪犬을 연상했다. 개싸움에서 진 개는 할 소리가 많은 법, 캥캥거리면서 자기 목덜미를 물어뜯은 힘 있는 개를 원망할 뿐. 그 개도 자기의 무력無力을 반성하지 않고 꼬리 내린 진 개(under dog) 근성을 버리지 못하고 있다고나 할까.

일본 학생도 이해성을 갖고 적극적으로 한국 생활에 임했더라면 지금쯤은 한국말을 누구보다 유창하게 할 수 있고 한국을 이해하는 멋진 청년으로 변신해 있었을 텐데….

# 솔로몬의 지혜

## 8월 10일 일요일

맑음. 아침을 간단히 마치고 아내와 함께 고쿠라에 있는 한인교회에 예배 참석차 나갔다. 교회가 주택 한가운데 위치하고 있기 때문에 차량이 다니기가 쉽지 않은 곳이다.

오늘은 웬일인지 교민들이 여느 때보다 많이 자리를 차지하고 있었다. 서울에 있는 흑석동교회의 교인들 19명이 단체로 예배에 참석하고 있었다. 거의가 젊은 층의 신도들이다. 그들은 목사가 일본어와 한국어를 써가며 성경을 낭독하고 설교하는 모습을 보면 약간 혼돈이 올 수도 있을 것 같았다. 지방 사투리 사이에도 잘못하면 오해가 생기듯이 일본어와 한국어 사이에서도 무조건 직역을 하다 보면 말의 앞뒤가 맞지 않는 궤변을 늘어놓을 때가 가끔 일어난다.

그러니까 성경을 직역하기보다 의역을 하여 교인의 레벨에 맞추지 않으면 설교도 되지 않고 통역도 되지 않는다. 예를 들어 "It's raining cats and dogs"를 어찌 해석할 것인가. 여기서 엉뚱하게 고양이와 개가 튀어나오면 엉터리 해석이 된다. 그러니까 이 문장은 "비가 억수로 퍼붓다"로 의역을 해야 된다.

한국어와 일본어 사이에도 이런 예는 얼마든지 있다. 어설피 알고 잘못 말하면 망신당하기 일쑤이다. 예를 들어 "하시고 자케(梯子酒)를 하면서 밤을 지냈다"라고 하면 여기서 또 '사다리'(梯子)란 말이 나와서는 안 된다. '이집 저집 일차, 이차 다니며 술을 마셨다'는 말로 해석을 해야 된다.

예배가 끝나자 1층 식당에서 교우들과 같이 점심을 먹었다. 오늘도 맛있는 카레가 나왔다. 나와 아내가 자리한 식탁에 시모노세키(下關) 한국어교육원장으로 오신 이영송 원장이 인사를 하러 내게 다가와 앉았다. 내가 그간 스케야 씨 사건으로 교회에 올 일이 없었진 것이 사실이었고, J목사도 중간에서 어정쩡한 자세로 그저 두 사람을 관망하고 있던 때였다고 생각된다.

내가 목사에게 유감스럽게 생각하는 것은 어떻든 목사라는 성직자의 자리에 있는 사람으로 인해 스케야라는 사람을 알게 되었고 결과적으로 스케야가 수차례 거짓말을 하여 나에게 빌려간 거금을 차일피일 갚지 않고 있다는 것을 알고 있으면서 나에 대한 우려와 함께 위로의 말 한 마디가 없다는 사실에 실망하지 않을 수 없었다. 같은 교우로서 "요즘 마음고생이 크겠습니다"라는 메시지라도 전했다면, 나도 아내도 심기가 달라져 옛날같이 따뜻한 마음으로 돌아섰을지도 모른다.

그런데 J목사는 스케야 건에 관해서는 유구무언이다. 친소관계를 따진다면 나보다 그쪽이 가깝겠지만 솔로몬의 선택과 지혜를 비유해서 그의 잘못을 얼마든지 추궁할 수 있는 위치에 있는 사람이 옳고 그름을 판단하지 못하는 것은 그것 또한 죄가 아닐까.

며칠 전 후쿠오카에 사는 후쿠다(福田輝美) 선생님이 보내온 '暑中見舞 - 여름 안부인사장'을 다시 보고 나서 아차 했다. 회신을 잊고 있었던 것이다. 실례가 될 것 같아 즉시 나의 근황을 몇자 적은 후 안부인사장을 근처 우체통에 넣었다.

저녁식사를 하고 나서 밤늦게까지 한국과 이탈리아 축구 시합을 흥미 있게 보았다. 한국팀이 3:1로 통쾌하게 승리했다. 나도 그냥 기분이 가뿐해진 것 같다.

# 좌망

## 8월 11일 월요일

맑음. 아침부터 더운 여름 날씨를 예고하듯 근처의 나무들에서 매미 우는 소리가 귀 따갑게 들려온다. 아침 밥상을 받고 나니 목구멍이 까슬까슬 타들어가는 것 같은 느낌이 들어 큰 사발에 얼음물을 부어 그 위에 밥을 말았다. 물밥 한 숟가락씩을 입에 넣고 반찬으로 달걀찜과 명란젓을 입에 넣었다.

그런데 영 입맛이 없다. 몇 숟가락을 뜨다가 식탁에서 일어났다.

"왜 밥을 들다말고 그래요?" 아내가 걱정스런 말투로 한 마디 한다. 아내에게는 알리지 않았지만 오늘은 구청(區役所)에 무료 법률 상담을 신청해 놓은 날이다. 오후 1시부터 변호사를 만나 스케야 건에 대해서 또 다른 얘기가 듣고 싶어서이다.

시간에 맞추어 구청에 가보니 상담 받고자 하는 사람 스물대여섯이 자리를 차지하고 있었다. 변호사는 5명이 각각 상담을 받는데 북큐슈시에서 사무실을 갖고 변호사 활동을 하는 사람들이라고 구청 직원이 설명해 주었다. 한 사람당 상담시간은 30분까지로 제한한다고 전한다. 순번은 제비뽑기로 정했는데 나는 5번을 뽑아 제일 첫 번째로 상담을 받게 되었다.

번호표에 따라 나는 미조구치(溝口)라는 여 변호사가 있는 자리를 찾아가 인사를 하고 10분 동안 스케야의 사기 행각에 대해 자초지종을 낱낱이 털어놓았다. 한참 듣고 있던 젊은 여 변호사는 안쓰러운 표정을 짓더니 그 사람과 어떤 사이냐고 되물었다. 같이 봉사하는 모임에서 8년이나 알고 지내던 가까운 사람이었다고 말을 하니 그녀는 싱긋이 웃으며 나에게 충고조로 농담 비슷하게 말을 건넸다.

"가까이 있는 사람들이 가장 경계해야 할 사람이에요. 한국 사람들은 정이 많아서 그렇겠지요."

그 말을 듣고 나는 금방 얼굴이 뜨거워 옴을 느꼈다. 무엇보다 스케야가 나를 속이고 거짓말을 밥 먹듯이 해온 악행은 도저히 용서할 수가 없었다. 지금까지 나는 그가 도와달라는 것들을 순수한 마음으로 받아들여 도우며 지내왔다. 그런데 지금에 와 생각해 보니 그에게 이용만 당하고 나중에는 내 간까지 파먹으려 드는 것 같아 이제는 대항하여 싸울 수밖에 없다고 하자, 변호사도 머리를 끄떡이며 내 의견에 동의한다며 다만 민사소송법은 일본이나 한국이나 같을 것이라며 차용 금액의 다소와는 관계없이 먼저 저당권을 취하고 있는 한 그를 사기죄로 고소하기가 어렵다고 말했다.

그 말은 이전에 H변호사로부터 몇 번이나 들어 아는 얘기다. 결론은 민사로 소송하여 빌려간 돈을 받아낼 수밖에 없다는 사실을 재차 증명한 셈이다. 너무나 허망했다. 나의 정확한 판단을 위해 당분간 좌망坐忘의 경지를 찾아야겠다. 아내가 내 모습을 보고 뭔가 낌새를 알아챘는지 너무 신경 쓰지 말라며 모두 하늘에 맡기란다. 그 말을 들으니 나의 어리석음이 어쩌면 아내가 현모양처賢母良妻로 변신한 듯했다. 요즘 금전관계로 채권자와 채무자 사이에 일어나는 불미스런 사건들을 매스컴을 통해 가끔 들어 알고 있다.

살월인우화殺越人于貨란 말이 남의 말처럼 들리지 않는다.

# 나나쿠세 (七癖)

### 8월 12일 화요일

맑음. 대학 연구동 내 사물함에는 수 통의 우편물이 쌓여 있었다. 각종 학회와 출판사에서 보내온 안내서와 서적광고물 그리고 편지와 엽서 등이 들어 있

었다. 몇 통의 편지와 더위 안부(暑中) 인사장도 끼어 있었다. 그중에 야마자키
(山崎郁子) 씨의 편지가 있었다.

그녀는 거의 1년간 한국어 특강을 수강했던 사회인 그룹의 한 사람이다. 그
간 한국어를 배웠던 시간들이 자기에게는 재미있고 설레는 시간이었다고 처음
나에게 고백했다. 지금은 소학교(초등학교)가 방학을 하여 시간적 여유가 있어
뒤늦게 편지를 쓰게 되어 미안하다며 먼저 나에게 용서를 빌었다. 그리고 한국
어를 열정적으로 지도해 준 나에게 항시 고맙게 생각하고 있다며 혹시 한국어
에 대해 궁금한 점이 있으면 차후에 연락을 하겠다고 전했다. 그녀는 학교 선
생님으로 예의와 절도를 아는 일본 여성으로 나는 기억하고 있다. 말수가 적으
나 밝고 인사성이 있었으며 쓸데없이 여러 말을 늘어놓는 것도 없이 하나를 가
르치면 열을 이해하는 재원이라 할 수 있다.

일본 속담에 '나쿠테 나나쿠세' 란 말이 있다. 사람이 아무리 나쁜 버릇이 없
다 해도 7가지 버릇은 가지고 있다는 말이다. 나나쿠세(七癖), 나의 입장도 살펴
보면 그 정도의 버릇은 지금도 고치지 못하고 있다. 하기야 새로 시집온 새색
시가 아기를 서넛 낳더니 남편 앞에서 안 하던 짓을 한다는 이야기는 들어 알
고 있을 것이다. 그런 이상한 버릇을 알게 된 남편은 은근히 놀라서 지적을 했
는데도 불구하고 아내는 그 버릇을 고치지 못한 채 사랑이 식어가다가 마침내
이혼까지 가는 케이스도 있다는 얘기다.

반대로 부인이 남편의 이상한 버릇을 보다 못해 끝내 헤어지는 황혼이혼도
적지 않은 듯하다. 남편의 주벽酒癖, 성벽性癖, 폭음, 흡연, 방뇨, 코골이, 폭행,
변태, 외도, 사치, 아니마·광신狂信, 기벽奇癖, 기벽嗜僻, 편벽偏僻, 잔소리, 방비
放屁, 결벽潔癖, 편식, 도벽盜癖, 거짓말 등은 부부간에 절대 면리장침綿裏藏針해
서는 안 되는 악습惡習을 우리들은 두서너 개 정도는 숨기고 있지 않을까.

일본의 방송들이 일본인 납치사건을 금방이라도 해결될 사항처럼 부산을 피
우는데 제 삼자의 입장에서 보면 너무 안타깝기만 하다. 요코다 메구미(橫田惠)
씨를 비롯해 수십 명의 납북자의 생사를 알려 하는 납북가족들에게 일본 정부
는 지금 아무 대책도 없이 손을 놓고 있는 상태가 아닌가. 오늘 보도에 의하면

어제 중국 심양瀋陽에서 조일朝日 외무성 실무자간 공식협의회가 있었다고 하지만 납북자의 재조사를 지난 6월에 합의한 일본 측에 의한 제재조치의 일부가 해제되지 않는 경우 결렬도 각오하라는 북한의 송일호 국교정상화 교섭 담당 대사의 강경자세에 일본 측은 사실 속수무책이다. 그 같은 교섭은 외교라기보다 흥정거리처럼 보여진다.

'호랑이를 잡으려면 호랑이 굴에 들어가라'는 속담처럼 국교가 없는 쌍방은 하루 빨리 국교 정상화에 힘을 써야 할 것이다. 그리고 납북자 문제를 놓고 인도적인 입장에서 대화를 나누어야 좋은 결말에 다다를 것이라 나는 생각한다. 일본 정부는 어떤 면에서는 상대의 의견을 무시하고 너무 자의로 일을 처리하려는 구태의연한 면도 없지 않아 연로하신 납북자 가족들만 애간장을 태우게 하는 인상을 주고 있다.

'가족의 행복을 지켜주는 페나테스 신이여! 죄 없는 자들을 하루 속히 구해주소서! 그리고 일본과 한국에서 애타는 납북자 부모들이 겪고 있는 구불득고求不得苦를 헤아려 주옵소서. 아멘.'

# 장수촌 오키나와

### 8월 13일 수요일

맑음. 아침에 가미야(紙谷) 전 대학 이사장으로부터 전화벨이 울렸다. 좀 상의할 일이 있으니 오늘 만나자고 했다. 내 연구실에서 만나도 상관없다고 했다. 그리고 약속한 12시에 나를 찾아왔다.

그는 84세의 노구임에도 아직 확삭矍鑠하다. 요즘도 매주마다 골프연습장에 나가 한 시간이나 공을 친다고 했다. 그리고 비가 오는 날은 빼고 매일처럼 산책을 20분 이상 한다며 평소의 건강비결을 은근히 자랑했다. 그리고 나에게 한국에 있는 손녀에게 주라며 큼직한 상자를 내민다. 오늘 쿠로사키(黑崎)역에서 내려 만쥬(饅頭)점에 들러 생과자를 사들고 왔다고 했다. 한국에 있는 어린 손녀에게까지 신경을 써주니 고맙기만 하다.

우리는 근처 레스토랑에 가서 점심을 하면서 건강에 관해서 여러 가지 얘기를 나누었다. 가미야 전 이사장은 고려인삼이 자기 체질에 잘 맞는 것 같다며 이번 여름에 한국에 가거든 말린 인삼가루를 부탁한다며 고개를 숙인다. 인삼을 장복해서 그런지 가미야 전 이사장과 만나 같이 식사를 해 보면 음식을 찬찬이 씹어 들고 밥과 반찬을 거의 남기지 않는다. 아직도 식욕이 왕성하다는 것은 건강하다는 증거가 아닐까. 가미야 가계家系의 내력은 장수 집안이어서 자기도 이 정도의 건강을 계속 유지해 간다면 선대부모처럼 90세 이상 장수를 누릴 수도 있을 것 같다며 만면에 미소를 띠었다. 한 마디로 부럽기만 하다.

일본인의 평균 수명은 여자가 85.99세이고 남자가 79.19세이다. 일본 후생성厚生省이 파악하고 있는 해외 최신 데이터에 의하면 일본 여성은 23년 연속 세계 최고령의 장수를 누리고 있다고 했다. 그 다음은 홍콩, 프랑스, 이탈리아 순으로 되어 있고, 남자의 경우 소수점을 제하면 아이슬란드, 홍콩, 일본, 스위스, 스웨덴 모두 79세로 나타났다. 기억이 확실하지 않지만 우리 한국인 수명도 여자 82세, 남자 75세 쯤 되지 않을까.

세계에서 유명한 장수마을은 프랑스의 와인 산지인 보르도와 일본의 오키나와라고 한다. 물 좋고 공기 좋고 따뜻하고 사람들이 유柔하면 장수촌의 조건이 되지 않을까 생각해 본다. 미네랄 청정수를 많이 마시고 오염되지 않은 청정공기를 늘 들이키고 이웃들과 서로 도우며 단금우斷金友처럼 지낼 수 있는 환경이라면 어느 곳이든 장수촌이 될 수 있을 것이다. 이명박 정부가 주창하는 녹색성장에 더욱 힘을 기울이게 되면 우리나라도 머지않아 장수국가가 될 수 있다고 보여진다.

# 구치핫쵸(ロハ丁)

## 8월 14일 목요일

흐림, 그리고 때때로 소나기. 오늘은 내가 7년간 타고 다니는 미쓰비시 RVR 자가용차를 점검하는 날이다. 오전에 구로사키(黑崎)에 있는 미쓰비시 자동차 정비소에 들러 다카오(高尾) 씨와 만나 Car 상담을 했다. 그는 세일즈맨답게 먼저 아이스커피를 내놓으며 새 차 모델 팸플릿을 갖다 보이더니 미쓰비시 신차의 3대 성능 'Mileage, Speed, Safety'을 자랑하듯 열을 올린다. 나는 10년을 타고 나서 새 차를 생각하고 있었는데 그의 상담을 들어보니 또 마음이 흔들린다. 내가 아는 일본 친구는 일단 차를 사면 15년을 타야 실제로 차 값을 뺄 수 있다고 주장한다.

남이 보기에는 고물차(보로 구루마 - 누더기 차)이긴 하지만 별 고장 없이 네 바퀴가 잘 굴러가면 그뿐이라며 되레 외제차를 타고 다니는 자들을 힐난하기도 했다. 자기들이 뭐 잘 났다고 번쩍거리는 천만 엔이 넘는 비싼 차를 타고 다닌단 말인가. 그의 말인 즉 일본 사람들도 '개구리 올챙이 적 생각을 못 한다'는 속담처럼 자신을 모르고 잔뜩 허파에 바람이 든 자들이 많다며 비아냥거렸다. 그의 말이 틀린 것은 아니다. 정말 옳은 말이다. 사치와 허영이 과소비를 낳고 공들여 만든 공산품들을 몇 달 쓰다 말고 내동댕이치는 어리석은 사람들이 이 세상에 얼마나 많은가. 일본뿐만 아니라 한국에도 이런 성향의 부유층이 많다고 들었다.

나는 다카오 씨의 권유에 가타부타 대꾸도 없이 그가 내준 소형 대체차代替車를 타고 정비소를 나왔다. 차체가 다르니 운전하기가 좀 꺼려진다. 액셀과 브레이크의 페달이 너무 헐거운 듯해서 운전하기가 불안했지만 속도를 줄여 집까지 무사히 도착했다. 내일부터 내 차가 없는 며칠 동안은 이 대체차로 아내를 수영장에 보내는 일이 좀 신경 쓰일 것 같다. 잔병이 많던 아내가 일본에 와서 건강해진 것은 전신운동인 수영 덕택이 아닌가 생각한다. 노후에 부부가 스트레스를 받지 않고 건강하게 산다는 것은 참으로 다행한 일이라 생각하지만……

아내는 늦게 집으로 돌아왔다. 수영장에서 사귄 가까운 사람들과 카페에서 차를 마시면서 수다를 떨다 왔다고 했다. 이제 아내는 귀도 입도 틔었다는 것인가. 얼마 있으면 구치핫쵸(口八丁, 수다쟁이)가 되는 게 아닌가. 일본 아줌마들이 바다를 건너온 낯선 한국 아줌마를 친구로 맞아주니 매우 고마운 일이다. 아직 서투른 일본어이지만 이제는 의사소통이 될 정도이니 나도 마음이 놓인다. 진실한 친구라면 그리 많지 않아도 좋다.

오랫동안 아내가 만나는 일본인 친구는 거의 정해진 사람들이다. 나이가 많아 언니격인 와타나베(渡邊 · 츠유코) 씨, APP후원자인 다카마츠(高松孝子) 씨, 오랫동안 직장생활을 한 구라카타(倉方茂子) 씨, 그리고 인정이 많은 사토(佐藤眞智子) 씨이다. 행복은 그 친구들이 얼마나 정직하고 배려심이 있는가에 달려있다고 생각한다. 행복은 진실한 사람을 만나면 자연히 그 사람에게서 기쁨을 느낄 수 있으며, 온화한 사람을 만나면 자연히 그 사람에게서 따스함을 느낄 수 있기 때문이다. 우리 가족 모두가 내일도 오늘처럼 마음씨 고운 사람들과 만날 것을 하나님께 기도드릴 뿐이다.

# 꼼바리 근성

**8월 15일 금요일 光復節.**

맑음 뒤에 구름. 오늘은 광복절이다. 36년간의 일제식민지 통치하에서 해방되어 우리의 국권을 되찾은 뜻 깊은 날이다. 벌써 63주년의 세월이 흘렀다. 한국의 서울 세종문화회관에서는 8.15경축 식전을 열어 한국의 독립투사 자손들에게 훈장을 주어 그들의 독립정신과 유지를 이어가자고 이명박 대통령이 강조했다.

일본은 오늘 공휴일이 아니다. 일본에서는 듣기 좋게 종전기념일終戰記念日이라 부르고 있는데 실은 패전일敗戰日이다. 우리 식으로 바꿔 말하면 국치일國恥日과 다름이 없다. 일제의 광란적인 식민지쟁탈과 침략전쟁으로 한반도를 비롯하여 아시아 제국의 고통과 비탄은 이루 말로 표현할 수가 없을 것이다.

1945년 8월 6일 미공군 B29 폭격기 에놀라 게이(Enola Gay)에 의해 히로시마에 원자탄이 떨어지고, 9일 다시 나가사키에 원자탄 투하에 의해 시가지가 불바다로 변해 버리자 공포에 휩싸인 대본영(大本營 - 최고 전쟁지도회의)은 어쩔 수 없이 두 손을 들고 만 것이다. 15일 쇼와(昭和 - 裕仁)천황은 라디오를 통해 '일본은 포츠담선언을 수락한다' 는 내용의 항복 선언문을 또박또박 읽어 내려갔다.

이날을 기하여 우리나라는 일제 압정의 길고 캄캄한 터널에서 벗어나 광명을 찾을 수가 있었다. 이날 일본의 대다수의 우익 정치가들은 자발적으로 야스쿠니(靖國) 신사에 가서 신사참배를 한다. 이곳은 일제 강점기 전쟁을 일으킨 전범들이 합사되어 있는 일본 신도神道의 총본산이라 하겠다. 지지난 해에도 고이즈미(小泉純一郎) 전 수상이 한국인들과 중국 사람들의 맹렬한 반대에도 불구하고 신사참배를 강행하여 자기만 생각하는 속 좁은 일본 정치가로 비난의 대상이 되기도 했다. 한국 사람들뿐만 아니라 일본 사람들도 극우성향의 고이즈미 수상같이 대일본제국주의에 대한 향수(병)에서 아직껏 깨어나지 못한 무리들을 양심 이탈자라고 부르고 있다. 사람이 서로 다투다가 한 사람을 죽이면 비인간(不義)이라 하여 처벌을 받지만, 일본군이 전쟁터에서 수많은 사람들을 죽였는데도 불구하고 비난받지 않는 것은 크게 잘못된 일이다. 그것은 의義와 불의不義와의 구분을 확실히 못 가리기 때문이다.

일본의 꼴통 우익집단들은 자기들밖에 생각을 못하는 꼼바리 근성의 구정치 집단이다. 그들은 피지배자의 아픔을 배려할 줄도 모르고 오직 일제의 식민지 정책을 미화하여 다시 대일본제국의 꿈을 실현해 보고자 하는 구시대적 세력이라 생각하면 맞을 것이다. 현재 우리가 사는 다문화사회는 글로벌리즘의 세계화 사회이다. 국제사회가 자국만 잘사는 사회를 만들어간다면 다시 네오 콜로리얼리즘 시대가 도래할 것이다. 자기만 잘되면 된다든가 자기 집단만 단합을 잘하면 된다든가 하는 것은 벌이나 개미도 할 수 있음으로 인간사회의 기능을 완수했다고 할 수 없다.

지역사회 국가 그리고 세계와 자연 전체가 무사하지 않다면 자기도 행복해질 수가 없다. 만일 자기만을 생각하는 어른이 있다면 그 사람은 어린애와 다름없다. 그런 의미에서 대국을 보는 능력이라는 것은 자기의 역량을 보다 더 크게 하는 일이다. 한·일간에 먼저 해결할 것은 영토문제에 앞서 양국의 청소년들이 역사 이해와 함께 역사인식을 공유하는 학습에 동참하는 일이라 생각한다. 그것은 좀 어려운 과제이겠지만 한·일 양정부가 OK만 한다면 양국 청년들이 서로 오가며 각자 역사인식을 서로 터놓고 이야기하는 역사 학습토론장을 만들어 언제 어디서든지 만나 상호간에 역사를 제대로 학습하고 이해해야 할 것이다. 그렇다고 일본의 역사와 유산을 부정하려는 것이 아니다.

혹시 일본 측에서 일제의 잘못을 인정한다고 해서 그것이 자학사관自虐史觀으로 오해해서는 안 될 것이다. 반대로 한국 측에서 자국의 역사를 비난한다고 해서 식민사관이라 비판받아서도 더욱 안 될 것이다. 각자 개인의 인격과 의견을 존중하지 않으면 토론자체가 성립될 수 없기 때문이다. 젊은 한·일 대학생들이 자기 의견과 주장을 펴나갈 때 양국의 역사관이 뚜렷하게 일치되는 공통점을 찾게 되면 그곳에서 다시 큰 뜻의 공통 합의점에 다가가는 자세를 키워나

가야 할 것이다.

　오후에 집에 돌아오니 지난 달에 배 이상으로 나온 전화요금 영수증을 보고 아들이 아내에게 이유를 캐물었다고 한다. 아내는 어정쩡하게 국제전화를 많이 썼다고 핑계를 댔으나 아들에 의해 그것이 몇 시간 후에 스케야 와의 통화 때문이라는 것으로 들통이 나버렸다고 아내가 슬쩍 나에게 귀띔을 해 주었다. 아내는 할 수 없이 고민 끝에 스케야 씨에게 사정이 있어 돈을 빌려주었다는 얘기를 아들에게 모두 털어놓았다는 것이다. 그러자 아들은 대뜸 "퇴직금을 노리는 사기꾼에 놀아났다" 며 엄마 아빠를 나무랐다고 했다.

　내가 저녁에 집에 돌아온 아들에게 도부부동산에서 머지않아 해결해 줄 것이라고 달랬지만 아들의 심사는 편치가 않은 듯 보였다. 내 마음도 아팠다. 엎지른 물이니 지금은 어쩔 수가 없는 상태이다. 단지 이시다와 스케야의 양심에 기대하는 수밖에 없는 일이다.

# 불효자 不孝子

### 8월 16일 토요일

　가랑비가 내리다. 날씨가 퍽 서늘해졌다. 이제는 좀 지낼 만하다. 한낮에도 냉방기를 틀지 않아도 덥지 않다. 그런데 까닭 없이 가슴이 답답해 오는 것은 왜일까? 아내가 아오조라시장(靑空 - 노천시장)에 가고나니 더욱 우울해지는 듯하다. 나는 일부러 소리를 내어 노래를 불렀다. '바위고개' 를 중얼대다 '동무 생각' 을 불러 보았다. 목이 가라앉아 목소리가 잘 나오지 않는다. 나는 어느새 피아노 카버뚜껑을 젖히고 서투른 솜씨지만 피아노를 치면서 이 가곡들을 소리 내어 불렀다. 좀 마음이 차분해지는 느낌이다. 내가 고등학교 시절 우연히 부른 내 노래 소리를 들은 음악선생님은 나더러 노래를 잘 부른다고 칭찬을 해 주어 한 때는 음악을 해 볼까 생각한 적도 있다. 그래서 하루는 어머니에게 그 말을 했더니 "노래 불어 잘 사는 사람을 본 적이 없다"며 극구 반대를 하셨다.

그때 그 시절의 어머니 생각을 하니 그저 눈물이 주르르 흐른다. 너무나 철이 없던 나였다. 남자들은 환갑을 지내도 철이 안 든다고 말을 한다. 이제 나도 나이가 들어 어렵게 살아온 날들을 뒤돌아보니 어머니에 대한 풍수지탄風樹之嘆을 금할 수가 없다. 지금 내 곁에 당신이 계신다면 나는 더없이 행복한 나날을 보낼 수가 있었으리라.

> 樹欲靜而風不止 수욕정이풍부지
> 子欲養而親不待 자욕양이친부대
> 往而不可追者年也 왕이불가추자년야
> 去而不見者親也 거이불견자친야
> 나무는 조용하려 하나 바람이 그치지 않고
> 자식은 봉양하려 하나 부모님이 기다려 주지 않네.
> 흘러가면 좇을 수 없는 것이 세월이요
> 떠나가면 다시 볼 수 없는 것이 부모님이시니라.

학창시절 국어시간에 송강松江 정철鄭澈의 시조(훈민가)를 그렇게 달달 외며, 선생님의 어버이에 대한 사랑과 효에 대해 귀가 따갑도록 들어왔건만 나는 앵무새처럼 입으로만 효도를 했을 뿐 가슴으로 효심을 다하지 못한 것이 지금 가슴에 한으로 남아 있다.

> 어버이 사라신제 섬길 일란 다하여라.
> 디나간 휘면 애닯다 엇디하리.
> 평생에 곳텨 못할 일이 잇뿐인가 하노라.

사람들은 자기 자식들이 효자가 되어 주길 바랄 것이다. 그러나 그것은 그리 쉬운 일이 아닌 것 같다. 흔히 효자는 효자 집안에서 나온다는 말을 듣는다. 그 말이 타당한 것 같다. 나는 어머니께 효도를 제대로 못했으니 필부유죄匹夫有罪라고나 할까. 그런 의미에서 나는 죄 진 사람처럼 느껴질 때가 많다. 오늘도 해 질 무렵 나는 한적한 산책코스를 아내와 같이 돌면서 부모님에게 사죄하는 마음으로 한 발짝 한 발짝을 옮겼다.

아내는 무슨 생각을 하며 걷는지 그리 밝은 표정이 아니다. 내일은 스케야 씨와 시모노세키 도부부동산의 하기 사장하고 넷이서 같이 만나기로 약속한 날이다. 서쪽 하늘의 검푸른 구름조각들을 바라보니 내 마음을 송두리째 잃어버린 것 같아 헛헛하기만 하다.


# 너구리 근성


### 8월 17일 일요일

맑음. 아침부터 서둘러 시모노세키를 향해 아내와 함께 JR전동차를 탔다. 오전 11시에 도부부동산 본사에서 만나기로 했기 때문에 집근처 JR역을 향해 잰걸음으로 걸었다. 9시 50분차를 타고 고쿠라역에서 내려 다시 시모노세키행 JR로 갈아탔다. 10시가 훨씬 지나 출발, 시모노세키역에 10시 반이 지나 도착하여 바로 택시를 타고 도부 본사에 도착하니 겨우 약속 시간에 닿을 수 있었다.

숨이 차오른다. 엘리베이터를 타고 3층에서 내리자 여사무원이 응접실로 안내를 했다. 스케야 씨는 아직 오지 않았나 보다. 종업원이 탁자에 시원한 녹차를 내놓았다. 한참 차를 마시고 있는데 하기 사장이 나타났다. 그런데 스케야는 나타나지 않았다. 그 사이 내 핸드폰에 스케야의 전화가 걸려 왔다. 사정을 들어보니 오늘 아침에 특별한 용무가 생겨서 시모노세키에 갈 수가 없다고 전했다.

스케야는 일전에 하기 사장과는 전혀 안면이 없는 사이라고 나에게 몇 번인가 말한 적이 있다. 그런데 두 사람 사이가 아무래도 그렇지가 않은 느낌이 든다. 도부부동산 모 지점의 T점장도 묘하게도 둘 사이의 관계를 자기는 잘 모른다며 빙긋 웃어넘기며 대답을 피했다. 틀림없이 이 두 사람 사이에는 이전부터 부정한 부동산 거래를 통해 제 삼자를 등쳐 사기친 블로커처럼 내 눈에 비쳤다.

오늘 두 사람이 같이 나란히 우리 앞에 앉아 있었더라면 두 사람이 연출하는 거짓 시나리오를 들으며 악덕 블로커들의 막장 연기를 볼 수 있었을 텐데…. 이렇게 아쉬움이 남았다.

'이 나쁜 놈들 같으니' 하고 욕지거리를 퍼 붓고 싶었지만 실제상황을 놓친 이 마당에 오늘만은 참을 '忍' 자를 마음에 몇 번이나 새기면서 하기 사장의 이야기를 한참 들었다. 나는 빠른 시일 안에 M아파트를 처분해 줄 것을 강력히 요구했다. 이 번 사건은 어쩌면 하기 사장의 하수인 이시다와 함께 스케야가 꾸민 스라이트릭이 틀림없다.

이시다 주임을 해고한 이유를 분명하게 답하지 못하는 것은 왜일까? 하여간 내 짐작에는 스케야에게 받아야 할 빚을 내 돈으로 해결한 하기 사장은 일단 이시다를 가짜 환자로 입원시키는 등 간교한 시나리오를 써가듯 하다가 내가 나타나니 회사가 시끄러워질 수도 있다고 판단한 나머지 이시다에게 거짓으로 사직서를 쓰게 하여 다른 영업소로 자리를 옮긴 것 같아 보인다. 이시다는 실제로 지금 다른 지점에서 은밀하게 부동산 영업을 하고 있는지도 모를 일이다.

도부부동산은 야마구치와 후쿠오카에 7개의 지점을 갖고 있으므로 나로서도 그 많은 지점을 찾아다니며 사실을 확인할 방법도 생각해 보았지만 불가능할 것 같아 손을 놓고 말았다. 하여튼 이시다의 행방이 지금도 수상쩍다. 그가 6월 27일 회사로 송금한 금액을 밝히지 않는 이유가 따로 있는 듯하다.

하기 사장의 말을 듣고 있노라니 나를 일본 사정을 전혀 모르는 풋내기로 생각하는지 요전에 M아파트를 거금을 들여서 리모델링을 했으니 임자가 곧 나타날 것이고 값도 제대로 받을 것 같다며 기다려 보자고 애써 나를 설득하려 했다. 나는 그 말을 듣고 다짜고짜로 그렇게 값나가는 아파트가 아닌 것 같은데 누가 비싸게 그 부동산을 사겠느냐고 따졌다. 그러자 하기 사장은 좀 몸을 고쳐 앉으며 다음에 스케야 씨와 함께 진지하게 상의해 보자며 자리에서 일어난다. 나는 하는 수 없이 다음에 다시 만날 것을 약속하고 도부 본사를 나왔다.

우리는 온 길을 되돌아가려고 하자 도부 사무직원이 따라 내려오더니 시모노세키역까지 태워드리라는 사장의 지시라며 우리 부부를 차에 태우고 역까지 바래다주었다. 다시 JR을 타고 고쿠라역에 도착하자 바로 떠나는 하카다행 열차가 없어 대합실에서 한참 기다렸다가 1시가 지나서야 전동차를 탈 수가 있었다.

JR.E역에서 내려 집에 도착하니 스케야로부터 전화가 왔다. 4시에 나를 만나야겠다고 말했다. 장소는 대학교 연구동 1층 휴게실로 나오라고 했다. 그런데 차를 타고 캠퍼스로 가려고 바지 주머니를 뒤져보니 지갑이 보이지 않았다. 틀림없이 지갑에서 돈을 꺼내 고쿠라역에서 차표를 샀는데 어디서 떨어뜨렸는지 생각이 떠오르지 않았다. 아마도 고쿠라역의 간이대합실에서 15분 가량 열차를 기다리던 일을 생각해 보았다.

돈도 꽤 들어 있었고 카드와 운전면허증 신분증 등 중요한 것들이 그 속에 다 들어있기 때문에 쇼크는 컸다. 나는 정신을 차리고 먼저 근처의 파출소(交番-고방)로 달려갔다. 신고를 마치고 파출소를 나와 아내와 함께 대학캠퍼스로 차를 몰았다. 스케야와의 약속시간에 맞추어 연구동 1층 휴게실로 가 보았다.

웬일인지 뜻하지 않게 스케야와 이시다가 같이 나와 있었다. 우리는 그들의 의외의 행각에 깜짝 놀랐다. 이시다가 나올 줄은 상상도 못 했었다. 그는 2살 난 어린 아들을 유모차에 싣고 나왔다. 이시다는 나를 보자 고개를 숙이며 "선생님, 약속을 지키지 못해 죄송합니다"라고 고개를 숙이고 나서 엉뚱하게도 가까운 시일 내로 2백만 엔을 내 통장으로 입금시키겠다며 좀 날짜를 미루어 달라고 말했다. 결국은 내일 18일까지 약속한 것을 또 연기해 달라는 얘기였다.

19일에 나는 우리 K대학연수생들을 데리고 한국으로 사회연수를 떠나기 때문에 그날까지 어떤 일이 있어도 마지막 약속을 지키라고 엄포를 놓은 상태이다. 그런데 또 연기라니 도대체 이들은 어찌 돼먹은 자란 말인가. 이런 못된 것들한테 끝없이 끌려 다니고 있는 내 자신을 생각하니 울화가 터져 더 이상 말이 나오지 않았다. 참으로 가소로운 인간들이다. 못 줄 형편이라면 차라리 내 앞에서 도게자(土下座 - prostrating)를 하며 간곡히 용서를 빈다면 내 마음이 바뀔지도 모를 일이다.

그런데 몇 번이나 자기가 한 약속을 스스로 저버렸던가. 그것은 그들도 그렇게 당했을지 모르는 불의와 불신이 만연하는 일본 사회의 삐틀어진 배금주의가 그들을 변절자로 만든 것이 아닐까. 아니 돈이면 무슨 짓이라도 할 수 있다는 그들의 심보는 못된 짓은 혼자 맡아 하면서 사람을 만나면 시치미를 떼는 뻔뻔한 너구리 근성이 다분하다. 그들과의 돈 거래를 통해 이제야 그들의 마음속을 읽을 것 같았다.

그 순간 나는 더 이상 그 증오스런 낯짝이 보기가 싫어 1층 연구동 접견실 문을 박차고 나오면서 "그럼, 당신들 양심대로 입금시키시오"라고 한 마디 말을 남기고 아내와 같이 6층 내 연구실로 올라갔다.

집으로 오는 길에 다시 파출소(고방)에 들러 그 사이 분실물 센터에서 연락이 없었느냐고 경찰관에게 물었다. 아직 연락을 받지 못했다고 했다. 하는 수 없이 허탈한 마음으로 우리는 집으로 돌아왔다.

밤늦게 부산에서 동아대학교의 김대원 교수로부터 전화가 왔다. 한·일 대학생 교류회건은 모두 준비가 되어 있으니 걱정하지 않아도 된다고 전해 왔다. 항상 도와주는 김 교수가 고마웠다. 오늘 하루는 지옥문 가까이서 길을 헤매다가 가까스로 우리 집으로 찾아 돌아온 기분이다. 이제 모든 것을 잊고 엑스터시의 경지를 찾아 나서고 싶다.

옛날 중국 사람들은 인간의 운명은 신이 내린 기다란 실에 의해 결정된다고 생각했다. 그것이 천명天命이다.

'樂天知命낙천지명, 故不憂고불우.' (천명을 깨달아 즐겨라. 그러면, 근심은 없어지느니라.)

이제라도 천명(여명)을 즐기며 근심없이 사는 길을 찾아야겠다.


# 한국 연수준비 완료


### 8월 18일 월요일

맑음. 내일 떠나는 한국 사회연수 준비로 마음이 뒤숭숭하다. 4명의 학생을 데리고 가는데 여느 때와 달리 마음이 그리 내키지가 않는다. 관광차 한국에 가는 늦깎이 학생인 미시즈 에미나가 좀 신경이 쓰인다. 얼마 전 우연히 학생으로부터 흘러들은 얘기가 생각났다. 키메라(chimera)로 불린다는 그녀의 행동이 좀 다른 면이 엿보였기 때문이다. 그녀는 1학년생이라 단위 학점과 상관없으니까 한국에서 연수할 때 다른 학생들을 따라 같이 행동해 준다면 별 문제는 없을 것으로 믿는다.

오전에 한국 연수관계 서류를 챙기러 연구실로 향했다. 연구실에서 녹차를 마시며 창문 너머 파란 하늘을 물끄러미 바라보고 있는데 대학 법인사무실에서 전화가 왔다. 고쿠라역에서 방금 전화가 왔다며 빨리 역사무실 분실물 센터로 가보라는 것이다. 나는 지갑에 카드와 돈이 좀 들어 있었기 때문에 이미 손을 놓고 있었는데 이게 웬일인가? 지옥에서 부처님을 만난 듯이 살 것만 같았다.

바로 연구실을 나와 차를 타고 그 길로 고쿠라역으로 달려갔다. 역원의 안내로 지하에 있는 분실물 센터로 가보니 남자 직원이 나를 기다리고 있었다.

"이 지갑 본인의 것이 맞습니까?"

이렇게 지갑을 보이며 물었다.

"네. 제 지갑이 틀림없습니다."

그러자 직원은 지갑 속의 내 신분증(사진)을 꺼내어 한참 나를 보더니 분실물 반환서류를 건네주며, 주소 성명 소속을 쓰고 사인하라고 말했다. 나는 하라는 대로 서류를 작성하여 내보이자 색 바랜 내 지갑을 건네주었다. 하룻밤이 지났지만 내 지갑을 다시 손에 쥐어보니 퍽이나 반가웠다.

나는 그 남자 직원이 고맙고 믿음직스러워 역구내 가게에 들러 빵과 음료수를 사가지고, 더운데 수고가 많다며 창구로 그것을 밀어놓자 그는 절레절레 손을 저으며 안 받겠다는 시늉을 한다. 나는 다시 그냥 고맙다는 인사말을 남기고 곧바로 지하 분실물 센터를 빠져 나왔다. 지갑 속은 아무것도 달라진 것이 없었다. 누구인지 모르지만 지갑을 주워 신고한 사람이야말로 정말 일본의 양심이라 아니할 수 없다.

흔히 우리는 일본 사람들을 나쁜 사람으로 생각하는 사람도 많이 있지만 나는 좀 달리 생각한다. 그것은 그 사람이 제대로 가정교육을 받았느냐? 아니냐로 달라진다고 본다. 세계 어느 나라에 가도 좋은 사람이 있는가 하면 나쁜 놈도 있기 마련이다.

오후에 N은행에 들러 한국에서 쓸 돈 백만 엔을 내 통장에서 빼냈다. 한국 사회연수생들과 한국의 각 지방을 여행하면서 쓸 예비 돈이다. 저녁에는 4명의 학생들에게 각각 전화를 걸어 내일 집합장소인 모지항(門司港)과 출항시간 그리고 준비물 등 전달 사항을 다시 체크하였다.

Everyone says no problem.

# 모지항 발, 부산항 착

## 8월 19일 화요일

비. 새벽부터 비가 억수로 내린다. 모처럼의 나들이인데 비가 주룩주룩 내리니 마음이 왠지 어수선하다. 아침을 대충 먹고 나니 막내가 차로 모지항까지 데려다 준다고 한다. 우리 집 근처에 사는 주리 학생을 우리 차로 픽업하여 같이 가기로 약속했기 때문에 먼저 그 학생의 아파트에 들렀다. 그녀는 미리 현관 앞에서 큰 트렁크를 끌며 나타났다.

우중이라 40분이나 걸려 모지항 출입국 사무실에 도착했다. 사무실 안으로 들어가 보니 다른 학생들은 보이지 않았다. 몇 분이 지나 미호 학생과 치에 학생이 우산을 들고 트렁크를 끌고 오더니 얼마 있다가 에미나 학생이 보였다. 그런데 어떤 남자와 같이 승용차에서 내리더니 남자는 묵직한 트렁크를 출국 사무실 문 앞에 옮겨놓고는 서로 다정하게 '사요나라' 를 하는 모습이 보였다.

나는 에미나 학생이 나타나지 않아서 비 내리는 창문 멀찍이서 밖을 보고 있던 중에 우연히 그 광경을 보게 되었다. 에미나는 남자친구가 있다는 것을 그 전에도 나에게 말한 적이 있었다. 그때 나는 그 말을 농담으로 알고 있었다. 그녀가 가끔 내 연구실에 와서 하던 말이 오늘 사실로 밝혀지자 나는 그녀를 다시 보았다. 서른여섯의 Mrs가 남다른 면이 다분한 여자라 생각했다.

일전에 들은 얘기는, "요즘 일본 대학생들은 애인이 없는 학생이 없어요. 애인이 없다는 학생은 새빨간 거짓말이에요"라고 스스로 판단하여 멋대로 단정을 짓는 말투로 그녀는 나를 설득하려 했다. 내가 에미나에게 다가가 비 오는데 수고가 많다고 하자, 그녀는 지레 놀란 듯이 가레시(남친)가 여기까지 차를 태워줬다면서 초름한 얼굴로 나를 보았다.

우리 일행은 여행사 사무실로 찾아가 각각 승선권을 받아 쥐고 AM 10시 30분발 C&1 페리호트랩에 올랐다. 각자 방을 배정받아 모지항(門司港)을 출발하여 오후 5시에 무사히 부산항에 도착했다. 밤에 출항하는 배가 아니라서 그런지 학생들도 별로 피로를 느끼지 않는 모양이다. 현해탄 여울목을 지나 오후부터 날이 개이자 배의 롤링도 거의 느낄 수가 없었다.

부산항 터미널에 도착하자마자 가지고 온 짐들은 숙소 KEE · 한국 체험교육원으로 보내고 나서 우리 일행은 가벼운 차림으로 용두산 공원 근처의 한식전문 식당을 찾아갔다. 냉면에서 돌솥비빔밥 지짐이 불고기 한정식 등이 적혀 있는 메뉴를 보고 각자 자기 입에 맞는 음식을 주문하여 모두 다 맛있게 저녁을 먹었다. 그리고 네온사인이 휘황찬란한 광복동 밤거리를 구경하면서 자갈치역에서 지하철을 탔다.

연산동역에서 3호선으로 환승하여 숙소에 돌아왔다. 숙소에 들어와 각각 가위바위보로 방을 정한 뒤에 자유로이 각자 휴식을 취하면서 5일간의 한국 사회연수의 첫날을 보냈다.

# 노예 근성

### 8월 20일 수요일

아침에 일어나니 아직 학생들은 깊은 잠에 빠져 있는 듯했다. 퍽이나 피로했던 모양이다. 9시가 되어서야 같이 아침 식사를 할 수 있었다. KEE의 아침식단은 밥과 생선조림과 미역국과 김치 등으로 상이 차려져 있었다. 학생들은 생각보다 매운 김치를 잘 먹었다.

나는 먼저 일본 엔(円)을 환전하기 위해 근처의 은행으로 갔다. 환율 레이트가 생각보다 그리 높지 않았다. 하여간 오늘부터 사용할 한국 화폐를 위해 넉

넉히 일화 50만 엔을 원화로 바꾸었다. 오늘은 아무래도 학생들의 건강을 위해 학생들의 컨디션에 따라 움직이는 것이 탈이 없을 것 같다.

11시쯤에 KEE의 오너의 안내로 고리에 있는 용궁사龍宮寺에 들러 경내를 구경하고 파란 바다를 보며 일본이 있는 동쪽 방향을 가리키며 사진도 찍었다. 그리고 해운대로 돌아와서 중국 식당에서 점심을 먹자고 하니 아직 먹고 싶지 않단다. 그길로 동백섬에 있는 누리마루(Summit 국제회의장)로 가서 서로 기념사진을 찍으면서 주변의 풍경을 살펴보았다. 날씨는 좀 더웠지만 그곳에서는 바닷바람이 불어서 그런지 전연 덥지가 않았다. 그 후 모두는 솔밭 길을 걸으면서 시원하게 펼쳐진 부산의 새 명소 광안대교廣安大橋를 멀리 바라보며 학생들은 여러 가지 표정을 지으며 좋아라 했다.

점심을 먹지 않아서 그런지 차로 장소를 옮길 때마다 학생들은 졸기가 일쑤다. 먼 거리를 차에 흔들리며 관광한다는 것은 여간 힘든 일이 아니다. 일단 숙소로 돌아가서 몸을 좀 가눈 뒤에 다시 외출하기로 했다. 저녁에는 범일동에 있는 숯불갈비집에서 불고기파티를 하기로 했다. 소고기를 듬뿍 시켜놓고 일본식의 다베호다이(食放題 - 양이 찰 때까지 먹는 음식)를 생각해 보았다. 그런데 부산에는 그런 식당이 없다고 한다. 어느 일본 사람은 한국에 오면 불고기를 배터지게 먹는 것이 소원이라며 자기가 한국을 찾는 첫째 이유가 그것이라 말했다.

헤이세이(平成) 3년부터 지금까지 나와 같이 한국 어학연수에 참가한 일본 학생과 일반인들은 대략 수천 명이 될 터인데 그들의 태반이 이구동성異口同聲으로 불고기가 먹고 싶다는 사람이라고 보면 틀림없을 것이다. 이날도 학생들은 너도나도 모두가 "맛있어요"를 연발하며 불고기를 얼마나 맛있게 먹는지 놀라지 않을 수가 없었다. 돈에 미친 사람은 돈의 노예가 되고 사랑에 빠진 사람은 사랑의 노예가 되고 노름에 미친 사람은 도박의 노예가 되듯이 일본 사람은 우리보다 명품에 이단종교에 도락과 오락에 빠지기 쉬운 성질을 가지고 있다고 생각한다. 이것을 속되게 표현하면 노예奴隷 근성으로 대변할 수 있을 것이다.

학생들은 무엇보다 내일 스케줄에 신경을 쓰고 있는지 에미나가 내가 쉬고 있는 곳으로 와 내일은 몇 시에 숙소를 출발하는가를 묻는다. 10시에 출발한다고 하자 그녀는 불만스레 그 시간에 일어날 것 같지가 않다고 말했다. 단체생활에서 시간을 안 지키면 못 쓴다고 잘라 말하자 "알았습니다"라고 심드렁하게 대답을 하고는 자기 방으로 들어간다. 그녀는 다른 학생들과 나이차가 있어 그들과 잘 지낼까 걱정이 슬쩍 들기도 했다.

주리와 미호는 정식으로 한국 사회연수생 자격으로 한국에 왔지만 에미나는 관광하러 왔고 치에는 학점취득과는 무관한 유학예비 답사가 방문이 목적이라 하겠다.

# 최선의 자비

### 8월 21일 목요일

아침에 최윤이 양에게 전화를 했으나 받지 않는다. 일본 학생들과 교류하고 싶다고 전에 연락이 왔었기 때문이다. 어쩌면 학비관계로 일본 유학을 포기했는지도 모른다.

시간이 되어 아직 잠자고 있는 학생들을 억지로 깨웠다. 아침밥을 먹는데 치에가 통 밥을 들지 않는다. 나는 어제 포식을 했기 때문에 그런가 했더니 안색이 좋아 보이지 않는다. 까닭을 물은즉, 머리가 아프고 기운이 없다고 했다. 나는 상비약을 꺼내 보였으나 자기도 갖고 온 약이 있다고 했다.

내가 재촉을 하며 약 먹기를 권하자 약을 몇 알 입에 넣고는 침대로 가 눕는다. 30분이 지나서 다시 방에 들어가 보니 그냥 힘없이 눈을 감고 있다. 가까운 병원에 가보자고 하자 "좀 있으면 나을 거예요" 하고는 다시 자리에 눕는다. 다른 학생들도 걱정스런 표정으로 나를 처다본다. 오늘은 아무래도 스케줄대로 움직이지 못할 것이라고 미리 얘기해 놓고 동아대학교의 김대원 교수에게 긴급히 전화를 걸었다.

오후에 한국무용연구소에 가서 한국 춤을 보여주기로 했다. 실은 한국 춤은 3일 후 경주 불국사와 안동 하회마을을 돌아온 후에 견학하기로 한 것인데 아무래도 스케줄이 꼬일 것 같아 예감이 좋지가 않았다. 10여 년 전 우리 K대학이 한참 인기가 있을 무렵에는 100여 명의 한국어 어학연수생을 이끌고 자매대학인 동아대학교에서 2주 동안 한국어 공부를 하고 나머지 1주간을 서울의 경복궁을 비롯하여 판문점과 통일전망대, 천안 독립기념관, 진주 촉석루, 전라도 화엄사, 부산의 해운대, 강원도 강릉 경포대, 강화도 전등사 등 명승지를 돌며 한국의 전통문화와 역사를 자연스레 터득하기도 했다.

그 당시는 인솔 교수도 너댓 명이나 따라다녔다. 그런데 단 한 번의 사고가 있었다. 여름에 잘못 김치를 먹은 학생들이 집단으로 설사를 하여 십여 명이 움직일 수가 없게 되어 그 학생들을 즉각 병원에 입원시켜 놓고 하루 종일 실습 아닌 건강체크를 해야 했던 일들이 새삼 생각난다.

오후에는 동아대학교 김 교수의 안내로 광안동에 있는 한국무용연구소를 방문했다. 박영자 소장님을 비롯해 예술회원들이 우리들을 따뜻하게 맞아주었다. 그 곳에는 남녀 회원들이 10여 명 있었는데 장구 북 꽹과리 징을 치며 사물놀이의 멋진 장면을 보여주었다.

저녁에는 서면 주위를 구경하고 감자탕 전문 식당에 들러 저녁식사를 했다. 경영대학 정형일鄭亨一 교수와 동아대학교 학생들도 서넛 동석해 주었다. 양국 학생들은 서로가 처음 만남이었지만 한국어와 일본어를 써가며 의사가 통하는 것 같아 다행이었다. 식사를 하며 자연적으로 한일 학생 친선 교류를 이른 셈이다. 우리 학생들도 만족스런 모양이다.

그런데 치에는 아직 몸 상태가 좋지 않은 듯 별로 대화를 나누지 않았다. 숙소에 돌아오자 치에가 아무래도 몸이 개운치 않아 다른 학생들에게 피해를 줄 것 같다면서 자기는 내일 오전 중에 동아대학교를 방문한 후에 먼저 일본으로 돌아가겠다고 한다. 나도 한참 그녀의 모습을 살펴보니 그 말이 맞을 것 같아 내일 귀국을 허락하기로 마음을 굳혔다. '자기를 버리고 타인을 이롭게 하는 일이 최선의 자비이다'라고 가르친 일본 천태종天台宗의 개조 사이쬬(最澄)의 말이 언뜻 떠올랐다.

밤늦게 다들 자고 있는데 현관 문소리가 나서 살펴보니 에미나가 혼자 어디를 갔다 왔는지 자기 방으로 살짝 들어간다. 이 늦은 시간에 허락도 없이 어딜 갔다 왔는지 알 수가 없다. 내일 아침에 내 허락 없이 외출한 까닭을 물어보기로 하고 잠자리에 들었다.


# 평양냉면


### 8월 22일 금요일

비. 아침 일찍 식사를 마치고 먼저 동아대학교를 향했다. 치에의 출국 수속을 KEE에게 맡기고 우리 일행은 지하철 1호선으로 바꿔 타고 하단下端역에서 내렸다. 거기서 택시를 타고 동아대학교 기숙사로 갔다. 김 교수가 미리 나와 우리를 기다리고 있었다. 기숙사 관계자도 대기하고 있었다.

새로 지은 기숙사는 한눈으로 봐도 훌륭해 보였다. 기숙사생을 위한 독서실과 식당 그리고 헬스클럽 등 시설이 잘 갖추어져 있었다. 현재 유학생들의 방을 살펴보니 2인용 방이 아주 참해 보였다. 기숙사를 모두 둘러본 치에는 만족스런 표정으로 오랜만에 얼굴에 웃음이 빙그르 돌고 있었다. 대학 식당에서 점심을 겸해 김 교수, 정 교수, 그리고 일본어과 학생들과 함께 학생교류회를 갖기로 했다.

이번에는 일본어과 학생들이 대여섯 명이나 참석해 분위기가 더욱 좋았다. 젊은 학생들은 무슨 말들을 재미있게 하는지 얘기가 냇물처럼 끝없이 이어간다. 그런데 슬쩍 저쪽 자리를 살펴보니 에미나는 별로 흥미가 없는 눈치이다. 나이 차이 때문일까.

식사를 끝내고 바로 대학캠퍼스를 떠나야 했다. 치에의 귀국 때문이다. 정 교수의 6인용 승용차로 부산 페리 부두로 향했다. 터미널에 도착하니 KEE의 오너가 어제 새로 예약한 대로 날짜를 바꾸어 비틀(쾌속정) 티켓을 끊은 상태이다. 우리는 치에에게 승선권을 건네주고 모두 사요나라(안녕)를 고했다. 친구들을 부산에 남겨두고 혼자 돌아가는 치에의 기분은 알 것 같지만 몸이 따라주지 않으면 외국여행은 결코 쉬운 일이 아니다. 우리는 다시 정 교수의 차를 타고 시내 번화가를 구경했다.

저녁 식사는 서면에 있는 냉면집을 찾았다. 그런데 학생들의 표정이 그리 밝지가 않다. 4명에서 한 학생이 빠지니 짝이 맞지 않아서인지 서로가 잘 어울리지가 않는 모양새가 된 기분이다. 가만히 살펴보니 학생들도 짝 잃은 기러기처럼 심기가 좋아 보이진 않았다. 주문한 냉면이 나왔는데 아무렇지도 않은 듯이 그냥 말없이 먹었다. 여느 때 같으면 냉면을 사진 찍는다든지 음식이 맛이 좋다든지 떠들썩할 텐데 아무런 반응이 없었다.

김 교수가 좀 늦게 합류하자 가라앉은 분위기가 바뀌면서 나는 냉면 이야기를 꺼냈다. 수년 전에 평양을 갔을 때 옥류관玉流館에서 냉면 본고장인 평양냉면을 먹은 얘기를 해 주었다. 평양에서 처음 냉면을 입에 넣고 바로 내뱉은 말이 "이게 뭐야" 할 정도의 아주 덤덤한 맛이었다. 더구나 냉면사리를 씹을 때의 그 맛은 더욱 나를 실망시켰다. 마치 일본에서 소바(메밀)를 먹을 때와 다를 것이 없었기 때문이다. 내가 이상한 표정을 짓자 옆에서 나를 보고 있던 한복을 입은 여종업원이 나더러 일본에서 오신 고향아저씨를 만나 반갑다며 수다를 한참 떨더니 겨자와 식초를 뿌리고 젓가락으로 사래를 휘젓더니 나에게 들어보라 권했다. 나는 조심스레 냉면 한 젓가락을 입에 대보니 맛이 처음과는 달랐다. 정말 신기했다.

52년 만에 찾은 고향이기에 평양냉면에 대한 나의 기대는 아주 컸던 모양이다. 대학시절 잘 사는 서울 친척집에 놀러 가면 가끔 냉면기구로 내린 진짜 평양냉면을 먹을 수 있었다. 냉면 위에 얹는 고명도 꿩고기였다. 그때 그 냉면의 맛은 지금도 잊지를 못한다. 당시 나는 고학을 하던 시절이라 더욱 맛이 있었는지 모른다.

오늘도 부산에서 여럿이 냉면을 먹으면서 고향의 냉면맛과 비교해 본다. 질긴 면발이어서 치아가 약한 사람은 먹기가 어려운 것이 남한에서 먹는 냉면이라면 메밀로 된 면발이라 얼마든지 먹기 쉬운 것이 평양의 냉면이 아닌가 생각한다. 지금 한국에서 냉면 위에 얹은 고명은 꿩고기도 닭고기도 아닌 삶은 계란 반쪽과 쇠고기 두세 점 뿐이다. 반세기 동안 먹어온 냉면이 시큼달콤하고 약간 조미료 맛이 나는 듯한 것이 참맛이라고 머리에 각인된 피난민 시니어들은 어쩌면 가짜 냉면집을 찾아다니며 식도락에 빠져 헛되이 세월을 보냈는지도 모른다.

결론은 지금 우리가 먹는 냉면은 참 냉면이라 보기 어렵다. 역시 고객의 입맛에 맞추어 만들어진 냉면은 본고장의 냉면 맛을 능가할 수 없다, 라고 나는 결론을 내리게 되었다. 냉면얘기를 들려주니 학생들도 한국의 식문화가 이해가 되는지 학생들은 머리를 끄덕인다. 숙소에 돌아와 학생들과 잠시 TV를 보며 얘기를 나누다가 각자 방으로 돌아가 취침에 들었다.

# 나의 6감六感

## 8월 23일 토요일

맑음. 아침에 일찍 일어나 식사를 마치고 오늘 스케줄을 설명했다. 태종대太
宗臺를 구경하고 돌아오는 길에 고아원이나 양로원을 방문한다고 하자 에미나
는 자기는 그런 곳엔 가고 싶지 않다고 말했다. 그렇다면 주리와 미호를 데리
고 셋이 가겠다고 하자 그렇게 하란다. 자기는 혼자 쇼핑이라도 하겠다고 하여
한참 나도 황당하여 태종대를 구경한 후에 모두 같이 생각해 보자고 말하고
KEE차를 이용하여 태종대로 향했다.

태종대에 도착하여 전망대에서 저쪽 바다를 바라보며 사진도 찍어 주며 아
이스크림을 사서 학생들에게 나누어주고 등대가 있는 내리막길을 힘들게 걸어
내려갔다. 바닷가까지 내려가 연락선을 탈까 했으나 학생들이 다리가 아픈지
걸음걸이가 신통치 않아 보였다. 그 까닭을 물으니 모두가 같은 목소리로 힘들
어서 선착장 아래로 걸어 내려갈 수가 없단다. 할 수 없이 등대 쪽에서부터 다
시 올라와 산복도로까지 와 차를 타고 숙소로 돌아왔다.

오후가 되어 근처에 있는 고아원 견학을 간다고 하자 갑자기 에미나가 큰 소
리로 울기 시작한다. 나는 당황하여 왜 우느냐고 묻자 대답을 하지 않고 동생
같은 주리와 미호가 옆에서 보고 있는데도 그냥 통곡을 하듯 소리를 내어 울기
만 한다. 나는 너무 놀라 왜 우느냐고 계속 따져 물어도 대답을 안 한다. 나는
한국의 풍습 중에서 자기 집이 아닌 타인의 집에서 소리를 내어 우는 일은 실
례 중에 가장 큰 실례가 되니 그만 울라고 하자, 그녀는 왠지 더 큰 소리로 통곡
을 하듯 울어대는 것이 아닌가. 나도 학생을 지도하는 뜻에서 이번에는 내가
"나꾸나요"(울지 말아요)를 몇 번 외쳤다. 내가 소리를 치자 그녀는 자기 방으
로 몸을 감추고는 문을 잠근다.

캠퍼스에서 보아온 에미나와 180도 달라진 모습을 대하니 그저 불길한 느낌

마저 들어 그녀와 맞대면하기가 꺼려진다. 나는 혼자 결단을 내릴 수밖에 없었다. 한참 있다가 주리와 미호가 그녀의 방에 들어가 한동안 있다가 나와서 하는 말이 "선생님, 우리 이런 기분으로 더 이상 연수를 할 것 같지가 않습니다"라고 나에게 전했다. 나는 그 말을 듣고 나서 에미나가 이번 연수에 참가하게 된 계기에 의아심을 품게 되었다.

졸업 단위를 따기 위해 4학년 졸업반 학생만 가는 해외 연수에 자기도 끼워 달라고 애걸하던 모습이 어슴푸레 떠오르며 나의 육감이 섬광처럼 번쩍이었다. 그녀는 나에게 유혹의 함정을 파고 있었던 것이 틀림없는 것 같다. 예를 들면, 자기 벤츠차로 드라이브를 하자고 한 일, 내 연구실에 자주 들락거리며 한글에 관한 질문을 가지고 다가오던 일, 그리고 K대학의 비리와 교수들의 성추문사건을 넌지시 꺼내면서 나를 떠보던 일, 또 엊그제 모두가 취침할 야밤에 행방을 감추어 은밀히 옥상에 올라가 홀로 담배를 피우는 이상한 행동이 그냥 넘길 일 같지가 않았다. 아마 취침 시간에 허락도 없이 슬쩍 옥상으로 몸을 숨긴 것은 책임자인 나를 시험하기 위한 술수가 아니었을까. 요유인흥妖由人興이란 말처럼 요사스러움은 사람이 양심을 저버렸을 때 일어나는 것이 아닐까.


# 예견된 귀국


**8월 24일 일요일**

맑음. 아침에 일어나니 세 학생 모두가 시무룩한 얼굴을 하고 있다. 일요일이 아니라면 당장 대학에 긴급전화를 하여 모두 그대로 일본으로 귀가시키고 싶은 심정이었다. 그러나 주리 양과 미호 양은 졸업반 학생이라 그들까지 보낼 수 없다. 해외연수 과목은 필수선택이어서 점수를 따지 못하면 내년 3월에 졸업할 수 없기 때문이다.

그런데 부산항 터미널의 C&l크루즈 선박회사에 전화를 걸었더니 공교롭게도 오늘은 휴항休航이라는 메시지만 수화기에서 흘러나왔다. 하는 수 없이 에미나는 자기 혼자 귀국한다고 고집을 하니 어쩔 수 없이 KEE오너에게 부탁하여 하카타(博多)행 쾌속정 비틀호로 바꿔 태워 보내기로 결정을 하고, 나는 스케줄대로 주리와 미호 학생을 데리고 경주행 버스를 탔다. 지하철을 타고 노포동역에서 내려 보니 바로 옆 건물에 경주행 시외버스 터미널이 있었다. 버스를 타고 1시간 쯤 달려가다 보니 경주에 도착했다.

미리 연락을 해두었던 경주대학의 배석주裵錫柱 교수가 시내에 있는 P호텔을 예약해 놓았다고 말했다. 우리 3사람은 호텔을 찾아가 여장을 풀고 택시를 하루 대절하여 경주의 명소를 순회하기로 정했다. 먼저 천마총을 둘러보고 바로 불국사로 달려 갔다. 불국사에서 경내를 보며 사진도 같이 찍었다. 그리고 토함산 언덕바지에 있는 석굴암을 구경했다. 산자락에 오르니 여름날의 더위를 시원한 산들바람이 기분 좋게 땀방울이 솟은 살결을 간질댄다. 올 더위도 숲속의 매미소리처럼 아스라이 멀어져 가고 있었다.

석굴암 언덕길을 걸어 내려오면서 두 학생들에게 나의 한국 사회연수생 인솔은 너희들이 마지막이 될 것이라고 전했다. 학생들도 나의 고충을 헤아렸는지 이유를 묻지 않았다. 제자가 선생님 앞에서 눈물을 보이는 것은 두 가지로 생각할 수 있다. 하나는 스승에 대한 흠모의 정을 표현할 길 없어 흘리는 소리 없는 눈물이고, 또 하나는 그와 정 반대 선생에 대한 저주의 눈물일 것이다. 자기 혼자 남몰래 우는 것은 흠이 될 수 없다. 그러나 더욱이 여자가 객우客寓에서 뭇사람들 앞에서 눈물을 보인다는 것은 천박스럽고 소위 부정不淨 탄다고 한국 사회에서는 모두가 금기시하고 있다. 옛날 사람들은 흉하고 부정한 사람이 동네마을이나 집안에 들어오면 결사코 막아 동구 밖으로 내쫓았다.

부정 탄 사람이 집안에 들어오면 재앙이나 질병을 불러온다고 믿고 있기 때문이다. 요상한 금기행동을 하는 부정 탄 사람들을 막기 위해 마을입구에 금줄을 쳐서 액을 막았다. 21세기 IT시대에 옛날의 이같은 미신 따위를 믿고 싶지는 않지만 이후 나는 왠지 심기가 편하지 않은 것은 틀림없다. 그녀의 눈물이 마치 부정녀의 악귀처럼 내 눈에 비쳤기 때문이다.

경주박물관을 마지막으로 일단 오늘 한국 유적 견학은 끝이 났다. 어득해서 배 교수와 약속한 식당에서 그를 만나 학생들과 함께 저녁식사를 했다. 일본어를 공통어로 넷이서 경주에 대한 얘기를 나누고 나서 배 교수는 자기차로 우리 일행을 P호텔까지 바래다주었다. 배 교수와는 할 말도 많았지만 학생들이 피곤한 것 같아 배 교수와 아쉬운 작별을 해야 했다.

호텔방은 아담하고 깨끗한 분위기다. 교통이 편하고 좋은 호텔을 정해주어 배 교수가 무척 고마웠다. 오늘 일이 궁금하여 부산에 전화를 하니 KEE오너가 답하기를, 에미나 씨를 쾌속정 비틀호로 바꿔 태우느라고 애를 먹었다고 전해왔다. 어쨌든 그토록 이유 없이 나의 속을 태우던 그녀가 배를 바꿔 타고 귀국했다니 다행이다.

# 누이! 나 왔어

### 8월 25일 월요일

맑음. 아침에 일어나 주리, 미호와 같이 호텔에서 식사를 마쳤다. 그 후 가보지 않은 근처의 첨성대를 들러서 안압지를 찾았다. 택시운전기사가 친절히 안내해 주었다. 그리고 바로 호텔로 돌아와 짐을 정리하고 터미널에서 12시 부산행 버스를 탔다. 나도 좀 피로를 느꼈으나 두 학생은 즐거운 얼굴로 서로 웃으며 얘기를 나누고 있었다. 나는 신라역사의 가이드라고 말할 수는 없지만 나름대로 익힌 경주의 유물들을 학생들에게 설명할 수 있었던 것은 10여 차례 경주를 K대학 연수생들과 방문한 이력이 있기 때문이 아닌가 생각한다.

부산에 도착하여 시외버스 터미널 빌딩 안에 들어서자 학생들이 오뎅과 국수가 먹고 싶다고 한다. 분식점에 들러 국수와 오뎅을 시켜 먹고 지하철을 타고 숙소에 돌아와 짐을 꾸리고 곧바로 근처의 슈퍼마켓에 들러 각자 선물을 사게 했다. 주로 과자류와 한국의 전통차를 샀다. 나는 초코파이를 사서 주리와 미호에게 선물로 주었다. 쇼핑을 마치고 나서 KEE차로 페리터미널을 향해 달렸다. C&I크루즈 선박회사로 가서 수속을 마치고 주리와 미호 두 학생과 9월 가을학기에 캠퍼스에서 만날 것을 기약하며 안녕을 고했다.

터미널을 빠져나오니 5일간이 너무 덥고 길었다는 느낌마저 들었다. 무거운 짐을 벗어놓은 듯한 기분도 들었지만 내 마음은 누군가에게 분탕질 당한 느낌이 들어 찜찜하기 그지없었다.

저녁에는 그간 병문안을 하지 못했던 큰 누님이 장기 입원하고 있는 노인요양 병원을 찾았다. 10층에 있는 병실을 찾아 가보니 침대에 누운 누님이 나를 보더니 아무런 반응도 없이 눈만 멀뚱멀뚱거리고 있지 않은가. 나는 "누이, 누이 나 왔어"를 외쳐 물어보았으나 눈을 껌벅일 뿐 입이 굳게 닫혀 있었다.

6개월 만에 그렇게 달라질 줄은 꿈에도 생각지 못했다. 가여운 누이, 자식들 때문에 고생만 하다 당신의 삶을 제대로 살아보지 못한 누이의 파란 많은 인생길을 뒤돌아보니 나도 모르게 눈시울이 뜨거워진다. 팔순을 바라보는 매형에게 전화를 거니 바로 택시를 타고 병원으로 오겠다고 한다. 얼마 후에 매형을 만나 근처 식당에서 저녁식사를 하면서 누이의 병세가 급격히 악화된 이유를 알아보았다. 이유는 간단했다. 그 전에는 죽 같은 것을 잘 먹었는데 서너 달 전부터 입에 아무것도 대지 못한다고 답해 주었다. 정말 누이의 모습은 피골상접皮骨相接의 흉한 몰골을 하고 있었다.

매부와 헤어져 지하철을 타고 숙소로 오면서 나는 누이의 고통을 조금도 덜어 줄 수 없다는 자괴감에 발걸음이 무거워 옴을 느꼈다. 숙소에 들어와 몸을 씻고 소파에 앉아 어두운 창밖을 바라보고 있으니 왠지 알 수 없는 슬픔이 내 몸을 하얀 안개처럼 감싸는 듯했다. 나는 더 이상 참을 수 없는 만단수심萬端愁心에 벌떡 일어나 주방에 숨겨놓은 망우물忘憂物을 들고 나와 독작獨酌을 하면서 인생의 허무함과 괴로움을 술과 함께 모두 잊으려 했다.


# 뻥뻥코로리

## 8월 26일 화요일

맑음. 어제 꿈자리가 퍽 무서웠다. 누군가에게 쫓기어 다니면서 몸을 조렸던 느낌이 든다. 장소는 어디인지 분명하지가 않았다. 그런데 나는 험준한 산길을 잃고 헤매다가 허름한 집이 있기에 들어가 보니 무섭게 생긴 한 노파가 눈을 부릅뜨고 나를 한참 지켜만 보고 있었다. 그리고 한참동안 그 노파의 얼굴을 보고 있노라니 점점 누이의 모습으로 탈바꿈을 하고 있었다. 나는 깜짝 놀라 뒷걸음을 치려다가 그냥 낭떠러지로 굴러 떨어지는 순간, 나는 꿈에서 그만 소스라치듯 놀라 몸을 일으켰다.

식은땀이 목덜미에 흥건히 젖어 있었다. 이상한 꿈이다. 요즘 나의 심신이 너무 지쳐 있는가 보다. 어머니가 살아 계시다면 벌써 몇 첩의 십전대보탕을 달이어 주었을 것이다. 아침 식사를 대충 마치고 나는 느낀 바가 있어 그냥 누이가 입원하고 있는 요양병원으로 다시 달려갔다. 그런데 매형이 벌써 병실에 나와 물수건으로 누이의 손발을 씻어주며 간병을 하고 있었다. 또 한 번 나는 놀랐다. 매형이 그리 누이를 정성들여 간병하리라고는 생각을 미처 하지 못했다. 그냥 하루걸러 한 번씩 나타나 간호사에게 얼굴을 찔끔 내보이고는 무심하게 병실을 나가버리는 늙은 남편 정도로 나는 상상하고 있었다. 그것은 나의 큰 착각이었다.

한 중년의 간호사가 누이의 체온을 재면서, 들으라는 듯이 나를 향해 매형얘기를 넌지시 전한다. "할아버지는 비가 오나 눈이 오나 바람이 부나 매일같이 병실을 지키는 요즘 보기 힘든 열부烈夫세요"라고 극구 찬사를 보낸다. 그 말은 사실로 들려왔다. 나는 다시 매형의 얼굴을 바라보면서 속으로 감사의 마음을 보내고 있었다.

이 같은 노화진행 상태로 간다면 몇 달 안에 운명을 달리 할 것 같아 나 자신도 병실을 뜨기가 그냥 망설여진다. 국내에 산다면 늦어도 5시간 내로 병문안을 올 수 있지만 격강천리隔江千里라 하지 않았던가. 아무리 가까운 일본이라 해도 비행기 예약이 안 되면 하루 이틀 늦어지는 일은 다반사이고 배를 타도 기상조건이 나빠 결항할 때도 많지 않은가. 나는 한참 잡고 있던 누이의 차가운 손을 놓고 매형과 같이 병실 밖으로 나왔다. 어쩌면 누이와 만남이 오늘이 마지막이 아닐까 하는 방정맞은 생각이 얼핏 뇌리를 스쳤다.

일본에서는 생전에 자기는 병들어 자식들에게 빚지며 살고 싶지 않다고 하여, 하룻밤 새에 유명을 달리하는 '삥삥코로리'란 일본 유행어처럼 요즘 한국에서 유행하는 숫자 '9988234'란 암행 저승사자의 긴급출동이 어쩌면 우리가 바라는 복 받은 죽음 즉, 'Well dying'인지도 모른다.

그런데 누이는 70 초반에 벌써 이 병실에서 와병생활이 3년째가 된다. 주위 친지들의 기도가 부족했던지 하나님은 누이의 소박한 소원을 하나도 들어주지 않았다며 넋두리를 늘어놓았다는 얘기이다. 그후 교회목사님을 비롯해 많은 성도들이 병원을 여러번 찾아와 기도를 드렸다는 얘기를 나는 이미 매형을 통해 들어 알고 있었다.

나는 병원을 나서면서 병실 쪽 높은 창문을 고개 들어 바라보며 매형과 헤어졌다. 서면 지하철역을 향해 걸어가면서 나는 새삼 인생무상을 되새기고 있었다.

# 헌 책방에서 보물찾기

## 8월 27일 수요일

비가 강풍을 타고 세차게 내린다. 오랜만에 비가 땅을 적시고 있다. 그리운 사람을 기다리듯이 오래 전부터 비가 오기를 학수고대鶴首苦待하던 차라 반갑기 그지없다.

오늘은 비를 맞을 각오로 우산을 들고 시내로 나갔다. 소매와 바지 끝이 모두 비에 젖었다. 먼저 범천동에 사는 작은 누이를 찾았다. 여전히 주차장을 운영 관리하며 여장부처럼 살아가는 모습이 병원에 누워 있는 큰 누이와 너무 대비가 된다. 인생은 그 사람의 가치관에 따라 삶의 질이 두 개의 다른 곡선을 오르내린다는 사실을 느끼는 듯했다. 하기야 남편, 작은 매형을 저 세상에 떠나보낸 지도 20년이 가까워오니 그렇게 억척스럽게 살지 않았더라면 자식들이 학교를 제대로 다닐 수도 없었으리라. 나는 큰 누이가 급격히 몸이 나빠진 경위를 물어보려 하다가 말았다. 작은 누이가 부담이 될 것 같아서였다.

두 누이 사이에 얼마간의 금전 거래관계가 있었기 때문이다. 어쩌면 동생에게 직접 돈 얘기를 차마 꺼내기를 꺼려했던 큰 누이가 혼자 속앓이를 하다가 저리 되었는지도 모른다. 큰 누이는 너무 강직하고 순수한 사람이어서 그런지 내가 옆에서 보아도 가슴이 아프고 삽삽할 때가 많았다. 흔히 자기 주장을 내세우는 인간은 대개가 견강부회牽强附會하는 타입이다. 작은 누이는 늘 주장이 센 편이라 그렇게 보여질 때도 있는 것 같다.

점심을 누이로부터 대접받고 보수동 헌 책방을 들러 보았다. 이곳에서 나는 내가 찾고자 하던 고서를 찾을 때마다 나는 흙탕 속에서 보석을 발견하듯 기쁘고 반갑다. 그럴 때에는 책방주인이 눈치 채지 않도록 슬그머니 다른 책을 애써 고르는 척하다가 그 책을 먼저 보이며 값을 물어보면 십중팔구 그 책값은 비싸게 부른다. 그런 뒤에 실제 내가 사려는 책값을 심드렁히 물으면 틀림없이 낮게 부르는 것이 이곳 헌 책방 주인들의 속성인 것 같다.

그래서 오늘은 짐짓 책 세 권을 들어 보이면서 값을 물어보았다. 나쁘게 말하자면 제비뽑기하듯 옥석혼교玉石混交하여 책방주인을 혼란스럽게 하는 에누리 작전이라 할까. 헌 책이 비싸보았자 얼마나 비쌀까 하겠지만 예를 들어 찾고자 하던 책을 가까스로 찾은 후에 "이 책 얼맙니까?" 이렇게 물어보면 대개 바가지를 쓰게 마련이다. 언젠가 나는 어느 헌 책방에서 책 한 권을 구했는데 집에 돌아와 책값을 살펴보니 옛날 책값에 네 배나 주고 산 적도 있었다. 그 책은 생각보다 비쌌지만 나중에 알고 보니 흔히 구할 수 없는 책이어서 되레 보석을 찾은 셈이 되었다.

오늘도 한글과 관련되는 책들을 사들고 숙소로 돌아왔다. 저녁에 일본에 있는 아내에게 전화를 걸었다. 먼저 스케야 씨의 전화가 궁금했다. 아내가 대답하기를 무소식이란다. 그럼 희소식이란 말인가. 나는 그를 신용할 수 없는 인간이라 단정했다. 내가 곁에 있을 때도 약속을 지키지 않는 자가 내가 한국에 와 있는데 송금을 하리라고는 생각하지도 않았다. 그는 양심도 체면도 의리도 은혜도 모르는 악귀惡鬼 같은 놈이기 때문이다.


# 일본인의 절약정신


### 8월 28일 목요일

맑음. 오늘은 몸이 피곤하여 숙소에서 TV를 보면서 어제 사온 책들을 뒤적거리다가 한나절을 보냈다. 갑자기 아들에게서 전화가 왔다. 시간이 있으면 식사를 같이 하잔다. 나는 응답을 하고 나서 한창 샤워를 하고 있는데 아들이 차를 가지고 나타났다. 해운대에 있는 음식점으로 나를 안내했다. 불고기 집인데 내가 좋아하는 '탕' 종류도 있었다.

나는 별로 많이 먹고 싶은 마음이 없어 갈비탕을 시키고 아들 부부와 6살 난 손녀는 양념갈비를 시켜 고기를 구워 먹는다. 나는 손녀가 고기를 먹는 모습을 한참 바라보았다. 첫째 잘 먹는다. 둘째 맛있게 먹는다. 그리고, 후식으로 나온 입가심 냉면까지 다 먹어 치운다. 일 년에 두 번 만나는 어린 손녀가 그렇게 잘 먹는 모습을 나는 상상도 하지 못했다. 손녀의 그 장면을 보고 나는 카메라에 담아 그냥 웃어 넘겼지만 잘 먹고 건강하게 자라줄 것을 할아버지는 바랄 뿐이다.

어릴 적 우리 세대는 거의가 풍족하게 먹고 자란 기억이 있지 않다. 오늘날 한국 경제가 급성장함으로써 우리나라 사람들이 태평성대를 누리는 고복격양鼓腹擊壤의 시대에 살고 있다는 것을 아직 나는 미처 느끼지 못하고 있다.

일본을 경제대국이라 말은 하지만 우리가 사는 이들 일본인들의 살림살이를 살펴보면 그리 풍요롭고 호화스런 생활이라고 보기 어려운 상황이다. 아끼고 싸구려 물건을 파는 노천시장을 찾아다니며 식대를 절약하면서 늘 소식小食주의로 살아가는 사람들이 얼마든지 있다. 인간의 습성은 길들이기에 따라 달라진다지만 남들이 사치스럽게 미의투식靡衣偸食한다고 돈도 없는 주제에 덩달아 그걸 흉내 낸다면 그 살림은 얼마 안가 파탄이 나고 말 것이다. '개구리 올챙이 적 생각 못 한다' 는 속담을 우리 젊은 세대는 절대 잊어서는 안 될 것이다.

# 백만장자가 되는 길

**8월 29일 금요일**

맑음. 아침을 빵과 우유로 간단히 때우고 오늘은 사상에 있는 공구工具상가를 찾아가 옛날 오퍼상을 할 때 나와 가까이 지내던 거래처 사장들을 만나보기로 했다. 지난 겨울에도 얼굴을 보자고 말은 했지만 내 개인 사정으로 그들을 만나지 못하고 바로 일본으로 떠났었다.

이번에는 번거롭게 연락을 않고 직접 찾아가기로 했다. 지하철을 타고 사상역에서 내려 공구상가를 물어 상점을 찾았다. 자동차계통의 부품상部品商을 경영하는 허동호許東浩 사장이 나를 반갑게 맞아주었다. 큰 아들이 결혼할 때 예식장에서 만난 후 6년만이다. 그는 나보다 훨씬 나이는 아래지만 장사경험은 나보다 고수였다. 한참 자금이 돌지 않아 사업이 어려울 때 그는 나의 단골 거래처였고 자기도 운영자금이 넉넉지 않았는데도 내 수입품에 대해서는 거의 현금으로 지불해 주어 많은 도움을 받았던 일들이 지금도 내 기억 속에는 따뜻한 마음으로 남아 있다.

오늘도 나를 만나자 허 사장은 반가워하며, 언제 왔느냐? 왜 미리 연락도 없이 왔느냐고 나를 나무란다. 손님이 없는 틈을 타서 두 사람은 지난 날 사업하던 일로 홍소훤담哄笑喧談를 하면서 시간 가는 줄 몰랐다.

12시가 되어 근처 식당에서 같이 점심식사를 마치고 난 뒤에 이번에는 절삭공구상을 크게 하는 손성수孫城洙 사장을 만나러 그의 회사로 가보니 마침 손 사장은 부재중이었다. 여직원이 전화통화를 하라며 친절하게 다이얼을 돌리더니 수화기를 내게 건네주었다. 손 사장은 창원공단 거래처에 와 있다고 했다. 아무래도 다음에 만날 것을 기약하고 회사를 나와 돌아가려고 하는데 낯익은 사람이 나를 알아보고 웬일이냐고 묻는다.

대경상사의 김안세金安世 사장 부인이다. 회사 사무실에 들어가 보니 마침 김

사장도 있었다. 지난 얘기를 들어보니 공구관계 사업도 한물갔다며 지금은 어떤 공구상도 큰 돈 만지기가 어렵다고 했다. 사업을 한다고 모두가 성공한다고는 보지 않는다. 그러나 열심히 뛰다 보면 운이 따르는 것이라고 감히 나는 말할 수 있을 것 같다.

하늘은 스스로 돕는 자를 돕듯이 가까이 아는 친구도 한국에서는 일간두옥一間斗屋에서 다섯 식구가 겨우 연명하다시피 살던 사람이 미국에 건너가 부부가 수 년 동안 밤낮으로 열심히 일을 하여 지금은 백만장자가 되었다는 석세스 스토리를 들으면서 신神이 없었다면 기적도 없었을 것이라 믿는다.

그러니 하늘 저 높은 성좌聖座에서 하늘 아래로 속세를 내려다보시며 그래도 쓸모 있는 인간을 집어 주시는 신의 존재를 인정한다면 세상 사람들은 많이 달라질 것이다. 종교에서 말하는 천당이 있고 열반이 있다고 보다 나은 내세사상來世思想을 믿고 사는 많은 사람들이 약자들을 위한 좋은 일을 남몰래 함으로써 오늘날 평화스럽고 풍요로운 대한민국이 있는 것이 아닌가 생각해 본다.


# 무아무상 無我無常


### 8월 30일 토요일

맑음. 오늘은 누이와 아들식구 다 같이 어머니 산소를 찾아가기로 약속한 날이다. 1년에 한두 번 어머니가 묻힌 '평안동산' 을 찾아가 모친 묘 상석床石에 준비한 차례음식들을 차려놓고 머리를 조아리고 오는 것이 우리 집안의 성묘 방식이다. 설날이나 추석에는 나대신 아들식구들이 와서 제를 지내니까 마음이 놓인다.

어머니가 세상을 떠나신 지 어언 30년이 다가온다. 세월은 정말 흐르는 강물의 속도보다 빠른가 보다. 나는 가끔 자신의 노화 나이를 잊고 지내다가 아들의 머리숱을 보고 비로소 나도 꽤 늙었다는 것을 깨닫게 된다. 10시가 지나서 손녀까지 5가족이 산소에 도착했다. 오늘은 특별한 날이 아니라서 산소에는 다른 차량이 한 대도 없었다. 아직 햇볕이 따가웠지만 간간히 산들바람이 불어와 내 머리를 식혀준다.

5살 되는 손녀에게, 증조할머니가 여기에 묻혀 있다고 하자 손녀딸은 아는지 모르는지 빙긋이 웃기만 하고 있다. 내가 상늙은이가 되어 이곳을 찾지 못할 때에는 아들이 대신 할머니를 모실 것이다. 그런데 아들도 나이가 들어 찾아오지 못할 때에는 이 묘지를 그 누가 보살피며 무사고혼無祀孤魂을 달랠 것인가. 속으로 앞일을 걱정하다 보니 늦여름 햇살에 내 두 눈이 갑자기 캄캄해지기 시작했다. 누군가가 인생은 꿈이요, 허깨비요, 물거품이요, 그림자라고 하지 않았던가. 몽夢 환幻 포泡 영影은 모두 실체가 없으므로 무상無常 그리고 무아無我를 나타낸다.

아들 손녀도 언젠가는 이 세상을 등지고 떠날 것이니 우리의 인생은 실상무상實相無相이 아니고 또 무엇이랴. 아 슬프도다. 우리들의 인생살이가 빈손으로 왔다가 모두 빈손으로 가는 것을….

묘제를 마치고 관리인에게 산소에 새 뗏장을 덮는 얘기를 하니 50만 원은 들 것이란다. 어머니가 하늘나라로 가신 지도 30년이 가까이 되고 하니 봉분에 새 옷을 입히는 일도 나쁘지 않을 듯싶었다. 작은 누이도 그렇게 하는 것이 좋겠다고 한다. 집으로 돌아오는 길에 누이가 잘 아는 미용실에 들러 차를 마시면서 요즘은 미용사업에 대해서 얘기를 들었다. 미용사업도 경쟁이 심해 경영유지가 꽤 힘들다고 원장이 토로한다. 사실 그 말은 맞는 것 같다.

# 나카마(仲間) 의식

## 8월 31일 일요일

맑음. 아침에 간단히 식사를 마치고 Y교회에 나갔다. 오랜만에 예배에 참석하니 만나는 교우들도 거의 낯선 얼굴이다. 김 목사도 나를 잘 모를 것이다. 또한 나도 그를 거의 모르고 있다. 기독교 신자가 교회에 나가는 것은 목사의 얼굴을 보러 가는 것은 절대 아니다.

그러나 예배를 마치고 교회 문을 나설 때 서로 인사할 사람이 없으면 자신이 괜히 쓸쓸해지는 느낌이어서 돌아서는 발걸음이 가볍지가 않다. 세월이 흘러 나이가 들다 보니 같은 또래의 장로들 몇몇이 병들어 저 천국으로 떠나고 나니 실제로 나를 알아볼 사람은 거의 손가락을 셀 정도인 것 같다. 지금의 이 같은 교회 사정을 모르고 나는 옛날 대부흥회 시절, 백화요란百花繚亂의 열성 여신도들로 예배당이 입추의 여지가 없었을 때를 되돌아보니 왠지 마음이 쓸쓸해 옴을 느끼는 듯했다.

저녁은 1층 식당으로 내려가서 외톨이 손님으로 식사를 했다. 식당 아줌마가 "왜 손녀와 같이 오지 않았어요?"라며 나를 넌지시 바라보며 묻는다. 나는 얼떨결에 "손녀가 아침에 음식에 체했나 봐요." 이렇게 궁색한 말로 모면할 수 있었다. 그런데 갑자기 HP전화가 울린다. 김홍수金洪洙 학형이었다. 내일 일본으로 떠나기 전에 얼굴이나 한 번 보자고 한다. 거의 일 년만이라 반가웠다. 나도 내일 점심을 같이할 사람을 찾고 있던 중 반가운 전화였다.

외식을 혼자 한다는 것은, 밥을 고독의 이빨로 썹고도 모자라 독주毒酒를 삼키는 행위와 다름없다. 어떠한 공포감도 모두 함께 느낀다면 두려움이 없어지듯이 가까이 있는 친한 친구들과 같이 식사를 하게 되면 식욕이 배로 늘어나고 소화도 잘 될 뿐만 아니라 방귀도 웃을 때마다 헤프게 '뿡' '뿡' 나온다. 상처를 한 홀아비가 오래 못사는 까닭은 여기 외톨이 식탁에 문제점이 있다. 많은 일가친척과 화기애애和氣靄靄하게 하는 식사는 인간의 식욕과 집단적 과시욕까지 채워주는 일석이조一石二鳥의 효과가 있다.

　일본 사람들의 집단적인 의식은 단순한 팔로십이 아니라 타인에게 자기주변의 특출한 친지 친척들을 보란 듯이 보여주기 위한 나카마(仲間) 의식이 크게 작용하기 때문이다.

9 월

# 여의보주如意寶珠

## 9월 1일 월요일

맑음. 오늘은 김홍수 동문과 점심을 약속한 날이다. 11시경 지하철 3호선을 타고 종점 대저역에서 일단 내렸다. 나는 그쪽 지리를 잘 모르기 때문에 전해 들은 대로 새로 생긴 경전선으로 바꿔 탄 후 불암역에서 내려 출구 쪽으로 나와 큰 도로 위에 놓인 육교에서 내려다보니 저기 식당 쪽에서 김 동문이 나를 먼저 알아보고 손을 흔들고 있었다. 반가운 마음에 잰 걸음으로 육교계단을 단숨에 내려가 우리는 서로 손을 잡고 소리를 높이어 오랜만의 재회의 기쁨을 나누었다.

그가 예약한 식당은 장어 전문식당이었다. 장어를 주문하고 나서 우리는 지난 날 기억들을 더듬어 가면서 아른거리는 추억담을 꺼내기 시작했다. 대학졸업 후 회사에 취직하여 어렵게 월세 방을 전전하던 일, 회사를 그만두고 보일러 대리점 사업에 손을 대어 운 좋게 백사여의百事如意하여 한 밑천 잡아 빌딩을 사들인 일, 돈이란 자기만큼의 돈 항아리에 차면 더 이상 채우기가 어렵다는 이치를 빨리 깨달아야 한다고 친구는 말했다. 자기 주제를 모르고 잘못 욕심 부리다가는 생각지 않게 야바위판에 끼어들 수도 있다면서, 그 역시 사기꾼에게 당한 일 등을 남의 얘기하듯 웃으면서 늘어놓았다.

친구의 얘기 결말은 '전사불망前事不忘 후사지사後事之師'를 전하고 있다. 전에 경험한 일을 잊지 않으면 훗날에 본받음(도움)이 된다는 말이었다. 오늘은 두 남자가 만나 뭣이 그리 할 얘기가 있는지 나도 모를 일이다. 친구와 헤어진 것은 3시가 지나서였다.

하여튼 낙동강에서 잡은 장어라 그런지 기름이 잘잘 흐르는 장어구이가 내 입에도 꼭 맞았다. 2인분을 시켰어도 충분한데 3인분을 시키는 바람에 정말 어제 저녁에 다 먹지 못한 양까지 배를 채워가며 맛있게 먹었다. 친구 덕에 호식을 하고 나니 기분이 좋았다. 나는 시모노세키 면세점에서 사온 양주(발런타인) 하나를 친구에게 건네주고 헤어졌다.

　그리고 곧장 광복동에 들러 H인쇄소를 찾았다. 내년에 쓸 한글교과서가 바닥이 나서 우선 800권을 재판하기로 계약을 했다. 돌아오는 길에 범천동 누이한테 들렀다. 누이가 나를 반기면서 맛있는 아귀찜을 먹으러 가자고 내 손을 잡아당긴다. 오랫동안 먹어보지 못한 아귀찜 소리를 들으니 입가에 군침이 돌았다.

　식당은 그리 멀지 않았다. 주문하자 바로 아귀찜이 큰 접시에 그득히 나왔다. 냄새를 맡으니 매콤한 향기가 제법 식욕을 돋우었다. 한때 우리 세 남매는 여족여수如足如手하며 서로 아끼던 호시절도 있었건만, 지금 여기 큰 누이의 자리가 비어 있으니 그저 마음 한 구석이 허전한 것 같다. 틈을 내어 자주 한국에 나오라는 누이의 말도 내 귀에 어렴풋이 들릴 뿐이다.

　한국에 나와 본들 대화도 나누지 못하고 초췌한 누이의 모습을 보고 어찌할 수도 없는 나의 자괴감에 나는 그저 맥을 놓고 멍하니 하늘만 바라 볼 뿐이다. 죽은 자 나사로를 살린 예수의 기적처럼 죽어가는 누이를 일으켜 세우는 놀라운 기적은 없을까? 아니면 하늘의 용왕께서 여의보주如意寶珠라도 내려 주신다면 누이의 회생回生도 있을 수 있건만….

　내일은 일본으로 들어가는 날이다. 그곳에 생활 터전이 있으니까 어쩔 수 없다. 내일 시간의 여유가 있으면 잠시 요양병원에 들러 한 번 더 누이의 얼굴을 다시 볼까 생각해 본다.

# 보따리 장사

## 9월 2일 화요일

맑음. 아침이 좀 늦었다. 어제는 동분서주東奔西走하느라고 좀 과로한 것 같았다. 일본에 가지고 갈 짐을 대충 정리했다. 짐이라 해 보았자 책들과 돌김 한 박스가 고작이다. 그 사이에 누이를 만나고 올까 생각중인데 마침 매형이 나에게 전화를 해 주었다. 오늘 페리호로 일본으로 들어간다고 하자, 언제 또 한국에 나오느냐고 묻는다. 내년 3월초에 나올 것 같다고 하자 그때까지는 별 일이 없을 것이라며 무사히 잘 살펴 가라고 전한다.

오늘 따라 매형의 말소리가 좀 힘이 빠진 듯하다. 누이도 걱정이지만 간병하느라 매일 병원을 쫓아다니는 매형이 더 걱정스럽다. 지금 병원에서 만나자고 하자 바쁜데 쓸데없이 신경을 쓰면 교통사고도 날 수 있으니 절대 그런 생각 말고 일본에 갈 짐을 챙겨 잘 가라고 권한다. 하는 수 없이 오늘은 매형 뜻대로 그리 하기로 했다.

3시가 지나 아들이 찾아와 차에 내 짐을 갖다 실었다. 터미널까지는 30분도 걸리지 않았다. 터미널에 도착하여 C&I 크루즈 회사 사무실에 가보니 오늘은 배가 독(dock)에 들어가 있으니 대신 부관 페리호를 타고 가란다. 너무 무책임한 선박회사가 아닌가. 6시가 지나서야 승선할 수가 있었다.

나는 10명이 자는 조그마한 방에 배정되었다. 좀 불편하지만 하룻밤만 지나면 내일 아침은 시모노세키항에 닿는다. 방에는 나를 비롯해 일본인 청년 2명과 40대로 보이는 부부가 자리를 잡고 있다. 그런데 내가 저녁거리로 사온 떡을 들고 있는데 장사꾼으로 보이는 30대 후반의 한국 젊은이가 우리 방에 나타나더니 20대 일본 청년에게 다가가서는 자기의 짐을 세관통과해 주면 돈을 얼마 주겠다며 억지로 짐을 맡기려 한다.

일본인 두 청년은 난처한 얼굴로 나를 향해 SOS를 보내는 표정이다. 일본인 청년들은 처음 한국을 왔다 귀국하는 애송이 관광객 같았다. 옛날 젊은 시절 나도 낯익은 보따리 장사꾼에게 당한 경험이 있던 차라 그 때 일이 언뜻 머리를 스쳤다. 나는 그 자리에서 "젊은이, 심부름하고 싶지 않은 외국 사람에게 억지로 짐을 맡기려 하지 마세요. 나도 한국 사람이지만 젊은 일본 사람들이 한국 사람을 어떻게 보겠어요. 내 생각에는 한국 사람을 찾아 짐을 부탁하는 것이 좋을 것 같아요" 하자, 그는 자리에서 벌떡 일어서 나에게 대들며 "당신이 뭔데 이래라 저래라 상관이야"라며 나를 향해 삿대질을 한다. 나도 화가 치밀어 "너는 애비도 없냐? 나도 너보다 큰 아들이 있어. 건방지게…" 그러자 옆에 있던 한국인 부부가 그만 두라고 다툼을 말린다.

그가 사라지자 일본인 청년들이 나에게 고개를 숙이며 미안했던지 예를 표했다. 나는 어이가 없어 한동안 입을 닫고 있었다. 가정교육을 제대로 받고 자랐다면 나이든 사람에게 그렇게 무섭게 대들지 않았을 것이다. 재수 옴 붙은 날인가 보다.

10시에 소등을 하자 방안이 칠흑같이 캄캄하다. 모두가 그렁그렁 코를 골며 자는데 나만 잠을 못 이루고 있다. 배가 가끔 롤링을 할 때마다 음식을 잘못 먹은 것처럼 속이 뒤집힐 정도로 메스꺼움이 입으로 올라온다. 배도 잘못 타면 인면수심人面獸心의 도둑놈도 만날 수 있으니까 어디를 가나 조심을 해야겠다.

# 희수囍壽

## 9월 3일 수요일

맑음. 아침에 늦게 일어났다. 일찍 깨어 옆에서 짐정리를 하던 일본 청년들이 나를 보고 "오하요고자이마스" 하며 아침인사를 한다. 예의가 있고 얌전한 청년들이다. 나는 세면실로 가서 세수를 하고 돌아와 일본 청년에게, 두 사람은 친구냐고 물었다. 대답이 의외였다. 형제라는 것이다. 얼굴이 전혀 다른 데다가 나이도 연년생이라 누가 봐도 형제처럼 보이지 않는다. 이와쿠니(岩國)에 산다며 틈이 있으면 긴타이교(錦帶橋)를 보러 놀러 오라고 한다.

나는 몇 년 전에 우리 K대학 유학생들과 그곳에 들러 나무로 만든 아치형의 다리를 신기한 느낌으로 오르내리며 주위의 절경을 보면서 감탄한 적이 있다. 풍광이 좋은 곳에 사는 사람들은 어쩌면 그들의 심성까지 좋은지도 모른다.

나는 세관수속을 간단히 마치고 터미널에서 캐리어 백을 끌고 시모노세키역까지 걸었다. 나의 건강관리를 위해서다. 전차(JR)를 타고 E역에 내리니 아내가 자전거를 타고 역 개찰구 쪽에 마중 나와 있었다. 평상시 말로 표현을 잘 안 하던 아내에게서 잔서殘暑의 열기가 내 피부에 따스하게 와 닿는다. 집까지 10분 거리를 자전거에 짐을 싣고 가면서 그간에 있었던 아내의 이야기를 듣는 사이에 벌써 집에 도착했다.

나는 이제 한국 연수를 모두 마쳤다는 성취감에 소름이 갑자기 온몸에 퍼져 갔다. 아내가 끓여주는 해장국을 점심으로 때우고 피곤한 마음에 바로 침대에 들어 잠을 청했다. 잠에서 깨어 보니 작은아들이 곁으로 와 인사하기 바쁘게 스케야로부터 한 통화의 전화도 없었다고 흥분된 어조로 그를 질타하였다. 나도 기대했던 것이 아니어서 그리 놀랄 일은 아니었다.

저녁에는 아내에게 한국에서 있었던 얘기를 들려주고 새로 개설한 은행 통장을 건네주었다. 저녁을 먹고 나서 나는 주위를 산책했다. 김홍수 동문의 강철 같은 다리를 만져보고 충격을 받았기 때문일까. 나도 하면 된다는 새로운 각오로 열심히 걷기운동을 하기로 결심했다. 대장수술을 크게 받아 잘 먹지도 못했던 친구가 그리 건강하게 되리라고는 아무도 몰랐을 것이다. 친구는 지금 혈압 당뇨도 고지혈증 모두가 정상이어서 아마 천수天壽를 누리지 않을까 생각한다.

친구의 반이라도 따라가려면 대충 희수(喜壽 - 기쥬)까지는 견디어야 될 것 같다. 일흔 일곱 살이 되는 날, 일본에서는 가족과 친지들이 모두 모여 축하연을 한다. 이유는 한자, 기쁠 喜자를 초서로 바꿔 쓰면 七十七을 합친 한자가 되기 때문이다. 가족이 모두 무사건강하리라는 보장이 없는 한 노인이 너무 오래 살아서 못 볼 일들을 보게 된다면 오히려 일찍 눈을 감는 게 나을 것이다.

나이가 들면 몸이 부자연스러워 멀리 왕래할 수도 없고 친구들도 하나둘 세상을 떠나면 만남도 줄어들 것이고 나처럼 해외에 살다 보면 두보杜甫의 시처럼 '人生不相見 動如參與商' 서로 떨어져 사는 친구와의 재회는 마치, 겨울의 參성좌(오리온)와 여름의 商성좌(스콜피언)가 같은 밤하늘에서 만나기보다 어려운 일인 것 같다. 그러니 노후에는 그리운 친구도 거의 떠날 것이고 친척들도 멀어지기 마련이니 외로울 수밖에….


# 우라야마시 (羨望)


## 9월 4일 목요일

황사黃砂 바람이 불다. 가끔 일본 규슈지방에도 중국의 북부 고비사막에서 발생한 흙먼지가 바람을 타고 한국을 거쳐 서西 일본을 누렇게 물들일 때가 있다. 나처럼 기관지가 나쁜 사람들에게는 무서운 적敵이 아닐 수가 없다. 마스크를 하고 다녀도 크게 도움은 될 것 같지가 않다. 이럴 때면 병원에는 감기 기관지 천식 등의 환자들이 모여든다. 따지고 보면 이래저래 병원만 살판이 난 것 같다. 목이 아프고 감기 기운이 있으면 밥맛이 떨어지고 또 일에 대한 의욕도 따라 잃게 된다.

나 역시 자고 일어나니 뭣을 먼저 해야 할지 가늠하기가 쉽지 않다. 먼저 스케야에게 전화를 걸었다. 몇 번 전화를 걸은 후에야 겨우 통할 수가 있었다. M 아파트 건에 대해서는 만나서 얘기하자며 내일 J목사와 같이 만나자고 했다. 왜 갑자기 목사를 끌어들이는지 의아스럽다. 그를 중간에 세우려는 것을 나는 모를 리가 없다. 그는 자기가 자기 입으로 약속한 내용을 잘 알지 못하는 목사를 중재자로 세워 엉뚱한 궤변을 늘어놓아 2대 1의 중과부적衆寡不敵의 효과를 노리려는 것이 아닌가 하는 생각도 들었다. 아무리 목사와 친하다 해서 설마 목사가 선과 악을 변별치 못할 사람으로 보이지 않았기 때문에 나는 한국인 교회의 목사관에서 만나기로 했다.

오늘 신문을 보니 후쿠다(福田) 수상이 사의를 표명했다는 기사에 눈길이 갔다. 그도 1년짜리 수상으로 끝났다는 것이 좀 안타깝다. 전 수상인 아베(安部) 씨도 1년짜리 수상이었다. 아베 씨는 외할아버지인 기시 노부스케(岸信介) 수상의 외손자이고, 후쿠다 씨는 아버지가 후쿠다 다케오(福田赳夫) 전 수상이다. 이 두 정치가는 조상 덕으로 국회의원을 세습했고 수상직도 경험한 일본의 족벌 정치 가문의 행운아라 볼 수 있다.

그런데 아베 씨는 젊은 나이인데도 생각이나 행동이 일제의 전범들이 늘 하던 것처럼 성격이 완고하고 또 독선적이고 고식적 사고 때문에 이웃나라의 정치가는 물론 그 시민들로부터도 적개심을 불러일으키는 위험한 인물로 구분되어야 할 것이다. 점령군 종군위안부들을 전적으로 부정하고 영토문제에 있어서도 일방적으로 자국영토라고 우기고 있다. 그가 1년짜리 수상으로 끝났으니 다행이지 그가 고이즈미(小泉) 수상처럼 5년을 집정했더라면 한일외교는 벌써 박살났으리라 생각된다.

중국 정부도 마찬가지 생각을 했을 것이 틀림없다. 고대사는 고사하고 근대 사조차도 모르는지, 한 번 내가 제출한 한일역사 시험문제를 아베 씨에게 주어 실제로 답안지를 받아 보고 싶다. 그렇다면 과연 그는 얼마나 정답을 맞힐 수 있을까? F학점이라도 받을지 의심이다. 어떤 면에서는 일본이란 나라는 무지 막지無知莫知한 석두石頭도 높은 직에 오를 수 있으니 '야마우라' 다. 즉 '부럽 다' 란 은어이다. '山裏 = 우라야마시 - 羨望' 의 뜻을 서로 말을 바꾸어 표현하 여 전부를 비웃는 은어隱語로 쓰고 있다. 일본이란 나라가 부럽다.


# 야마칸(山勘) - 속임수


## 9월 5일 금요일

맑음. 아침에 스케야에게 전화를 걸어 오늘 오전에 만나자고 하니 오전에는 바빠서 시간이 없다며 오후 5시쯤 내 연구실에서 만나자고 제안했다. 요전에는 한인교회에서 만나자고 하더니 오늘은 무슨 바람이 불었는지 내 연구실로 찾 아오겠다고 한다. 내 통화내용을 알아들은 아들이 자기도 가서 얘기를 들어봐 야겠다고 나선다. 아내도 그렇게 하는 것이 좋을 것 같다기에 오후에 아들과 같이 연구실에서 그를 기다렸다.

5시가 되어 스케야는 혼자 모습을 나타냈다. 나는 거두절미하고, M아파트를 곧 팔아 내 돈을 갚겠다고 한 약속이 어찌되었냐고 따졌다. 그의 말은 여전히 싸게 팔 이유가 없다 했다. 좀 기다리면 충분히 좋은 값을 받고 팔 수 있는 아파 트라며 거꾸로 나를 설득하려 든다. 화가 머리끝까지 치밀었다. 나는 격해 오 는 감정을 누르고 "아니 당신은 뭣 하러 약속하는 겁니까? 나를 정말 '아호'

바보로 보는 것 아니오?"라고 소리 높여 고함을 치고 싶었지만 연구실 옆방 교수들을 의식하지 않을 수 없었다.

아들은 옆에서 두 사람의 대화를 듣고만 있었다. 어디로 튈지 모르는 사람에게 잘못 말참견을 했다가는 엉뚱한 핑계거리(꼬투리)를 제공할 것 같아 보였는지 잘 참고 있었다. 나는 오늘도 자기가 한 말에 대해 책임을 지고 약속 지킬 것을 강력하게 요구했다. 그러자 할 말을 잃고 한참동안 침묵을 깨듯이 "그러면 스와마치(町)에 있는 경매로 잡은 집을 추가로 담보하겠다고 말했다. 지금 그 집에서 매달 5만 엔의 집세를 받고 있으니 우선 나더러 그 집세를 받으면서 M아파트가 팔릴 때까지 참아달라고 했다. 나는 스케야의 말을 그대로 믿고 싶었으나 아무래도 야마칸(山勘 - 속임수)이 아닐까 의심스러웠다.

그러나 며칠 사이에 내 명의로 등기이전을 해 준다기에 굳게 약속을 하고 그와 헤어졌다. 그 집값이 어떤 집인지는 몰라도 매달 5만 엔을 받아 낼 수가 있고 또 280만 엔에 경매로 사들인 부동산을 추가로 내 소유로 등기이전을 해 준다니 좀 안심이 되었다. 이쯤 되면 나의 고민은 끝이 난 셈이다. 더 이상 스케야와 돈 문제로 신경 쓸 일이 없기를 빌 뿐이다.

집에 돌아와 아내에게 그 말을 하자 아내도 오랜만에 활짝 웃으며 반기는 표정이다. 저녁은 구마모토(熊本)산 리큐어 사과주의 향기를 맛보면서 가족 단란히 식사를 나누었다.


## 초혼의 춤 - 如江 作詩 -

이제 여름의 끝자락이
검붉은 노을처럼 장막을 펼친다
해지는 서쪽 하늘 저 변경에
꺽꺽 우는 새소리가 구슬프게 들려오는데
강향江鄕에서 잃어버린 세월을 낚는 낚시배가

유혼遊魂을 낚고 있다
영혼의 아픔을 머리에 이고
임이 떠난 강 나루터에서
초혼招魂의 춤을 추는 불초不肖가 있다


# 혼네와 다데마에


## 9월 6일 토요일

흐림. 아직 더위가 가신 것이 아닌가 싶다. 아침에 일어나니 등줄기에 땀이 배어있는 느낌이다. 샤워를 하고 나니 온몸이 시원하고 날아갈 듯이 상쾌하다. 지금 나 자신을 돌이켜보니 나는 한쪽 눈만 뜨고 살아온 느낌이다.

일본의 중세 노(能 = 예능을 대성시킨 제아미(世阿彌)가 쓴 '화경' 花鏡)에 보면 '함께 보는 방법'이란 말이 나온다. 연기자가 무대에서 춤추는 자기를 엄히 관객의 입장에서 냉정하게 바라보는 또 하나의 눈이 있어야 한다는 말이다. 즉, 자신을 객관적인 입장에서 보아야 속안俗眼과 혜안慧眼의 다름을 터득하게 된다는 것이다.

내 눈은 아직도 애꾸눈에 불과하다. 뭇 사람들의 표정에서 표리가 도무지 구별이 안 되기 때문이다. 속俗과 승僧이 같아 보이고 위僞와 선善이 같이 보이고 또 악령惡靈과 신령神靈이 함께 나타나 나를 혼란하게 만든다. 자신의 허물을 자신 스스로가 모르고 있으니 자과부지自過不知도 이만저만이 아니다. 한심한 사람이다. 더구나 일본 사람들의 심리양상은 혼네(本音·眞正)와 다데마에(立前·假定)의 이중적 구조로 나타난다.

혼네는 심리적으로 밝은 면을 내보이는 의식을 가지고 있다면 다데마에는 어두운 면을 보이는 무의식의 심적 기능을 갖고 있다고 본다. 그들의 대다수는 환상적인 공상空想으로 생각할 수도 있을 것이다. 그렇기 때문에 이 같은 이중적 심리구조는 외부의 이질 문화와 충돌하게 되면 쌍방이 심적으로 갈등을 일으킬 수도 있고 나아가 마음에 상처를 줄 수 있는 핵폭탄과 같은 것이다.

아베 전 수상은 한국 할머니들의 종군위안부의 실체를 전적으로 부정하는 우익적 사고를 갖고 있다. 그가 학창시절 역사를 배우지 못하여 사실史實을 모른다면 어쩌면 그의 말이 혼네라 할 수도 있다. 그러나 역사의 사실을 왜곡하고 역사의 진상을 짐짓 은폐하려 한다면 그의 심적 상태는 위선의 다데마에로 볼 수밖에 없다. 그러므로 아베 전 수상의 한국인 비하 발언은 망언이라 보기 전에 이중인격자의 무의식적이고 습관적인 다데마에로 이해할 수도 있다.

하여간 우리는 이같이 정사正史의 흐름을 가로 막으려는 일본 정객들의 고식책姑息策에 말려들어서는 절대 안 될 것이며 그들의 역사왜곡은 일본 외교의 고립을 자처할 것이 명약관화明若觀火하다.


# 한국어 변론대회


### 9월 7일 일요일

오전에 맑았다. 오후에 회색 구름이 온 하늘을 덮었다. 아침식사가 좀 늦었지만 그래도 고쿠라 한국인 교회에 나갔다. 시간이 좀 늦어 차 속도를 내기 위해 액셀레이터를 자주 밟으며 신호등을 교묘히 빠져 달렸다. 아내는 좀 늦어도 상관없으니 천천히 가잔다.

교회에 도착하니 예배가 이미 진행되고 있었다. 예배를 보는 신도들의 눈을 피해 뒷자리를 잡아 조용히 앉아 기도를 올렸다. 오랜만에 만난 교우들이라서 그런지 좀 낯선 분위기가 나를 에워싸고 있는 느낌이 들었다. 사람들과의 교제도 이따금 만나면 어딘지 서먹서먹한 사이로 변하는 것 같다. 목사는 설교를 마치고 광고 시간에 미안하게도 내 이름을 부르며 "오늘도 교수님이 사모님과 함께 예배에 참석하셨습니다"라고 교우들에게 새삼 소개를 한다. 솔직히 오늘은 그저 부끄러운 마음이 들어 심기가 편치 않았다.

왜 그럴까. 스케야와의 금전문제로 내가 고민 중에 있는 것을 누구보다 더 잘 알고 있는 목사가 내 편이 아니라 스케야 편에 서 있는 느낌이 들어 더욱 그렇다. 스케야는 조총련계 학교를 다녀서 그런지 어릴 적부터 아예 신앙심이 없었으며 여태까지 예배를 위해 교회에 나와 본 적이 없는 무신론자이다. 그렇게 가까운 사이인데도 목사가 그를 자기 교인으로 끌어들이지 않는 이유를 이제 생각해 보니 스케야는 교회부흥을 위해 자기 지갑에서 땡전 한 푼도 내놓지 않는 지독한 구두쇠라는 사실을 목사는 알고 있기 때문이 아닐까.

나는 이 두 사람이 한국어 강사모임인 '안녕 한국어 연구회'를 조직한 것도 둘 사이의 손익계산이 맞아 떨어졌기에 가능했다고 생각한다. 교회라는 종교시설을 이용해서 평일에 한글교실을 열어 한국어 수강생들을 끌어들여 교회를 선전할 수도 있고 한글을 가르칠 수도 있으니 꿩 먹고 알 먹는 재미가 엿보였기 때문이다.

스케야는 나를 회장으로 추대하기 몇 달 전에 이미 그 조직체계를 그려놓고 북큐슈에서 매년 가을 정기적으로 '한국어 변론대회'를 개최하기 위해 자칭 집행위원장이라는 타이틀을 명함에 새기고 여기저기 스폰서를 찾아다니면서 물품 및 기부금을 받아들이고 있었다. 한 발 늦게 참여하게 된 나로서는 한국어 변론대회에 대해서 '감 놓아라, 대추 놓아라'고 참견할 입장이 아닌 것 같아 뒤에서 방관하며 심사 일을 맡아 그들을 돕고 있었다.

내가 심사위원장으로 처음 참가한 것은 2003년 10월 5일 제2회 북큐슈 한국어 변론대회였다. 그때부터 스케야와 목사는 죽이 잘 맞는 콤비라서 한글교육

봉사사업을 잘 해가리라 기대하고 있었다. 그러나 지금 돌이켜 생각해 보니 스케야는 내부 조직과 인사에 대해 조금도 틈을 주지 않는 것으로 보아 피해망상증被害妄想症이 심한 인간이라는 것을 추측할 수가 있다.

# 니지가오(虹顔) 기질

### 9월 8일 월요일

맑음. 아침 일찍 일어났다. 오늘도 습도가 높아 꽤나 더위에 시달릴 것 같다. 식사를 마치고 스케야에게 전화를 했다. 오후 1시쯤에 야하타(八幡) 서구에 있는 법무국法務局에서 만나기로 했다. 아내도 따라가겠다고 한다. 보통 같으면 풀에서 시원하게 수영을 하면서 일본 아줌마들과 수다를 떨며 건강한 하루를 보낼 수 있을 텐데 내가 못 미더워 같이 가야 한다며 따라나섰다. 말릴 수가 없다.

1시가 좀 지나 스케야가 법무국 사무실에 모습을 나타냈다. 볼펜으로 써온 서류를 내게 잠깐 내보이더니 접수처 직원이 있는 곳으로 간다. 테이블에 마주 앉은 상담역 전문직원이 그 서류를 살펴보더니 구비서류가 두 개나 빠졌다며 그 서류를 우리 앞으로 던지고 자리를 뜬다.

한숨이 절로 난다. 나에게 또 장난을 치고 있는 것이 틀림없다. 이 같은 거짓 행위는 나를 무시한다기보다 내 인격에 똥칠을 하는 것이 아니고 또 뭐란 말인가. 나는 '치쿠쇼'를 연발하며 법무국을 나와 목이 말라 주위를 살피고 있는데 우연하게도 4년 전에 우리 K대학에서 청강생으로 내 한국어 수업을 수강했던 기무라 씨가 나를 알아보고 반가워한다. 자기는 자영업관계로 등기서류를 제출하러 왔다며 나에게 무슨 일로 법무국에 왔느냐고 물었다.

거두절미하고 간략히 얘기하자 기무라 씨는 근처의 이시바시(石橋) 사법서사가 자기 동생의 친구라며 나를 그리로 데려가 이시바시 씨를 소개시켜 주었다. 나는 사무실을 나와 스케야로부터 등기 이전서류를 받아 쥐고 다시 사법서사 사무실로 들어갔다. 서류를 잠시 흘끗흘끗 보던 이시바시 씨가 "이 사람 사기꾼 아니야?"라고 첫 마디를 내뱉는다.

나는 궁금하여 "뭣이 잘못 됐느냐"고 물으니 서류가 저당권 설정전 등기 말소로 지금 고소가 되어 있는 상태라고 말했다. 어이가 없었다. 그런데도 스케야는 억지소리로 우겨대며 돈을 주면 곧 해결된다면서 또 며칠을 기다려 보자고 한다.

이것이야말로 소위 말하는 '야루야루 사기' 수법이 아닌가. 곧 돈을 융통해서 서류를 갖추어 등기를 해 준다는 능숙한 임기응변으로 속이고는 그때 그 자리를 교묘하게 피해 나가는 사기꾼들의 수법이다. 스케야는 정말 니지가오(虹顔 - 무지개 얼굴)처럼 얼굴색을 바꾸는 다중인격자 기질이 다분한 자임에 틀림이 없다.

나는 너무 어이가 없어 서류를 테이블에 내동댕이치며 "전생에 내가 무슨 업보가 있었기에 너 같은 아귀餓鬼를 만났는지 모르겠다. 당장 꺼져버려!" 하고 소리쳤다. 지난 6월에 그가 내 연구실에 와서 지껄이던 돈 자랑 집 자랑이 모두 거짓으로 들통 난 셈이다.

이시바시 사무소를 나와 차를 타고 집으로 가려다 다시 사무실에 들러 스케야가 지금 살고 있는 가옥에 대해 그 집이 어떤 집이며 담보설정의 유무를 조사해 줄 것을 부탁하고 집으로 돌아왔다. 아내도 아무 말이 없는 것을 보니 내심 나를 원망하고 있는 듯하다. 속세간俗世間에 탈이 없는 인생이 어디 있겠는가. 그러나 탈(假面)을 쓴 아귀를 피할 수 있다면 누구든지 행복한 삶을 누릴수가 있다고 나는 생각한다.

사람이 죽으면 어떻게 될까. 불교에서 말하는 육도六道가 지금 우리 중생들이 살고 있는 사바세계가 아닐까. 지옥도가 있는가 하면 인간도가 있고, 축생도가 있는가 하면 천상도도 이 세상에 같이 공존하는 것이라고 생각해 본다. 나는 마치 지옥이라는 함정에 빠져 허우적거리며 '사람 살려요!' 이렇게 외칠 수 있는 기력조차 없으니 이것이 생지옥이 아니고 또 뭣이랴.

치쿠쇼!(畜生 - Damn it)

# 와각지쟁蝸角之爭

### 9월 9일 화요일

맑음. 아침부터 서둘러 이시바시(石橋) 법무사 사무실로 향했다. 가는 도중에 스케야에게 전화를 했다. 어떻게 돈을 변제할 것인가에 대해 다시 상의하자고 제안을 했다. 그러자 오늘 오후 한인교회의 목사관에서 만나면 어떻겠느냐고 답을 했다. 그도 여러 가지로 궁리를 한 결과 믿는 구석이라고는 목사 밖에 없었던 모양이다. 목사관에서 3시에 만나기로 하고 전화를 끊었다.

속도를 내어 이시바시 사무실로 달렸다. 아침시간이라 그런지 오늘 따라 후쿠오카행 3호선 국도가 트럭으로 길을 가득 메웠다. 내가 늘 다니는 대학은 시내를 잇는 일반도로이기 때문에 쉽게 달릴 수 있지만 국도는 출퇴근 시간이 지나야 좀 차들이 뜸해진다.

생각보다 늦게 법무사사무실에 도착했다. 사무실 문을 열자 젊은 여사무원이 차를 탁자 위에 내놓으며 조금 전에 이시바시 씨가 법무국에 잠시 일보러 갔으니 곧 돌아올 거라고 전했다. 한참 후 이시바시 씨가 나타났다. 그는 나를 똑바로 보면서 "스케야 씨 자택이 모두 담보로 잡혀 있어요"라고 큰 소리로 내게 알렸다. 나는 얼른 서류를 받아 쥐고 위 아래로 훑어보았다. 4월 14일에 200

만 엔과 5월 7일에 550만 엔으로 두 차례에 걸쳐 토지 가옥 합하여 모두가 담보로 잡혀 있었다. 또 한 번 나를 울리는 장면을 그는 뻔뻔스럽게도 이미 연출을 하고 있는 상태였다. 스케야가 지금 내 옆에 있었다면 나는 주먹으로 그의 주둥이를 수차례 후려 갈겼을 것이다. '나쁜 자식, 뭣이 은혜를 갚는다고…?'

그가 6월 중순부터 수차례 내 연구실을 찾아 왔을 때는 이미 자기 집을 담보로 잡힌 뒤였다. 자기 집이 천수백만 엔이나 나간다며 자랑하던 놈이 이미 그 집을 담보로 다 잡혀먹고 나더러 자기 집을 담보로 잡아주겠다고…. 거지발싸개 같은 자식, 저런 뻔뻔한 놈과 오후에 만날 것을 생각하니 온몸에 소름이 끼쳤다.

내 표정을 보고 있던 이시바시 씨는, "당분간 오늘 알게 된 집 저당 건은 모른 척하는 것이 좋을 것 같다"고 말한다. 부글거리는 내 가슴을 손으로 쓸어내리면서 나는 배신감과 상실감에 몸서리치고 있었다. 냄새나는 곳에 파리가 들끓듯이 사기꾼들은 상대방이야 어찌되든 돈 냄새를 맡으면 똥파리처럼 대들어 물똥(돈)을 죄다 핥아먹고나야 직성이 풀린다 하지 않던가. 파리 중에서 가장 멋진 놈이 똥파리다. 똥파리는 몸집도 클 뿐만 아니라 몸에 연초록빛과 누런 황금빛 솜털이 어울려 파리 중의 파리로 알려져 있다.

나는 집으로 돌아와서 점심을 대충 먹은 뒤에 스위밍 풀에 가려는 아내를 붙들어 내 차에 태운 후에 바로 고쿠라 한인교회를 향했다. 목사관에 도착하니 스케야와 목사가 멋쩍게 웃으며 나를 기다리고 있었다. 나는 스케야의 부도덕성 때문에 우리가 8년 동안 힘 모아 한글봉사사업을 한다며 동고동락한 세월이 너무나 허무하게 무너지는 것 같아 내 마음이 너무 아프다고 전하자 목사가 입을 열었다. "어찌하다 이렇게 되었는지 잘 모르지만 일단 돈을 안 주려는 것이 아니고 아파트가 팔리면 해결된다니까 선생님이 좀 참아주시면 어떻겠습니까?"라고 목사는 되레 나에게 다시 참아달라는 주문을 한다.

그 말은 스케야가 수차례나 약속을 깨가며 상투적으로 나에게 해 온 거짓처럼 들려왔다. 더 이상 나는 육체적으로도 정신적으로도 견딜 수 없는 상황이니 오늘 당장 결단을 내려주지 않으면 다른 조치를 강구할 수밖에 없다고 으름장을 놓았다. 그러자 목사도 할 말을 잃은 듯, 한참 침묵이 흘렀다.

잠시 후 아내가 갑자기 스케야를 향해 한참 동안 질책을 하고 나서는 "그럼 당신의 집을 새로 담보로 잡아주면 금년 말까지 우리는 참고 기다릴게요"라고 말했다. 오늘 아침 이시바시 사법서사로부터 들은 바대로 스케야의 집이 이미 저당 잡힌 깡통집이란 말을 아내에게 전했건만 아내는 미처 생각지 못했던지 엉뚱한 제안을 하는 바람에 나는 당황하여 그 말을 무시하고 말을 돌렸다. 스케야도 손톱만큼 양심이 있다면 자기 집을 사전에 저당 잡힌 애기는 제 입으로 꺼낼 수가 있었을 텐데 그는 끝까지 입을 꼭 다물고 있었다.

그러자 목사가 스케야에게 이미 타진을 한 듯이 말했다. "그럼 우선 아파트가 팔릴 때까지 매달 5만 엔씩 갚아나갈 수 있어요?" 이렇게 스케야에게 물어보자, 그의 대답이 너무나 의외였다. 스케야는 한참동안 깊이 생각하는 듯하더니 시선을 나에게 돌리며, "집에 가서 와이프와 상의를 해 봐야겠습니다"라고 답했다.

"매달 5만 엔씩 이자를 받으려고 당신한테 돈을 빌려준 것이 아니잖습니까. 요전에도 그렇게 한다고 약속하고 실제로 입금이 됐습니까? 안 했잖아요. 당신하고는 더 이상 말할 건더기가 없으니 이제부터 내 생각대로 할 것이니 그쯤 알고 있어요."

내일부터라도 당장 도부부동산의 하기 사장과 저당권을 행사할 것이라고 전하고 우리 부부는 목사관을 나왔다.

아내는 스케야의 깡통주택을 목사 앞에서 폭로하려 한 것 같아 내가 먼저 낌새를 알아차리고 아내의 발을 툭 치고 자리에서 일어났다. 이시바시 씨로부터 그런 말은 나중에 하라는 말을 들었기 때문이다. 더 이상 얘기해 봤자 목사에게 거짓말쟁이의 변호를 맡기는 상황인 것 같아 내가 한 발 뒤로 물러나는 행동을 취하지 않을 수 없었다.

집에 돌아와 책상 앞에 앉으니 중국의 시인 백거이白居易의 시구가 떠오른다.

　　　蝸牛角上爭何事 와우각상쟁하사

石火光中寄此身 석화광중기차신

달팽이 뿔같이 작은 세상에서 무얼 그리 다투고 있는가.
부싯돌이 발하는 불빛만큼의 짧은 시간밖에 머물 수 없는 몸인데.


# 시즈카 씨의 인간애


## 9월 10일 수요일

  구름. 오늘은 대학에 볼일도 있어 오랜만에 연구실에 들렀다. 아직 하기 방학
중이라 캠퍼스는 학생들의 열기가 빠져 나간 쓸쓸한 빈 공간으로 덩그렇게 눈
에 비친다. 연구동 건물에 들어서자 대여섯 명 교수들의 명패에 출근램프가 빨
갛게 켜져 있다. 내 옆 방 사쿠라 교수도 나와 있었다. 말동무할 사람이 옆에 있
어 다행으로 생각했다.

  6층 엘리베이터 버튼을 눌렀다. 그리고 내 연구실 문을 열었다. 최근에 왁스
로 청소를 했는지 방바닥이 매끈해 방 전체가 깔끔한 느낌이 든다. 나는 책상
앞에 앉아 클래식 음악을 틀었다. 하이든의 교향곡이 바이올린의 선율을 타고
방에 울려 퍼진다. 나는 의자에 깊이 앉아 명상에 그저 푹 빠진다.

  얼마가 지났을까 APP감사인 하야시타 시즈카(林田靜) 씨가 근처에 있는 국제
교류 센터에서 유학생들과 교류회에 참석한 후 그들과 얘기를 나누다가 내 생
각이 나 잠시 들렀다고 했다. 찾아주니 그저 고마웠다. 그녀는 APP창립멤버로
누구보다도 투철한 봉사정신이 강하다. 누나뻘 되는 선배이지만 우리 MT인 월
례회에 빠지는 일은 거의 없다.

오늘은 자기가 아는 한국 사람 두 명이 내주에 오사카에서 오는데 이틀 밤을 자기 집에서 홈스테이하려 한다고 말했다.

그때 시간이 있으면 나더러 말동무가 되어주면 좋겠다고 했다. 나도 흔쾌히 승낙하고 한·일 교류사업에 심혈을 기울이는 그녀의 마음을 받드는 뜻에서, 코리안으로서 고마운 일이다. 말이 홈스테이지 먹이고 재우는 일이 그리 간단한 일이 아니기 때문이다. 나도 이따금 한국에 나가서 어쩌다가 친구 집이나 친척 집에서 하룻밤 신세를 끼칠 때도 있지만 역시 손님에게 소홀함 없이 대접하는 한국인의 풍습을 생각해 보면 '주인 보태주는 손님 없다' 는 말처럼 아무리 손님이 신경을 쓴다고 해도 나그네인 객은 주인의 신세를 지고 그 집을 떠나기 마련이다.

그런 의미로 시즈카 씨는 가끔 유학생들을 자기 집에 불러 손수 일본 요리를 만들어 그들에게 대접하기도 하고 국제교류를 통해서 서로 이문화異文化 이해에 이바지한 인류애의 실천자이기도 하다. 나도 큰 도움은 주지 못해도 한국 또는 중국에서 손님이 오면 같이 어울려 즐거운 대화 시간을 만들어 보기로 약속을 했다.

내 주위에 이 같은 불속지객不速之客에게 무상 봉사를 하고 있는 일본 가정이 있다는 것이 얼마나 다행인지 모른다. 그들 가정에 돈이 남아돌아서 국제봉사를 하는 것은 절대 아니다. 그들은 말이 다르든 피부가 검든 희든 편견을 넘어 인간을 널리 사랑하기 때문에 봉사를 하는 것이다.

오후에 중국 유학생들 몇몇이 찾아와 같이 한국 차를 마시면서 신변얘기로 웃음꽃을 피웠다. 연변에서 온 장 군은 방학 동안에 알바를 해서 번 돈을 고향으로 송금하여 아버지에게 새 자전거를 사드렸다고 했다. 아직 나이도 어린데 늙으신 고국의 부모님을 걱정하는 망운지정望雲之情이 너무도 기특해 나는 감동을 받지 않을 수 없었다. 과연 나는 그 나이에 늙으신 홀어머니를 위해 무엇 하나 제대로 선물한 것이 없었으니 어머니의 눈에 아들의 모습이 어떻게 비춰졌을까? 돌아가신 어머니를 생각하니 지금 내가 천길 벼랑 끝에 서 있는 것처럼 아찔하다.

저녁에 루리코 씨가 내일 APP 9월 월례회에 관하여 상의할 일이 있다고 전화가 왔다. 내일 12시에 연구실에서 만나기로 약속을 했다.


# 목련의 수난


### 9월 11일 목요일

맑음. 오늘은 아침부터 옆 하이츠(원룸 아파트)에서 우리 집과의 사이에 있는 낡은 담을 허물어 새로 블록을 쌓는 모양이다. 일단 일을 시작하려면 우리에게 '마당을 사용하겠다' 는 허락을 받고 일을 하는 것이 상식인데 아무 말도 없이 사간(左官 - 미장이)들이 우리 마당을 들락거린다. 내가 밖으로 나가 얼굴을 내밀자 그제야 일꾼들이 "스미마셍" 이렇게 미안하다, 라고 고개를 수차례 숙이기에 나는 묵례로 작업을 승낙했다.

오늘 우리 가족은 각자 용무가 있어 아침에 모두 집을 비우게 되었다. 나는 연구실로 나가 이달에 발표하는 논문 'On Utterance · closing Particles in Korean and Japanese Kumamoto Dialect' 의 마무리 작업으로 열을 올리고 있었다. 사실 이 논문은 벌써 완성되어 있어야 할 것이 스케야에게 혼이 빠져 동분서주하다 보니 한 달 이상이 늦어진 셈이다. '한일비교언어학회' 에서는 원고 재촉이 몇 번이나 있었지만 나는 왠지 느긋하게 시간만 보내고 있었다. 한심하기 짝이 없다. 이번 학회에서 일단 발표만 하고 나면 한 달 정도의 논문 정리할 여유가 있으니 그때까지 논문을 보충하면 될 것이라는 안이한 생각을 하고 있었다.

논문작업을 하고 있는데 루리코 이사로부터 전화가 왔다. 이달 월례회 준비

관계로 오후 1시에 온다고 했다. 한 시에 그녀가 나타났다. 그간에 하지 못한 장부정리 그리고 월례회 순서와 후기 장학생 선발자의 명부 등을 나와 상의하기 위해서 온 것이다. 장학생은 7월에 심사위원들이 새로 3명을 따로 뽑아 놓았는데 모두 중국 학생으로 되어 있었다. 내 기억으로는 한국 학생이 한 명 있었던 것으로 알고 있는데 말이 다르다. 그녀에게 재차 물어보니 심사위원들이 잘못 보고한 것이 아니냐고 말을 돌렸다. 그 때도 나는 말로만 전해 들었을 뿐 기억이 잘 떠오르지 않았다. 누가 장학생이 되든 별 문제는 안 되지만 될 수 있으면 각 국의 학생들이 고루고루 혜택을 받았으면 하는 것이 APP의 규정이고 정신이다.

논문 작업을 대충 마치고 저녁에 집에 돌아와 보니 뜻하지 않게 울안에 있는 자목련 나뭇가지가 한쪽이 거의 잘려 나가 이상한 모습을 하고 있었다. 나는 깜짝 놀라 왜 나뭇가지를 함부로 잘라 버렸냐고 일꾼들에게 물으니 대답이 없다. 나는 화가 치밀어 다시 "누가 가지를 멋대로 잘랐어요?"라고 일꾼들에게 소리를 치니, 하이츠 주인이 시켜서 담 안으로 뻗은 가지를 잘랐다고 나이 든 일꾼이 말했다.

나는 들으라는 듯이, "아니 나뭇가지가 담을 넘는 것이 무슨 지장이 있기에 보기 좋게 자란 푸른 잎가지를 자르는 것은 상식 이하다"라고 나무랬다. 아내도 불만스런 표정이었지만 나더러 참으란다. 여기는 한국이 아니니까 우리가 참지 않으면 일본 사람들로부터 오해를 살 수도 있고 원망을 살 수도 있다고 귀띔을 한다.

그러나 그럴 수가 없다. 사람은 누구나 자연을 사랑하고 일본 정부도 미도리(綠) 주간이니 뭐니 하여 세계의 선진국들이 모두 녹화운동綠化運動에 힘을 쓰고 있지 않는가. 오불관언吾不關焉도 유분수지 옆집 사람이야 좋아하든 싫어하든 자기 멋대로 살아서는 국제사회로부터 비난받아 마땅하다.

# I'm not chinese

## 9월 12일 금요일

한때 비, 구름. 아침 늦게 일어나 아침밥을 들고 있는데 현관에서 초인종이 울린다. 잠 옷 차림으로 나가보니 어제 본 담을 쌓은 일꾼이었다. 왜 그러냐고 물으니 하이츠 주인이 나를 만나러 아침부터 후쿠오카에서 왔다고 했다. 나는 옷을 갈아입고 문을 열어보니 길가에 커다란 벤츠 한 대가 서 있었다. 나를 보자 차 곁에 있던 중년의 남자가 다가오더니, 자기가 이 하이츠의 새 주인이라 하면서, "소문에 중국 사람이 이 동네에 산다고 들었는데 당신이 중국 사람이오?"라고 나에게 대뜸 물었다.

나는 어이가 없어 한 마디 내뱉고 말았다.

"Are your looking for me? I'm not Chinese. Don't talk to your neighbor this way. Why did you cut away our branch with out consulting me."

그는 내 말을 알아들었는지 잠시 머뭇거리다가 목소리를 낮추더니 말을 이었다. 그의 말을 요약하면 일본에서는 남의 담을 넘어 온 나뭇가지와 과실에 대해서 주인이 행세를 할 수 없도록 법 조항이 되어 있다며 자기주장만을 내세웠다. 그러나 나는 법 이전에 우리는 이웃이니까 서로 중간에 꽃나무를 심어 봄에는 꽃과 여름에는 '미도리'(綠)를 감상하며 지내면 서로가 얼마나 좋으냐고 되물었다. 그리고 전 주인은 나무의 월담에 대해 무슨 꼬투리를 달지 않았는데 당신은 좀 색다른 사람 같다는 말을 던지고 나는 집으로 들어왔다. 이미 잘린 나뭇가지들을 다시 붙여놓을 수도 없는 노릇이니 나의 집 그림이 을축갑자乙丑甲子로 바뀌진 셈이다.

이웃을 잘 만나는 것도 오복五福에 들어간다고 나는 생각한다. 언젠가 한국 신문에서 이웃 간에 열 평도 안 되는 땅 소유문제로 티격태격 싸우다가 살인까지 했다는 기사를 보고 놀라지 않을 수 없었다. 그것은 다른 나라에서도 통용

된다고 본다.

가령 일본이 조선반도에서 수천 킬로 밖 바다 저 쪽에 떨어져 있었다면 도요토미 히데요시(豊臣秀吉)의 조선출병朝鮮出兵 임진왜란은 꿈도 꾸지 못했을 것이고, 더구나 일제의 식민지 지배도 불가능했을 것이다. 역사에는 만약이란 단어가 낄 수 없으니 말장난이 될 수 있겠지만 한편으로 일본과 정말 압록강 두만강처럼 강을 끼고 국경을 이루고 있었다면 과연 무모한 왜란과 일제의 국권강탈이 과연 일어났을까 상상해 본다. 주변 환경이 그쯤이었다면 그들이 꿈꾸던 대륙에 대한 동경도 허상으로 바뀌었을 것이다.

저녁에는 시모다 씨와 지치루 씨가 CCC study(Cross Culture Communi- cation)를 하기 위해 집으로 찾아왔다. 공부를 마치고 지치루 씨 얼굴색이 창백한 것 같아 어디 몸이 불편한가 물어보니 부친이 갑자기 돌아가셔서 엊그제 장례를 치렀다고 말했다. 예기치 않은 부음을 듣고 나는 당황했다. 하다못해 전화라도 주었더라면 장례식장에 찾아가 같이 슬퍼하며 직접 위로의 말을 전했을 텐데 너무 아쉬웠다.

내가 일본 사람이었더라면 필연코 그녀는 연락을 했을 것이다. 좀 서운함이 없지 않았지만 그녀의 슬픈 표정이 내 마음을 사로잡아 어정쩡한 자세로 나는 "御愁傷樣"(고슈쇼사마)라 정중히 말을 전하고 서둘러 부의금을 전했다. 그녀는 괜찮다고 했지만 장례식에 가지도 못한 사람이 할 일은 조금이라도 위로가 되었으면 하는 마음이 앞섰기 때문이다. 그러자 그녀는 예전처럼 명랑한 목소리로 우리 식구들에게 고맙다는 인사말을 남기고 차를 타고 어둠 속으로 사라졌다.

오늘 하루도 덤덤히 보냈지만 언젠가 내 생의 한 획을 긋는 전향기가 올 것을 기원하면서 잠자리에 들었다. 열린 창문 사이로 상큼한 선들 바람이 내 살결을 스치고 지나간다. 아, 바야흐로 가을인가 보다.

# 아이고 - 애고哀哭

## 9월 13일 토요일

맑음. 상쾌한 날씨다. 오늘은 시모노세키에 있는 도부부동산에서 하기 사장과 만나기로 한 날이다. 오늘은 혼자 가려 하는데 아내는 자기도 따라간다고 성화를 부린다. 1시에 만나기로 약속했기에 12시에 JR전동차를 타고 시모노세키로 향했다.

도부부동산에 도착하니 스케야가 미리 와 있었다. 얼마 후 아들이 자기차로 달려왔다. 아들이 아버지가 일방적으로 당하는 것 같아서인지 자기가 동석하여 그들을 감시하고 힐난할 것은 때와 장소를 가리지 말고 해야 된다고 강하게 주장한다. 아들 말도 일리가 있어 보인다. 내가 생각해도 이번 일은 너무나 그들을 나처럼 생각하고 믿어왔기 때문이다. '열 길 물속은 알 수 있어도 한 길 사람 속은 알 수 없다' 는 말을 나는 이번에 처음 실감했고 수 없는 거짓 약속에 시달려온 내가 아들 보기에도 안쓰럽게 보였던 모양이다.

우리 식구 세 사람과 하기 사장 그리고 스케야 모두 5명이 응접실에서 차용증을 앞에 놓고 대책을 강구하는 자리가 됐다. 이번 악덕 브로커에게 엉뚱하게도 내가 걸려들어 귀중한 시간과 정신적 고통 그리고 인간불신으로 인하여 내가 겪을 인격적 장애 등을 생각하니 나도 모르게 심한 콤플렉스에 휩싸이는 듯했다. 다섯 사람의 말이 오가는 가운데 스케야는 아직도 내 마음을 읽지를 못했는지 조금 날씨가 선선해지면 M아파트가 팔릴 것이니 좀 더 기다리자고 하자 아들이 대뜸 "당신 언제까지 사기 치려는 거야? 이 인간아" 하자 스케야가 발끈하며 아들에게 뭐라고 지껄인다. 말실수를 했다며 아들더러 사과하란다. 아들은 사과를 못한다고 잘라 말했다. 나도 한 수 높여 뭐라 욕지거리를 해 주고 싶었지만 꾹 참았다.

그의 행동을 보면 아랫사람에게 욕먹어도 싸다. 그가 석 달 동안 나에게 수없이 거짓말을 한 것을 그 자신도 너무나 잘 알고 있을진대 나를 만날 적마다 아무렇지도 않은 듯 뻔뻔스런 얼굴로 대하는 것이 나를 더 괴롭혔다. 얼마 전까지도 뭐 교수님 은혜를 갚으러 왔다며 내 연구실에서 굽실거릴 때가 언젠데 지금은 만나도 소 닭 보듯, 말하자면 이표산묘(裏表山猫, 우라오모테야마네코 - 이중인격자)의 전형을 보여주고 있다.

하기 사장이 갑자기 스케야에게 함구령을 내린다. 그런 후 하기 사장은 현재 M아파트의 현실가격을 전하면서 자기가 돌려줄 수 있는 현재 금액을 제시했다. 나는 하기 사장의 양심에 혹시나 기대를 했지만 역시나 내가 생각했던 금액과 거의 다르게 제시했다. 결론적으로 말하자면 내가 빌려준 돈의 3분의 2가 되는 금액만을 돌려주겠다는 얘기다. 다음 주 16일에 담보서류 해지와 함께 약속한 금액을 돌려주겠다는 하기 사장의 말을 믿고 우리 부부는 도부부동산 본사를 나왔다.

나는 그동안에 그들이 또 다른 악덕 브로커를 끌어들여 제 3의 사기행각을 할 수도 있다는 생각이 언뜻 들었다. 그들의 말은 콩으로 메주를 쑨다고 해도 곧이 들리지 않았다. 나머지 잔금은 스케야가 지불할 돈인데 앞으로 더 넘어야 할 산이 많을 것같이 느껴졌다. 머리가 지끈거린다. 그 문제는 우선 도부부동산으로부터 일단 돈을 돌려받고 나서 생각하기로 마음을 굳혔다.

하기 사장이 제시한 금액이 마음에 차지 않았던지 아내는 50만 엔만 더 붙여줄 수 없느냐고 물었다. 그러나 하기 사장의 말은 지금 자기는 손해를 보고 그 돈을 돌려준다며 둘러댔다. 나는 더 이상 하기 사장에게 웃돈을 요구하고 싶지 않았다. 하여간 지금까지 이 두 사람의 대화를 제삼자 입장에서 듣고 추측하건대 이들은 이전부터 서로 부동산 거래를 통하여 잘 알고 지내는 사이임에 틀림이 없었다. 하기 사장이 함구령을 내릴 때 나는 두 사람의 눈빛으로 그들의 관계를 알 수 있었다. 그들이 생각지 않게 서툰 연기를 보였기에 나는 모두 그렇게 판단한 것이다.

이번에 나를 먹이로 거짓 경매에 끌어들인 것은 이 두 악덕 브로커가 나를 끝까지 속일 심산으로 철저히 계획된 막장드라마였다. 누구보다 먼저 이해득실

利害得失을 따지는 부동산 업자들이라 그들에게서 인간성은 기대할 수 없었고 나는 그저 전생의 업보라 생각하며 그들의 조걸위학助桀爲虐을 이 두 눈으로 똑똑히 뜨고 지켜보리라.

내가 돈을 빌려준 당초에 스케야는 하기 사장과는 전혀 모르는 사이라고 말한 까닭은 무엇 때문일까. 나는 무엇보다 그 내막을 알고 싶었다. 그러나 누구로부터 그 소스를 캐는 일도 불가능해 보이고 아무리 머리를 짜보아도 나로서는 어찌할 방도가 없을 성싶다. 애고哀告 왕배야, 덕배야. 그럴 때마다 나는 옛 한시漢詩를 감상하며 자신의 심령을 달래본다.

당나라 시인 왕유王維의 '九月九日重陽節億山東兄弟'라는 시를 음미하면서 고향에 있는 노음老陰의 얼굴들을 그려본다.

> 獨在異鄕爲異客　독재이향위이객
> 每逢佳節倍思親　매봉가절배사친
> 遙知兄弟登高處　요지형제등고처
> 遍揷茱萸少一人　편삽수유소일인
> 타향에 홀로 있으니 정말 나그네가 되었구나
> 좋은 계절을 맞을 때마다 부모님이 간절히 생각나
> 높은 산에 올라 먼 곳을 바라보니 형제들이 떠오르네
> 수유(열매)를 머리(옷)에 꽂고 두루 살펴보면 한 사람이 모자라겠네

# 731부대의 Mystery

## 9월 14일 일요일

흐림. 하루가 어찌 지나가는지 모르겠다. 생각이 많을수록 시간은 쏜 화살같이 빨리 날아가 버리는 느낌이다. 촌음寸陰을 아껴야 할 사람이 손을 놓고 앉아만 있으니 안타까운 노릇이다.

요즘은 전문서적보다도 신문이나 잡지를 손에 들고 있는 시간이 많아진 것 같다. 최근 신문에 일본군이 중국에서 난징(南京) 공략에 가담했던 보병36연대의 무자비한 학살현장과 만주에서 생체실험으로 유명한 731부대의 이시이시로(石井四郎) 부대장의 '마루타' 사건에 관한 몸서리치는 얘기가 실려 있었다.

나는 몇 년 전 중국을 여행하다가 우연히 난징에 들르게 됐다. 그곳 안내원이 제일 먼저 안내한 곳이 '난징대학살 기념관' 이었다. 그때까지 나는 당시 중국 사람들이 얼마나 많이 죽었는지 알지 못했다. 그런데 전시장에는 유골이 수두룩하게 널브러진 채 모습을 그대로 드러내고 있었다. 안내원은 마치 자기 친척이 억울한 죽음을 당한 듯이 열띤 어조로 일제의 만행을 맹비난하듯 목청을 올리고 있었다. 전시장 밖에는 죄 없는 중국 사람들이 30만이나 학살되었다는 현수막이 한쪽 벽에 걸려 있었다. 그리고 넓은 잔디밭 쪽에는 수많은 중국인 희생자의 이름이 새겨진 비석들이 빼곡하게 세워져 있었다. 죽음을 당한 사람은 남자뿐만 아니라 부녀자와 노약자는 물론 어린아이들까지도 처참하게 죽어갔다고 말했다.

흙구덩이에서 묻혀 죽기 일보 직전에 담배를 꼬나물고 있는 희생자의 사진을 보니 절박한 당시의 그 전율이 지금 내 몸에 번개처럼 짜릿해 오는 느낌이다. 담배 한 가치를 피우려고 1분도 안 되는 그 짧은 시간을 빌어 1초 1초를 아끼며 뿜어내는 담배연기에 자기의 혼백을 실어 하늘로 후—후— 날려 보내는 희생자의 스냅 사진이 너무나 인간적이어서 나를 슬프게 한다.

아, 인간은 빨리 체념을 하면 바로 편안을 찾을 수 있다는 법도를 깨달아야 한다. 마음을 다스리고 허둥거림 없이 하늘을 바라보는 사람은 조금이나마 인간의 벽을 뛰어넘어 달라질 수가 있다고 나는 생각한다. 이와 반대로 자기 잘못을 뉘우치지 않고 약자를 괴롭히는 어떤 이익집단이 있다면 이는 용서할 수 없을 것이다.

말하자면 일제 통치시대 하얼빈 구 만주에서 활동하던 731부대의 잔악상을 예를 들어보자. 최초 그들은 전투시 병사들의 수급대책을 위해 전선부근에 방역급수 지도본부를 만들어 놓고 본부요원들에게 급수활동을 하는 한편 근교의 물가에 장티푸스 적리赤痢 콜레라균 등을 일부러 냇물에 흘려버렸던 것이다. 그리고 주변의 중국 사람들이 그 물을 먹은 후에 어떤 일이 벌어지는가를 비밀리에 뒷조사했던 것이다. 사실 그 주변의 가난한 중국인들에게서 갑자기 이런 병이 나돌자 그들은 먼저 731이시이부대를 의심했다고 한다.

그 후 살아남은 중국 사람들은 자기 마을을 버리고 타지로 줄행랑을 쳤다. 이시이 부대장은 세균에 관해서는 천재적인 두뇌의 소유자였다. 그는 의사로서 2년에 걸쳐 미국과 유럽에서 여러 병원을 돌아다니면서 세균학에서 빠뜨릴 수 없는 생체해부학에 관심을 갖고 수많은 사람들을 한꺼번에 사망에 이르도록 하기 위해서는 세균의 대량생산을 하지 않으면 천황폐하를 위한 충성을 이룰 수가 없다고 생각해 왔기 때문이다.

그가 하얼빈의 근교 핑황(平房)이라는 한촌에서 다―크 엠파이어라 할 수 있는 거대한 세균 전시실을 세울 수 있었던 것은 그가 관동군關東軍 731부대장이었기 때문이었다. 그 시설 안에는 커다란 연구실과 비행장 농장 그리고 수 십 개의 마구간 및 부속 관사와 학교 병원 우체국과 일본인 군속들을 위한 군사기지내의 피엑스(PX) 등을 갖춘 시쳇말로 말하자면 뉴타운이라 할 만큼의 규모의 시가지였다. 그러나 그 안으로는 누구나 출입할 수 있는 장소가 아니므로 넓은 벌판에 커다란 굴뚝이 몇 개 솟아 있었고 연구실은 여몸자 모양의 두 개의 큰 건물이 마주보고 있었으며, 그 건물은 무엇으로 사용하고 있는지는 시설관계자 이외 누구도 아는 사람이 없었다고 한다.

훗날 세상에 알려진 것은 전쟁 중 포로로 잡혀온 중국인 또는 러시아 군인 그리고 스파이들이 기차에 실려 오거나 군용차에 실려 오면 그 때부터 그들 포로는 인간이 아닌 물건취급을 하듯 통칭 '마루타'(丸太)로 불려졌다. '마루타'는 마치 실험실의 기니-피그처럼 사람을 철창에 가두어 놓고 아무 눈치도 주지 않고 그때그때 생체실험의 대상이 되어야만 했다. 주사를 맞아야 한다면 응할 수밖에 없었고 약을 주면 그냥 받아먹어야만 했다.

'마루타'는 그것이 페스트의 생균生菌이라 할지라도 입으로 들이키라면 그리 할 수밖에 없었다. 또 시간이 흘러 신체에 이상이 생기면 무균실로 '마루타'를 옮겨 이시이가 발명한 이시이식(石井式) 배양통培養桶 안에 세균을 옮겨 심어 이것을 체인 컨베이어로 부화실에 넣고 보통 20시간을 돌려주면 자동으로 균이 배양된다. 731부대에서 대량생산한 세균은 페스트균을 비롯해 장티푸스균 파라티푸스균 콜레라균 탄저균 적리균 등이었다. 이 같은 세균은 화물기차에 실려 난징南京으로 다량 보냄으로써 난공불락難攻不落의 군 요새를 생각보다 쉽게 진군하여 점령할 수가 있었다.

중국인의 희생이 상상 외로 컸던 것은 보이지 않는 극비의 세균전이 암암리에 행해졌기 때문이다. 731부대의 비인간적인 악랄함은 이뿐만이 아니었다. 그들 부대원들은 하얼빈에서 120킬로 떨어진 안달安達이란 곳에서 수십 명의 '마루타'를 베니어판에 꼼짝 못하게 여기 저기 들판에 묶어놓고 '마루타'를 폭격 표적에서 이중 삼중의 원형圓形으로 배치하여 실제로 폭격기에 20킬로 내지 30킬로 세균폭탄을 싣고 폭파실험을 감행했다고 한다.

폭격기가 '마루타'를 향해 폭탄을 떨어뜨리고 사라지자 그 쪽에서 연기가 높이 솟아올랐고 한참 후 방독의와 방독 마스크를 쓴 부대원들이 그곳 벌판에 도착했을 때 거기는 '마루타'의 생지옥으로 변해 있었다. 즉사한 사람, 팔과 다리가 날아간 사람, 온몸에 파편이 박혀 피범벅이 된 사람, 죽지 못해 신음하며 애타게 살려 달라는 사람들을 두 눈으로 빤히 보면서 그 앞에서 사진을 찍어대는 731부대원, 폭탄 파편의 분포와 그 위력을 조사하는 부대원, 그들 부대원들은 보고 자료수습에 정신이 없었다고 한다. 그리고 해가 어둑해서 사상자 구별 없이 준비된 트럭에 '마루타'들을 짐짝처럼 몽땅 실어 731부대로 급송했다. 그리고 그 날 밤중에 그 많은 '마루타'를 은밀히 화장시켜 버렸다.

이같이 731부대에서 생체실험으로 죽어간 '마루타'는 무려 천여 명에 달했다고 전한다. 그 뿐이랴. 콜레라와 티푸스의 균액을 제장성(浙江省) 주변의 닌포(寧波) 진화(金華) 오산(玉山) 상공에 비행기로 실제 살포하여 시민들 전체에게 전염시켜 죽이려 했다. 그러나 별다른 효과를 얻지 못하자 이번에는 페스트균에 감염된 수만 마리의 벼룩을 같은 도시에 다시 투하했다. 그들의 바람은 중국대륙에서 페스트가 불같이 번져 수백만의 병자가 까맣게 죽어가는 흉한 모습들을 보고 싶었던 것이다.

이처럼 731비밀부대원들은 국제적으로 비난 받고 있는 대량 살생 세균 전략을 극비리에 전개함으로써 천황폐하에 충성을 다하고 자기가 속해 있는 귀속집단(關東軍)에 불문곡직不問曲直하는 노예근성이 차후에 걷잡을 수 없는 엄청난 죄악의 대가로 부메랑이 되어 돌아온다는 진실을 일본제국주의자들은 알고 있었을까. 그것이 피압박민족에게는 커다란 수수께끼로 영원히 남을 수 있는 Big? mark일지도 모르겠다.

1945년 8월 6일 미국의 B29 폭격기 'Enola gay'가 세계 전쟁 사상 처음으로 히로시마에 15킬로톤의 원자탄 'Little boy'를 투하한다. 그러나 대본영大本營에서 별 반응이 없자 8월 9일 다시 나가사키(長崎)에 21킬로톤의 원자탄 'Fat man'을 투하함으로써 일제는 대동아전쟁에서 무고하게 죽어간 아시아 제국의 수백만의 전쟁 희생자들에 대한 피의 대가를 일부나마 치렀다고나 할까.

1945년 8월 15일 일본 천황은 국영 라디오를 통해 전쟁의 패배를 인정함과 동시에 그해 7월 26일 독일의 포츠담에서 결의한 미, 영, 중, 소의 포츠담선언을 무조건 받아들이겠다고 항복선언을 발표한다. 결국 일본이 연합군에 항복함으로써 대다수의 일본 국민들은 이구동성異口同聲으로, "Rather an unjust peace then a just war" 이렇게 일제 수뇌부의 자시지벽自是之癖을 맹비난했다고 전해진다.

# 사잔화(山茶花)

### 9월 15일 일요일 경로의 날

맑음. 집 앞 울안에 심어놓은 무궁화 꽃은 어느새 다 시들어 버렸다. 앞으로 초동初冬에 고운 자태를 보여줄 꽃은 사잔화(山茶花) 밖에 없다. 흰 꽃잎에 살짝 분홍빛이 물든 이 꽃은 한국에서는 자주 볼 수 없는 꽃, 사잔화sasanqua이다. 일본에서는 일명 처녀동백(히메츠바키 - 姬冬柏)이라고 불려지고 있다.

흰색 꽃잎의 청초함, 그리고 마치 홍조紅潮를 띤 처녀의 볼 같은 연분홍 꽃잎의 아름다움이 돋보인다. 한겨울 흰 눈에 덮인 사잔화를 살며시 바라보면 왠지 예쁜 아기의 숨소리가 들리는 듯해 꽃 이름처럼 처녀의 신비로움이 숨겨 있는 꽃이 아닐까.

나는 이 꽃을 영설화라는 우리말 이름을 붙여주고 싶다. '영설화迎雪花', 눈을 맞이하는 꽃, 이 얼마나 계절에 맞는 꽃 이름인가. 나는 오랫동안 한글을 일본 사람들에게 가르치고 또 우리 문화를 소개하는 전도사로서 한국과 일본 사이에 언어와 문자가 서로 통하지 않는 말이 있으면 그에 걸맞은 단어와 어휘를 골라 그럴싸한 신조어新造語를 개발하여 한·일 이문화異文化의 이해理解에 조금이나마 기여할 수 있는 계기를 마련하고 싶었다. 이런 조그마한 신조어新造語 작업은 문화가 다르고 문물이 다름으로 인하여 발생하는 언어의 차이와 어휘의 유무有無를 통해서 적극 활성화 되어야 한다고 생각한다.

예를 들어 오이타(大分)에서 많이 자생하고 있는 가보스(밀감의 일종)는 생각보다 쓸모가 많은 향신료라는 생각이 언뜻 든다. 유자柚子와 비슷하나 한국에서는 그런 열매를 찾아볼 수가 없다. 이 열매는 껍질이 진녹색이고 겉이 울퉁불퉁하여 보기에는 그렇지만 향내가 짙어 회(사시미)에 그 즙을 짜서 뿌리면 생선의 비릿한 냄새가 한 방에 사라진다. 예를 들어 과일 드레싱에도 이 즙을 몇 방울 떨어뜨리면 상큼한 향기가 코를 자극허여 입맛을 돋우기도 한다.

나는 이 식물에 향유자香柚子란 이름을 붙여보았다. 우리가 자주 먹는 유자의 원조가 이 푸른 가보스가 아닌가 생각이 든다. 다윈의 생물 진화론을 연상하면 누구나 이 열매의 개량종이 지금의 우리가 좋아하는 유자라 생각하면 이 가보스라는 열매가 연상될 것이다. 가보스의 원조가 유자라면 유자보다 향내가 짙은 이유로 '향' 을 접두어로 사용하여 '향유자' 라는 이름을 붙여온 것이다.

그리고 또 하나, 가구에 한국식 이름을 붙여보자. 우리나라에서는 거의 볼 수 없는 일본식 가구는 '고타츠' (炬燵)이다. 이 고타츠는 홋카이도(北海道)를 비롯해 동북지방에서 엄동설한嚴冬雪寒을 이겨내기 위해 간단하게 만들어낸 난방가구이다. 고타츠의 구조는 앉은 책상의 아랫면에 적외선 등을 켜고 그 위에 담요와 이불을 푹 씌워놓으면 그 안이 전열 등으로 인해 따뜻해 옴으로 가족이나 친지들이 오면 모두 발을 넣고 얘기를 나누며 추위를 잊는다. 가스난로나 석유난로는 화재의 위험성이 높지만 고타츠는 그럴 염려가 거의 없다는 통계가 나왔다.

일본 사람들은 어려운 한자음흡의 이름을 붙여 쓰고 있지만 중국어에서도 이같은 단어는 찾아볼 수 없다. 이 거달炬燵이란 한자는 일본 사람들이 만든 조어이다. 그렇다면 우리도 발음 그때로 쓸 수도 있지만 어디까지나 일본어의 일개한 물질명사이므로 그대로 일본식으로 쓴다면 우리 정서에도 맞지 않을 뿐더러 우리 혀 발음에도 익숙하지 않은 말인 즉, 이 가구를 '난로상' 暖爐床으로 명명해 보았다.

우리나라는 예부터 전통적인 온돌방이 전해 오고 있으므로 이 같은 난로상은 별로 필요치는 않겠지만 일본에서 좀 오래 살다 온 사람들은 이 고타츠가 편리하고 안전하다며 일본에서 하나씩 사들고 오는 사람들이 꽤 있다고 한다. 일본 가옥은 거의가 다다미로 되어 있기 때문에 겨울철의 이 고타츠는 일본인의 애용가구라 해도 과언은 아니다.

저녁에 루리코 이사로부터 전화가 왔다. 내일 연구실에서 만나자고 했다. 유학생들과 상담이 있는데 시간이 있으면 같이 그들과 만나자고 한다. 아직 가을학기 개강도 시작하지 않았는데 왜 그리 서두는지 모르겠다. 내일 나는 시모노세키에 가서 도부부동산의 하기 사장과 만나 M아파트를 전매하기로 한 날이기 때문에 다른 데 신경을 쓸 겨를이 없을 것 같아, 내일은 선약이 있다고 말을 전하고 내주에 만날 것을 요구했다. 그러자 기분이 상했던지 내 말이 끝나기가 무섭게 전화를 끊는다.

아무리 국제적으로 봉사사업을 한다 해도 자기 할 일을 하면서 해야 하지 않겠는가. 나이가 든 오바상(아줌마)들의 마음은 알 수가 없다. 잘도 삐지니까 나로서는 덤덤히 대할 수밖에 없다. 그럴 때마다 나는 일본 사람들과 폭 넓게 사귀어 서로가 좋은 인간으로 이미지를 심어주고 싶어 APP를 발족했건만 요즘은 사소한 일로 인하여 티격태격 갈등까지 일으키니 무슨 야로가 있는 것이 아닌가 하는 생각이 든다.

일본 사람들은 나를 빗대어 뭐라고 비방하는지 모르지만 반대로 한국 사람들은 일본 사람들의 섬나라 근성을 나무란다. 시간이 이 문제를 해결하겠지만 이처럼 배려심이 전혀 없는 인간들이었다면 나는 처음부터 'No, thank you.' 이렇게 그들의 회원가입을 거부했을 것이다.

오늘밤도 편안한 꿈자리가 되었으면 한다. 내일을 위해 일찍 잠을 청해야겠다.

# 인간의 페이소스

### 9월 16일 화요일

쾌청. 새벽 간단히 식사를 마치고 사이세이카이(濟生會) 병원에 갔다. 피를 빼고 기다린 지 40분이 지나서 내과의 사토 선생이 내 이름을 부른다. 두 달 만의 진단이라 내심 내 몸의 변화가 있는지 우선 신경이 쓰인다. 사토 의사는 바쁜 진료 중에도 나에게는 특별히 시간 배려를 해 준다. 언제나 내 가슴에 청진기를 짚어보고는 머리를 끄덕이며 슬며시 OK 시그널을 보낸다. 그럴 때마다 안도감을 느낀다.

오늘은 지난 번 검사보다 혈당도 고지혈증도 줄었다며 매일같이 운동을 하라고 재삼 권한다. 몸 상태가 좀 좋아졌다고 방심하면 반드시 위험이 따른다고 충고까지 해 준다. 말하자면 "Danger past, God forgotten"이란 영국 속담이 머리에 쏙 들어온다. 흔히 속된 말로 사람들은 '화장실 갈 적 마음 다르고 나올 적 마음 다르다'고 말하는데 이 말을 하는 사람들은 자기 착각에 빠지지 않았나 생각해 본다. 인간은 생리현상으로 인해 신체에 변화가 올 때 인간의 심리는 누구도 조급해지고 초조해진다. 그러나 그 일이 해결되면 곧 머릿속에서 잊는다. 인간은 망각의 동물이므로 과거의 자질구레한 일들을 머릿속에 구태여 남겨둘 필요가 없다. 그렇지 않으면 우리의 뇌세포는 포화상태가 되어 모두 세포가 파괴될 것이니까. 그러나 인간이 머리에 기억해야 할 도덕적인 윤리는 망각해서는 안 될 것이다.

예를 들면, 가령 인간이 올바른 마음(義)과 그리고 힘찬 자세(勇)로 살려고 온갖 노력을 한다면 주위 사람들로부터 사랑과 존경을 받을 것이다. 존경이란 말의 진가는 의義와 용勇이 같이 공존할 때 비로소 발생한다고 본다. 논어에서도 말했듯이 '용기는 있으나 의리를 존중하는 마음이 없으면 세상은 혼란에 빠진다'고 했다. 거꾸로 의리는 있으나 용기를 망각하면 절름발이 인생을 살게 될 것이다. 우리는 이 두 가지 덕목가치관을 밸런스 좋게 맞춰 살아감으로써 인간다운, 화목하고 행복한 사회가 탄생할 것이라 믿는다.

오늘은 M아파트 매매계약을 하여 일단 판매금액을 받는 날이다. 오후 2시에 아내와 둘이 시모노세키에 있는 도부부동산 본사로 찾아갔다. 3층 사무실로 들어가니 스케야가 미리 와 있었다. 처음 보는 Y사법서사도 서류가방을 들고 나타났다. 우리는 4층 회의실로 자리를 옮겨 먼저 사법서사가 하라는 대로 먼저 아파트 저당서류를 건네주었고, 다음으로 스케야가 하기 사장의 매매결정에 동의하고 나머지 잔액은 스케야가 갚는다는 서약서를 건네주었다. 내 인감도장과 스케야의 인감도장을 받아 쥔 Y사법서사는 모든 서류에 도장을 찍고 나서 영수증과 서약서 등을 각기 나눠 주었다.

그리고 바로 하기 사장이 돈 뭉치를 가지고 와 나에게 전해 주었다. 약속한 금액 그대로 맞았다. 나머지 잔액 3할은 어떻게 하겠냐고 하니 스케야는 가까운 시일 안에 연락하여 갚겠다고 한다. 꼭 약속을 지킬 것을 당부하고 우리는 먼저 엘리베이터를 타고 내려왔다.

현관에서 차를 기다리고 있는데 뒤로 엘리베이터를 타고 내려온 Y사법서사가 나에게 귀띔을 해 주었다. "스케야를 조심하세요"라는 말을 남기고 그는 손을 저으며 어디론가 사라졌다. 우리는 그 길로 차를 타고 집으로 곧장 돌아왔다. 아내는 한숨을 크게 내쉬더니 안도하는 모습이다. 바보 같은 행동으로 가족들에게 할 말이 없는 나는 죄진 사람처럼 유구무언有口無言으로 아무 말도 하지 않았다.

아들은 신경질적으로 투덜대며 이층 방으로 올라간다. 우리 부자간에 서로 소통이 없었다는 것이 이번 사기사건으로 드러난 셈이다. 아, 통재로다! 마치 내 앞을 벽이 가로막듯이 인생여정에서 너무 사람이 보이지 않는다는 현실에 나는 비애를 느끼지 않을 수 없었다. 맥없이 침대에 앉아 모든 것들을 잊고 싶었다.

방안에 놓인 하카다(博多) 인형과 해외 관광지에서 찍은 액자 사진에서 지금껏 생각지 못한 연민의 정을 느꼈다. 모든 것들이 만목소연滿目蕭然하였다. 아내도 심적으로 레디컬 쇼크를 받았으리라. 모든 것을 잊어버리자고 해도 인간의 불의不義만은 뇌리에서 좀처럼 지워지지 않는 것 같다. 다시 내 몸 어디선가 뜨겁게 치솟아 오르는 분노를 느끼며 억지로 잠을 청해 본다.

# 솔로몬의 판단

## 9월 17일 수요일

오후부터 비가 내리다. 아침에 일어나니 아들이 나를 피하는 눈치다. 아들이 당분간은 나와 대화를 거부할지도 모른다. 아니 어쩌면 이쪽에서 말을 건다고 해도 언제까지 무언증無言症 환자처럼 나를 대할지도 모른다. 참으로 식구들 간에 불통이란 참으로 따분한 일이다.

소뿔도 단김에 빼듯이 금전관계도 후딱 해결되었으면 좋겠건만, 그러나 스케야가 그럴 작자가 아니다. 소 힘줄같이 성질이 질긴 자이기 때문에 금전회수가 아무리 생각해 봐도 암담할 것만 같다. 그렇다고 그냥 전화도 하지 않고 그를 놔준다면 제 세상 만난 미친개처럼 이리저리 쏘아다니며 다른 사람들에게 나를 이상한 사람으로 덮어씌울 수도 있을 것 같다.

사기치고 다니는 놈이 똥오줌을 가려가며 행동할 리가 없다. 그의 지금까지의 언행으로 보아 너끈히 또 다른 나 같은 사람에게 교언영색巧言令色으로 회유하여 똑같은 수법으로 순진한 사람을 해코지할 것이 뻔하다. 내일 한인교회에서 스케야, 그리고 목사와 함께 만나기로 약속을 했다. 목사는 어떤 생각을 하고 있는지 퍽 궁금하다. 자기들이 원해서 한글강사모임에 나를 얼굴마담으로 불러들여 요리조리 이용만 해 먹고 마지막에는 양의 가죽을 쓰고 나타난 늑대처럼 나에게 다가와 사기까지 치는 양심불량의 악당을 어떤 식으로 대해야 할지 감이 서지 않는다.

스케야와 목사가 어떤 연유로 처음 알게 되었는지 나는 잘 모른다. 확실한 것은 이 두 사람 사이는 나보다 친밀한 관계를 갖고 있는 것이 사실이다. 낌새를 보니 스케야는 내일 목사를 중간에 세워서 이 사건의 시시비비를 목사에게 맡기어 심판 받으려는 속셈이 깔려 있는 것 같아 보인다. 솔로몬 왕과 같은 지혜로운 판단을 기대할 뿐이다.

낮에는 연구실에 나가 '한일 비교언어학회'의 박명미 간사에게 이달 27일 토요일에 발표하는 '韓音系의 終止詞와 熊本弁의 終助詞에 대해서'란 제목의 논문발표 레지메를 보내려 했으나 컴퓨터의 오류로 인해 대학내 미디어 센터의 이노우에 씨를 불러 도움을 받은 후에야 메일을 보낼 수 있었다.

저녁에는 비가 쭈룩쭈룩 내렸다. 후덥지근한 일본 기후는 그냥 짜증만 나게 만든다. 욕실에서 찬물을 몇 바가지 끼얹었다. 심장 속까지 시원해지는 기분이다. 오늘밤도 좋은 꿈을 꿔야지. 사랑하는 많은 사람들과의 행복을 위해서….


# 액년厄年


## 9월 18일 목요일

비. 오후에 목사를 만나기 위해 아내와 함께 고쿠라에 있는 한인교회로 갔다. 바로 목사관 2층으로 올라가니 목사가 벌쭉 웃으며 맞아주었다. 미리 스케야도 와 있었다. 이제는 나에게 눈인사도 보내지 않는다. 언제나 내 앞에서 굽실대던 자가 그리 달라지리라고는 예상을 못했다. 나도 눈을 마주치고 싶지 않았다.

조그마한 응접실에서 넷이 무릎을 맞대고 앉자마자 잠시 어색한 침묵이 흘렀다. 목사가 먼저 어정쩡히 말을 꺼내면서 본의와는 달리 중간에서 중재를 하게 됐다며 이번 사건에 대해 탐탁치 않은지 메슥거리는 느낌을 받았다. 목사는 이 사건의 실제를 제대로 알고 있는지가 궁금했다. 스케야로부터 들은 피상적이고 자의적인 얘기로는 이 사기사건의 문제를 풀지 못할 것같이 느껴졌다.

나는 그를 믿고 돈을 건네준 것 이외에 아무 잘못이 없다. 우선 나는 그 말을 목사에게 얘기하고, 다음으로 후에 알게 된 자기의 집을 두 번에 걸쳐 타인에게 이미 등기설정을 하여 돈을 모두 빼 쓰고 나서 뻔뻔스럽게 나에게 찾아와 능란한 말솜씨로 좋은 경매 사업을 하면 돈을 벌 수 있다며 회유하면서 자기 집을 담보하겠다고 한 사기행각을 모두 폭로하고 말았다.

그런데 목사의 반응은 너무나 덤덤한 태도였다. 나 같으면 빈 말이라도 "이제 그 말이 참말입니까?" 이렇게 스케야에게 심각하게 되물어 봤어야 할 상황에서 목사는 그냥 웃어넘기려는 모습에 실망하고 말았다. 본론에 들어가서 나머지 잔금을 어떤 형식으로 갚아 나가겠냐는 목사의 질문에 스케야는 동업자 이시다와 상의를 해서 다시 나에게 연락을 하겠다고 말했다.

나는 이시다와 직접 관계가 없으니 당신의 책임 하에 갚을 것을 요구했다. 그러자 스케야는 지금 돈이 없으니 미납금에 대한 이자를 쳐서 매달 조금씩 갚아 나가면 어떻겠냐고 말을 했다. 요전과 똑같은 말만 되풀이하기에 나는 화가 치밀어 "이자로 매달 갚아 간다고? 고노야로!" 꽥 소리치고 싶었으나 목사의 얼굴을 봐서 참았다.

일본 은행의 낮은 이자로 매월 갚는다면 10년 걸려도 다 갚아 갈 수 없는 금액이다. 그럴 바에야 재수 없어 강도한테 돈을 빼앗겼다고 포기하는 것이 나을 성 싶었다. 그때 아내가 절대 그렇게는 할 수 없다고 한 마디로 잘아뗐다. 중간에서 난처해진 목사는 그럼 한국은행 이자로 쳐서 갚아나가면 어떻겠냐고 제의했다. 이번에도 아내가 NO했다. 목사는 그를 변호하듯 한국의 이자는 일본보다 훨씬 높으니 서로 합의하여 좋게 조정하라는 듯이 권했다.

그때 나는 목사에게 한 마디를 했다.

"아직 목사님은 스케야를 전혀 모르는 것 같은데 7월에 처음 약속한 각서를 보면 이 사람이 어떤 인간이라는 것을 알고도 남을 것이오. 그리고 이렇게 인간의 도리를 모르는 불한당과 지금 마주하고 있는 나 자신이 부끄럽기만 하오."

이렇게 말하자 아내가 말을 이었다.

"목사님은 이 사람과 10년이나 가까이 지냈다면 우리보다 더 잘 알고 있었을 터인데 어째서 좋은 사람이라느니 법 없이도 살 수 있는 사람이라느니, 내 앞에서 치켜세운 이유가 도무지 이해가 되지 않아요."

그러자 목사는 말을 잇지 못한다. 나는 적어도 이 사건의 개요를 파악하고 있었다면, 지금 우리 부부의 얘기를 듣고 나서 이 사람이 나쁜 짓을 했다고 판단이 선다면 어떤 일이 있을지라도 성직자의 양심에 따라 스케야를 향해 쓴 소리로, "스케야 씨, 우리가 수년 동안 동고동락해 온 회장님을 속여 이런 불미스런 돈거래를 하면 앞으로 우리 한글 연구회 모임을 어찌 계승해 나갈 수 있겠어요? 어떤 일이 있다 하더라도 스케야 씨는 나머지 돈을 한꺼번에 모두 갚겠다고 회장님께 용서를 빌고 사죄하시오." 이렇게 처음부터 사과를 시켰어야 했을 텐데 목사는 사건의 잘잘못을 아직껏 인식하지 못하는 것 같아 안타까울 뿐이었다.

그런데 스케야가 나를 만날 때면 목사를 앞세우는 이유가 있는 것 같아 고개를 갸우뚱할 수밖에 없다. 세상이 너무 험악하다 보니 사람의 직업과 관계없이 가탄可歎할 불신풍조가 만연하고 있는 것이 오늘의 현상이다. 돈이면 다 통한다는 셈법으로 일을 해결하려는 무지막지한 자들이 순수한 사람들의 마음까지는 빼앗을 수 있다고는 보지 않는다. 최소한도의 성의를 보이는 것이 빚진 자의 성의라면 늦어도 1년 안에 갚아가겠다는 지불계획서라도 보여야 마땅하거늘 어째서 일수 찍듯이 10년에 푼돈으로 매달 갚겠다고 하는 그런 심보는 근본적으로 되어먹지 못한 도둑놈의 심보가 아니고 뭣인가.

그는 교묘하게 미꾸라지처럼 그때 그때를 피해 도망치기가 일쑤이고 거짓말이 10단이라 그 앞에서 누구도 속아 넘어가지 않을 사람이 없을 정도이다. 오늘은 처음부터 이자얘기로 시작해서 이자얘기로 끝났다. 다시 나를 몇 만 엔으로 우롱하려 든다. 나는 그런 식의 빚 갚음을 완강히 거절했다.

그러자 스케야는 내주에 이시다를 만나 상의하여 나에게 전화를 하겠다고 말했다. 나는 나를 아는 사람들에게 이 사건이 알려지게 되면 나 자신도 부끄러운 일이니 단시일 내에 좋게 끝내는 것이 목사에게도 스케야 당신에게도 이로울 것이니 심사숙고하여 처신하라고 충고를 하고 고쿠라 한인교회를 나섰다.

집으로 돌아오는 차안에서 아내의 긴 한숨이 귀에 거슬린다. 지금 내가 할 수 있는 것은 아무것도 없는 것 같다. 하늘에 맡기듯이 좌이대사坐而待死할 수밖에 없다. 어쩌면 내 점성운占星運이 오황五黃 토성의 상대방위에 자리잡고 있지 않는가 하는 생각이 들어 활동에 앞서 근신하지 않으면 암검살暗劍殺이라는 대흉大凶의 예감이 들어 마음이 그저 찜찜하다. 그리고 보니 올해가 나의 마지막 액년厄年인가 보다.


# 백안시白眼視 청안시青眼視


## 9월 19일 금요일

맑음. 아침에 아들과 함께 구로사키(黑崎) 외곽에 있는 자동차 전시장 'Big Star'을 둘러보았다. 지금 내가 타고 있는 RVR미츠비시차 사구동차四驅動車를 7년 가까이 타다 보니 좋은 점도 있지만 반대로 휘발유가 많이 들어 경제성이 떨어진다. 처음에는 차의 탱크에 기름을 가득 채우면 연비가 좋아 도쿄(東京)에서 규슈까지 달릴 수 있다고 해서 샀는데 그 말이 거짓말이라는 것을 뒤늦게 알았다.

자동차 판매 영업사원들의 말도 액면 그대로 받아들이면 안 되겠다는 생각이 들었다. 내가 활동하는 행동반경은 그리 넓지는 않지만 때로는 혼슈(本州) 야마쿠치현(山口縣)에서 규슈 쪽 구마모토(熊本)까지 갈 때도 있다. 혼자 행동할 때에는 JR전동차를 타고 가는 것이 마음이 편하지만 누구와 동행할 때는 승용차로 가는 것이 즐겁고 유리하다.

여기 저기 전시장을 돌다가 우연히 다이하츠(Daihatsu) 자동차 영업소에 들렀다. 신형차 전시실에서 마음에 끌리는 차가 먼저 눈에 들어왔다. GINO라는 신형인데 외부와 내부의 색상이나 디자인이 아주 좋아보였다. 내가 말을 하려 하는데 아들이 먼저 이 차로 하면 좋겠다고 선수를 쳤다. 나도 동감이라고 하자 아들이 만족스런 표정으로 색깔을 고르라고 한다. 8가지 색상 중에서 고르기도 쉽지가 않았다. 나이도 있고 해서 노태老態색으로 브라이트 실버를 하려다 프라치나 그레이로 정했다. 영업사원도 내 나이와 잘 어울리는 컬러라고 치켜세운다. 하여간 기분이 좋았고 고마웠다.

660cc의 소형차이지만 운전하기 쉽고 너무나 가격이 싸서 마음에 든다. 또한 모든 세금과 보험금이 현 자가용과의 차이는 비교가 되지 않았다. GINO신형차는 주문하여 한 달이 지나야 인수할 거라고 나카지마 영업 소장이 말했다. 좀 시간이 걸린다 해도 참을 수밖에 없지 않은가. 나는 차량 구매계약서에 도장을 찍고 아들 차에 몸을 싣고 영업소를 나와 배가 출출해서 도중에 식당에 들렀다.

2시가 훌쩍 넘었다. 둘이서 이나리즈시(유부초밥)와 우동을 시켜서 먹었다. 집으로 오는 길에 구청(區役所)에 들러 새로 바뀐 인감증명을 받았다. 해가 갈수록 나도 일본 사람이 되어가는 느낌이 들 때면 나는 이따금 머리를 혼자 설레설레 흔들어댄다. 그렇지 않아도 한국에 들어가면 짓궂은 친구들이 말끝에 가끔 "반쪽발이가 다 되었군" 이렇게 농담 삼아 조롱할 때가 가장 싫었다. 쪽발이란 일본 사람을 나쁜 사람으로 인식할 때 욕으로 쓰는 말이기 때문이다.

하여튼 일본 사람들은 한국 사람들에게서 관심과 이해를 배제하려는 데서 소통의 문제가 생긴다고 본다. 요즘은 조금 사정이 좋아졌다고 하나 아직도 한국 사람들을 백안시白眼視하는 사람이 적지 않은 것은 부정할 수가 없다. 일본에서 차별받지 않고 조용히 살기 위해서 재일교포들의 귀화는 점점 늘어나는 현상을 당연시當然視해야 할 시점에 온 것 같다.

세월이 저만치 흘러가면 그들의 의식구조도 그만큼 희미해져 가는 느낌이 들어 같은 동포로서 가슴이 아플 때가 있다. 젊은 재일동포들의 대부분은 한국 국적을 갖고 있으면서도 한국에 대한 귀속의식이 결여되어 있는 반면, 또한 외국 국적을 갖고 있으나 외국인 의식에 대한 불감不堪의 아이덴티티와 귀속 사이에서 갭은 생기게 마련이다. 장차 이 같은 갭을 메우는 길은 일본 국적을 취득하는 길 밖에 없다고 생각하는 재일동포가 많이 있다는 사실이다. 그러나 나의 경우는 언젠가는 조국으로 돌아가 거기에 뼈를 묻기를 원하니까 어떤 의식의 결여는 있을 수가 없다. 이렇게 되면 얼마 안 가서 제 일세 코리언은 그 숫자가 확실히 줄어들 것이다.

저녁에 루리코 씨로부터 전화가 왔다. 내일 연구실에서 만나자고 한다. 이달 모임은 그녀가 주재자가 되어 회의를 진행해야 할 것 같다. 27일은 나의 논문 발표가 다자이후(太宰府)에 있는 지쿠시(筑紫) 여자학원대학에서 있기 때문이다. 그녀는 APP의 활동을 좀 더 적극적으로 하자고 말을 하나 나 자신이 그전과 같은 행동을 보이지 못해 미안한 마음이다.

이제 나도 APP의 이사장직에서 물러나 자유롭게 지내려 하지만 누구도 이사장직을 맡으려는 후계자가 없어 고민 중이다. 내일 그녀를 만나면 나의 퇴진을 다시 분명히 밝혀야겠다.


# 아기 천사


### 9월 20일 토요일

맑음. 10시가 지나 대학 연구실로 나갔다. 아직도 방학기간이라 연구실에 불이 켜져 있는 곳은 거의 없었다. 아직 잔서殘暑가 기승을 부리듯 열기가 좀처럼 식지를 않는다. 연구실의 에어컨도 오후에야 겨우 작동을 하니 창문을 열고 쾌적한 바람을 기대할 뿐이다.

　12시가 되어 루리코 씨가 나타났다. 연구실내 더위를 피하려고 나는 그녀를 시원한 식당으로 안내했다. 식사를 주문하고 나는 최근에 있었던 일과 앞으로 APP에 대한 나의 소신을 피력했다. 그녀는 내 말을 듣고 머리를 절레절레 흔들며 내가 이사장직을 그만두면 이 모임은 자동적으로 해산된다며 만류했다. 그렇다면 누가 이 NPO법인을 맡아 하겠는가.

　나 역시 후계자를 키우지 못한 것이 후회스러웠다. 루리코 씨의 말처럼 국제볼란티어는 국제적인 지식과 감각을 가진 사람이 아니면 이 모임을 이끌어 갈 수 없다고 했다. 나는 그렇게 생각하지 않는다면서 우리 이사 중에서 누군가가 뚜렷한 의지만 있다면 노마십가駑馬十駕라는 말처럼 얼마든지 재능을 발휘할 수 있으련만… 그녀는 다른 이사들을 무시하듯 한 마디로 "사람의 운집무산雲集霧散은 봉사자의 해의추식解衣推食하려는 사람 없이는 어려울 것"이라며 나까지 싸잡아 나무라는 듯이 들렸다.

　오후에는 고쿠라 시립도서관에 들러 규슈 방언에 관한 참고자료를 찾아보았다. 27일 논문 발표할 때 도움이 될 만한 책이 별로 눈에 띄지 않았다. 그 중에서 언어학과 관련이 있는 책 세 권을 찾아 저녁 늦게까지 열람했다. 각각 내 논문과 관련이 있는 자료들은 체크해서 복사를 따로 했다. 북큐슈 지방의 사투리는 오래 된 서적일수록 음운의 상이점이 특이해 보였다.

　도서관을 나서는데 낯익은 사람이 나를 부른다. 옛날 칼처 센터시절의 한국어 제자 N씨였다. 반가워 근처 커피숍에 들러 커피와 케이크를 시켜놓고 지난 얘기로 꽃을 피웠다. N씨는 지금도 시간이 있을 때마다 NHK한국어 방송을 들으며 한글공부를 계속하고 있다고 말했다. 나에게 한국어를 배운 제자들에게는 나는 항시 쉬운 한국말을 섞어가며 대화를 이끌어가곤 한다. 상대방도 잊어버렸던 단어들이 다시 머릿속에서 떠오르면 너무나 좋아한다. 그것이 이문화간의 소통의 시작이라고 나는 생각한다.

　다방을 나오니 도시의 빌딩 사이로 해가 뉘엿뉘엿 지고 있었다. 나는 N씨와 헤어져 차를 몰고 집으로 돌아왔다. 아내가 누구와 통화를 하고 있었다. 뒤에 알고 보니 한인교회의 김 장로와 통화를 했다고 했다. 무슨 얘기를 했는지는 모르나 아마 스케야와 목사에 대한 얘기를 나누지 않았나 하는 생각이 들었다. 아내는 배신당한 가슴 아픈 사연을 김정자 장로를 비롯해 여러 교우들에게 말해 주고 싶었는지 모른다. 내일 교회에서 김 장로를 만나면 어떤 얘기가 나올지 궁금하다.

저녁에 부산에 사는 손녀의 전화를 처음 받았다. 할아버지, 할머니를 부르는 귀여운 목소리만으로도 흐뭇하기만 하다. 친구들은 손자들이 벌써 손가락을 꼽을 정도인데 나는 무남독녀 외동딸 손녀로 만족을 해야 할 것 같다. 팔자인지 모르나 자손이 귀한 운을 타고났다는 말을 오래 전부터 들어왔기 때문에 자손에 대해 나는 더 욕심을 내지 않기로 다짐을 한 터이다.

손녀와 부산 국제 터미널에서 헤어진 지가 보름이 지났을 뿐인데 그저 손녀의 뽀얀 얼굴이 눈에서 아른거리는 것 같아 가슴이 아리다. 떨어져 사는 사람들은 자꾸 자기 핏줄이 보고 싶다는데 요즘 젊은 신세대는 그런 상정常情을 느낄 시간이 없는가 보다. 형제자매간에 정이 넘치는 가정, 대화가 통하고 인간미가 넘치는 사회, 그리고 나라와 나라 사람들이 인격을 존중할 줄 아는 국제 사회를 이룩해 나간다면 이 지구촌 어디에서도 인간의 행복과 인류의 평화는 영원할 것이다.

오늘 밤은 우리 아기천사의 꿈이나 꾸어 볼까나….

# 영생원永生園 추도예배

## 9월 21일 일요일

오늘은 아침에 비가 오락가락하더니 오후에는 바람에 구름이 밀리고 나서 파란 하늘이 높이 보인다. 계절은 거짓말을 하지 않는다. 입추가 지나 내일 모레가 추분이다. 푸른 옥색 하늘이 시야의 한계를 뛰어넘어 넓고 드높이 장막을 치고 있다.

가을은 예부터 천고마비天高馬肥의 계절이라 하지 않았던가. 하늘이 높으니 대망의 뜻을 품은 젊은이들은 말이 찌는 살 만큼 책을 열심히 읽어 지식을 쌓아가는 계절이기도 하다. 그런데 지금의 일본 젊은이들은 어떤 책들을 읽고 있는지 나는 잘 모른다. 수업시간에 만화를 훔쳐보는 학생을 가끔 보지만 전문서적을 탐독하는 학생은 별로 보질 못했다.

정치지망생이라면 마키아벨리의 '군주론'이라든가, 과학자를 지망한다면 아인슈타인의 '상대성 원리'라든가, 경제학자를 지망한다면 마르크스의 '자본론'과 밀의 '경제학 원리'를, 생물학자가 되고 싶으면 다윈의 '종의 기원' 등을 정독해야 할 것이다. 우리 젊은이들은 대학 4년을 어떻게 보냈느냐에 따라 인생의 길이 갈라지게 된다.

말하자면 탄탄대로坦坦大路를 승용차를 타고 가느냐, 아니면 가시밭길을 맨발로 걸어가느냐이다. 이 선택의 결과는 자신의 노력 여하에 달려 있다고 본다. 포부도 목표도 없이 심드렁히 공부를 반둥건둥하다 보면 이룬 것 없이 헛되이 세월만 보내게 된다. 따라서 차츰 공부에 대한 열정도 식어버리면 그것으로 공부는 끝장이다.

일본 학생들이 학교 이외의 장소에서 만화를 보는 것을 나는 나무라지 않는다. 만화 속에도 사상이 있고 철학이 있으며 예술이 있고 유머가 있기 때문이다. 일본은 세계적인 만화 대국이고 애니메이션 왕국이라 해도 무방할 것이다.

수 년 전부터 일본 정부는 애니메이션 콘텐츠산업을 적극 지원함으로써 글로벌시대에 걸맞는 창조산업으로 발전시켜 이제는 세계 시장을 독점하다시피 하여 바야흐로 일본은 애니메이션의 글로벌리즘 시대를 맞이하고 있다.

오늘 교회에 나가서 예배를 드려야 하는데 아내가 목사를 나무라며 자기는 교회에 안 가겠다고 한다. 목사를 보러 가는 예배당이 아니거늘 요전에 목사가 한 말이 도무지 이해할 수 없기 때문이란다. 무엇보다 그가 누구를 위한 중재의 변을 하고 있는지 알 수 없다며 목사의 편파적인 태도에 대해 아내는 나름대로 느낌과 판단이 있었던 것 같다. 목사가 자기 교회의 교우를 제쳐놓고 무신론자를 옹호하려는 의식적인 발언이 거슬렸던 것 같다. 이 모든 것이 나의 실수로 인해 일어난 일이니 지금에 와서 누굴 탓할 수도 없다.

오늘은 나 혼자 고쿠라 한인교회로 행했다. 교회를 가도 그리 즐거운 마음이 솟지 않았다. 그리고 또 목사의 설교가 귀에 잘 들리지도 않았다. 그 이유는 아내가 던진 말 한 마디가 내 귓가에 맴돌고 있었기 때문이다. 나는 설레설레 머리를 흔들어 보지만 내 우둔한 머리로는 판단이 서질 않았다.

예배를 마치고 나는 집으로 돌아가려는데 목사가 내 팔을 잡아끌면서 "오늘 다이리(大里)에 있는 교회의 납골당(영생원, 永生園)에서 기념추도 예배가 있으니 선생님도 꼭 같이 가야 합니다"라고 권했다. 차로 약 30분 거리에 영생원이 있었다. 교회의 장로를 비롯해 집사들도 각자 차를 타고 와 추도 예배에 모두 참석했다.

나지막한 산비탈에 세워진 영생원은 단층건물 납골당과 주차장 그리고 뒤쪽에 따로 마당이 있는 백여 평 정도의 교회 추모시설이었다. 영생원에 안치된 무연망자無緣亡者들을 위한 예배가 시작되고 목사의 추모 기도가 끝나자 마당에 쳐놓은 텐트 아래서 교우들이 옹기종기 모여 앉아 도시락을 나눠 먹으며 고인들을 추모하였다.

여기에 모셔진 한국인 희생자들은 거의 일제 강점기 일본 북큐슈 지방의 지쿠호(筑豊) 탄전을 비롯해 수많은 탄광에 강제 연행되어 제대로 먹지도 못하고 노예로 살아온 15만 명 중에서 희생된 광부들이라고 했다. 말하자면 구천九泉

에 사무친 그들의 원혼冤魂을 달래줄 인척이 없는 무연고無緣故의 유골뿐이었다.

이 추모 사업은 전임목사였던 고 최창화 목사가 남긴 유업이라 할 수 있다. 지금도 한국의 젊은 영혼을 달래기 위해 한국 사람들이 힘을 합쳐서 땅을 사고 건물을 지었다고 한다. 강제로 연행되어 일본의 전국 탄광에서 죽어간 한국인들의 유골들을 하나 둘 모아 계절마다 추모예배로 희생자들을 기리는 것은 참으로 훌륭한 애국적 사업이라 생각한다.


朝鮮人의 炭鑛節曲 - 如江 作詩 -

배고파요 어머니
그리운 얼굴
가고파요 고향땅
그리운 산천
삼태기 곡괭이 집어던지고
언제나 돌아갈까 엄마품으로
'딸깍발이 훈도시' 벗어 던지고
언제나 돌아갈까 고향집으로
사랑하는 고운 님이여
이별가를 불며 울던 그 님을
언제나 만나리오


저녁에 부산의 작은 누님한테서 전화가 왔다. 한국 친척들은 별다른 소식은 없다면서 나의 건강에 신경을 써주니 고맙기 만하다. 조카도 사업을 잘 운영하고 있다니 다행이다. 전화를 끊고 나니 큰 매형에 대해 안부를 깜박 잊은 것이 마음에 걸린다.

# 미완의 논문

## 9월 22일 월요일 (1)

오늘부터 연구실에 매일 나가 연구 자료를 조사 정리하기로 했다. 가을학기 한국어문화 수업준비와 그간 미루어온 논문발표를 매년 실행해야겠다는 생각이 들었다. 일본 유학시절 일본 음운학의 대가인 오쿠무라(奧村三雄) 교수의 충고가 새삼 머리를 스친다. 지금까지 그때의 각오가 변치 않았더라면 나는 보다 뚜렷한 언어학계의 태산북두泰山北斗 - 태두泰斗가 되었을 것이다. 사실 지금도 늦지는 않다. 하면 된다는 불같은 정열로 매진한다면 늦게나마 나의 뜻은 이루리라. 지금에 와서 뒤를 돌이켜보니 나는 화려한 꽃을 피우기에 정성을 바쳤으며 그리고 꽃이 아름답게 피어나자 나는 그 꽃에 나르시시스트가 되어 호 세월을 살아온 느낌이다.

인간도 식물처럼 봄에 피는 꽃으로 만족하면 가을의 열매를 기대할 수가 없을 것이다. 즉 춘화추실春華秋實의 순리를 망각해서는 절대로 성공한 사람으로 볼 수 없다. 인간사회에서 꽃만 바라보고만 살아갈 수 없듯이 꽃을 수정하지 않으면 열매가 맺을 수 없듯이 인간도 열매 없이는 미래의 삶을 이어가기가 어렵다. 꽃이 없는 무화과도 있으나 이 나무는 한 때의 화려함이 없었기에 그 열매의 정체를 알 길이 없는 것처럼 모든 생물과 인간에게 유전자가 있듯이 열매에도 향긋한 꽃향기의 유전자가 숨겨 있다.

무화과는 개화 과정을 넘어 꽃 없이 열매를 맺는 과목이지만 그 과실의 향기로 가상의 꽃을 상상해서는 안 될 것이다. 어쩌면 고대 원시림에서 자란 최초의 무화과나무는 꽃을 피웠는지 모른다. 다만 그 꽃내움이 독살毒殺의 지독함이 있었기에 인간들로부터 수난을 당해 꽃차례 없이 바로 열매로 진화한 것이 아닌가 생각된다.

우리가 사는 이 세상에도 자기의 더럽고 냄새 나는 부분을 감추고, 반짝거리고 향기 있는 과일을 겉에 내놓듯이 인유실의引喩失義하는 추악한 인간들이 우리 사회를 어지럽히고 있는 것이 오늘의 현실이다.

비근한 예로 깜냥이 되지 않는 인간에게 완장을 채워 보면 금방 그들은 바로 마각을 드러내어 세인들로부터 비난을 받기 마련이다. 자기 권력을 과시하듯이 으스대며 떼를 지어 캠퍼스 주위를 거드럭거리는 불한당 같은 자들이 내 주변에 자주 보이는 것 같아 요즘 내 눈이 토끼눈처럼 빨갛게 충혈되어 있다. 어느 나라의 헌법이든 개혁의 기치를 받들어 그럴싸한 슬로건을 내걸고 자기 똘마니들에게 완장을 채우고 다니는 꼴이 내 눈에는 마치 마우금거馬牛襟裾인 양 비친다.

집에 돌아오는 길에 굿데이(Gooday, 건축자재 슈퍼)에 들러 선반을 만들기 위해 판자 두 쪽과 받침목을 서너 개 샀다. 방바닥에 쌓아놓은 책들을 정리할 겸 서재를 가꾸기 위해 책꽂이를 한 단 새로 만들어야겠다. 내 작은 서재에 들어가 가만히 있으면 주위의 많은 책들이 나를 바라보고 있는 느낌이다. 생각해 보면 책장의 책들이 나를 지켜주는 것 같아 나는 외롭지가 않다. 거의가 일본 사람들이 쓴 저서이기에 좀 낯설기는 하나 이 나라에도 많은 고전과 명저가 있기 마련이니 일본 고전을 통해 배울 것은 고개 숙여 엄숙히 받아들여야 한다고 생각한다.

일본 사람들 중에서 절의節義를 절대적 가치관으로 생각하는 품격 있는 사람도 많다는 사실을 한국 사람들은 잊어서는 안 된다. 아소 수상이나 아베 전 수상과 고이즈미 전 수상 같은 극우적인 정치가를 연상하면 일본 사람이 다 그렇게 보이거나 또 그런 사람으로 비쳐질 우려도 있겠지만 일본 정치가라 해서 다 그렇지는 않다.

나는 오랫동안 쓰다가 중단한 논문 몇 편을 숨겨진 파일에서 찾아냈다. 자료 부족으로 도중하차시킨 미련이 남는 미완의 논문들이다. 이제 새로 태어날 학술논문도 산모가 산통기간이 있어야 하듯이 금지옥엽金枝玉葉의 옥동자와 같이 훌륭한 논술로 변신시켜야 할 것이다. 은사 오쿠무라 선생님의 유훈을 되새겨 새로이 논문작업에 박차를 가해야겠다.

# 충견 '하치'

## 9월 22일 월요일 (2)

맑음. 전부터 알고 지내던 노무라 씨가 자기 집에 강아지가 있으니 키워보지 않겠냐고 전화가 왔다. 어떤 종류의 개인지 몰라 물어보니 잡종이라면서 어미의 몸집이 큰 편이라 아마도 새끼도 그런 타입의 개일 거라 했다. 나는 그의 권유를 거절하지 못하고 시간이 나면 한 번 댁으로 찾아뵙겠다고 전하고 전화를 끊었다.

나는 개를 좋아하지만 애내는 별로 좋아하지 않는다. 그래서 나도 선뜻 OK를 하지 못했다. 최근에 아들이 하는 말이 3년 전에 두 마리의 개가 죽고 나서 아버지의 일이 잘 풀리지 않는 것 같다며 걱정하는 눈치다. 지난 날들을 돌이켜 생각하니 황구黃狗 '아라'와 '구마'가 생각난다. '아라'는 12년을 살다 갔고, '구마'는 한해 더 살다 흙에 묻혔다.

이 두 마리의 개는 내 인생에 있어 가족 같은 존재였다. 첫째 나를 잘 따랐고 그들의 샛노란 눈동자를 가만히 들여다보고 있노라면 외로운 타향살이를 잠시나마 잊을 수 있었기 때문이다. 우연히 오늘 아사히(朝日)신문에 도쿄 시부야(澁谷) 역전에 있는 '하치' 견공犬公 동상 300미터 옆에 새로이 '가이' 견공의 석상이 흰색의 모습으로 '하치'와 같이 앉은 자세로 사람들의 눈길을 끌고 있다. 만남의 장소로 알려진 '하치' 석상 주위의 혼잡을 덜어주려는 뜻에서 새로이 '가이' 석상이 등장함으로써 선배 '하치'와의 만남이 좀 뜸해질 양상이다.

최근 휴대폰 CM방송에 출연했던 하얀 '가이'의 등신대等身大 석상이 만남의 새 명소로 탄생한 셈이다. 자세히는 몰라도 아마 이 두 견공들은 일본의 천연기념물로 유명한 아키타견(秋田犬)이 아니면 시바견(柴犬)이 아닌가 생각한다. 모두가 영리한 투견으로 그 몸값은 보통이 아니다. 우리나라의 진돗개와도 비슷한 면모를 볼 수 있지만 무엇보다도 놀라운 점은 주인에 대한 충성도가 남다르다고 말할 수 있다.

'하치' 견은 매일같이 시부야(澁谷)역에 마중 나와 주인을 집까지 모셨는데 하루는 주인이 사고로 역에 나타나지 않자 몇 밤이나 역두에서 주인을 기다렸다는 유명한 일화를 남긴 충견이다. 한국의 진돗개나 풍산개도 주인에 대한 충성도는 일본 개에 못지않다.

지금까지 충견에 관해서 들은 얘기로는, 주인이 길을 걷고 있던 중 술에 취해 산길에 쓰러지자 그길로 집으로 달려온 충견은 집 마당에 들어서자 멍멍 짖어 댔는데 이 모습을 이상히 여긴 집안 식구들이 눈치를 채고 개를 앞세워 따라가보니 주인이 술에 취해 쓰러져 인사불성의 상태가 되어있었다는 얘기. 그리고 눈물을 자아내게 하는 일화로, 어느 시골에서 백구를 애지중지 기르던 주인이 갑자기 세상을 뜨자 백구는 마을 가까이에 있는 주인의 무덤을 지키며 먹이도 잊은 채 매일같이 묘지를 찾는 애처로운 모습에 동네사람들까지 눈물을 자아냈다는 얘기도 유명하다. 개도 개 나름이라고 아니 할 수 없다.

생각해 보면 사실 개만도 못한 인간이 얼마나 있는지 우리 자신이 자성해야 하지 않을까. 요즘 일본 정치가들의 행태를 보면 자국민을 위해 애국하는 척하면서 이웃나라 백성의 희생은 몰라라 외면하는 일부 양식이 없는 '빠구리야' 사기꾼 같은 정객들의 망언을 TV를 통해 볼 때마다 밸이 뒤틀리는 것 같아 심사가 편치 않다. 역사의 죗값을 인식하지 못하는 민족은 또 다시 그 같은 대역무도大逆無道의 길을 걷게 될 것이니 양심이 없는 극소수의 일본 극우세력은 하루 속히 천벌적면天罰覿面을 면하려면 '이웃을 사랑하라'는 그리스도의 가르침을 실천해야 할 것이다.

# 꿈길

## 9월 23일 화요일

때때로 비. 아침에 뒤숭숭한 꿈에서 깨어났다. 항상 꿈을 꾸면서도 그 해몽을 말로 잘 표현하지 못하는 나는 지능이 좀 모자라는 사람임에 틀림없다. 작년만 해도 그리 꿈을 꾸어본 기억이 거의 없다. 사기사건이 있은 후부터 꿈의 질도 나빠진 것 같다.

말하자면 시간적으로 긴 꿈을 꾸는 편이다. 그리고 꿈의 색깔이 너무 어둡고 마치 흑백영화를 보는 느낌이다. 천연색의 꿈은 이미 오래 전에 내 잠자리에서 사라졌다. 또 꿈에 나타나는 것들은 악마같이 괴기한 형상을 한 축생畜生과 아귀餓鬼들이다. 꿈속에서 나는 나도 몰래 자주 놀라 소스라치고 쫓기기도 한다. 어느 때에는 새처럼 펄펄 날아다니기도 한다. 참으로 꿈의 세계는 상상을 뛰어 넘는 지옥과 천국을 넘나드는 괴이한 한편의 공포영화의 신을 보는 것과 같다.

요즘 한국 친구들로부터 많은 메일을 받고 있다. 고마운 친구들이다. 좋은 시라든지 명언은 물론 건강상의 필요한 상식들을 조목조목 올려 주어서 많은 도움을 받고 있다. 누구나 늙으면 건강에 신경을 쓰기 마련인가보다.

첫째 당뇨가 있는 사람이면 손과 발이 가끔씩 찌릿해 온다. 둘째 혈압이 높은 사람이라면 머리가 찡해 오는 느낌이다. 셋째 심장이 약한 사람이라면 왠지 맥박수가 빨라지고 심장이 콩닥콩닥 뛰어 불안하다. 넷째 폐가 나쁘거나 천식이 있는 사람이라면 그냥 숨이 자꾸 차서 에베레스트의 정상에 선 등산가처럼 숨을 몰아 쉴 때가 많다. 다섯째 머리가 아프거나 현기증이 잦은 사람은 이러다 가 갑자기 자신도 가족들도 모르게 홀로 세상을 떠나는 것이 아닌가 하는 불안 감에 잠도 잘 자지 못할 것이다.

건강은 건강할 때 챙기지 않으면 마치 버스 지나간 후에 손드는 격이 되지 않 을까? 사람이란 늙으면 언제 어디서 돈 잡아먹는 도둑(病)이 갑자기 나타날지 누구도 예측할 수가 없는 일이다. 그러니 자기 몸은 자기가 가장 잘 알 터이니 정신만 똑바로 차리면 건강에 문제가 없으리라고 단순하게 생각하는 사람도 있겠지만 면역력이 약한 노인들의 목숨은 사회복연死灰復燃이란 말이 무색하게 맥없이 며칠 앓다가 바로 세상을 뜨는 이가 적지 않다. 자식들은 부모의 말 못 하는 마음을 헤아려 형제자매간에 노부모 보살피기를 생활화하여 효자노릇을 해야 할 것이다.

오후에 대학 직통전화를 통해 내 연구실에 전화가 걸려 왔다. 이와타라는 분이 내일 시간이 있으면 고쿠라의 리버워크 빌딩에서 만날 수 있느냐는 문의전화였다. 내가 아는 한국어 제자를 통해서 나를 알고 있다면서 내달에 한국에 친구들과 함께 등반을 하려는데 만나서 물어볼 것이 있다고 했다. 나는 12시에 리버워크 빌딩 안에 있는 그린식당에서 그와 만나기로 약속하고 전화를 끊었다.

밤에 잠자리가 좀 더운 것 같아 창문을 살짝 열고 잠을 청했다.

# 세이쵸기념관

## 9월 24일 수요일

맑음. 아침에 일어나 일본 텔레비전을 켜보니 내일 아소(麻生太郎) 내각이 발족한다는 뉴스가 톱으로 비쳤다. 나는 아소 씨가 수상이 되는 것을 이전부터 반대하는 입장이다. 이유는 단순하다. 그는 개인적으로 재벌의 부유한 집안에서 태어났고 그의 부친이 일제 강점기 이츠카(飯塚)의 규슈탄광을 운영하면서 조선인 광부들의 인권과 노동을 너무나 착취했기 때문이다.

그리고 그의 어록을 살펴보면 일제의 한국 식민지 지배를 당연한 역사의 흐름 속에서 이루어진 그 시대의 어쩔 수 없는 역사적 배경을 피압박민족에 대해 아무런 죄의식도 없이 망언을 늘어놓기 때문이다.

　12시에 리버워크 빌딩에서 제자 노구치(野口) 씨와 이와타(岩田) 씨를 같이 만났다. 두 사람은 매우 인상이 좋았고 고등학교 동기생이라고 말했다. 그가 나를 만나려 하는 것은 한국 여행에 참고가 될 만한 한국 얘기를 듣기 위해서였다. 이와타 씨는 오랫동안 등산을 했다면서 해외에도 산악 동호인들과 함께 여러 나라의 명산들을 섭렵했다고 자랑했다. 이번 10월에 한국의 명산을 등반하려 하는데 좋은 산을 소개해 달라며 가지고 온 한국 지도를 펼쳐 보이는 것이다.

　나는 직접 오른 산이 별로 없기 때문에 자신이 없었지만 가을이라면 강원도 설악산과 오대산 그리고 태백산이 좋을 것 같아 지도를 펴 보여주며 산들의 높이와 위치 그리고 교통사정 등을 자세히 설명해 주었다. 4박 5일의 여정이라면 좀 빡빡하겠지만 거리적으로 서로 그리 멀지 않은 위치에 있으니까 최소한 두 봉우리의 산을 오를 수 있을 것이라 권했다. 노구치 씨도 두 봉우리의 산을 오르는 것이 적절할 것 같다고 응답을 했다. 그리고 미리 주문한 소바(메밀) 세트가 나오자 점심을 같이 먹으면서 한국에 관한 물음에 나는 성의껏 답을 해 주었다.

　4명이 인천국제공항을 통해 서울에서 강릉까지 가는 차편을 소개해 주었다. 동호인 가운데 한국어를 하는 사람이 없어 불안한 마음도 없지 않았지만 영어 회화가 능숙한 사람이 있다니 마음이 놓였다. 차후에 무슨 문의사항이 있으면 언제든지 연락을 하라고 전하고 노구치 씨와 헤어졌다.

　집으로 오는 길에 근처에 있는 마츠모토 세이쵸(松本淸張) 기념관에 처음으로 발을 옮겨 보았다. 대학시절 나는 우연히 세이쵸의 작품, '점点과 선線' 그리고 '제로의 초점焦点' 등 추리소설을 사전을 찾아가며 흥미진진하게 읽은 적이 있다. 그는 1953년에 '어느 고쿠라 일기'란 소설을 발표함으로써 아쿠다가와(芥川) 문학상을 수상했다. 그때 그의 나이가 43살, 소설가로서는 늦깎이 작가라 아니 할 수 없다. 그러나 그의 신작 소설이 나오면 거의 일본 사회에서 센세이션을 일으켜 마력의 베스트셀러가 되어 있었다. 그의 연륜과 함께 추리소설이라는 새로운 분야를 개척한 후 또한 역사소설에 차츰 관심을 모으면서 많은 역사소설을 집필하기도 했다.

우연히도 내가 좋아했던 마츠모토 세이쵸 씨가 출생한 곳이 바로 지금 내가 살고 있는 북큐슈라는 점에 나는 고향사람을 만난 것처럼 반갑기만 했다. 그는 1992년 향년 82세의 나이로 생을 마칠 때까지 700여 편의 소설을 발표했다는 것은 평범한 창작적 재능으로는 도저히 이루어낼 수 없는 다작이라 할 수 있다. 그가 말년에 쓴 역사소설 '세이쵸 고대유기(淸張古代遊記)' '요시노카리(吉野ヶ里)와 야마다이코쿠(邪馬臺國)'를 살펴보면, 위지魏志 왜인전倭人傳의 수수께끼를 풀어줌으로써 히비코(卑彌呼, 邪馬臺國의 여왕)의 죽음에 대해서 명확히 밝히고 있다. 그녀는 늙어 죽은 것이 아니라 구노국狗奴國과의 전투에서 실패함으로써 병사들에게 죽임을 당했다는 새로운 학설을 그는 그의 소설에서 얘기하고 있다. 또한 여왕은 바다 건너 카라(韓)에서 온 미코(巫女, 무녀)였다는 설이 고고학계에서는 부정할 수 없는 새 학설로 자리를 잡은 듯하다.

마츠모토 문학기념관은 꽤나 넓은 부지에 지하에서 지상 2층까지 전시실과 기획전시 영상실 그리고 그가 실제로 집필하던 서재를 집필 당시의 모습으로 재현한 가옥에는 응접실 그리고 서고와 서재가 그럴싸하게 모델링되어 있었다.

기념관에서 나오니 아직도 서녁 햇살이 따갑다. 나는 바로 차를 몰고 집으로 돌아왔다. 붉게 달아오른 내 얼굴을 보자 아내가 아이스크림을 건네준다. 무슨 전화가 없었냐고 물어보니 없었다고 대답했다. 불량한 자들의 행동거지를 살펴보면 마치 부석침목浮石枕木하듯 악인이 홍하고 선인이 망하는 느낌마저 들어 그저 세상사에 진저리가 난다.

# 카라음(韓音)

## 9월 25일 목요일

맑음. 아직 2학기 수업이 시작되지도 않았는데 아침부터 대학 연구실에 나갔다. 토요일에 '한·일비교언어학회'의 발표가 있기 때문이다. 발표는 이미 레지메로 작성해 놓았으니 그날 구마모토의 방언조사와 우리 남도 방언의 종지사를 비교하면서 설명을 하면 대부분의 학회 회원들도 수긍할 것이다. 문제는 상대上代 일본어에 한국계 카라음(韓音)이 탄생하게 된 외부적인 동기는 아마 백제가 백천강白川江(백마강) 전투에서 나당연합군에게 패망함으로써 백제 난민들의 규슈 잠입을 부정하기 어렵기 때문이라 생각한다.

다음으로 내가 구상중인 연구 논제는 제주도의 음운현상과 류큐(琉球)음운 중에서 특히 입성음入聲音을 중심으로 비교 연구하는 것이라 하겠다. 류큐섬은 지정학적으로 우리 제주도와 가깝고 또 타이완(臺灣)하고도 근거리에 위치하고 있는 관계로 15세기 류큐왕조 시대에는 배를 이용한 상호간에 교역이 왕성하게 행하여 왔다고 본다. 이처럼 예나 지금이나 교류가 빈번하면 할수록 언어의 벽을 쉽게 뛰어 넘을 수 있었던 것 같다. 제주의 방언이 어느 정도 류큐 방언에 영향을 미쳤는지 언어자료를 수집하여 명확히 증명할 생각이다.

오후에 잠시 TV를 켜보고 있는데 아소(麻生太郞) 새 내각의 각료 얼굴들이 눈에 들어온다. 18명의 각료 중에서 눈에 띠는 사람은 기타큐슈 출신의 마스조에(舛添要一) 후생노동상과 나카소네(中曾根弘文) 외무상 정도가 눈에 들어왔다. 그들에게 친한파親韓派라는 좌파적 레테르는 따라 붙지 않지만 내가 보기에는 온건한 일본 정치가로 보여진다.

언젠가 나는 양심적인 일본 정치가들을 찾아가 한·일 현안에 대한 인터뷰를 하여 한·일 친선우호에 힘을 실어주는 글들을 모아 한·일 양국어로 책을 펴내고 싶다. 그런데 최근에 와서 일본 정계에서 친한파 국회의원이라 할 만한 사람을 찾기 어려운 것 같아 실망이다. 일단 위의 두 사람(大臣)은 온유돈후溫柔敦厚한 분으로 나가타쵸(永田町 - 수상관저와 국회의사당이 있는 정치 1번지)에서는 일본 국민 모두가 인정하고 있는 정치가라 해도 무방할 것 같다.

# 백세白歲의 결혼

### 9월 26일 금요일

새벽부터 번개가 치더니 아침 늦게까지 장대비가 내렸다. 점심이 지나자 언제 비가 왔느냐는 듯이 날씨가 맑게 갰다. 날씨도 제법 서늘하여 긴 소매 샤쓰를 장롱에서 꺼내 입고 아침식사를 했다. 뜨거운 미역 조갯국을 홀홀 마시면서 아침식사를 간단히 마쳤다.

식후 아내가 좋아하는 커피를 끓여 한 잔씩 서로 마시며 느긋하게 시간을 보냈다. 요즘 나는 커피 향도 모르면서 아내가 커피를 타주니 덩달아 커피타임을 갖는 기분이다.

나이가 들다 보면 취미가 하나둘 줄어간다는 말이 맞는 것 같다. 이따금 70대 노인들이 회춘한다고 요상한 음식집을 찾아다니며 노익장을 과시하는 모습을 볼 때마다 신로심불로身老心不老란 말이 가슴에 와 닿는다.

아무리 몸이 늙었다 해도 마음이 젊다면 얼마든지 젊게 살 수 있다는 것이다. 하기야 百에서 一을 뺀 99세의 노인이 새장가를 든다는 세계토픽 뉴스를 접한 사람이면 누구나 어안이 벙벙해질 것이다. 인생의 헛헛함을 느낄 때 색다르게 젊은 연인과 허니문을 즐긴다는 것이 우리 같은 범부에게 얼마만큼의 감동으로 다가올까 생각조차 하기 어려울 것 같다.

오후에 연구실에 나갔다. 내일 논문 발표에 참고가 될 만한 서적들을 꺼내 노트에 따로 메모를 했다. 한국어와 일본어 사이에 언어학의 용어표현에서 미묘하게 뉘앙스가 다른 말이 있다는 것도 참고로 메모했다. 그런 말들은 대충 60%가 통한다면 상호 이해할 수 있는 부분이라 생각하나 만일 전혀 다른 뉘앙스라면 역시 보충설명도 필요하다고 본다.

특히 한국에서 온 학회 회원 중에서 일본 한자에 약한 젊은 사람들에게 어려운 용어가 있다면 별도로 알기 쉽게 설명하지 않으면 안 될 것 같다.

캠퍼스에서 집으로 돌아오는 길에 나후코 종합슈퍼에 들러 마당 한 쪽에 깔잔디(뗏장) 몇 장을 사왔다.

내일 논문발표를 위한 준비완료! '하야네 하야오키'(朝寢早起) 실천! 밤 10시에 취침하다.


# 국제 한 · 일비교언어학회


### 9월 27일 토요일

맑음. 오늘은 '국제 한 · 일비교언어학회'가 열리는 날이다. 아침부터 열차 JR로 가려 했으나 아들 차로 같이 가기로 했다. 다자이후(太宰府)까지 가려면 교통편이 그리 좋지 않다.

열차로 가면 후츠카이치(二日市)역에서 다시 택시를 타야 하기 때문에 번거로울 것 같아 아들의 의견에 따라 승용차로 가기로 했다. 고속도로로 가면 1시간 10분이면 치쿠시여학원(筑紫女學園)대학까지 갈 수 있다고 한다. 나는 생전 그 대학에 가 본 적이 없는 터라 그 곳 지리에 밝은 아들에게 안내를 부탁했다. 내

비게이션이 있기 때문에 한편 안심이 된다. 오늘 학회사무를 맡고 있는 아들은 남보다 한 시간 일찍 가야 한다고 하여 하는 수 없이 12시 전에 도착할 것을 감안하여 야하타 IC를 통해 후쿠오카 방면 고속도로를 90킬로로 달렸다.

　시간은 예상보다 10분 가량 늦게 학회 모임장소에 도착했다. 간단히 점심식사를 마치고 나는 연구발표장 한구석에 앉아 전문서적을 보며 시간을 때웠다. 아들은 주로 한국에서 오는 회원들의 안내역을 맡은 관계로 백지에 안내표시를 매직펜으로 써서 여기 저기 붙이고 있었다.

　얼마 있다 규슈(九州)대학의 이타바시(板橋) 교수와 이시이(石井) 선생이 무겁게 보이는 큰 가방을 메고 회장에게 나타났다. 한참 후에 이현복 회장(서울대학교 명예교수)이 한국 각지의 여러 회원들과 함께 나타났다. 지난 해에 나는 서울대학교의 규장각에서 많은 한국인 언어학자들과 얘기를 나눈 적이 있었기에 그들과는 특별한 사이가 되었다.

　회장님을 비롯해 회원 모두는 개성 있는 학구파이기에 논문발표도 각각 특색이 있어 보인다. 나의 논문도 지금까지 누구도 주장을 했거나 논문으로 나온 적이 없었기에 오늘 발표한 "韓音系의 終止辭와 구마모토(熊本) 辨의 終助詞에 대하여"는 발표와 함께 회원들로부터 질문도 몇 건 있었고 박수도 받았다. 십여 명의 발표가 끝나자 날이 저물었다.

　저녁 파티는 치쿠시여학원대학 근처에 있는 식당을 빌려 건배로 시작하여 내년에는 한국에서 다시 만날 것을 약속하고 산회했다. 한국에서 온 회원들을 서로 나누어 각각 안내를 맡았다. 나는 서울대학교의 임홍빈 국문학과 교수와 목원대학의 최애자 교수를 우리 차에 태워서 후쿠오카 시내에 있는 센트럴 호텔까지 안내했다. 두 교수는 고맙다며 내년 서울에서 다시 만날 것을 약속하고 헤어졌다. 그리고 우리는 서늘한 밤바람을 헤치면서 고속도로를 조심조심 달려 기타큐슈(北九州)의 야하타 IC를 통과하여 늦게 집으로 돌아왔다.

　밤 11시가 넘어 있었다. 오늘은 한국에서 온 참석자들에게 친절을 베풀었으니 그들도 추억에 남는 날로 기억될 것이다. 아직도 잔서殘暑가 엄연한데 오늘 더위를 잊고 하루를 보낼 수 있었던 것은 나를 잊지 않고 일본을 찾아온 학회 회원들 때문이 아닐까? 나는 집에 도착하자마자 몸을 씻고 소파에 앉아 오늘 하루를 조용히 되돌아 보았다.

박명미 선생이 간사역으로 많이 애쓰고 있으나 이 학회를 이끌어갈 리더를 더 늘려야 명실상부한 국제학회로 발전해 갈 것이다. 지금의 상황은 학회 초기의 모색단계라 보는 것이 맞을 것 같다. 모처럼 한·일간의 언어학회이니 만큼 나도 일본 회원들과 한국 회원들 사이에서 할 역할을 찾아내는 것도 중요하다고 생각한다. 양국 임원의 밸런스 문제, 회원 수를 폭넓게 늘리는 문제, 또 어떤 국제관련 단체든가 정부로부터 정식으로 학회 인정을 받는 문제 등 할 일은 너무 많다. 이 문제는 회원들이 일치단결하여 차근차근 풀어가지 않으면 언제나 제자리걸음의 유명무실有名無實한 학회로 전락할 수도 있기 때문이다.


# 개코망신


### 9월 28일 일요일

흐림. 아침에 늦게 일어난 탓으로 교회 예배에 참석하지를 못했다. 아침을 간단히 마치고 대신 한국 지상파 TV를 통해 사랑의 교회의 설교를 들었다. ○목사의 설교를 들으면서 앞으로 남은 인생을 어떤 식으로 남을 위하며 봉사해야 할지 생각하게 하는 설교였다.

예수님의 사랑은 하늘같이 끝이 없고 깊은 사랑이라 생각한다. 빈자에게도 병자에게도 비행 청소년에게도 낮은 자세로 다가가 예수 그리스토의 박애정신을 바르고 널리 알리는 일이야말로 인류의 아픔과 고통을 덜어주는 봉사가 아닐까.

지금 종교지도자들이 할 일은 산적해 있다. 그런데 내가 보기에 한국 기독교의 리더들에게서 신앙의 내장內臟보다 교회의 외장外裝에 더욱 애써 멋을 부리려는 인상을 받는다. 구태여 바꿔 말하자면 목식이시目食耳視하려는 허영심에 들떠서 이웃의 동네교회가 쓰러지든 말든 우리 교회만 잘 되면 그만이라는 배타적 이웃으로 전락하고 있다고 말할 수 있지 않을까.

지금 교회가 할 미션은 너무나 많은데도 불구하고 동네 교회가 쓰러지건 말건 옆집 사람이 굶어 죽든 말든 나는 오불관언吾不關焉이다, 라는 종교지도자가 있다면 머지않아 우리나라에 종교혁명이 일어날 가능성도 없지 않다고 나는 믿는다. 정말 테레사 수녀나 김수환 추기경과 같은 훌륭한 종교 지도자들이 이 나라 저 나라에서 자꾸 생겨나길 바랄 뿐이다.

교회가 크다고 자랑할 것도 없고 교회가 작다고 기죽을 것도 없다고 본다. 그것보다 교회 목사님을 비롯해 장로와 집사들이 어떻게 희생정신으로 사회봉사를 하고 있는가에 대해 교회를 평가했으면 좋겠다. 어느 매머드 교회는 장로들의 수가 너무 많은 관계로 의견일치가 어려워 어떤 사안을 놓고 티격태격하기가 일쑤여서 '사공이 많으면 배가 산으로 올라간다' 는 말처럼 성도 사이에 기현상이 자주 일어난다는 얘기도 들어 알고 있다.

반대로 자그마한 교회에서는 어떤 어려운 일이든지 쉽사리 결론에 이르러 금방 실행에 옮길 수가 있을 것이다. 일본 속담에 '세 사람이 모이면 문주文殊의 지혜' 라 하여 "어리석은 사람도 셋이 모이면 문주보살 같은 훌륭한 지혜가 떠오른다" 는 말이다. 나라 땅덩어리만 크다고 다 좋은 나라가 아니듯이 숫자가 많다고 다 좋은 것은 아니다. 또 얼굴이 잘 생겼다 하여 다 좋은 사람이 아닌 것처럼 우리나라의 교회도 매머드교회로 업그레이드하기 위해 쓸데없이 교인을 무더기로 끌어들이고 직책을 남발하여 헌금 구좌만을 노려서는 안 될 것이다.

오후 4시가 지났는데 초인종 벨이 울렸다. 문을 열고 밖으로 나가보니 루리코 씨 부부가 시골에 바람 쐬러 다녀왔다면서 계란 꾸러미를 건넨다. 색깔이 빤지르르한 유정란이다. 치쿠고(筑後)지방의 고향에 다녀오는 길에 좋은 달걀 같아서 여러 꾸러미를 사가지고 왔다고 했다. 우리 집에서 커피라도 한 잔 하자고 권하자, 피로해서 어서 집으로 돌아가야 한다며 급히 손을 흔들어 '사요 나라'을 표했다.

일본의 풍습은 조그마한 선물이라도 받으면 감사를 표하든가, 아니면 언젠가는 그에 상당하는 물품을 답례하는 것이 관습처럼 이어져오고 있다. 그렇게 하지 않으면 자격지심自激之心이 들어 늘 마음이 찜찜하다고 말한다.

저녁에는 스모(일본 씨름)를 TV를 통해 보았다. 오늘이 스모흥행의 마지막 날, 즉 센슈라쿠(千秋樂)여서 우승자가 결정되는 날이기 때문에 특히 스모 리키시(力士) 최상급의 선수, 요코즈나(橫網)가 어떻게 싸워 이기느냐 지느냐에 관심이 모으고 있기 때문에 이때 쯤이면 TV시청률도 훨씬 높아진다고 한다.

이번에도 몽골 출신의 요코즈나 하쿠호(白鵬)가 14승 1패로 우승을 차지했다. 15일간 각각 대전하여 한 번을 지고 14번 모두 이긴 셈이다. 현재 일본 스모계(角界)는 몽골인 리키시를 비롯해 유럽계 리키시가 판을 치고 있다. 몽골인 리키시들의 기량을 보면 역시 씨름의 원조는 몽고임에 틀림이 없는 것 같다.

그런데 내가 이상하게 느끼는 것은 요코즈나가 시합에서 패했을 때 관중석에서 잘 보고 있던 사람들이 갑자기 자기가 깔고 앉아 있던 냄새나는 방석들을 선수들이 있는 도효(土俵 - 씨름판)를 향에 너나없이 던지는 이상한 광경을 볼 때마다 스모를 구경하는 관객들의 상식이 없는 행동에 대해 일갈一喝을 안 할 수가 없다.

스포츠정신은 관중에게도 통용된다는 사실을 그들은 알고 있는지 묻고 싶다. 그것이 소위 일본의 '하지'(恥辱)문화인지도 모른다. 승부와 본인(관중)은 직접 관계가 없는데도 불구하고 마치 자기가 패해서 분풀이라도 하는 돌출행동을 하는 일본 사람들이 가끔 냉혈한으로 보일 때도 없지 않다. 아무리 자기의 팬이라 해도 일단 패한 자에게 위로의 박수를 보내는 따스함과 여유로움을 그들에게서 찾을 수가 없어 그저 씁쓸한 느낌마저 준다.

다시 말하면 일본 사람들의 본의는 자기가 좋아하는 사람이라도 자기 마음에 흡족하지 않으면 언젠가 기회를 보아 모욕주기를 서슴치 않는다. 어쩌면 그것이 상대방에게 상처를 주는 보복성 앙갚음으로 나타날 수도 있다고 보면 틀

림없을 것이다. 즉, 그들의 전형적인 치욕문화에서 나타난 여러 사람들 앞에서
개코망신주기 근성이야말로 일본인의 큰 단점이 아닌가 생각해 본다.


# 몽夢 - 환幻 - 포泡 - 영影


### 9월 29일 화요일

소나기가 억수로 내렸다. 오늘은 모자母子가 같이 한국행 페리를 타는 날이
다. 목적은 각기 다르나 오래 간만에 가는 한국 방문이어서 생기가 도는 감마
저 든다.

미리 받은 나의 퇴직금이 스케야 건으로 해서 반 토막 나는 바람에 아내는 한
국에다 저금을 하는 것이 금리가 높아 좋을 것 같다고 주장한다. 일본의 은행
이나 일본 우체국에서는 금리가 0.023% 정도이고 '한국은 4.2%'가 넘으니 비
교가 안 된다. 돈이 많으면 한국에서 크게 이자를 받을 수도 있겠지만 지금은
그 좋은 세월이 저 멀리 사라진 뒤라 그저 텅 빈 들녘을 쓸쓸히 바라보듯 내 마
음은 허전하기 그지없다. 아들은 한국에서 박사과정을 생각중인 것 같은데 그
어렵고 힘겨운 학문을 그럴듯한 논문으로 성공할 수 있을지 의문이다. 잘 돼야
할 텐데….

少年易老 學難成  一寸光陰 不可輕.

"소년은 늙기 쉽고 학문은 이루기 어려우니, 짧은 시간이라도 가벼이 보내서
는 안 되느니라."

6.25동란 당시, 평양에서 충청도로 피란 내려와 겨우 내가 초등학교 4학년으
로 월반했을 때 한문에 박식한 외당숙 아저씨로부터 이 명구를 써 받은 나는

그 뜻도 모르고 그냥 '소년이로 학난성 일촌광음 불가경' 이렇게 혼자 중얼중얼 외우며 다니곤 했다. 어린 마음에 학교 공부가 그리 어려운 건가. 나도 열심히 공부하면 교장선생님과 같이 훌륭한 사람이 될 것이라고 믿고 있던 나는 검은 고무신에 책보자기를 어깨에 둘러메고 신나게 학교를 다녔다.

그때는 홀어머니가 고생하는 모습이 떠오르면 나는 친구들보다 배로 열심히 공부를 해야겠다는 소년의 가슴에 작은 용솟음이 있었던 것 같다. 한때는 초등학생이 밤을 새며 공부한다는 소문이 동네방네 퍼지기도 했다. 그래서 그랬는지 모르겠지만 4,5학년에서도 6학년 졸업 때에도 전교에서 1등을 하여 도지사상(국어사전)을 차지하여 어머니로부터 칭찬을 받기도 했다.

당시는 노트 살 돈이 없어 한 번 산 마분지 노트를 아끼느라고 글씨를 깨알같이 써내려가곤 했다. 누리퉁퉁한 마분지 노트를 잘못 쓰다 보면 딱딱한 HB연필 끝에 잘 째지기도 했고 지우개로 지우다가 마분지 노트가 그냥 구멍이 나기가 일쑤였다. 지금의 학생들은 상상도 못할 만큼 열악한 문구와 교재를 투정한 번 하지도 않고 아끼고 또 잘 간수하기도 했다. 그런 쓰라린 세월이 있었기에 오늘의 영광스런 대한민국이 있는 것이 아닐까, 이렇게 스스로가 자부해 본다. 지금의 젊은이들은 부모님의 그 어려웠던 세월을 모를 뿐만 아니라 알려고도 안 한다.

"될 성 싶은 나무는 떡잎부터 안다"는 속담이 그냥 나온 말이 아니다. 어릴 때부터 어린애의 노는 모습이나 부모의 말씀을 명심하여 잘 듣는 아이인가 아닌가에 따라 성격이나 습관이 달라지는 것이라 보고 있다. 자립심이 강하고 열정적인 인간이 되느냐, 자타를 부정하고 소극적이고 배려심이 없는 인간이 되느냐가 성패의 두 사람을 갈라놓는 조건이 아닐까 생각해 본다.

오늘 나는 한국으로 떠나는 아내와 아들에게 오랫동안 입원생활을 하고 있는 큰 고모를 먼저 찾아뵙고 병문안을 하고 오라고 당부를 했다. 현해탄을 건너 일본에 사는 우리 가족은 항시 와병중의 누이를 대할 때마다 여천餘喘의 파리한 얼굴 모습이 마치 임종을 보는 것 같아 가슴이 아프고 쓰리다.

아들도 일찍이 현해탄을 건너 와 학교를 다니느라 여러 일본인 선생님들로부터 많은 도움을 받았다. 특히 중학교의 은사 후쿠다(福田達子) 선생님은 자주 우리 한국 가정방문을 하여 애로사항 등을 묻기도 했고 학교에서는 아들에게 특별히 일본어 지도를 맡아 주기도 했다.

그런데 수 년 전 후쿠다 선생님은 급병으로 아쉽게도 하늘나라로 가셨다. 너무 일찍 이 세상을 하직하는 바람에 아들의 쇼크도 컸으리라는 생각이 들었다. 마찬가지로 큰 고모가 장기입원을 하고 있기 때문에 언제 어떻게 될지 모르는 일이니까 꼭 병문안을 가라고 거듭 당부를 했다.

가만히 생각하면 인간은 일생동안 끊임없는 '꿈 - 夢, 환상 - 幻, 거품 - 泡, 그림자 - 影' 와 같은 신기루를 쫓아다니다가 제김에 지쳐 생을 포기하는 어리석은 동물인지도 모른다. 매일같이 병원에 나와 간병을 하는 늙으신 매형의 인생사를 돌이켜보아도 꿈 많던 시절 사업이 번창할 즈음 부당한 세금폭탄을 맞아 온갖 세상사에 환멸을 느꼈으리라 믿어진다. 덩그렇게 잘 살던 집과 점포도 순간에 다 거품이 되어 허수아비의 그림자 신세로 변할 줄은 나 자신도 이해하기 어려운 사건들이었다.

그러나 이후 누이의 노파심절老婆心切이 있었기에 자식들도 다시 일어설 수가 있었다고 본다. 누이! 당신은 오로지 자식들만 생각하다 세상을 떠나는 것 같아 지금도 내 마음은 한없이 아프지만 앞으로 누이의 일로평안一路平安만을 빌 뿐이오.

# 김 양의 메시지

### 9월 30일 화요일

가을을 재촉하는 비가 세차게 뿌린다. 아침은 써늘할 정도로 온도차를 느낀다. 가을이 정말 우리 곁으로 다가온 모양이다. 엊그제만 해도 열기로 몸이 후덥지근했는데 오늘은 손끝이 냉랭하다. 계절의 변화를 어찌 멈출 수 있겠는가. 얼마 있으면 하얀 눈이 내려 온 누리를 은세계로 덮어 버릴 것이다. 나에게 겨울은 인생을 다시 생각해 보게 하는 신비하고 성스런 계절이라 생각한다.

오늘 내 메일을 살펴보니 주립 하와이대학에서 알고 지내던 김옥심 양으로부터 안부 메일이 왔다. 지금은 결혼하여 애도 낳고 남편과 사이좋게 잘 지낸다고 했다. 잊을 만하면 잊지를 않고 나와 아내에게 인사 메일을 보내주는 그녀의 인정스런 모습에 나는 감동하게 된다. 하와이 장로교회에서 모든 한국인 교우들과 헤어질 때 김양이 "일본에 꼭 놀러 가겠습니다." 이렇게 우리와 약속을 했는데도 일본에 오지 못하는 것은 아마도 애도 낳고 직장생활이 바빠서 그럴 성 싶다. 나도 언젠가 재회하는 그 날이 꼭 올 것이라 믿는다. 나와 아내도 일본에서 예전처럼 변함없이 잘 지내며 내일부터 우리 K대학에서 가을학기가 시작된다는 소식을 적은 회신을 곧바로 띄워 보냈다.

오후에는 비가 좀 누그러들었다. 지금 타고 있는 구형 RVR 4구동차를 Auto Cafe에 맡기고 대신 소형의 대차代車를 빌려 주기에 그것을 타고 집으로 돌아왔다. 대차가 너무 구형이라서 그런지 브레이크, 액셀의 놀림이 커서 발끝으로 번갈아 밟았다 놓았다 하여 땀을 빼며 집까지 타고 왔다.

집에 돌아와 커피를 끓여 혼자 마시고 있는데 루미코 씨로부터 전화가 왔다. 내일 시간이 있으면 연구실에서 만나자고 했다. 용건은 APP 10월 월례회에 관해서 상의할 것이 있다고 했다. 여름방학 때문에 한동안 만나지 못했으니 점심 시간에 식사를 같이 하면 어떻겠냐고 물었다. 나도 그게 좋겠다고 하자 그쪽에서 OK를 하고 전화를 끊었다.

저녁에는 일상화 된 산책을 하러 밖으로 나섰다. 아직도 비가 부슬부슬 내리고 있다. 나는 비닐우산을 챙겨들고 바닷물이 길게 뻗친 해만海灣이 있는 쪽을 향해 걷고 있을 즈음 동쪽 하늘을 바라보니 웬일인지 쌍무지개가 칠색의 커다란 활을 천공天空에 걸쳐 놓았다. 아! 오랜만에 보는 하늘의 선물이 아닌가. 나는 혼자 탄성을 지르며 그 자리에 서서 그저 하늘을 우러러 보고 있었다. 위쪽의 무지개가 곧 사라지자 아래쪽의 영롱한 무지개도 따라 색깔을 점점 뿌옇게 잃어간다. 무슨 행운이라도… 무슨 조화遭禍라도… 별난 생각이 다 든다.

무지개가 떴다 지는 것처럼 우리 인생의 삶도 순간이 아니던가. 석가모니가 29세에 생자필멸生者必滅의 이치를 깨닫고 출가했다고 하나 실은 이전에 이미 천변지이天變地異의 대자연의 무한한 변동을 득도하였으리라. 석가모니는 80세에 입적했지만 우리같이 절속絶俗하지 못하고 사는 뭇 중생들은 이 짧은 생을 어떻게 선생善生하다 복종福終하는 것이 참 인생인지 주저하지 않을 수 없다. 그러나 다수의 중생들이 그런 인생을 갈망하지만 현실이 그리 따라주지 못하는 것이 그들의 고뇌가 아닐까 생각한다.

10월

# 노후老後생활

### 10월 1일 수요일

청잣빛 가을 하늘이 내 눈으로 다가온다. 그림 같은 하늘을 보고 있노라면 번 잡한 일들이 까마득히 잊혀진다.

하늘 색깔은 인간의 근심을 지워버리는 마법을 지니고 있는 것이 아닐까. 미 워하고 질투하고 험담하고도 모자라 잘 나가는 사람의 발목을 잡아 끌어내리 는 악당들도 이처럼 끝없이 맑고 높은 에메랄드빛 하늘을 보면 그런 마음이 들 지 않을까? 아니 그들이 그렇게 변하지 않는 것은 저 멋진 하늘을 볼 수 없는 색맹이라 그런지 모른다. 말하자면 손을 가려 건성으로 하늘을 쳐다보고는 마 치 자기가 불가佛家의 도사導師인 양 그저 부처의 미소로 웃어넘기기 일쑤이다. 참으로 애연哀然한 생각이 든다.

점심때가 되어 약속대로 루리코 씨가 연구실에 나타났다. 그런데 그녀는 도 중에서 어느 수퍼에 들렀는지 미리 두 개의 도시락을 준비해 테이블에 펼쳐놓 는다.

"점심을 식당에서 먹는 것보다 연구실에서 장부정리를 하면서 먹는 것이 나 을 것 같아서 도시락을 사왔어요. 제일 맛있는 도시락이에요. 어서 드세요"라 며 그녀는 바로 문 밖의 가스 탕급실湯給室로 가더니 규스(急須 - 土瓶)에 뜨겁게 끓는 물을 들고 와 야메(八女)차를 조심스럽게 넣은 후 찻잔에 차를 따르면서 "오늘은 선생님께 좀 부탁이 있어요"라고 생뚱스런 말을 던졌다.

나는 가볍게 "그게 뭔데요?" 하자 그녀는 그저 빙그레 웃으며 "배가 고프니 먼저 도시락을 먹고 얘기하죠" 하며 궁금증을 일게 했다. 나는 내 귀를 의심하 면서 그녀의 얼굴빛을 훔쳐보았다. 하지만 내 눈에 비친 모습으로는 그녀의 마 음을 읽을 수가 없었다. 식사가 끝나고 다시 차를 마실 때 그녀에게서 생각지 도 않은 말이 나왔다.

"선생님, 돈이 있으면 2백만 엔쯤 몇 달 동안 빌릴 수 없겠어요? 이자는 따져서 드릴게요."

내가 한참 입을 다물고 있으니 그녀가 생긋 웃으며 다시 입을 열었다. "사실 돈은 제가 필요한 것이 아니라 내가 잘 아는 친구(D이비인후과 의사 부인)인데 그녀가 나한테 돈 부탁을 꺼내기에 알아본다고 약속했기 때문에 선생님께 여쭈어 본 것이에요."

신용이 있는 분이니까 틀림없다며 한 번 믿어도 된다고 했다. 나는 깜짝 놀라면서 "의사부인이 돈이 없다니 이해가 안 갑니다. 일본에서 의사가 돈이 없으면 누가 돈을 갖고 있단 말입니까?" 나는 좀 톤을 높여 따지듯이 되물었다.

그러자 그녀는 "의사도 의사 나름이에요. 요즘 일본의 경기가 불황이라서 병원도 특수한 종합병원이 아니면 일반 동네의원은 현상유지도 어렵다나 봐요. 만일 D의원 부인이 약속이행을 못하면 제가 책임지면 되지 않을까요?" 이렇게 애걸하듯 말을 했다.

그 돈 얘기를 듣는 순간 나는 번뜩 스케야의 얼굴이 떠올랐다. 그때 그도 온갖 표정을 지워 보이며 나에게 아첨을 떨었다. 그는 애당초 나를 존경하고 아끼는 마음(仁)은 있지도 않았을 것이다. 단지 남을 속이기 위한 수단으로 자기의 거짓 신용을 은근히 자랑했을 것이다.

나는 무양무양한 내 성격을 핑계로 구차한 변명을 한다면 그 행위 자체가 본인의 과실이라 생각하지 않을 수 없다. 학창시절 한문 시간에 배운 '묘언영색 妙言令色 선의인鮮矣仁'이라는 논어의 명구名句를 은사 황희연 선생님이 좀 더 현실적으로 생생하게 실례를 들어 해석을 해 주셨더라면 오늘 내가 이런 후회는 하지 않았을 텐데….

나는 얼마 전에 루리코 씨에게 '오래 사귄 친한 사이에 금전거래로 서로 원수가 되게 됐다'는 내 이야기를 빗대어 말해 준 적이 있다. 그때 그녀는 나에게 답하기를 "요즘은 가까운 사람이 무서워요"라고 한 말이 번개처럼 내 뇌리를 스쳤다.

나는 그녀에게 그 자리에서 돈 거래를 단호히 거절했다. 돈거래를 잘못 하면 가까운 사람에게 돈도 빼앗기고 배신을 당해 낙담하지 않을 수 없다. 자기 가슴에 못을 박는 어리석고 억울한 일은 절대 하지 않겠다고 나는 이미 굳게 마음을 먹었기 때문이다. 나는 바로 돈을 거절하자 그녀 역시 멋쩍은 표정을 지으며 몸둘바를 몰라했다.

엊그제 부산에 간 아내에게서 밤늦게 전화가 왔다. 부산에서 볼일은 모두 잘됐다고 전했다. 한 편 마음이 놓인다. 늙어서 남에게 손 안 벌리고 살 수 있다는 것은 빈사다연鬢糸茶烟의 담박淡泊한 여생을 보내려는 나의 변함없는 심경 그것이다.

현관문을 닫고 홀로 침대에 누우니 추야장秋夜長에 독숙공방獨宿空房하는 가련한 신세처럼 느껴진다.


# 낙천주의


## 10월 2일 목요일

맑음. 오늘은 우리 K대학보다 규슈치과대학에서 먼저 가을학기 첫 강의가 있는 날이다. 오래간만에 학생들을 만나니 그저 기쁜 마음이 솟는다.

학생들의 얼굴색이 환하게 보여 마음이 놓인다. 항상 만날 때마다, 내가 먼저 "여러분 안녕하세요" 하면 학생들이 "선생님, 안녕하세요." 이렇게 한국어 수업은 인사말로 시작된다. 치과대학 학생들은 한 학기동안 90분 수업을 16주간의 기초 입문 편을 배운 덕에 한글 읽기, 쓰기, 말하기가 조금은 되지만 아직 걸음마 단계이다. 이 같은 한국어, 한국 문화수업을 K대학을 비롯해 다른 대학에서 하는 출강出講까지 강의 시간수를 20여 년간 동안 계산한다면 아마 2만 여

시간이 될 것이다. 내가 생각해도 조금 젊었을 때는 몸을 돌보지 않고 외부 대학에서의 출강의뢰를 그대로 받아들였다. 그만큼 한국이란 국가의 위상이 높아진 탓에 한국어 인기도 따랐던 것은 사실이다.

어느 해는 일주일에 14코마(1코마 ; 90분 수업) 강의를 할 만큼 동분서주東奔西走하여 일본 학생들로부터 인기를 한 몸에 얻으며 힛파리다코(끌어당기는 문어 - 인기 맨)라는 별명으로 인기몰이를 하던 시절도 있었다. 외국어 강의는 하면 할수록 학생들이 재미를 붙여야 한다. 그것은 교단에 선 교수가 어떻게 강의를 하는가에 달려 있다. 가령 오늘 수업에서 1에서 10을 가르친다고 한다면 1을 가르치고, 2를 가르치는 것이 보통이나 학생들이 흥미를 느끼지 못한다면 거꾸로 10을 먼저 배우도록 하는 방법도 고려해야 한다.

나의 경험담을 예로 들어 보면, 일본 사람들의 혀는 우리보다 반은 짧다고 생각하면 해답이 나온다. 초등학생으로 학교에 입학한 후 국어책을 읽으라 하면 아무래도 받침이 있는 글자를 읽을 때 입안의 혀가 부드럽게 안 돌아감으로 인해 서투른 발음이 나온다. 특히 일본 학생들은 혀가 거의 그렇다고 상상하면 이상한 한글발음이 머리에 떠오르리라.

한 때 나는 무리하게 한글수업을 1에서 2로 그리고 3으로, 이렇게 순서대로 수업진도를 실시해 보기도 했다. 그러나 학습효과를 전혀 얻을 수가 없었다. 그래서 이번에는 1에서 곧장 10으로 점프하여 한국 노래를 불러보았다. '아리랑'도 불러보고 '고향의 봄'도 불러보고 유행가 '사랑해'도 불렀다. 그러자 어렵던 종성終聲 발음이 순조롭게 입안에서 술술 풀리며 어려운 한국어가 발음하기 쉬운 한국어로 변해가는 일본 학생들의 모습을 보고 나 자신도 놀랐다. 입놀림이 틀림없이 여느 한국 사람 누구라도 알아들을 수 있다고 느꼈을 때의 감동과 흥분은 나의 성취감으로 이어진다. 더욱이 우와 으, 에와 애, 이와 의를 분별할 수 있는 단계에 이르면 가르치는 사람의 입장에서 너무 큰 보람으로 다가온다.

저녁 4시가 되어 요코 씨로부터 연락이 왔다. 오늘부터 고급 한국어 회화 공부가 시작되는 날이란다. 나는 그 강의를 깜박 잊고 있었다. 서둘러 야하다 캠퍼스로 차를 바삐 몰고 갔다. 여름방학 동안에 준비했던 교재를 프린트해서 교실로 들어갔다. K대학 학생들은 아직 방학이라 그런지 거의 출석을 하지 않았다. 일반 사회인들만이 강의실에 나와 있었다. 인원수는 적어도 수업을 할 수밖에 없었다.

오늘은 인체의 이름 즉, 손 발 눈 귀 입 얼굴에 관한 관용어를 중심으로 수업을 진행했다. 손을 끊다, 손에 넣다, 손이 빠르다, 입에 풀칠을 하다, 입이 무겁다, 얼굴이 팔리다, 얼굴이 서다, 발을 끌어당기다, 발이 무겁다, 발을 빼다 등등 일본어와 비슷한 관용구에 수강생들이 관심 있는 듯 반응을 보이기도 했다.

수업을 끝내고 나의 연구실로 자리를 옮겨 수강생들과 차를 마시며 환담을 나누다가 늦게야 헤어졌다. 집에 돌아와도 아내가 한국에 가고 없으니 레토르트 식품을 꺼내 간단히 저녁식사를 끝냈다. 아사히 TV 뉴스를 보면서 와인을 혼자 기울였다. 혼자 사는 법도 익혀두어야 한다고 한 아내의 말이 언뜻 머리에 떠오른다. 무슨 뜻인지도 모르고 마이동풍馬耳東風으로 한 귀로 흘려버리는 나의 성품은 낙천주의자가 아닌가 생각해 본다.


# 강울음


### 10월 3일 금요일

맑음. 오늘은 우리 K대학에서 가을 학기가 시작되는 날이다. 나는 아침을 간단히 토스트와 우유로 대신하고 야하다 캠퍼스로 향했다. 오랜만에 대학캠퍼스는 학생들의 웃음소리와 활기가 피부에 와 닿는 느낌이다. 내 연구실도 방학 기간에 깨끗이 청소를 한 상태여서 기분이 상쾌하다. 창문을 여니 정말 산들바

람이 가을을 알리듯 내 얼굴을 시원스레 스쳐간다. 또 천고마비天高馬肥의 가절
은 드높은 저 옥색 하늘이 내려준 선물이 아닐까. 점심때가 되어 구내식당에서
카레를 먹을까 하고 연구실을 나와 캠퍼스를 질러가려는데 흡연구역에서 낯익
은 여자가 웬 남학생과 다정하게 맞담배질을 하며 히득거리고 있는 모습이 눈
에 띄었다. 가까이 가서 보니 이번 여름방학 때 한국 연수여행을 갔던 에미나
학생이었다. 내가 순간적으로 "에미나상!" 하고 이름을 부르자 그녀는 대답도
안 하고 고개를 돌린다. 그리고 말도 없이 자리를 떠나 저쪽 편으로 가버렸다.
나도 더 이상 그녀를 보지 않고 식당으로 향해 걸어갔다.

자기가 문제를 일으키고 멋대로 삐쳐서 한국에서 쫓기어 온 제자(36세 만학
도)에게 할 말은 없었지만 사람이 위아래를 안다면 자기의 잘잘못은 판단할 수
있을 것이다. 단순한 한국 관광객으로 연수생과 동행해야 했던 학생이 선생의
지시를 무시하여 멋대로 일탈행동을 하는 것을 봐줄 수가 없었던 것들이 그녀
의 불만이었는지 모른다. 다른 한국 연수생들에게 모범을 주지 못할망정 피해
는 주지 말아야 했는데 그녀는 그의 히스테릭한 성격으로 인해 닷새간의 스케
줄을 채우지 못하고 도중에 일본으로 되돌아온 장본인이다.

나는 식당에서 식사를 하면서 오늘 만난 에미나 학생의 얼굴 모습이 상상 이
상으로 우락부락하게 비쳤다. 나는 전화를 걸어 한 번 만나 경위를 따지고 질
타를 해 주고 싶었지만 어디까지나 외국인 교수의 입장을 생각하지 않을 수가
없었다. 그녀도 내가 일본인 교수라면 실제로 이유 없이 이상한 눈물을 보이며
연기를 하지는 않았을 것이다. 나는 지금도 그녀가 모두들 앞에서 갑자기 어린
애처럼 엉엉 울음보가 터져 호곡號哭을 한 까닭을 모르고 있다.

오후에는 두 코마 수업을 마치고 O교수 연구실에 놀러 갔다. 10여분 동안 여
름방학 동안에 있었던 일들을 서로 얘기하며 커피를 마셨다. 그는 이번 여름
날씨가 더웠던 관계로 시코쿠(四國)에 있는 시골 고향집에서 부모님과 며칠 지
내다가 심심해서 다시 돌아왔다고 했다. 심심해서 돌아왔다는 말이 나에게는
너무 사치스럽게 들렸다. 고향에 부모님이 살아 계시다는 것은 첫째 축복이요,
둘째 행복이요, 셋째 청복淸福이다. 고향에 가려 해도 가질 못하고 부모님을 뵈

려 해도 뵐 수 없는 사람들이 그 얼마이던가.

퇴근길에 타학부의 M교수와 만나 길가에서 잠시 얘기를 나누었다. 그런데 그는 좀 이상한 말을 한다. 지금 대학 경영자들에 대한 우려를 표하며 자기는 이 대학의 OB라서 내년 3월에 그만둘 생각을 한다고 말했다. 70까지는 아직 3년이나 남지 않았냐고 묻자, 마음에 내키지 않는 사람들과 같이 근무하는 것 자체가 스트레스라며 나더러, "선생님은 그런 생각 안 해 보셨어요? 자기가 잘난 줄 알고 쥐어준 칼자루를 마구 흔들어대니 이 대학 큰 문제예요"라며 M교수는 한숨을 내쉬더니 손을 흔들어 보이며 야하타(八幡)역전 쪽으로 걸어갔다.

나는 주차장으로 가다가 생각해 보니 M교수의 말이 좀 귀에 거슬렸다. 자기나 그만두지 나더러 같이 그만두자는 말이 생뚱스러웠다. 혼자 죽기가 뭣하니 동반자살이라도 하자는 말로 들렸다. 집으로 돌아오는 길에 짬뽕식당에 들러 데바사키(닭날개 튀김) 10개를 사가지고 집에 돌아왔다. 오늘도 누구와 대화할 사람이 없는 따분한 독거노인 신세이다. 아내는 다음 주에 부관페리를 탄다고 약속했기 때문에 그때까지 참고 기다릴 수밖에 없다.

저녁 메뉴는 일본 쇼쥬(소주)와 데바사키 그리고 야키소바(볶음 메밀국수)이다. 내 손으로 음식을 만들어도 그런대로 제법 맛이 나는 것 같다. 내가 요리사가 됐더라면 양梁나라의 포정庖丁처럼 요리의 명인이 되지 않았을까 상상해 본다. 하루의 번잡한 생각을 하얗게 지우려면 고운 꿈을 꿔야겠다.

# 국제한글음성문자

## 10월 4일 토요일

맑음. 오늘은 집에서 혼자 있기가 싫어서 논문을 정리할 겸 캠퍼스로 향했다. 지난 9월 27일 국제한일비교언어학회에서 서울대학교 이현복李炫馥 명예교수로부터 받은 '국제한글음성문자'에 대한 레지메가 생각나서 찾아보았지만 생각이 떠오르지 않아 한참동안이나 자료집을 뒤지다가 가까스로 찾을 수가 있었다.

일주일이 지난 일인데 이렇게 기억력이 없다니 나의 뇌세포도 꽤 많이 빠져나간 모양이다. 신경을 쓸 일이 너무 많아서 그런지도 모르겠다. 이현복 교수는 '국제한글음성문자'에 대해 다음과 같이 설명하고 있다.

The International Korean Phonetic Alphabet is a set of phonetic symbols which has been devised by Hyun Bok Lee to represent speech sounds of world languages systematically and efficiently. …(이하 생략)…

이처럼 이 교수가 한글을 바탕으로 한 말소리를 정밀하게 표기하기 위해 개발한 음성기호이다. 예를 들면.

'한국은 아름다운 나라이다.' =ㅎㅏ ㄴㄱㅜㄱ ㅇㅡㄴ ㅇㅏ ㄹㅡㅁ ㄷㅏ ㅇㅜㄴ ㄴㅏ ㄹㅏ ㅇㅣㄷㅏ

이렇게 표현을 하면 어떤 나라의 말도 간단히 표현 가능할 것 같다. 일본어의 예를 들어 보면 아주 간단히 표현할 수 있다.

'아시타마타 아이마쇼' =ㅇㅏ ㅅㅣ ㅌㅏ ㅁㅏ ㅌㅏ ㅇㅏ ㅇㅣ ㅁㅏ ㅅㅛ (내일 또 만납시다.)

그러나 일본어의 합유음拗音을 표음하기는 쉽지는 않을 것 같다. 어느 나라 어떤 말이라도 완벽하게 표음하기는 불가능하겠지만 이 정도의 각국 언어를 한글로 나타낼 수 있다는 것은 한글이 세계의 모든 음을 초월한 세계적인 문자이기 때문이라고 나는 생각한다.

저녁은 캠퍼스 근처 '기사라기' 일본식 레스토랑에서 혼자서 식사를 하고 어둑해서 집으로 돌아왔다. 서재에서 한국 가곡을 틀어 놓고 컴퓨터 바둑을 두세 판 두고 나니 생각이 났다. 요전 학회 모임에서 만난 광주대학교의 이의재 교수와 계명대학교의 伊東(이토 마미) 선생에게 학회에서 같이 찍은 사진을 보내주기로 약속한 일을 깜박 잊고 있었다. 급히 안부편지를 쓴 다음 사진과 함께 봉투에 넣고야 잠을 청할 수 있었다.

# 이타행 利他行의 인간애

## 10월 5일 일요일

비구름이 짙게 깔렸다. 화창하던 날씨가 을씨년스런 날씨로 바뀌더니 곧장이라도 큰 비가 올 것 같다. 오늘은 아침 늦게 악몽에서 깨어났다.

꿈을 꾸었는데 입으로 표현할 수 없는 백귀야행百鬼夜行의 수라장이라면 꿈 장면이 어느 정도인지 짐작할 수 있지 않을까? 내 주위에 무슨 원귀寃鬼라도 씌어서 그런 건지 가끔 그처럼 으스스한 유혼遊魂의 꿈이 나타나 나를 괴롭히고 있다. 꿈은 자기 현실의 복사판이라는 설도 있지만 자기의 의식과정에서 프라이드pride가 높아지면 현몽의 가능성이 적어지고 반대로 자기의 무의식과정에서 콤플렉스complex가 심해지면 현몽의 가능성이 높아지는 것이 아닌가 생각된다.

대학을 졸업하고 몇 년을 건달로 살아가던 한 청년이 하루는 꿈속에서 아버지로부터 꾸중을 듣고 호되게 매를 맞는 꿈을 꾸고 잠에서 깨어나자 마침 그때 집에 있던 아버지가 갑자기 호통을 치며 "무위도식無爲徒食을 하고 놀고 먹을 참이냐?"는 잔소리에 화가 치밀자, 아버지를 주먹으로 팼다는 웃지 못할 사건 기사를 보고 패륜아는 어느 사회에도 있을 수 있다고 생각했다.

마침 오늘 신문 기사를 보니 흥미 있는 기사를 접할 수 있었다. 금년 일본 후생성厚生省에서 조사한 '고령자노인 학대'에 관한 조사를 실시한 결과 작년도 보다 5.6%가 증가한 1만3,335건으로 나타났다. 작년보다 712건이 늘어난 셈이다. 아마도 실제적으로는 이 통계보다 많을 것이라 전제 하면서 학대 대상의 86%중에 여성 고령자가 77%를 차지하고 있다고 했다. 그리고 가해자는 공교롭게도 타인이 아니고 동거가족이라 말하고 있다. 가족 중에서 아들이 40%, 남편이 16%, 딸이 15%, 기타 동거인이 6%로 나타났다.

이렇게 세상은 바쁘게 현화現化하고 있다. 고령화 사회가 착착 진행되고 있는 일본에서 매년 늘어나는 노인인구와 비례하여 비정의 직계 핏줄도 늘어갈 것이라 예측하고 있다.

왜 지금의 현실이 갈수록 각박해지는가. 왜 우리들은 행복을 느끼지 못하고 살아갈까? 나는 전쟁을 경험한 세대로서 느낀 것은 첫째, 물질 만능의 풍조가 우리들 마음의 문제로 남아 있다고 생각한다. 인간의 심리는 없으면 없을수록 나눔의 미덕을 발휘하려는 본능이 있는가 하면 반대로 있으면 있을수록 더 자기 것으로 채우려는 본능도 존재한다. 물자가 귀했던 시절은 정말 콩알도 반쪽씩 갈라 먹었다. 그런데 현재 한국은 세계 10대 경제권에 들어간 나라임에도 불구하고 한국인의 행복도가 세계 몇 위에 있는가를 눈여겨봐야 할 것이다. 한국 속담에 "벼 아흔아홉 가마니를 가진 자가 벼 한 가마니를 탐낸다"는 말처럼 너무나 우리의 현실은 살벌하기 짝이 없다.

둘째, 향토의 사람과 사람 사이의 인정人情이 도시의 인간과 인간 사이의 이익집단利益集團으로 바뀌어감으로써 서로 돕고 도와주는 이타행利他行의 인간애가 무지개처럼 사라지고, 돕지 않으면 절대로 도와주지 않는 이중적 조건부 사회로 빠져들고 있는 것이 오늘의 우리 사회 현상이다. 남을 탓하고 흠잡아 악의적으로 루머를 퍼뜨려 상대에게 치명상 입히기를 게임처럼 즐기는 자들은 결국 자기불만을 해소시키려다 자신이 퍼뜨린 거짓이 악인惡因으로 작용하여 자기 무덤을 파는 지경에 이를 것이다. 나는 최근 탤런트 최진실 씨의 자살 뉴스를 접하고 어떻게 인간들이 이럴 수가 있을까 하는 우려에 빠지곤 한다. 자기와 직접 관련이 없는 네티즌들이 남의 일상사에 깊이 빠지는 것은 부도덕한 행위로 볼 수밖에 없다. 그들은 이승에서 큰 죄를 범했음으로 저승에서 반드시 원증회고怨憎會苦의 값을 치를 것이다.

오늘 밤은 오랜만에 혼자 피아노를 치며 고향생각과 함께 보고 싶은 임들의 얼굴을 그려보았다. 아! 보고 싶어라. 그리운 임이여! 어머니가 꿈에 현몽하길 어린애같이 조르며 잠을 청해 볼까나.

# 패거리 집단

### 10월 6일 월요일

구름. 오후에 갬. 오늘도 간단히 빵과 우유로 아침을 때우고 캠퍼스 연구실로 나갔다. 오전수업을 마치고 연구실로 돌아가는데 B교수가 뒤에서 나를 부르더니 "요즘 캠퍼스에 이상한 소문이 도는데 선생님은 알고 있습니까?" 내가 머리를 절레절레 흔들자 B교수는, "내년에 한국어 단기 코스가 새로 신설된다는 소문을 들었어요. 정말 선생님이 모르다니요, 믿어지지가 않습니다. 학부장이나 학장에게 물어보세요." B교수와 나는 그런 말을 나누고 연구동에서 헤어졌다.

나는 그 말을 듣는 순간 4월 신학기 때부터 떼를 지어 어깨에 힘을 주고 다니던 이사장 이하 몇몇 똘마니처럼 따라다니던 패거리들이 불현듯 머리에 떠올랐다. B교수의 말이 사실이라면 아마 그들은 그전부터 비밀리에 모종의 계획을 세워 나를 제쳐놓고 이사장실에서 계략을 꾸몄는지 모른다. 내가 20년 가까이 이룩해 놓은 한국어 문화 강의를 뒤집어 재를 뿌리려는 흉계를 꾸미다니 나는 말문이 막혀 손에 일이 잡히지 않았다.

B교수는 전형적인 학자 타입이라 실없이 근거 없는 말을 퍼트릴 사람이 절대 아니다. 그렇다고 잘 알고 지내는 학장에게 전화로 물어보기도 체면이 안 서는 것 같아 앞으로 경영진의 동태를 주시하기로 하고 간단히 컵라면을 후루루 마시고 오후 수업에 들어갔다.

요즘은 식사를 제대로 못해서 그런지 수업 중에 괜히 몸에서 땀이 나고 다리에 힘이 빠져 어떻게 90분 수업을 했는지 자신도 놀랄 정도였다. 수업을 마치고 잠시 연구실 소파에서 눈을 붙이고 있는데 학생부 담당 A직원으로부터 전화가 걸려왔다.

"선생님, 이번 여름에 한국 사회 실습에 대한 보고서를 금주 안에 제출해야 하니 퇴근할 때 저한테 꼭 들러주세요"라는 전화였다. 나는 전화를 끊고 바로 사무실로 달려갔다. 그러자 A사무직원은 나를 학생부장실로 안내했다. 부장이 나를 보더니 "여름에 학생 연수시키느라고 고생하셨지요?" 이렇게 겉치레 인사를 하더니 내게 서류 한 장을 건네주었다.

"이것 보고서가 아니고 이유서가 아닙니까?" 내가 말을 걸자 그는 "학생들이 같이 오지 못한 이유를 쓰면 됩니다. 너무 신경 쓰지 마세요." 나는 알았다고 답을 짧게 하고 부장실을 나왔다.

연구실로 돌아와 곰곰이 생각해 보니 아무래도 에미나 학생이 마음에 걸린다. 그녀가 어쩌면 이상한 장난을 치는 듯한 생각이 퍼뜩 들었다. 틀림이 없다. 3일 전에 캠퍼스에서 우연히 만났을 때도 나에게 평소와 다른 행동을 보여줬기 때문이다. 아무리 세상이 바뀌었다 해도 자기 선생님을 우습게 여기는 학생은 문제아로 봐야 한다는 나의 생각에는 변함이 없다.

나는 연구실에서 혼자 차를 마시며 시간을 보내다가 6시가 되어 캠퍼스 근처 패밀리 레스토랑에서 비프스테이크를 시켜 저녁식사를 했다. 혼자 먹는 식사는 으레 맛이 없는 법이지만 오늘은 달랐다. 시장이 반찬이란 말이 맞는 것 같다.

집에 돌아와 먼저 부산에 전화를 걸었다. 며느리가, "어머님이 오늘 일본 배 하마유호를 타셨어요"라고 전했다. 마음이 한결 놓인다. 아내의 목소리를 오랫동안 못 들으니 왠지 나는 무인도에서 홀로 지내는 무의무탁無依無托자처럼 그저 깜깜한 밤이 두렵고 지루하다.

이 무인도를 진정으로 변화시키기 위해서는 너의 흰말과 내 흰 갈꽃이 백마입노화白馬入蘆花라는 성어成語가 된 것처럼 두 흰색의 차별 없는 경지 파라다이스를 건설하지 않으면 안 될 것이다. 섬나라 사람들은 더 눈을 크게 뜨고 세상을 멀리 보는 습관을 길러야겠다.


# 가면을 쓴 사람들


### 10월 7일 화요일

맑음. 오늘은 아내가 부산에서 일본으로 돌아오는 날이라 나는 아침 일찍 일어나 집에서 차를 몰고 시모노세키 국제터미널까지 마중 나갔다. 터미널에 도착하니 8시가 좀 넘었다. 8시 30분이면 입국수속이 시작된다. 얼마를 기다리니 아내가 큰 트렁크 두 개를 끌고 나왔다.

나의 오전 강의 시간 때문에 급히 서둘러 차에 짐을 싣고 바로 터미널을 떠났다. 거기서 10분도 걸리지 않아 후쿠우라항에 도착하자 운 좋게 차량운반전용 페리가 도착하고 있었다. 고쿠라에서 태운 트럭과 승용차가 모두 내리자 바로 이쪽에서 기다리던 차들이 커다란 배안으로 연속으로 들어간다. 차 대수도 많지 않아 바로 떠날 수 있었다. 20분 후 배는 고쿠라 북항에 도착하여 바로 집으로 무사히 올 수 있었다.

나는 시간이 없어 아내가 한국에서 가지고 온 약밥을 대충 먹고 막바로 캠퍼스로 달려갔다. 수업시간까지는 40분의 여유가 있었다. 나는 오랜만에 커피를 진하게 타서 마시며 어제의 일들을 잠시 생각해 보았다. 여태까지 써 보지도 않은 이유서를 쓰라고 하는 것이 마음에 걸렸다. 어떤 음모가 있는 것 같은 예감을 잠재울 수가 없었다.

한국어 수업을 마치고 타과의 S교수 연구실에 전화를 하고 잠간 놀러가겠다고 하니 "이랏샤이"(OK)라고 했다. S교수는 나를 보자 반겼다. 그는 뜨거운 차를 내놓으면서 "마침 잘 왔어요. 선생님은 혹시 아시나요? 내년에 한국어 코스가 생긴다는 얘기 말이에요. 이사장을 꼬붕(부하)처럼 늘 따라다니던 그 친구가 내년에 우리 대학에 학생 30명을 데리고 온다고 했다나 봐요. 그 소문을 알고 계신지요?"라며 심각하게 말을 했다.

어제 그런 말을 언뜻 들었다고 하자. "대학이 망하려니 별일이 다 있어요. 자기가 무슨 능력이 있다고 30명이나 되는 신입생을 한꺼번에 몰아온다고… 하여간 이 대학 윗대가리들은 뭘 생각하는지를 통 모르겠어요"라며 비웃듯 살짝 웃음을 보였다. 그리고 그는 나를 의식해서인지 "선생님은 별 문제 없을 거예요. 선생님은 오랫동안 전교 대학생을 대상으로 20년이나 한국어를 별 탈 없이 지도해 오셨으니까요." 갑자기 나를 칭찬해 주니 나도 슬며시 고마운 생각이 들었다.

나는 언제 시간이 닿으면 식사나 같이 하자고 제의하고 S교수 방을 나왔다. 이 '코리아 코스 신설'이라는 플랜은 나뿐만 아니라 대학 전학부에 있어 아주 중차대한 일이 아닐 수 없다. 알고 보니 외국인 교수 3명만 빼고 나머지 일본인 교직원들은 암암리에 다 알고 있었다는 사실이 정말이라 생각하니 대학 경영자에 대한 배신감에 몸이 후들거리고 피가 거꾸로 솟는 느낌이었다.

금년 4월 이전부터 그들 오야붕(親分)과 꼬붕(子分)들은 이사장실을 복마전伏魔殿으로 삼아 온갖 음모를 비밀리에 획책해 왔다는 것을 나는 7개월이나 지나서야 귀동냥으로 겨우 알게 된 것이다. 참으로 슬픈 일이다. 만일 누가 이사장이라 하더라도 절대 외국인 교수를 팽개쳐놓고 그렇게 장난질을 하지 않았을 것이다.

이 사건은 깊이 따지면 국제적인 인권 문제이다. 대학 정문에 'International'(국제) 간판을 버젓이 내건 이 대학이 자기들이 필요해서 초청한 외국인 교원들이 지금 버젓이 수업을 맡고 있는데 자기의 입맛에 맞지 않는다고 해서 사전에 일언반구一言半句도 없이 이사장 멋대로 즉석에서 토사구팽兎死狗烹하려는 행태는 너무 독선적인 횡포라 아니 할 수 없다. 이것이야말로 국제적인 차별이 아니고 무엇이랴.

'코리아 코스'는 20년 전 국제상학부를 신설할 때 각 코스와 함께 슬로건으로 걸었다가 이미 내린 간판을 지금 일본 전국의 학생 수가 반 토막이 난 이 마당에 무슨 개뼈다귀 같은 코스제도를 새삼 들고 나와 누구를 기만하려는 짓인가. 나는 연구실에 돌아와 나 혼자 "껍데기는 가라"고 한 신동엽申東曄 시인의 울부짖는 소리가 어디선가 들려오는 듯했다. 양심이 있는 대학 경영자라면 사전에 이러이러한 '굿 아이디어'가 있으니 서로 동참하여 대학의 발전을 위하여 지혜를 짜 봅시다, 라고 해야 했을 것이다.

나쁜 사람들 같으니! 이 대학을 위해 물심양면物心兩面으로 협조해 온 나는 학생들을 사랑했고 누가봐도 한국어와 한국문화 보급에 정열을 쏟아온 한 사람이다. 지역사회와 국제친선과 학생교류를 위해 십 년 동안 봉사활동을 해 왔건만, 인생 마지막에 이게 무슨 똥바가지를 뒤집어 쓴 꼴인가? 한숨이 절로 나온다.

내일 교수회의가 어떻게 진행될지 퍽 궁금해진다. 아마 누군가가 가면을 쓰고 나타날 것이 틀림없다. 가면의 주인공을 찾지 못하면 정말 낭패다. 아내에게는 일단 비밀로 해야겠다. 또 다른 상처를 예방하는 의미에서….

# 아부 근성

## 10월 8일 수요일

맑음. 오늘은 아침 6시에 깨었다. 여느 때보다 2시간은 일찍 일어난 셈이다. 아침 신문을 펼쳐 보니 윗단 헤드라인에 '노벨상 일본인 3인 공동수상' 소립자 이론물리학으로 남부(南部陽一) 씨, 마스가와(益川敏英) 씨, 고바야시(小林誠) 씨에게 물리학상을 공동으로 시상한다고 스웨덴의 왕립아카데미는 어제 날짜로 발표했다.

일본은 노벨상 복이 많은 나라로 보인다. 오늘까지 일본인이 받은 노벨상은 15명에 이른다. 아시아의 여러 나라 중에서 최다의 수상국이다. 우리나라도 숨은 다수의 연구자와 학자들이 있다고 하는데 좀처럼 수상을 못하는 이유 중의 하나는 우리나라가 왕국이 아니라는 점을 말하지 않을 수 없다. 일본과 스웨덴은 같은 왕국으로서 상호 로열패밀리 간에 빈번한 교류가 있다는 사실을 아는 사람은 그리 많지 않다.

나는 문학을 사랑하는 한 사람으로 노벨상 중에 문학상에 관심이 많다. 일본 작가 중에서는 가와바타 야스나리(川端康成) 씨와 오에 겐자부로(大江健三郎) 씨 두 사람이 각각 1968년과 1994년에 노벨문학상을 수상했다. 최근에는 인기 작가 무라카미 하루키(村上春樹) 씨가 일본의 노벨문학상 후보자 1위를 차지할 정도로 그는 매년 베스트셀러를 쏟아내고 있다.

그런데 우리는 무엇인가? 오래 전부터 시인 고은 씨가 노벨문학상 수상 후보자에 이름이 올라 늘 따라다녔지만 지금까지 오리무중五里霧中이 아니던가. 그 외에 소설가 이문열 씨, 조정래 씨, 황석영 씨도 훌륭한 작품들을 많이 발표하여 우리 한국 문학 수준도 일본 문학에 뒤질 것은 없다고 생각하나 다만 그들 작품들이 제대로 외국어로 번역이 되어 베스트셀러가 되어 있는지가 의문이다.

오후에 정기 교수회의가 열렸다. 야시 학부장은 여느 때와 달리 서류를 한 팔에 가득 들고 회의실에 들어왔다. 순간 나는 오늘 교수회의가 말년에 내 운명을 좌우하는 갈림길이 될 것이라는 예감이 언뜻 들었다. 교수회의에 참석한 28명의 국제관계학부 교수들도 긴장된 분위기다. 어쩌면 2명의 외국인을 제외한 일본인 교수들의 사전공작(네마와시)이 암암리에 이루어졌는지 모를 일이다. 그나마 나는 신앙심이 있어 그런지 사필귀정事必歸正이란 말을 믿고 있다.

누구든지 거짓 행동으로 남을 일시적으로는 속일 수 있어도 영원히 속일 수는 없는 것처럼 진실은 일시 덮을 수 있어도 영원히 없앨 수는 없다. 동서고금을 막론하고 어느 이익집단에든 반드시 아부꾼이 나타나기 마련이다. 그러므로 모두가 조심해야 하는데 우리 대학의 지금 분위기는 그렇지 못한 것같이 비쳐진다. 나에게 해가 없으면 상관없다는 식의 안이한 생각을 가진 조직원들의 틈새를 노리는 아부꾼 근성이 실제로 발동하게 되면 그 집단이 앞길은 암흑의 터널 속에 빠질 뿐이다.

나는 오늘 이 대학을 위해 파수꾼의 역할을 하지 않을 수가 없다. 교수회의가 시작되자 노마 부학장이 미리 배부한 대학선전 팸플릿을 들고 설명하기 시작했다. 내용을 훑어보니 추측한 대로 세키 이사장의 분신처럼 졸졸 뒤따라 다니던 Y씨가 신설 한글코스를 맡게 되었다고 보고했다.

그리고 한국어 코스가 신설하게 된 경위를 설명했다. 내용인즉, 지난 봄부터 Y씨의 조언을 듣고 이사회에서 기획을 했으며 Y씨 자신이 30명의 한글전문수험생을 데리고 온다고 한 말을 믿고 코스 신설을 확정했다고 구구하게 설명했다. 야시 학부장과 노마 부학장의 말을 듣고 누구도 그 건에 대해 질문을 하는 사람이 없었다. 아마도 나를 뺀 모든 일본인 교수들은 이미 그 내막을 이전부터 알고 있었는지 모른다.

나는 크게 한숨을 내쉬고 손을 번쩍 들었다. "학부장, 이번 신설 한글코스 기획에 나를 뺀 이유를 말해 주시오." 그러자 학부장이 얼굴을 붉히며 "선생님은 이번 신설 코스와는 관계가 없습니다. 그러니까 선생님은 지금 그대로 한국어 강의를 계속하시면 됩니다"라며 못마땅하다는 듯 윈고개를 저었다.

나는 Y씨가 어떤 경위로 한글코스를 맡게 되었는지 그리고 그에게 한국어 교원자격이 있는지 논문심사시에 문제가 없는지를 묻고 싶었지만 나 역시 이 상한 분위기에 휩싸이고 싶지 않아 오늘은 이만 함구하기로 했다.

4교시에 수업이 있는 관계로 나는 서둘러 회의실을 나와 다시 연구실에 들러 차 한 잔을 마시고 바로 교실로 향했다. 내가 할 일은 오로지 한국어 문화를 일본 학생들에게 힘이 닿을 때까지 가르치고 널리 알리는 일이다. 좀 나를 신나게 하는 일이 없을까. 주위의 인간들이 모두 사기꾼 불땔꾼 아첨꾼만 같아 내 가슴은 날로 까맣게 타들어가는 느낌이다.

내일은 시원한 신바람이 불었으면 좋겠다.


# 은산덕해 恩山德海


## 10월 9일 목요일

맑음. 오늘은 세종대왕이 한글을 펴낸 지 562년이 되는 뜻 깊은 한글날이다. 오늘 내가 일본에 와서 대학 강단에 서서 한국어를 가르치고 있는 것도 세종대왕의 한글창제가 없었더라면 지금의 나는 존재하지 않았을 것이다. 그리고 내가 국어과목에 관심을 갖게 된 것은 세 분의 고마운 선생님들이 우리 학교(대전고교)에 계셨기 때문이다.

난해한 한문을 비롯해 한국의 고전을 재미있게 가르쳐 주신 정진칠鄭鎭七 선생님, 한국의 시와 에세이 등 이해하기 어려운 문장을 쉽게 해석해 주시던 김영덕金永德 선생님, 나를 끝내 문예반에 끌어들여 시와 산문을 쓰게 만드신 민용환閔勇桓 선생님, 이 세 분의 선생님이 우리 학교에 안 계셨더라면 나는 지금이 세상 사람이 아니었을지도 모른다.

불가의 가르침에 나를 낳아주신 부모님과는 일세一世로 헤어지고, 부부 사이는 이세二世로 끝나지만 스승과 제자 사이는 과거 현재 미래, 삼세三世에 걸쳐 이어진다고 하니 우리는 나를 가르쳐 주신 스승을 잘 보살펴야 하는 의무도 있지 않겠는가. 그런데 요즘은 한국뿐만 아니라 일본에서도 선생님을 선생님으로 보지 않고 단순히 내가 등록금을 냈으니까 그만큼 나를 가르쳐야 한다는 식의 사고, 선생님을 장사꾼과 같은 등식으로 생각하는 학생들이 늘어나 사제지간의 갈등이 날로 심각해지는 추세이다.

오전에 K치과대학의 한국어 강의를 마치고 곧바로 야하다 캠퍼스로 돌아와서 아내가 싸준 야채샐러드와 우유를 먹고 바로 3교시 수업에 들어갔다. 오늘은 한글이 탄생한 '한글날' 이라 소개하고 조선시대에 창제된 한글의 역사가 562년이라고 설명하고 한글의 우수성을 알리기 위해 칠판에 새삼 모음과 자음을 써서 음의 형성과정을 알려 주었다.

일본어는 한글과 달리 50음도로 된 '가타가나' - 한자의 부수部首를 따서 만든 글자로 지금은 주로 외래어 표기에 쓰는 글자와 '히라가나' - 한자의 초서체 형식의 여성이 주로 쓰던 글자를 같이 사용하고 있다. 이렇게 일본 글자 가나는 한자의 일부를 따서 만든 글자이니까 우리 한글의 창제정신과는 엄연히 다르다.

4교시는 재학생과 일반사회인이 같이 공부하는 상급 '한글방' 시간이다. 수강생들은 빠짐없이 모두가 참석했다. 오늘은 특별히 한국어로 짧은 작문을 짓도록 지도를 했다. 타이틀은 자유로 하고 일본 신문에서 자주 볼 수 있는 '엽서 수필' 을 각기 써보기로 권했다.

대체적으로 200자 원고를 생각하면 엽서 뒷면을 보기 좋게 채울 것 같다. 모르는 단어는 사전을 찾으면서 글을 써 가다 보면 점점 한국어다운 문장으로 변신한다. 학생들도 놀라고 선생도 놀랄 일이 여기저기에서 일어난다. '하면 된다' 는 교육신조를 학생들에게 심어주는 일이 가장 중요하다고 새삼 느꼈다.

수업이 끝난 후 다시 내 연구실에서 몇몇 학생들과 다화회(茶話會 - tea party)

를 열어 이야기꽃을 피웠다. 주로 한국어에 관한 얘기를 일본어와 한국어를 섞어가며 즐거운 시간을 보냈다. 누군가가 한국어 발음이 잘 되지 않아 더듬거리자 놀림조로 "도토리 키재기"가 "돗토리(取鳥) 기저귀"로 들리면 야단나요, 하자 모두가 박장대소拍掌大笑하며 발음교정 연습에 열을 올리기도 했다.

누구나 외국어를 배우려는 마음은 굴뚝같지만 학습에는 왕도가 없다.

As we go up the Mountain just as step by step. Because there's a no royal road to foreign language learning.


# 연애음치


## 10월 10일 금요일

맑음. 아침에 좀 늦게 일어났다. 아내가 아침 식사가 준비됐다며 나를 깨운다. 이상하게 몸이 피곤하고 기력이 떨어지는 느낌이다. 최근 며칠 동안은 저녁에 걷기 산책을 제대로 실행하지 못했다. 모든 노화는 발(足)에서 온다고 나는 생각한다. 두 발로 걷던 사람이 지팡이를 짚고 다닌다면 그야말로 서편 하늘에 황혼의 붉은 노을이 사라지는 그 짧은 시간처럼 애석하게도 눈물로 기다릴 수밖에 없지 않은가.

노년기에는 무엇보다 다리에 신경을 써서 힘찬 걸음으로 일터에 나가야 한다. 나와 같이 교직에 있는 사람들은 힘차게 걷고 정열적으로 학생들을 가르치면 사회적으로 골골대는 고령의 거추장스런 존재에서 빗겨날 것이다.

오늘 강의는 정말 핑계를 대고 잠을 더 자고 싶었다. 그러나 나는 일본에 와서 20년간 휴강을 한 시간도 해 본 적이 없다. 나의 교육신조는 첫째 학생들의 귀중한 수업을 선생이 멋대로 빼먹지 말자. 둘째 재미있게 가르쳐 한국어에 관심을 갖게 하자. 셋째 모든 학생들을 평등하게 대하여 차별 받는 학생이 없도록 하자. 이것이 지금까지 내가 내 마음 속으로 지켜온 신조요 묵약默約이다.

사실 20명 클래스에서는 이런 일들을 실천하기 쉬워도 70명, 100명이 들어가는 대강의실에서는 한글을 가르치랴, 학생들을 관리하랴 우왕좌왕하다 보면 의외로 생각지 않은 세세한 일들로 인해 수업을 그르칠 때도 있다. 교실 뒤쪽에 앉은 서너 명이 같은 흥미꺼리로 시고(私語 - 소근대는 말)에 빠지면 정말 선생도 난처해질 때가 있다.

결국 그런 시크(病)로 공부가 손에 잡히지 않는 학생들은 대개 사랑에 빠져있는 학생들이다. 그때는 당돌하게, "오이, 고이온치(戀音癡)들! 늘 교실에서 고이아지(戀味) 얘기는 집어치우고 어서 아이우에오(愛上男)가 돼야 하지 않겠나? 야, 연애 음치들! 이런 생각지도 않은 은어隱語가 날아들자 학생들은 놀라 '와' 하고 소스라친다.

일본 젊은이들이 쓰는 은어가 로맨스그레이의 외국인 교수의 입에서 그런 의외의 말이 나올 줄 그들은 몰랐을 것이다.

오늘도 수업이 있기에 연구실에 나가지 않을 수가 없었다. 연구동에 도착했을 때 마침 엘리베이터에서 법학부의 M교수를 만났다. 그는 나를 보자 반가워했다. 그리고 4교시 수업이 끝나면 자기 연구실에서 커피를 같이 하자고 권했다. 나는 그의 호탕한 음성에서 어떤 묘한 목 떨림이 들려왔다. M교수에게도 어떤 불편함이 있는 것이 아닐까? 그의 성격으로 보아 불의와 타협하기를 싫어하는 대쪽 같은 선비타입이다.

4교시 수업을 마치고 커피를 마시러 M교수의 연구실을 찾아갔다. 그는 이미 포트에 물을 끓이고 있었다. 그리고 교수는 커피를 내게 따르며, "선생님, 최근에 무슨 얘기를 들었는지요? 자세히는 모르나 이사장이 또 칼을 뺄 것 같다는 말을 들었어요. 이번에는 65세 이상의 OB교수들이 리스트라(Restructuring - 인원삭감대상)에 오를 거라는 소문이 나돌아요."라고 조심스럽게 입을 연다.

나는 그 소리에 속으로 움칫 놀랐다. 그들의 계략은 OB교수인 나를 몰아내기 위한 수단으로 엉뚱하게도 학칙에 손을 대어 나이든 모든 교수들에게까지 피해를 주는 것 같은 느낌이 들었다.

"앞으로 내주 안에 OB교수들과 이사장을 비롯한 이사진들 간에 큰 다툼이 일어날 것 같아요. 선생님은 외국에서 초청된 외국인 교원이라 별 문제가 없겠지만…."

그리고 M교수는 자기의 정년이 2년 더 남았지만 학칙이 바뀌기 전에 미련 없이 K대학을 떠날 수도 있다는 말을 슬쩍 흘렸다. 나는 커피를 다시 한 모금 마시고 나서 대답했다.

"선생님 그렇게 마음 약해서는 무슨 일도 할 수 없습니다. OB교수들이 굳게 단합된 모습을 보이면 이사장도 우리들을 함부로 다루지 못할 것입니다."

그러자 M교수는 담배를 숨 깊이 빨고 나서, "선생님의 퇴출은 내가 힘이 닿는 대로 막아보겠습니다."라고 말했다.

나는 M교수의 이야기를 듣고 생각해 보니 아마도 OB교수들의 퇴진은 생각보다 빠르게 진행되고 있는 것처럼 비쳤다. 집에 돌아와서도 그 생각을 하니 심사가 불편하다. 아내가 내 표정을 살피더니 "어디가 아프세요? 얼굴빛도 그렇고 기운이 없어 보여요"라고 말했다.

나는 짐짓 웃어 보이며, "그래 보여? 남자의 갱년기라 그렇겠지"라고 평계를 대고 바로 2층 서재로 올라갔다. 아내에게 우리 대학 내부의 어수선한 자리 다툼에 대한 얘기를 절대 함구해야 하는 나는 어느새 혹독하게 자신을 옥죄고 있었다.

답답하다. 저 푸른 망망대해를 보며 바닷가를 걸으면 미운 얼굴들이 하얀 파도에 지워질 것 같은 기분이 들었다. 바다로 가자. 홀로 하얀 모래사장을 밟으며 고국의 친구들을 수평선 저 끝을 향해 불러나 보자.

올해 노벨문학상은 운이 따르지 않았던지 한국과 일본을 피해 갔다. 프랑스의 작가 루·크레지오 씨(68세)에게 돌아갔다. 그는 2년 전에 일본을 다녀갔는데 홋카이도(北海道)를 여행하면서 이시가리가와(石狩川 - 旭川市) 주변에서 아이누족들을 만나 가무이(神居, 아이누어 - 신의 거처)에 대한 얘기를 듣고 고탄(村落)에 들러 그들의 민속을 관찰하고 돌아갔다고 한다.

그의 수필집 '악마의 푸닥거리' 는 일본에서도 베스트셀러가 되어 인기가 높았다고 한다.

# 리스트라

### 10월 11일 토요일

흐림. 오늘은 토요일이라 집에서 있는데 APP의 루리코 씨가 10월 모임에 준비할 것이 있으니 연구실에서 만나자고 했다. 마음이 심란하여 집에서 쉬려 했으나 잠시 만나 가을학기에 뽑힌 장학생 명단에서 또 한 명을 추가하는 문제로 만나자는 것이었다.

하는 수 없이 12시에 만나기로 하고 11시쯤 대학캠퍼스에 나갔다. 연구동 1층 로비에서 교수출결 램프를 둘러보니 의외로 각 연구실에 꽤 많은 불이 켜져 있었다. 내 옆방의 사쿠라 준교수도 나와 있었다. 내 심기가 불편하니 누구를 만나도 그 전처럼 환한 얼굴로 대할 자신이 없다. 엘리베이터에서 다른 학부 선생을 만나도 목례로 그냥 헤어질 때가 많다. 그들도 지금의 경영자들을 온당하다고 보고 있지 않기 때문이다. 전 학장인 H교수가 이전에 나에게 이런 말을 해 주었다.

"우리 대학의 누구도 교직고용자의 목을 자를 특권을 갖고 있지 않습니다" 라고 나에게 힘주어 말해 주었다. 요즘은 그때 그 말이 새삼스레 내 가슴을 설레게 했다. 그 뿐이랴 20년 전 내가 이 대학에 처음 취임하던 날 야스다(安田弘) 이사장을 처음 만났을 때 그도 비슷한 격려의 말을 해 주며 내 손을 힘껏 잡아

준 기억이 생생하다.

"선생님, 저희 대학에 와 주서서 영광으로 생각합니다. 우리 K대학은 70세까지 근무할 수 있으니 아무쪼록 건강에 유의하시고 우리 학생들에게 한국어 지도를 잘 부탁합니다"라고 한 말이 섬광처럼 번쩍 나의 뇌리를 스친다. 오늘 세키 이사장이 그런 인격의 소유주라면 그 누구와도 일연탁생─蓮托生하였으리라 생각해 본다.

12시가 되어 루리코 씨가 연구실을 노크했다. 그녀도 그전과 달리 나와 거리를 두려는 눈빛이 역력해 보였다. 아마도 이달 초 나에게 돈을 빌리려 했던 일이 불발이 되자 그 후로는 볼런티어 일도 별로 열심히 하는 모습이 보이질 않는다.

내가 그녀를 멀리 하려는 것은 본의는 아니겠지만 결국 나에게 금전적으로 손해를 끼쳤기 때문이다. 그녀의 말을 믿고 있던 나는 지난 해 모 은행에 도요타 ○○펀드에 엔을 투자하면 다달이 이자가 십여 만 엔이 나온다는 그녀의 말을 믿고 F은행에 투자를 했다가 4개월 만에 원금의 3분의 1일 빠져 나가는 바람에 서둘러 해약을 하지 않을 수 없었다. 그 얘기는 우리 가족들도 잘 모르는 사실이다.

그같이 자신이 추천한 펀드로 인해 나의 투자 금액에 손해가 발생했다면 빈말이라도 사과를 했어야 마땅하다고 생각한다. 그러나 그녀는 지금까지 말 한마디도 없이 모르는 척해 왔다. 그것은 F은행의 직원도 마찬가지다. 입금하기 전까지는 금방이라도 큰 돈이 될 것처럼 별의 별 얘기를 다하더니만 해약을 하러 가니 은행원 얼굴조차도 볼 수가 없었다.

정말 얄미운 족속들이다. 그 후부터 내가 하는 일들이 이상하게도 파란중첩波瀾重疊의 수렁으로 빠져들기 시작한 것이 아닌가 생각해 본다.

루리코 씨를 보내고 다음에 발표할 논문에 관해 서적들을 뒤적거리고 있는데 법인 사무실의 K실장에게서 전화가 걸려 왔다. 지금 시간이 있으면 나를 꼭만나야겠다는 얘기다. 나는 그가 오라는 별관 응접실로 갔다. 토요일 오후라서 그런지 건물 안 사방이 절간같이 조용했다. 거기에는 K실장과 E차장이 나와 있었다. 서로 의자에 마주 앉자마자 K실장이 입을 열었다.

"요즘 건강하시지요? 오늘 선생님을 부른 것은 지금 우리 대학 사정이 너무 어려워 서로 같이 상의를 할까 해서 불렀습니다."

실장의 첫 소리를 듣자 나는 금방 그의 머릿속을 헤집고 나온 사람처럼 내가 먼저 그의 말을 대신했다.

"리스트라 건인가요?"

그러자 내 앞의 두 실장과 차장이 이상한 표정을 지으며 "선생님, 잘 아시는군요. 누구한테서 얘기를 들으셨습니까?"

나는 짐짓 웃음을 지으며, "그만 두라면 그만 두어야지요. 그런데 왜 이런 엉뚱한 일과 불경한 말들이 갑자기 나돕니까? 난 이해가 안 돼요."

그러자 이번에는 E차장이 한 마디를 했다.

"대학에 운영자금이 없어 그러니 65세가 되신 선생님들께서 협조를 해줘야겠습니다."

"그럼, 65세가 된 교수들은 모두 나가라는 말인가요?"

"다 나가라는 말은 아니고 대학에 공로가 있는 사람, 즉 학장 경력자는 제외가 될 것 같습니다."

그 말을 듣는 순간 슬며시 화가 치밀었다.

"아니, 자금이 없어 대학운영을 못한다면서 지금까지 역대 학장 부학장이 이 대학을 이렇게 만든 장본인이 아닌가요? 나는 이사장 이하 집행부의 알 수 없는 행적에도 이해가 안 갑니다."

내가 강경하게 나가자, E차장이 되묻는다.

"무슨 얘긴가요?"

"코리아 코스를 신설한다고 검증이 안 된 Y씨 말만 듣고 멋대로 커리큘럼을 짠다면 더 골치 아픈 일들이 발생하지 않을까요. 그가 학생을 30명이나 데리고 온다면서요. 그걸 누가 믿겠습니까? 생각해 보세요. 일본의 베이비붐 시대는 이미 끝났잖아요. 한국어를 전공으로 하는 유명 대학에서도 정원 미달이 현실인데 누가 누구에게 사기를 치려고 그러는지 도무지 알 수가 없군요."

내가 생각보다 세게 나가자 K실장이 한 발을 빼며, "선생님, 오늘은 서로 사정을 얘기했으니 14일 화요일 날, 아가리(上利) 전무에게 선생님의 사정을 말씀하시고 이번 일에 대해 선처를 바란다고 해 보세요"라며 말을 맺는다.

용무를 마치고 나는 그들과 헤어진 후 바로 밖으로 나왔다. 밖은 이미 해가 져서 어둑해 있었다. 나는 연구실로 다시 돌아와 책상정리를 하고 바로 차를 타고 집으로 향했다. 내 마음도 어스름한 하늘처럼 먹칠을 한 기분이었다.

'비열한 자식들 같으니 외국 사람이라 제 눈에는 우습게 보이는가 보지….'


# 삼종三種의 여가


### 10월 12일 일요일

흐림, 오후에 비. 아침에 침대에서 일어나니 몸이 개운하지가 않다.

지난 밤은 괴이한 꿈으로 어딘가를 찾아다니다가 잠에서 깼다. 누구인지 알수 없는 사람과 웬 도시의 차도를 뛰어다니며 알 수 없는 또 다른 사람을 따라다니다가 길을 잃고 헤매는 꿈을 꾸었다. 도시의 모습은 60년대 서울 종로 같은 큰 건물도 없는 황폐하고 모두가 회색의 건물과 먼지바람이 불어대는 큰 도로였다.

꿈은 내 심경을 말해 주는 허깨비 현상인지도 모른다. 나에게는 해몽의 능력도 판단도 전혀 없다. 그저 귀한 분을 꿈에서 보면 길몽이요 원수 같은 놈들을 만나면 흉몽이라 생각하고 머릿속에서 지우려 애쓴다. 지금 나는 사면초가四面楚歌에 홀로 몸을 조리고 있는 형극이 아닌가.

어제 만난 K실장과 E차장도 옛날 신설 국제상학부가 스타트할 무렵 외국인 초빙교수들은 득의만면得意滿面하여 신입생들을 교실 가득히 모아놓고 가르칠 때만 해도 교수직과 사무직은 마치 주종관계의 부하처럼 외국인 교수들의 뜻을 거의 거역하지 못했다.

그런데 어제 그들의 태도를 보니 많이 달라져 있었다. 말소리가 당당했고 예의가 없었다. 마치 대학의 운영부실이 마치 나이든 OB교수들 탓으로 돌리려는 듯한 뉘앙스의 말을 비췄기 때문이다.

일본 사회의 전통적인 연공서열年功序列의 관행을 가미야(紙谷良夫) 전 이사장도 십수년간 탈 없이 잘 운영해 왔는데 그 관행을 멋대로 깨놓고 월급과 수당을 반 토막으로 자르더니 나중에는 쪽박마저 빼앗아 쫓아낼 궁리를 하고 있다니 그놈의 우렁잇속은 정말 누구도 알 수가 없다.

누구를 위한 개혁인지 대학의 교육 이념도 없고 철학도 찾을 수 없는 그는 장사꾼처럼 돈이 남지 않는 장사(대학 고등학교 중학교 운영)는 있을 수 없다, 라는 마구잡이식의 교육관을 내세울 뿐 실제 학생들을 위한 학습 편의시설 하나 제시하지 못하고 있지 않는가?

대학교육을 레플리카copy를 가지고와 알맹이라고 학생들을 앞에 놓고 눈가림하려는 대학 경영자들의 그 같은 꼼수근성은 일시적으로는 통할 수 있어도 몇 년 못 가서 자충수를 맞게 마련이다.

첫째 학생들의 질을 저하시킬 것이고, 또 오래 못 가 학생들은 하나둘 학교를 떠날 것이다. 그러므로 손해를 보는 측은 늘 학생들뿐이다. 이 꼼수근성을 다시 쉽게 설명하면 요즘 중국에서 마구 쏟아져 들어오는 짝퉁 상품과 같은 것이라 보면 이해가 될 것이다. 겉보기에는 같아 보여도 실제 써 보면 얼마 안 가 흠집이 생겨 본색을 드러내기 마련이다.

저녁에 집에 돌아와 세수를 하고 식탁에 앉으니 눈이 침침하고 머리가 띵해 오는 느낌이다. 손거울로 눈을 자세히 살펴보니 한쪽 눈이 벌겋게 충혈되어 있었다. 복지심령福至心靈이란 말처럼 지금 나는 행복한 시간을 보내며 정신도 맑아야 하는데 나의 심신은 소금에 절인 배추포기마냥 푹 처져 있다. 눈치를 챈 아내가 왜 밤에 거울을 보느냐고 핀잔을 준다. 나는 눈을 가늘게 뜨고 엉뚱하게 딴 시늉을 하며 저녁상을 맞이했다. 전쟁터에 가는 군인은 잘 먹어야 한다. 그래야 살아서 돌아올 확률이 높다.

식후에 부산에서 전화가 왔다. 손녀의 앙증맞은 '할아버지' 란 말을 들으니 마음이 가벼워지고 조금이나마 행복해지는 기분이 들었다. 역시 인간에게 삼종三種의 여가餘暇는 필수조건이라 생각된다. 지금 들창 너머 가을비가 주룩주룩 내리고 있다. 겨울(冬)의 余와 밤(夜)의 余, 그리고 비(雨)의 余가 우리의 삶을 윤택하게 하는 윤활유 역할을 하고 있는지 모른다. 누가 나를 괴롭혀도 그 윤활유가 내 마음 속에 비장되어 있는 한 나는 언제나 선인仙人처럼 여유 있는 삶을 살 수 있을 것이다.

아내에게 세키 이사장의 불도저 개혁을 언제쯤에 토로할지 지금 망설이고 있다. 때를 봐서 한 가닥의 빛조차 보이지 않을 때는 고량주라도 같이 마시면서 20년간 일본에서 열심히 살아온 일들을 자축自祝하면서 유종有終의 미를 거두어야 할 것 같다. 나의 조그마한 서재의 퇴창을 두드리는 빗방울 소리가 누군가 멀리서 나를 찾아온 임의 속삭임인 양 애틋하게 귓가를 두들긴다. 오늘 밤은 좋은 사람을 만나는 꿈을 꿀 성 싶다.

# Economic animal

### 10월 13일 월요일. 체육의 날 공휴일

맑음. 오늘은 공휴일이라 집에서 좀 쉴까 생각했는데 아내가 나를 그냥 놓아두지 않는다. 같이 고쿠라(小倉)에 있는 백화점에 좀 바람이나 쐬러 가자고 다그친다. 안 가면 아내의 심기가 틀릴 것 같아 차를 물로 대충 세차를 하고 같이 드라이브 겸해서 밖으로 달렸다. 바람이 제법 서늘하여 위에 잠바라도 걸치고 올 걸, 하고 잠시 후회를 했다.

아내의 본성은 물건을 사는 것보다 아이쇼핑을 즐기는 편이라 나는 그냥 그녀의 뒤만 따라다니면서 가끔 말장구를 맞추어주면 그것만으로 만족해 하는 듯했다. 어느 때는 카드를 내밀고 물건을 살 때도 있다. 그러나 내가 놀랄 만한 것은 지금까지 멋대로 사지 않았다. 내가 OK해도 어떤 때는 자기 취향(고노미)이 아니라며 돌아서 가게를 나오기가 일쑤이다.

그런데 오늘은 달랐다. 브랜드 닥스 의류점으로 거리낌 없이 들어가더니 이것저것 위아래 옷들을 뒤적이고 있다. 그리고 점원에게 입어 봐도 괜찮으냐고 물어본다. 거의 몇 달 동안 통장에 입금된 나의 월급명세서를 보아 잘 알겠지만 반으로 줄어든 돈으로 살아가는 현실에서 고급스런 옷을 사려는 것은 아니라고 애써 아내를 믿기로 했지만 서슴없이 가격을 묻는 아내와 정가를 답하는 점원의 말소리에 나는 더블 뻔치를 맞는 느낌이었다. 정말로 저 비싼 코트를 사려고 하는지 아내의 속내를 알 수가 없다.

흔히 일본 사람들을 이해할 수 없는 이코노믹 애니멀이라고 비난하던 사람들이 무색할 정도로 나 자신도 아내의 입장에서 보면 그렇게 보일 수도 있을 것 같았다. 아내가 사겠다고 말한다면 나는 기분 좋게 OK를 할 준비를 하고 있었다.

그런데 아내는 뜬금없이 나더러 돈을 내놓으라고 한다. 자기 이름으로 되어 있는 E백화점의 위즈 카드를 까맣게 잊고 있었던 모양 같다. 기껏해야 일 년에 한두 번 백화점 옷가게를 찾지만 오늘처럼 대담하게 나오리라고는 미처 생각을 못했다. 아내는 스커트를 사고 나서 자기 카드로 대금지불을 끝내고 8층 레스토랑 플로어로 올라가 점심을 먹었다. 나는 먼저 소바(메밀국수)를 주문하자 아내는 뜨거운 스프에 군 다랑어 초밥을 시켰다. 나도 아내도 배가 좀 출출했던지 맛있게 점심을 먹었다.

일단 시내에 나온 김에 백화점에서 가까운 헌 책방(古書店)에 들렀다. 일본은 세계적으로 고서가 많은 나라가 아닌가 생각해 본다. 신죠샤(新潮社)에서 1972

년도에 발행한 일본문학전집이 골라잡아 1000엔씩 하고 있었다.

내가 좋아하는 일본의 대표작가중 오사라기 지로(大佛次郎)전집, 다니자키 준이치로(谷崎潤一郎)전집, 시가 나오야(志賀直哉)전집을 사들고 집으로 돌아왔다. 위대한 작가들의 작품집을 서재에 쌓아놓고 보는 것만으로도 마음이 푸근해 온다. 오래 전부터 나의 취미는 음악 감상과 고서적 수집이었다.

나의 대학시절 겨울방학을 이용하여 어머니가 장사하는 N읍에 갔을 때 헌책방에서 구한 고서 대여섯 권을 들고 어머니한테 들렀더니 어머니는 직접 돈 얘기는 안 했지만 필요한 책만을 사보라고 강조하면서 헌책들은 집구석에서 할 일없이 책만 보는 폐병쟁이들이 읽은 책이 거반이니 그런 책을 사 읽으면 폐병에 걸린다는 편견을 갖고 있었다.

그래서 나는 이 책들은 친구한테서 빌린 책이라 거짓 핑계를 대고 어머니를 일단 안심을 시켰다. 그럴 법한 얘기였다. 내가 구입한 책들은 소설집도 있었고 만화책도 있었다. 나는 그때 어머니의 시선을 피해가며 재미있게 그 책들을 하루에 한 권씩 독파한 기억이 난다.

지금 가만히 돌이켜보면 어머니의 말씀이 나에게 약석지언藥石之言이었다는 것을 뒤늦게 깨닫게 되었다. 묘하게도 그 후 나는 대학을 졸업하고 3년 후에 TB에 감염되어 잘 다니던 외국공관을 그만두어야만 했었다. 나의 젊음을 불태우려 했던 직장을 생각지 않은 병으로 인해 온몸이 산산이 무너지자 자신도 감당하기 어려운 하향下鄕을 결심하지 않을 수 없었다.

인고의 긴 세월이 흘러 이제는 제 본디의 몸으로 돌아왔으나 주위 사람들은 그리 인정하려 들지 않는 현실이 더욱 나를 괴롭히기 시작했다. 나는 늙으신 어머니의 한 가닥의 무지개꿈(希望)을 한꺼번에 훔쳐간 도적盜賊이 아니고 뭐라 하리오.

지금도 30년 전에 쓸쓸히 돌아가신 어머니를 생각하면, 소위 파라이爬羅夷의 불계佛戒 4가지 중에서 중죄에 해당하는 도계盜戒를 나는 아무런 죄의식도 없이 30년을 살아온 셈이다. 어쩌면 나는 어머니의 모든 것을 송두리채로 빼앗아버린 무도한 불효자식인지도 모른다.

저녁에는 내일 대학법인 사무국의 아가리 전무와의 면담을 머릿속으로 정리해 보았다. 그가 이 대학에 언제부터 몸을 담고 일해 왔는지 나는 전혀 알지 못한다. 아마 그도 이사장의 첨예분자尖銳分子가 아닌가 하는 생각이 언뜻 들었다. 하여튼 호랑이한테 물려가도 정신만 똑바로 차리면 살 수 있다고 하지 않던가. 내일을 위해 일찍 잠을 청했다.

# 나의 발자취

### 10월 14일 화요일

맑음. 아침 일찍 새 차를 찾으러 Auto Cafe로 달려갔다. 차를 처음 대면하니 기분이 좋았다. 차는 소형이지만 색상과 모델이 마음에 들었다. 점장 나카시마 씨와 뉴 모델 신차에 대한 설명을 잠시 듣고 바로 새 차를 타고 대학캠퍼스로 향했다.

연구실에 도착하여 먼저 M교수에게 전화를 걸었다. 응답이 없다. 수업에 들어갔는지 모른다. 나는 교수회 회의록을 뒤적거리며 여러 가지 자료를 찾아 메모를 했다. 그러나 학부장이 나에게 한 말은 회의 기록에서 찾을 수가 없었다. 사실 나와 관계가 없는 한국어 코스얘기를 사무직원이 일일이 메모하지 않았는지 모른다.

나는 그것보다 나의 유학생들을 위한 10년간의 APP 봉사활동 이야기와 최근에 실시하게 된 학생과 일반인들을 위한 '한글방' 교육을 설명하고 1989년도 신학부 국제상학부가 신설되었을 당시부터 코리아 코스의 한국어 담당교원으로 열과 성의로써 학생들을 지도해 왔으며 여름방학 때에는 해외어학 실습을 위해 우리 대학 학생 50명에서 100명들을 인솔하여 2주간 동안은 자매대학인 부산의 동아대학교에서 한국 어학연수를 마치고 나머지 1주간은 한국의 각지를 두루 관광하면서 생생한 한국 체험연수를 13년 간 이끌어 왔다는 것, 또 나는 국내외 공식 출장을 빼고 한 번도 휴강을 하지 않았다는 사실과 수십 차례에 걸쳐 개인 또는 공적으로 노인대학이나 회사와 단체의 초청강연에 초대되어 한·일 친선을 위해 많은 일본 사람들에게 한국 문화를 소개하였을 뿐만 아니라 일본 사람들에게 한국을 이해시키는 데 적극 힘써 왔으며, 또 한국과 일본문화를 비교하면서 재일동포들에게 한국의 전통문화를 알려줌으로써 그들이 일본에서 살아가는 데 도움이 되는 지혜와 힌트를 전해 주었다는 얘기들을 전하기로 정했다.

그 외에도 대학 행사가 있을 때에는 아낌없이 기부금을 전달했으며 NPO법인 '아세아 피스피플'을 통해 10년간 본 대학 유학생 5명을 매년 선발해서 장학금을 전해준 사실을 아가리 전무에게 자랑삼아 말해 주고 싶었다.

점심때가 되어 법인 사무국의 K실장으로부터 전화가 걸려 왔다. 1시에 전무실로 와서 아가리 씨에게 모든 얘기를 기탄없이 말하라고 했다. 나는 시간에 맞추어 법인 사무국 건물 3층에 있는 전무실을 노크했다. 아가리 씨는 웃으며 나를 맞아주었다.

첫눈에 갸름한 얼굴과 홀쭉한 몸매는 어딘지 학자풍의 인상을 주었다. 나이는 언뜻 보아 나보다 많아 보이지 않았다. 첫째 세키 이사장과는 딴판의 모습에 좀 마음이 놓였다. 그는 차를 내놓으며 "선생님, 오늘 초면이지만 하고 싶은 말이나 대학에 불만 같은 것이 있으면 사양하지 말고 모두 말씀해 주세요"라고 말했다.

나는 내가 이 대학에 처음 발령장을 받고 야스다(安田弘) 전 이사장과 만났을 당시의 얘기부터 꺼냈다.

"야스다 전 이사장은 나에게 한국에서 현해탄을 건너 멀리서 와 주어서 고맙다면서 우리 K대학은 정년이 70세이니 조금도 걱정 말고 학생지도에 힘써달라고 당부하셨다"고 전하자 아가리 씨의 눈이 둥그레지더니 놀라는 표정이다. 나는 지금까지 이 대학에서 좋은 분들 덕분에 지금까지 20년간을 무사히 지낼 수 있었다면서 나에게 많은 도움을 준 사람들 얘기로 말을 이어갔다.

그리고 그 은혜를 보답하는 뜻에서 자비로 NPO법인 APP를 일본의 한국어 제자들(사회인)과 함께 설립하여 10년 동안 국제봉사를 해 왔다고 전하고, 또 일본 사람들의 국제이해를 돕기 위해 시간이 있을 때마다 장소를 가리지 않고 학교와 회사 단체에서 많은 강연을 하면서 국제이해와 학생들의 교류활동을 수없이 이뤄왔다고 전했다. 그리고 다른 얘기를 꺼내려다가 너무 자랑만 늘어 놓는 것도 극벌원욕克伐怨慾이란 생각이 들어 이번에는 나의 솔직한 심경을 털어놓았다.

솔직히 말해서 나는 70까지 이 대학에 일하지는 않을 것이라 말하고 갑자기 그만두게 되면 세 가지 일이 좀 걱정이 되어 1년간 촉탁교수로 배려해 준다면 고맙게 생각하겠다고 전했다. 그러자 아가리 씨는 무엇이 걱정이냐고 말했다.

"첫째는 이번 학기에 스타트한 일반사회인을 위한 '한글방 무료강좌'인데 개강하자마자 폐강을 하는 것은 나로서도 납득이 안 가는 일이고 수강생들에 게도 내년까지 약속한 것을 지켜주기 위해서이며, 두 번째는 수년 전에 보험을 가입했는데 만기가 내 후년이라 안심하고 보험금을 타게 되길 바라는 일이고, 세 번째는 내 자신이 아무런 준비도 없는 가운데 이 달에 와서 별안간 그만두라 하면 나로서는 명예스럽지 못하고 가족들에게도 핑계 삼을 것이 없기 때문입니다"라고 말하자 아가리 씨는 이사장에게 잘 말씀드리겠다며 애써 웃어 보이는 것 같았다.

그리고 나는 좀 신경이 쓰여, "그런데 신설 한국어 코스는 잘 될 것 같습니까?"라고 묻자, 그는 "글쎄요?"라며 즉답을 피했다. 나는 그와 면담을 마치면서 학부장에게 들은 말을 슬쩍 되풀이해 물었다.

"신설 한글코스와 지금 내가 맡고 있는 한국어 강의는 별개의 외국어 과목인가요?"라고 질문을 하자, 그는 곧바로 "신설 한국어 코스는 별도의 틀(와쿠)입니다"라고 시원스레 대답을 해 주었다.

나는 전무실을 나와 곧바로 연구실로 돌아와 오늘은 그런대로 아가리 씨가 친절하게 대해 주어 일이 잘 됐다는 생각이 들었다. 내가 상상했던 것보다 의외의 대답을 듣게 되어 내 속이 후련한 느낌이다.

오후 수업을 마치고 연구실에 돌아오자 M교수로부터 전화가 걸려왔다. 바로 그의 연구실을 찾아갔다. M교수는 오늘 오전에 세키 이사장을 만났다고 했다. 그러면서 게시카랑 야츠(엉터리 같은 놈)라고 몇 번이나 되뇌이며 담배를 계속 피우더니, 학장을 역임한 O교수를 비롯해 65세 이상의 법학부 교수 5명 모두가 이사장실에 불려가 면담을 마쳤을 것이라고 알려 주었다.

그 순간 나는 다시 쇼크를 받았다. 몇 시간 전에 아가리 씨와 만났을 적의 분위기와는 너무 다른 결말이었기 때문이다. 그럼 왜 나는 전무를 거치게 하고, 직접 이사장이 부르지 않았는지 꽤 궁금했다. M교수는 이미 체념을 한 듯이 푸념조로 이런 말을 했다.

"나는 이 대학에서 오래 근무했지만 한 번도 관리직에 있어본 적이 없는 것이 좀 아쉽기는 하지만 어쩔 수 없잖아요. 선생님은 별 문제 없을 거예요." 하며 나에게 선뜻 담배를 권했다. 내가 어쩔 수 없이 담배를 받아들자 라이터에 불을 크게 붙이더니, "선생님도 70세 정년까지 다하지 마시고 일이 년 더 강의를 하다가 적절한 시기에 백묵 가루를 훌훌 털고 교단에서 내려오시는 것도 나쁘지 않을 것 같아요."

그는 내 마음을 한눈에 꿰뚫어 보는 대단한 독심술의 소유자처럼 보였다. 나는 서툰 뻐끔담배를 피우면서 머리를 몇 번이나 끄덕이며 그의 진지한 얘기를 들었다. 한 사람의 독선이 얼마나 무고한 사람들을 괴롭힌다는 사실을 이사장 자신은 알고 있는지….

나는 M교수의 연구실을 나오면서 또 한 사람의 피해자를 만들기 위한 이사 진리事陳의 위인모충爲人謀忠이야말로 그것이 바로 죄악이라는 사실을 그들은 알고 있을까?

저녁에는 최근 연락이 끊어진 스케야에게 전화를 걸었다. 전화를 받지 않는다. 그의 행방이 묘연하다. 어쩌자고 감감무소식인지 모르겠다. 세간에서 돈을 빌린 사람보다 돈을 빌려준 사람이 더 나쁘다는 말에 한 편 수긍이 가면서도 매를 꿩으로 본 나에게 무슨 잘못이 있단 말인가. 어떡해야 그를 만날지 답이 떠오르지 않는다.

# 좆도 맞대!

### 10월 15일 수요일

맑음. 아침을 사골국에 밥 말아 들고 곧바로 캠퍼스로 향했다. 오늘은 교수회의가 있는 날이라 그런지 좀 긴장이 되었다. 국제관계학부를 야시 학부장이 어떤 의제로 어떻게 회의를 진행할까가 문제이다.

교수회의는 오후 1시부터 열렸다. 시간에 맞추어 7층 회의실에 들어갔다. 23명의 교수들이 한 사람도 빠짐없이 자기 자리에 앉아 있었다. 학부장이 들어왔다. 오늘 따라 학부장은 얼굴이 상기된 것처럼 내 눈에는 붉게 비쳤다. 그리고 생각지도 않은 아보시 학장이 따라 들어와 자리에 앉았다. 학장이 학부교수회의에 참석하는 것은 의외의 일이었다.

회의가 시작되자 학부장이 오늘은 특별한 사정이 있는 관계로 학부장 보고와 대학 평의회 보고는 뒤로 미루고 먼저 한국어 특임교원 임용에 대한 서류심사를 맡을 3명의 심사위원을 뽑겠다고 말을 하더니 날벼락 치듯이 선포를 했다.

"오늘은 사정에 의해 서류심사 심사위원을 선거로 뽑지 않고 학부장의 권한으로 3사람을 직접 지명하겠습니다"라고 순식간에 폭탄선언을 발설했다. 그러자 자리에서 웅성거리는 소리가 들리더니, "좆도, 가쿠부죠! 좆도 맞대요.(잠간, 학부장! 좀 기다려요.)" 누가 큰 소리로 학부장의 선언에 항의를 했다.

대학 학칙에 엄연히 선거로 뽑기로 되어 있는 규정을 왜 그는 그 규칙을 어겨 가며 억지를 쓰는지 알 수가 없었다. 도대체 누구 때문에 왜 그런 엉터리 서류 심사위원을 뽑겠다는 그들의 수상한 행동은 복마전伏魔殿인 이사장실에서 시 랑당로豺狼當路하는 세키 이사장의 지령에 따른 것이 틀림없었다.

그들은 뭔가 꿀리는 데가 있는 것이 분명하다. 자격미달의 후보자를 정실채 용하기 위해 수단과 방법을 가리지 않고 마구잡이로 밀어붙이려 하고 있다. 못 돼 먹은 불한당 놈들 같으니, 이렇게 나는 혼자 중얼거리며 꾹 참았다.

전후戰後 일본이란 나라가 전제주의 국가에서 자유민주주의 국가로 번영 발 전하고 있는 이 마당에 세키 이사장은 자기가 절대군주라도 된 양 교수들의 의 사는 묻지 않을 뿐만 아니라 서류심사의 안건을 제대로 절차를 거치지도 않고 멋대로 통과시킨다면 이 대학의 교수들의 양심을 저버리고 제 뱃속만 채우려 는 버러지 같은 인간임을 자처하는 셈이 된다.

이런 식으로 학원운영을 이어 간다면 이 대학은 머지않아 3류 대학으로 전락 하게 될 것이 뻔하다. 그처럼 회의실이 웅성거리는 틈을 타서 옆에 있던 시바 타 교수가 그냥 지나칠 수가 없었던지, "나도 처음에는 한국어 코스의 신설을 반대했었지만 그 후 여러 의견을 들어보니 우리 대학에 큰 도움이 될 것 같아 오늘 학부장의 제안을 찬성하는 바입니다"라며 한 마디 거들었다. 참으로 간에 붙었다가 쓸개에 붙었다가 하는 간신 같은 놈이다.

그러자 자리에서 가츠쿠라 준교수, 오카타 준교수, 호소키 준교수, 이토 교 수, 오조노 교수들이 걱정스런 말투로 "학부장! 자격이 없는 사람이 교원채용 심사위원이 되는 일은 절대로 있어서는 안 됩니다." 그러자 이번에는 아보시 학장이 벌떡 일어나더니 "진정하시오"라며 소리를 버럭 지르더니, "이번 한국 어 코스 신설은 Y특임 임용후보자가 창안 계획한 것이니 국제관계학부의 외국 어 커리큘럼과는 전혀 관계가 없습니다. 그런고로 빨리 학부장이 제안한 대로 처리해 주기를 부탁합니다"라고 협박하듯 목청을 높이었다.

그럼에도 불구하고 좌중에서는 반대하는 불만의 소리가 들렸다. 그러자 학 부장은 찬스를 놓칠세라 서둘러 3사람의 이름을 직접 호명하였다. 그때 나는

"노파심에서 하는 말이니 마지막으로 내 얘기를 들어보시오" 하고 말을 꺼냈다.

"교수회의는 학칙에 따라 민주적으로 진행되어야 합니다. 기타죠센(북조선)의 김정일도 이런 식으로 사람을 뽑지 않습니다"라고 내가 비난을 하자, 나의 발언을 무시하듯 서둘러 자신의 입으로 3명의 심사위원을 호명하더니 그들을 향해 잘 부탁한다는 인사말까지 했다. 이 광경은 마치 조폭들의 짜고 치는 '고스톱'과 다름없었다.

일제 말기 다이홍에이(大本營)로부터 천황의 어명을 받고 오키나와 전투에서 11명의 조선인 청년들이 특공의 임무를 띠고 싸우다 개죽음을 당한 것처럼 나는 그들이 하라는 대로 할 수밖에 없는 상황에서 혼자 몸서리 치고 있었다.

지금 나의 입장은 우리 국제관계학부가 20년이 지난 오늘날까지 특임교수를 임용한 기억도 없거니와 또 심사위원을 전공과 아무 관련이 없는 사람을 낙하산식으로 지명하는 사례도 본 적이 없었다. 오늘 갑자기 이같이 우스꽝스럽고 의아스런 광경을 겪고 나니 내 허파를 마치 누가 갈고리로 파헤친 것같이 허전했다.

1905년 일본의 강요에 의해 을사보호조약(늑약)을 맺었을 때 이에 반대를 했지만 뜻을 이루지 못하자 자결을 한 민충정공의 순난殉難을 조금이나마 헤아릴 것만 같았다. 우리나라에 국치일國恥日이 있는 것처럼 나에게는 오늘이야말로 내 자존심과 인권이 유린당한 치욕恥辱의 날이다.

그런데 오늘 감동을 받은 일은 다섯 명의 일본인 교수들이 뒤에서 나에게 '엘'을 보내준 것에 따뜻한 정을 느낄 수 있었다. 특히 오조노 교수는 가끔 나와 교수회의에서 의견충돌로 서로 갈등이 있어 왔던 터라 더욱 그랬다. 나를 도우려고 한 말 한 마디에서 일본인 교수들 중에도 양심이 있고 의리가 엿보이는 굿 프렌드가 옆에 있다고 생각하니 그저 가슴이 벅차올라 눈시울이 뜨거워졌다.

고질적인 이 대학의 모산지배謀算之輩의 주역들이 본연의 학자적인 양심을 저버리고 학원 경영진에게 벤쟈라 아첨을 하여 자신의 위상을 높이려는 학부장의 이중성격에 나는 두 손을 들고 말았다. 이 날치기 심사위원 선출은 그들의 악역무도惡逆無道한 인성과 동물적 본능을 적나라하게 보여준 일대 사건으로 기록에 남으리라. 학부장은 이 사건의 진의를 밝히지 않는다면 평생 죄의 대가를 치러야 할 것이다.


# 음모의 콤비


### 10월 16일 목요일

맑음. 오전에 치과대학에서 한국어 출강이 있는 날이라 서둘러 식사를 마쳤다. 아내가 어떤 감이 왔는지 "요즘 대학에 별일 없으세요?"라고 생뚱스레 말을 걸었다. 나는 태연하게 "아니, 아무 일도 없어!" 하고 즉답을 피하려고 현관문을 급히 나섰다.

차를 타고 가면서 어제 벌어졌던 장면들을 다시 생각해 보니 마치 블랙 코미디가 연상되어 지금도 내 마음 속이 숯가마솥 같이 까맣다. 어제 나는 나의 모든 것을 내려놓는 심정에서 김정일보다 더 지독한 독재자로 몰아세운 것이다. 최근 나는 학부장의 못된 성질을 소문을 통해 알고 있었기에 그를 꺼리게 되었다.

지난 학기에 G교수가 갑자기 사표를 쓰게 된 동기도 학부장의 집요한 뒷조사에 의해 G교수가 손을 들고 말았다는 얘기를 듣고 그의 인간성에 의문을 가지게 되었다. 자기의 유학 이력을 사칭하여 우리 K대학에 부임한 G교수도 문제가 있지만 수 년 동안 가까이 지내온 사람을 자기와 라이벌 관계에 이르게 되자 다급히 칼을 빼들고 그의 목을 무참히 자른 학부장도 문제가 없다고 볼 수 있을까. 제 눈의 대들보를 보지 못하는 자가….

G교수는 도쿄 표준어를 사용하는 언변이 능한 에도코(도쿄, 東京) 출신이었으며 말도 잘했고, 또 말을 할 때에는 단어를 적절하게 골라가며 기승전결起承轉結의 논리로 자신의 견해를 조리 있게 전하는 일본인 전형이기도 했다. 인기가 있는 그를 흠집을 내려고 수소문 끝에 프랑스에서 유학한 대학에 졸업증명서를 요구하게 됐다고 전했다.

유학 도중에 어떤 까닭으로 대학을 중도에 그만두었는지 모르겠지만 졸업을 증명할 서류가 없다는 이유로 그는 사직서를 내고 조용히 대학을 떠났다. 만일 내가 자기의 경쟁자라면 나에게도 그런 식으로 여러 가지 정보를 입수하여 나의 약점을 캐기 위해 어떤 수단과 방법을 가리지 않았을 것이다.

그런데 오늘 갑자기 학부장으로부터 나에게 전화가 걸려 왔다. 요전에 한국에 연수생들과 같이 갔던 에미나 양이 지금 자기 방에 있다면서 여행비용 중에서 쓰고 남은 나머지 돈을 자기가 그녀에게 대납하겠다며 다음에 그 돈을 자기에게 달라는 얘기였다.

나는 화가 치밀어 당장 그녀를 내게 보내라고 했다. 내가 캠퍼스에서 만나 그 얘기를 했음에도 불구하고 그녀는 나의 수업에도, 나의 연구실에도 나타나지 않았다. 그녀가 울고불고 제멋대로 일탈행동을 하는 바람에 이번 한국 사회연수를 엉망으로 만든 장본인이 왜 학부장실에까지 가서 무슨 얘기를 어떤 식으로 고해 바쳤는지 신경이 쓰였다.

그녀는 기혼에 만학도(36세)인 관계로 나이 어린 학생들과 잘 사귀는 스타일이 아니었다. 그래서 그런지 이따금 내 연구실을 드나들면서 나에게 의뭉스럽게 남의 얘기를 곧잘 말해 주었다. 나도 만학의 경험이 있었기에 동병상련同病相憐의 정을 나누면서 나는 항시 열심히 공부하라고 권면했었다.

그럼에도 불구하고 그녀는 이번 여름 나의 한국 사회연수에 꼭 따라가겠다고 해서 나는 서슴없이 응낙을 했는데 한국에 가서 보니 학생들과 잘 어울리려하지 않고 일탈하는 바람(이유 없이 호곡을 하며 욺)에 연수를 방해하여 스케줄이 엉망으로 되어 나를 괴롭혔다. 무더운 여름에 정말 짜증이 나서 미칠 것 같았다.

그 후에 알고 보니 그녀의 과거의 삶이 평범한 가정에서 자라지 못한 이유로 인해 제대로 학교를 다니지 못한 콤플렉스가 이제 병적인 히스테리로 나타난 듯했다.

그녀가 오늘 학부장을 찾아간 이유는 무엇인가. 아니 어쩌면 학부장이 교무 부장의 말을 듣고 내가 요전에 제출한 이유서를 꼬투리삼아 뭔가 한국에서 있었던 일을 에미나에게 고주알 미주알 꼬치꼬치 캐묻고 있을지도 모른다. 불길한 예감이 머리를 스친다.

그리고 어제 내가 말한 북한의 김정일 식의 선출방법을 운운한 것을 충고로 받아들이지 않고 도리어 비난을 하든지 앙갚음을 하려 한다면 학부장은 어쩌면 또 다른 가면을 쓰고 내 앞에 나타나 무슨 짓을 할지 모른다. 하기야 이쯤 되면 막가자는 얘기니까 대우탄금對牛彈琴이란 말이 그럴 듯하지 않을까?

집에 늦게 돌아오니 아내가 이시다 주임으로부터 50만 엔이 입금되었다고 말했다. 백만 엔을 보내겠다던 약속이 또 반토막으로 된 것이다. 미안하다는 말도 없이….

저녁을 마치고 아내에게 나의 근황을 알릴까 하다가 다시 함구하기로 했다. 나의 고통을 아내에게 그대로 떠안겨준다면 내가 되레 죄인이 되는 것 같았다.

당당하게 일본에서 살다가 떳떳하게 조국으로 돌아가 깨끗이 나의 생을 마치는 것이 나의 인생철학이자 불변의 신념이다.

# 멋진 정치가 상이란

## 10월 17일 금요일

맑음. 새벽에 일어났다. 4시간쯤 수면을 했을까. 일어나자 나는 조용히 2층 서제로 올라갔다. 오늘 수업이 있는 코리아연구 강의를 좀 준비하기 위해서다. 새로운 타이틀의 강의 제목보다 오래 된 역사 문제 등이 한·일 양국 사이에는 관심꺼리이기도 하다.

한류의 붐을 타고 한국 영화가 파도처럼 현해탄을 넘쳐 들어와 일본에서 흥행에 성공했다지만 아직 한·일 양국민 간의 감정적인 문제점은 쓰나미(津波)처럼 밀려들고 있다. 우선 양국민은 언제 어디서 감정적인 갭이 생겼는지 잘 알지 못하며, 또 앞으로 커다란 갭을 어떻게 메워 나가야 할지 아무도 그 해법을 모르고 있다는 데 문제가 있다.

나는 언제부터인지 상세히 기억하지 못하지만 그 해법을 알 것만 같아 한일 양 정부에게 제안하고 싶다. 지금 문제가 되는 것은 먼저 영토문제이다. "독도는 우리 땅"이라고 한국 사람들은 노래까지 작곡하여 늘 부르고 있다. "다케시마를 돌려 달라"고 시마네현(島根縣) 주민들은 모두 궐기대회를 열어 한국 정부를 향해 항변을 하고 있다.

그들 일본 사람 중에서 일부 양심적인 역사학자(조선사 전공)인 나이토슌포(內藤雋輔) 교수가 지금까지 발표한 다케시마 논문과 증빙자료(古地圖)를 제시하지 않았는가. 그는 학자적 입장에서 독도는 엄정히 한국 영토라고 말하고 있다. 그래도 이해가 안 된다면 시마네현의 근대사, 일조근대사日朝近代史를 깊이 있게 공부한다면 한국 국민에 대한 이해가 빠를 것이라 믿는다.

그리고 종군위안부 문제는 세월이 수십 년 흘러간 덕분에 간단히 해결할 수 있다고 본다. 위안부 할머니들이 반으로 줄어든 이 마당에 그들의 손을 잡아주지 못할망정 할머니들의 쓰라린 삶과 고통을 손 놓고 지금까지 방관시해 온 일본 정부야말로 간악무도奸惡無道한 집단으로 밖에 볼 수 없지 않은가.

특히 전 아베 수상의 종군 위안부를 의도적으로 부정하려는 태도는 아무리 생각해도 양심적인 일본인들까지 속이는 범죄행위가 아니고 또 무엇이랴. 한·일 관계는 순수한 민간단체들이 양심선언을 하여 나무에 싹이 트고 자라나 꽃이 피고 열매를 맺듯이 정성을 들이지 않는다면 언제든지 깨질 위험성이 높다고 본다.

우선 이 2가지 문제를 한·일 양국의 당국자들이 조심하고 성의 있는 자세로 대한다면 한·일 현안문제는 충분히 타결 가능하다고 본다. 포인트는 양국의 지도자들의 양심과 배려심에 달려 있다고 본다.

수업은 학생들이 생각하는 한·일 양국민 사이에 감정적인 사안을 누그러뜨리는 방법에 대하여 발표하도록 했다. 학생들로부터 여러 가지 제안이 있었지만 흥미로운 것은 양국민이 자유로이 상호 관광방문을 할 수 있는 노비자제도를 확대해 나가는 것이 친선교류에 큰 도움이 된다는 의견이 있었다.

위안부 할머니에 대한 의견 중에는 독일의 브란트 수상이 폴란드에 가서 무릎을 꿇고 진솔하게 사죄를 표한 것처럼 일본의 수상도 그들 위안부 할머니들을 직접 만나 브란트 식의 눈물어린 사죄를 하게 된다면 한국인의 대일감정도 봄눈 녹듯이 슬그머니 사라질 것이다.

브란트 수상이 구소련과 동독에 화해정책을 실시함으로써 1971년에 노벨평화상을 받았다. 2년 후 일본의 사토에이사쿠(佐藤榮作) 수상이 1973년 미국으로부터 오키나와를 반환받음으로써 노벨평화상을 수상하였다.

1965년 한·일국교 수립 이후 43년간 바람 잘 날이 없었던 양국간의 양보 없는 현안 문제를 풀 수 있는 열쇠는 누가 뭐래도 일본 측이 갖고 있다고 본다. 이 한일 현안문제가 빨리 해결되는 날을 기대하면서 일본에서 두 번째 노벨평화상을 받는 양심적이고 인간적인 일본의 멋진 정치가가 탄생하기를 바라는 마음이다.

# 야간도주 夜間逃走

### 10월 18일 토요일

맑음. 아침식사를 간단히 끝냈다. 뜨거운 된장 두부 국에 밥을 조금 말아서 홀홀 먹고 나니 속이 훈훈하다.

식후 아내와 같이 커피를 마시다가 언뜻 아내의 손을 보았다. 손가락 뼈마디가 이전보다 흉한 모습으로 비친다. 나는 아내의 손을 슬쩍 만져보았다. 생각보다 딱딱한 촉감이다. 아내의 고달픈 인생을 말하고 있는 느낌이 들어 안쓰럽기만 하다. 병원 약은 잘 먹고 있느냐고 물어보니 고개를 끄덕이더니 약도 면역성이 생긴 것 같다며 바로 시무룩해진다. 나는 할 말을 잃고 식탁에서 일어났다.

오늘은 APP월례회가 근처 야하타 생애학습센터에서 있는 날이다. 음식을 만들어 회원들과 유학생들이 같이 점심을 먹으며 유학생들의 꿈을 듣기로 한 날이다. 중국 유학생 유劉 군이 일찍 주방에 나와 음식준비를 하고 있었다. 그리고 여러 학생들이 합세하여 그를 도와가며 중화요리(포즈)를 만들어 회원들과 같이 점심을 먹었다.

식후에는 새로 장학생이 된 사史 군이 인사를 했다. 우리 회원 모두는 박수로 환영을 해 주었다. 월례회는 국제 볼런티어 활동의 경과보고와 다음 활동에 대한 의견을 제시하며 토론하였다. 회의가 끝나자 루리코 씨가 모은 회비를 건네주며 나더러 은행에 입금하라고 한다. 자기가 할 일을 나더러 하라고 명령하는 것 같아 기분이 좀 언짢았다.

저녁에 집으로 돌아와 스케야한테서 전화연락이 있었느냐고 아내에게 물었다. 전화가 없었다고 했다. 내가 직접 전화를 걸어보았다. 전화를 받지 않는다. 화가 치밀었다. 두 번 다시 보고 싶지 않은 그의 뻔뻔스런 얼굴 모습이 다시 떠오른다. 진저리가 난다. 나머지 미상환금 중에서 일부를 오늘까지 갚기로 했는데 또 거짓말을 한 셈이다.

　천성이 악질이 아니라면 우선 채권자에게 전화를 하고 오늘이 여의치 않으면 다시 언제까지 돈을 구해보겠다고 하면 나도 너그럽게 그렇게 하라고 양보할 것이다. 그런데 그는 그런 싹수가 없는 자다. '재수 없는 놈은 뒤로 자빠져도 코가 깨진다' 는 말이 허튼소리가 아니다. 나는 그로 인하여 몇 번이나 코피를 보았는지 모른다.

　아무래도 내일 한글변론대회장인 시립국제회의장을 찾아가서 그와 그의 아내를 만나보고 다시 각서라도 받아야겠다.

# 녹림객綠林客

### 10월 19일 일요일

　맑음. 오늘은 스케야를 만나 담판을 짓는 날이다. 아침을 먹고 국제회의장으로 가려 하니 아들이 자기도 간다며 따라나선다. 혼자가 좋을 것인지 아들이 옆에서 훈수라도 거들어 줘야 좋을지 판단이 서지 않는다. 아들은 사기꾼을 이기려면 옆에서 쓴 소리를 하는 사람이 같이 있어야 한다고 했다. 그 말도 틀린 말이 아니다. 아들이 사람을 보는 눈이 나보다 훨씬 다르다는 것을 후에 알게 되었기 때문이다. 오늘 한글변론대회를 하는 국제회의장은 집에서 차로 30여 분 쯤 걸리는 거리였다. 9시 전에 도착하여 2층 로비에서 얼마를 기다리니 스케야가 그의 처와 함께 차에서 내렸다.

　그와 만난 것은 9월 16일 시모노세키에 있는 도부부동산에서 만난 이후 처음이다. 나를 보자 스케야는 좀 놀라는 표정을 지으며 말도 없이 머리를 끄떡했다. 당초부터 서로가 만나지 않았어야 할 사람을 만난다는 것은 정말 몸에서 열불이 나는 고통의 연속이다. 나는 그를 빈 응접실로 데려가 도부부동산에서 받은 금액과 10월 16일 입금한 돈을 제외하고 나머지 돈을 속히 변제할 것을 요구했다. 그러자 그는 억지를 쓰며 상투적으로 M아파트를 나 때문에 제 값을 받지 못했다며 모든 것을 내 핑계를 대어 책임을 전가시키려 했다. 말도 되지 않는 무책임한 소리를 오늘도 전번과 같이 혼자 떠벌리고 있었다.

"나쁜 사람 같으니!" 내가 소리를 지르자 옆에서 내 말을 듣고 있던 아들이 "당신 너무하지 않아요? 아버지가 빌려준 돈이 어떤 돈인지 아세요? 아버지가 20년간 피와 땀으로 받은 금쪽같은 퇴직금이에요. 아버지 말에 의하면 5일만 돈을 쓰고 사례금까지 드린다고 꼬였다면서 지금에 와서 그런 말을 할 수 있습니까?" 남아일언男兒一言 중천금重千金이란 말처럼 남자답게 약속을 지키라고 내가 정중히 말하자, 그는 고개를 끄떡이더니 갑자기 자리에서 일어서면서 화장실에 가야겠다고 했다.

그런데 화장실에 간 스케야는 20분이 지났는데도 자리에 돌아오지 않았다. 찾아 나서니 텅 빈 회의장을 혼자 어슬렁거리고 있었다. 그를 다시 불러 내가 빌려준 계산서의 금액을 보여주고 확인도장을 찍으라고 하니, 계산이 잘못됐다며 자기 멋대로 계산을 하고는 이 이상 돈을 줄 수가 없다고 말했다. 잔금의 반에 반도 안 되는 돈이다. 당신이 빌려간 돈이 얼마인데 이런 엉터리 계산이 어디 있냐고 따져 물어도 그는 막무가내였다. 화가 치밀어 나는 큰 소리로 "당신은 정말 날강도군. 돈 빌려갈 때 당신이 내게 한 말 벌써 잊어버렸어. 닷새 안에 전액을 갚는다고 약속하지 않았어요?" 그러자 그는 할 말이 막히자, "그럼, 재판을 하면 어때요? 재판을 합시다" 하고 말을 돌리고는 다시 자리를 뜨며 누구를 만나야겠다며 회의장 쪽으로 나가버렸다.

아들이 그의 뒤를 따라가자 따라오지 말라면서 더 이상 따라오면 스토커로 경찰에 신고하겠다고 협박까지 했다. 참으로 내 자신이 한심한 느낌이 들었다. 유실난봉有實難捧이란 말처럼 저런 놈과 재판을 해 승소를 한다 해도 순순히 내 돈을 갚을 놈이 아니다. 이제는 서로가 혈원골수血怨骨髓가 된다 해도 어쩔 수가 없다. 빚 갚을 돈이 없으니 속된 말로 '내 배 째라'는 배짱으로 거드름을 떨며 바쁘다며 다시 어딘가로 나가버렸다. 결국 그는 재판을 하자고 해서 또 다시 날짜를 끌어보려는 꼼수를 쓰려는 속셈이 틀림없다. 한국에서도 재판을 해본 일이 없는 나는 선뜻 무거운 마음이 들었다. 그러나 이미 엎지른 물이라 이럴 수도 저럴 수도 없는 일이다. 가는 데까지 가 보자. 어쨌건 재수 없이 녹림객綠林客을 만났으니 어차피 그와 일단 동행을 해야 하지 않겠는가.

오후가 되어 아내는 시모노세키(下關)에서 한국으로 가는 페리를 다시 탔다. 부산의 부녀회 모임에 참석하기 위해 한국에 간다고 했다. 다시 며칠간 말동무 없이 지내려니 만사가 귀찮아진다. '인간의 성숙은 고독에서 싹트고 고독에 익숙해지면 사람은 의연해진다고 말하지 않는가. 그러면 죽음도 두렵지 않다. 지금 나는 불의와 싸우며 고독을 익히고 있는지도 모른다. 인간은 누구나 혼자 왔다 혼자 떠나는 먼 여행을 해야 하니까.

# 돈보가에리 (速歸)

### 10월 20일 월요일

맑음. 어제 스케야가 재판하자는 말에 나는 또 다시 쇼크를 받았다. 어쩌면 그는 남에게 NO를 못하는 나의 심리를 약점으로 이용하려는 것이 아닐까. 오늘은 후쿠오카에서 법률사무소를 운영하고 있는 지인 H변호사에게 전화를 걸어 재판에 들어갈 것인가에 대해 장시간 얘기를 나누었다. 결론은 ○백만 엔이하면 간단히 소액간이재판으로 3개월 안에 끝이 난다고 했다.

지금 나는 이제라도 소송을 해서 빨리 판결문을 받고 싶은 심정이다. 일단 금액이야 어찌 됐든 간에 승소를 하여 스케야의 뻔뻔하고 등등한 기세를 꺾어버리고 싶다. 세상이 아무리 말세라 해도 채무자가 큰 소리치고 사는 세상이 되어서는 절대 안 된다는 것이 나의 주장이다. 요즘은 그런 사기꾼들이 판을 치고 다녀서 그런지 적반하장賊反荷杖이란 말을 자주 듣는 것 같다.

　오후에 팩스로 차용계약서와 영수증 그리고 잔액 청구계산서 등을 H변호사에게 보냈다. 어쨌든 변호사에게 일단 일을 맡겼으니 이제 조금은 한갓진 시간을 보낼 것 같아 좋았다. 일기를 수기처럼 쓰다 보니 주인공들이 음모협잡꾼이 되기도 하고 사기꾼이 되다 보니 마치 나의 일기가 마치 피카레스크 소설처럼 어둡게 비쳐질 것 같아 조심스럽기도 하다.

　하지만 내가 일본에서 경험한 특수한 사실을 보탬 없이 사실 그대로 글로 적는 것에 대해 아무런 양심의 가책을 느끼지 않는다. 어떤 사람을 나쁘게 평할 수도 있고 좋게 평할 수도 있는 것처럼 나는 나의 눈에 비친 상대방의 희로애락喜怒哀樂의 실상과 진위선악眞僞善惡의 가부를 느낀 그대로 써 갈 것이다. 또 내 귀를 스쳐간 수많은 소문과 거짓들을 가슴에 담고 거리낌 없이 그들의 마음 속을 간파하여 장차 후대에 있는 그대로 전하는 것이 작가정신이라면 당연히 나는 그 길을 택할 것이다.

　혹시 이 글을 읽고 양심에 가책을 받는 사람이 있다면 스스로 환골탈태換骨奪胎하여 새 사람으로 거듭나길 바라며, 반대로 어쩌다가 명예가 훼손되어 고민하고 있는 분이 있다면 자신이 상대방에게 얼마나 큰 상처를 입혔는지 먼저 자성의 시간을 두고 반성하라고 충고하고 싶다. 어쩌면 자기가 다수파多數派라고 으스대며 소수파少數派를 업신여기고 차별하는 사회 집단이 있다면 그들은 국내외의 인권단체로부터 반드시 비난을 받아야 마땅할 것이다.

　저녁에 아내로부터 전화가 왔다. 무사히 부산에 도착했다는 말을 두서없이 주고 받았다. 내일 밤에 부관페리를 타겠다고 말했다. 나는 천천히 하루 더 쉬다가 오라고 전했다.

　그런데 아내가 말하기를, 용무만 보고 우리 된장 고추장 등 한국 전통식품 몇 가지를 구해서 일본으로 바로 돌아가겠다고 전했다. 잠자리(돈보)같이 되돌아온단다. 듣던 중 반가운 소리다. 일본말로 돈보가에리(即時歸航)의 왕복여행이라 하겠다. 잠자리가 날아가다가 급회전하여 속귀速歸하는 동작에서 나온 말이다. 우리 말로는 즉시 귀항, 즉시 귀국, 즉시 귀가 등으로 표현해도 무방할 것같다.

나는 도무지 집안일 가사에 흥미를 느끼지 못한다. 특히 식칼로 하는 일, 빗자루로 하는 일, 세제로 하는 일 등은 모두 빵점이다. 이것을 외국어로 바꾸어 말하면, 「3S'household」이다. 취반(炊飯, suihan = cookery), 세탁(洗濯, sentaku = cleaning), 소제(掃除, souji = sweeping) 즉 이것은 정리정돈에 센스가 없는 사람이라 보면 맞을 것이다.

아내가 없으면 집안 꼴이 말이 아니다. 며칠 안 가서 거실이건 안방이건 쓰레기장처럼 어수선하다. 자신도 그것이 위생적으로나 시각적으로 또 정서적으로 나쁘다는 것을 잘 알면서도 도구 식기 물건 책 옷가지 등을 구분도 하지 못하고 제자리조차도 찾아주지 못한다.

왜 그럴까? 내 자신도 그 이유를 잘 모르겠다. 밤늦게 도로를 따라 30분간 산책을 했다. 등에 땀이 흥건히 배어 있었다. 오늘밤은 좋은 꿈을….


# 일본의 대가족제


### 10월 21일 화요일

흐림. 몸 온데가 피곤하다. 몸도 무겁고 마음도 무거운 느낌이다. 아침은 1회용 카레를 물에 덥혀서 간단히 식사를 마쳤다. 혼자 먹는 밥은 왜 그만큼 밥맛이 나지 않을까. 옛날 피난 시절 4대가 대가족을 이루어 사는 한국의 농촌가정을 많이 보아왔다.

그때는 그런 가정이 부러웠다. 조부모에서 증손자까지 4대가 모여 방 가득히 여러 밥상을 차려놓고 남녀노소가 서로 따로 둘러앉아 즐겁게 밥 먹는 모습을 지금 돌이켜 생각해 보면 너무나 한국적이고 토속적인 장면을 상상하게 된다.

음식들을 살펴보면 토란국에 열무김치가 주된 반찬이고 상추에 고추장을 듬뿍 찍어 바르고 그 위에 잡곡밥을 살짝 얹은 다음 쌈을 싸서 입을 크게 벌리고 씹어 먹는 모습은 한국이 아니면 볼 수 없는 식사법이라 하겠다.

나는 수차례 일본에서 농촌체험을 해 보았지만 아직까지 한국처럼 대가족을 이루고 있는 가정을 방문한 적이 한 번도 없다. 기록에 의하면 메이지(明治)말부터 쇼와(昭和) 10년(1935)까지 일본의 일부지역을 제외하고 일본의 대가족제도는 이미 모두 붕괴하였다고 한다.

즉, 기후현(岐阜縣) 시라카와고(白川鄕)에서는 특이한 혼인제도가 선대로 이어와 가장(長子)만 며느리로 받아들이고 나머지 아래 형제들은 생가生家에 살지만 처와 동거하거나 혼인신고도 허락하지 않는 풍속 때문에 평생 연애하는 상태로 처가를 들락거리며 부부의 정을 나눌 수밖에 없다.

그리고 차남이나 삼남 부부 사이에 자식이 생기면 생가의 어머니가 애들을 모두 맡아 기르기 때문에 이 지방의 가족제도는 흔히 30명이 넘는 대가족제의 관행이 선대부터 발달해 왔다고 전해진다.

오늘 TV뉴스를 보다가 놀란 것은 미국의 대통령 선거장면이었다. 미국대통령 선거사상 처음으로 흑인 대통령 입후보자가 된 민주당의 버락 오바마(47세) 상원의원의 연설을 듣고 놀라지 않을 수 없었다. 공화당의 지반地盤인 미주리주 세인트루이스에서 지지자들이 10만 명이나 모인 선거유세에서 그는 흑인임에도 불구하고 우렁찬 목소리와 멋진 제스처로 유권자들에게 호소하는 패셔니트 스피치는 그 모습을 보는 이로 하여금 일류국가라는 느낌을 받게 했다.

색깔color을 뛰어넘고 지방country을 뛰어넘어 국민이 결합combination하는 나라를 만드는 것이 오바마의 정치철학인 3C 정책인 모양이다. 한국 정치도 일본 정치도 좀 더 여유 있는 훌륭한 정치가가 나와 언어를 뛰어넘고 영토분쟁을 뛰어넘고 서로 상호 의사를 존중하는 일등 민족이 되는 날이 어서 오기를 기대해 본다.

저녁에 APP 감사인 시즈카 씨가 내 연구실에 들렀다. 근처 자이카(JICA - 일본국제협력기구)에서 주최하는 파티에 참석하고 집으로 돌아가는 길에 나를 잠시 만나러 왔다고 했다.

그런데 그녀는 이상한 얘기를 내게 들려주었다. 누군가가 우리 모임을 시기하고 해코지하려는 사람이 있는 것 같다는 말을 던지고 그냥 가 버렸다. 나를 경계하는 세력이 우리 내부에서도 있을 수 있다고 생각해 봤다. 일본 사회는 정말 알 수 없는 이상한 사회이다.


# 인간의 화복禍福과 징크스


### 10월 22일 수요일

맑음. 아침 일찍 아내가 한국에서 돌아왔다. 아들이 시모노세키 터미널까지 마중 나갔다 같이 돌아왔다. 아내가 챙겨온 짐이 좀 많아 보였다. 나는 잔소리를 하려 했으나 참고 말았다. 내가 잔소리를 하면 아들도 따라서 그럴 것 같아서였다. 아내가 가지고 온 김치와 젓갈을 반찬으로 아침밥을 맛있게 먹었다.

식후 나는 바로 캠퍼스로 향했다. 오늘은 어쩐지 기분이 마뜩치가 않았다. 아침에 까마귀 떼가 우리 집 근처에 날아와 까옥까옥 울어서일까. 까마귀가 떼를 지어 날아와 시끄럽게 우는 날은 무슨 징크스가 있을 것 같아 기분이 찜찜하다.

올 봄에 연구실에서 커피를 마시려고 커피 잔을 꺼내다가 잘못하여 밑에 있던 접시를 깬 적이 있었다. 그날도 아침에 까마귀 떼가 몰려와 귀가 시끄러웠던 일이 생각난다. 접시는 '쨍' 하는 소리와 함께 두 동강이 났었다. 어쩌면 징크스는 인간의 재화災禍를 예지시키는 귀신의 장난인지도 모른다.

인생에 있어 화복禍福은 자기 하기에 달렸다기보다 그것은 이미 예정된 신의 섭리라고 생각한다. 까마귀가 신의 새라면 신은 그 새로 하여금 인간들에게 힌트를 보내는 것이 아닐까. 인간의 불안은 미래에 있어서의 위험에 대한 예측일 수 있다. 그런 예측도 인간 스스로 느끼는 것이 아니라 징크스와 같은 징후를 감지하여 자각하게 된다고 생각한다.

오전수업을 마치고 아내가 싸준 약식을 점심으로 먹었다. 식당에서 먹는 어떤 정식보다 씹는 맛이 차져서 내 입에 맞았다. 식사를 마치고 커피를 마시는데 대학 사무실에서 전화가 왔다. 사무 여직원 타키 씨였다. 1시에 학부장실로 오라는 것이었다.

나는 시간이 되어 야시 학부장실을 찾았다. 학부장과 여직원이 나를 기다리고 있었다. 어떤 직감이 전류처럼 와 닿았다. 여직원까지 이 자리에 나올 이유가 없기 때문이다. 나는 의자에 앉자마자 단도직입單刀直入으로 "무슨 일이 있습니까?" 하고 물었다.

"선생님께 이번 한국 사회연수에 대해 좀 묻고 싶어서 만나자고 했습니다"라고 학부장이 전했다. 나는 구체적으로 무엇이냐고 되묻자 학부장과 여직원이 하나둘 질문하기 시작했다. 첫째 질문은 이번 학생들의 여행기간 동안에 보험은 들었냐는 것과 두 번째는 어째서 두 학생이 도중에 귀국하게 됐냐는 것이었다.

나는 좀 황당한 어투로 천천히 입을 열었다.

"지난 달에 교무부장이 이유서를 써 오라 해서 거기에 모두 보고했는데요."

그러자 자기는 모른다고 했다. 알고 있으면서 시치미를 떼는 눈치이다.

"그 이유서를 보면 아시겠지만 이번 실습도 예년과 마찬가지로 소수의 학생을 데리고 다니며 한국 사회를 공부하는 데 도움이 될까 해서 사오년 전부터 지망하는 학생들만 뽑아 실비로 연수를 해 온 터라 여행보험은 학생들 자율에 맡겼습니다. 일본 후쿠오카와 한국 부산은 가까운 거리이기 때문에 지금까지 본인 스스로가 보험을 들게 했습니다. 그리고 치에 양과 에미나 씨의 귀국에 대한 얘기는 각각 장본인을 불러 물어보지 않았습니까?"라고 내가 되묻자 그는 손사례를 치며 "아니다"라고 부정을 했다.

요전에 에미나 씨를 불러 별의 별 얘기를 주고받은 것으로 나는 추측하고 있던 터라 더 이상 학생들을 그 앞에서 나무라고 싶지 않았다. 에미나 씨는 8월 23일 한국 연수도중에 자기가 모두들 앞에서 왜 갑자기 울었는지 그녀가 자신의 강울음을 학부장에게 얘기를 했는지 의심스럽다. 아마 자기에게 불리한 변명은 하지 않았을 것이다.

"에미나 씨로부터 무슨 말을 듣지 못했습니까?" 하고 나는 다시 되물었다. 그러자 학부장은 "에미나 씨는 그저 부산에서 트러블이 생겨서 자기는 일찍 돌아왔다고 했어요"라고 대변했다. 이미 두 사람은 서로 입을 맞추고 나를 부른 것이라 짐작했다. 학부장이 모사꾼이라는 얘기는 얼마 전에 모씨로부터 들어 알고 있었기 때문이다.

인솔자가 일일이 학생을 일방적으로 나쁘다고 얘기할 수도 없고 해서 나는 에미나 씨를 불러 같이 처음부터 얘기를 하는 것이 좋을 것 같다고 제안을 했다. 그러자 학부장은 그럴 수는 없다면서 나더러 에미나 씨가 어떤 잘못이라도 했느냐고 물었다. 나는 나를 따라서 한국을 연수하고자 하는 학생들에게 차별이나 편견을 갖고 그들을 대하지 않았기 때문에 4명 모두를 모아놓고 하나하나 얘기를 들어가며 무엇 때문에 돌발적인 행동을 했는지를 알아보자고 했으나 학부장은 인솔선생님인 내가 자초지종을 모두 써서 보고하면 좋겠다고 했다.

그때 다시 나는 교무부장에게 낸 이유서가 있으니 그것으로 대신해 주면 좋겠다고 하자 학부장이 엉뚱하게도 그것은 그것이고 따로 자세히 보고서를 써오라고 했다. 나는 그 자리에서 말을 잘라 뗐다.

"나는 지금 그런 보고서를 쓸 한가한 사람이 아니오. 당신이 말하는 보고서란 시말서始末書를 말하는 것이 아닙니까?" 하고 따져 물었다. 그러자 "하여튼 가까운 시일 내로 써 오세요." 학부장은 이렇게 명령조로 말을 던지고 자리에서 일어났다.

"학부장! 당신 너무 하는 것 아니오?" 하고 따지자 그는 할 말이 없다는 듯이 자리를 피했다. 화가 치밀었다. 언제부터 그가 이렇게 나를 박대할 줄은 꿈에도 생각지 못했다.

'우라키리모노!' (배신자) 하고 나는 학부장실을 나오면서 중얼대고 있었다.

집에 돌아와 생각해 보니 에미나와 다른 학생 간에 어떤 불협화음이 있던 것이 아닌가, 하고 생각도 해 보았다. 그렇다고 선생이 학생들을 불러놓고 에미나에 대한 뒷조사를 할 수도 없는 입장이다. 하여간에 학부장과 에미나 두사람 사이에는 내가 모르는 비장의 내밀內密이 숨겨 있는 것은 사실이다.

그것은 그 윗선에서 이미 짜여진 계략의 시나리오에 의해 움직이고 있다는 느낌이 들었다. 비열한 악당들 같으니! … 나는 사람을 보는 눈이 없다. 몇 년 전에 F교수가 나에게 한 말이 얼핏 떠올랐다.

"야시 씨가 왜 경제학부에서 국제관계학부로 자리를 옮겼는지 아세요? 경제학부에는 쟁쟁한 경쟁자가 많아서 국제관계학부로 자진해서 온 것이에요. 그 친구 뱃속이 검은 야심가예요. 주의하세요. 선생님."

그때까지 나는 그를 매로 보지 않고 꿩으로 보고 있었다.

나는 그때 그 말을 건성으로 듣고 있던 탓으로 그 후 나는 F교수의 얘기를 까맣게 잊고 있었으며 더구나 그가 내 옆 연구실로 옮기는 바람에 얼굴을 마주치는 일이 많아지면서 나는 나도 모르는 사이에 그를 경계하기보다 친밀한 이웃으로 관계를 지속하면서 지내왔다.

그런데 3년 후 선거에서 그는 학부장으로 선출되었다. 사람을 겉으로 단순히 보는 내 눈은 진짜 청맹靑盲임에 틀림없다. 나는 오늘도 자신이 과거사에 가까이 지냈던 일에 대해 후회하지 않을 수 없었다.

# 위인설관爲人設官의 부정

## 10월 23일 목요일

전청후우前晴後雨. 오전에는 하늘이 맑더니만 오후에 갑자기 먹구름이 밀려오면서 소나기를 뿌린다. 오전에 치과대학에서 수업을 마치고 연구실에 돌아와 오후 수업을 하면서 내가 이렇게 열정을 다하여 이 대학을 지켜야 할 이유가 있는지 다시금 생각게 했다.

꼴도 보기 싫은 사람을 오가다 슬쩍 마주친다 해도 그냥 진저리칠 정도라면 더 이상 이 대학에 머물 필요가 없지 않을까? 한참 혼자 고민에 빠져있는데 전화벨 소리가 들렸다. 가미야 전 이사장이다. 그는 나를 만나서 할 얘기가 있다고 했다.

그런데 그는 80이 훨씬 넘은 노인인데도 불구하고 지금도 골프 연습장에 나와 1시간 정도 공을 치며 건강하게 살아가는 분이다. 골프 연습장은 대학 근처에 있기 때문에 내 연구실로 오겠다고 했다. 지금의 나의 심정을 아는지 모르지만 그는 인간에 대한 유정柔情이 있는 분임에 틀림없다.

얼마 후 골퍼 복장을 하고 내 연구실에 나타났다. 나는 중국 쟈스민 차를 가미야 씨에게 권하면서 나의 심정을 토로했다.

내 말이 끝나자 그는 "그런 방법으로 사람을 쓰는 것은 상식이 아니다"라고 말하면서 어떤 특정한 사람을 위해 자리를 만드는 것은 부정행위나 다름이 없다고 비난조로 평가했다. 벼슬자리를 사전에 만들어 놓고 사람을 쓰는 소위 위인설관爲人設官의 인사는 마땅히 비난 받아야 한다고 강조했다.

"대학은 반드시 교수를 채용할 때는 공채를 통해서 받아야 할 서류심사와 자격심사 과정을 반드시 교수회의에서 통과해야 합니다. 대학은 누구의 사물화가 되어서는 절대 안 됩니다. 대학에서 낙하산 인사를 행한다면 학생들을 바보 취급하는 것과 다를 게 없습니다"라고 흥분한 어조로 말을 했다.

이 대학의 부당한 부정을 누구도 막지 못하는 이런 최악의 상태를 가만히 생각해 보면 마치 짜고 치는 사기도박과 뭣이 다르단 말인가. 만일 내가 일본인이라면 과연 그들이 이렇게 막 대놓고 사람을 차별할 수 있었을까? 가미야 씨는 잘 아는 모씨를 통해 나의 고정苦情을 전해 주겠다면서 걱정스런 얼굴로 안녕을 고하고 돌아갔다.

오후에 '한글방' 수업을 마치고 연구실에서 쉬고 있는데 사무여직원 타키 씨로부터 또 전화가 왔다. 내용인즉, 내일 2시에 인장을 가지고 학부장실로 오라는 것이다. 뭣 때문에 도장을 가지고 오라는지 알 수가 없다. 어쩌면 시말서를 쓰게 하고 도장을 찍으라고 할지도 모를 일이다. 호랑이에 물려가도 정신만 차리면 살아남을 수 있다는 신념으로 대응할 수밖에 없을 것 같다.

저녁에는 집에 돌아와 M교수댁으로 전화를 걸었다. 자기는 못된 불한당과는 더 이상 말하고 싶지 않다며 몹시 화가 난 듯이 말을 했다. 얼마 안 가서 법인 이사회 회의를 거쳐 OB교수들의 연령제한에 관한 개혁안을 교수회의의 의사결정과는 무관하게 이사진에서 멋대로 통과시킬 가능성이 높을 것 같다면서 나에게 뉴스를 알려주었다.

그렇다면 나에게 남은 것은 교원 노조규정에 외국인 초빙교수에 관한 조문을 다시 자세히 살펴봐야겠다. 그리고 내가 이 대학을 중심으로 활약한 봉사사업과 장학생 지원 등을 어필할 필요가 있지 않을까.

저녁에 집에 돌아오니 아내가 식탁에 상을 차려놓는다. 별로 먹고 싶은 생각이 나질 않는다. 아내가 일본의 츠케모노(김치류)라며 권하기에 젓가락으로 입에 대보니 여주(오키나와에서 고야苦瓜 = 니가우리)라는 무침이란다. 먹어보니 쓴맛이다. "아 쓰다!"라 하자 아내가 "오키나와 사람들이 오래 사는 이유는 무시래기와 여주 같은 것을 즐겨 먹기 때문이라 한다.

아내의 일본인 친구가 생각해서 준 반찬이니 먹어나 보란다. 노인병에 좋고 당뇨병에도 좋단다. 아내는 '양약고어구良藥苦於口 이리어병而利於病' 이란 말을 알고 이런 쓴 반찬만을 고집하는 것인지 모른다. 아내 말을 들어 손해보았다는 사람은 근래 못 들어보았으니 아내의 말을 따를 수밖에 없다.

# The mischief of evildoer?

**10월 24일 금요일**

맑음. 오늘은 왠지 대학 연구실에 나가고 싶지 않았다. 야시 학부장의 낯짝을 대하기 싫어서이다. 마치 아메리카 멕시칸같이 생긴 홍조를 띈 조잔한 그 모습이 늘 눈에 거슬리기 때문이다.

지난 해 학부장이 되었다고 으스대는 그를 옆에서 보고 나는 속으로 "Thinks Mr. yashi a big guy, huh? Well, smell me!" 나는 이렇게 외치고 있었다.

오후 한 시에 나는 만나자는 본관 2층 응접실로 나갔다. 이번에는 여직원과 함께 아가리 전무도 자리를 같이 하고 있었다. 학부장은 냉담한 얼굴로 앞자리에 앉으라는 시늉을 한다. 나도 시무룩이 앉아 입을 다물고 그들 셋의 표정을 읽고 있었다. 학부장의 첫 마디가 웃겼다.

"선생님, 도장 가지고 왔습니까?" 다짜고짜 이렇게 물었다. 나는 "아니오"라고 대답하자, 이번에는 A4용지에 그득히 쓴 글을 내보이며 "이것 우리가 쓴 시말서이니 한 번 읽어보고 도장을 찍으면 됩니다" 하고 나에게 내밀었다. 참으로 웃기는 자가 아닐 수 없었다. 시말서를 '본인 대신 자기가 써? 미친놈 아니야?' 화가 버럭 치밀었다.

나는 내용을 읽을 기분이 전혀 일지 않았다. 내가 일본어로 글 쓰지 못할 것 같아서 자기가 대필해 온 건지 아니면 내가 바쁜 사람으로 생각이 들어 친절을 베풀어 스스로 나를 대신하여 써온 것인지 분간할 수도 없었다.

나는 시말서를 쓸 이유가 없다고 강변했다. 그러자 그는 내용을 보여주며 이유를 나에게 전했다. 학생들에게 보험을 들지 않고 실습을 간 것이 첫째이고, 두 번째는 에미나 씨에게 여비 중 잔액을 돌려주지 않았다는 것이다. 며칠 전에 학부장이 전화로 나에게 전하기를, 에미나 씨가 내 방에 와 있다며 나에게 전화로 한 말을 그는 까맣게 잊고 있었다.

자기 방에 에미나(36세) 학생이 왔다고 했을 때 나는 여러 가지로 할 얘기도 있고 하니 그녀를 내 방으로 보내면 나머지 돈을 돌려주겠다고 학부장에게 분명히 전했다. 그럼에도 불구하고 한국에서 돌아온 후 내게 와서 자기가 '한국사회 실습' 중에 갑자기 까닭도 없이 울며 소란을 피워 실제로 다른 실습생에게 '메이와꾸' - 폐를 끼친 이유를 나에게 분명히 설명하고 자기가 잘못했으면 제자가 먼저 선생님을 찾아뵙고 사죄해야 할 일이 아닌가. 나는 그 여자의 히스테리를 지금도 이해하지 못해 그녀를 만나 꼭 할 얘기가 있다고 했다.

전번에도 얘기했듯이 그녀와 우리 다 같이 한 자리에서 대면하여 그녀가 여러 사람이 있는데 갑자기 강울음(號哭)을 한 이유를 알고 싶다고 하니 학부장은 그것은 무리라며 내 주장을 거절하듯 말을 잘랐다. 나는 그렇다면 더 이상 할 말이 없다고 전하고 응접실을 나와 버렸다. 아가리 전무도 여사무직원도 시무룩한 표정으로 말없이 내 뒤를 따라 나왔다.

저녁에 집에 돌아가 아내에게 오늘 있었던 일을 얘기해야겠다고 생각했다. 이런 일을 막장에 가서 폭탄발언을 하면 아내의 쇼크가 클 것 같아서였다. 나는 저녁을 마치고 아내에게 지금까지 있었던 대학의 비정한 비하인드 스토리를 털어놓았다.

아내는 한숨을 크게 내쉬더니 먼저 나를 위로하듯이 "잘 생각했어요! 괜찮아요! 그런 못된 사람들을 모두 무시해 버리세요!"라는 조언을 해 주었다. 어느 사회집단이든 인간이 서로 경쟁의 상대로 의식하게 되면 거기에 간신배가 끼게 마련이고 무고한 사람을 함정에 빠뜨리려는 인두겁을 쓴 이벌두어 evildoer가 뒤에서 암약할 수도 있을 것이다.

나는 아내의 수심에 찬 얼굴을 훔쳐보면서, 내가 무엇을 잘 생각했는지? 왜 괜찮은지? 누구를 무시하라는지? 그 속뜻을 알 것 같았다. '벽암록碧巖錄'에 '어행수탁魚行水濁 조비모락鳥飛毛落'이라 했다. 즉, 고기가 움직이면 물이 탁해지고 새가 날면 깃털이 떨어진다. 이처럼 사람은 오로지 자기행동에 책임을 지지 않으면 안 된다는 고사이다. 언젠가 선악善惡의 잘 잘못은 하늘이 심판할 터이니까. 악당들아! 이제 장난은 그만……

# 히가미(偏僻) 근성

## 10월 25일 토요일

맑음. 오늘은 AO시험이 있는 날이다. AO시험이란 입시전문기관이 내신서 등 제출서류와 면접을 종합적으로 감안하여 입학자를 선발하는 시험방식이다. 이번 시험에 지망한 학생은 그리 많지가 않았다. 해가 갈수록 캠퍼스에 젊음의 해맑은 웃음소리가 사라지고 있다. 내가 봐도 안타까운 현실이다.

이 같은 현상에 대해 대학의 경영자가 책임을 져야 하는데 이 대학은 거꾸로 그 책임을 말단 교원들에게 전가시키려는 얼토당토아니한 말을 하고 있다. 최근에는 야바위꾼 같은 놈을 신성한 학원에 끌어들이질 않나, 게다가 엉뚱하게도 밑에 똘마니들을 바람잡이로 내몰아 멀쩡한 교수들을 코너 한쪽에 몰아세우려 하고 있는 작태를 보니 한심하기 짝이 없다.

AO시험이 끝나고 연구실에서 세계의 애창가곡을 들으며 마음의 여유를 찾고 있는데 전화벨이 울렸다. 왠지 요즘은 전화 받기가 싫다. 학원법인사무실에서 심심하면 오라 가라 하니까. 수화기를 들고 '하이' 하고 한숨을 돌리자 저쪽에서 D사무직원의 목소리가 울렸다. 1시에 학장이 면담을 하고 싶다니 학장실로 오라는 것이었다.

나는 하는 수 없이 도축장으로 끌려가는 소처럼 내키지 않는 발걸음으로 한 발 두 발 본관 2층으로 올라가 학장실을 노크했다. 그런데 의외로 아보시 학장이 미소를 지우며, "선생님 어서 오세요" 하며 예전같이 반긴다. 그의 의례적인 태도에 적이 놀라지 않을 수 없었다. 자기들이 지금 꾸미고 있는 음모를 내가 짐작하고 있음을 그는 전혀 머리에 두고 있지 않은 듯했다.

말하자면 나는 우리 두 사람 사이의 교제가 지난 해까지 담담한 물처럼 변치 않는 군자교담약수君子交淡若水를 자타가 실천해 왔다고 믿고 싶다. 그런데 요전의 학장의 언행을 돌이켜 보면 아무리 해도 이해가 되지 않는다. 그는 뜨거운 차를 내놓으면서 나더러 오히려 좀 도와달라는 말투로 부드럽게 말했다.

"나는 선생님을 돕고자 하니 절대 달리 생각 마시고 내가 시키는 대로 하면 잘 될 것이니 여기 새로 짧게 쓴 시말서에 도장을 부탁해요. 거부하게 되면 오히려 선생님에게 불이익을 당할 수 있어요. 그때는 나도 선생님을 도울 방도가 없으니까요."

아무리 보아도 나를 도축장으로 끌고 가려면 소코에 쇠코뚜레를 끼워야겠는데 소가 말을 안 듣는다 해서 무리하게 코뚜레를 끼우려다 잘못하면 자기가 소뿔에 받힐 수도 있으니 자기도 내심 고민을 하고 있었던 모양이다.

나중에 나는 아차 했지만 학장의 달콤한 얘기는 모두 거짓말이라는 사실을 알고부터 나는 그를 인간으로 인정할 수 없었다. 일개 대학의 학장이란 자가 외국인 교수의 목을 자르려고 거짓으로 시말서를 쓰도록 회유를 하다니 이같이 간교스럽고 질투가 많은 히가미(僻 - jaundiced mind - 偏僻 - 편벽) 근성은 절대 용서할 수 없다.

사실 그에 대한 의아심도 없지 않았지만 예전과 다를 바 없는 학장의 태도에 나는 그를 다시 믿고 그의 뜻에 따르기로 하고 학장실을 나왔다. 서류를 들고 내 연구실로 가는 도중에 D사무직원이 내 뒤를 따라오면서 생뚱맞게 야시 학부장에 대한 험담을 늘어놓기 시작했다. 아마 나를 달래주려는 소리 같았지만 내 귀에는 전혀 다른 말이 들리지 않았다.

그런데 아보시 학장에 대해서는 전혀 이상한 얘기는 꺼내지 않았다. 나도 학장이 이처럼 그 전과 같이 친구로 직장 동료로 나를 대해 주는 것이 인지상정人之常情이라 생각했다. 나는 세키 이사장의 낙하산 인사로 인한 내가 알고 있던 한국어 문화 자격심사위원마저 박탈당하고 나니 더 이상 이 대학에 연연할 것이 없다고 결심하고 있던 터라 어쩌면 학장도 예전과 달리 나를 달리 보고 있을지 모른다. 하여튼 좀 더 학장과 세키 이사장을 살펴봐야겠다.

저녁에 청주에 사는 사촌 동생으로부터 안부전화가 걸려왔다. 지금 코너에 밀려나 있는 나에게 고국의 메시지는 어떤 것이건 반갑고 마음에 위안이 된다. 동생은 나에게 웃음 섞인 말투로 엉뚱하게도 "형님은 아직 정년이 몇 년이나 남았을 테니 일본서 돈을 많이 벌 수 있어 좋겠습니다"라고 말하고는 웃어댔다. 나도 동생을 따라 허허 웃으며 "좋지. 좋고 말고"라고 농담 삼아 대답했다.

동생은 지금 내 실정을 알 리가 없으니 형이 지금 일본에서 떼돈을 만지고 있다고 생각할 것이다. 나는 사촌간이라도 조그마한 오해가 있어서는 안 될 것 같은 느낌이 들었다. 지금의 나의 월급이 반동아리가 된 것을 동생에게 알린다면 '설마'라고 머리를 저을 것이다. 그러나 '설마'가 엄연한 현실로 드러날 때 그 언어적 효력은 조크에 불과하지 않을까?

동생에게 지금의 내 심정을 전화로 다 전하지 못하는 것이 안타까워 한숨이 절로 난다. 내일은 붉은 해가 나를 비출 것이다. 나도 그 빛을 받아 어두운 곳을 향해 새로운 내 빛을 발해야겠다.


# 이李 목사의 기도


### 10월 26일 일요일

흐림 오후 개임. 아침에 일어나니 몸이 너무 무겁게 느껴진다. 요즘은 매일 밤 걷기운동을 게을리 하고 있기 때문인지도 모른다. 오늘부터라도 야무지게 다리와 발에 힘을 주어 경보競步를 하는 기분으로 힘차게 산책을 다시 시작해야겠다. 아침 식사를 준비하던 아내가 침실에서 나오는 나를 보자 부산에 사는 아들이 누구와 다툼을 하는 꿈을 꾸었다며 시무룩한 표정을 지었다.

나는 아내에게 엉뚱하게도, "꿈은 반대로 해석하는 것이 올바른 해몽이라잖아…" 이렇게 위안의 말을 던지자, 아내는 나의 해몽에는 아랑곳하지 않고 저녁에 국제전화를 걸어야겠다고 한다. 이 세상에는 매일같이 돌돌괴사咄咄怪事

가 지구촌 곳곳에서 일어나니 하루하루를 살아가는 것 자체가 전쟁터에서 살아남는 일과 무엇이 다를 것인가. 더구나 가족들을 먹여 살리기 위해 삼면육비三面六臂하는 가장들은 하루에도 수십 발의 총탄을 피해가며 살아남으려고 안간힘을 쓰며 힘겹게 살아가고 있다. 만일 가장이 그렇게 하지 않으면 먼저 부부 사이는 파경破鏡에 이를 것이고 남은 가족들은 거미의 새끼들처럼 풍비박산風飛雹散 흩어질 것이 뻔하다.

오늘은 교회에 안 가는 대신 집에서 CC TV로 설교방송을 들으면서 가정 예배를 드렸다. 서울의 S교회의 이정익 목사가 설교를 시작하는 장면과 내 예배 시간이 맞아 떨어졌다. 같은 값이면 다홍치마라고 이 목사는 수년 전 내가 52년 만에 고향 평양을 방문했을 때 보통강 호텔에서 우연히 만난 분이었다. 그때는 서로 긴 대화를 나누지 못했지만 서울에 오면 꼭 S교회를 찾아달라며 내게 명함을 손에 움켜주며 7일간의 나의 장도長途를 위해 기도를 해 주겠다는 말을 남기고 총총히 호텔을 떠나갔다. 처음 만난 분인데 나를 위해 하나님께 일본까지 무사히 도착하도록 기도를 드리겠다는 이 목사님의 말 한 마디에 나는 감동을 받았다. 목사님의 설교는 예수크리스트의 기적을 통해 느끼는 것보다 자신의 순정純情한 내면이 신앙생활에서 은연중에 신자의 눈에 비칠 때 신자들은 기적의 놀라움보다 더 깊은 감동을 느낄 수도 있을 것이다. 그런데 많은 교회 신자들이 감동이 없는 신앙생활을 하고 있는 까닭은 말만 많은 피상적인 설교를 목사가 고집하고 있기 때문이다. 이 세상에 목사도 많고 큰 교회도 많이 있는 사실에 대해 나는 나쁘다고 생각지 않는다. 그런데 목사가 목사를 시기하고 큰 교회가 작은 교회를 멸시하는 일이 생긴다면 이는 참된 신앙인들을 배신하는 행위가 아닐까. 목사가 참된 목자로 태어나기 위해서는 눈앞의 이익보다 가난한 자들에게 먼저 애착을 가져야 한다고 생각한다.

오후에는 오랜만에 부부 드라이브를 했다. 집에서 12K 쯤 떨어진 웅가가와(遠賀川) 둑길을 따라 한참 페달을 밟았다. 벌써 강변에는 찬연히 추색秋色으로 누렇게 물들어 있었다. 나는 강가로 내려가 강변에 주차를 하고 높게 자란 갈대숲을 아내와 걸으면서 옛 추억을 회상하기도 했다. 강가에는 구릿빛을 띈 젊은이들이 젓는 카누가 긴 파장을 길게 만들면서 저 강 위로 사라진다. 그리고 강가 저 편에는 왜가리 한 마리가 나래를 펴면서 이리 저리 한가롭게 날고 있다. 참으로 한 폭의 동양화를 연상케 하는 호젓한 풍경이다. 강변 풀밭에 앉아 강산풍월江山風月을 바라보니 무딘 내 가슴에도 언뜻 시정詩情을 느끼게 한다.

### 강바람 － 如江 作詩 －

강이 좋아 찾아온 시월의 온가강(遠賀江)
갈대숲 합창단은 하늘 우러러 노래 부르고.
바람은 강물 따라 물결의 수繡를 뜬다.
언제 날아온 백로가 붉게 탄 놀을 난다
지금 나는 규슈탄광에 끌려와
온가강으로 흘러간 조선 청년들의 넋을 기리며
오늘도 무심히 검은 눈물을 뿌리고 있다.

# 내일은 내 편이다

### 10월 27일 월요일

맑음. 아침잠에서 깨어나 한참 동안 멍하니 침대에 앉아 있다가 방에서 나왔다. 무슨 꿈을 꾸었는데 좀처럼 생각이 떠오르지 않는다. 한참 생각해 보니 어디가 어딘지 분간할 수 없지만 도회지에서 일본의 정치가라는 사람들이 하오리 하카마(일본의 전통의상) 차림으로 신사神社인지 사찰인지 이상한 곳으로 꾸역꾸역 몰려가는 꿈을 꾼 것 같다.

묘한 꿈이다. 나는 정치하는 사람들과 별로 인연이 없는지라 관심도 없지만 어느 나라 어느 시대건 백성이 정치가를 잘못 만나면 그들의 인생이 180도로 바뀌기 때문에 나처럼 그냥 정치가들을 무턱대고 믿어서는 문제가 될 것 같다.

우리나라만 해도 그렇다. 일제 36년의 강압 통치시대에 태어난 우리 선인들의 인생은 과연 어떠했을까. 그들의 청춘은 암흑기의 노예였고 은둔자로 세상을 등지고 살 수밖에 없었던 비탄悲嘆의 세월을 보내야 했다. 나치독일의 독재자 히틀러에 의해 주변의 여러 나라와 백성들이 얼마나 큰 고통과 시련을 겪었는지 상상해 보면 능히 알 것이다.

고대 중국의 전설상의 제왕 요堯는 순舜에게, 순舜은 우禹에게 제위帝位를 선양禪讓하였다고 전한다. 요제와 순제는 천자天子에게 왕위를 내리는 세습제를 택하지 않고 유덕자有德者에게 제왕의 자리를 내주어 자연스럽게 정권교체가 이어내려 태평연월太平烟月의 요순시대堯舜時代를 맞이하였다고 전한다.

동서고금을 통하여 폭군暴君들을 살펴보면 그들은 한결같이 포악하고 도저히 인간성이란 찾을 수 없는 자질 미달의 '킹 스톡'이라 하겠다. 예를 들어 조선시대의 10대 왕 연산군은 무오사화戊午士禍를 일으켜 신흥세력들을 숙청하여 무고한 신하와 선비들을 역적으로 몰아세워 쥐도 모르게 귀양을 보내거나 능지처참陵遲處斬하여 산골짜기에 내다버려 그 시체를 까마귀들이 뜯어먹게 했다. 이처럼 피도 눈물도 없는 킹 스톡은 사람을 마소의 새끼보다 하찮게 여겨 숙청은 또 다시 숙청을 낳게 되어 당쟁의 고리를 끊을 수 없었다.

중국의 고대 정치사상에 역성혁명易姓革命이라는 제도가 있었다. 이 제도는 선양방벌禪讓放伐이라는 당초부터 천자가 왕위를 이어 받는 것이 아니라 세습제의 불의를 예방하기 위한 것이었으나 그 후 역성혁명이 일어나 덕이 없는 제왕은 몰아낼 수 있는 조치를 마련해 둔 제도이다. 이 같은 제도의 활용으로 중국은 춘추 전국시대 이후 역사에 남는 폭군은 거의 찾아볼 수가 없었다고 한다.

오늘날 일본의 국회의원들을 살펴보면 아버지 덕분에 의원배지를 달고 있는 사람이 꽤나 있다. 아베신조(安部晉三) 전 수상은 전 외무대신이었던 아버지, 아베 신타로(晉太郎)의 돌연사로 인해 시모노세키에서 중의원에 당선되었고 나카소네히로부미(中曾根弘文) 의원은 나카소네야스히로(中曾根康弘) 수상이 은퇴하자 그 뒤를 이어 국회의원이 되었다. 고이즈미(小泉純一郎) 전 수상은 방위청 장관이었던 아버지 고이즈미준야(小泉純也)로부터 정치를 몸에 익혀 정계에 진출하게 되었다고 한다.

그런데 최근의 그의 행보를 보고 놀란 것은 둘째 아들 신지로(進二郞) 씨를 자기 선거구에 입후보자로 내세워 세습극世襲劇을 연출하고 있는 모습을 보고 놀라지 않을 수 없었다. 일명 기인奇人이라고 불리는 그는 말 그대로 쿨 비즈차림에 라이온 헤어스타일 그리고 카우보이 모자까지 쓰면 누가 보아도 일국의 수상으로 볼 사람은 아무도 없을 것이니 그를 잘 모르는 외국 사람들이 그를 볼 때 어떤 자유분방自由奔放한 초로의 로맨스그레이를 연상할 것이다.

그런데 그는 재임 5년 6개월 동안 수상직에 있으면서 한국과 중국 정부가 그토록 반대하는 야스쿠니(靖國)신사를 한사코 찾아가 참배를 고집하던 그 배짱은 우리 눈에는 애국심이라기보다 오기로 비쳐질 때가 없지 않다. 오기를 부리는 것은 어쩌면 융통성이 없는 고집쟁이로 통할 수도 있다. 그렇다면 그 어느나라의 지도자가 그를 상대로 대화를 나누자고 하겠는가.

나는 고이즈미(小泉) 전 수상을 나쁘다고는 말하고 싶지 않다. 다만 앞에서 표현했듯이 일본 정치가들 중에서 온화하고 유연성柔軟性이 있는 유덕자를 기대할 뿐이다. 자식이라 해서 모두 아버지를 닮는다고 보지 않지만 이왕 신지로(進次郞) 씨가 의원세습을 하려고 한다면 덕이 있는 일본의 새 정치가로 입신양명立身揚名하길 빈다.

오후에 루리코 씨가 내 연구실에 잠시 들렀다. APP활동에 대해서 여러 가지 얘기를 나누었다. 요즘 내가 그전 같이 봉사활동에 대한 열정이 식지 않았냐는 듯이 불만스런 어조로 나를 나무란다. 나는 그 전에도 몇 번이나 이사장직을 내놓겠다고 했는데도 불구하고 6명의 이사理事 중에서 호선互選하면 될 수도 있는데 이사들이 모두 자기일이 바쁘다는 핑계로 서로 미루다 보니 지금에 막다른 골목에 다다른 느낌이다.

나는 이사장을 할 사람이 없으면 이 모임을 내년까지 봉사활동하고 NPO법인을 해산하면 어떻겠냐고 물어 보았다. 그런데 그녀는 아무 제안도 없이 반대한다고 말했다. 그렇다면 APP활동을 계속 하느냐, 아니면 접느냐에 대한 결의를 이사회를 열어 결정하자고 말을 남기고 그녀는 돌아갔다.

오늘도 내 편을 들어 주는 사람은 없는 것 같다. 내일은 내 편이다. 내일의 붉은 태양이 내 편을 향해 뜨거운 빛을 비쳐주리라 믿으면서….

# 행·불행은 새끼줄과 같다

### 10월 28일 화요일

흐림. 아침에 니시니혼(西日本)신문사에서 쓰다(津田) 기자로부터 전화가 걸려 왔다. '한글방' 무료강좌를 취재하고 싶다고 했다. 이쪽 사정을 얘기하여 목요일 3시경에 K대학으로 와서 612호실 내 연구실로 오시라고 전했다. 그날은 어느 기자가 취재할지 모르니 잘 부탁한다고 쓰다 씨가 당부를 한다.

우리 K대학의 기사와 함께 나의 봉사활동을 신문에 실려 준다니 고맙기 짝이 없다. 나는 영광스럽게도 여러 신문사로부터 여러 번 내 기사가 실린 적이 있다. 그럴 때마다 나를 아는 일본 사람들은 자기 일처럼 기뻐하며 전화로 축하의 메시지를 전해주곤 했다. 고마운 일본 사람들이다.

어떤 때는 수 년 전 아사히 컬처 센터에서 한국어 교실의 제자였던 B씨는 "오랫동안 선생님을 찾아뵙지 못해서 미안합니다"라면서 꽃다발까지 들고 와 한동안 나누지 못한 얘기로 꽃을 피우다가 아쉬운 작별을 한 적도 있다.

일본 사람 중에도 한국 사람처럼 정이 있는 사람은 드물지만 그래도 한국을 이해하고 인정미가 있는 일본 사람이라면 누구나 한국인의 마음을 움직일 수 있다고 생각한다. 그때 나는 오래 간만에 감동을 받았기 때문에 지금도 그때 생각이 새롭다.

내가 보기에 일본 사람들은 언어가 다른 외국인에게 스스로 마음의 문을 열지 않는다. 그러니 말 붙이기가 여간 힘든 것이 아니다. 그럴 때는 가슴이 갑갑하다. 대체적으로 전후戰後 일본 사람들은 생기가 없고 열정이 식어 있었기에 고목사회枯木死灰라는 말이 제격인지도 모른다. 봄에 꽃이 피는 것은 나뭇가지에 생기가 있기 때문이요, 누군가가 가난한 이웃을 도우며 사는 일은 자신이 뜨거운 열정을 가지고 있기 때문이다.

인간에게 생기와 열정이 없다면 그것은 바로 죽은 사람과 무엇이 다를 것인가. 우리의 삶은 죽음으로부터 망각할 때 비로소 행복을 느끼게 된다. 인간이 행복을 느끼지 못하게 된다면 바로 불행으로 뒤바뀐다. 그러므로 누구도 인간 최고의 감정인 행복을 박탈해서는 안 된다. 인간의 행복을 제멋대로 박탈하는 자는 벌을 받아 마땅하다.

인간은 남녀노소, 그리고 빈부貧富의 차이가 있다고 하지만 실상 그들이 누리고 있는 행복도幸福度란 그리 대수롭지 않다고 본다. 돈이 많다고 더 행복하고 가난하다고 덜 행복한 것은 절대 아니다. 그러니까 누구나 행복을 자기의 잣대로 정의正義해서는 안 된다. 시골에 사는 할머니 할아버지가 밭에서 김을 매고 모를 심고 가을에 추수하는 힘든 농사를 짓고 산다면 도시에 사는 사람들은 그같이 고생스런 일을 하는 농민들을 불행하다고 생각하는 사람도 없지 않을 것이다.

그런데 그 힘든 작업을 한다고 해서 불행하다고 생각하는 농민은 드물다고 본다. 왜냐하면 그 농민들은 농사를 천직으로 알고 만족하기 때문이다. 한편 도회지에서 큰 회사에 다니던 젊은이가 일이 너무 많아 밤낮으로 일을 하다가 과로로 쓰러진다면 그를 행복하다 말할 수 있을까?

그러니까 인간의 행불행은 마치 두 가닥으로 새끼줄을 꼬듯이 화복禍福이 늘 같이 들락날락하는 아주 묘하고 유동적인 것이라 생각된다. 행불행은 세속적인 사람들이 멋대로 따로 구분을 했을 뿐 본래 그 실체는 없다. 항시 자기의 삶이 행복하다고 생각하는 순간 그 사람은 어떤 시련도 가볍게 뛰어 넘어 다시 행복한 나날을 누릴 수 있는 것이 아닐까?

오늘을 오로지 열심히 살면 내일은 신神이 내 편에 서 줄 것을 나는 믿는다.


# 교천언심交淺言深의 친구


### 10월 29일 수요일

흐림. 오늘은 아내가 또 다른 용무가 생겨 한국에 가는 날이다. JR을 타고 하카다(博多)역에서 내려 쾌속정 비틀호 터미널까지 택시를 타고 갔다. 터미널에는 한국 사람들도 많았다. 출국수속을 마치고 아내를 부산행 9시 30분발 비틀호에 태워 보냈다.

나는 다시 전동차를 타고 기타큐슈(北九州) 집으로 되돌아왔다. 그저 피곤했다. 오후에 있는 교수회의는 참석을 하지 않았다. 사무직원에게 전화를 걸어 감기기운이 있어 오늘 교수회는 불참하겠다고 알렸다.

그러나 오후 수업과 야간 수업은 반드시 나가겠다고 전했다. 지금까지 나에게는 휴강이란 단어는 머릿속에 존재하지 않기 때문이다. 일본에서 일본 대학생들에게 한국어를 가르친다는 것은 누구나 할 수 있는 일이 아니다.

간단히 생각하면 일본어를 하면 누구나 한국어 선생이 될 수도 있다고 생각하겠지만 실제는 그렇지가 않다. 한국어도 일본 사람들에게는 역시 하기 쉬운 간단한 외국어가 아니기 때문이다. 첫째 발음이 어렵고 경어법, 존대어와 하대어가 알쏭달쏭하기에 더욱 그렇다. 나는 한국어를 여러 가지로 잘 구사하는 일본 사람들을 보면 친근감이 생긴다. 말이 통한다는 것은 단순히 의사가 소통하는 것뿐만 아니라 마음을 서로 터놓을 수 있기 때문에 외국인이지만 교천언심交淺言深의 친구가 될 수가 있다.

일본의 각 교육기관에서 대학교, 문화센터 등 나에게 한국어를 배운 일본 제자들은 수천 명이 될 것이다. 그들이 지금 실제로 한국어로 의사표현을 하는 사람은 과연 얼마나 될까? 20년 전의 일들을 뒤돌아보면 자랑스럽기도 하고 보람도 컸다. 한편 더 열심히 더 친절하게 한국어와 문화, 역사를 가르쳤더라면 좋았을 것을… 이렇게 후회할 때도 가끔 있다.

밤에 신문을 뒤적이다가 북한(북조선) 기사가 눈에 띄었다. 프랑스 파리발 특파원과 중국의 북경 특파원의 합동기사를 보니 김정일 총서기가 북경에서 프랑스에서 날아온 신경외과 전문의(動脈瘤 腫瘍) 후란소와 구자비에 · 루 씨로부터 수술을 받았다는 기사가 실려 있었다.

AFP통신에 따르면 중국 마카오에서 은둔생활을 하고 있는 장남 김정남 씨가 병문안을 했다는 확정적인 정보는 없지만 같은 시기에 정남 씨가 북경시내의 모 호텔에 머물렀다는 소문과 함께 루 외과의가 베이징에 입경한 사실을 확인했다고 일본의 M신문을 비롯해 TV방송에서도 일제히 보도했다.

소문에 의하면 김정일 총서기는 제 발로 한 발짝도 걸을 수 없는 위급한 상태라는 것이다. 지금 당장 그가 세상을 떠난다면 북한은 앞으로 어떤 체제의 공화국으로 바뀔지 신경이 쓰인다. 아들에게 세습을 하고 싶어도 맏아들이 저렇게 북한을 등지고 타국에서 떠돌아다니니 아버지 김정일로서도 마음이 편치 않으리라.

재일동포 출신인 고영희가 낳은 정철 군과 정은 군은 아직 아버지로부터 물려받을 만한 나이도 아니니 김씨왕조의 3대 세습은 없는 것이 아니냐는 언론의 보도가 눈에 띈다. 엄청난 김씨왕국이 눈앞에 보이는데 세리지교勢利之交를 마다하고 김삿갓 모양 정처 없이 대륙을 떠돌아다니는 김정남 씨야말로 어쩌면 홀륭한 남북평화의 전도사인지도 모른다. 어떻든 우리는 하루빨리 남북이 평화통일을 이루는 그 날이 왔으면 하는 마음뿐이다.

저녁 늦게 아내로부터 전화가 걸려왔다. 현해탄의 너울 때문에 배가 조금 흔들렸지만 무사히 부산에 도착했다고 전했다. 날씨가 추워져 지금 방에서 히터를 켜놓고 몸을 녹이고 있다고 말했다. 나는 아내에게 "오야스미나사이"(편히 쉬라는 밤 인사)를 하고 수화기를 내려놓았다. 깊어가는 가을바람이 창문을 쩽 하고 울린다. 밤은 더욱 으스스해 온다.

# Bilingual

### 10월 30일 목요일

흐림. 치과대학의 오전수업 출강을 마치고 다시 야하타 캠퍼스로 돌아온 나는 연구동 1층 사물함에서 내 우편물 등을 거두어 연구실로 돌아왔다. 어제 교수회의 자료가 그대로 들어 있었다. 나는 개혁을 주창하는 이 대학의 경영진들이 인어 서클을 만들어 끼리끼리 어울려 난만동귀爛漫同歸하려는 모습들을 연상할 때마다 나는 비위가 거슬려 구역질을 느끼곤 한다. 나는 그 교수회 자료들을 대충 훑어보고 테이블 위에 내던졌다. 개혁에 찬동하는 자들의 이름들이 회의기록에 나란히 실려 있기 때문이다.

또 하나의 우편물은 일본의 B출판사에서 한국어와 한국문화에 관한 출판계획이 있으면 상담을 하여 나의 한국어 저서를 적극적으로 검토하겠다는 내용의 편지를 받았다. 지금 내가 교재로 채택하고 있는 한국어 교과서를 다시 새로 번안해서 일본 출판사에서 새로 한국어 교과서를 만들 수도 있지만 지금은 너무 머리가 복잡하여 그런 마음이 일지 않는다. 재작년에도 이와 같은 출판사의 한국어 교과서 출판권유가 있었지만 아직 내가 사용하고 있는 교과서가 수백 권이나 남아 있던 관계로 나는 그냥 사양하고 말았다.

지금까지 내가 쓰는 한국어 교과서는 모두 한국에서 인쇄 출판한 책들이다. 조금은 번거롭지만 출판비용이 일본보다 거의 반액이나 싸게 드니까 나로서는 그것이 나뿐만 아니라 일본 학생들에게도 약간 금전적인 도움이 되었으리라 생각한다. 지금 한국어 계통의 교과서는 초급 중급 고급, 그리고 회화 문법 문장 한글검정시험문제 등 등급과 종류가 다른 책들이 매년 봇물처럼 쏟아져 나와 사실 경쟁력을 잃고 있는 상태라 하겠다.

오후에는 '한글방' 무료강좌에 N신문사의 하타야마(畑山) 기자가 약속대로 커다란 카메라를 메고 교실에 나타났다. 학생들도 모두 반가이 맞아주었다. 한 학생이 기자의 얼굴을 보더니 "야구선수 '이치로'와 얼굴이 똑같다" 하자 모두가 그렇다며 웃어댔다.

그의 취재는 그리 시간이 걸리지 않았다. 공부하는 광경을 몇 번 셔터를 누르고 나더니, 나에게 집중적으로 어떤 수준의 한글강의인가? 주로 이 강좌가 바라는 목표는 무엇인가를 물었다. 나는 3년 이상 한국어를 공부한 대학생들과 일반사회인들이라 여기 있는 수강생들은 모두 리터러시literacy가 가능하다고 소개한 후에 앞으로 2년 과정을 마치면 2개 국어를 구사하는 바이링걸bilingual이 되는 것이 목표라고 분명히 전해 주었다.

그리고 일본어의 조어祖語는 한글이라는 것을 알려 주기 위해 삼국시대의 한음(百濟語와 新羅語)과 나라(奈良)시대 일본어의 8모음 중에서 위, 예, 외와 같은 음은 합요음合拗音의 귀, 과, 궤 등과 함께 현대 일본어에는 이미 소멸된 음이지만 현재 한국어에서는 그대로 사용하는 음音이기 때문이다. 더욱이 한자의 입성자음入聲子音에서 특이한 점은 고대 한국어와 상대上代 일본어가 얼마나 유사한 공통적인 말들이었다는 것을 단적으로 증명하고 있다.

하타야마 기자가 취재를 마치고 돌아간 후 소월의 시 '산유화'라는 시를 낭독한 다음 각자가 시정에 어울리는 시낭송을 하게 했다. 그 결과 일본 사람들은 식자율識字率은 꽤 높으나 식시율識詩率은 그렇지 못한 것 같다. 예를 들어 한국 사람들은 자기 마음에 드는 시구가 있으면 달달 암송하여 그 유유幽幽하고 서정적인 시가詩歌를 감상하여 이해를 도우려 한다. 그러나 일본 사람들은 시보다 소설에 무게를 두어 애독하는 느낌을 받는다.

일본 서점에서 '시집'을 구하려면 주문을 하는 경우가 태반이다. 그러나 한국의 경우는 전혀 다르다. 도시의 큰 서점에 가면 우리는 거의 자기가 구입하려는 시집을 바로 서가書架에서 찾을 수가 있다. 그러니까 예부터 한국 사람들은 시를 좋아하여 김삿갓처럼 음유吟遊 시인이 많았으며 또 시에 가락을 접합한 판소리 서편제西便制의 서도 명창들이 기라성같이 나타나 동방의 프리마돈나 역을 능히 해내고 있지 않은가. 그리고 보면 한국 사람들은 가무를 즐김으로써 동양의 어느 나라보다 식시율이 높은 민족임에 틀림없는 것 같다.

# Snake charmer

### 10월 31일 금요일

흐림. 아침 식사를 하려는데 갑자기 재채기가 나왔다. 그러자 아내가 한 마디를 한다. "누가 당신 흉보나 봐요." 하자 나도 한 마디 했다. "나를 흉보는 사람은 자기 흉이 더 많을걸." 이렇게 둘러댔다.

재채기의 해석도 도수에 따라 각각 다른 듯하다. 한 번으로 끝나면 누가 나쁜 소문을 퍼트리고, 두 번으로 끝나면 누가 험담을 퍼트리고, 세 번으로 끝나는 재채기는 감기이고, 네 번으로 끝나는 재채기는 독감으로, 그 이상 심한 재채기를 연거푸 하면 우리 몸 깊은 곳의 영혼이 육체를 떠날 수도 있다고 무속신

앙에서는 그렇게 믿고 있다.

정신을 잃은 일(失神), 미치는 일(狂氣)들은 모두 영혼이 육체를 이탈하기 때문이라고 무속인들은 그리 생각하고 있다. 이 같은 사람들을 다시 정상인으로 되돌리기 위해서는 주술呪術의 힘을 빌려야 한다고 무녀巫女들은 주장하고 있다. 오늘 나는 두 번의 재채기를 했으니 그리 큰일은 아닐는지? 아니다. 남의 입에서 쓸데없이 험담이 오르내린다면 그것 또한 좋을 리가 없다.

요즘은 입으로 남을 비방하는 것을 넘어 댓글을 무데뽀로 인터넷에 올려 사회문제를 일으키는 자들이 늘어나고 있는 추세이다. 자기와 아무런 관계도 없는데도 공공연히 대놓고 욕지기질을 하고 있는 댓글들을 보면 한탄스럽기 짝이 없다. 정말 양심이라고는 찾아볼 수 없는 작태가 아닐 수 없다.

나는 얼마 전에 자살한 최진실 씨의 비보를 접하고 인간이 얼마나 잔인한가를 새삼 느끼게 되었다. 그녀가 자살에까지 이르게 한 원인은 그녀가 생각하고 있던 사실과 너무 동떨어진 곳에서 빗발치듯 쏟아지는 미치광이들의 터무니없는 무모한 비난의 댓글들이었다.

그것은 바로 최진실 씨의 숨통을 찌르는 촌철살인寸鐵殺人의 저주스런 액화厄禍라 하지 않을 수 없다. 그녀에게 자상한 반려자가 옆에 있었더라면 하는 뒤늦은 후회를 하는 팬들도 많았을 것이다.

오늘 마침 재채기의 험담을 떠오르게 하는 사람을 캠퍼스에서 만난 것이다. 그녀는 바로 에미나였다. 나는 전번에 학부장으로부터 전화가 걸려왔을 당시 그녀와 학부장이 어떤 얘기를 나누었는지 그 사실을 물으려 하자 그녀는 담배를 입에 꼬나문 채 나를 피해 달아났다. 황당하기 짝이 없는 에미나였다. 자기 잘못을 아는지 모르는지 도저히 분별할 수 없는 인간이다.

그녀의 뒤에는 왠지 누군가가 미인국(美人局 - 츠츠모다세 - 미인계)의 정부情夫처럼 음율陰謧한 모습으로 숨어 그녀를 뒤에서 컨트롤하고 있을 것 같은 기분이 들었다.

이제 에미나는 나의 오도吾徒가 아니다. 결국 그녀는 우리 K대학의 누군가의 꾐에 놀아나고 있는 듯한 인상을 주고 있기 때문이다. 아니 지금 그녀는 스네

익 차머(뱀 마술사)에 길들여진 캠퍼스의 코브라로 새 허물을 벗을지도 모른
다.

11<sub>월</sub>

# Sea Side Spa

### 11월 1일 토요일

맑음. 최근 일본 뉴스를 보니 지난 달 명문대학인 H대학생 5명이 대마초를 소지하여 경찰서에 잡혀갔는데 바로 이어 이번은 도쿄의 K대학 학생 2명이 대마초를 사고팔다가 경찰에 체포됐다는 뉴스를 보았다. 도쿄의 대학을 보면 좁은 부지에 건물만 빼곡하게 들어찬 대학캠퍼스를 흔히 볼 수 있다. 당장 숨이 막힐 것같이 갑갑하다. 그러니 그런 대학의 학생들이 품행이 단정할 리가 없다.

우리 K대학도 크게 다를 바 없다. 학생들이 서로 잔디밭에 질펀히 둘러앉아 정담을 나누고 수업에 대한 예비 토론을 하며 우정을 쌓아가는 넓은 잔디밭이 없다. 미국의 명문 대학을 가보면 그곳 캠퍼스에 매료되지 않을 수 없다. 푸른 잔디는 물론이고 교사의 담벽 사방으로 뻗어가는 싱그러운 담쟁이덩굴이 있는 캠퍼스는 학생들의 마음을 여유작작餘裕綽綽하게 하는 원인을 제공해 준다.

나는 우연히 대학을 방문할 때면 학생들이나 교수들이 사색할 수 있는 숲길이 있는가? 학생들이 자유롭게 쉴 수 있는 쉼터 잔디밭이 있는가? 그리고 학생들의 분투를 위해 물줄기를 하늘 위로 힘차게 내뿜는 분수대가 있는가(?)이다. 이 세 가지 모두가 구비되어 있는 대학캠퍼스라면 백점을 주어도 무방할 것이요, 하나도 갖추지 못했다면 그 대학은 속류俗流이자 삼류이다.

나는 교수회의에서 별로 발언을 하지 않는 편이지만 가끔 학생들을 위해 무슨 시설을 만들자고 주장하면 늘 예산타령으로 나의 제안이 무시되어 왔다. 더욱이 65세가 되어 촉탁 교원으로 강등한 나로서는 학생들의 복지를 위한 건의는 받아주지도 않으려니와 지금 그런 발언을 하게 되면 경영을 맡고 있는 법인 경영진으로부터 비난을 받을 수도 있기에 그저 함구하고 있을 뿐이다.

오늘은 저녁에 근처에 있는 '씨 사이드 스파'(SSS) 온천을 찾아갔다. 나는 기분전환을 위해 가끔 이 온천에서 피로를 풀곤 한다. 그런데 오늘은 그곳 남탕 탈의실에서 나는 깜짝 놀라지 않을 수가 없었다. 탈의실에서 옷을 벗고 욕실로 들어가려 하는데 어디서 낯익은 얼굴이 눈에 띠었다. 알고 보니 제자 하루미였다. 그녀는 탈의실 바닥을 여기 저기 걸레질을 하고 있었다.

하루미를 알아본 순간 나는 당혹하여 벗은 옷을 후딱 옷장에 밀어 넣고 열쇄도 채우지 못하고 급히 그녀의 얼굴을 피해 욕실 문을 열고 탕 안으로 뛰어 들었다. 심장이 갑자기 퉁탕거리는 느낌이다. 하루미는 쾌활한 성격의 여학생이다. 만약 탈의실에서 서로가 맞닥뜨렸다면 아마 그녀는 나에게 한국말로 "아! 선생님 안녕하세요. 참 오래간만입니다" 하며 그녀는 벌거벗은 나를 그냥 놔두지 않고 한참 수다를 떨었을 것이다.

나는 욕탕에 들어와 크게 숨을 몰아쉬고 먼저 탕 속에 들어갔다. 그런데 혹시 그녀가 욕실 안에까지 들어올 것 같은 기분이 들어 그 후도 그녀와 숨바꼭질을 하며 시간을 보냈다. 보통 학생이라면 사우나에서 아르바이트를 하지 않는다. 그런데 그녀는 다르다. 그녀에게는 남다른 강인한 면이 있는 것을 알 수 있었다.

어쨌든 오늘은 재수가 좋은 날이다. 내가 먼저 하루미를 알아보고 빨리 몸을 피했기 망정이지 서로가 어정쩡하게 맞닥뜨렸다면 나는 정말 난처한 입장에서 36계 도망쳤을 것이다.

일본에서는 에도(江戶)시대 이후 남녀의 혼욕混浴이 법 이전에 관습처럼 행해져 왔다고 하지만 실상은 목욕탕 물을 데우는 데 연료가 부족하여 남녀 따로 두 곳의 탕물을 데울 수 있는 여유가 없었다고 한다. 같은 탕 안에서 남자는 훈도시(褌 - 잠방이 - 음부가리개)를, 여자는 유모지(湯文字 - 허리가리개)를 각각 두르고 탕 안에 들어가 서로 대화를 나누며 더불어 목욕을 즐겼다고 한다.

그러나 현실은 특별한 온천탕을 제외하고 혼욕을 하는 속박俗薄은 거의 사라졌다. 그러나 일본 풍속으로 여직원이 스스럼없이 남탕에 들락거리는 풍습은 예나 지금이나 변함이 없는 것 같다.

# 페디란서스의 별명

**11월 2일 일요일**

　흐림. 오늘은 추위가 다가와 아내의 일을 도와주기로 했다. 이층 베란다에 화초 온실을 새로 만들기로 한 것이다. 지저분한 비닐 막을 새것으로 갈아 단장하는 일이다. 우선 시내의 마켓에 들러 바람막이 비닐을 사고 또 테이프와 구리철사도 샀다. 화초들이 한겨울을 나기 위해 최소한도 10℃의 온도는 유지해야 한다고 전문가들은 말하고 있다.

　점심은 우동으로 대신하고 한 시간쯤 걸려서 화초의 보금자리를 그럴 듯이 만들었다. 사방으로 햇볕이 들게 되었으니 겨울에 얼어죽는 화초는 없을 것 같다. 지난 해 겨울에는 대만초(臺灣草 - 학명, 페디란서스)를 얼려 죽일 뻔했다. '대만초' 라는 이름은 내가 화초 이름을 몰라 임시로 지어 부르던 식물 이름이다.

　십여 년 전 봄에 대만을 여행하다가 야릇한 다육식물이 공원에 멋지게 자라 있기에 옆가지 순을 남 몰래 슬쩍 잘라 호텔에 보관했던 것을 일본에 돌아와 화분에 심은 것이 의젓하게 자라서 나를 놀라게 했다.

　손가락 굵기 만한 가지를 그냥 꼬마 화분흙에 꽂았을 뿐이었는데 의외로 쑥쑥 자라서 이쪽저쪽으로 가지를 치더니 이제는 제법 키가 높게 자라 질화분에 옮겨 심었다. 나는 그 화분을 내 서재 퇴창退窓에 놓고 머리가 피곤할 때면 이름 모를 '대만초' 를 보면서 어찌하면 이 식물 이름을 알 수 있을까 고민을 하고 있었다. 그러던 중에 대만 사람을 찾아가 이 식물의 이름을 알게 되었다. 중국과 대만에서는 이 식물을 '홍작선인장紅雀仙人掌' 이라 부르기도 하고 일명 은룡화銀龍花라고 부르기도 한단다. 그런데 최근 한국과 일본에서는 대은룡大銀龍이라는 이름으로 알려져 있다.

　이 '대은룡' 은 중남미 멕시코 등지의 열대식물인 까닭에 한국의 기후에는 잘 맞지 않는 식물이다. 물론 일본도 마찬가지이지만 규슈 남부의 가고시마

(鹿兒島)와 오키나와(沖繩)에서는 충분히 자랄 수 있을 것이다.

이 '대은령'은 번식력이 강하다 해서 '사업번창'이란 꽃말이 따라다닌다고 전한다. 그래서 그런지 수년 전 이 '대은룡'을 키우면서 나는 한편 꺾꽂이를 하여 가까운 사람들에게 '대은룡' 종자 화분을 선물로 나눠 주며 그 꽃말도 잊지 않고 알려주었다.

그때는 나도 일이 잘 풀려 여러 대학으로부터 출강의뢰가 계속 들어왔다. 그러다 작년 겨울에 '대은룡'이 뿌리까지 얼어 퇴분退盆하기 직전에 이르렀을 때 나에게 예상치 못했던 오십견과 풍기가 생겨 병원에 긴급히 입원해야만 했었다. 혈압을 재어보니 180이 넘어 있었다.

사이세이카이(濟生會) 병원의 가지와라(梶原收功) 박사는 나의 맥을 진단하더니 최소한 2주간은 입원을 하여 CT촬영 등 정밀검사를 한 다음에 정확한 병명을 알려 주겠다고 했다. 나는 어느 정도 건강에는 자신이 있었다. 하루에 4코마 강의를 해도 그렇게 피로를 느끼지 않았다. 그래서 나는 내 몸을 너무 과신過信했던 것 같다. 지금 돌이켜 보니 '대은룡'의 동사凍死 사건이 나의 건강악화를 불러온 것이 아닌가 조심스레 지난 일들을 되돌아 본다.


# 국제교류의 장


**11월 3일 월요일. 문화의 날 대체공휴일.**

흐림. 토요일에서 월요일까지 연휴라 이번 주 같으면 멀지 않은 지방의 명승지를 다녀올 수 있는 케이스이다. 그런데 지금 내 마음은 그런 여유 있는 처지가 아니다. 무엇 하나 제대로 마무리가 된 것이 없다.

요즘은 APP국제 봉사활동도 제대로 하지 못하고 있는 느낌마저 든다. 요전에도 내 대신 봉사사업을 맡아 줄 사람, 이사장을 추천해 달라고 요청했지만 선뜻 나설 사람이 없는 것 같다.

일본 사람들과 봉사사업을 하다 보니 그들은 너무 현실적이어서 멸사봉공滅私奉公의 봉사정신을 찾기 힘들어 맥이 빠지기도 한다. 이사장직을 맡아 봉사단체를 운영해 나가려면 우선 자기 호주머니에서 돈이 나가야 한다고 생각하고 있기 때문이다. 일 년에 작정한 금액 이외에도 교제비 기밀비 등을 자기 지갑에서 나가는 돈이 수월치 않기 때문에 일본 사람들은 적당히 생색을 내면서 체면치레만 하려 든다. 아니면 몸으로 봉사할 역할이 줄어들어 일이 년 봉사활동을 하다 제김에 그만두는 회원도 꽤 있었다.

오후가 되어 시즈카 씨로부터 연락이 왔다. 저녁에 자기 집에 외국인 3명을 초대했으니 같이 식사를 하며 국제교류의 시간을 갖고 싶다고 제안했다. 나는 거절을 못하고 5시에 시즈카 씨 댁을 방문했다. 집안에는 벌써 초대한 외국인 청년들이 와 있었다. 그들은 모두 30대의 남성이었는데 인도인과 방글라데시인, 말레이시아인 모두 세 명이다. 자이카(JICA - 국제협력기구)에서 초청된 연수생들이었다. 그들은 일본 말은 좀 서툴렀지만 영어를 섞어가며 재미있게 일본 요리를 만들고 있었다. 시즈카 씨는 미리 음식재료를 준비하였던지 많은 음식들을 지지고 볶아 부엌은 뜨거운 열기로 달아있었다. 요리사 자격증이 있다는 말레이시아 청년은 제법 요리솜씨가 있어 보였다. 생선을 지지고 나물들을 볶고 나니 얼추 밥상에 찬이 가득 차 있었다.

인도 청년은 얼굴이 생각보다 검지 않았지만 방글라데시 청년은 얼굴이 까맸다. 그런데 말레이시아 청년은 우리와 별로 다른 피부가 아니다. 얼굴 모습으로 보아 중국계로 짐작이 갔다. 그들의 이야기 중에서 문화의 차이를 느낀 것은 역시 식사법이었다.

식사하기 전에 하는 인사를 일본에서 배운 대로 "이다다키마스"를 한다. 자국어로 "잘 먹겠습니다"를 해 보라 하자 각자 인사를 했는데 지금 기억이 잘 나지 않는다. 인도 청년이 젓가락을 잡고 식사하는 것이 너무 답답해 보여 내가 직접 젓가락을 잡고 시험을 보여주자 좀 따라하는 듯했다.

나머지 두 청년은 꽤 잘 하는 편이다. 한국 사람들은 수저(匙箸)라 하여 숟가락과 젓가락을 한 손으로 사용하는 사람도 있다고 하자 그들은 깜짝 놀라듯 '와' 하고 기성을 질렀다. 그들 나라에서는 손으로 음식을 먹는 속습(俗習)이 아직껏 이어오고 있는 것 같다.

일본에 처음 온 그들에게 선진국의 다른 점이 무엇인지 알려 주기보다 그들이 일본에서 어떤 느낌을 받았는지, 또 그들이 일상에서 무심히 생각했던 것이 여기서 색다른 감동으로 다가왔다면 일본에 온 보람은 있었을 것이다. 인구가 많은 나라일수록 식량문제가 큰 과제로 남는다. 인도나 방글라데시는 식량이 부족한 나라이기 때문에 우리나라의 새마을 운동 같은 농촌개혁운동을 계몽할 필요가 있다고 본다. 쌀의 품종개량, 영농의 기계화, 인기소채의 대량생산 등을 그들이 견학하고 선진국 기술을 많이 배워 간다면, 세계 어느 나라도 풍요 속의 농촌은 바로 그들의 이상향으로 변해갈 것이다.

그런 말들을 서로 주고받다 보니 시간이 늦어 나와 연수생들은 시즈카 씨에게 "고치소사마."(잘 먹었습니다)라는 인사말을 하고 헤어졌다. 자이카이로 돌아가는 외국인 연수생들을 내 차로 안내해 주고 나는 곧바로 집으로 돌아왔다. 아내는 피로했던지 새우잠을 자다가 눈을 부비며 자리에서 일어난다. "저녁식사는 맛있게 드셨어요?" 아내가 내게 묻자, 나는 "외국인 연수생들과 즐겁게 먹으며 대화를 나누고 왔지"라고 심드렁히 답을 하고 욕실로 향했다.

# 게스(睫시) 근성

## 11월 4일 화요일

맑음. 오래간만에 몸 컨디션이 상쾌한 아침이다. 아침은 뜨거운 미역국에 밥을 말아 훌훌 마시며 질소한 식사를 했다. 어제는 술도 안 했는데 미역국이 입에 당기는 것은 시즈카 씨가 후식으로 타준 원두커피를 맛있게 마셔서 그런가 보다. 오전수업 때문에 일찍 캠퍼스로 행했다.

아직 입동이 먼 것 같은데 손끝이 차가와 오는 느낌이다. 계절은 속일 수 없는가 보다. 집에서 얇은 쉐터를 입고 나와 가벼운 후회를 해 본다.

한글강의를 끝내고 복도로 나오는데 웬 남학생이 나를 부르기에 돌아보니, "선생님! 오늘 선생님의 신문기사를 봤어요"라고 말을 던지고 학생들과 무리를 지어 문 저쪽으로 사라진다. 그 때 나는 지난 주에 '한글방 무료강좌'를 취재한 서일본西日本신문사의 하타야마 기자의 얼굴이 떠올랐다. 나는 신문을 열람할 수 있는 도서관에 들러 신문을 찾아보았다. 지면 한 쪽에 학생들과 나란히 앉아 모두가 함박웃음을 지으며 수업을 하고 있는 사진에서 또 하나의 나의 모습을 엿볼 수 있었다.

그 후 몇몇 지인으로부터 나의 신문 기사를 보았다며 "선생님의 활약상에 축하를 보낸다"면서 자기 일처럼 좋아했다. 그런데 이상하게도 이 대학의 누구도 나의 기사에 대해 일언반구 당신의 기사를 보았다는 등 찬사를 보내는 직원은 오타 씨 한 사람뿐이었다. 200여 명의 교직원 동료가 있는데 말이다.

대체적으로 일본 사람들은 남을 칭찬하는 일에 극히 인색하다. 옆 사람이 누구를 칭찬하면 그제야 마지못해 따라와 칭찬하는 케이스가 많다. 다시 말해 칭찬하는 일에 인색하기보다 남에게 칭찬할 줄을 모른다고 보면 타당할 것 같다. 또 우리가 인정을 베풀려 하면 일부 일본 사람은 오히려 우리가 무슨 꿍꿍이짓이라도 꾸미고 있다고 판단하여 애초에 야박스레 손사래를 쳐 거절하는 게스

근성(下種・賤人根性)을 가진 사람들을 가끔 접할 때도 있었다.

　나는 요전에 남자 사무직원 S씨가 교무과 관련 상담 때문에 나를 찾아온 그에게 나의 입장을 설명하고 헤어질 때 나는 친의를 표하는 뜻으로 그의 왼팔을 가볍게 두들기며 앞으로 잘 하라고 충고를 하자, 그는 갑자기 나에게, "선생님! 지금 나를 친 것 아닙니까? 사과를 안 하면 경찰에 고발하겠습니다" 하며 나에게 협박하듯 소리를 높여 말을 했다. 나는 너무 어의가 없어 한참 동안 그 사무직원의 얼굴을 보다가 "지금 내가 당신을 때렸다고 생각해요? 한국사람들은 나이와 관계없이 얘기를 하다가 갑자기 감동을 하거나 아니면 충고를 하면서 상대방의 어깨 팔 등을 두들겨주는 것이 한국인의 인습因習이고 한국문화이니 그리 알고 가시오"라고 말하자 그는 아무 소리도 않고 자리를 떠났다.

　현장에서 내가 자기를 미워하고 싫어서 손바닥으로 거세게 팔목을 쳤다면 몰라도 내 손은 늘 펜을 만지는 손이라 거친 손이 아니거늘 그 직원의 조상이 게스(卑賤) 출신이라면 혹시 윗사람의 칭찬이나 충고를 달리 받아들일 수도 있다는 생각도 해 봤다. 나는 그때 일본인의 특이한 성격과 그들의 속성을 무의식중에 터득한 것이다.

　물론 그와 반대로 마음이 넓고 낙천적인 호인형도 많이 있지만 요즘 일본뿐만 아니라 한국에서도 주입식 교육만을 중시하다 보니 가정교육에 여러 가지 문제점을 안고 있는 가족들을 생각해 보았다. 나는 지금도 그때 그 도인徒人을 생각하면 소름이 돋는 듯한 기분이다.

　오늘 마이니치(毎日)신문을 보고 다시금 7세기 후반에 백제가 멸망했을 때, 백제 사람이 가지고 온 청동 보살상, 높이 12.7센치 폭 3센치의 유물이 구마모토현(熊本縣)의 기쿠치 성터에서 출토되었다는 신문기사를 보고 나는 경탄하지 않을 수 없었다. 역시 백제에서 온 신분이 있는 망명자가 기쿠치(鞠智)성을 쌓았다는 유력한 증거가 될 뿐더러 내 논문에서 강조하는 구마모토 벤(弁 - 사투리)과 카라음(韓音)에 관한 종조사終助詞 관련의 유사음이 공허한 논술적 비교가 아니라는 것을 입증해 주는 계기가 되었으면 싶다.

# Yes. We Can!

### 11월 5일 수요일

맑음. 오늘은 미국에서 사상 처음으로 흑인 대통령이 탄생한 날이다. 미국이라는 백인 중심의 사회에서 흑인인 버락 오바마가 대통령으로 뽑힌 것은 1776년 미국이 건국된 이래 처음이다.

지금 지구촌은 시시각각으로 급변하고 있다. 나는 미국에서 대통령 예비선거가 시작될 때부터 미국은 달라질 것이라고 예측하고 있었다. 하여튼 47살의 젊고 패기 있는 세계의 지도자를 선택한 미국 국민들이야말로 위대한 국민이라고 칭송해 주고 싶다.

지금 세계는 물질적으로나 정신적으로 커다란 문제들을 안고 있다. 세계의 모든 나라가 다 잘 사는 나라가 되기는 현실적으로 어려운 일이라 하지만 먼저 전쟁을 줄인다면 그 만큼 잘 사는 나라가 늘어갈 것이 틀림없을 것이다. 민족갈등, 영토분쟁, 빈부차별이 전쟁의 도화선이 된다면 평화를 사랑하는 사람들은 각각 그 나라와 그 지역에서 화신化身이 되어 세상일을 바꾸는 데 앞장을 서야 한다고 생각한다.

간단히 생각하면 작은 일이라도 남을 위하고 이웃을 위하고 평화를 위해 남몰래 고군분투孤軍奮鬪하는 사람, 말하자면 노벨평화상을 받을 만한 큰일은 아니더라도 많은 사람들에게 사랑과 평화의 메시지를 전하는 참된 전도사가 주위에 많이 있다면 지구촌의 행복지수는 어느 나라건 100%가 되지 않을까 생각한다.

우리 인간 세상에는 화신으로 바뀌어 태어난 사람신도 적지 않다고 본다. 반대로 이 세상에 태어나지 말았어야 할 귀태鬼胎로 인해 삼악도三惡道의 지옥 축생 아귀도를 배회하다 무모하게 죽어간 희생자들이 그 얼마였던가. 평화로운 이 세상을 피비린내 나는 붉은 전쟁터로 물들여 인간을 멸종시키려 했던 자들을 어찌 인간이라 할 수 있겠는가.

제2차 세계대전을 일으킨 나치 도이칠란드의 히틀러와 태평양 전쟁을 일으킨 일본제국의 도죠 히데키(東條英機) 같은 자는 이 세상에 태어나지 말았어야 할 괴물이 인간의 탈을 쓰고 태어난 경우라 하지 않을 수 없다.

그런데 요즘 일본 정치가들의 정치성향을 자세히 들여다보면 평화국가 일본을 근본적으로 말살시키려는 무리들이 패를 지어 평화헌법 9조를 개정하려고 이웃나라의 눈치를 살피며 꼬투리를 잡아 개헌의 정당성을 내외로 어필하려 애를 쓰고 있다. 참으로 위험한 발상이 아니라 할 수 없다. 평화 보케(불감증)에 안주하는 일본 국민들은 스스로 각성하여 어떤 일이 있어도 자위대를 국방군으로 만들려는 자민당의 획책개헌은 필히 막아야 한다.

이번에 당선된 미국의 오바마 대통령은 21세기의 화신이 되어 지구촌 어디에든 전쟁이 없는 나라와 함께 온 세상이 평화로운 새 시대를 건설해 나가야 할 것이다. 나는 그런 인류사회가 되리라 굳게 믿는다.

Yes, We Can!

오늘 아내가 S병원에서 타온 약 봉투가 두툼했다. 알고 보니 파스가 많이 들어 있어서 그리 보였다. 손목과 어깨가 자주 아프다니 좀 걱정이 된다. 늙으면 병이 생기는 것은 당연하다. 그러나 우리는 조금이라도 병마의 아픔에서 자유로워지기 위해서 약을 먹고 침을 맞는다.

해진 신경을 복귀하기는 어렵고 또 뭉글뭉글해진 피를 희석시키기는 더욱 어렵다. 늙으면 오늘 하루가 내 인생의 마지막 날이라 신에게 고하며 살아야 그날의 보람을 느낄 것 같다.

Yes, I Can!

# 유령편지

## 11월 6일 목요일

맑음. 치과대학 한국어 수업을 마치고 사무실에 들러 학생출석카드를 전하려 하자 E직원이 나에게 내년에도 한국어강의를 계속 맡아 달라고 요청한다. 나도 따라 잘 부탁한다고 감사의 뜻을 전했다. 바로 그 자리에서 승낙서류를 받고 이 달까지 실러버스(syllabus)와 함께 승낙서를 교무과로 보내주면 된다고 했다. 다시 1년간 바이트를 계속할 수 있으니 고마운 대학일 수 밖에…. 내가 할 수 있는 역량을 발휘하여 학생들로부터 재미있고 한국어를 잘 가르치는 선생으로 기억되기를 바랄 뿐이다.

1960년대 대학시절 나는 영어를 부전공 과목으로 선택하여 박술음 교수의 영어특강을 수강했을 적의 얘기이다. 지금 내 기억으로는 '논어'를 영어로 번역 해석하여 가르치셨는데 너무 어려워 진땀을 빼며 청강하던 그때 그 광경이 지금도 눈에 어른거린다. 그 당시는 영어보다 논어의 의미가 더 어려웠던 기억이 난다.

지금 내가 일본에서 한국어를 가르치는 일을 나의 천직으로 생각하고 있기에 나는 누구보다 문법이든 발음이든 문장법이든 열정적으로 가르치고 있다. 그리하여 일본의 젊은 학생들이 나중에 자기 인생에서 나를 Best professor로 손꼽아준다면 더 이상의 영광은 없을 것이다. 앞으로 나는 어느 대학의 학생이든 나의 지칠 줄 모르는 열정과 애정으로 더욱 열심히 가르치고 싶다.

그리고 지금 내가 추진하고 있는 '한글방'도 한국을 사랑하는 일본 사람들이 뜻대로 한글을 배울 수 있도록 모처럼 우리 K대학에 자리를 굳혀 적극적으로 운영해 나갈 생각이다. 오늘도 4교시에 '한글방' 교실을 열어 중급 한국어 회화를 가르쳤다. 학생들이 오늘 수업을 마치고 헤어지면서 학생들이 나에게 재미있고 보람이 있는 수업이었다며 만면에 미소로 환하게 대하고 있었다. 이

것이 나의 행복의 샘터가 아니고 무엇이랴.

저녁에 집에 와 보니 발신자의 이름이 없는 두터운 유령의 편지가 와 있었다. 봉투를 뜯어 보니 고쿠라에 있는 한인교회의 고무인만 찍혀 있는 일종의 협박 편지였다. 아들과 나의 이름으로 각각 편지가 들어있었는데 편지 내용은 거의 같았다. 이럴 수가 있나 화가 치밀었다. 이것은 틀림없이 스케야가 보낸 것이 틀림없었다. 정말 도둑이 매를 드는 너무 뻔뻔한 짓거리가 아닐 수 없었다.

내용인즉 지난 10월 19일 일요일 국제회의장에서 있었던 일을 자기 입장에서 제 입맛대로 써내려간 어처구니없는 공갈협박성 항의문이었다. 그 자가 일본어로 써내려 간 항의 내용은 내가 할 얘기를 자기가 억지로 짜서 맞춘 글들이었다. 그의 항의문을 그대로 한국어로 옮겨보기로 하자.

1. 제7회 한글변론대회와 전혀 관계없는 사적인 일을 공적 장소에 끌어들여 변론대회를 방해했다.

참고 - 변론대회는 오후 1시부터 시작하기 때문에 내가 그 장소에 간 것은 아침 8시 반이고, 그가 나타나기를 기다리다 9시에 그를 만나 차용한 금액 중에서 일부 갚고 남은 돈에 대해, 언제 어떻게 갚겠다는 연락이 되지 않아 잔금 계산서를 가지고 가서 언제까지 지불하겠다는 각서를 받기 위해 회의장 별실까지 갔었다. 그러나 그는 다시 엉뚱한 핑계를 대며 계산서에 도장은 안 찍고 화장실에 간다거나 딴전만 피우며 시간을 끌다가 11시가 되었다. 자기가 갚을 돈은 너무나 잘 알면서도 일이 있다면서 회의장 건물을 이리저리 다니며 우리를 바보 취급하고 있었다. 또 아들이 그를 따라다니며 스토킹을 한다면서 경찰을 부른다고 우리를 협박한 자다.

2. 대회 준비실에 들어와 무단 점거하고 큰 소리를 치어 심사위원들에게 방해를 놓았다.

참고 - 자기가 갚을 돈을 갚지 않으려고 온갖 쇼를 하고 다니는 그의 광기를 보고 나는 다시 놀라지 않을 수 없었다. 회의장 건물 안에는 크고 작은 방이 많이 있었는데 우리가 정한 응접실에서 남자답게 각서를 쓰고 사인을 하면 1분이면 끝나는 것을 자기는 그곳에 감금됐다고 떼를 쓰지 않나 자기가 갚을 돈은

70만 엔 밖에 없다고 생트집을 부리다가 갑자기 11시가 되자 엉뚱하게도 한글 변론대회 심사위원들이 사용하고 있는 방으로 뛰어 들어가며 뒤따르는 우리를 향해 큰 소리로 욕지거리를 보라는 듯이 늘어놓았다. 그러자 아들하고 한참 말 다툼이 있었고 할 수 없이 심사위원들은 자진해서 옆방으로 이동하게 되었다.

3. 스케야가 실행위원장도 아닌데 회의장 단상을 오르락거리자 내가 회의장에 들어와 자기를 끌어내렸다며 나를 업무방해로 고발하겠다고 협박했다. 그 당시 회의장에는 아무도 없었다.

참고 - 스케야는 여름에 이미 김정애 선생에게 위원장직을 내주었는데 지금도 자기가 위원장인 양 회의장을 미친개처럼 휘저으며 들락거렸다.

4. 당신은 제1회 한글변론대회부터 지금까지 깊이 관여했으며 심사위원장을 맡아 온 사람으로서 누구보다도 본 대회의 취지와 목적을 이해할 것이다. 더구나 한국어교육에 몸바쳐온 교육자이며 전문가임에도 불구하고 발표 회의장에 제자와 한국을 사랑하는 많은 일본 사람과 재일동포에게 실망을 주었다.

나는 10시경, 회의장을 들락거리는 그를 향해, "당신 같이 거짓말쟁이는 이런 신성한 곳에 들어가면 안 된다"고 충고하여 제지했을 뿐이다.

참고 - 나는 그때 그의 사기꾼 기질을 파악하였기에 아들과 상의하여 다른 방도를 쓰지 않으면 오히려 우리가 나쁜 사람으로 보여질 수도 있다고 판단해 12시 전에 회의장을 나와 근처 식당에서 점심을 먹고 변론대회가 모두 완료됐을 때까지 우리는 일체 변론대회장에는 얼굴도 비추지 않았다. 후에 들은 얘기지만 김 선생이 아무 문제없이 변론대회를 무사히 마치었다는 말을 우리 제자로부터 전해 들었다.

정말 어처구니없는 것은 되레 우리에게 이번 행동에 대해 사죄하고 해명할 것. 심사위원들에게 사죄문을 보낼 것. 국제회의장의 직원에게 사과할 것. 이상 3가지 요구에 대한 회답을 11월 19일까지 실행위원회 앞으로 보낼 것이라 하고는 회답을 보내지 않을 경우에는 1. 한글 연구회 회장직을 박탈하고 회원 명부에서 제명한다. 누가 누구를 제명한다는 말인가. 내가 회장직을 그만둔다고 해도 수년 전부터 부탁을 했건만 그들은 내 뜻을 받아들이지 않았다. 2. 당신이 근무하는 직장 책임자에게 항의도 할 수 있다. 3. 우리들이 입은 정신적 물리적인 피해변상을 법정에 소송할 수도 있다.

이 같은 망나니들이 하는 3류 협박장을 누가 구상했고 실제로 누가 써서 보냈는지가 퍽이나 궁금했다. 말하자면 협박장에 송신자의 이름이 없으니 누구를 상대로 하여 협박죄로 고소할 수도 없는 상황이다. 밤이 늦어 내일 목사에게 물어보기로 하고 참았다.

목사가 주동했다면 이것이야말로 큰 문제가 된다. 성직자가 자기와 직접 관계가 없는 채권자와 채무자 사이에서 제대로 판단을 못하고, 만일 채무자의 입장에 서서, 이런 사기꾼 같은 놈의 측근에 서서 대변하려고 한다면, 정말 목사가 왜? 자기 교우의 이야기는 듣지도 않고 스케야의 편에서 그놈이 하는 말을 그대로 믿고 이 협박문을 보냈다면, 고쿠라 한인교회의 교우들은 아마 그를 의아한 눈으로 볼 것이다. 왜냐하면 몇 번이나 교회 목사관에서 스케야가 차용한 금액과 5일 안에 무슨 일이 있어도 변상한다고 한 차용증을 보아 알고 있기 때문이다. 스케야가 약속대로 차용한 금액을 갚았다면 이런 일이 일어나지도 않았을 것이며 나의 정신적 고통뿐만 아니라 평화스런 우리 가정에 불화를 일으킨 놈이 바로 스케야이기 때문이다. 내가 할 얘기를 선수를 쳐서 이제 협박까지 하고 있으니 지나가던 소가 웃을 일이다.

적반하장도 유분수지 엊그제만 해도 선생님은 나의 은인이라고 해죽해죽거리던 작자가… 이렇게 하룻밤 사이에 마음이 180도로 바뀌다니 개만도 못한 인간이 아닌가. 오늘은 내 생애의 최악의 날로 기록될 것 같다. 내일은 목사의 입에서 어떤 말이 나올지 의문이다.

현대 사회의 성직자는 누구든지 자기가 솔로몬 왕처럼 현명한 판단을 내리지 못한다면 어떤 이해득실과 관련된 금전문제에 개입해서는 절대로 안 된다. 그것은 이전구투의 흙탕물을 뒤집어 쓸 각오가 돼 있다면 몰라도 본의 아니게 잘못하여 만일 어느 편으로부터 매수되어 불공정한 판단과 편파적인 변론을 하거나 그로 하여금 어떤 부당한 결과물을 초래한다면 성직자로서의 자격을 상실하게 되는 것이다.

성직자는 뭇 영혼에게 책선責善하게 할 의무가 있다고 본다. 만에 하나 목사가 그런 판단을 못한다면 성직자의 자리에서 내려와 낙목공산落木空山에 들어가 회개해야 할 것이다. 어쩌면 스케야의 술수에 부화뇌동付和雷同하여 목사가 놀아나지 않았나 걱정스럽다.

# J목사의 변명

### 11월 7일 금요일 동지.

구름. 요즘 나는 주눅이 든 기분이다. 여태까지 같이 잘 지내던 사람들이 내 곁을 하나둘 떠나버리는 느낌마저 든다. 마치 어미 거미가 알을 자기 뱃속에 가득 안고 새끼로 키우다가 나중에는 자기의 모든 것을 바치고 죽어가는 어미 거미의 희생적 삶처럼…. 지금 내가 그런 형국에 처해 있는 것이 아닌가 싶다. 나는 지금 생명을 유지하고 있으나 이미 내 몸속은 어미거미처럼 텅 비어 있는 느낌이다.

오늘은 겨울의 문턱에 들어선다는 입동立冬이다. 그래서 그런지 요즘 밤이 되면 추위가 살 속까지 스며드는 것같이 으스스하다. 앞으로 눈이 내리기 전에 농촌이나 도시의 각 가정에서는 월동준비를 해야 한다. 눈이 내리기 전에 새끼 거미들의 바람타기놀이(游風)가 옛날 시골에서는 볼 수가 있었다.

어미 배속을 뚫고 나온 새끼 거미들은 순식간에 사방으로 뿔뿔이 흩어진다. 좁쌀알 같은 하얀 새끼 거미들은 바람이 불면 상승기류를 타고 마치 민들레의 갓털이 날리듯이 떼를 지어 공중 부유浮遊하는 광경은 요즘 농촌에서는 거의 볼 수 없는 거미의 본능적인 생의 첫 모험이 아닐까. 입동 전후로 드물게 보는 이 작은 새끼 거미들의 공중부유는 가히 길조吉兆 현상이라 하지 않을 수 없다.

흔히 옛날 사람들은 거미를 보고 점을 치는 속신俗信이 있었다. 아침에 거미가 벽에서 줄을 타고 내려오면 귀인이 나타날 징조라 하여 그 거미에 절대 손을 대지 않았고, 밤에 거미가 슬슬 기어다니면 도둑이 들 전조라 하여 그 거미는 보통 그 자리에서 파리 목숨이 되기가 일쑤였다. 또 방이나 거실 천정 모서리에 거미줄을 틀면 그 집안에 좋지 않은 근심거리가 생긴다는 속설도 전해 오고 있다.

저녁에 별안간 H변호사로부터 전화가 걸려 왔다. 내일 시간이 있으면 후쿠오카에 있는 변호사 사무실에 와달라는 얘기다. 변호사의 얘기로는 일단 소송을 해야 일이 제대로 처리될 것 같다고 했다. 나는 일생동안 파출소에도 가본 적이 없는 사람이 외국에서 재판을 건다고 생각하니 야릇한 마음마저 들었다.

어제 받은 협박장을 보니 되레 그쪽에서 선전포고를 한 셈이다. 거지발싸개 같이 못돼 먹은 놈 같으니! 만일 민사 소송을 건다면 스케야와 이시다하고는 영원히 되돌아올 수 없는 길, 원수가 되는 것 이외에는 아무것도 없을 것이다. 내일 변호사의 의견을 잘 들어보고 신중히 판단해야겠다.

그리고 잇달아 목사에게 전화를 했다. 마침 그가 전화를 받았다. 나는 어제 보내온 협박성 편지에 대하여 단도직입으로 물었다.

"목사님, 요전에 나한테 편지 보냈습니까?" 하자, 목사는 자못 놀란 목소리로 "그거 별것 아닙니다." 이렇게 능청을 피웠다.

"별것이 아니라니요? 지금 장난하자는 겁니까? 도대체 누가 보낸 것입니까? 말 좀 해 봐요." 하자 그는 "선생님, 대단히 미안합니다. 심사위원들에게 너무 실례한 것 같아서 그들 4사람에게 '한글변론대회가 있던 그날 본의 아니게 소란을 피우게 된 점 미안하다'는 내용의 편지를 써서 보내주면 그것으로 모두 끝나는 일이에요"라고 나를 달랬다.

그런 일은 전화를 하면 오해도 없었을 텐데 장문의 협박장을 아들과 나에게 2통이나 보낸 것이다. 한심스럽고 정말 부끄러운 얘기이다. 모든 일이 스케야의 약속 불이행으로 일어난 일이니 책임은 스케야에게 있다는 사실을 목사도 너무 잘 알고 있다. 그런데 내게 사과문을 쓰라고 한다. 이것이야말로 함혈분인슴血憤人이 아니고 무엇이랴.

그래서 다시 물었다.

"목사님은 그날의 상황을 전혀 모르는군요. 우리는 별도의 응접실에서 각서에 사인하는 일로 두 시간이나 옥신각신하다가 스케야가 멋대로 응접실을 나와 심사위원실로 갑자기 들어가며 우리에게 욕설을 한 것 알고 있습니까? 실제 소란을 피운 것은 스케야가 욕설을 하며 크게 소란을 피우는 추태를 보고 아들이 그를 밖으로 끌어내려 한 것뿐이에요. 그런데 우리더러 사과문을 쓰라고요? 그건 스케야가 써야 하는 것이 이치에 맞지 않습니까?"

내가 소리를 높이자 목사는 다시 나를 위로하듯 "저는 잘 모르지만 결과적으로 심사위원들이 방을 옮긴 것은 사실 아닙니까? 그러니 간단히 미안하다는 인사치례를 하면 선생님의 체면도 설 것 같습니다. 스케야 씨도 사죄문을 내주쯤 보낸다고 합니다. 그렇게 하여 이번 일은 없었던 일로 해 주시면 고맙겠습니다."

나는 어이가 없어 맥을 놓고 "심사위원들이 방을 옮긴 것은 스케야가 일부러 그 방으로 들어가며 심사위원들에게 들으라는 듯이 욕지거리를 했기 때문이오"라고 말을 하자 목사는 일방적으로 알았다며 전화를 끊는다.

나는 목사가 쌍방의 말을 들어보지도 않고 단순히 스케야 말만 듣고 작성된 협박문에 관하여 누가 문서를 작성했는지 알고 싶었지만 목사는 너털웃음으로 그 즉답을 피하려 했다. 협박을 하려면 제대로 할 것이지 이름도 없이 유령의 협박문을 써서 보낸 놈은 대체 누구란 말인가. 목사가 아니라면 스케야 자신이 아니고 또 누구란 말인가. 비겁한 인간들이다.

우리 입장은 스케야로부터 사죄를 받고 또 속히 차용한 금액을 변제해 받지 못한다면 이번 굴욕적인 협박에 대한 설욕雪辱할 길이 없을 것 같다. 협잡꾼 스케야와 더 이상 금전 얘기를 나눈다는 것은 시간낭비요 정신적으로 혼란을 일으켜 우리의 평탄했던 가정이 곤궁에 빠질 것 같은 느낌이 들었다. 스케야는 아마 그것을 노리는 것이 아닐까. 페나테스여! 우리 가정을 지켜주옵소서!

# 배은망덕의 인간

## 11월 8일 토요일

맑음. 오늘은 어머니가 돌아가신 지 28주년이 되는 기일이다. 지금 어머니가 살아 계셨다면 나의 괴로움은 이렇게 크지가 않았을 것이다. 어머니는 그리 많이 배우지는 못했어도 나를 키워주었고 없는 피란민 살림에서도 2년 동안 놀고 지내던 나를 월반시켜 초등학교 4학년에 넣어 공부를 시켰다.

나는 어린 나이에도 어린 3남매를 먹여 살리기 위해 애쓰는 홀어머니의 모습을 볼 때마다 마음이 아파서 열심히 공부를 해야겠다고 굳게 결심을 했다. 연약한 몸으로 이런저런 안 해본 장사가 없을 정도로 궁핍한 피란시절을 어떻게 헤쳐 왔는지 지금 뒤돌아 회상해 보면 불가해한 수수께끼처럼 느낄 뿐이다.

지금 내가 어머니에게 효도를 하고 싶어도 할 수도 없거니와 일본에 살다 보니 제대로 산소를 찾아 제사도 지내지 못하고 있는 형편이다. 한국에 있을 때는 가끔 어머니 산소를 찾기도 했는데 실은 그것도 크게 마음을 먹지 않으면 힘든 일이기도 했다.

부모가 세상을 떠난 후의 효도는 겉치레에 가깝지 않을까. 다만 오늘 저녁에 제사상을 차려놓고 어머니를 추모하는 것은 가신 님의 은혜와 사랑에 대해 잊지 않고 내 후손들에게 제2의 헌신적인 인간애(희생)를 보여주는 뜻에서 큰 의미가 있다고 본다.

오후에 후쿠오카의 H변호사 사무실에서 전화가 왔다. 월요일 오후에 시간이 있으면 후쿠오카로 와달라고 했다. 아내에게 재판에 대해 어떡하면 좋겠는가를 물었다. 아내는 변호사 말을 듣고 판단해야 할 것 같다며 천천히 생각해 보자고 했다. 아들도 같은 대답을 한다.

변호사 사용 비용 이외에 생각지 않은 돈이 들게 되면 소송을 하지 않는 만도 못할 수도 있을 것 같은 생각도 들었다. 지금 나는 하늘의 뜻에 따르겠다고 하지만, 한편으로는 나의 힘에 한계를 느껴 망양지탄望洋之嘆을 하지 않을 수 없는 심경이다.

집에 와 보니 한인교회 목사관에서 팩스가 와 있었다. 심사위원의 리스트와 주소가 실려 있었다. 나는 심사위원들에게 전화를 걸어 그날 수선을 피워서 미안하다는 말을 전하고 스케야로부터 사과문을 받았는가를 각각 확인하고 싶었다.

목사가 한글연구회 회장인 나에게 이래라 저래라 할 권한이 없는 것을 잘 알고 있을 텐데 리스트까지 팩스를 보내는 것은 나에게 '사과문을 써라' 라는 명령으로 느껴져 내 처지가 한심스럽기만 했다. 목사가 자행하고 있는 이 같은 권한은 나에 대한 이율배반이 아니라 할 수 없다.

요즘 신자들은 목사가 이래라 저래라 하면 그 교회는 파벌싸움을 일으켜 잘못하면 교회가 두 쪽으로 파탄이 날 수도 있다. 어쩌면 그들은 나를 일본 사회에서 매장하기 위해 어떤 음모를 꾸며 나에 대한 비방의 글을 우리 K대학에까지 은밀히 보냈는지도 모를 일이다. 이번 일을 겪고보니 그놈들은 그러고도 남을 악질이라는 것을 알게 되었다. 실제로 이번 협박편지는 내게 주는 또다른 암시를 주고 있다.

그런 '못 먹는 감 찔러나 본다' 는 속담이 있듯이 이미 내게 보낸 발신인이 없는 유령의 편지가 바로 그런 일들을 말해 주는 것 같았다. 지은보은知恩報恩하겠다던 스케야의 그 뻔뻔함을 볼 때 그는 서슴없이 여기저기 무고한 고발장을 보냈을 가능성도 충분히 있다. 참으로 생각만 해도 치가 떨린다.

나는 이 사건으로 많은 인생경험을 겪으면서 세상일이란 한치 앞을 볼 수 없다는 것과 생면부지生面不知의 사람보다 친숙했던 사람들이 몇 백 배 더 무섭다는 사실을 비로소 깨닫게 되었다.

'열 길 물속은 알아도 한 치 사람 속은 모른다' 는 속담이 새삼스레 나에게 큰 교훈을 주었다.

# 변절자 기질

## 11월 9일 일요일

가랑비가 차분히 내린다.

아침에 늦게 일어나 보니 밥상 위에 아내의 메모가 보였다. 수영대회에 갔다 오겠다는 쪽지와 함께, 어제 남은 제삿밥을 그대로 차려놓고 나가니 맛있게 식사를 들라고 적혀 있다. 나는 무국을 다시 끓여 간단히 아침을 끝냈다. 일 년에 한 번씩 있는 지역단위의 수영대회는 누구를 1등 선수로 뽑는 것보다 스위밍풀 회원들 간에 친선(시합)이 목적이라고 했다.

나는 아침을 먹고 난 후에 이시다의 행적을 알기 위해 모지(門司)에 있는 도부(東武)부동산 사무실을 찾아갔다. M지점장이 마침 있었다. 그는 일본 사람치고 키가 크고 시원스런 목소리로 친절히 나를 대해 주었다. 이시다에 대해 자기가 알고 있는 사항이 없고 다만 그는 회사를 그만둔 상태이고 소문에 의하면 최근에 처와 이혼했다는 말을 들었다고 했다.

아마 이시다 역시 거짓말을 밥 먹듯이 하는 인간인지라 부부생활도 원만할 리가 없으리라. 그가 나에게 약속한 말은 하나에서 열까지 모두 신기루 같은 헛것들이었으니 그 역시 스케야와 함께 믿을 수 없는 히가모노(僻者 - 변절자) 기질이 다분한 자임에 틀림이 없다. 다만 그들에게 진실을 알고 싶었던 것은 스케야와의 사이에 채무관계가 있었는지가 궁금했고, 아니면 도부부동산 하기 사장과 스케야가 이전부터 금전거래가 있던 처지였는지가 알고 싶었다.

내가 보기에 이 세 사람 중에 상도덕을 제대로 알고 실행하는 자는 한 사람도 없다. 상대방에 따라서 크게는 사기도 치고 무시할 수 없는 상대라면 앞에서 해죽거리며 절대로 한 푼도 손해를 안 보는 타입의 브로커임에 틀림없다. 그러니까 그들은 앞에서만 미안하다는 시늉을 할 뿐 뒤돌아서면 아무렇지도 않다는 듯이 딴 얼굴로 바로 바뀌는, 중국의 경극京劇에서 가면을 순간적으로 바꾸는 배우처럼 얼굴 바꾸기가 너무 능수능란한 자들이다. 요즘 일본의 우익단체들의 발언들을 듣고 있노라면 아직도 일본은 대동아공영권大東亞共榮圈의 향수를 잊지 못하고 있는 것같이 보인다. 지금 일본에서 자주 언론에 오르는 인물은 공군 막료장(幕僚長 - 공군자위대 수장)을 역임한 다모가미(田母神俊雄) 씨이다. 그는 이시하라(石原愼太郎) 동경도지사와 같은 부류의 극우파 인사이다.

최근 그가 발표한 논문「일본은 침략국가이었는가?」라는 논문을 발표한 것을 문제 삼아 하마타(浜田靖一) 방위상이 즉각 다모가미 씨를 경질했다. 그가 쓴 논문의 5가지 문제점의 개요는 이렇다.

1. 미군은 미일안보조약에 의해 일본 국내에 주둔하고 있다. 이것을 미국에 의한 일본침략이라 말하지 않는다. 일본은 중국대륙이나 조선반도를 침략했다고 하나 실은 일본군대가 이들 나라에 대해 주둔도 조약에 기초한 것들 외에는 알려지지 않았다.

2. 일본은 장개석蔣介石에 의해 중·일전쟁에 무리하게 끌려들어간 전쟁피해자이다.

3. 전후 일본에 있어서 만주와 조선반도의 평화스런 삶이 일본군에 의해 파괴된 것이라 전해지고 있다. 그러나 실제로는 일본 정부와 일본군의 노력에 의해 현지의 피지배자들은 그때까지 압정壓政에서 해방되었고 또 생활수준도 현격히 향상되었다.

4. 당시 열강이라 하는 나라 중에서 식민지의 내지화內地化를 실현한 나라는 일본뿐이다. 일본은 다른 나라와 비교하면 아주 온건한 식민지통치를 한 나라이다. 그런데 일본이 중국대륙과 조선반도를 침략하기 위해 마침 대동아전쟁에 돌입하여 3백만의 희생자를 내고 패전하게 되었다. 일본은 되돌릴 수 없는 범죄를 범했다고 하는 사람도 있다. 그러나 이것도 지금에는 일본을 전쟁에 끌어들이기 위해 미국에 의해 설치된 하나의 덫이었다는 것이 판명되었다.

5. 다른 나라의 군대에 비하면 자위대는 끈으로 속박되어 조금도 움직일 수가 없다. 이와 같은 마인드컨트롤로부터 해방되지 않는 한 일본은 자력으로 나라를 지킬 수 있는 체제를 영원히 이루지 못한다.

일본에도 다양한 주장들이 정치가들에 의해 거론되는 것은 나쁘지 않아도 거시적인 눈과 인간적인 마음이 내재되지 않는 한 그 주장은 한낱 공론으로 끝이 날 것이다.


# 변호사의 변


## 11월 10일 월요일

맑음. 오늘은 아침부터 H변호사를 만나기 위해 하카다(博多)행 급행 소닉 sonic 열차에 몸을 실었다. 10시가 좀 지나 역에서 내려 곧바로 택시를 타고 사무실이 있는 다이묘(大名)로 향했다.

H변호사는 나를 반가이 맞아주었다. 전화로는 몇 번이나 통화를 했지만 실제로 만나기는 수년이 지난 것 같았다. 나를 도와준다니 마음이 놓였다. 나는 먼저 스케야가 지금까지 약속 불이행과 그의 불가해한 성격과 최근에 와서 헤살을 부리는 행태까지 모두 변호사에게 전했다.

그러자 변호사는 일단 남은 잔금을 받으려면 간이재판이라도 해서 판결문에 따라 돈을 청구할 수 있으니 제대로 소송을 하는 편이 나을 것이라고 조언을 해 주었다. 변호사 수수료와 인지대만 있으면 기소할 수 있다니 돈에 대해서는 그다지 신경을 쓰지 않아도 괜찮을 것 같았다.

스케야가 나에게 마지막으로 통고한 것은 "내가 갚아야 할 돈은 70만 엔 밖에 없어요. 그렇지 않다면 언제든지 재판을 하던지 하세요. 나는 그 판결에 따를 테니까요"라며 협박하듯 엄포를 놓았다. 참으로 당당했다. 그 말에 나는 다시 열을 받아 오늘 변호사를 만나게 된 것이다. 변호사 비용이 문제가 아니다.

그놈의 콧대를 한방에 부러뜨리고 싶었다. 천하에 이런 못된 놈이 있단 말인가!

나는 다시 하카다역으로 나와 급행 소닉열차를 타고 구로사키(黑崎)역에서 내려 택시를 타고 대학 연구실에 도착했다. 오후 수업을 모두 마치고 좀 낌새가 이상해 법학부의 M교수 연구실을 노크했다. 마침 교수는 수업을 마치고 쉬고 있었다. M교수는 나를 보자 놀란 듯이 의자에서 벌떡 일어서면서 걸걸한 목소리로, "선생님, 법인 사무실로부터 무슨 연락을 받지 않았습니까?"라며 초청교수 명단에 내 이름이 없더라는 것이었다. 촉탁교수 1년 만에 그냥 쫓겨나가는 신세가 된 기분이 들어 영 심기가 편치 않았다.

나의 기분을 알아챈 M교수가 담배를 깊이 빨아 '후' 하며 담배연기를 뿜어내더니 나를 보며 아직 65세 이상의 촉탁교수도 퇴직 확정이 된 것이 아니니 같이 기다려 보자며 나를 위로하듯 화제를 돌렸다.

자기는 오락을 전혀 모른다면서 바둑은 좀 둔다고 했다. 언제 자기 집에 오면 일·한 친선바둑시합을 해 보자고 제의하기도 했다. 나는 그의 제안에 찬성하면서도 M교수의 자택이 사가현(佐賀縣)과 후쿠오카현(福岡縣) 경계에 있기 때문에 여기서 거리가 너무 멀다는 생각이 들었다. 나는 그의 연구실을 나오면서 교직을 떠나는 일본인 OB교수들의 말투가 하나같이 영예롭게 K대학을 떠나려는 모습처럼 비쳤다.

영예도 명예도 다 좋지만 유예기간도 없이 갑자기 그만두라고 해서 그냥 나가는 일본 사람들의 심정도 모를 바 아니지만 며칠 전만 해도 대학 경영진에 쌍말로 불만을 토로하던 이가 하루사이에 명철보신明哲保身을 꾀하려는 이유가 뭘까? 나는 이방인의 육감으로 그들의 특혜에 대한 낌새를 알 것만 같았다.

명예교수 호칭을 수여하는 것 이외에 썸씽이 있다는 말을 들었다. 나는 구체적으로 그 썸씽이 무엇인가에 대해 별 관심이 없었다. 나도 20년간 이 대학에서 열성을 다해 한글과 한국문화를 가르쳐 왔으며 국제 봉사활동을 10년간 계속하는 동안 40여 명의 장학생을 배출시켰으니 내 이름 앞에 명예교수라는 호칭은 당연한 것이다. 그렇지만 나와 대학 이사진과의 불협화음이 어떻게 작용

될지가 문제라면 문제일지 모르겠다.

옛날부터 사람은 살 만하면 누구나 명예욕을 채우려고 벼슬아치를 설득하려 온갖 수단을 쓴다. 그리고 드디어 명예를 얻고 나면 거기서 만족하지 않고 또 다시 가문의 영예를 위한다고 재도전을 한다. 그러나 영예가 상승곡선의 정점에 다다르면 그때부터 아래로 추락하기 마련이고 그러다가 자기 명예가 더럽혀질 수도 있다. 명예도 오래 향유하면 오히려 그것이 화근이 되어 그 귀한 존함에 먹칠할 수도 있다는 말이다.

나는 M교수로부터 구수존명불상久受尊名不祥의 암시적 훈계를 받은 느낌이다. M교수는 며칠 전만 해도 세키 이사장의 독선에 몇 차례나 항의하여 내가 믿었던 최후의 보루였는데 이제 그는 온화하고 고분고분한 충신忠臣으로 변해 있었고, 나는 반대로 지금도 변함없이 'Down with a dictator!'라는 슬로건으로 오만불손傲慢不遜한 역신逆臣이 되어 이사장에게 대항하고 있다. 이 일을 언제까지 해야 하는지 현재 나로서도 알 수 없는 상태이다.


# 순죄업順罪業


## 11월 11일 화요일

맑음. 오늘은 바람이 좀 차갑다. 오후가 되어 오래 간만에 지인 사토 씨가 연구실에 놀러왔다. 일단 오후 수업시간을 마친 터라 그와 함께 '히비키홀'에 있는 커피숍(카페)에 갔다. 별로 손님이 없어 얘기하기 편한 분위기였다.

마침 우리가 자리에 앉자마자 자동 전자 피아노에서 마마(카페 여주인)가 좋아하는 멜로디가 흘러 나왔다. 베토벤인지 모차르트인지 잘 모르지만 청아한 피아노곡이 넓은 실내를 울리고 있었다. 두 사람이 커피를 주문하자, 사토 씨가 먼저 입을 뗴었다. 지금도 매일처럼 운동을 하며 가끔 산에 오르기도 한다고 했다. 여유 있는 그의 노후생활이 그저 부러웠다.

그는 Y제철회사에 35년간 근무한 경력이 있기 때문에 퇴직 후에도 경제적으로 꽤 여유가 있어 보였다. 그런데 그는 나를 만나면 일본을 자랑하려 하지 않고 거꾸로 닛폰 다타키(일본 때리기)를 빠뜨리지 않는다. 오늘은 일본 정치가들의 부정을 힐난하더니 이어서 요즘 일본의 여중고생을 포함한 일본 여성들의 '필' 복용과 개방된 성문제를 들어 맹렬히 비난하기도 했다.

그리고 그가 하는 말이 추리작가 고마츠(小松佐京) 씨가 1973년에 발표한 '일본 침몰'의 시나리오처럼 일본 열도가 50년 안에 화산이 연쇄적으로 대폭발을 하여 상상할 수 없는 대재앙이 발생하는 한 편, 대지진이 일어나 높은 쓰나미가 도쿄, 오사카와 같은 해안을 낀 대도시가 모조리 상전벽해桑田碧海로 개벽을 할 것이라 전했다.

어쩌면 그는 나에게 흥미로운 일본의 SF소설 얘기를 들려주기 위한 것이라기보다 실제 역사를 통해서 일본 민족이 이웃나라에게 한 원죄怨罪를 뉘우치지 않기 때문에 그 순죄업順罪業이 후손들에게 반드시 미칠 것이라고 지적했다.

사토 씨가 지난 여름에 나를 찾아왔을 때도 마치 일본의 양심적인 유식자有識者처럼 일본 사람들의 나쁜 습성과 오랫동안 몸에 밴 근성에 대하여 비난을 늘어놓았다. 그렇다고 나는 그가 자학사관自虐史觀을 갖고 있는 사람이라고 보지 않는다. 극소수의 일본 사람들이 특히 한국인과 중국인들 앞에서 그처럼 자국민의 악법과 폐습을 비방하여 외국인의 환심을 사려는 모습들을 가끔 보아왔기 때문이다. 그렇다고 사토 씨가 나에게 그렇게까지 일본 비하발언을 할 필요가 있을까 하는 의아심마저 하지 않을 수 없었다. 그의 말은 역사적 사실을 양심에 따라 무지몽매한 사람들에게 알리기 위한 가타리베(語部 - talker) 역할을 충분히 해내고 있다고 본다. 사실 그와 같은 일본인들이 좀 더 일본에 많았으면 하는 욕심도 없지 않다. 아소(麻生太郎) 수상도 자기 기만적인 망언만 늘어놓지 말고 이같이 역사관이 뚜렷한 양심적인 일본 사람들의 충언忠言을 귀담아들을 필요가 있다. 이따금 얼빠진 일본 정치가들이 한국 사람을 얕잡아 보고 취문성뢰聚蚊成雷하는 모습을 볼 때마다 저런 욕지거리를 과연 무슨 역사적 배경을 놓고 하는지 알 수가 없다.

몇 년 전에 에토(江藤) 전 총무청 장관이 한 말이 아직도 내 머릿속에 메아리 치고 있다. "일제 식민지 시대에는 한국에 대해 좋은 일도 했다. 일본은 나쁜 짓만 한 것은 아니다." 이 말을 자세히 살펴보면, 암울했던 일제 강점기를 부정하려는 야멸찬 말투다. 좋은 일도 했다. 즉 나쁜 짓은 조금 하고 좋은 짓도 조금은 했다는 물 타기 화법이 아닌가.

이같이 남을 우롱하는 언행은 이제 그만 하기를 바란다. 더 이상 민족의 가슴에 못을 박는 말장난은 그만두라는 충고이다. 좋은 얘기도 많은데 하필이면 일제를 들먹이며 염장을 놓으려는 까닭은 무엇인지 그것이 나는 알고 싶다. 결론적으로 에토 씨의 말은 긍정에 긍정은 긍정문이요, 또 부정의 부정도 긍정문이니 이 말들을 잘못 새겨들으면 일본제국주의는 결국 한국에 잘했다는 말처럼 들리기 때문이다. 그러니 나라를 팔아먹은 이완용 같은 매국노가 오늘날 우리 정치인 속에서 다시 나타나지 말라는 법도 없다는 말이다. 이처럼 무서운 말이 또 어디 있으랴!


# Unyielding Spirit


### 11월 12일 수요일

흐림. 어제 과로를 했는지 아침부터 몸이 찌뿌드드하다. 역시 야간수업이 있는 날은 어쩔 수 없는 것 같다.

오늘 셋째 시간에 교수회의에 참석했다. 국제관계학부에서 OB교수는 나뿐이다 보니 좀 내 자신이 보기에도 적적寂寂한 마음이 들기도 하고 또 내 주위가 너무 적적하다(敵敵何多 - 어찌 적들이 많은지 - 新造語) 보니 가슴이 어찌 많이 아픈지 모른다. 일본 사람들은 내 마음을 얼마나 이해하고 있는지 나도 잘 모르겠다.

세키 이사장이 오기 전만 해도 이 대학의 이념은 국제적 인재를 배출시켜 국제사회에 공헌케 하는 것이 바로 이 K대학의 이념이었고 나갈 길이었다. 그리고 백발이 성성한 노 교수들은 이 대학의 역사와 전통을 말해 주듯 학부모와 학생들로부터 존경의 대상이었다.

그런데 지금의 상황은 대학의 이념은커녕 학생지도에 숙달된 노 교수들을 헌신짝 버리듯이 몰아내려고 대학 경영진은 작당모의作党謀議하고 있다. 오늘 교수회의에서 다시 놀란 것은 제대로 검증도 안 된 자 Y씨를 한국어에 관한 이력도 경력도 없이 대학선전물 팸플릿에 얼굴사진을 실어 한글코스 학생모집을 꾀하고 있었다. 정말 지나가던 개가 웃을 일이다. 전공과목과는 아무런 관련이 없는 자에게 무리하게 낙하산 인사를 강행한 대학 책임자는 우선 순순히 교칙을 지켜온 교수들에게 정중히 사과를 해야 할 것이다.

나는 거기에 간섭을 안 하기로 했다. 그 이유는 새로 모집하는 한글코스에 관하여 Y씨가 학생을 모집하는 일을 담당하기로 되어 있다니까 나로서는 남의 제사상에 '감 놔라 배 놔라' 할 입장은 아닌 것 같았기 때문이다. 다만 그들의 행동을 주시할 뿐이다.

오늘 취업위원회 보고에서 나는 나카지마(中島祥子) 학생의 취업추천서를 쓴 경위를 보고했다. 그런데 옆에 있던 시바타 교수가 자기 세미나 학생이라면서 한참 학생을 칭찬하더니 나를 향해 당돌하게 "나카지마 학생이 언제 선생님에게 추천서를 부탁했는가요?"라며 비아냥거리는 투로 나에게 물었다.

나는 그를 향해 "그런 걸 왜 묻습니까? 나카지마 학생은 3년간 나에게 한국어와 한국문화 역사를 배운 학생입니다. 그녀도 생각이 있으니까 나를 찾은 것 같은데 그런 걸 가지고 일일이 꼬투리를 잡으려 들지 마시오." 나는 단호히 잘라 말했다.

최근에 나의 발언에 자주 제동을 거는 시바타가 오늘은 예전과 좀 달리 보였다. 그는 자기의 경쟁 상대자에게는 절대로 지기 싫어하는 마케지(unyielding spirit - 不敗魂) 근성이 언제나 그의 눈빛이 말해 주듯 붉게 물들어 있었다.

그는 나보다 나이도 퍽 아래고 대학에 들어와 강의를 맡은 연수도 짧은 데도 불구하고 위아래도 없이 나서기를 잘 할 뿐만 아니라 줏대도 없이 간에 붙었다 쓸개에 붙었다 하는데 그런 그의 태도가 나는 영 맘에 들지 않았다. 한글코스를 새로 신설한다고 했을 때도 그는 분명히 반대한다고 손을 들었다.

그런데 지금은 내 편이 아니고 저 편에서 적극 대응하는 모습이 수상쩍었다. 어쩌면 그에게도 어떤 약발이 작용했는지 모를 일이다. 조금 더 시간을 두고 귀추를 지켜봐야겠다.


# 복마전伏魔殿의 흉계


### 11월 13일 목요일

맑음. 아침에 치과대학에서 한국어 수업을 마치고 우리 Y캠퍼스에 도착하여 연구동1층 사물함에서 내게 온 서류와 우편물을 찾아들고 나오는데 야시 학부장과 맞닥뜨렸다. 학부장실은 본관 2층에 있지만 사물함이 연구동에 있는 관계로 가끔 그는 이곳에 들러 사물함에서 각종 서류를 찾아간다.

요전에 M교수로부터 들은 말도 있고 해서 그를 보자 나의 인사 조치에 대해 묻지 않을 수가 없었다. 나는 단도직입적으로 나의 거취에 대해 물었다. "촉탁교수 5인이 퇴직 결정이 났다는 소문을 들었는데 사실입니까?" 하고 묻자 그는 한참 있다가 머리를 끄덕이더니 미안한 듯이 고개를 숙이며, "네, 그렇습니다"라고 답했다.

나는 낌새가 이상하여 다시 물었다. "그럼 다섯 명에 나도 들어있다는 말입니까?" 그러자 그는 버릇처럼 크게 한숨을 내쉬더니, "네, 선생님도 들어 있습니다"라고 나지막한 목소리로 대답을 했다. 나는 그 말을 듣는 순간 어안이 벙벙하여 말을 잇지 못했다.

내가 보기에는 말이 안 되는 소리였다. 요전에 입시관계 직원이 내뱉은 말이 번뜩 생각이 떠올랐다. 한국어 코스 책임자 Y씨가 데리고 온다던 한국어 지망생 30명은 뜬소문에 불과하다는 말이었다. 그는 다분히 사기성이 농후한 자임에 틀림이 없었다.

우선 그럴 듯한 헛소문을 퍼트리어 대학의 교직원으로부터 자기가 꽤나 능력 있는 자로 보이려고 한 트릭임에 틀림이 없었다. 아니면 세키 이사장실에서 봄부터 암암리에 나를 내쫓기 위한 음모陰謀 시나리오를 만들어 놓고 지금도 계획대로 착착 진행하고 있다는 생각이 들었다. 나는 학부장의 말에 의심점이 들어 다시 그에게 물었다.

"대학 공로자와 초빙교수를 제외한 5명의 촉탁교수를 퇴직교수로 선정한 것은 언제였습니까?" 그러자 그는 한참 생각을 하더니, "지난 달 24일입니다"라고 날짜를 명확히 말했다. 나는 화가 버럭 났다.

"아니, 3주가 지나도록 나에게 그 사실을 전하지 않은 이유가 무엇입니까?" 나는 언성을 높여 따져 물었다. 그러자 그는 "그러나 아직 5명에 대한 퇴직문제가 결정적인 사안이라 볼 수 없기 때문에 아직 교수회의 의제로 상정하지 못한 것입니다"라며 말꼬리를 내렸다.

지난 달에 아가리 전무가 말한 기존의 한국어 강의는 그대로 계속될 것이라고 나에게 약속한 것을 나는 지금껏 믿고 있었다. 만일 그 약속이 지켜지지 않는다면 아가리 씨는 나에게 미안하다는 사죄의 말을 했을 것이다. 그러나 그는 아무런 정보를 내게 주지 않았다. 그것은 학장도 마찬가지다.

지금 그들(학장, 학부장)은 옛날의 다정한 프렌드가 아니었다. 그가 10월 24

일에 있었던 이사회에서 결의한 5명의 OB교수들의 퇴직자 명단을 그때 각 학부에 알리지 않은 것은 경영진의 직무유기라고 할 수 있다. 일본인 교수들도 지금의 개혁안에 대한 불만은 이만저만이 아니었다.

그러니 외톨이 한국인 교수가 봄부터 겨울에 이르기까지 아무런 정보를 접할 수 없었던 것은 오로지 세키 이사장이 코리아코스 신설을 극비리에 모의를 해 왔기 때문이다. 체육관 별관 건물 3층에 자리 잡고 있는 복마전伏魔殿은 흉악무도凶惡無道한 무리들이 흑막을 가리고 어떤 흉계를 꾸미고 있었는지 이방인인 나로는 도저히 알 길이 없었다.

그곳 복마전은 마치 끈끈한 사람들 따로 가려진 인간의 장막human curtain이었다. 오늘은 그 복마전에서 끔찍스런 마각馬脚을 본 것처럼 가슴이 뜨끔했다.

저녁에 부산에 사는 4살배기 손녀와 오래 간만에 전화통화를 했다. "하―라―버―지!"라 부르는 앙증스런 목소리에 갑자기 가슴이 울컥하여 나는 대꾸를 못하고 한참 있었다. 그런 후에 겨우 손녀의 이름을 연거푸 불러 보았다.

수화기를 놓고 나니 눈물이 주루룩 떨어졌다. 오늘 따라 고국이 그리웠다. 언제나 숨김없고 다정한 옛 고향 친구들이 생각났다.


# 야누스 근성


## 11월 14일 금요일

맑음. 아침 일찍 대학캠퍼스로 향했다. 오전수업을 마치고 연구실에서 잠시 쉬고 있는데 중국 유학생들이 나를 찾았다. 내일은 APP가 주최하는 유학생들을 위한 당일치기 단풍구경을 가기 때문에 여행 스케줄 확인차 놀러온 것이란다.

여행 목적지는 야마쿠치현(山口縣) 동쪽에 위치한 이와쿠니(岩國)라는 명승지와 바로 옆의 히로시마현의 미야지마(宮島)이다. 유학생들은 모처럼 일본에 와서 국내여행을 하게 되어서 그런지 다들 싱글벙글이다. 여비의 반을 우리 봉사단체에서 대주고 있기 때문에 이번 참석자는 모두 21명이나 된다.

오후에는 한국 유학 지망생들과의 상담차 국제센터에 들렀다. 2명의 학생이 나를 기다리고 있었다. 30여 분간 한국의 자매대학을 소개하고 또 다른 명문대학의 선전 자료를 보여주며 입학 조건 등을 설명해 주었다. 학생들은 진지한 표정으로 내 얘기를 듣고 있었다. 부모님과 상의하여 유학을 결정하겠다고 했다.

저녁에는 시즈카 씨가 일부러 나에게 전화를 걸어, 지난번에 3명의 연수생들과 자리를 해 주어 고마웠다면서 이전에 자기도 무료강좌에 관한 신문기사를 봤다며 반가워했다. 오래 간만에 나도 기분 좋은 하루를 맞은 것 같았다. 운명의 길흉은 하늘이 내리듯이 운부천부運否天賦란 말처럼 행운이 어제도 오늘도 내일도 언제까지 보장된다면 과연 그 인생은 행복하다 할 것인가?

나는 그렇지 않다고 본다. 인생의 쓴맛을 본 사람이 인생의 단맛을 정말 알 수 있듯이 단맛만을 알고 다른 오미五味의 진미를 모른다면, 나무만 보고 숲을 못 보는 우愚를 범하는 것과 같지 않을까.

저녁에 집에 돌아와 마이니치(每日)신문을 보니, 아소(麻生太郞) 수상이 서점에서 책을 고르는 사진이 실려 있었다. 나는 그가 만화를 좋아한다는 말은 들은 바 있지만 수상이 직접 서점에 들러보는 기사는 의외롭다. 아소 수상도 말하자면, 족의원族議員의 한 사람인 것도 그의 할아버지 요시다(吉田茂) 수상의 덕이 아니었다면 과연 그런 자리를 이을 수 있었을까?

그가 구입한 4권의 책은 '표상表象의 전후 인물지' '전후 정치체제의 기원' '대국大局을 읽다' 그리고 나의 관심을 끈 책은 '일본은 얼마나 좋은 나라인가'였다. 이 책은 저널리스트 다카야마(高山正之) 씨가 쓴 대담집이다. 그 책의 대지帶紙에는 이런 문구가 있었다. '일본을 괴롭히는 나라는 반드시 쓴맛을 볼 것이다' 라는 놀라운 문구가 눈에 띤다. 거기에 또 '한국과 중국은 입만 열면 일본을 못 잡아먹어서 안달이다.' 아소 수상이 이런 블랙 페이퍼를 읽으면 속앓이 체증이 한방에 꺼질지 모르겠다.

전후 요시타(吉田茂) 수상은 장기집권을 하면서 한국이 6.25전쟁으로 난리를 치루고 있을 당시 미국 당국에 은밀히 로비를 하여 샌프란시스코 강화조약을 유리하게 이끌어 내었고, 한편 국민들의 거센 반대데모에도 불구하고 '원 맨 프라임 미니스타'(one-man prime minister)였던 요시타 수상은 미국 주도의 전후 국제질서의 중요한 미·일 안보조약을 체결함으로써 맥아더 평화헌법 하에 전후 일본 중흥을 위해 기초를 닦은 공로는 인정하지 않을 수 없다.

아소 수상은 어릴 적, 할아버지 요시타가 외무대신(外相)으로 재직하고 있을 당시 외상 관저에 대한 향수가 아직 있는가 보다. 아소 수상은 지금도 어린 시절의 추억을 잊지 못해서인지 나가타쵸(永田町 - 일본의 정치 1번지)와 동떨어진 곳에서 밤마다 고급 호텔 빠를 들락거린다는 소문도 들리는 것을 보면, 각의閣議는 적당히 둘러 넘기고 관저주도官邸主導의 정치를 지향했던 요시타 수상의 방식을 그대로 흉내 내고 있는 것이 아닌가 하는 국민들의 우려가 엿보인다.

일본의 정치가들은 좀 더 비판적인 한국 역사서(黑書)를 일독한 뒤에 조선식민지 발언을 하면 어떨까 하는 생각이 든다. 무책임하고 무식한 식민지 통치 망언은 피해국 국민들에게 얼마나 마음에 상처를 주는지 한 번쯤은 생각해 보는 일본인의 성숙함을 보여줘야 할 것이다.

역사를 왜곡하려는 정치가는 두 얼굴의 야누스처럼 자기실체를 부정하는 것과 같다. 어떤 일이 있어도 한 나라의 리더라면 자국의 국민들에게 손상박하損上剝下해서는 안 된다. 그것은 현실적인 것에 초점을 맞추기보다 미래적인 후세들의 행복에 줌 렌즈를 당기지 않으면 청사에 남을 훌륭한 정치가가 될 수가 없다.

오늘날 일본의 정객들 중에서 한국 사람들을 얕잡아 보듯 망언을 일삼는 음흉한 야누스 근성을 가진 자들이 설치고 있는 느낌이 들어 씁쓸하기만 하다.

# 긴다이교(錦帶橋)

### 11월 15일 토요일

맑음. 오늘은 APP 주최 일본의 유학생들을 위한 당일치기 여행을 떠나는 날이다. 이 계획은 이미 4월에 세운 사항이라 버스가 운행할 수 있는 날씨면 가야한다. 한국, 중국, 베트남, 몽골에서 온 유학생들에게 아직 익숙지 않은 일본문화를 알려주어 그들이 4년 동안 일본 대학에서 공부하면서 일본을 이해하고 일본인 학생들과 사이좋게 잘 지낼 수 있도록 인도하는 것이 우리 국제봉사단체의 목적이기도 하다. 오늘은 유학생 16명과 봉사지도원 5명 모두 21명이 고쿠라(小倉)역에서 8시 30분에 출발하기로 되어 있다.

학생들이 좀 늦어 예정보다 10분 정도 늦게 떠났다. 중형 관광버스를 대절하여 먼저 미야지마(宮島)를 향해 출발했다. 미야지마는 히로시마현(廣島縣)에 있는 관광 명소로 빨간색으로 칠해진 이나리(稻荷) 진자(神社 - 신사)가 파란 바다 한가운데 떠있는 느낌을 주어 시각적으로 산뜻해 보인다.

우리가 탄 버스가 미야지마에 도착한 것은 12시가 좀 넘어서였다. 나는 이 섬이 두 번째이지만 7년 전보다 기념품 가게가 더 늘어난 것 같아 보였다. 그런데 이나리 신사는 지난 해 태풍으로 인하여 여러 곳이 침수가 되었던 관계로 한쪽 벽이 내려앉고 수개의 기둥이 기울어져 있었다. 그런데 바다 한가운데 세워진 빨간 도리이(鳥居 - 신사입구에 세워진 성역을 나타내는 문)는 별 피해가 없었던 모양이다. 예전과 같이 기둥 두 개가 꼿꼿이 서 있으니 말이다. 특이하다. 일본 신사 앞에 서 있는 도리이는 보통은 돌로 되어 있으나 이 신사는 진귀하게도 앞이 바다이기 때문인지 붉게 칠해진 통나무로 되어 있다.

점심은 미야지마에서 유명하다는 굴 전문 식당에서 먹었다. 식사와 함께 즉석에서 커다란 생굴을 불에 구워 먹었다. 히로시마는 일본에서 제일가는 굴양식장이 있는 곳이다. 크고 싱싱한 굴을 유학생들은 생각보다 맛있게 먹었다.

그런데 나중에 한 여학생이 밥과 굴을 남기고 나가자 세심한 성격의 M씨가 걱정스런 표정으로 "굴 전문식당을 잘못 택한 것 같아요"라고 나에게 말했다. 그 말을 알아들은 여학생은 고개를 숙여, "스미마셍"을 연거푸 하며 자기는 배가 불러서 안 먹었다고 말했다. 나는 좀 민망스러웠다. 그리고 식당을 나와 신사 주변을 지나가는데 앞쪽에서 소란이 일어났다. 유학생들이 즐겁게 자국어로 떠들며 걷고 있을 즈음에 갑자기 건장한 일본인 40대 장년들 중에 야쿠자 모습의 한 사람이 "우루사이 고노야로!"(시끄러워 이놈들아)라며 큰 소리를 치고는 눈을 힐끗거린다. 그러자 학생들은 그 말에 아무소리도 못하고 그들과 조용히 헤어졌다.

그들도 고등교육을 받았을 텐데 외국 사람이라는 것을 뻔히 알면서 여러 관광객들이 보는 가운데 대놓고 학생들에게 욕지거리를 하는 것은 몰상식 이전에 외국인에 대한 이해성이 전혀 없는 인간이라는 생각이 들었다. 물론 학생들이 자기들끼리 좋아라하며 그 나라 말로 떠드는 것을 미처 말리지 못한 인솔자의 책임이 없다고 보지 않는다. 그 일본 사람도 학창시절에는 '유도리' 교육을 받으며 자랐으리라 생각한다. 그렇다면 지난 날 일본 문부성文部省이 표방하고 있는 '유도리' 교육(여유가 있는 교육)이란 공부도 놀면서 즐기다 보면 자신도 모르는 사이에 지식을 터득하게 되고, 또 사고방식도 긍정적이고 적극적이어서 외국문화를 이해할 수 있다고 생각했기 때문에 오랫동안 이 교육방식을 이어왔다.

그러나 일부 교육자들은 미국의 교육학자 존 듀이가 제창한 '유도리' 교육이 지금은 오히려 일본 학생들을 망치게 한다는 점에 신경을 곤두세우고 있다. 한동안 일본의 일부 초중등 학교에서는 놀면서 공부하는 방식을 취하여 코아core 커리큘럼에 빠져있을 때 일부 학부형들과 교사들이 학생들의 학력이 점점 떨어지는 것을 알아차리자 '유도리' 교육에 대한 지적이 불거지기 시작했다. 결국 일본 문부성은 급작이 입시위주의 주입식 교육제도에 휘말려 국·영·수 중심의 학제를 취하지 않을 수가 없었다.

오후 3시경 버스는 미야지마를 떠나 이와쿠니(岩國)로 향했다. 버스에 같이 옆에 앉은 가츠쿠라 준准 교수가 나에게 묘한 얘기를 들려주었다. 그는 우리 대학 교원 중에서 유일하게 나와 함께 국제 봉사활동을 하고 있는 APP 정회원이기도 하다. 그는 환갑이 얼마 남지 않았는데도 지금까지 한 번도 결혼한 적이 없는 독신주의자이기도 하다. 자기는 내년 1년만 강의를 하고 대학을 떠나 모친이 거주하고 있는 도쿄에 가서 80이 넘은 모친을 위해 독로시하篤老侍下할 생각이라고 토로했다. 이제는 노쇠하여 혼자서 거동하기가 불편한 노모를 자기가 돌보지 않을 수 없다며 나더러 "선생님도 저와 같이 K대학교를 떠나게 되면 저에게는 또 다른 추억으로 남을 것 같아요"라며 차창 넘어 시선을 돌렸다.

그에게 노모가 있다는 것은 몇 년 전부터 들어 알고 있던 터이지만 그렇다고 나의 생각처럼 1년만 강의를 하고 떠날 것이라고는 상상도 하지 못했다. 어쩌면 그나 나나 이 대학의 횡포에 대한 포고발심怖苦發心이 발한지도 모를 일이다. 이심전심以心傳心이란 이처럼 두 마음이 통하도록 신이 내려주신 인간의 묘체妙諦가 아닐까. 이와쿠니(岩國)에 도착하여 먼저 단무지(다쿠앙 츠케) 공장을 견학했다. 공장 규모는 그리 크지는 않았지만 3대에 걸쳐 내려오는 전통 맛을 그대로 이어온 것을 그들은 자랑하고 있었다. 우리 유학생들도 그곳의 단무지를 직접 맛을 보고 너도나도 맛있다고 야단들이다. 내 입에도 맛이 별났다. 나는 팩에 든 백색 단무지 하나를 샀다.

그리고 바로 긴다이교(錦帶橋)로 이동을 했다. 이와쿠니의 명소가 바로 이 몬젠카와(門前川 - 강)의 다리이다. 긴다이교는 일본에서 손꼽을 정도로 아름다운 목교木橋로 유명하다. 유학생들은 쌍봉낙타 등처럼 생긴 다리를 오르락내리락 건너면서 기념사진을 찍기 시작했다. 유학생들은 산에 붉게 물든 단풍과 굽이굽이 흐르는 푸른 강물을 바라보며 일본의 풍광을 만끽하고 있었다.

우리 일행 21명은 저녁식사를 마치고 어둑해서 이와쿠니를 떠났다. 버스는 2시간 40분을 달려 9시가 지나서 고쿠라에 도착하여 당일치기 단풍(紅葉 - 모미지) 놀이 여행은 막을 내렸다. 무사히 일본 명승지 구경을 잘했다고 유학생들 모두가 이구동성으로 APP 회원들께 감사를 표했다. 나는 유학생들이 일본의 좋은 점은 꼭 보고 배워서 내년 3월에 고국으로 떠나가길 기원할 뿐이다.

# 병문안

## 11월 16일 일요일

검푸른 구름이 온 하늘을 덮은 음울한 날씨다. 오늘은 전 국제관계학부의 학부장을 역임했던 하야시(林一信) 선생을 찾아뵙기로 한 날이다. 그는 수년 전에 우리 대학을 70세 정년퇴직하고 그간 병마와 싸우며 몇 번이나 병원을 입퇴원했었다.

일전에 전화를 하니 요즘은 집에서 요양하고 있다고 했다. 몇 년 전에 시립종합병원에 입원하고 있을 적에는 아내와 같이 병원을 찾아가서 병문안한 적도 있었다. 그때는 입원실에서 지낼 뿐 그의 외모는 예전과 변함없이 멀쩡했다.

오래간만에 하야시 선생을 뵙는 것은 나의 게으름 탓도 없지 않지만 정신적으로 여유가 없었던 것이 사실이다. 오후 5시가 되어 하야시 선생 부부가 거주하고 있는 구로사키(黑崎) 소재의 아파트를 찾아갔다. 그 아파트는 상상외로 작은 평수였다. 일본 사람들의 검약과 절제의 습관은 우리도 배워야 할 대목이다. 그가 자금이 없어서 이 같은 작은 아파트를 택했다고는 보지 않는다. 일본 사람들은 주택에 대한 올바른 생각을 갖고 있기 때문이 아닐까.

나는 수년 전 우리 K대학과 한국의 자매대학교의 학장 초대로 부산 외곽에 있는 맨션을 찾아갔을 때에 너무 놀라 한참 동안 입을 닫지 못한 적이 생각났다. 그때 초대 파티가 끝나고 호텔로 돌아가는 길에 고용 운전기사에게 김 학장의 아파트 평수를 물어보니 80평이라 했다. 그 학장은 할아버지 대부터 이어 내려온 부잣집 아들이었다는 말을 듣고 나는 수긍할 수가 있었다.

돈이 있으면서도 작은 아파트에 사는 일본 사람과 돈이 있으니까 큰 평수 아파트에 사는 한국 사람은 얼핏 피상적으로 같아 보일 수도 있겠지만 나는 전혀 생각이 다르다. 말을 바꾸면 일본 사람들은 내일을 꿈꾸는 미래형 인간이라면 한국 사람들은 오늘을 즐기는 현재형 인간이 아닐까 생각해 본다.

우리 부부가 하야시 선생댁을 노크하자 늙수그레한 부인이 문을 열며 반겨주었다. 오늘이 휴일이라 나고야(名古屋)에서 병문안을 온 성숙한 따님도 만날 수 있어서 다행이었다. 나는 안방에서 겨우 걸어 나오는 하야시 선생의 모습을 보고 깜짝 놀랐다. 오래 앓아서 그런지 얼굴은 햄쏙하고 배는 불룩하게 부어있었다. 누가 봐도 잔질지인殘疾之人이라 하지 않을 수 없었다.

선생은 우리를 6쪽 다다미방으로 안내했다. 사모님과 따님은 쟁반에 다과를 들고 들어와 인사말을 나누기가 바쁘게 바로 자리를 비켜주듯 방을 나갔다. 나는 좀 걱정이 되어 식사는 잘 하시냐고 묻자 선생은 그리 많이 먹지 못한다고 힘없이 대답을 했다.

좀 일찍 찾아뵙지 못한 것이 그저 죄스러웠다. 하야시 선생은 우리 K대학에 국제상학부라는 새 학부가 설립될 당시 코리아 코스의 주임교수의 직을 맡아 한국의 정치경제를 가르쳤다. 그리고 시라카와(白川豊) 선생은 한국문학을 담당하고 나는 한국어학을 맡아 모두 열심히 학생지도에 힘을 쏟았다.

그리고 1학년생이 3학년이 되는 해에는 여름방학을 이용하여 80명 안팎의 연수생들을 인솔하여 2주간의 한국어 연수를 부산의 동아대학교에서 마치고 나머지 1주간은 한국문화와 한국의 풍습 등 견문을 넓히기 위해 버스와 열차를 이용하여 전국 명승지를 돌며 한국관광여행을 다녔다.

그 후에도 한국어 연수를 10여년이나 하야시 선생과 나는 늘 함께 다니며 학생들을 인솔하여 한국연수를 다녀왔다. 우리는 학생들에게 좋은 추억을 만들어 주려고 한국의 고찰을 찾아다니던 일들이 지금 새삼 아름다운 추억으로 다가오는 듯했다. 당시 우리 코리아 코스 연수생들의 분위기는 마치 흔희작약欣喜雀躍하듯 정점에 달해 있었다.

하야시 선생을 한참 바라보고 있으니 얼굴 모습이 피로해 보여 나는 너무 오래 선생과 대화를 나누지 못하고 일찍 자리에서 일어서면서 "선생님, 어쩌면 저는 이번 학기를 끝으로 퇴직할지도 모르겠어요" 하자 선생은 나를 힐끔 보면서 "무슨 일이 있어요? 아직 70이 안 됐는데…"라며 묻는다.

나는 다시 "학장 이하 대학 경영자들이 나에 대한 공로를 인정하지 않을 뿐더러 인격적으로 대해 주지 않으니 말입니다."라고 답했다. 그러자 선생은 대뜸 "새 이사장이 문제가 있는 것 아닌가요?"라며 시큰둥한 표정을 지었다. 선생도 어떤 풍문을 들었는지 대학의 부당한 개혁을 대충 알고 있는 듯이 슬쩍 나에게 농담을 건넸다. "이사장이 한국 사람을 싫어하는 건 아닌가?"라고 말했다.

하야시 선생 가족들과 '사요나라'를 고하고 바깥 길가로 나오니 하늘은 을씨년스럽게 어둑하고 가랑비마저 부슬부슬 내리고 있었다. 배가 출출하여 우리 부부는 그 근처에 있는 패밀리하우스를 찾아가 돈가스로 저녁을 시켜 먹고 늦게 집으로 돌아왔다.


# 혼불빼기 기질


## 11월 17일 월요일

먹구름이 지나고 맑은 하늘이 보인다. 오늘은 최고 온도가 15℃, 최저 온도가 9℃이다. 밤이 되면 서늘한 느낌이다. 하루하루가 겨울 눈 속으로 다가가는 듯하다. '겨울이 오면 봄도 멀지 않으리.' 이런 푸시킨의 시구가 떠오른다.

그런데 올해 일본의 날씨는 내게는 별로 감동을 주지 못하는 것 같다. 신경을 너무 많이 쓰다 보니 하늘을 제대로 우러러 보고 지낼 여유가 없어 그런가 보다. 지금의 나는 찬란한 봄의 햇빛도 우련히 보일 것이다. 뻐꾸기 우는 소리도 저 먼 산 너머에서 들려오련만 내 귀에는 바람소리조차 들리지 않는가 보다.

지금 내 앞에는 수억 년의 빙하가 시계의 초바늘처럼 째깍째깍 소리를 내며 무섭게 내게 다가오고 있다. 희끄무레한 빙하는 겨울 날씨를 닮았다. 지금 내가 살고 있는 곳은 빙하의 정적靜寂이 흐르고 오로라의 푸른 빛살이 모든 공간을 차단하고 있다. 아, 봄빛을 찾아서 저 우주 밖으로 벗어나자. 어서 봄 소리가 들리는 저 산 넘어 강줄기를 찾아 넓은 바다로 가자.

오후 수업을 마치고 M교수를 찾아갔다. 내가 알 수 있는 인사 관련 정보란 그 사람 밖에 기대할 자가 없다. 그는 뜻밖에도 나에 관한 얘기보다 자기에게 객원교수 자리라도 주었으면 했는데 법인사무실에서는 촉탁교수로 남을 것 같다는 말을 들었단다.

객원교수와 촉탁교수와의 차이는 탱자와 레몬의 차이라 할까. 객원교수는 시간강사급의 급료를 받는다면 촉탁교수는 지금까지 학생들을 가르친 공로를 인정하여 수당이 붙는 정식 연봉 액수에 개인 연구실을 사용할 수가 있다. 나는 그 말을 듣고 그가 지금까지 나를 위해 조언자 역할을 해 왔다고 믿고 있었던 일들이 허무하게 무너져 내리는 기분이 들었다.

나는 그를 다시 의아스런 눈으로 바라보았다. 엊그제만 해도 이사장을 독선자니 나쁜 놈이니 비난하던 사람이 어찌 촉탁교수로 남을 수 있었을까? 어쩌면 그는 나와 둘이 나눈 밀담을 이사장 이하 경영진에게 고스란히 일러 바쳤는지도 모른다. 그의 말이 확정된 사안은 아닌 듯하나 법인사무실에서 그런 말이 있었다면 어느 정도 신빙성이 있다고 본다.

'믿는 도끼에 발등 찍힌다'는 말처럼 나는 선사禪寺의 수행도장에서 느닷없이 통봉痛棒을 맞은 기분이었다. 내 주위의 일본 사람은 나를 얕보고 하는 말인지, 말대가리에 뿔이 났다(馬生角) 하고, 까마귀 머리가 희다(烏頭白) 하니 그들의 속내는 알다가도 모를 일이다.

가만히 생각해 보면 일본 사람들에게는 병약자의 혼魂불을 몸에서 빼어내 죽음에 이르게 한다는 혼불빼기 기질이 다분히 있다고 생각한다. 호랑이에게 물려가도 정신만 차리면 살 수 있다는 말처럼 우리는 항시 우리의 허점을 호시탐탐 노리는 그들의 동물적 본능을 간파하지 않으면 안 될 것이다.

# 통일이여 어서 오라!

## 11월 18일 화요일

흰구름이 마치 눈 덮인 설산雪山을 이쪽저쪽으로 많이 만들어 놓았다. 하늘이 오늘 따라 아름답게 보인다. 오늘 마이니치(每日) 신문을 보니 김정일의 건강에 대한 글이 짧게 실려 있었다.

한국 정보원은 북한에서 프랑스로 보낸 사진이 김정일의 뇌 사진으로 추정되는데 데이터에 의하면 5년 이내에 김정일의 통치가 불가능하다고 진단을 내렸다고 전했다. 한국 정부 당국자의 말에 따르면 최근 뇌졸중으로 쓰러진 김 총서기의 병세를 정확히 알기 위해 북한 당국이 프랑스 의료팀에게 전자메일로 보낸 것으로 알려진 뇌 영상을 한국 국정원이 입수했다고 한다.

프랑스 의료진의 말이 정확하다면 2013년에는 김정일 국방위원장의 얼굴은 볼 수 없게 될 것이란다. 김일성 수령이 사망한 지 15년이 지났고 아들 김정일은 앞으로 많아야 5년을 살까 말까 한다니 그의 북한 통치기간은 20년도 채 안될 것 같다. 앞으로 그의 후계자를 누구로 정할 것인가에 따라 한반도의 통일이 성큼 다가올 수도 있지 않을까 희망을 걸어본다.

기존의 폐쇄적인 독재국가에서 탈피를 못하면 북한은 영원히 고립되어 세계 최하의 빈곤국가로 전락할 것이다. 남북이 경제적으로 상호 밸런스를 이루지 못한다면 한민족의 미래는 없다고 해도 과언이 아니다. '조선은 하나다' 라는 거리의 선전 문구가 2002년 내가 평양을 방문했을 때 가장 눈에 크게 들어온 것은 누구도 같은 피를 이어온 배달민족이기 때문이 아닐까.

우리 민족은 외국의 침략으로 많은 수난을 겪어왔지만 나라를 잃었던 일제 36년간을 제외하고는 옹골차게 나라를 잘 지켜 왔다. 그런데 지금은 조선반도가 두 토막으로 잘려나가 민족적으로 고통이 많을 뿐만 아니라 세계의 국가 중에서 항시 약소국의 모습을 드러내고 있는 현실을 북한의 지도자들은 이제는 깨달아야 한다.

일본이 북한에 관해 가장 관심을 갖고 있는 것은 북한의 변화이다. 북한이 변화하여 자유민주국가로 체제가 바뀐다면 일본이나 중국이 과연 한반도의 통일을 순순히 받아들이겠느냐(?)가 관건이다.

한반도의 통일은 봄눈 녹듯 빨리 올 수도 있지만 주변국들이 자국의 이해득실을 생각할 때 지금 한반도의 분단 상태가 그들에게는 오히려 득이 된다고 생각하고 있는 한 남북통일은 영영 물 건너간 꼴이 아닐까. 나는 남북이 진정으로 '하나의 핏줄기'로 뭉친다면 어떤 외세도 꺾어 헤쳐 나갈 수가 있다고 본다.

그런데 이웃 나라들이 그런 꼴을 보려 들지 않기 때문에 남북평화 통일안조차 남북협상 테이블에 제대로 올려놓지 못하고 우리는 혼자 꿍꿍대고만 있는 꼴이다. 지금 남북의 현상은 이산가족들의 한 맺힌 만남도 몇 년째 중단된 상태에 있다. 참으로 남과 북은 모두 어리석고 무능하고 무모한 정부라 아니할 수 없다.

지금 우리 민족은 특단의 영단 없이는 이산가족 상봉이라는 조그마한 일조차 이루어 내기 힘들 것이다. 어리석은 자들은 통일을 달갑게 생각하고 있지 않을 것이다. 그러나 세계적인 관점에서 바라볼 때 통일을 생각지 않는 우리 민족이라는 레테르가 우리에게 붙여진다면 그 시점에서 우리 민족의 통일은 사라질 것이다. 대신 어느 강대국의 예속국가로 남을 가능성이 충분하다고 예상할 수 있다.

통일이여, 어서 오라! 그렇지 못하면 영원한 분단의 고통과 대립을 자손들에까지 유산으로 남겨야 하기 때문이다.

# 미인국(美人局 - 츠츠모다세)

## 11월 19일 화요일

흐림. 어제 밤에 잘 때 켜놓은 전기장판이 제 시간이 지났던지 하얗게 식어 있었다. 이부자리에 이는 차가운 냉기에 나는 그저 눈을 뜨고 말았다. 어제도 험상스런 꿈을 꾼 것 같으나 머릿속으로 그 꿈길을 되돌릴 것 같지가 않았다. 하여튼 분명히 말할 수 있는 것은 백귀야행百鬼夜行의 악귀들이 그들의 오욕五欲을 채우기 위해 순식만변瞬息万變의 술수를 꾸미려는 억지짓들처럼 보였다.

내가 살고 있는 근처에서 어디서 본 듯한 분이 나타나 그물주머니에 가득 든 생조개를 주고 가면서 삶아먹으라 하고 사라진다. 나는 그 조개를 맛있게 삶아 먹은 후 조개껍질을 무심히 문밖에 그냥 버렸다. 그런 후 얼마 안 가 망령이 나타나 '이 조개가 어디서 난 것이냐?' 며 나를 향해 끈질기게 추궁한다. 이 조개는 자기가 잡은 조개라며 엄청난 배상을 요구하려 한다.

조개를 얻어먹게 된 자초지종을 진정으로 호소를 해도 망령은 내 말을 묵살해 버린다. 엉뚱하게도 나를 죄인으로 몰아세우려는 그 망령은 점점 큰 소리로 나를 협박하며 어둠과 함께 내게 무섭게 다가왔다. 참으로 이상한 꿈이었다.

10시에 임시교수회의가 있다는 연락을 받고 일찍 캠퍼스를 향에 달려갔다. 오늘 교수회의는 결석자가 여럿 있었다. 심의사항은 별것이 없었으나 내 신경을 자극하는 사항은 코리아 코스에 30명의 추천 시험 학생이 이미 내정되었다는 거짓말 같은 일들이었다.

나와는 관계가 없는 일이고 또 내가 하는 한국어 강의와는 전혀 관련이 없다고 말했기 때문에 질문도 이의 제기도 하지 않았다. 나는 이사장이 낙하산 인사를 단행할 때부터 이 대학은 어느새 자기들끼리 나눠 먹기식의 패거리 이익 집단으로 변했다고 단정 짓고 있었기 때문에 나와 그들과는 자연히 외면할 수밖에 없었고, 주위의 분위기도 묘하게 그렇게 변해가는 느낌이 들었다.

12시경에 연구실에서 간단히 토스트로 식사를 하고 있는데 요시타(吉田) 인권위원회 간사가 나를 불렀다. 위원회 사무실로 가서 내막을 물으니 이번 여름에 한국연수에 갔다 온 에미나가 나에 대해 문제를 제기했다고 했다. 말하자면 내가 자기의 신체를 만졌다며 처벌해 줄 것을 요구했다는 것이다. 어처구니가 없어 한참이나 나는 말을 잃었다. 일본에서는 이런 일들을 세쿠하라, SH로 칭하고 있다.

　내가 자기에게 추행을 했다면 지난 4월 24일에 '한글방' 교실에 나타나 갑자기 한글쓰기 순서를 가르쳐 달라고 해서 직접 노트에 써보이자, 그녀가 그대로 한글을 쓰기에 잘한다고 칭찬을 하면서 어깨를 두들겨주며 잘 썼다고 칭찬해 준 것 밖에 없었다. 그런데 그것이 문제라 했다. 그러면 그때 그 일을 제기했어야 할 일을 여름방학에 한국 연수까지 다녀온 그녀가 현지에서는 멋대로 일탈 행위를 하며 내 속을 태우더니……. 무슨 야로가 있는 것이 틀림없다. 그녀의 한국 연수 여행의 목적은 아마 다른 데 있었던 것이 아닐까.

　지금 7개월이나 지난 이 마당에 그런 제기를 하는 것에 대해 곰곰이 생각해 보니 복마전의 검은 장막 속에 묘하게 떠오르는 얼굴이 보이기 시작했다. 그가 지금 나의 모든 것을 관리 감독한다고 해도 지나치지 않을 정도로 나의 일거수 일투족을 뒷조사하고 있다는 생각이 번뜩 머리를 스친다. 나는 그 내막을 감히 알 것 같았다.

　에미나를 살살 꾀어서 나의 명예를 박탈하여 골탕 먹이려는 그 작당들의 꼼수를 헤아릴 것만 같았다. 학생들이 칭찬 받을 만한 일을 한다면 자기들도 그런 스킨십을 하면서 나는 안 된다는 논리는 어느 사회 집단에서도 통용될 수가 없다. 나는 문제를 제기한 그녀의 이상스런 태도에 찬동할 수 없으니 나는 그녀를 불러 다 같이 얘기를 해야겠다고 역으로 제의를 했다.

　요즘 흔하게 구설수에 오르는 교수와 학생간의 불미스런 관계를 소문내어 교수를 매장시키려는 꽃뱀 얘기가 될 수가 있다. 그녀를 이용하여 그녀에게 꽃뱀 역할의 시나리오를 건네주어 그녀로 하여금 자신이 연출 출연한 것처럼 꾸며진 막장극이라 아니 할 수 없었다.

요시타 간사는 나를 엉뚱하게도 아보시 학장실로 안내하며 오늘은 학장이 특별히 자기 방에서 질의응답을 제의했다고 말했다. 학장실로 따라 가니 위원 두 명과 학장이 앉아 있었다. 나는 거두절미하고 4월 24일 '한글방'을 오픈하던 날의 상황을 소상히 설명했다.

　4월 24일 '한글방' 무료강좌를 실시하던 날, 그녀가 웬 일로 자신과 관계없는 교실에 미리 대기하고 있었던 점이 나도 의심이 간다고 얘기를 했고, 왜 갑자기 강의차 교실에 들어간 교수에게 한글쓰기 질문을 두 번씩이나 하게 되었는지 알고 싶다고 주장했다. 처음 질문을 할 때 그녀는 떨어져 있는 나를 부르며 한글쓰기에 대해 질문을 했다. 나는 그녀의 뒤켠에 서서 답을 가르쳐 주고 글씨를 잘 썼다고 어깨를 두들겨 주며 칭찬을 해 주자 1분도 안 지나서 그녀가 다시 나를 불렀다. 거의 같은 질문에 나는 짧게 가르쳐주고 다시 어깨를 두들겨 주며 칭찬해 준 것뿐이다.

　그러자 이번에는 학장이 질문을 한다. 한국에 갔을 때는 별일이 없었느냐고 물었다. 나는 그의 말투가 마음에 안 들어 나를 더 이상 괴롭히지 말고 본인을 불러 대면을 시키면 더 잘 알 수 있을 것이라 하자 학장은 그렇게 대면시킬 수 없다고 말을 잘라 뗐다. 나는 그녀의 히스테리성 인격 장애로 난동을 피운 얘기를 하려다 에미나의 인격을 생각해서 입을 다물었다. 그리고 그녀가 얘기 끝에 우리 K대학의 모 교수가 여학생들에게 강제로 성추행을 했느니 몸 어디를 만졌다느니 하며 소문을 퍼뜨리고 다닌 얘기도 선생의 입장에서 할 얘기는 아닌 것 같아 입을 다물고 있다가 한 사람의 말만 들으면 오해가 있으니 언제 에미나 학생을 불러 같이 얘기하자고 제의하고 학장실을 나왔다.

　내가 학장을 이상하게 본 이유는 절대로 에미나와 나를 대면시키지 말라는 지시와 나에게 그녀와 몇 센티 간격의 거리를 두고 있었냐는 등 자기보다 나이 든 사람의 인격을 무시하는 발언까지 하고 있었다. 그리고 에미나는 이전에 나에게 친압親狎하려는 간사한 언행이 새삼 그녀를 의아케 했다.

　이번 일로 학장이 주도하는 미인국(美人局 - 일본에서는 츠츠모다세라 해서 남편이 있는 여자가 서로 짜고 다른 남자와 간통을 하여 간부姦夫로부터 금전을 빼앗는 것)을 꾸며 나를 파탄의 수렁으로 몰고 가려는 시나리오의 내막을 알 것만 같았다.

나는 연구실로 가면서 내가 일본 국적의 인간이라면 과연 이런 사소한 문제로 소란을 피울 수 있을까 생각해 보았다. 그러자 갑자기 목에서 신물이 울컥 치올라와 엉겁결에 캠퍼스의 풀밭에 캑캑 토하고 말았다.

"더러운 놈들 같으니!" 치쿠쇼!(畜生)


# 시카토(無視) 기질


## 11월 20일 목요일

하루 종일 잿빛 구름에 덮인 일본 하늘을 본다. 오늘은 수업이 가득 있는 날이다. 요즘은 '한글방' 무료강좌까지 하고 있으니 더욱 그렇다. 세키 이사장이 뭐라 해도 나는 나의 갈 길을 똑바로 갈 것이다.

내 목을 자르려고 여러 가지로 애를 태워 가며 궁리를 하는 것 같은데 나도 더 이상 이 대학에 대한 미련 같은 것은 없다. 다만 내가 '한글방' 수강생들에게 적어도 2년간 수업을 계속하겠다는 약속을 지키기 위해서이지 다른 뜻은 없다. 그리고 대학의 한국어 문화강의도 깨끗이 마무리를 짓고 물러나고 싶은 심정이다.

그런데 법인 경영자는 아마 억지춘향이를 연기하고 있다. 그들의 속내는 묻지 않아도 명약관화明若觀火하다. 검증도 되지 않은 엉터리를 데리고 들어온 이사장의 입장에서 보면 나는 눈엣가시처럼 껄끄러울 것이 틀림없다. 나도 그 심정은 이해는 할 수 있다. 그러나 이 달에 와서는 나의 한국어 강의를 모조리 빼

버리려는 기미가 엿보이는 분위기이다.

결국 Y가 내 밑에 있게 되면 자연히 자기 약점이 통째로 드러나기에 그럴 것이다. 나는 지난 4월 신학기가 시작될 무렵부터 세키 이사장이 알 수 없는 자기 똘마니들을 데리고 다니며 으스대는 모습을 여러 번 보아왔다. 그런데 나만 빼놓고 그 실사정을 모르는 교직원은 한 사람도 없었던 것 같다. 오늘에야 나는 항시 외국인을 무시하는 일본인의 본성을 새삼 발견하게 되었다.

다시 말하자면 화투짝에서 10월 단풍 패의 그림을 보면 뒤를 보고 모르는 척하는 사슴의 모습처럼 시카토(무시 - 무관계)기질이 바로 그것이다. 지금 그들이 이사회에서 추진하고 있는 '목 자르기'는 원칙을 벗어난 편법개혁임에 틀림이 없다. 학장 경험자나 이사장 경험자의 견해를 들어봐도 지금 세키 이사장의 방식은 정당한 방법이 아니라고 모두 비난을 한다.

단지 이번 여름방학 동안에 한국 사회 연수팀과 한국 견학팀을 같이 귀국시키지 못한 것을 이유로 시말서를 쓰라고 한 것은 나로서는 납득할 수 없는 일이었다. 왜냐하면 한국 견학팀의 경우는 한국 사회 연수팀과는 달라서 한국의 음식과 풍토가 맞지 않을 경우라든지 몸에 이상이 있을 때면 병원에서 진찰을 받든지 아니면 쾌속정 비틀호에 3시간을 태워 곧바로 일본으로 귀국시킨 관례가 있어왔기 때문에 지금까지 그 누구도 그런 문제로 대학당국으로부터 지적을 받은 적이 없었다.

또한 학장이 에미나를 나와 대면시키기를 꺼리는 이유를 나는 알 것 같다. 자기들끼리 몇 번이나 만나 머리를 맞대고 무고한 교수를 끌어들여 서로 중상모략하려고 한 사실이 금방 드러날 것이니까. 대학교의 루머를 퍼트리고 다니던 1학년생인 그녀가 거꾸로 자기가 무고한 선생을 모함함으로써 이번에는 자신이 루머의 장본인이 되는 것을 두려워했기 때문이다.

경영학과의 모 교수가 여학생들의 가슴을 만졌다는 소문을 나도 에미나로부터 들어 알았다. 그러나 그 교수는 지금도 여전히 강단에서 학생들을 가르치고 있다. 그런데 이번에는 학장과 학부장이 바로 에미나의 스네익 차머(snack charmer)라는 사실이 드러나게 되면 K대학 캠퍼스는 발칵 뒤집힐 것이다.

위 놈들이 나이든 히스테릭한 비정상의 기혼 여학생(36)을 그럴 듯이 꾀어서 자기들의 생각과 달리 하는 한국인 교수 목 자르기에 이용했다면 이번에는 자신들이 되레 큰 코를 다칠 수가 있기 때문이다. 그런 자신들의 악의惡意와 술수術數를 누구보다 더 잘 알고 있기에 학장은 나와 에미나의 대면對面을 두려워하고 있는 것이다. 그래서 나의 주장을 무시하고 그녀를 절대 만나지 못하도록 인권위원들에게 압박을 넣었다.

쓰레기 같은 한심한 인간들이다. 얼마 후면 요시타 간사의 현명하고 공정한 보고서가 나올 것이다. 나는 그 때를 기다릴 수밖에 없다. 오늘의 고통을 잊고 내일을 향해 웃으며 달리자.

# 한·일 위기의 시대

### 11월 21일 금요일

오늘 날씨도 내 마음같이 을씨년스레 흐렸다. 하루하루가 어떻게 지나가는지 모르겠다. 요즘은 대학에서 수업도 많지만 따로 신경 쓸 일이 많아 스케야건은 일단 손을 놓고 있다. 전화를 해도 대답이 없으니 그자를 만나는 일은 더욱 어려워지는 느낌이다. 그자를 재판에 건다고 해도 인간 같지 않은 놈을 법정에 세운다고 눈 하나 까딱 안 할 것이 뻔하다.

나는 기대를 하지 않지만 H변호사는 그자가 갚아야 할 돈의 무게를 그자에게 여지없이 알려줘야 한다고 했다. 돈의 무게만큼 양심이 움직이면 싹수가 있는 사람이고 그렇지 못한 놈은 영원히 이 사회에서 악덕 사기꾼으로 매장시켜야 할 것이다.

대학에서 한글수업을 마치고 연구동 빌딩을 통해 돌아가는 도중에 OB교수 마츠마에 씨 연구실을 보니 재실在室등이 켜 있었다. 나는 노크를 해 보았다. 안에서 '하이' 로 대답하는 소리가 가늘게 들렸다. 내가 고개를 내밀자 그는 나를 반가이 대하며 먼저 내 안부를 물었다. 나는 일부러 별로 문제가 없을 것 같다고 둘러대자, 그는 잘 됐다며 자기는 요전에 세키 이사장하고 고함을 치며 대박으로 다투었다고 했다.

얌전하고 모범적인 노 교수가 크게 다투었다는 말이 믿어지지 않았다. 한국 표현이라면 샌님 같은 분이 오죽하면 그랬으랴! 그 말을 듣고 나서 나도 곁들였다. "아주 잘했어요. 자기밖에 모르는 독불장군은 쓴맛 좀 봐야 해요"라고 같이 소리를 높였다. 결국 그 노 교수도 격앙된 상태로 이사장을 만난 듯하나 아무런 성과는 없었던 것 같았다.

나이가 들면 직장에서 쫓겨나기 일쑤라지만 예고도 없이 목을 자르는 것은 너무 매정한 짓이 아닌가. 나는 마츠마에 교수에게 별 문제가 없을 것이라 허세를 부려 보았지만 내 속은 그 누구보다 타들어가는 느낌이다. 마치 형극荊棘의 길을 한 걸음 한 걸음 아무 대책 없이 다가가는 모습이라 할까. 이런 자기 중심의 이익집단이 잡초처럼 번지고 있는 한 결국 그 사회는 병든 회사로 오점을 남길 것이며, 그 사회의 구성원들도 결코 행복하지 못할 것이다.

엊그제 마이니치(每日) 신문에 실린 2007년도 세계 아동 행복도를 유니세프 (유엔아동기금)가 발표한 경제협력개발기구 OECD가맹국을 대상으로 조사를 해 보니 일본의 초등학생이 '자기는 외롭다고 느끼는가?' 라는 질문에 '네' 라고 답한 학생이 29.8%로 나타났다. 3명중 한 사람이 외롭고 불행하다고 답하고 있다. 행복도가 높은 나라는 네덜란드, 스페인, 아일랜드, 포르투갈, 영국 순위였다. 일본은 역사교육부터 잘못되었다. 이웃나라를 침략하고 그 나라 사람들을 강제로 징용하여 인권을 착취한 일제의 군국주의에 대해 다시 향수를 느끼는 우익사상의 일본 정치가들은 석고대죄席藁待罪는 못할망정 침략 당한 국가에게 뉘우치는 기색이라도 보여줘야 한다.

그런데 일본의 일부 우익정치가들은 독도가 자기네 땅이라고 하지를 않나,

조선인 종군 위안부는 있지도 않았고 보지도 못했다고 부정하고 있다. 이런 억지가 계속된다면 아마 불행하게도 영토분쟁이 도화선이 되어 2035년 안에 한·일 국교가 단절되고 마침내는 독도쟁탈전으로 치달아 작게는 국부적 전투도 일어날 가능성이 높다. 그런 의미에서 일본의 정치 지도자들이 평화헌법 9조를 파기시키게 된다면 그들 스스로가 파멸의 길을 걷게 되지 않을까 걱정이다. 개인주의가 도를 넘어 자기중심주의에 빠지게 되면 각 개인들은 사회성을 잃어버리게 될 위험이 커진다고 한다. 그런 의미에서 최근 일본의 초중등학교에서 다수로부터 따돌림을 받아 불안을 느껴 행복감조차 느껴보지 못하는 외로운 초·중등학생이 늘어나고 있는 추세라고 한다.

일본 정부도 역사교육을 학생들에게 제대로 가르치지 않고 그냥 세월만 보낸다면 결국은 일본 국민들이 역사를 왜곡하게 되어 엉뚱하게도 동경재판에서 교수형을 당한 도조히데키(東條英機)를 비롯한 13명의 A급 전범과 같은 야스쿠니(靖國)의 악령들이 되살아날 것이다.


# 오니(鬼)와 도깨비


### 11월 22일 토요일

맑음. 아침에 아리무라(有村) 씨가 일부러 우리 집에까지 나를 찾아왔다. 그는 국회의원 미하라(三原) 씨의 비서이다. 오후 4시경에 시간이 날 것 같으니 구로사키(黑崎)에 있는 선거사무실로 와달라고 했다.

지난주에 나의 신변문제로 한 번 만나 여러 가지로 얘기를 나누고 싶다고 비서에게 전했었다. 일본 사람들이 싫다고 다 싫은 것은 아니다. 미하라 씨는 국회의원(중의원)이 되기 전부터 내가 하는 국제봉사사업에 자발적으로 참가하여 우리의 모임인 APP의 유학생들에게 많은 격려의 성원을 보내준 고마운 분이다.

나는 시간에 맞추어 의원 사무실로 찾아갔다. 그간 나도 그렇고 미하라 씨도 바빠서 서로 만날 기회가 없었던 것은 사실이다. 그는 이따금 국제적인 기획 프로그램에 참가하기를 좋아하여 몽고에 가서 일본에서 공수해 온 수많은 일본 묘목을 사막에 심기도 하고, 아프리카의 물이 없는 빈민촌을 찾아다니며 물펌프를 땅 깊이 박아 불결한 물을 마시고 있는 가난한 아이들과 주민들에게 큰 꿈을 안겨주는 천사와 같은 국제 볼란티어라고 말할 수 있다.

4시가 되자 그가 나타났다. 지금도 얼굴이 햇빛에 그을려 까무잡잡하다. 수많은 사람들을 안에서 밖에서 만나는 일이 국회의원의 업무이니 만큼 그의 얼굴에서 자연히 관록이 엿보였다. 나같이 따가운 햇볕을 싫어하고 허리가 부실한 사람이 어디 가서 제대로 다리 품삯을 팔아 그처럼 당당해질 수가 있을까, 그런 생각도 해 보았다.

나는 그간 미하라 씨와 만나지 못했던 3개월 동안의 신변다망身辺多忙했던 얘기를 그에게 전하고, 대학 경영진들이 외국인 교원에 대한 예우는커녕 인권마저 유린하려는 비열한 행동들을 토로했다. 그리고 20년간 K대학에 근속한 나로서는 하루아침에 그들의 말에 속고 규칙에 속아 도저히 같은 직장동료로서 인정할 수 없어 스스로 내년 3월에 퇴직해야겠다고 나의 심정을 밝혔다.

내 말을 듣고 그도 깜짝 놀라는 표정이다. 아무리 대학교 운영이 어렵다 해도 미리 사람을 끌어들여 선임교수의 의사도 물어보지 않고 낙하산 인사로 대학 규칙을 제멋대로 손을 대어 합리화하려는 행태는 민주주의 사회에서는 있을 수도 없는 기만적인 행동이며, 선진 일본사회에서는 절대 있어서는 안 될 일이라고 미하라 씨도 대학 당국을 비난했다.

나로서는 그의 시원스런 말 한 마디가 위안이 되기도 했다. 한국 사람이 옆에서 열 마디 스무 마디 그들을 힐난하는 것보다 정의감에 찬 같은 일본 사람의 입에서 대학 당국을 힐책하는 모습이 더욱 나에게 힘을 실어 주는 느낌이었다.

지금 가만히 내가 내 뒤를 돌아보니 나는 상상조차 하지 못했던 '아마노자쿠'(天邪鬼 - 악당 - picaro)를 주인공으로 한 피카레스크(picaresque) 소설을 쓰고 있는 기분이다.

나는 그에게 위로의 말을 들으러 의원 사무실을 찾은 것이 아니다. 일본에도 좋은 사람이 있다는 사실을 내 자신에게 확인하고 싶어서였다. 동서고금을 통하여 인류의 역사를 살펴보면 수많은 전쟁에서 세계의 강대국들은 땅따먹기 식으로 피범벅이 되어 온 지도를 붉게 칠해 영토를 끝없이 넓혀 나갔다. 그 같은 일들은 지금도 세계 각지에서 작게는 내전으로 크게는 침략전쟁으로 젊은 이들의 뜨거운 피를 팔아 영토를 노리는 싸움이 끊이지 않고 있다.

나는 평화를 신봉하는 사람이지만 진보에 속한다고나 할까. 평화는 전쟁을 일으킴으로써 얻어지는 최후의 노획물이라 괘변을 늘어놓는 사람도 있지만 인간은 단순하여 자기의 주의주장이 상대방 국가에도 통하리라고 믿고 있기 때문에 무턱대고 도화선에 불을 붙여 선전포고를 하여 쉽게 전쟁을 일으킨다.

제2차 세계대전에서 나치 독일이 그랬고 일본의 도죠(東條英樹)가 그랬다. 그들은 허무하게도 자국의 영토 확장에만 온갖 전력을 쏟아 부었지만 상대국 사정에 익숙지 못해 쓸데없이 선량한 국민들만 잡아 가두어 수용소에 보내 독가스실에 가두어 학살하고도 모자라 또 인민들을 마구잡이로 끌어다가 그 자리에서 총칼로 무참히 살육했다.

이런 무자비한 전쟁은 이제 지구상에서 있어서는 절대 안 된다. 전쟁은 인간들의 과욕에서 비롯되는 일종의 경쟁대결과 같다. 한 나라의 불만과 과욕이 없으면 평화는 봄바람처럼 다가와 서로의 마음을 따스하게 달래줄 것이다. 이것이 나의 진보적 평화이론이다.

일본 사람들이 목숨을 바쳐 전쟁터에 나가 옥쇄玉碎하여 죽음을 두려워하지 않는 것은 그들은 '오니'(鬼)를 믿고 있기 때문이라 생각한다. '오니'는 영어에서 말하는 데빌devil이나 사탄(satan)의 뜻이 아니다. 일본 사람들이 말하는 '오니'는 우리 식으로 설명하면 도깨비와 비슷한 지상의 사신邪神이나 전설상의 산山사나이로 짐작하면 될 것이다.

그러니까 도깨비는 일방적으로 나쁜 것만은 아니다. 적이 될 수도 있고 우리 편이 될 수 있다. 일제 강점기 전쟁터에 나가는 청년들에게 죽음을 각오하라는 뜻에서 '미국 마귀 놈들을 물리치고 호국의 오니가 되라'고 일본의 어른들이 그리 가르쳤다. 그러니까 아직 그 옛날의 오니는 아직 사라지지 않았다고 본다. 그 이유는 일본의 신神 가미사마 자신이 유일신이라 정의를 내리지 않았기 때문이다. 그래서 일본에는 수만 개의 신이 존재하는지 모른다.

우리나라에서도 옛날 도깨비와 잘 지내면 '밤에 깊은 냇가를 도깨비 등에 업혀 건널 수가 있다'라고 민화에서 전해 오듯이 반대로 잘못 보이면 '잔칫날에 만들어 놓은 국수 가락이 서낭당 나뭇가지에 주렁주렁 걸리어 잔치를 방해하기도 했다'고 전한다. 그러나 일본의 오니는 그런 장난기가 있고 유머러스한 도깨비와 전혀 다른 모습의 민속신民俗神으로 추앙하는 것 같다.

저녁에 부산에 사는 손녀에게 전화를 걸었다. 나는 주책없이 '할아버지'라는 손녀의 앳된 목소리가 그저 듣고 싶어서 그랬나 보다. 가족 모두 무사하다니 다행이다.

# Aura(아우라 - 오러)

## 11월 24일 월요일

맑음. 오후에는 새털구름이 옥색 하늘 높이 떠다니는 그림같이 멋진 풍광이 내 눈을 황홀케 했다. 오늘은 후루토노(古殿) 전 부속고등학교 교장선생을 만나 고쿠라의 패밀리 하우스에서 식사를 나누었다.

나는 그동안 교장선생이 나에게 따뜻한 배려를 해준 점에 감사의 말을 전하고 앞으로 퇴직 후에 일본에서 외국인 영주권을 가지고 생활할 것에 대해 상담을 했다. 여러 가지 경우를 묻기도 하고 답을 듣기도 했다. 일본이라는 나라는 외국인을 정식으로 받아주는 나라가 아니니 귀화를 하지 않으면 어떠한 차별도 감수해야 한다고 그는 말했다. 그러나 나는 지금까지 귀화하지 않고 살 수 있었던 것은 교수라는 전문직의 신분이었기 때문이다.

지금까지 나는 한글 음으로 내 이름을 알리고 쓸 때는 일본 가나(假名)로 음역을 하여 보여준다. 한글발음이 잘 안 되는 일본 사람들은 내 이름을 다시 묻기도 한다. 그때마다 나는 친절히 내 이름 석 자를 또박또박 발음을 하여 일러준다. 그들은 항시 발음이 어렵다며 내 앞에서 직접 이름을 불러보기도 한다.

후루토노 선생을 처음 만났을 때도 그는 종성자음 '길' 자를 제대로 발음하지 못했었다. 그러나 지금은 조금도 어색함 없이 한국 사람처럼 발음을 잘한다. 그는 누구보다 학구파여서 이따금 한국의 풍습에 관해 나에게 질문도 한다. 우리 식으로 그를 말한다면 한 마디로 양반기질의 선비(학자)라 할까? 나는 교장선생을 만날 때마다 왠지 신부(神父)에게서처럼 성스런 오러aura를 느낀다. 마치 그의 얼굴 뒤로 금빛 후광(後光)이 나타나는 느낌을 받는다. 그래서 나는 교장선생을 만날 때마다 외계인을 대하는 것 같은 떨리는 기분이다.

그것은 어쩌면 나의 중학시절 옆집 여학생에게서 느낀 청순함과 별 다름이 없을 것이다. 얼굴색이 눈처럼 희고 눈망울이 크던 그 소녀는 지금 어느 하늘 아래서 살고 있을까? 지금도 나는 그녀가 이 험하고 더럽혀진 세상에서 살고 있으리라고는 생각하지 않는다. 아마도 그녀는 태양계 저 쪽 별나라에서 천사들과 오러를 서로 느끼면서 행복하게 지내고 있을 거라고 나는 믿고 싶다.

당시 나는 그 동네를 떠나 다른 곳으로 방을 옮기고 나서 그녀를 그리며 지내는 기간이 꽤 오래 갔었다고 생각한다. 지금 돌이켜 생각해 봐도 그녀의 매력은 청아한 목소리였다. 노래도 썩 잘 불렀다. 미국민요 '올드 블랙죠' '스와니 강'을 자주 불렀다. 그 노래 소리가 내 귀에 들려올 때마다 나의 가슴은 울렁거렸다.

그런데 부르던 노래가 갑자기 멈추면 나는 가슴을 치며 급히 나무판자울타리로 다가가 뚫어진 관솔 구멍에 한 쪽 눈을 밀착시켜 그 집 마당을 숨죽여 훔쳐보기도 했다.

　가끔 그녀의 아버지가 딸 이름을 부르며 "담배 한 갑 사오너라!" 이렇게 명령을 하면 그녀는 늘 낭랑한 목소리로 "네. 아버지" 하고 대답을 한 후 부리나케 대문 밖으로 달려가곤 했다. 노래 부르기를 좋아하던 그녀가 노래를 도중에 그만 둘 수밖에 없는 까닭은 그녀의 아버지가 잔심부름을 자주 시키기 때문이었다. 나는 그 때마다 그녀의 아버지가 미웠다.

　우리 인간들은 각기 서로 다른 오러를 가지고 있다. 교장선생에게서 느끼는 오러와 옛날 이웃집 소녀에게서 느낀 오러는 각각 다르다. 한 마디로 말하자면 교장선생은 성스러움과 숭고함이 몸 밖에서 풍긴다면 이웃집 소녀는 순수함과 청아함이 그녀의 가슴 속에서 느낄 수 있다. 우리가 시각적으로 볼 수 있는 것은 주로 영체靈体의 오러인데 이것을 알기 쉽게 여러 색으로 구분하고 있다.

　금색, 은색, 청색, 적색, 녹색, 황색, 등색, 자색 등이 있다. 이 색들을 간단히 설명하면 적색은 정열을 나타내고, 은색은 개성이 강함을 나타내고, 자색은 정이 많음을 나타내고, 청색은 냉정함을 나타내고, 녹색은 순수함과 평화를 나타내며, 황색은 달변과 사교성이 능란함을 나타내고, 등색은 명랑하고 서민성을 나타내고, 금색은 숭고한 신념을 나타낸다.

　이 색깔의 오러는 좋고 나쁨을 나타내는 것이 아니다. 단지 각각 개성이 갖는 분위기가 다르다는 것을 느끼게 할 뿐이다.

　나는 일본에 이주하고 나서 20여 년간 내 영체의 오러가 지금 어떤 색을 띄고 있는지 가늠할 수가 없다. 그리고 일부 심성이 나쁜 사람과 심성이 좋은 사람은 서로 어떤 색깔로 나타나는지 궁금하다.

# 행복의 조건

### 11월 25일 화요일

맑음. 오늘 아침에 사이세이카이(濟生會) 병원에 갔다. 목이 무겁고 머리도 무거운 느낌이다. 신경을 많이 써서 그런 것 같다. 담당의사 사토 선생이 CT촬영을 하고 Echo검사를 받으라 했다.

결과는 목 근처에 혈관이 좁아진 것 같다고 하며 뇌졸중과 뇌경색에 문제가 있어 보이니 우선 혈관을 돕는 약들을 처방전에 적으면서 약들을 하루도 빠뜨리지 말고 꼭 복용하라면서 손수 혈압을 체크해 주었다. 혈압은 그리 높지 않다며 나를 안심시키더니 청진기를 귀에 꽂으면서 상의를 걷어 올리라 했다. 그리고 사토 선생은 좌우 가슴 부위를 몇 번이나 진찰하고 나서 나에게 이렇게 말했다.

"지금으로서는 그리 큰 문제는 없는 것 같으니 처방약을 열심히 드세요"라고 밝게 웃으며 메시지를 전했다. 사토 선생이 여성이라서 그런지 항시 나에게 친절히 대해 주니 고맙기만 하다. 병원에서 그 길로 대학캠퍼스로 달려갔다.

점심시간에 법인 사무실의 K실장으로부터 전화가 걸려 왔다. 내용인 즉 27일 목요일 1시에 세키 이사장실로 나와 달라고 했다. 이사장과의 상담을 예비해 놓았다고 전했다. 그 순간 나는 섬뜩한 느낌을 받았다. 괜히 그 날이 나의 재판이 시작되는 날이라는 생각이 들었다. 지금 나의 주변은 마치 유방劉邦과 싸우다 패한 항우項羽가 사면초가四面楚歌의 신세가 된 것과 다름이 없는 심경 같았다.

나는 내심 '모 아니면 돼지겠지' 라는 안이한 생각으로 나 자신을 위로했다. 정말 나는 '돼지' 라 해도 감수하겠다는 생각으로 며칠 사이에 마음이 바뀌었다. 더러운 이중적 인간들하고 같은 직장에서 서로 얼굴을 마주친다는 것 자체가 나 자신에게 용납되지 않았다.

마치 도둑놈은 용서해도 사기꾼은 용서할 수 없는 것과 같이 감언이설甘言利說로 선량한 사람을 바보로 만들려는 그런 파렴치한破廉恥漢들과는 거리를 두고 떨어져 살아야 한다는 것이 최근 내가 깨달은 급류용퇴急流勇退의 변이라 할까.

어떠한 높은 벼슬자리라 할지라도 미련을 가지면 나의 오러의 색깔이 숯 검정색으로 검게 바뀔 수도 있을 것이다. 그렇게 되면 나의 제2의 인생은 당장 끝장이 날지도 모르기 때문이다. 나는 곱게 늙어 나중에 밝은 얼굴로 이 세상을 떠나고 싶다.

그러기 위해서 첫째, 평생 현역을 유지할 정도로 건강해야겠다.(집필생활). 둘째, 내가 익힌 지식을 후진들에게 전수시켜야겠다.(후학양성). 셋째, 물심양면으로 여유 있는 여생을 보내고 싶다.(유유자적). 즉, 건강, 지식, 여유 이 3종 세트가 나의 행복 조건이라 믿고 싶다.

노후에 행복하려면 우리에게 남은 짧은 시간을 헛되이 보내서는 안 된다. 세월은 한 번 가면 두 번 다시는 돌아오지 않으니까(往而不追者年也).

오후에 루리코 씨가 내 연구실을 찾았다. APP기관지를 만들어야 한다며 내달 중순까지 유학생들과 회원들에게 서둘러 원고부탁을 해야 12월에 나올 수 있다고 했다. 기관지 편집위원이 따로 있는데 그녀가 혼자 북치고 장구를 치려 한다.

항시 서두르는 그녀의 모습이 요즘 내 눈에 달리 보인다. 히라시마(平嶋洋子) 위원에게 내가 별도로 연락하기로 하고 얘기를 끝냈다. 장부를 정리한다며 은행통장을 가지고 간다기에 통장을 내주었다.

# 타인은 한 철의 꽃

**11월 26일 화요일**

흐림. 오늘 아내가 한국에 용무가 있어 부관페리를 타기로 한 날인데 어제부터 갑자기 기운이 없다고 해서 시모노세키 터미널에 예약을 취소했다. 아내도 나 이상으로 신경을 곤두세워가면서 살림을 꾸리다 보니 병도 날 만하다.

나는 병원에 가자고 권했지만 고집이 있는 아내는 집에서 그냥 쉬고 싶다고 말했다. 감기약이니 배탈약이니 하는 상비약은 있지만 무엇 때문에 기운이 없는지 알지 못하니 아무 약이든 들라고 말할 수도 없다.

나는 수업 때문에 아내에게 푹 쉬라고 전하고 대학캠퍼스를 향해 차를 타고 갔다. 연구실에서 나 혼자 음악을 틀고 한국 가곡들을 감상했다. 모차르트 슈베르트 바그너 등의 외국 가곡도 좋지만 나는 한국인의 정서가 듬뿍 담겨 있는 우리 가곡을 더 좋아한다. 가곡을 듣고 있노라면 멜로디와 가사가 실바람을 타고 한국의 정취를 자아낸다.

봄노래는 상큼한 봄내음의 진달래처럼 아스라이 피어나는 첫사랑 같고, 서하盛夏의 바닷가에 피는 해당화는 잊지 못할 처녀의 순정과 같고, 가을 노래는 빈들에 핀 코스모스처럼 가냘픈 새색시의 일편단심—片丹心과 같다면, 설국雪國의 눈보라 속에서도 붉게 피어나는 매화는 양갓집 규수의 정절貞節과 비유되지 않을까.

봄 여름 가을 겨울 이 사계절이 우리 인간의 마음을 온갖 색깔로 물들여 아름답게 성숙시키는 것을 우리 자신은 잘 모르는 것이 아닐까.

세계적으로 유명한 예술가들이 태어나 자란 주변을 살펴보면 산천초목이 산수화山水畵처럼 영롱히 빛난다. 스페인 남부 말라가에서 자란 피카소가 그랬고, 프랑스의 남부 오베르뉴 지방이 고향인 반 고호가 그랬다. 오스트리아의 동화 속의 마을 같이 아름다운 할슈타트에서 탄생한 슈베르트가 그랬고, 모국 폴란드의 바르샤바에서 자라 아버지의 나라 프랑스에서 39세의 짧은 생을 마친 피아노의 시인 쇼팽이 그랬다.

독일의 장강長江 라인강이 굽이치며 로렐라이 언덕이 보이는 프랑크푸르트에서 자란 괴테가 그랬고, 호수같이 아름다운 아죠프해에 면한 타간로그에서 태어난 안톤 체호프가 그랬으며, 또 대평원의 초목지 스트렛포드에서 자란 셰익스피어가 그랬다.

대자연은 인간의 심상을 움직이는 위대한 힘을 그 속에 간직하고 있다. 대자연은 훌륭한 은사보다 낫고 좋은 환경은 인자한 어머니보다 낫다. 인간은 좋은 환경에서 인간애를 느끼고 또 그것을 배운다. 그렇지 못하면 탐욕과 위선 그리고 거짓말로 인해 우리의 고귀한 인간성을 잃게 된다. 그렇게 되면 인간은 스스로 파멸을 부르게 될 것이다. 맹모의 삼천지교三遷之教는 인간교육의 최후의 보루라 할 수 있다.

요즘 자기 나라를 버리고 외국으로 떠나는 사람들이 늘고 있다. 그들은 어쩌면 자기가 맹모인 양 이리저리 훌륭한 교육환경을 찾아다닌다고 생각할지도 모른다. 그러나 자기 생활수준을 망각하고 무작정 외국으로 떠나려는 사람들은 한 번 다시 무릎을 치고 재고해 볼 필요가 있다고 본다.

혹시 외국에 가서 경제적으로 형편이 안 되어 시장터나 장례식장이 있는 곳에 정착한다면 자식의 정신발달에 문제가 있을 뿐만 아니라 교육면에도 지장을 줄 것이 뻔하다.

내일은 세키 이사장과 단독으로 대면하는 날이다. 그가 어떤 식으로 나오는지 잘 살펴봐야겠다. 나는 그에게 기대는 하지 않는다. 일본 속담에 '타인은 한 철(때)의 꽃'이라고 비유했다. 그는 내 친구도 아니고 지인도 아니다.

나는 다만 내가 20년 동안 이 K대학에서 하루도 휴강을 하지 않고 일본 대학생들에게 애정과 열정으로 한글을 가르친 것, 그리고 유학생들을 위해 국제 봉사사업과 장학사업에 대해 그가 어떻게 평하는가에 문제의 해답이 있다고 생각한다. 그는 과연 그 문제를 풀 수 있을까?

# 에라이 상(様) 기질

### 11월 27일 목요일

흐림. 치과대학 출강 때문에 아침 일찍 일어났다. 그런데 꿈자리가 뒤숭숭해 그저 머리가 무겁다. 젊을 때는 그날의 꿈 얘기를 자신 있게 어머니에게 줄줄이 얘기하기도 하고 해몽을 부탁하면 어머니는 거의 개꿈이라 둘러대며 웃어넘겼다. 개꿈은 그저 길흉을 가릴 수 없는 취몽醉夢과 다름없다.

그런데 나이가 들고 보니 꿈은 꾸었는데 아내에게 뭐라고 전할 얘깃거리가 전혀 머리에 떠오르지 않는다. 노쇠로 인한 뇌세포의 급격한 감소의 탓으로 돌릴 수밖에 없는 것 같다. 한 마디로 꿈자리(夢兆)는 알 것 같은데 환상의 꿈 세계를 조리 있게 설명할 수가 없는 것이 안타깝기만 하다.

오늘은 1시에 세키 이사장과 상호 대담을 하기로 약속이 되어 있는 날이다. 나는 치과대학에서 아침수업을 마치고 막 바로 K대학의 내 연구실로 부리나케 달려왔다. 신경을 써서 그런지 선선한 날씨인데도 내 몸은 흠뻑 땀에 젖어 있었다.

1시에 이사장을 찾았다. 그런데 이사장과 단독으로 만나는 것으로 알고 있었는데 아보시 학장과 법인 사무실 K실장도 와 있었다. 나는 난감한 표정으로 "어찌된 일입니까?" 이렇게 학장에게 묻자 그는 "오늘 얘기는 중요하기 때문에 제삼의 입회자가 있어야 할 것 같아서 실장까지 데리고 왔습니다"라고 핑계를 댔다. 마치 세 사람이 삼인성호三人成虎의 트릭을 쓰기 위한 사전음모처럼 느껴졌다. 어처구니가 없었다. 지난 달 아가리 전무와 만났을 때는 단둘이 만나서 나의 과거 얘기를 모두 털어 놓았다.

나는 K대학에 코리아 코스 담당교원으로 부임하고부터 지금까지 한국어와 문화 강의를 매주 7내지 8코마를 20년 동안 강의하면서 한 번의 휴강도 없이 정열적으로 학생들을 지도해 왔다는 점과 10년 전부터 APP국제봉사단체 NPO

법인을 설립하여 일본인 제자들과 사회인들의 힘을 입어 국제볼란티어를 통해 10년간 모두 40여 명의 외국인 학생들에게 장학금을 주어 이 대학에서 보람 있는 유학생활을 할 수 있도록 매달 지원해 주었다는 점, 그리고 수년 전부터 해외 한국어학실습으로 여름방학을 쉬지도 못하고 실습생 100명 전후의 학생들을 인솔하여 10여 년 간 충실히 임무를 다해 왔으며 국제교류에도 힘써 왔다는 일들을 이야기하듯 전했다.

나는 요전에 전무를 만날 때처럼 이사장과 독대하는 것으로 알고 있었는데 예상이 어긋나 기분이 묘했다. 1대 1의 대화가 아니라 1대 3의 대화이니 아무래도 내게는 불리한 대화가 될 것이 틀림없어 보였다. 학장이 이상한 질문을 할 때는 나는 한동안 입을 다문 채 그들의 말뜻을 새기어 보기도 했다. 내용인즉, 예상대로 대학의 적자운영을 해소하기 위해 OB교수들에게 명예퇴직을 간청하고 있다는 말이었다.

그럼 세키 이사장이 지난 3월에 새로 취임하고부터 지금까지 나에게 행한 차별적인 행위에 대해서는 사과의 말 한 마디도 없었을 뿐만 아니라 거기에 지난 4월부터 비밀리에 추진해 온 한글코스 신설에 한국어 주임교수인 나에게 일언반구一言半句도 없이 낙하산 인사를 자행했을 뿐만아니라 교원자격 심사위원들을 학부장 제멋대로 선거도 없이 위원들을 지명하여 교수회를 사물화私物化하려는 그들의 횡포를 폭로하고 싶었다.

이사장은 거의 말은 없었지만, 내 생각으로는 "당신은 나이가 든 늙은 교수이니 이제 이 대학을 떠나라"는 명령이 내 귀에 아련히 들리는 듯했다. 그냥 울화가 은근히 치밀었다. 역시 상식이 없는 이사장인지라 내가 조용히 물러서는 것이 예의인 줄 알지만, 우선 나에게 사죄를 하고 나서 퇴직 얘기를 꺼내는 것이 순서일진대 먼저 나의 퇴직을 강요하는 듯한 그들의 태도에 나는 그만 "No. I can't do it." 이렇게 속으로 외치고 있었다.

다시 번거롭게 나의 캠퍼스 스토리를 그들 앞에서 다시 되풀이하고 싶지가 않았다. 대신 나는 그들을 행해 "지난 달에 아가리 전무로부터 내 얘기를 들었습니까?"라고 이사장에게 엉뚱한 질문을 했다. 그러자 옆에 있던 학장이 얼떨결에 '하이' 라고 나를 향해 대답을 하며 이사장의 눈치를 보았다. 그러자 세키 이사장이 "하이, 선생님의 얘기를 들었습니다"라고 심드렁히 대답을 하고는 꿀 먹은 벙어리처럼 애써 웃음을 짓고 있었다.

나는 그의 확답이 듣고 싶어서 언짢은 표정으로 "아가리 전무가 무슨 얘기를 하던가요?" 하자 그들은 서로 눈치를 보더니 엉뚱하게도 이사장이 "선생님은 좋은 분이라고 칭찬했어요"라고 잘라 말했다. 어찌된 일인지 이사장은 내 얘기를 제대로 들은 것 같지가 않았다. 어쩌면 나의 간곡한 호소가 그에게는 한낱 '소귀에 경 읽기' 와 같았으리라. '힘도 없는 죠센징(朝鮮人) 쯤이야' 이렇게 얕잡아보는 태도가 그들의 얼굴 표정에서 엿볼 수가 있었다. Oh, damn!

더 이상 그들과 얘기하고 싶지가 않았다. 그러나 아가리 전무에게 마지막으로 한 말을 안 할 수가 없었다. "나는 당장 오늘이라도 이 대학을 떠나고 싶지만 현재 사립학교연금과 국민연금 등 기타 보험금을 내고 있는 이 마당에 지금 사표를 쓸 수가 없습니다. 나도 K대학을 위해 오랫동안 물심양면으로 봉사해 온 것을 참작해 줄 것과 '한글방 무료강의' 를 위해 수강생들과 약속한 것이 있으니 1년만 배려해 준다면 좋은 추억을 간직하고 웃으며 캠퍼스를 떠날 수 있을 것이오니 선처를 바랍니다"라고 나의 말을 끝냈다.

그러자 이사장은 말도 없이 웃으며 자리를 떠났고 학장은 나를 엘리베이터까지 배웅해 주었다. 나는 언뜻 윤리위원회의 요시타 교수의 말이 생각났다. 그래서 학장을 향해 넌지시 "에미나 씨에 대한 윤리위원회의 보고서는 어찌 되었습니까?" 이렇게 물었다. 그러자 그는 "아직 보고서를 받지 못했습니다"라고 시치미를 떼며 도깨비 뱃가죽 같은 소리를 했다. 그는 지금도 나를 바보로 알고 있는 모양이다.

요시타 교수의 무혐의 판정을 내린 보고서를 그는 비밀리에 처분한 후 자기 측근인 나카하시(中橋)를 새 윤리위원장으로 멋대로 임명하지 않았던가. 그 자가 몇 차례나 나를 우롱한 사실을 학장은 아는지 모르는지 뻔뻔스럽기 그지없었다. 임기가 아직 1년이 남아있는 윤리위원회 간사를 제 마음에 안든다고 제 멋대로 경질하는 무뢰한들과 더 이상 얼굴을 맞댈 이유가 없을 것 같다.

나는 연구실로 돌아오면서 '인간은 자기를 보호하려는 본능적 욕구를 위해 언제 어떻게 마음이 바뀔지 모르는 영악하고 기묘한 동물'이라는 생각이 들었다. 진저리치도록 이 악역무도惡逆無道한 자들의 에라이상 기질(권력이 있는 자가 잘난 척하며 부하를 놀려 괴롭히는 행위)을 그들 측근들의 행태에서 능히 감지할 수 있었다.

# 속물 근성

## 11월 28일 금요일

흐림. 아침에 일어나 어제 일들을 생각해 보니 내가 이사장과 학장을 너무 크게 본 것 같다. 별 보잘것없는 조잔한 자들에게 1년간 살펴달라고 한 내 자신이 너무 초라한 인간으로 비쳐진 것 같았다.

나는 의義로 죽을지언정 불의不義로 살고 싶지 않다. 나도 어느새 비열한 놈들과 지내다 보니 그렇게 물이 들었는지 모른다. 나의 눈은 점점 작아지면서 속인俗人과 똑같은 속습俗習에 젖어 있지 않은가. 성경에 보면 사람이 커 보이면 하나님이 작아 보인다고 했다.

교만한 자의 말을 알아볼 것이 아니라 오직 그 능력을 알아보라 했다. 하나님의 나라는 말에 있지 아니 하고 오직 능력에 있음이라. 고린도전서 4장에 그리 쓰여 있다.

아침에 가미야 전 이사장께 전화를 걸었다. 그는 지금 후쿠오카에 용무가 있어 저녁에야 귀가할 것이라 전했다. 내일은 시간이 있으니 만나자고 응해 주었다. 나의 입장을 잘 알고 있는 가미야 씨는 어쩌면 나의 하나밖에 없는 구원군인지도 모른다. 내일은 그의 조언을 들어봐야겠다.

거짓과 음모를 일삼는 자객간인刺客奸人들을 무골호인無骨好人으로 믿어왔던 나 자신이 미웠다. 그리고 지금 연말연시가 다가오는데 서푼어치도 안 되는 조작극을 꾸며 나를 무고작산無故作散하려는 그들의 꿍꿍이속이 더욱 미웠다.

하지만 나는 끝까지 그들이 어떤 식으로 나오는가를 주도면밀히 살펴봐야겠는 다짐을 했다. 혹시나 그들은 에미나를 미끼로 미인국美人局을 차려 놓고 나를 함정에 빠뜨리기 위한 최후의 모략을 꾸미고 있을지도 모른다.

오후에 유학생 몇이 내 연구실로 놀러왔다. 이야기 끝에 캠퍼스에 이상한 여자가 교수실을 들락거리며 유언비어를 퍼트리고 있다는 말을 내게 했다. 나는 갑자기 그 말을 듣고 번득 에미나가 머리에 떠올랐다. 유학생들도 친구들로부터 들은 얘기라 했다. 혹시 그녀가 에미나라면 틀림없이 내 얘기를 뻥튀기하여 다른 학생들에게 발설할 수도 있다. 칭찬의 말은 십리도 못 가지만 나쁜 소문은 천리를 간다. 그래서 사람은 몸조심 말조심을 해야 한다.

지난 여름방학에 한국 사회실습기간에 있었던 일들을 돌이켜 보아도 나는 모든 학생들에게 차별을 두지 않고 대해 주었다. 그러나 에미나는 새파란 학생들에 비하면 나이가 많은 큰언니 격이라는 것이 부담으로 작용했던지 학생들과 잘 어울리지를 못했다. 그래서 인솔자에 대한 불만을 강울음으로 나타내려고 했는지도 모른다.

갑작스런 그녀의 울음소리에 나뿐만 아니라 거기에 있던 모든 사람들이 놀랐다. 나는 그녀에게서 병적인 히스테릭을 느꼈다. 처음에 나는 울지 말라고 소리를 쳐 보았지만 듣질 않았다. 그 후 그녀는 마치 훼방꾼 같은 행동을 하기 시작했다.

관광으로 온 그녀가 정식으로 연수에 참가한 학생들을 꾀어 내일 모두 일본으로 돌아가자고 꼬였다는 말을 들었기 때문이다. 정말 그녀는 사심불구蛇心佛口의 사시蛇豕처럼 느껴졌다. 나는 그 말을 듣는 순간 지금까지 겪어보지 못한 사제간의 악연의 발단을 깨닫게 되었다.

속물들의 악연惡緣은 지옥에서 또 만나고 선인들의 양연良緣은 천국까지 같이 간다. 이는 '악연악과惡緣惡果요, 선연선과善緣善果' 란 말과 일맥상통한다. 인간의 악연이 속물俗物 근성에 기인한다면 명예를 돈으로 사고 남의 인권과 지위를 박탈하고 약자의 노동의 대가를 수탈하는 이 같은 속물들을 이제 글로벌 시대에서는 절대 간과해서는 안 될 것이다.


# 노익장 老益壯


## 11월 29일 토요일

맑음. 1시에 쥬오쵸(中央町)의 스시야(초밥집)에서 가미야 전 이사장을 만났다. 고령인데도 불구하고 오늘도 골프연습장에서 골프공을 1박스 치고 왔다고 했다. 대단한 노익장이다. 단둘이 초밥을 먹으면서 건강얘기가 스스럼없이 나왔다.

그는 항상 고려인삼을 복용하기 때문인지 백발노인이지만 홍안紅顏의 노익장을 자랑하듯 인삼 예찬론을 폈다. 만날 때마다 느끼지만 그의 혈색을 보면 누구도 인삼의 효과를 부정할 수 없을 것이다. 내 피부는 늘 거칠거칠한데 그는 노인답지 않게 얼굴에 윤기가 있고 볼이 발그스름하다. 건강도 부모로부터 좋은 유전자를 물려받지 않았다면 장수할 수도 없고 행복해질 수도 없다. 조상의 은덕으로 자기가 복락을 누리고 있다는 것을 알지 못한다면 마소와 무엇이 다를까. 나도 건강히 지낼 수 있으니 내 건강이 자식들에게 대를 이었으면 한다. 건강은 몸 관리를 소홀히 하면 얼마 안가 망가진다.

80대 노인이 골프를 칠 정도라면 굿 제노스(good genos)의 소유자라고 할 수 있지 않을까. 인류의 역사는 투쟁 속에서 항시 건강을 창출하였다. 또한 인간의 유전자도 진화하고 개량됨으로써 자연스레 노인들의 숫자가 늘어났다. 건강한 노인들은 행복의 진미를 느낄 수 있지만 그렇지 못한 노인들은 하루 세끼 밥 먹는 일 자체가 부담스럽고 고통스럽기만 할 것이다.

행복의 기운은 행복한 사람들로부터 발산된다. 여유와 웃음과 양보 그리고 배려심이 없으면 절대로 행복을 느낄 수가 없을 것이다. 가미야 전 이사장과 얘기 도중에 세키 이사장과 하라(原) 부이사장 얘기가 나왔다. 가미야 씨는 세키 씨와는 잘 모르지만 하라 씨와는 가끔 전화를 하는 사이라고 전했다.

나는 요전에 있었던 학장의 얘기를 꺼낼까 하다가 가미야 씨에게 부담이 될 것 같아 화제를 돌렸다. 내가 보기에 하라 씨는 온건한 분이지만 사람들 앞에 나서는 타입이 아니라 내가 상담을 제의하려 해도 그에게 심적으로 혼란을 불러일으킬 것 같아 아예 손을 뗀 상태이다.

최근 나는 K대학 교원노동조합의 규칙 조항에 '타 대학, 관청 또는 민간회사 등으로부터 특별한 사정에 의해 본 대학이 초빙한 교육직원은 70세 생일을 맞이하는 해까지 객원교수 또는 촉탁교수로 고용할 수 있다'라고 규정해 놓은 조항을 새로 알게 되었다.

나는 이 조항에 관하여 얘기를 가미야 씨에게 살며시 꺼냈다. 그러자 그는, 선생님은 외국에서 초빙 받고 일본에 왔으니 그 조항에 해당될 것이라며 자기가 밀어주겠다고 말을 했다. 말만 들어도 명치끝에 맺혀 있던 응어리가 봇물 터지듯 쏠려 내려가는 기분이다.

내가 이 대학에서 처음 임명장을 받을 때 당시 이사장이었던 야스타 히로시(安田弘) 씨도 나를 격려하면서 "선생이 국제관계학부 학생들을 잘 가르쳐 주시면 70세까지 우리 K대학이 책임질 것이니 잘 부탁한다"라며 나의 손을 굳게 잡아주었다. 그 말은 나에게 큰 힘을 실어 주었고 나 역시 이 대학을 위해 한국어 강의에 열정을 다 할 것을 그 자리에서 다짐하였다.

그 분이 지금 내 옆에 있다면 이 같은 비정한 일들은 없었겠지만 그 분은 이 세상에 없는 것이 문제이기도 하다. 그러나 나 자신을 믿으면서 한 번 학장 이하 경영진들과 대항할 명분이 선 것 같아 마음이 그저 뿌듯해지는 듯했다.

# 하이쿠(俳句)

## 11월 30일 일요일

맑음. 어제까지는 오늘 가와치(川池) 온천에 가서 우리 부부는 온천욕을 하고 돌아올 예정이었는데 아내의 급작스런 제의로 장소를 바꾸게 되었다. 와카마츠(若松) 해변에 있는 '언덕의 집' 간포노야도(簡保の宿)에 가기로 생각을 바꾸었다. 휴일을 핑계 삼아 바닷가를 드라이브하면서 번잡스런 인간사를 잠시나마 잊으려고 집을 나섰다. 아내는 추억을 남기기 위해 미리 어제 도시락을 준비한 모양이다. 간포노야도(宿)란 호텔식의 반관반민의 숙박업소를 말한다.

야도(숙소)의 건물은 바닷가 언덕 위에 높이 서 있기 때문에 그곳에서는 사방으로 푸른 바다와 파란 하늘을 볼 수 있어서 그런지 손님들이 끊이지 않고 있다. 더욱이 오늘 같은 일요일에는 어제부터 예약된 손님들로 붐비어 방이 없을 정도이다. 그래서 우리는 간포노야도에서 해수욕장으로 통하는 아랫길을 거닐다가 한적한 쉼터에서 자리를 잡고 도시락을 펼쳐놓고 발아래로 바위에 부딪혀 하얗게 부서지는 파도를 보면서 가시와(柏) 도시락을 먹었다.

식사 후 아랫길로 내려가면 바닷가에 이를 수 있는데 아내는 내려가기가 힘들 것 같다며 발길을 다시 돌렸다. 오늘은 가을의 마지막 날이라서 그런지 바닷바람이 여느 때와 달리 피부에 차갑다. 나는 재킷의 지퍼를 올려 잠그며 내려온 그 길로 아내와 같이 걸어 올라갔다. 그런데 아내가 화장실이 있는 곳에 이르자 가방을 나에게 건네주며 화장실에 다녀오겠다면서 그쪽으로 달려갔다.

그런데 아내는 얼마가 안 되어 급히 내게 달려오며 무서워서 그냥 일도 제대로 보지 못하고 나와 버렸다고 말했다. 주위에 사람들이 전혀 없으니 누구나 그런 공포를 느낄 것이다. 바람에 화장실 문이 덜그렁거리는 소리가 무서워 그냥 뛰쳐나왔단다.

나 역시 아내의 다급했던 공포감을 알 것 같았다. 몇 년 전인가 일본에서 한

적한 야외 화장실에서 소녀가 사살된 사건이 번뜩 떠올랐다. 호텔에 다시 돌아와 스낵바에 들러 커피 두 잔을 시켜놓고 창 너머 코발트블루의 수평선을 바라보고 있노라니 지난 해 부산의 D대학에서 연구원으로 잠시 우리 대학을 방문했던 안영면 교수와 현재 한국어 교환교수로 근무중인 김대원 교수와 같이 술을 마시며 회포를 풀던 그때 생각이 떠올랐다.

당시 나는 안 교수, 김 교수와 함께 바닷가를 거닐면서 정다운 얘기를 많이 나누었다. 그러고 보니 한국 사람은 서로 통하는 오러가 있다. 우리 세 사람은 해변 기슭을 거닐다가 이상한 철제 통을 발견했다. 알고 보니 그것은 한글로 새겨진 기름통이었다. 우리들은 그 통을 손으로 어루만져 보면서 고국을 그려 보았는지 모른다. 현해탄을 지나던 배가 난파되는 바람에 이 기름통이 부유물로 바다를 떠다니다가 파도에 밀리고 밀려 여기 이와야(岩屋) 해수욕장에 닿은 것이라 상상하니 묘한 느낌마저 든다. 우리는 기념으로 큰 기름통을 가운데 놓고 사진을 찍기도 했다.

아스라이 파란 수평선 저 쪽 멀리에 흰색의 상선 한 척이 그림같이 떠있었다. 저 배는 지금 어디를 향해 항해를 하고 있는지? 인생도 가만히 생각해 보면 망망대해를 떠다니는 배와 같지 않을까. 난파선처럼 해난사고가 난다면 인생은 끝이 날 수도 있다. 해난사고는 바다의 신神, 포세이돈이 잠시 조는 사이에 장난꾸러기 님프가 슬그머니 나타나 배의 스크루를 멋대로 만지작거리다가 배가 기우뚱거리자 그대로 도망치는 바람에 결국 배가 침몰하는 참사가 일어난 것인지 모른다. 이 부유물도 파선破船을 예비해 두었던 도구가 아니었다면 그 누구도 이것을 비극적인 구명구로 생각하는 사람은 드물 것이다.

오늘도 그날 셋이서 바닷가를 거닐던 추억의 조각들이 주마등처럼 스쳤다. 멀리 아래로 한적한 백사장을 시름없이 내려다보았다. 바닷바람은 쌀쌀하고 바닷가는 쓸쓸하다. 그리고 수평선은 지금도 푸르다.


「해 너울 수평선 님 계신 고국 카라(韓)로 갈까나.」 5.7.5의 하이쿠(俳句)

- 如江 作詩 -

12월

# Happy birthday

**12월 1일 월요일**

맑음. 오후 대학 강의를 끝내고 근처의 정체원(整体院 - 마사지원)을 찾았다. 몸이 으스스하고 여기저기 육신이 쑤신다. 한 30분 동안 적외선을 쬐고 직접 원장에게 안마를 받았다.

키가 크고 힘이 좋은 원장은 나의 몸을 엿을 주무르듯이 팔다리를 꼬았다 당겼다 폈다를 되풀이하면서 아내의 관절이 좋아졌느냐고 물었다. 덕분에 아내는 아픈 데가 거의 없어졌다고 전하자, 그는 식초를 조금씩 마시면 뼈마디 부위가 부드러워 통증을 덜어준다고 알려주었다.

그것이 사실인지는 몰라도 아내의 관절염은 점점 나아졌다고나 할까, 요즘은 그전과 같이 손과 팔목이 물체와 조금 접촉을 하면 '아야야' 이렇게 통성痛聲하는 도수가 줄어든 것 같다. 흔히 아크로배트(acrobat)에게는 그런 잔병이 없다고 하지 않던가.

오후에 APP 멤버들이 찾아와 그들과 같이 근처 식당에서 점심을 하면서 앞으로 봉사활동에 대해 의견을 나누었다. 나는 다시 금년만 하고 이사장직을 내려놓겠다고 하자 멤버들은 손사랫짓을 하며 '안 된다' 라고 야단이다. 다시 고민이 생겼다. 이쯤 되면 손을 털고 뒷전에서 고문 역할을 해야 할 상황인데 그들은 나의 심정을 도무지 이해하고 있지 않는 것 같다.

오후 수업을 마치고 집으로 돌아가는 도중에 불현듯 어제 스위밍 풀에서 보내온 아내의 생일축하 엽서가 불현듯 머리에 떠올랐다. 이것 참, 낭패로고! 아침부터 'Happy birthday' 축가조차도 잊고 있었지 않은가. 아차, 정말 오늘을 그냥 지나칠 뻔했다.

나는 집 현관에 들어서자마자 아내를 부르며 "여보, 오늘은 특별한 날이니 당신이 좋아하는 스시 먹으러 가야지" 하고 목소리를 높였다. 그러자 아내는 내 연기를 알아차렸는지 손을 저으며 "뭣 하러 비싼데 나가 먹어요? 음식을 다 차려 놓았으니 그냥 와인으로 축배잔을 들면 그만인데"라고 나의 쇼맨쉽을 애써 잊으려는 눈치였다.

부부란 아무튼 금슬상화琴瑟相和하듯 두 소리가 맞지 않으면 불협화의 냉기가 돌게 마련이다. 조금 몇 시간 전에 미리 알아차렸다면 빵집에 들러 생일축하 케이크라도 준비했을 텐데…. 요즘 내 정신이 오락가락하는 느낌이다. 끊임없는 외부로부터의 스트레스 때문이라는 생각이 들었다.

스트레스 장애가 심해지면 우울증이 올 수도 있다. 아무래도 이 같은 현상은 금년에 들어 처음으로 겪는 시랑豺狼의 무리들과 실랑이질이 그 원인이라 생각된다. 어쨌든 가장인 내가 건강해야 가족이 행복해진다는 사실을 새삼 느껴는 요즘이다.


# 심오한 사랑


### 12월 2일 화요일

맑음. 아침 TV방송을 켜니 일본의 경제성장의 상징이었던 꿈의 초특급 열차 '신칸센' O(제로)계가 이달 14일, 44년을 일기로 라스트 런(막차)을 장식한다고 보도했다.

1964년 일본에서 처음으로 제36회 도쿄올림픽 개최를 세계에 널리 알리기 위해 혜성처럼 등장한 '신칸센'은 인류의 새 꿈을 실현한 문명의 이기利器라 아니 할 수가 없다. 도쿄올림픽이 개막되기 9일 전인 10월 1일 히카리(빛 - 光) 1호는 도쿄(東京)역을 출발하여 오사카(大阪)역까지 556킬로를 시속 220킬로로 2

시간 52분에 질주함으로써 세계에서 제일 빠른 고속철도로 탄생했던 것이다.

그 후 1992년에는 시속 270킬로의 신칸센, 히카리(光) 300계가 데뷔하여 지금에 이른다. 우리나라도 2004년 4월 고속철도 시대를 맞이하여 KTX가 선진국 대열을 향해 지금도 철길을 힘차게 달리고 있다.

신칸센이 처음 등장할 당시 나는 대학에서 일본문학에 심취하고 있던 학생이었다. 그 때 우리나라는 박정희 대통령이 새마을운동을 일으켜 가난한 농촌 살리기를 위해 전국적으로 "새벽종이 울렸네. 새아침이 밝았네. 우리 모두 일어나 새마을을 가꾸세…." 이 노래가 요원의 불길처럼 번져 농촌이 탈바꿈을 하는 기적을 이루었다. 그리고 농촌 마을 청년들은 4H클럽을 통해 계몽운동과 함께 건전한 농촌문화운동에 앞장서기도 했다.

그러나 6.25전란 이후 한국은 폐허에서 한강의 기적을 이루었다고는 하지만 농어촌 국민의 대다수는 기아에서 허덕이는 궁핍한 생활을 이어왔다. 1960년대 초 나의 대학시절은 너무나 배고픈 나날이었다. 시내버스 탈 돈이 없어 대학캠퍼스까지 걸어서 다닌 적도 꽤 많았다. 점심시간에는 구내식당을 갈 엄두도 못 냈다. 그 시간은 그저 대학 뒷동산에 올라 책을 보며 시간을 때우곤 했다.

그러던 어느 날 나는 캠퍼스에서 힘없이 그냥 땅바닥에 푹 주저앉고 말았다. 내 다리가 마치 남의 다리처럼 뜻대로 움직이지가 않았다. 넘어진 김에 한참 멍하니 쉬고 있다가 가까스로 일어날 수가 있었다. 그날은 친구에게 돈을 빌려 버스를 타고 친척집으로 돌아올 수 있었다. 며칠 뒤에 알게 되었지만 나의 몸 상태는 악성 영양실조라는 보건소 의사의 소견이었다. 내 얼굴빛은 하얗고 몸은 뼈가 드러날 정도로 앙상했다.

그런데 나는 그 상황에서도 청운의 꿈은 잃지 않고 있었다. 그 꿈이란 어쩌면 일본이 동경의 대상이었다. 그 때부터 어렴풋이 선진국 일본이라는 나라에 가서 신칸센을 타고 출퇴근하는 훌륭한 샐러리맨이 되는 내 모습을 꿈꾸기 시작했던 것이다. 지금으로부터 45년 전 나의 대학시절을 다시 돌이켜보면 나는 지금 그 꿈을 이룬 셈이다. 여하튼 일본에서 자유스럽게 살고 있으니까.

우리 인간에게 어떤 고난과 절망이 가로막는다 해도 미래의 꿈을 꾸지 않는다면 인간은 결코 사람다운 삶을 영위하기 어려울 것이다. 꿈도 없이 허깨비만 바라보는 인생은 암흑의 긴 터널을 지나는 것과 다름없을 것이다.

이제 이 해도 벌써 서산 노을에 걸쳐 있다. 올해는 평생 겪어보지 못한 악업惡業으로 인해 신神이 내게 온갖 고통과 고뇌를 이 한 몸에 안겨준 잊지 못할 해이기도 하다. 그래도 나는 '원수를 이웃같이 사랑하라'는 예수 그리스도의 말씀을 되뇌어본다.

'성인이 아닌 우리 범인들의 사랑은 잘못하면 독심毒心으로 바뀌기 쉽다. 왜냐하면 범인들은 정녕코 사랑의 심오함을 모르기 때문이다.'

# Trauma

### 12월 3일 수요일

맑음. 아침에 스케야에게 전화를 걸었다. 전화를 받지 않는다. 괘씸한 사람이다. 전화도 아내 모르게 급히 걸게 된다. 아내에게까지 빚 얘기를 대놓고 번번이 떠들어대는 일이 죄스러웠기 때문이다. 나도 정말 빚 독촉전화를 거는 것 자체가 점점 싫증이 난다. 아마 그도 인간의 정신적 육체적 피로의 한계를 경험을 통해 알고 있기에 나를 피해 고식책姑息策을 쓰고 있음이 틀림없으리라.

그런 불구대천不俱戴天의 원수가 빤히 보이는 옆집에 산다면 나는 허락을 못할 것 같다. 누가 이삿짐을 싸든가 아니면 서부영화에서 보듯이 결사의 결투를 벌이거나 하지 않고서는 얼굴을 맞대고 절대로 살 수 없을 것 같다.

그런데 나는 스케야를 몇 번이나 대면하지 않고는 빚을 받아내기 어렵다는 생각이 들었다. 그래서 오늘은 오래 전부터 알고 지내던 미시로(三代) 씨를 만나 조언을 듣기로 했다. 그는 오랫동안 사법서사 일을 해온 전문가이다. 이 친구와 미리 상담을 하였더라면 이런 터무니없는 자들에게 당하지 않았을 것이다.

고쿠라(小倉)에 있는 미시로 씨 사무실 근처 식당으로 그를 불러 같이 점심을 먹으면서 얘기를 나누었다. 미시로 씨는 오래간만에 나를 보자 반갑다는 말 대신 "무슨 걱정거리라도 있습니까?"라고 대뜸 물었다. 내 얼굴빛이 그에게도 안 좋아 보였던 모양이다. 나는 애써 예전과 별로 다르지 않다고 둘러댔다.

나는 10년 동안 같이 한글연구회를 주재하면서 스케야를 알게 된 계기부터 그가 나를 고의적으로 접근하여 거짓말을 일삼아 나에게 사기극을 벌인 얘기를 소상히 들려주었다.

내 얘기를 들은 미시로 씨는 근엄한 표정으로 "스케야 씨와 동업자인 이시다 씨는 상습적으로 사기행각을 일삼는 자들임에 틀림없는 것 같아요. 그러나 그들 자신은 사기를 했다고 생각하지 않을 수도 있어요. 일단 저당을 해 주었으니까요. 단지 약속을 어기고 자택을 저당하겠다고 한 것을 속여 헌 아파트를 저당해 준 것은 아주 나쁘지만 현재 일본 형법으로는 이 사람들을 사기로 처벌할 수가 없습니다. 그들을 달래서 돈을 받아 내거나, 아니면 민사로 소송을 하여 법정을 통해서 돈을 받아내는 이 두 가지 방법 밖에 없습니다"라고 상세히 진단해 주었다.

오늘 들은 얘기는 누구나 알고 있는 상식적인 법이지만 미시로 씨가 마지막으로 한 말이 나에게 트라우마로 남았다.

"한국도 일본도 세계 어느 사회에도 도둑놈이 있고 사기꾼이 있기 마련이니 투자하라며, 땅을 사라, 주식을 사라, 돈을 불려 줄 터이니 며칠간 돈을 빌려 달라는 놈들에게 절대 속아 넘어가서는 안 됩니다. 특히 선생님같이 교육에 종사하는 양순한 사람들을 노리는 악덕 브로커와 절대로 가까이해서는 안 됩니다. 열이면 아홉이 당하니까요. 돈을 잃고 난 후 혼자 절치부심切齒腐心한들 무슨 소용이 있겠습니까?"

그 말이 만대불역萬代不易의 금언처럼 내 귓등을 후리치는 듯했다.

야간수업을 마치고 귀가하려는데 E준교수가 내 연구실을 노크했다. 나는 그녀에게 따뜻한 녹차를 내놓자 자연스레 대학의 현실과제에 대한 얘기가 오갔다. E 준교수는 내가 반대하는 일방적 개혁에는 적극적인 태도를 보이지 않았지만 지금 대학경영 이사진이 강행하고 있는 교수의 정년을 70세에서 65세로 낮추려는 것은 자기도 문제가 있어 보인다고 지적했다. 대학에 공로가 있는 교수와 외부 초청교수를 배제하면 몇 사람도 없는데 그것을 문제 삼아 떠벌여 번거롭게 학칙의 조항까지 뜯어 고치려는 이사장의 속셈이 알 수 없다며 학장, 학부장을 싸잡아 비난했다.

그렇다고 촉탁교수에게 나가는 급료라 해봤자 쥐꼬리만한 금액인데 개혁이라는 미명하에 OB교수들에게 진술서까지 꾸미더니 이제 와서는 '명예교수'를 먼저 생각하는 것이 신상에 좋을 것이라며 회유하더니 마지막에는 협박까지 한다고 비아냥거렸다. 지금 K대학 이사진이 하고자 하는 개선책은 어쩌면 개악改惡이 될 수도 있다고 두 사람은 조심스레 결론을 내렸다.

집에 돌아오자 오랜만에 한국에 있는 김기운 동문으로부터 전화가 왔다고 아내가 알렸다. 시간이 늦어 내일 서울에 전화를 걸어야 할 것 같다. 지난 여름방학에 마음의 여유가 있었더라면 작년과 같이 이후승(치과의사) 동문이 나를 위해 나와 가까웠던 유하정 동문, 김용언 동문, 박철규 동문, 조철구 동문, 강태일 동문, 김기운 동문, 서정관 동문들을 불러 작은 동창회를 주선했을 텐데….

올해는 나의 개인사정으로 그 친구들과 회포를 풀지 못한 채 이 한 해를 쓸쓸히 보낼 것 같아 왠지 마음이 아프기만하다.

# 슷파노카와(盜賊) 근성

### 12월 4일 수요일

새벽부터 비가 부슬부슬 내린다. 회색 하늘을 바라보니 날씨마저 청승맞다고나 할까. 오늘은 왠지 몸에 납덩이라도 달린 것처럼 다리가 무거워 움직이는 것 자체가 짜증이 난다. 그러나 학교수업을 빼 먹을 수는 없다. 강의실에 들어가면 학생들이 나를 바라보는 그 순간 나는 그저 힘이 솟고 행복하다.

일본 학생들이 나를 어떻게 생각할지 몰라도 강의를 할 때만은 나를 한국 사람으로 잊지 말기를 그들에게 당부하고 싶다. 한국인으로서 굳은 긍지와 자존심을 그들에게 보여주는 일이 또한 내 수업의 일부분이기도 하다. 한국 사람 (조선인 - 죠센징)을 제3국민(third-class citizen)으로 비하하려는 일본의 골수 극우파들을 매스컴에서 대할 때마다 일본의 시계는 아직 명치시대明治時代에 머물러 있는 느낌이 들어 나는 그들을 가리켜 살아 있는 핫슬 애니멀(fossil animal)이라고 별명을 붙여주고 싶다.

오늘날 이같이 고리타분한 자들은 일본의 구폐旧弊 정치가들 중에서 흔히 찾아볼 수 있다. 그런데 나는 지상을 통하여 일본의 정치가 중에도 양심이 있고 우리의 사표가 될 만한 훌륭한 인물이 꽤 있다는 사실에 아직 희망을 버릴 수 없다. 진정 그들과 진심으로 소통하여 서로 막역한 친구가 된다면 한 · 일양국의 미래는 결코 어둡지는 않다고 본다. 역사교과서 문제로 영토문제로 종군 위안부 문제 등으로 와각지세蝸角之勢를 드러낸다면 일의대수一衣帶水의 현해탄을 사이에 놓고 한 · 일 양국은 과연 우방이라 할 수 있겠는가. 지금이야말로 서로가 깊이 반성해야 할 시점이라 생각한다.

저녁에 집에 돌아와 식사를 하는데 하야시(林) 전 학부장으로부터 전화가 왔다. 그는 마당발이라는 별호처럼 최근 자기가 만난 사람들을 열거하면서 내 소문을 들었다고 했다. 내가 K대학을 위해 무보수 강의까지 하겠다는 말을 들었는데 그 말을 진짜로 했느냐고 내게 물었다.

언제 어디서 누구에게 그런 말을 한 기억이 없는데 현재 매주 목요일에 과외로 하고 있는 무료강좌 '한글방'이 잘못 와전된 것이 아닌가 생각이 들었다. 하기야 20년 동안 이 대학에 몸담아 온 외국인 교수로서 멸사봉공滅私奉公의 정신으로 무보수 강의를 할 용의도 없지는 않다.

그런데 곰곰이 생각해 보니 APP국제봉사 활동을 하면서 나는 노후에 여유가 생기면 한국어 무료강의를 통하여 한·일 교류친선에 가교역할을 하고 싶다는 말을 어느 강연회에서 밝힌 바가 있다. 그러나 하야시 선생이 들은 루머는 아마 최근의 일처럼 들렸다.

내가 최근에 강연에서 한 말은 아가리 전무와 면담 때에도 꺼내지 않았는데 하야시 선생이 들은 소문은 단순한 소문 같지가 않았다. 필시 누가 대학의 개혁을 빙자하여 나쁜 의미로 내 얘기를 퍼트리고 있는지 모른다. 예를 들면 지지난 달에 나의 '한글방'에 대한 신문기사를 보고 무료강좌의 시시비비를 논할 수도 있다. 거기에는 반드시 나에 대한 비난자가 있다고 본다. 다시 말하자면 숫파노카와(盜賊 - 間諜) 근성의 스파이가 나의 정보를 캐려고 알게 모르게 내 주위에 진을 치고 있는지 모른다.

그것은 오늘 하야시 선생이 내게 전화를 끊을 때 마지막으로 남긴 말 때문이다. '가까이 있는 사람과 새 사람을 조심하세요'라는 충고의 말이었다. 나는 전화를 끊고 한참 멍하니 서 있다가 주방에서 양주를 꺼내 와 스트레이트로 마셨다. 아내가 걱정스런 표정을 지으면서 "누구 전화예요?"라 물으며 봉지에 든 오쓰마미(안주)를 식탁에 내놓았다. 나는 하야시 선생이라 답하지 않고 짐짓 다른 사람으로 둘러댔다.

밖에서는 빗소리가 제법 크게 들려왔다. 오늘 밤 산책은 그만두기로 하고 일찍 잠을 청해 지친 심신을 쉬게끔 해야겠다. 남들은 다 알고 있는데 '정작 모르는 자는 바깥주인뿐'이란 일본 속어가 번뜩 떠올랐다. 자기들은 모두 정보교환을 하면서 이방인인 나에게 먹통 물만 주며 그저 그걸 마시란다. 나의 객관적인 관점에서 볼 때 일본사회는 예의 바른 사회라 할 수 없을 것 같다.

# 나는 무엇인가?

## 12월 5일 금요일

흐림. 아침 일찍 일어났다. 이유는 야뇨증 때문이다. 어제 저녁 늦게 마신 술이 바로 신체현상으로 나타났다. 만약 맥주를 마셨다면 적어도 3번쯤은 눈을 떴을 것이다. 다시 반시간 정도 자려 했으나 아내가 덩달아 일어나 이부자리를 개는 바람에 나는 소파로 옮겨서 TV를 켰다.

어제 도쿄의 히비야(日比谷)공원에 수천 명의 비정규직 사원들이 궐기하여 세계불황으로 인해 해고하려는 대기업체에 대해 "우리들에게도 새해 설맞이를 하게 해 주세요. 기숙사에서 쫓아내지 마세요. 아무쪼록 홈리스가 되지 않도록 부탁합니다." 이것이 그들이 절규하듯 외치는 슬로건이다. 그들의 절박한 경제사정이 남의 일처럼 들리지 않았다.

지난 달 갑자기 노동자 파견회사의 영업담당자로부터 생각지도 못했던 노동계약 취소통고를 받은 비정규 사원은 지금 묵고 있는 기숙사를 이달 말까지 비우지 않으면 안 된다며 울상을 지었다. 지금 일본은 경제대국이란 테두리 안에서 겨우 턱걸이를 하고 있는 형극이다.

일전에 교수회의에서 취업담당 교수의 말에 의하면, 앞으로 자동차 전기 공작기계 등 제조업을 중심으로 비정규 사원의 대량실업이 연이어 예상된다고 말했다. 현재 일본 후생노동성厚生勞働省이 파악하고 있는 자료에 따르면 내년 3월까지 하루에 3만 명씩 실업자가 늘어날 것이라고 전망하고 있다.

오늘날 경기불황은 일본뿐만이 아니다. 미국도 그렇고 우리 한국도 광우병 수입소고기 문제로 온 나라가 시끄러웠던 때도 있지 않았던가. 요즘 도시형 생활인이 겪는 불경기이다. 불경기로 인해 인간 본연의 모습이 하루가 다르게 변화하고 있다. 먼저 누구나 느끼는 시각적인 반영은 이웃과 이웃 사이가 매정하게도 점점 멀어져 간다는 것이다.

오늘날 이웃사촌이라는 끈끈한 정 있는 사람들을 일본사회에서는 찾기 힘들다. 대부분의 가정이 이웃집 사람들이 무슨 일을 하며 살아가는지조차 모르고 지낸다는 것이다.

어느 날 갑자기 옆집 가족들의 모습이 보이지 않자 수상하게 여긴 이웃이 경찰에 신고를 하여 집안을 살펴보니 중년의 부부가 유서도 남기지 않고 애들과 동반자살을 한 사건이라든가 장기불황으로 집안 살림이 궁색해지자 처자를 버리고 도쿄로 올라가 일용직 노동자로 하루살이 품팔이 생활을 하던 60대 남성이 혹독한 추위에 동사凍死한 사건 등 지금 일본의 비극은 현재 진행형이다.

프랑스의 철학자 데카르트는 '나는 무엇인가?' 라는 질문에 대해 '나는 생각한다. 그러므로 나는 존재한다' 라는 명언을 남겼다. 지금 일본인 실업자들에게 '당신은 무엇인가?' 라고 질문을 던진다면 그들은 이렇게 대답하지 않을까. '나는 지폐 한 장도 없는 금박金箔 지갑만을 품고 있다. 그러므로 나는 떠돌이로 존재한다' 라고 답할지도 모른다.

지금 나의 심신은 소금물에 적신 배추 이파리처럼 푹 늘어져 있다. 그리고 보기도 싫은 얼굴들 듣기도 싫은 자들의 허튼 말과 말, 그리고 또 벌거벗은 추한 인간들이 나의 정신적 트라우마가 되어 마치 부메랑처럼 나를 공격해 오는 모양새로 보인다.

'나는 무엇인가?' 이 질문에 나 자신 지금 대답할 말이 좀처럼 떠오르지 않는다. 그런데 나는 자신을 알게 되었다. 나는 항시 1+2는 3이라는 것만 생각한 듯하다. 그러므로 늘 3류로 존재하는 것이 아닐까. 고지식하고 부덕不德한 어정쩡한 인간, 이것이 최근 내가 어설프게 그려낸 나의 자화상이다.

# 냉혈한 근성

## 12월 6일 토요일

흐림. 오늘 아침 한파가 시베리아에서 갑자기 밀려 내려온 것 같다. 후쿠오카가 4℃다. 서울은 -7℃이고 부산이 -4℃라 한다. 서울은 홋카이도(北海道)의 기온과 비슷하다.

젊었을 때는 겨울이 그리 싫지 않았는데 이제 나이가 드니 어딘지 겨울이 으스스하고 을씨년스럽다. 지금은 겨울보다 새싹이 돋아나고 꽃피는 춘3월이 좋다. 어쩌면 한반도의 사계절은 사람을 홀리는 요물 같은 것이라 생각한다.

우리나라는 금수강산에 걸맞는 백화난만百花爛漫한 아름다운 사계절을 누리고 있다. 한겨울에 잎사귀보다 먼저 꽃망울을 터뜨리는 매화는 그 자체가 처녀의 가슴처럼 설레게 한다. 더구나 매화나무에 살포시 눈이 쌓이면 매화꽃은 선녀처럼 신비감을 자아내기도 한다.

중국 속담에 '매화꽃 피는데 눈 안 오면 마음이 식는다' 는 말은 매화꽃 피는데 눈이 내리지 않으면 신선이 없는 신선도神仙圖라고나 할까. 현재 중국 사람들은 모란보다 매화를 더 사랑하고 있다고 한다.

벚꽃도 마찬가지로 꽃이 먼저 피고 꽃잎이 거의 떨어질 즈음에야 파란 새잎이 움튼다. 일본 사람들은 벚꽃을 좋아하기보다 그 꽃을 종교처럼 숭상한다고 해도 무방할 것 같다. 일본 사람들에게 왜 벚꽃(사쿠라)이 좋으냐고 물어보면 십중팔구는 팍 피었다가 팍 떨어질 때의 멋짐과 그 풍정風情이 일본 사람들의 정기精氣와 맞아 떨어지기 때문이라고 말한다.

일제 말기 조선총독부는 한국 각지에 벚나무를 심을 것을 권장했다. 경성(서울) 인천 진해 등지에서 많은 벚꽃을 볼 수 있는 것은 한국 사람들에게 사쿠라의 정신과 기를 은연중에 심어주기 위한 일본의 식민지문화정책의 일환이었다고 보면 틀림이 없을 것이다. 사쿠라의 종류는 200종이 넘는다고 한다. 일본의 대표적인 벚꽃은 예부터 친숙히 알려진 야마자쿠라(山櫻 - 산앵)라는 품종이다.

그런데 옛날 우리나라에는 버들처럼 늘어진 벚나무가 있었다. 이것을 야나기자쿠라(柳櫻 - 유앵)라 부르는데 이 벚나무는 원래 조선반도가 원산지이다. 그리고 대만이 원산지인 강히자쿠라(寒緋櫻 - 한비앵)는 중국 남부지방의 초원계곡에서 자생하는 희귀종이기도 하다.

일본에서 벚꽃놀이로 유명한 곳은 나라현(奈良懸)에 있는 요시노산(吉野山)의 요시노자쿠라이다. 수 만 그루의 벚나무가 일제히 꽃망울을 터뜨릴 즈음이면 전국 각지에서 수십 만의 상춘객賞春客들이 떼구름처럼 모여든다. 흔히 전국 어디서나 볼 수 있는 벚꽃은 담홍색의 소메이요시노(染井吉野 - 벚꽃)의 종류이다.

많은 일본 사람들의 벚꽃 사랑은 화려한 꽃잎 그늘 아래서 가족끼리 오손도손 모여 앉아 벚꽃들을 바라보며 준비해 온 음식을 나눠 먹으며 희희낙락喜喜樂樂하는 그 모습이라 할 수 있다. 흔히 '꽃은 사쿠라(벚꽃) 사람은 사무라이(무사)' 라는 말처럼 일제 말기 군국주의자들은 가미카제(神風) 특공대원들에게 늘 '병사는 천황을 위해 벚꽃처럼 깨끗이 질지어다' 라고 세뇌를 했다는 사실에 다시 놀라지 않을 수가 없다. 그런 의미에서 벚꽃은 일본인에게는 양면의 칼과도 같다고나 할까.

오후에는 기분전환을 할 겸 해서 아내와 함께 사티수퍼 안에 있는 영화관에 가 '특명계장' 이라는 영화를 관람했다. 오락영화 같았지만 그리 싫증나지 않았다. 거인 K1선수, 최홍만이 조연으로 출연하여 흥미롭게 보았다.

그런데 마음에 걸리는 것은 한국 여성이 일본에서 대접받지 못하는 인간처럼 비추어져 아쉬운 점도 있었다. 영화를 보고 나오는데 우리 K대학의 호리노 교수를 우연히 맞닥뜨렸다.

그는 외국 사람을 터놓고 싫어하는 타입의 혐한파嫌韓派의 교수이기도 하다. 나이도 그렇지만 그가 부학장이던 지지난 해 나의 입시관계 책임자 자리를 놓고 시비가 붙어 크게 말다툼을 한 적이 있다. 자기가 모 명문대학 출신이라는 것을 은근히 내비추면서 한국 사람이 어려운 입시관련의 일들을 해낼 수 있느냐고 나를 앞에 두고 정면으로 나의 직책을 부정하는 발언을 했다.

각 학부에서 한 사람씩 뽑아 3명이 다른 교수와 함께 입시문제를 검토 조정하는 위원회인데 막말로 내가 그 자리에 있으나 없으나 관계없는 사람이라면 나 역시 그 직을 맡지 않았을 것이다. 교수회의에서 경력을 보아 나를 선정한 것을 그는 제 멋대로 나를 깎아내려 입시문제 위원에서 빼려고 한 것은 누가 보아도 독선적이 아니라 할 수 없는 일이다.

　　생각해 보니 그는 지금의 세키 이사장과 동종의 DNA 소유자로 밖에 볼 수밖에 없다. 한 마디로 사악한 족속들이라고나 할까. 그런데 오늘 나는 그를 피하지 않고 되레 "오래 간만입니다. 호리노 선생!" 그러자 그는 꽤나 당황한 듯 나를 홀쩍 쳐다보고는 고개를 한 번 끄떡이더니 말없이 저 쪽으로 사라졌다.

　　아는 체라도 하면 무슨 덫이라도 나서일까. 이것은 정이 메말라 있는 오늘날 일본인들의 병적 정신현상이라 아니 할 수 없다. 같은 학부는 아니더라도 서로 통성명하고 지내는 직장동료 사이인데 그렇게 냉정하게 사람의 체면을 뭉갤 수 있을까? 나이도 나보다 아래인데 "안녕하세요. 오래간만입니다." 이 같은 수인사도 나눌 수 없는 자가 무슨 교수 자격이 있단 말인가.

　　이 같은 현상이 오늘날 일본인의 현주소라 생각하니 온몸이 오싹해지는 기분이다. 자기와 이해관계가 없는 사람에게는 절대로 부드럽게 대하지 않는 일본인 특유의 냉혈한근성冷血漢根性을 단번에 알 것 같았다. 윗대가리들이 시시비비를 가리지 못하고 시위소찬尸位素餐하는 한 그들 이익집단은 절대 부패하여 자괴하고 말 것이다.

# 크리스트의 자비와 은혜

## 12월 7일 일요일

구름. 오늘은 24절기상 눈이 많이 내린다는 대설이다. 그런데 요즘은 일본에서도 하얗게 눈이 펑펑 내리는 낭만적인 풍경을 접하기란 쉽지가 않다. 특히 이곳 북큐슈(北九州) 지방은 한겨울을 잿빛 구름과 찬 바람만을 이고 안고 지낸다고나 할까.

한 마디로 이렇게 삭막한 계절을 5쪽 짜리 다다미방에서 그저 책상을 마주하고 있노라면 마치 나는 규슈 유배지에 와 있다는 생각이 들 때가 있다. 심기가 언짢은 데다 쓸쓸하고 외롭고 옛 고향 사람들이 자꾸 눈에 어른거리면 그것이 바로 귀양살이가 아니고 무엇이랴. 실제로 나는 지금까지 아무 역적모의를 한 적도 없는데 요즘은 귀양이 아닌 귀양살이를 한다는 강박감에 사로잡힐 때가 있다.

사람들을 만나는 일이 점점 싫어지고 실제로 사람들과의 대화마저 줄어진 상태이다. 이것은 일종의 대인공포증 내지 대인기피증인지도 모른다.

오늘은 일요일이라 교회에 나가 예배에 참석해야 한다는 순수한 나의 모태신앙이 왠지 사탄의 탓으로 돌리려는 내 마음을 나도 이해할 수가 없다. 사람들이 싫다고 교회를 멀리하고 설교를 이단시하여 받아들일 수가 없다면 이제는 나 홀로 신앙인으로서 하느님을 따를 수밖에 없지 않을까. 이런 생각도 가끔 해 본다.

교회가 누구에게나 마음의 안식처가 아니라면 신앙이 가슴 깊이 와 닿지 않을 것이며, 또한 목자가 성서의 말씀을 비유하여 헌금 얘기를 의도적으로 발설하여 신자들의 가슴에 부담을 준다면 이는 이단의 악덕 교주와 그리 다를 바 없다.

오늘도 집에서 한국의 CCB방송 채널을 틀어놓고 한 시간짜리 방송설교를 들으며 내 영혼에 어떤 변화가 없는지 스스로 뒤돌아보았다.

'내 영혼아 여호와를 송축頌祝하라. 내 속에 있는 것들아, 다 그 성호聖號를 송축하라. 내 영혼아 여호와를 송축하며 그 모든 은택을 잊지 말지어다. 저가 네 모든 죄악을 사赦하시며 네 모든 병을 고치시며 네 생명을 파멸에서 구속救贖하시고 인자仁慈와 긍휼矜恤로 관冠을 씌우시며 좋은 것으로 네 소원을 만족케 하사 네 청춘으로 독수리같이 새롭게 하시는도다. 여호와께서 의로운 일을 행하시며 압박당하는 모든 자를 위하여 판단하시는도다.' (구약시편 103편)

이 성경 구절에서 예수 크리스트의 자비와 은혜를 깊이 느낄 수 있었고, 우리의 생에 관해서는 "인생은 그날의 풀과 같으며 그 영화榮華가 들의 꽃과 같도다"라고 비유법으로 설파하고 있다. 이처럼 우리의 영혼을 살리는 성구聖句를 가슴 속에 간직함으로써 참다운 신앙이 싹튼다고 나는 믿고 있다.

주여! 오늘밤은 꿈속에서 용솟음치는 영혼의 샘터로 인도하시어 나에게 새 생명의 물을 마시게 하옵소서. 아멘.


# 사느냐 죽느냐…


### 12월 8일 월요일

구름. 오늘은 겨울 날씨답게 퍽이나 싸늘하다. 보통 이곳 규슈지방의 추위는 한국의 춘3월처럼 따스한 날씨가 계속되다가 갑자기 추워질 때가 있다. 오늘은 이상하게도 급히 온도가 내려가 마치 아소(麻生) 내각의 지지율처럼 기온이 곤두박질을 치고 있다.

지난 9월 24일 아소 내각이 발족한 후 두 달 보름밖에 지나지 않았는데 내각지지가 22%라니 너무 놀랄 일이다. 이런 돌파력이 모자라고 실행력이 없는 정치가 계속된다면 아소 내각은 내가 예상한 대로 1년은커녕 반년도 채우지 못하고 정권이 붕괴될 것 같다.

더구나 부不 지지율을 살펴보면 더욱 놀라지 않을 수 없다. 아소 내각을 지지하지 않는 사람이 64%이다. 이 정도면 우리나라에서는 충분히 탄핵감이 될 수가 있다고 본다. 나는 일본 정치가들을 비판할 위치에 있지 않지만 아소 씨는 그의 인상에서 풍기는 풍모로 보아 부동산회사 사장과 같은 덤덤한 이웃집 아저씨 같은 타입이라는 생각이 든다.

어쩌면 그는 일본의 다른 정치인과는 달리 온화하고 고상한 성품의 소유자라기보다 남자답지 않고 입이 가벼운 정객으로 각인되어 있는 그는 입이 심심하면 엉뚱하게도 한국 사람들을 향해 일제 강점기를 미화하려는 망언을 서슴없이 내뱉는다. 그리고 그는 자신의 발언이 왜 한국 사람들의 신경을 건드리는지조차 잘 모르고 있는 것 같다.

일본에서 살다 보니 나는 개인적으로 마음이 통할 것 같은 일본 정치가들이 꽤 있다. 여기서 그 이름을 나열할 필요는 없다고 보지만 시간이 있으면 지한파知韓派 일본 정치가들의 면면을 모아서 책으로 펴낼 생각도 있다. 한·일 양국의 정치가들이 정략적 의도에서 나쁜 것을 좋다고 하고 좋은 일을 나쁘다고 한다면 두 나라의 미래는 없다고 본다. 나쁜 것은 같이 나쁘다고 할 수 있는 이웃이 아니면 일본과 한국과의 불화는 영원히 평행선을 걸어갈 운명에 직면할 것이다.

특히 한·일 관계에 있어 부인할 수 없는 것은 사이비似而非 외교관들의 섹트주의에 있다고 본다. 일본어를 모르고 영어만으로 대일 외교가 가능하리라는 안이한 생각을 갖고 있는 것이 문제라고 생각한다. 영어를 잘 모르는 일본 사람들에게 어떻게 한국인의 입장과 주의주장을 설명할 수 있을 것인가. 실제 외교는 그 나라 언어를 능란히 구사할 수 있고 그 나라의 문화와 풍속에 일가견이 있는 인재를 내세워 복잡한 현안문제를 하나하나 토론하고 설득하지 않는다면 그것은 일부 특수층에 한정된 편협한 외교라고 볼 수밖에 없다.

또 이 같은 사이비는 학계에도 흔히 있다. 다른 사람이 쓴 논문을 거의 그대로 베껴 놓고는 자기가 논문 발표자라고 속여 학위를 취득하는 케이스도 없지 않다. 표절을 창작논문이라고 우겨대다가 결국 들통이 나서 망신당하는 한심한 엉터리 교수와 관공서 관료도 있다. 사실 그런 사람들을 학자로 대우하는 것 자체가 잘못된 일이다.

어느 나라건 표절을 가볍게 여기는 사회가 되어서는 절대 안 된다고 생각한다. 왜냐하면 표절은 절도행위와 똑같기 때문이다. 그런 양심이 부실한 자들은 교단에서 스스로 떠나야 후대에도 올바른 참교육이 이루어질 것이다.

또 우리 서민사회에서 빈자와 약자를 돕는 복지사업에도 사이비복지의 부조리가 있다고 본다. 노인의 고독사가 그렇고 요즘 청년 실업으로 젊은이의 자살자가 늘어나는 것은 복지행정체계가 제대로 작동하지 않는다는 증거가 아닐까. 이 같은 사이비가 우리 주변에서 사라지지 않는 한 힘없고 가난한 인간사회는 마이너스 스파이럴에 빠질 수가 있다. 이 같은 사이비는 우리의 굴절된 사회가 만들어낸 사회악社會惡이기도 하다.

법인 사무실에서 나에 대한 내년 봄 학기 강의에 대한 응답의 징후가 조금도 보이지 않는다. 학장과 이사장이 어떤 생각을 하고 있는지 법인 사무실은 마치 구 소련의 크렘린 궁전같이 굳게 닫혀 있다. 'To be or not to be, that is the question.'

오늘은 야간수업이 있는 날이다. 수업 전에 패밀리 레스토랑에서 간단히 저녁식사를 마치고 캠퍼스 주변을 30분 정도 산책을 했다. 날씨는 춥지만 주위를 한 바퀴 돌고나니 얼굴에 엷은 땀방울이 맺힌다. 나는 찬물로 세수를 하고 수업에 들어갔다. 학생들의 웃는 얼굴 모습에서 나는 다시 평상의 행복감을 찾을 수 있었다.

# 얌체 기질

## 12월 9일 화요일

맑음. 아침에 자리에서 일어나 보니 아내가 보이지 않았다. 찾고 보니 화장실에서 끙끙거리고 있었다. 아내는 만성변비증 환자인지 모른다. 변비가 심할 때에는 마치 염소 똥같이 동글동글한 변이 계속 나오기도 한다. 아내는 흔히 노인들에게서 볼 수 있는 직장성直腸性 변비임에 틀림이 없는 것 같다.

나는 지난 번에 우연히 중국 유학생으로부터 익힌 마사지를 처음 아내에게 시범으로 해 보았다. 아내를 자리에 눕히고 오른손 바닥을 명치 끝에 누르고 그 위에 왼손을 얹은 다음 횡격막 주위를 시계바늘 방향으로 돌려 슬슬 문지르고 다음은 배꼽 주변을 문질러 내렸다. 그리고 다시 아랫배에서 위로 힘을 주어 문지르면서 올라갔다.

그러자 딴딴히 굳어진 장腸의 움직임이 이상한 울림과 함께 부드럽게 느껴지기 시작했다. 가스도 나온다. 그리고 배의 통증도 가라앉는다. 아내는 나의 마사지 덕에 장이 편해진 모양이다. 변비는 체내에 쌓인 독소를 제때에 몸 밖으로 배출하지 못하여 생기는 증상이란다.

이는 편식을 하는 사람에게 흔히 생긴다. 체내에 수분이 부족하다든가 샐러드 같은 채소만 먹으면 거의 염소똥 같은 똥(丸糞)이 나온다. 변비에 잘 듣는 식품은 마麻, 다시마, 식초, 한천寒天 등이다.

그리고 하루에 2리터 정도의 물을 자주 마시면 좋다. 그리고 여유가 있으면 꿀에 물을 타서 한 컵씩 아침 식사 전에 마시면 강장작용과 장의 윤활효과가 나타나 변비를 예방할 수가 있다고 한다.

오늘은 2002년에 발표한 시집 중에서 '군함섬'이란 시를 다시 음미해 보기로 한다.

## 군함섬 — 如江 作詩 —

빙산이 길게 얼굴을 내민 탄광 섬
거대한 군함이 떠있는 섬 - 군함섬
닭장처럼 들어선 광부촌 아파트에
탄가루 피범벅의 유령들이
흉물스런 모습을 감추려 하네.
인적이 끊긴 폐허의 무인도
막장 일꾼들의 원혼들이
아직도 고국을 향해 울부짖고 있는.
광구鑛區벽 여기저기에
한恨어린 몸부림의 낙서가 울고 있다.
보고파요 어머니!
배고파요 어머니!

일제에 끌려와 천황의 신민臣民이 된 노예들
비린내 나는 피멍의 절규
한 목숨 살려 달라고 단말마의 비명이
칠흑의 해저 막장 속
저 지옥의 깊디깊은 곳에서
지금도 유령의 신음이 들려오지 않는가.
- 어머니 배고파요 -
- 어머니 보고파요 -


일제 강점기에 강제로 탄광에 연행되어 나가사키(長崎)시에서 16킬로미터 떨어진 섬, 군함섬(정식명 ; 하시마 - 端島)은 마치 큰 군함이 바다에 떠있는 형상을 하고 있다 해서 '군함섬' 이란 별명이 붙어지게 되었다. 이 섬의 크기는 주위가 1.2킬로로 극히 작은 섬이다.

그런데 일제 강점기에는 이 작은 섬에 5천 명이 넘는 사람들이 살았다. 좁은 섬에 고층 아파트가 많이 들어서 바다 멀리서 바라보면 마치 군함이 떠있는 것처럼 보였다고 한다. 작은 섬 안에 5천 명의 광부 가족들이 그 섬에서 살았으니 당시 일본에서 인구 밀도가 가장 높은 곳이기도 했다.

　일제 말기 이 작은 섬에도 우리나라 젊은이들이 강제로 끌려와 모진 고통과 차별을 받으며 수백 미터 지하로 탄광굴을 캐가며 아침부터 저녁까지 하루 15시간을 탄광 막장에서 제대로 먹지도 못하고 노예처럼 채탄작업에 열중해야만 했다. 하루하루의 일당을 받아가며 석탄을 캐야 했던 조선인 노동자들은 열악한 노동조건에도 불구하고 일을 계속 하지 않을 수가 없었다.

　하시마 탄광은 바다 한가운데 있기 때문에 빠삐용의 감옥과도 같은 곳이었다. 몰래 나가사키로 도망치려 해도 광업소의 허가 없이는 배를 탈 수가 없는 상황이었다. 밤에 나무 조각들을 얽어서 뗏목을 만들어 바다를 건너다가 죽어간 조선인 광부들도 수없이 있었고, 어떤 광부들은 육지에 잘 도착하였으나 길을 헤매다가 일본 순사에게 붙잡혀 다시 광업소로 되 끌려가 죄인취급을 당하면서 인고의 세월을 보내야 했다. 이처럼 군함섬은 강제로 끌려간 조선인 노동자들에게는 헤어날 수 없는 개미지옥과도 같은 곳이었다.

　그런데 나가사키 시에서는 최근 상상을 초월한 기획을 세우고 있다는 뉴스를 보았다. 그것은 군함섬을 세계유산으로 지정하기 위한 물밑 작업을 하고 있다는 것이다. 나는 그 기사를 보고 일본 사람들의 심리를 이해할 수가 없었다. 가령 하시마가 세계유산으로 등록이 된다면 관광객들을 이곳으로 불러들여 돈벌이를 할 거라는 느낌을 받았다. 이 같은 결정은 적어도 국제사정에 조예가 있는 전문가들의 자문을 듣고 나서 대책을 세웠어야 한다고 나는 생각한다.

　조선 사람들이 이 수직으로 뚫은(立抗) 해저 광도를 수백 미터 아래로 내려갈 때의 두려움과 공포는 이루 말할 수 없었을 것이다. 이 악몽 같은 이 탄광을 세계유산으로 등록할 것이 아니라 일본은 절대 전쟁을 포기한다는 '헌법9조'를 세계유산에 먼저 등재하여 평화국가를 만천하에 천명해야 할 때이다.

　작금의 일본 정치가들의 망언을 보도를 통해 대할 때마다 그들이 일제침략의 죄과를 까맣게 잊고 있는 것 같아 안타깝기 그지없다. 역시 일본 사람들의 마음 속에는 한국이 점잖게 있으면 얕보고 비웃듯이 남이야 어찌되든 자기 체면과 이득만을 챙기려는 얌체족 기질이 다분히 있다는 사실을 말해 주고 있다.

# 풍상風霜의 세월

### 12월 10일 수요일

　맑음. 오늘은 구청에서 매달 실시하는 시민 변호사와의 상담을 받기로 했다. 처음 해 보는 상담이라 좀 망설임도 없지 않았다. 혹시 잘못되어 나의 상담 내용이 누설이 된다면 어쩌면 나는 내부 고발자가 되어 많은 일본인 동료 교직원들로부터 이지메(왕따)를 당할 수도 있다. 그러나 일본의 법률을 모르고 그들과 대항한다는 것은 바위에 계란치기와 다를 바 없다고 생각한다.

　면담 시간은 30분. 운 좋게 빠른 번호표를 받아 5명의 변호사 중에서 S여자 변호사와 상담을 하게 되었다. 나는 소속을 밝히고 세키 이사장 이하 경영진의 인사부조리를 하나하나 알리어 고발했다. 그런데 변호사의 말은 어느 단체나 회사에는 인사권을 쥐고 있는 사람이 있다고 하면서 변호사로서는 뭐라고 답변할 수 없지만 고용을 해지할 때 고용주와 고용인 사이에 다툼이 있기 마련인데 원만하게 하는 방법으로서는 대화를 통하여 결정을 하는 일이 좋을 것 같다고 어드바이스를 해 주었다.

　그렇지 않을 경우는 고용가처분에 관해 전문 변호사가 있으니 그 변호사를 선임하여 소송재판을 하면 된다고 일러주었다. 나는 지금까지 누구를 상대로 재판을 해본 일이 없는 사람이라 '재판' 이라는 말만 들어도 몸이 움츠러드는 기분이 든다.

억울하니까 법원의 문을 두들긴다고 하지만 재판을 걸어 승패를 가르는 과정이 그리 간단하지 않다는 사실을 나도 모르는 일이 아니다. 그러나 사람이 오기가 생기면 무슨 일인들 못할 것인가. 다만 나의 어깨에는 교육자라는 레테르가 따라다니니 인지위덕忍之爲德을 잊어서는 안 될 것이오, 라고 나는 몇 번이나 되뇌곤 한다.

오늘 오후 교수회의가 열렸다. 배부된 회의 자료를 살펴보니 내년 커리큘럼에 내 이름이 보이지 않았다. 올 것이 왔구나 하는 순간 청천벽력의 강렬한 전류가 나의 온몸에 찌릿 눌렀다. 나는 거의 부동자세로 교수회의의 의제와 발언에 주목하고 있었다.

회의를 주도하는 학부장의 얼굴을 보니 그는 아무렇지도 않은 듯 가끔 웃기는 말투로 지껄이고 있었다. 그의 배신행위에 목줄기에서 피가 거꾸로 치솟는 듯한 심박동이 나를 흥분케 했다. 나는 나도 모르게 외치고 있었다. 모두가 어리둥절한 표정으로 나를 주시하고 있었다.

"학부장! Y라는 자가 코리아 코스를 만들기 위해 30명을 데리고 온다는 소문을 들었는데 지금까지 몇 명이 모집되었는지 답변하시오."

이렇게 내가 큰 소리로 질문하자 그는 난처한 듯 우물쭈물하면서 제대로 답변을 하지 못했다. 그러자 옆에 있던 시바타 교수가 학부장을 거들어 말을 대신한다.

"선생님도 아시다시피 그 30명의 숫자는 소문에 지나지 않아요. 실제로 Y가 한 말이 서약으로 사인한 사실이 없으니 재판소에 가서 따져 봐도 소용이 없을 겁니다." 그는 마치 미리 써 놓은 시나리오를 암송하듯이 나를 바라보며 말했다. 나는 학부장의 우유부단優柔不斷한 태도에 화가 치밀어 회의실 문을 박차고 그냥 밖으로 나와 버렸다. 그리고 나는 연구동을 나와 가까운 카페를 향해 걸어가고 있는데 오노 씨를 길가에서 우연히 만났다.

그녀는 이 대학의 고참 여직원으로 20년 전 처음 내가 이 대학에 부임할 때부터 우리 가족들에게 허물없이 대해 주었다. 오래간만에 만났지만 나는 흔한 일

상의 대화를 나누며 한참 웃다가 헤어졌다. 그녀에게 근래 나의 복잡한 사정 얘기를 하면 심적 부담을 줄 것 같아 일부러 피했다.

나는 언제나 의연한 한국인의 프라이드를 그녀에게 보여주고 싶었기에 오늘도 더 이상 옛날같이 춘삼월 호시절好時節의 이야기를 꺼낼 수가 없었다. 나는 혼자 히비키 홀 카페에 들러 커피를 시켜놓고 한참 사색에 잠기어 있었다. 인간이 인간을 멸시하고 차별하는 행위는 자기의 생존을 위해 아무 잘못도 없는 상대방에게 레드카드를 내미는 폭거暴擧와도 같다.

외국인 직원들과 공생하는 회사나 교육단체에서 외국인의 상벌에 대하여 다수결 원리로 처리하는 일이 언뜻 보아 민주적이라 말할 수 있지만 잘못하면 인권침해의 오해를 불러일으킬 소지가 다분하다고 본다. 왜냐하면 그 나라 사람과 그 나라 문화를 이해하지 못하는 무지한 자들은 소수파나 다수파나 마찬가지로 다수의견을 따르기 때문이다.

이 K대학은 이와 같은 진영논리로 외국인 교수들의 의견들을 묵살하고 있다. 형식적으로는 자유 투표니 민주적 선출이니 하여 외국인의 기본 권리를 보호하는 척하나 실제는 교묘한 방법으로 인권을 박탈하고 방관하는 부도덕한 집단으로 밖에 보여지지 않는다.

나는 카페에서 커피를 마시고 나서 직접 법인 사무실로 전화를 걸었다. 내일 아보시 학장을 만나야겠다고 전하자 학장에게 전화를 하여 다시 내 핸드폰으로 연락을 하겠다고 법인 사무국 실장이 말했다.

한참 후 연락이 왔다. 학장은 지금 연락이 안 되니 아가리 전무를 내일 1시쯤 만나보면 어떻겠느냐고 한다. 나는 '알았다'라고 대답하고 전화를 끊었다. 내일도 모레도 오늘처럼 우울한 날들이 계속 될 것 같은 느낌이 든다.

Don't be facetious!

# Professor Emeritus

## 12월 11일 목요일

흐림. 아침에 아내가 갈비탕국을 특별히 준비하여 식탁에 내놓았다. 무와 긴 파가 적당히 들어있어 구수한 냄새가 군침을 돌게 한다. 고등어구이도 애플사 라다 등도 내놓았다. 아내는 나에게 축하한다는 말을 했고 나는 답으로 고맙다 는 말을 전했다. 이전 같으면 더 푸짐하게 음식을 준비했을 텐데 요즘 나의 심 기가 좋지 않다는 것을 아내도 내심 짐작하고 있을 것이라 본다.

식사를 끝내고 치과대학 강의에 나섰다. 차를 운전하고 가다가 언뜻 자동차 게이지를 보니 가솔린이 바닥을 치고 있었다. 불안한 마음에 우선 눈에 띄는 도로가 주유소에 들러 가솔린 주유를 받고나니 마음이 푹 놓인다. 단골 주유소 보다 10리터 당 40엔 비쌌지만 어쩔 수 없었다.

수업시간이 촉박하여 액셀을 좀 밟았다. 그리 늦지는 않았지만 학생들 거의 가 출석체크를 하지 못하고 교실에서 나를 기다리고 있었다. 나는 수업 10분 전에 바로 전자카드를 찍어 다행히 지각생은 발생하지 않았다.

치과대학 수업을 마치고 연구실에 돌아와 바로 아가리 전무에게 1시에 사무 실로 가겠다는 확인 전화를 걸었다. 나는 간단히 빵으로 점심을 때우고 아가리 씨를 만났다. 그런데 그의 표정이 굳어 있었다. 낌새가 좋지 않았다. 그는 무겁 게 입을 열었다.

"선생님, 이번에 선생님도 다른 선생들과 같이 내년부터 촉탁교수직을 계속 하기가 힘들 것 같습니다."

나는 어리벙벙한 상태에서 "왜요? 왜요?"를 연발하였다. 그러나 아가리 씨 는 나의 질문에 즉답을 하지 못하고 한참 고개를 숙이고 있다가 "선생님의 자 존심을 위해 학교법인과 대립을 할 수도 있지만 먼저 명예를 생각할 때가 아닐 까요?"

이렇게 엉뚱스럽게도 명예교수를 들먹이며 내 마음을 혼란스럽게 흔들었다. 흔히 명예교수는 교직생활에서 20년 이상 근속한 교직자 중 특별히 부정과 비리가 없으면 명예교수 호를 주고받는 것이 상례인데 그는 이제 와서 나에게 명예교수직을 운운하며 나의 고정된 수업시간과 맞바꾸자는 식의 수작을 거는 것처럼 들렸다.

나는 한참 있다가 "나에게는 실속 없는 영예는 한갓 액세서리에 불과한 것이라고 생각합니다. I don't care about being a professor emeritus. 나는 그런 것을 생각하고 있지 않습니다. 그러니 당신이 나에게 약속한 내년까지 촉탁교수 1년간을 책임지고 학장 이하 이사들을 설득해 주길 부탁합니다"라는 말을 남기고 전무실을 나왔다.

우리 인생에 있어서 어쩌면 '훼예득상毁譽得喪이란 구름과 안개처럼 공허한 것이 아닐까. 사람의 마음을 흔들리게 하는 이 운무雲霧를 일소一掃하면 하늘은 푸르고 세상은 빛나 보인다' 는 성현의 가르침이 내 인생을 밝게 하리라 믿는다.

나는 그나마 신뢰하고 있던 아가리 씨의 의외의 발언에 쇼크를 받았다. '주묵朱墨을 가까이 하면 붉어진다' 라는 속담처럼, 아가리 씨도 자기도 모르는 사이에 복마전의 사악한 악귀惡鬼가 되어 이미 그의 마음도 빨갛게 물들었는지 모른다.

# 장비張飛의 죽음

## 12월 12일 금요일

짙은 구름 뒤로 붉은 해가 서서히 나타나다. 아침식사를 빵과 우유로 간단히 때우고 연구실로 향했다.

오전수업을 마치고 야마모토 교무주임을 찾았다. 교무부장은 자리에 없었다. 나는 단도직입으로 내 한글강의가 어찌하여 내년도 시간표 실러버스에 누락되었는지 따져 물었다. 교무주임은 자기도 그 내용에 대해서는 알지 못한다고 잘라 말했다. 그리고 하는 말이 법학과 OB교수들도 나와 마찬가지라고 애써 둘러댔다.

그러나 나는 가만히 있을 수가 없었다. 아가리 전무도, 학장도 나에게 한 말이 따로 있다. '자기가 시키는 대로 하지 않으면 불이익을 받을 수 있으니 자기들이 시키는 대로 하라' 며 으스댔기 때문이다. 지지난 달에 시말서를 강요할 때도 학장은 나에게 시말서를 거부하면 불리하니 자기가 시키는 대로 쓰는 편이 유리하다고 해서 나는 그의 말을 믿고 서류에 도장을 찍었다.

그런데 일이 이런 상황으로 진행된다면 나에게 주어진 주 7코마의 한국어문화 강의는 물 건너간 것이 아닌가. 어쩌면 나는 당초부터 학장의 사탕발림에 그냥 속아 넘어간 것 같은 느낌이 들어 기분이 찜찜했다. 나는 학장의 말을 믿고 오늘을 기다렸던 것이다. 생각해 보니 분하고 억울한 마음에 바로 학장실로 전화를 걸었다. 전화를 받지 않았다.

인간은 신용을 먹고 사는 동물이라 생각한다. 어느 사회단체나 조직에 있어 신용을 무시하는 조직은 절대로 성립될 수가 없다. 왜냐하면 신용은 인간의 마음을 서로 통하게 하는 윤활유 작용을 하기 때문이다. 이 같은 윤활유 없이는 우정도 애정도 그리고 형제애조차도 삐걱거릴 것이다. 인간의 본성에서 우러나오는 마음도 마찬가지가 아닐까.

인간은 타인이 위기에 처해 있을 때에 참지 못하는 본성(人皆有不忍人之心)을 가지고 있다. 그런데 근래에 와서 그것을 그리 절실하게 생각하는 사람은 드문 것 같다. 그것이 현실로 다가오면 사실 뭇 인간들은 자연스레 용솟음치는 마음이 일지 않기 때문이다.

다시 말하면, 측은지심惻隱之心과 수오지심羞惡之心, 그리고 사양지심辭讓之心과 시비지심是非之心이 현대인의 마음 속에는 거의 전무하다고 말할 수밖에 없다. 이 같은 인간 본성의 마음이 일어나지 않는 자를 '비인야' (非人也 - 사람이 아니다)라고 '맹자집주' 孟子集注에서 가르치고 있다.

이런 따뜻한 마음이 없는 사람은 좋은 인간관계를 유지하기 어려울 것이다. 삼국지三國志에 등장하는 관우關羽와 장비張飛는 모두 명장이었지만 장비는 사람을 다루는 방법에 결함이 있었다. 특히 장비는 상사에게는 아부를 잘하였고 부하에게는 거드름을 피웠다. 그 결과 장비는 관우가 패한 전쟁에 출진하기 전날 밤. 이전부터 원한을 사왔던 부하에게 목을 잘리고 말았다.

사람들이 좀 윗자리에 앉았다고 약자를 무시하는 독선적이고 불통의 인간들을 일본 사회에서도 볼 수 있다. 이것은 그들 스스로가 인간관계의 화和를 깨므로서 마치 불나방이 불구덩이로 들어가는 우를 범할 것이다.

저녁에 오고오리(小郡)시에 사는 M교수로부터 집으로 전화가 걸려 왔다. 자기가 내년 1년 동안 하기로 한 법학강의를 취소했다고 전했다. 지난 달에 나에게 분명히 내년까지 강의를 맡게 되었다고 해서 나도 좀 의아히 생각했었다. 그런데 다시 말을 번복하는 까닭이 있을 것 같다.

나는 궁금하여 넌지시 그 연유를 물어보았다. 그의 대답은 의외였다. 더 늙기 전에 자기시간을 갖고 싶다고 전했다. 나는 그 말도 옳다는 생각이 들었다. 그런데 두 번이나 번복을 해야 했던 M교수의 심저에는 나에게 대놓고 말 못할 까닭이 있는 것 같아 떨떠름한 느낌마저 든다.

다음에 만나면 그 내막을 알아보기로 하고 전화를 끊었다. 이 처절하고 냉혹한 겨울밤은 또 하나의 전사를 잃은 것처럼 적막하기만 하다.

# 조언지형 造言之刑

## 12월 13일 토요일

흐림. 연말이 다가오니 벌써 시내 번화가에서는 크리스마스 트리를 만들어 놓고 크리스마스 캐럴이 요란히 흘러나온다. 일본 사람들은 거의가 크리스천이 아니다. 그러나 이브 전날이 천황 생일인 관계로 25일 크리스마스까지의 3일 간은 선남선녀들이 어울려 파티를 열거나 드라이브를 하면서 망년회를 보낸다.

오늘 점심은 '한글방'에서 한글을 공부하는 제자들과 레스토랑, 레인보우에서 조촐히 음식을 먹으면서 한국어로 대화를 나누었다. 튜터 역할의 한국 유학생 이수진 양도 참석해 주어 고마웠다. 이이모리(飯森) 씨를 비롯하여 진짜 한국어를 사랑하는 일본 중년층 아줌마들과 한국여행 얘기로 꽃을 피웠다. 정말 시간 가는 줄도 모르고 수다를 떨었다.

우리 얘기는 자기가 하고 싶은 말을 상대방에게 하나스(話/言)함으로 이해하고 소통하게 되면 상대방은 지금까지 굳게 닫혀 있던 마음을 열고 크게 떠들며 하나스(放/言)함으로 하고 싶었던 말을 모두 털어 놓는다. 그러나 자칫 오해가 생기면 서로 하나스(離/言)로 끝나는 쓰라린 아픔도 겪을 수 있는 것이 대화이고 카운슬링이 아닐까.

언뜻 보면 일본어의 절묘한 점은 이처럼 동음이의어 同音異義語에서 많이 볼 수 있다. 같은 발음이지만 가만히 살펴보면 '하나스'라는 동사는 모두 동음어 同音語로 들리지만, 말하다(話 - talk)와 말하다(放 - bombast), 그리고 말하다(離 - good-by)는 각각 서로 뜻이 다르다는 점을 알고 대화를 나누지 않으면 말실수를 할 수도 있다는 점을 유의해야 한다. 그런 면에서 일본어는 결코 쉬운 외국어라 말할 수 없다.

저녁에는 중국 유학생(陳靜 양)이 알바를 하고 있는 T식당에서 APP 임원 망년회 모임이 있었다. 고미야(小宮童) 씨를 비롯해 8명이 나와 주었다. 나는 인사를 통해 내년에도 국제봉사활동과 유학생을 위한 장학사업을 지금과 같이 계속할 것을 약속했다. 그러나 내 뒤를 이을 이사장이 선뜻 나타나지 않아 나의 서운한 마음을 표출하기도 했다. 나는 임원들에게 이렇게 외치고 싶었다.

This APP meeting ought to mean kudos for yours! And no one loves this meeting more than yourself.

좌중에서는 여러 얘기가 오갔지만 사적인 사담私談은 거의 없었다. 대학의 부조리를 얘기하고 싶어도 일본 사람들의 본심(本音 - 혼네)을 잘 모르는 나로서는 화두조차 꺼낼 수가 없었다. A씨도 B씨도 어쩌면 검정 새치일지도 모르기 때문이다.

여름에 한국에서 JP를 초청한다고 우리 회원들이 세키 이사장을 만나 강연회 공동개최를 상의한 일이 있으니까 그 내막은 그들만이 알고 있을 것이다.

지금까지 나는 일본 사람들을 믿어왔으나 믿고 있었던 사람조차도 결국은 내 편에서 멀리 떨어져 수수방관袖手傍觀하고 있는 나약한 모습들을 보고 역시 일본 사람은 사리에 밝으나 의리와는 거리가 있다는 강한 느낌을 받았다.

중국 고사에 '사지四知'라는 말이 있다. 후한後漢시대 양진楊震이라는 사람이 어느 지방의 태수太守로 부임하였는데 하루는 밤늦게 지방관리가 찾아왔다. 그는 안주머니에서 돈을 꺼내 보이며 아무도 보는 이가 없으니 돈을 받으라고 했다. 뇌물이었다. 그런데 태수가 거절한 이유가 후세에 유명한 고사로 남았다.

"누구도 모른다고 할 수 없어요. 하늘이 알고, 땅이 안다. 당신도 나도 알지 않느냐"고 즉 이것이 '사지'이다. 어떤 사람이 타인의 험담을 친구 앞에서 늘어놓고 나중에 하는 말이, "이것 비밀로 해요"라고 했을 때 과연 이 두 친구는 비밀이 영원히 지켜지리라 믿을까? 하늘이 알고 땅이 아는데….

이 세상에는 비밀은 없는 법. 7개월 동안 악당 모의를 하여 엉뚱하게 순수한 사람을 구렁텅이에 떨어뜨리려는 자들은 순죄업順罪業의 무서운 저주를 아는지 모른다. 말을 지어낸 벌, 거짓말쟁이는 조언지형造言之刑을 마땅히 받아야 할 것이다.

# 서상瑞祥의 징조徵兆

## 12월 14일 일요일

오전에 소나기가 힘차게 한참 내렸다. 그런 후 황금빛 띠구름이 긴 강물처럼 뻗어 흐르더니 그 사이로 금빛 찬란한 햇살이 눈부시게 자연을 그대로 색칠한다. 마치 미지의 천국 문이 열리듯이 구름 사이로 햇살이 반짝인다. 오늘은 복되고 좋은 일이라도 일어날 듯한 느낌이 온다.

예부터 사람들은 특이한 자연현상이든지 보기 드문 희귀한 동식물이 나타나면 서상瑞祥이라 하여 상서로운 조짐이 일어날 것이라고 상상해 왔다. 오늘처럼 경사스런 구름(慶雲)을 마주하게 되면 큰 운이 따르리라! 이런 생각을 해 보기도 한다.

서상은 희귀한 동물, 즉 백여우 백사白蛇 백록白鹿 백치白雉 - 흰 꿩과 대칭색이 되는 현학玄鶴과 흑 멧돼지를 들고 있다. 그리고 희귀한 식물은 연리지(連理枝 - 木連理)를 들 수 있다. 연리지란 두 나무의 가지가 서로 맞닿아서 결이 붙은 나무를 말한다. 이 나무가 있는 곳에는 사랑하는 연인들이 이 나무를 닮기 위한 발길이 끊이지 않는다고 전한다.

점심에는 미무라 씨댁에 초대되어 양가 부부가 화기애애和氣靄靄한 분위기에서 식사를 했다. 요리가 전문인 후미요 부인은 일본에서 처음 먹어보는 '돈豚샤브' 와 '다이(도미)의 시오가마(鹽釜)' 등 푸짐한 먹을거리를 테이블에 가득 내놓았다. 와인글라스에 각각 와인을 따르자 모두가 간파이(乾杯)를 외치고 지난 한 해를 되돌아보는 조촐한 연회(宴 - 우다게)를 가졌다.

따지고 보면 미무라 씨와 나는 20년 지기의 사제지간이라 할 수 있다. 내가 K대학으로부터 초빙교원으로 초청되었을 당시 아사히문화센터에서 밤마다 바이트로 한국어 강의를 수년 간 가르쳤으니 지금 생각하면 옛날 제자들이 눈에 어른거린다. 아마도 그때 첫 수업을 하던 해 만난 사람이 후미요 부인이다. 그녀는 순수하고 마음이 한결같은 전형적인 일본 여성이라 해도 틀림이 없을 것이다.

점심식사를 마치고 여가를 이용해 나는 부군이 되는 유이치 씨를 부추겨 바둑을 두었다. 그는 아마 3단의 고수이기에 묘수를 배울 겸 한·일 친선 바둑시합을 제안하여 바둑을 시작했다.

두 판을 두었으나 나는 두 판 모두 아쉽게도 돌을 던지고 말았다. 역시 바둑은 다섯 수 정도의 선수先手를 읽지 못하면 입단하기 어렵다는 말이 맞는 것 같다. 보통 하수下手들은 거의가 느낌으로 바둑판에 돌을 옮겨놓기 때문에 몇 년을 두어도 늘지 않는 것이라 생각한다.

우리가 자리를 뜨려 하자 마침 딸 요코가 남편과 같이 친정집을 찾았다. 오랜만에 보는 요코는 다지리(田尻)라는 성으로 바뀌어 있었다. 벌써 네 살배기 아이의 엄마가 된 그녀의 모습에서 놀랍게도 의젓한 부인 티가 엿보였다. 그녀는 서울에서 대학을 나온 드물게 보는 한국 유학파이기도하다. 오늘도 나를 보자 부모님 앞에서 서울 유학시절에 내가 사준 불고기 맛이 지금도 잊혀지지 않는다며 와자지껄 그 때의 추억 얘기로 시끌벅쩍했다.

당시 나는 낯선 한국 땅에서 어린 나이에 어렵게 공부를 하는 요코를 격려하는 뜻에서 'Boy's be ambitious' 라는 미국의 윌리엄 S클라크 박사가 홋카이도에 있는 삿포로농림학교(1876년)를 아쉽게 떠나면서 제자들에게 마지막 남긴 말을 나는 그대로 전해 주기도 했다. "젊은이여, 대망(大望 - 大志)을 품어라" 라는 이 말은 야심적인 출세나 돈만을 추구하는 이기적인 것이 아니라 인간적이고 세상 사람들을 위해 큰 뜻을 품고 목표를 향해 힘쓰라는 말로 해석하고 싶다.

오늘은 뜻하지 않게 요코를 만나 새삼 아련한 옛날을 되돌아보는 추억어린 날이기도 했다. 우리 부부는 미리 준비해 온 오키나와 소주와 작은 꽃다발을 건네주고 미무라 씨댁을 나섰다. 바깥바람은 싸늘했지만 옷 속에서 이는 훈기가 오랫동안 내 마음을 훈훈히 감싸주는 듯했다.

# 암상꾼 기질

## 12월 15일 월요일

엊저녁부터 비가 오도다.

주룩주룩 들창 밖으로 찬비가 내리도다.

나는 그냥 빗속을 걷고 싶은 충동에 창문을 열도다.

그런데 빗줄기가 차츰 가늘어지도다.

먼 하늘이 훤히 밝아지듯하더니 다시 먹빛 구름떼장이 몰려오도다.

저 구름 속에 상상할 수 없는 키마이라가 숨어 있도다.

꼭꼭 숨바꼭질하듯 숨어 있도다.

나를 괴롭히는 괴물들이 동면하듯 숨어 있도다.

어제도 오늘도, 그리고 내일도….

치과대학에서 아침 수업을 마치고 야하타 캠퍼스로 향했다. 차를 타고 한참 달리는데 뒤에서 갑자기 시로바이(일본 경찰의 백색 오토바이)가 사이렌을 울리며 달려온다. 나는 가슴이 덜컹 내려앉는 듯했다. 알고 보니 시로바이는 내 옆 차선으로 쏜살같이 질주하는 도요타 크라운차를 따라잡고 있었다. 나는 안도의 한숨을 쉬고 평상시의 60킬로 속도보다 느슨히 액셀을 밟으면서 캠퍼스에 돌아왔다.

점심을 먹고 정보를 알기 위해 교무위원인 H교수의 연구실을 찾았다. H여교수와는 그리 가깝게 지내는 사이는 아니지만 오늘은 왠지 나에게 친절하게 맞아주었다. 그녀 자신도 이번에 작성한 실러버스는 좀 이상하다고 평하면서 내 한국어 문화강의가 누락된 이유는 잘 모르겠다며 야시 학부장이 주로 관여한 것으로 알고 있으니 그를 찾아가 물어보라고 했다.

그러고 나서 H교수가 하는 말이 학부장보다 교무부장을 찾아가 사정을 잘 애기하면 객원교수로 몇 강좌는 유지할 수 있을 거라고 귀띔을 해 주었다. 그 말을 듣는 순간 어찌하여 내가 그들에게 강의를 구걸해야 하는지 이해할 수가 없었다.

나는 그 말을 듣는 순간 방금 먹었던 음식들이 거꾸로 목에 솟구치는 느낌을 받았다. 나는 H교수에게 고맙다는 말도 잊고 다시 내 연구실로 돌아왔다. 한참 후에 교무부장에게 전화를 걸어 내일 면담을 요구했다.

학부장이란 자는 알다가도 모를 흉녕凶獰한 작자이다. 자기 눈앞의 이익만 생각하는 의리 없는 암상꾼이라고 그를 비난하는 소리가 캠퍼스 내에 자자하다. 나는 그를 더 이상 만날 필요가 없다고 판단했다. 내가 이 대학을 그만 두는 한이 있더라도 그에게 나의 비굴한 모습은 보여주고 싶지 않아서다. '양반은 얼어죽어도 겻불은 안 쬔다'는 말처럼 나는 절대 목석한木石漢과 같은 그들에게 절대 고개를 굽히지 않을 것이라고 작심을 새로 했다.

오후 수업을 마치고 연구실에 돌아오니 좀 피로가 느껴져 쉬려 하는데 중국 유학생 李 군이 찾아왔다. 지금 바이트를 하고 있으나 대학원 생활이 힘겹다는 듯이 말했다. 그는 작년만 해도 APP 장학생이었다. 그러나 APP 규정상 대학원 생은 장학금 대상이 아니기 때문에 어쩔 수 없다.

인생에 있어 고생을 모르고 성공했다면 그 성공은 완전한 성공이라 볼 수 없는 것처럼 젊을 때는 어떤 일이든 허위단심으로 해냄으로써 진정한 성공의 단맛을 맛보게 될 것이다, 라고 충고를 해 주었다. 나는 이 군과 함께 연구실을 나오자 그는 나에게 "선생님, 무슨 일이 있으면 연락주세요. 제가 도울 일이 있으면 도와드릴게요"라는 말을 던지고 캠퍼스 저쪽으로 사라졌다. 혹시 이 군은 나의 하늘을 향한 장탄식長嘆息을 정념의 텔레파시로 감지했는지 모른다. 묘한 감정이 솟구친다.

# 삼인성호三人成虎의 트릭

## 12월 16일 화요일

흐림. 아침 일찍 대학캠퍼스로 향했다. 먼저 시마타 교무부장을 만났다. 단도직입으로 나는 그에게 어찌하여 내 강의가 내년 실러버스에 없는지를 따졌다. 그러자 그는 자기도 어쩔 수 없는 입장이라고 말을 돌렸다. 한 마디로 윗사람의 지시에 따라 시간표가 짜진 것이라며 어쩔 줄 몰라 했다.

나에게 약속을 한 사람들은 요리조리 나를 피하려는 눈치이다. 내년 3월까지 이같이 느긋이 시간을 끌고 가면 내가 스스로 손을 들고 이 대학에서 나갈 것이라고 아보시 학장도 세키 이사장도 아마 그런 생각을 하고 있는 것이 틀림없었다. 우선 아가리 전무를 불러 세 사람이 같이 얘기를 들어보기로 했다. 그러자 시마타 교무부장이 한 시간 후에 다시 만나 얘기를 하자고 제안했다. 나는 그 제안에 응하여 한 시간 후에 다시 그들과 대면했다. 아가리 전무 시마타 교무부장 그리고 법인 사무실 E실장이 미리 와 대기하고 있었다. 나는 먼저 아가리 씨에게 어찌 된 일이냐고 다그쳤다. 그런데 아가리의 입에서 그 전과 다른 말이 흘러나왔다. 촉탁교수 얘기가 슬며시 꼬리를 내리더니 갑자기 객원교수(시간 강사) 얘기를 꺼내는 것이 아닌가. 그 말을 듣는 순간 화가 불끈 치솟았다. 주인과 하인을 뒤바꿔치려는 상식 이하의 그들의 네마와시(끼리끼리 하는 사전 음계)에 모골毛骨이 송연해졌다. 나는 대뜸 욕을 대판으로 퍼붓고 싶었으나 숨을 돌려 "당신, 나를 한국 사람이라고 우습게 보는 게 아니오? 내가 일본 국적의 인간이었더라면 당신들은 이런 뚱딴지같은 말장난을 하질 않았을 것이오. 당신들의 이런 말 바꾸기 행태는 인권유린이오, 인종차별이 아니고 뭣이오?" 나는 화를 이기지 못해 문을 박차고 밖으로 나와 버렸다.

그리고 다시 아가리 전무에게 전화를 걸었다. 내일 학내 포털 사이트로 나의 입장과 각오를 전달하겠다는 말을 하고 전화를 끊었다. 그러나 아가리는 그 전과는 달리 아무 대꾸도 하지 않고 있었다. 그도 나와 이사장 사이의 딜레마에 빠져서 입장이 난처한 것은 이해한다. 그러나 결과적으로 아가리는 임기응변으로 일관해 왔기에 이 같은 자충수를 두게 된 것이 아닌가.

애당초부터 신설 코리아 코스는 별개의 교과과정으로 운영한다고 하였기에 나는 직접 낙하산 Y를 만날 이유가 없었고 1년만 꾹 참고 한국어를 가르치고 깨끗하게 은퇴할 작정이었다. 내가 1년을 고집하는 이유는 두 가지가 있다. 첫째는 일반인을 위한 '한글방' 강좌를 시작할 때 수강생들과 3년간 무료강의를 하겠다고 약속했기 때문이다.

두번 째 갑자기 대학 강의를 중지한다면 나의 체면과 지금까지 이룬 공든 탑이 단번에 허물어지는 위기감을 느꼈기 때문이다. 이런 상태로 내가 그만두게 된다면 나를 모함하기 위해 7개월 간 숨어서 자작극을 연출한 이 복마전의 악당들에게 완전히 손을 들고 쫓겨나는 꼴이 되는데 이렇게 초라한 내 모습을 학생들에게 보여주고 싶지 않아서다. 그리고 더 두려운 것은 그들은 나에 대해 있지도 않은 별의 별 루머를 에미나의 빨간 입을 이용하여 퍼트릴 것이 예견되었기 때문이다.

고사에 삼인성호三人成虎라는 말이 있다. 세 사람이 똑같은 얘기를 하면 다른 사람들은 있지도 않은 호랑이가 나타난 줄로 믿게 된다는 말이다. 그들은 그러고도 남을 비열한 인간들이다. 세력을 거머쥐었다고 해서 소수의 약자에게 권력을 남용하게 되면 인간의 도덕성과 사회질서가 깨지기 마련이다. 그리고 사람이 눈앞의 이익만을 위하여 인간의 의리를 저버린다면 모두가 그 사람을 둔갑한 천사귀天邪鬼로 취급할 것이다. 유감스럽게도 오늘날 일본사회에서 무사도武士道정신을 찾아보기란 극히 드문 일이지만, '의롭게 죽을지언정 불의로 살지 않는다' 라고 말을 하는 품격 있는 가문의 대장부大丈夫도 적지 않다고 본다. 그러나 그 정도의 말을 구사할 수 있는 사람이라면 그들의 조상은 아마 사무라이(侍) 계급의 명문가 출신일 가능성이 크다고 본다.

# 자시지벽自是之僻의 인간형

## 12월 17일 수요일

맑음. 오늘은 미시로 씨와 만나 F변호사를 소개받기로 했다. 그의 사무실이 있는 고쿠라에 도착하여 전화를 하니 바로 마중 나와 주었다. 내 차를 타고 그 길로 변호사 사무실로 향했다. 10분 거리의 2층 사무실을 올라가자 백발의 노변호사가 웃으며 맞아주었다.

나는 대학의 불의와 부당성을 토로하여 9월에 한글코스를 신설한다고 했을 때의 얘기와 지금 그들의 행동이 전혀 다르다는 사실에 대하여 설명하였다. 그때 나는 분노에 찬 어조로 인권을 강조하고 있었다.

노 변호사는 내 말을 모두 듣고 나서 한숨을 쉬고 하는 말이 "좀 애매하군요. 그럼, 어떤 증거가 있습니까? 판사는 오직 필적물이 있어야 증거로 인정하기 때문에 그러는 것입니다." 나는 학부장과 아가리 전무가 내게 한 약속만 믿고 이럭저럭 세월만 보내다 보니 지금 내 입장은 '닭 쫓던 개 지붕 쳐다보는 꼴' 처럼 된 난처한 입장이 되고 말았다.

노 변호사는 나의 심정은 이해할 것 같다며 서류상의 증거 없이 외국인이 법정 싸움을 한다는 것은 어려울 것이라고 충고해 주었다.

당시 교수회의에서 학부장과 내가 주고받은 언약은 틀림없이 있었지만 회의 기록에는 "한국어문화 과목과 신설 한국어 코스는 별도이니 선생님은 걱정할 것 없어요"라고 개인적으로 학부장이 한 말이 회의 자료에 기록으로 남아 있을 리가 만부당하다.

혹시나 하여 자료실에 들러 그 기록을 찾아봤지만 그 같은 기록은 남아 있지 않았다. 다시 연구실로 돌아와 M교수를 찾아가 상담을 했다. 그 역시 입증할 교수회의 자료에 증거가 될 만한 것이 없으면 소송은 어렵다며 학부장을 비난 했다.

저녁에 집에 돌아와서 식구들에게 나의 진퇴문제를 처음 밝히기로 했다. 내 말을 듣고 있던 아내가 거짓말처럼 들린다며 이 같은 현실이 사실이라면 세키 이사장을 비롯해 '낙하산 마피아'들의 횡포는 일본인 사회에서도 힐난의 화살을 맞아 마땅하다고 흥분했다.

아내는 자기가 도울 수 있는 일이 있을 것 같다며 내일부터 연구실에 나가겠다고 한다. 내가 너무 전격적인 쇼킹한 뉴스를 전한 것 같아 내 가슴이 아팠다. 좀 참지 못한 것이 후회스럽기도 했다.

한참 후 아내의 모습이 보이지 않아 집안을 살펴보니 화장실에 있는 듯했다. 얼마 있다가 아내의 얼굴을 힐끔 훔쳐보니 눈언저리가 발개져 있었다. 스케야의 사기사건에 휘말려 많은 고통을 참아왔는데 다시 대학에서 쫓겨나게 된 사실에 아마도 아내는 더블 펀치를 맞은 심정일 것이다. 이 시점에서 나를 뒤돌아 생각해 보니 나의 처지가 마치 고성낙일孤城落日의 패장처럼 어찌할 바를 모르고 좌불안석하고 있는 것 처럼 느껴졌다.

나는 20년 전 일본에 와 열심히 일본 대학생들에게 알기 쉽고 재미있게 정성을 다해 한국어 문화를 가르쳐 왔건만 금년에 들어와 K대학의 새 이사장으로 부임한 세키 씨가 개혁이란 그럴듯한 구호를 외치면서 어찌 생사람의 목을 자르려 대드는지 모르겠다. 나는 국제봉사 사업을 통하여 본 대학 유학생들을 돕기 위해 10년 전부터 오늘날까지 장학생을 매년 5명씩 선발하여 그들에게 장학금을 지원해 왔으며, 금년부터는 또 사회인을 위한 무료 '한글방' 강좌를 오픈하여 신문에 날 정도의 호평을 받고 있는데도 불구하고 나를 제거하려는 그 속내를 이해할 수가 없다.

다시 대학의 새 집행부에 고하노니 자신의 과오를 뉘우치고 자시지벽自是之癖을 하루바삐 씻어 버리길 바란다. 오늘 새삼 이르노니 나는 내 양심에 일호의 거짓도 없이 20년간 교편생활을 해 왔다는 것을 마지막으로 여러 교직원 동료들에게 밝히는 바이다. 요사스러움, 음모와 계략, 비밀주의, 거짓과 지연작전 등은 인간이 양심을 저버렸을 때에 일어나는 사심邪心이란 것을 대학 집행부는 알고 있는지 묻고 싶다.

# 김정일 뺨치는 묘략

### 12월 18일 목요일

맑음. 아침 일찍 죽을 각오로 캠퍼스에 나갔다. 오늘은 아내도 동반했다. 개구리 같은 미물도 죽을 때는 '꽥' 하고 죽는다고 했다. 어차피 누구나 한 번 죽을 목숨인데 나도 소리나 쳐보고 죽고 싶은 오기가 용솟음친다. 연구실에 도착하여 엊그제 작성한 대학 집행부에 대한 항의문을 백여 장 복사했다. 그리고 커다란 백로지에 알기 쉽게 세키 이사장의 독선과 독주를 비난하는 문구를 매직펜으로 크게 적기 시작했다.

나는 이미 죽을 각오이니 누구 말마따나 무소기탄無所忌憚이다. 오히려 어제보다도 마음이 든든하고 홀가분한 기분이다. 초조하고 안타까운 생각은 전혀 마음 속에 없다. 이제 벽보를 붙이고 대학 집행부를 비난하는 '찌라시'를 돌리면 된다. 그러면 물론 곧바로 대학가는 발각이 날 것이 뻔하다.

사후의 엑시던트에 대해서는 지금 생각하고 싶지가 않다. 나라의 위태로움을 보고 목숨을 아끼지 않고 일제와 싸웠던 애국지사는 못될망정 한국인이라 얕잡아보는 이면불한당裏面不汗黨을 그냥 보고만 있을 수가 없다. 모든 준비를 마치고 잠시 쉬려고 하는데 누가 노크를 했다. 요전에 놀러왔던 李 군이었다. 이 군과는 뭔가 이심전심으로 통하는 데가 있는 것 같다. '찌라시'를 돌리려면 이 군의 도움이 필요했다.

벽보의 내용은, 1. 외국인 초빙교수의 인권을 보장해라. 2. 봄부터 7개월간의 이사진의 코리아 코스 신설에 관한 비밀음모를 낱낱이 밝혀라. 3. 무고한 사람을 굴욕적인 장면으로 몰아붙인 새 인권위원장은 사죄하라. 4. 나에게 약속한 한국어 시간배당을 당장 이행하라, 등이었다.

점심은 아내가 준비해 온 김밥으로 간단히 먹고 이 군과 함께 연구동 1층 로비로 내려갔다. 우선 출입문에서 마주 바라보이는 벽에 대학 집행부에 대한 항의문을 붙였다. 그리고 이 군은 항의서 유인물을 들고 학생들에게 나누어 주기로 했다.

그 후 한 시간도 안 되어 사무직원 7,8명을 대동하고 학장이 나타났다. 누가이 벽보를 썼느냐고 학장이 나에게 물었다. 나는 그것을 몰라서 묻느냐고 대답했다. 그러자 그는 직원들에게 벽보를 떼라고 지시했다. 그때 나와 직원들 사이에 한참 몸싸움이 있었다. 그 길로 나는 본관 학장실로 가서 최후의 면담을 요청했다.

그런데 그 자리에는 아가리 전무와 법인 사무실의 직원 등 8명이나 참석해 있었다. 나를 가운데 앉히고 죽 둘러앉는다. 마치 야쿠자들과 대치하고 있는 분위기이다.

한 직원은 무비카메라를 들고 와 나를 향해 카메라를 돌리기 시작했다. 나는 곧바로 카메라를 찍지 말라고 말했다. 하지만 그 사무직원은 그대로 찍고 있었다. 나는 버럭 소리를 지르며 찍지 말라고 고함쳤다. 그러자 직원은 카메라를 뒤로 돌리는 척했다.

그리고 나는 학장을 쏘아보았다. 그는 나의 심기를 알아챘는지 부드럽게 나왔다. 몇 달 전만해도 서로 농담을 할 정도로 가깝게 지내던 사이였으니까 그럴 법도 하겠지, 하고 나는 속으로 울고 있었다.

그의 첫 마디는 예상외였다. 경영자금 얘기였다. 이 대학의 운영이 어려우니 선생님이 도와줘야겠다고 하면서 대학의 빚이 현재 4억 엔이나 된다고 불만을 털어 놓았다. 그리고 매달 지급하고 있는 교직원의 급료가 수 천만 엔이라며 도와달라는 듯이 말소리를 낮추었다.

그 때 나는 그에게 되물었다. "지금 내 월급이 얼마인지 아십니까? 촉탁교수에게 지급되는 쥐꼬리만한 돈이 아깝다면 나는 오늘부터라도 무보수로 이 대학의 존립을 위해 봉사할 수도 있습니다." 그러자 그는 적이 당황한 빛을 띠며 "말씀은 고마운데 그럴 수는 없지요"라고 잘라 뗀다.

그래서 나는 다시 "지금 이 대학에 운영자금이 없다고 하지 않았습니까. 나는 20년간 일본에서 우리 가족들이 별 부족함 없이 살아왔으니 이제부터는 나의 단련된 봉사정신으로(무보수)로 학생들을 가르치는 것을 보람으로 생각하고 이달부터 내 은행구좌를 해지하겠으니 그리 아십시오."라고 하자 갑자기 분위기가 숙연해졌다.

바로 그때 밖에서 모 교수가 학장 곁으로 다가가 귓속말을 나누더니 유인물을 전하고 나간다. 그것은 이 군이 학생들에게 돌린 나의 항의문이었다. 그때 학장은 나를 향에 "이것 선생님이 작성한 것입니까?"라며 소리를 높였다. 나는 그렇다고 대답했다. 찌라시를 몇몇이 슬쩍 돌려 보더니 학장이 입을 다시 열었다.

"선생님, 이렇게 나가면 곤란합니다. 학생들이 이것을 보면 어떻게 생각하겠습니까? 이렇게 하면 안 됩니다"라고 잘라 말했다. 그 말에 나는 화가 치밀었다.

"뭣이 잘못됐습니까? 그 항의서를 잘 읽어 보세요. 나는 하나도 잘못이 없어요. 당신들이 7개월 동안 이사장실에 숨어서 작당 모의한 것이 허상의 한글코스가 아니고 무엇입니까? 한국어 주임교수가 엄연히 있는데도 불구하고 전공자도 아닌 얼치기를 데려다가 멋대로 그자의 장단에 놀아날 수가 있습니까?" 나는 죽을 각오로 소리 높여 대항했다.

그리고 다시, "엊그제 내놓은 내년도 시간표에 한국어 교양과목과 코리아 연구과목이 어디로 갔는지 알고나 있어요?" 하자 아무 대답이 없다.

잠시 후 학장이, "하여간 이번에 65세 이상 OB교수의 퇴직은 학칙으로 새로 결정된 사항이니 따라주길 바랍니다"란 말을 남기고 자리에서 일어나자 모두가 학장실을 나섰다. 그리고 학장이 내 뒤를 따라오더니 나에게 슬쩍 말을 걸었다.

"앞으로 다시 이런 행동을 하면 면직됩니다. 알았어요?" 그는 위풍당당威風堂堂하게 나를 협박하듯이 말꼬리를 높였다. 나는 당신이 하고 싶은 대로 하라고 했다. 그때 그에게 개인적으로 묻고 싶던 것이 언뜻 떠올라 곧바로 물어보았다.

"학장, 지지난 달에 열렸던 윤리위원회의 결과보고서는 어찌되었습니까?"

라고 묻자 그는 엉뚱하게도 아직 요시타 선생으로부터 보고서를 받지 못했다고 했다. 나는 그의 거짓말에 다시 놀라지 않을 수 없었다. 요시타 선생의 말에 의하면 한 달 전에 보고서를 제출하자 학장이 그 소견소를 보고 대뜸 화를 내며 그 자리에서 그의 윤리위원회 분과위원장직을 월권으로 박탈했다며 화가 난 표정으로 나에게 말했었다. 북한의 김정일도 그리 포악하게 일을 처리하지 않을 것이다.

에미나 건에 대해 나에게 무혐의 처리한 요시타 선생에게 학장은 그 자리에서 행동으로 불만을 표출했다는 말이다. 그런 후 그의 심복 나카하시 교수를 바로 그 자리에 앉히고 며칠간 그로 하여금 자기가 윤리위원회 분과위원장이라면서 나를 쫓아다니며 바쁜 나를 괴롭히기도 했다. 그 때를 생각하면 지금도 소름이 돋을 지경이다.

저주받을 놈들! 수 명의 변호사들에게 몇 번을 물어봐도 모두가 그것은 SH라 볼 수 없다고 한다. 실제로 '무혐의 보고서'를 받고서도 마음에 들지 않는다고 임기가 남은 윤리분과위원장을 바로 경질하고 보고서마저 멋대로 파기해 버린 그는 한국인 교수의 인권을 깡그리 유린했을 뿐만 아니라 외국인을 바보 취급하는 학장과 새 윤리분과위원장인 나카하시라는 자는 나를 갖고 장난을 치고 있었던 것이다.

그 같은 문서와 파기행위는 국제인권유린문제에 해당된다며 가까이 지내는 일본인 친구들은 흥분된 어조로 나의 편이 되어주었다. 여기가 우리나라(한국)가 아니고 보니 나보다 나이가 어린 아랫놈이 그렇게 모멸감을 주어도 나는 그저 꾹 참고 지냈다.

아. 통제로다! 요즘은 하루하루를 산진수궁山盡水窮의 수라장에서 악마들과 진흙탕 싸움을 하며 나는 오늘도 막장드라마를 연출하고 있다.

# 백면상百面相 근성

## 12월 19일 금요일

어제 꿈자리가 어수선하다. 너무나 쇼킹한 학장의 거짓말에 나는 다시 분노를 금할 수가 없었다. 거짓말도 그럴듯하게 하면 나도 웃으며 농담으로 받아넘길 수도 있다.

그런데 그는 작정을 하고 뻔뻔스럽게 내 앞에서 그럴싸하게 거짓 연기를 하고 있었다. 보고서를 아직 받지 못했다고? 회의가 끝난 지 두 달이나 지났는데 당신은 지금까지 무엇을 한 것이야! 당신은 직무유기를 한 것이지. 무슨 민사재판도 아닌데…….

그는 이사장실을 들락거리면서 이 억지 조작극을 얼렁뚱땅 마무리하려고 잔머리를 굴리며 임기가 아직 남은 요시타 윤리분과위원장을 제멋대로 경질한 문제로 나름대로 고민이 있었으리라 생각이 된다. 눈엣가시 같은 작은 존재를 제거하기가 이리 까다로울 줄은 예견하지 못했을 것이다.

오늘도 아내와 함께 연구실로 출근했다. 혼자보다 나를 믿고 밀어주는 든든한 아내와 같이 있으니 두려울 일이 없다. 징계처분을 한다고 해도 나는 순교자처럼 하늘을 향해 한점 부끄럼이 없는 나의 길을 갈 것이라 각오한 지가 몇 달이 흘렀다. 어제까지만 해도 이 대학을 위해 무보수 봉사교육 사업을 해 볼 생각이었다. 그러나 어제 학장의 새빨간 음모와 거짓말을 듣고 마침내 일본 사람의 백면상百面相 근성을 새로 발견한 것이다.

그의 첫 인상은 누가 보아도 멀끔하게 생긴 미남형이다. 그러나 그 멀끔한 얼굴 뒤에 감추어진 더럽고 추악한 또 다른 색깔의 면모를 보고 밤하늘에서 새로운 별을 발견한 것보다 더 위대한 인간의 본성을 찾아낸 것 같아 오히려 그에게 'I am deeply thankful him for his help' 이렇게 전하고 싶다. 인간의 이중성을 부정하는 사람과 그것을 긍정하는 사람도 있을 것이다. 그러나 인간이 본연의 순수성을 잃어버린다면 그 인간성이 퇴색되어 인간으로서의 절대적 가치관을 망각하여 막가는 인생이 될 것이다.

누구나 인간의 가치를 어디에 두느냐에 따라 인간성이 결정된다고 나는 생각한다. 특히 출세욕이 강한 자들은 단체나 집단을 이용하여 자기와 달리 보이는 별난 사람을 시기하고 미워하는 습성이 이 같은 이중성격의 불량품 인간형을 만들어 놓는 것이 아닌가 생각해 본다.

둘째 시간 수업에 들어가기 전에 사쿠라 교수가 잠시 내 방을 찾았다. 그녀는 나에게 예전과는 다르게 냉담한 표정으로 "선생님, 법학부의 M교수도, 경제학부의 K교수도, 우리 대학의 65세 이상의 OB교수들의 퇴직방침에 따라 내년에 대학을 그만둔대요. 선생님도 대학 당국에 항의하기보다 이번이 기회라 생각하고 유종의 미를 거두어 떠나는 것이 좋지 않을까요?"라고 대학 당국의 대변인처럼 말한다.

나는 그녀의 어조가 예전과 좀 다르다는 느낌을 받았다. 어쩌면 상부의 코멘트를 듣고 내게 달려온 모양이다. 그녀가 첩자노릇을 해도 무방하다. 나는 이미 각오가 돼 있으니까. 그러나 할 말은 다 하고 나간다는 것이다. 다시 말하자면 처음부터 모두 툭 터놓고 코리아 코스에 대한 얘기를 나에게 했다면 나도 순순히 응했을지 모른다.

그리고 낙하산 Y의 임명과정에서 나의 자존심을 무시하고 학부장이 제 멋대로 심사위원을 지명한 것은 다른 학장 경험자들에게 물어봐도 학칙위반이라고 아우성인데 그것에 대한 사과 한 마디도 없는 것은 국적 차별이고 인권유린이 아니고 무엇이란 말인가.

그리고 처음에는 나에게 기존 한국어 과목은 신설 코리아 코스와 별개의 교양과목이니 하나도 걱정할 것이 없다고 학장, 학부장이 장담했다가 상황에 따라 말을 바꾸고 다른 꼬투리를 잡아 내 목을 자르려는 비열한 행위는 절대 용서할 수가 없다. 지금이라도 그들이 지난 7개월 동안 나를 퇴출시키기 위해 비밀리에 기획한 음해에 대해 사죄를 하면 나도 심경의 변화가 있을지도 모르지만….

나는 사쿠라 선생에게 솔직히 이런 나의 심정을 전했다. 그러나 그들에게서 아직 드러나지 않은 음모는 아마도 함정하석陷穽下石 작전이 아닐까 생각한다. 그것은 어제 학장의 거짓말에서 그들의 마각馬脚을 드러냈기 때문이다. 그들은 절대 한국 사람인 나에게 허리를 굽히고 들어올 인간이 아니다. 지금 함정에 빠진 나에게 도움의 손을 내미는 시늉을 하다가 상황이 바뀌면 금방이라도 돌을 던질 놈들이다.

지혜의 여신, 아테나여! 이 우둔한 자에게 사람을 제대로 볼 수 있는 혜안을 주옵소서. 단 하루만이라도 내 주위를 얼쭝거리는 인간들의 마음을 꿰뚫어 볼 수 있는 지혜의 독심술을 보여주옵소서.

# 자몽自懜은 적신호赤信號

### 12월 20일 토요일

맑음. 오늘은 기분전환을 하기 위해 가와치(川內)에 있는 온천을 아내와 함께 다녀왔다.

일본이라는 나라는 국토의 절반이 화산지대이기 때문에 온천탕이 우리나라 사우나탕처럼 싸고 물이 좋다. 거리적으로 집에서 차로 30분 안에 닿을 수 있는 곳이어서 가끔 그곳을 찾곤 한다. 특히 65세 이상의 시니어는 목욕비가 반액이라 부담이 적다.

오늘은 욕탕에서 몇 분인가 몸을 담그고 있다가 탕 밖으로 나오다가 갑자기 어지럼증이 나서 그냥 바닥에 주저앉고 말았다. 며칠 전에 병원에서 혈압을 체크했을 때에는 정상이었는데 혈관에 문제가 있는지 모르겠다.

나는 잠시 자몽自懜에 빠져 그 자리에서 꿈쩍도 못하고 얼마 동안 가만히 있다가 대충 몸을 씻고 탕 밖으로 나와 이층 휴게실에서 아내가 목욕을 끝내고 나올 때까지 거의 한 시간동안 잠을 자고 있었다. 내 주변의 한국사람 중에 목욕탕에서 심장마비로 세상을 달리한 이가 서넛은 된다. 환갑을 넘기면 열탕에 들어가 전신욕全身浴을 하는 것은 절대 금물이다. 반신욕이 가장 몸에 좋단다.

한국의 사우나에서만 볼 수 있는 진풍경은 냉·온탕을 들락거리면서 자기의 건강을 과시하는 장년층이다. 그리고 가끔 보는 일이지만 욕장 바닥에 아무것도 가리지 않고 숫풍풍(全裸)으로 누워 휴식(낮잠)을 즐기는 진풍경은 일본에서는 볼 수가 없다. 당사자는 어떤지 몰라도 같은 남자라도 그런 사람을 좋은 시선으로 대하는 이는 드물 것이다.

오후에는 취업상담 관계로 가라츠(唐津)에 사는 나오 학생에게 전화를 걸었다. 월요일에 연구실로 찾아오겠다고 했다. 한국어를 좀 더 열심히 공부했더라면 한국계 기업이나 서비스 관광업소에 쉽게 취업할 수가 있을 텐데….

저녁에는 서울에 사는 인印 선생님에게 오랜만에 안부전화를 했다. 인 선생님은 주립 하와이대학에서 몇 달 동안 초빙연구원으로 있을 당시 만난 분으로 민속학의 대가이기도 하다. 다리가 좀 불편하여 항시 지팡이를 짚고 넓은 대학 캠퍼스를 힘겹게 다니던 그때 모습이 지금도 눈에 선하다.

이번 겨울방학에 한국에 나가면 꼭 만나 회포를 풀자고 전하자 나의 방한을 환영한다고 했다. 그래도 카랑카랑한 선생님의 목소리는 여전히 변함이 없어 보였다.

# 호접몽胡蝶夢의 경지境地

## 12월 21일 토요일 동지

오늘은 동짓날이다. 일 년 중 가장 밤의 길이가 긴 날이다. 뒤집어 말하면 일 년 중에 일조시간이 가장 짧은 날이기도 하다. 태양의 빛이 가장 약하고 식물의 성장이 거의 중지되는 절기라 생각하면 될 것 같다.

한국에서는 붉은 팥죽을 쑤어 나누어 먹는 풍습이 있는가 하면, 일본에서는 호박죽이나 구약(곤냑 · 蒟蒻)을 먹는 습관이 예부터 전해 오고 있다. 호박은 겨울에 귀한 야채로 신께 바쳐 제사를 지내는 제물로도 쓰였고, 곤냑은 잡귀를 쫓는다는 뜻에서 먹는다고 한다. 또 동짓날에는 유자를 띄워 목욕재계를 하는 유자탕柚子湯이 일본 전역에 널리 습성처럼 퍼져 있다고 한다.

점심에는 컴퓨터 바둑을 서너 판 두었다. 그 때만은 정신집중이 잘 되어 이 세상 유상무상有象無象의 모든 것들을 잊을 것 같아 마음이 푸근해진다.

저녁에는 이온시티 쇼핑몰에서 아내와 함께 '생존자 있다' 라는 일본 영화를 보았다. 소방대원들의 인명구조를 테마로 한 스릴 영화였는데 한국 배우가 조연자로 나와 관심을 끌었다.

그런데 그 여자가 도쿄의 어느 스낵바(술집)에서 작부酌婦로 일하는 신으로 바뀌자 내 심기는 그리 좋지는 않았다. 특히 대화에서 한국 여성을 얕잡아보는 듯한 일본인의 태도가 비위에 거슬리었다.

혹시 내가 오버했는지는 잘 모르겠다. 남녀 간의 사랑은 국경을 뛰어넘고 언어의 벽도 뛰어넘어 결국은 서로가 호접몽胡蝶夢의 경지에 이르는 것이 아닌가 생각한다.

집에 돌아와 저녁을 마치고 난 후 서재에서 고쿠라 재판소에서 온 스케야에 대한 답변서를 쓰느라고 시간이 걸렸다. 어차피 법원에 소장을 냈으니 하루 빨리 판결이 나서 복잡한 나의 머리를 좀 쉬게 하는 일이 우선이라는 생각이 들었다.

한국에서는 파출소문 앞에도 가보지 않은 내가 일본에서 소송까지 하다니, 내가 생각해도 이제 넘을 선을 넘은 것이다. 돈 빌려간 사람이 알고 보니 이중 인격의 날강도 같은 놈이라면 아마 어떤 성인군자도 한 대 주먹을 날리고 싶을 것이다.

스케야가 돈을 빌려갈 때처럼 내 앞에서 아양을 떤다면 내 마음이 좀 누그러 들지도 모른다. 그러나 그런 남을 등쳐먹고 사는 자들은 그런 예쁜 짓도 하질 않는다. 한탕을 하여 돈을 뜯어내면 그것으로 그 자리를 털고 야간도주하기 바쁘다.

그들의 약속은 한갓 실없는 말장난들이고 그들의 각서는 휴지만도 못한 것 일 수도 있다. 그들에게 양심을 기대하는 것은 말대가리에서 뿔나기를 바라는 어리석음과 같다고나 할까. 사기꾼과 강도에게 개심하길 기대한다는 것은 예 수의 말씀대로 낙타가 바늘구멍을 지나가는 것보다 어려울 것이다.

나는 재판소의 답변서를 쓰면서 일본에서 새로운 나의 인생 공부가 시작되 었다고 생각했다. 개탄하지 않을 수 없는 일이다. 목사도 스케야도 지나가다 만난 행로지인行路之人도 아닌데 이럴 수가…. 이렇게 혼자 격앙분노激昂憤怒할 수도 있지만 그렇다고 해결될 일이 아니라면 다시 제자리에 돌아와 자성의 시 간을 갖는 일이 자신을 위하는 길이라는 생각이 언뜻 들었다.

오늘은 나비처럼 모든 시름을 사뿐히 접고 나비잠을 자며 호접몽이라도 꾸 어볼까 한다.

# 일본 학생들에게…

## 12월 22일 월요일

아침부터 눈이 오려는지 하늘이 희끄무레하다. 날씨가 그러니 내 기분도 구름에 가린 듯 산뜻하지가 않다.

오늘은 한국어 1.과 한국어 회화 3.의 기말시험이 있는 날이다. 시험문제는 지난주에 미리 제출해 놓았으니 마음은 한갓지다. 아침 두 시간을 한국어 테스트 감독을 하고 교실 문을 나서니 착잡한 생각이 들었다.

이 대학에서의 강의가 이번 학기로 끝나게 된다면 오늘 시험을 치른 학생들에게 간단히 뭔가 코멘트라도 남겨야 하지 않겠는가, 그런 생각도 해 보았다. 그러나 시험을 치르는 학생들에게 이번 가을학기를 끝으로 이 대학을 물러난다는 얘기를 꺼내기가 쑥스러웠다.

한 시간의 휴강도 없이 20년간 한국어와 문화강의에 열정을 쏟아온 나로서는 사랑하는 일본 제자들에게 자칫 마이너스 이미지를 줄 것 같아서 '사요나라' 조차 전할 수가 없었다. 나와 대학 경영진간에 이처럼 마음이 어수선한 시점에서 당장 학생들에게 할 말은 없지만 일본의 미래를 짊어질 일본의 젊은이들에게 남기고 싶은 말 몇 가지를 생각해 보았다.

첫째, 제군들에게 이르노니, 장차 청운만리靑雲萬里 창공을 날아간다는 대붕大鵬의 뜻처럼 대양을 넘나드는 원대한 포부를 갖고 살아라.

둘째, 제군들에게 이르노니, 과거 역사를 모르는 사람은 세계적인 인물이 될 수 없으니 국제적 감각을 키워 평화로운 국제사회를 이룩하는 데 적극 참여하라.

셋째, 제군들에게 이르노니, 일본 사람의 많은 장점을 되살려 품위 있는 대장부大丈夫 일본인이 되어라. 흔히 말하는 편협한 '섬나라 근성'을 버리고 본래의 화혼和魂 즉, 생득선근生得善根의 친절하고 깨끗한 마음으로 재무장해야 할 것이다.

나는 이 세 가지를 일본 학생들에게 마지막으로 나의 메시지를 보내고 싶다. 당장 현실적으로는 어려운 일이겠지만 50년, 100년 후 제군들의 자자손손이 꾸준히 역사에 관심을 갖고 노력하고 연구한다면 그때는 청사에 빛나는 위대한 새로운 한·일 역사가 탄생할 것이다. 그것은 동북아의 한·중·일 삼국관계가 마치 수어지교水魚之交의 평화롭고 화목한 이웃 나라로 탈바꿈하는 전환기가 될 것이다.

1시 경에 가라츠(唐津)에서 나오가 찾아왔다. 집에서 아침에 떠났는데 지금 도착한 것이다. 그녀는 곱게 포장된 선물을 내 앞에 내려놓는다. 학생들로부터 선물을 받는 것은 그리 많지 않지만 선생님에 대한 정표라 생각하면 그리 부담스럽지는 않다. 취업에 관하여 진지하게 상담을 하고 있는데 친구 '아리사'가 뒤따라 문을 열고 얼굴을 내밀었다. 같이 내 연구실에서 만나기로 약속을 했다고 한다.

상담을 마치고 나는 학생들과 함께 근처 회전 스시야(초밥집)에서 스시와 스프를 시켜 맛있게 먹었다. 3월에 졸업을 앞둔 두 제자에게 하고 싶은 말은 많았다. 그러나 오늘만은 새로 사회에 진출하는 제자들에게 재미있는 것을 들려주는 것이 좋을 것 같아 옛날 한국에서 대학 졸업 당시 '하늘의 별따기' 보다 어려웠던 취업 얘기를 털어놓았다.

내가 익살스런 몸짓으로 얘기를 시작하자 두 제자는 작약雀躍하듯 거침없이 웃어댔다. 이웃 테이블의 손님들이 힐끔힐끔 우리 쪽을 쳐다보곤 했다. 너무 크게 웃으면 손님들에게 실례가 될 것 같아 다음은 목소리를 낮추어 인생 얘기로 말을 돌렸다.

사람은 누구나 완벽하지 못하기 때문에 인생살이를 하다 보면 산전수전山戰水戰 다 겪고 나서도 인정에 끌려 실패를 하기도 하고 배신을 당하기도 한다고 얘기해 주었다.

이 지구상에는 66억이란 천문학적인 숫자의 사람들이 살고 있다. 그런데 얼굴이 서로 똑 닮은 사람이 없듯이 자기와 똑같은 마음의 소유자도 절대 존재하지 않는다. 그러니 사람의 마음은 하루에도 열두 번이나 변한다는 말이 있듯이 인간은 인간을 서로가 불신하는 지경에 다다랐다. 그러니 자기 가족이 아닌 타인을 믿는다는 일은 호랑이를 믿고 호랑이 굴로 들어가는 것과 다를 바가 없다고 조언을 해 주었다.

백발이 성성한 노교수가 뒤늦게 깨달은 진리를 두 제자에게 전해 주었다. 지구상의 동물 중에서 가장 신용할 수 없는 동물은 만물의 영장이라는 허울뿐인 인간이다. 인생은 짧다면 짧고 길다면 길 수도 있다. 인생을 행복하게 살기 위해서는 자신의 힘을 키우는 길 밖에 없다. 타인의 허황된 말을 믿고 타인에게 기대하여 살기보다 자신의 힘으로 바르게 살아가는 습관을 키워가는 일이 참된 인생을 사는 최선의 길이다, 라는 말을 남기고 나는 제자들과 헤어졌다.

오후에 인쇄할 것이 있어 1층 공동연구실에 가 프린트를 하고 있는데 M교수가 나타나 나에게 말을 걸었다. 그는 크게 웃으며 "선생님은 내가 생각한 대로 용기가 있어요"라며 칭찬조로 말하였다. 싫지는 않았다. 그리고 다시 중국인 N교수를 만나자 그도 그와 비슷한 말을 하고 사라졌다.

얼마 있다가 나는 노조위원장인 노무라 교수 연구실을 찾았다. 내 초빙교수에 관한 서류에 대해 질문을 하자 그는 자기가 노조위원장을 엊그제 탈퇴했으니 뭐라고 답변할 수 없다고 잘라 뗐다. 그는 내 노조가입 서류를 알고 있으면서 꼬리를 감추려 변죽을 울리고 있는 것이다.

내가 보기에 모든 경영 관계자들이 미리 각본에 짜여진 대로 빈틈없는 연기를 하고 있었다. 빌어먹을….

Who in the hell do you think you are?

# 아라히토가미(現人神)

## 12월 23일 화요일

흐림. 오늘은 공휴일이다. 헤이세이(平成)천황의 탄생일이기 때문이다. 한국 사람에게 천황이란 단어는 아무래도 부負의 이미지가 강하게 남아 있다. 일제 36년간 통한의 세월을 살아온 우리 민족이기 때문이다.

1910년 한일합방이 이루어진 해가 메이지(明治) 43년이다. 2년 후 메이지천황 (睦仁 - 무츠히토)이 서거하자 그의 셋째 아들 요시히토(嘉仁)가 다이쇼(大正)천황으로 즉위한다. 그는 14년간의 한국을 식민 통치했다.

그 다음 1926년 쇼와(昭和)천황(裕仁 - 히로히토)이 등극하게 되자 그는 청일전쟁, 노일전쟁, 태평양 전쟁을 일으켜 인근 아시아의 여러 나라들을 침략하여 식민지통치를 함으로써 많은 전쟁피해 국가들로부터 빗발 같은 비난을 받기도 했다.

그러한 일제가 히로시마(廣島), 나가사키(長崎)에 각각 원자탄이 떨어지자 1945년 8월 15일 쇼와천황은 라디오 방송을 통해 항복 선언을 함으로써 한반도는 36년 간 일제의 압정에서 벗어나게 되었고, 한민족은 암흑의 식민지시대를 청산하고 광복의 새 빛을 맞이하게 된다.

광복 당시에는 한국 국민의 태반이 일제의 연호에 태어난 불행한 세대라 보면 틀림이 없을 것이다. 부모 형제자매 삼촌 모두가 메이지(明治), 다이쇼(大正), 쇼와(昭和) 연호를 부르며 자란 세대라 해도 과언은 아닐 것이다.

1896년 조선왕조가 대한제국으로 국호가 바뀌면서 고종황제는 순종황제와 같이 군주가 다스리는 나라를 만들어 해(年)의 순서를 정하여 새 연호, 건양(建陽 - 1년) 광무(光武 - 10년) 융희(隆熙 - 3년)을 쓰기도 했다.

독립신문이나 황성신문과 같은 한국어 신문에는 광무, 융희의 연호만을 사용하고 있었다. 건양 1896년에서 융희 1910년까지 대한제국의 운명은 마치 풍전등화風前燈火의 소용돌이에 놓여 있었다.

다시 말하면, 융희 3년에 한일합방이 되었으니 그 후 우리의 연호 사용을 일제가 허락할 리가 없다. 그런 까닭에 불행하게도 융희 3년 이후에 태어난 우리나라 사람들은 자국의 탄생 연호도 없이 태어난 사생아라고 할까. 자국의 연호가 없다는 것은 속국의 신민臣民임을 말하고 있었다.

현대 국가에서 일본과 같이 천황의 연호를 사용하는 나라는 거의 없다고 본다. 그런데 나는 지금 일본에서 헤이세이(平成)시대에 살고 있다. 일본 연호에 대해 거부감이 없다고 말할 수 없으나 어쨌든 일본 사회가 나를 필요로 했기 때문에 나는 이 나라에 와서 성심성의껏 나에게 주어진 임무를 다 하면서 '헤이세이' 시대를 살아 왔다고 생각한다.

'平成' (헤이세이)란 말은 우리 한글사전에도 없는 말이지만 구태여 내가 사자숙어를 만든다면 평화성사平和成事라고 풀이하고 싶다. 그간 우리 한·일 양국 사이에는 hate(미움)과 fight(다툼), 그리고 misunderstanding(오해)만이 존재하고 있었다.

그런 고로 이제 우리 양 국민들은 서로 무엇을 해야 하는가에 대해서 깊이 반성하고 넓게 양보하여 화평한 마음을 스스로 다지는 뉴 한·일 평화시대를 성사시키겠다는 국민적인 단호한 결의 없이는 양국의 미래는 잘못하다 보면 단교斷交도 불사할 수 있는 최악의 사태가 일어날 수도 있다.

일본 사람들은 지금도 보편적으로 서력기원西曆紀元을 쓰지 않고 역대 천황의 연호를 즐겨 사용하고 있다. 일본의 관공서에 가면 서류를 쓸 때에 마지막 공란에 반드시 날짜를 기입해야 한다. 거기에는 平成 몇年 몇月 몇日이 공란으로 비어 있다. 그때 외국 사람들은 좀 당황하게 된다. 연호를 잘 모르기 때문이다.

헤이세이 역曆을 서력으로 바꿔 쓰려면 신문 1면 상단의 날짜를 보면 된다. 거기에는 서력도 천황력도 나란히 실려 있기 때문이다.

일제 강점기의 쇼와천황은 인간이 아니라 신격화 된 신, 아성亞聖과 같았다. 구세주처럼 세상에 나타난 신(現人神 - 아라히토가미)으로 일본 국민들은 그를 신봉하고 추앙하였다. 1945년 8월 15일, 일본이 패전한 후 소위 맥아더헌법(평화헌법)에 의해 천황은 '아라히토가미'에서 국가의 상징적 인물로 신분이 바뀌면서 그는 결국 인간선언을 하게 된다.

그리고 헌법9조, 전쟁포기에 관한 국제조약 영국 독일 등 15개국에 일본이 서명함으로써 국가의 교전권도 부정하는 평화국가로 남아 있기를 우리는 바라고 있다. 일본이 언제까지 헌법9조를 지키느냐, 파기하느냐에 따라 우리나라를 비롯해 동북아 제국과의 외교관계가 미묘하게 바뀔 것이다.

일본 정부는 세계문화 유산에 일본의 제1호 보배인 '헌법9조'를 반드시 등재시켜야 한다고 나는 생각한다. 이것만이 장차 일본 국민들과 아시아 여러 나라들이 전쟁 없이 영원히 평화롭고 행복하게 사는 길이라 믿기 때문이다.


# 덤터기 근성


### 12월 24일 수요일

맑음. 가을학기 수업은 일단 지난 월요일에 끝났기 때문에 오늘은 수업이 없다. 그렇지만 교수회의는 평상시대로 열린다고 통지가 왔다. 나는 그저 교수회의에 나가고 싶지 않았다. 보고 싶지 않은 얼굴 때문이다.

집에서 한국 TV를 보고 있는데 '土地' 작가 박경리朴景利 선생의 노후 전원생활을 방영해 주고 있었다. 작가는 원주에 자그마한 기념관을 짓고 홀로 글을 쓰면서 살아왔다고 했다. 작가는 이미 몇 달 전에 향년 82세로 이 세상을 떠났지만 방송국에서 다시 생존시의 모습을 비쳐주니 새로운 감회가 이는 느낌이다.

내가 작가에 관심을 갖게 된 이유는 두 가지가 있다. 우선 작가의 노쇠한 얼굴 모습에서 어머니를 연상케 하는 인자함이 엿보였기 때문이다. 그리고 또 하나는 대하소설 '土地'에서도 일제의 폭정을 비난하는 얘기도 있지만 동아일보에서 작가의 유고, '일본산고日本散考 미발표 육필 원고지 63매 발굴'이란 타이틀이 나의 눈을 멈추었다.

일본산고는 1편 증오의 근원, 2편 신국神國의 허상, 그리고 미완성의 3편 동경 까마귀로 되어 있다고 한다. 여기서 박경리 작가는 1950년 일본에서 발행한 古易문예사전 동양편에서 일본문학은 26페이지나 할애했는가 하면 중국문학은 12페이지, 인도문학은 5페이지인데 반해 조선문학은 반 페이지 정도 소개했다는 것이다.

일본이 의도적으로 우리 문화를 홀대했다 하여 감정적으로 따지고 싶지는 않다면서 일본에 일방적으로 우리가 당해 왔다는 것에 대한 원한과 우리 민족의 의식 속에 맺혀 있는 증오의 가시는 여간하여 뽑아내기가 어렵다고 밝혔다.

그리고 또 작가는 TV에서 일제 강점기 시절 정신대에 강제로 끌려간 동네 이웃 여성들의 이야기와 함께 일본 정치가들의 종군위안부를 부인하는 발언은 자기기만일 뿐 아니라 한국 정부와 한국 국민을 얕잡아보는 비양심적인 행위라고 지적하면서, 청춘기를 성노예로 살아온 위안부 할머니들이 해방 후 고국으로 돌아온 뒤에도 이웃들에게 온갖 차별과 멸시를 받으며 살아온 분한憤恨의 노래를 듣고 있노라면 그저 자기 일같아 울화가 치민다는 작가의 말이 새삼 떠오른다.

현재 일본에는 중요한 위치에 있는 위험한 인물 셋이 있다. 그 인물을 내가 지금 실명으로 밝힐 수는 없지만 이 같은 인물들이 일본 정부의 권좌에 올라 장기집권을 계속하게 된다면 20년 안에 일본의 미래상은 짙은 안개 속으로 묻혀 국민들의 삶이 후진국 수준으로 곤두박질할 것이다.

'아, 아, 아?'

오늘날 일본에서는 '하룻밤을 자고 나면 노인들이 흰 구름처럼 하얗게 몰려온다'라고 노인들의 인구증가를 비유법으로 나타내고 있다. 지금과 같이 고령화가 진행된다면 65세 이상의 인구 비율이 2005년의 20.2%에서 2035년에는 33.7%로 상승할 거라고, '국립 사회보장 인구문제연구소'가 연구결과를 내놓았다.

일본의 고령화 비율을 살펴보면 도시권은 낮고 지방은 높아 지역격차가 자연스레 점점 벌어지는 추세이다. 이 같은 고령화 현상은 한국도 일본과 마찬가지로 해마다 노령화 비율이 급격히 올라가 머지않아 한국도 예비 노인 천국으로 지각변동이 일어날 것이 뻔하다.

노인이 많다는 것이 나쁘다는 얘기가 아니다. 다만 현역에서 일하는 젊은 세대가 점점 줄어든다는 것이 장차 우리 민족의 앞날에 먹구름이 끼지 않을까 하는 노파심에서 하는 말이다.

저녁에 N씨로부터 다급한 전화가 왔다. 그녀는 예전과는 달리 인사도 없이 대뜸 나에게 APP 11월 정기월례회 때 받은 회비가 없어졌다며 자기가 그 돈을 나에게 건네주었다고 잡아뗀다. '아닌 밤중에 홍두깨처럼' 나는 어안이 벙벙하여 다시 그날 돈을 받은 기억이 없다고 하자 그녀는 길길이 뛰며 나에게 틀림없이 9만6천 엔을 건네 주었다는 것이다.

그 때 본 사람이 있느냐고 물어도 그것은 자기도 모르겠다며 계속 흥분된 목소리로 나를 위압하려는 기세다. 나는 잠시 수첩을 찾아 살펴본 후 회비 내역 메모를 내게 주었냐고 묻자, 그날은 시간이 없어서 돈만 건네주었다고 한다. 지금까지 돈을 건네받을 때는 늘 회비와 납부자 명부를 받아 왔는데 내 수첩에는 그런 내용의 메모가 적혀 있지 않았다.

최근 내가 캠퍼스 복마전의 아귀들과 아무리 골머리를 앓고 있다 해도 기부금과 회비만큼은 그때그때 반드시 수첩에 메모하든지 아니면 바로 은행에 입금하는 것이 나의 습관처럼 되어 있다.

오늘 상상도 못할 그녀의 거친 말투에 나는 놀랐고, 일방적으로 자기 말만 옳다고 떼를 쓰는 그 속내는 결국 나를 이상한 사람, 금품횡령자로 몰고 가 APP 회원들로부터 나를 '왕따' 시켜 결국은 네임콜링(name calling)하려는 그녀의 의도가 아니라면 단순히 나에게 덤터기를 씌워 자기 이익을 꾀하려는 덤터기 근성에서 발광적인 변명을 늘어놓게 된 연유가 아닌가 생각해 보았다.

그렇게 살림이 궁했다면 좀 더 그럴듯한 각본으로 연기를 했더라면 좋았을 것을, 나쁜 짓을 하여 좀 부자가 되고 또 귀인이 된들 무엇 하랴. 모든 것이 뜬구름과 같은데….

不義而富且貴, 於我如浮雲.


# 초연 (初戀 - 첫사랑)


## 12월 25일 목요일

날씨가 숯가마 천장같이 꺼무끄름하다. 하늘을 바라보니 숨이 막힐 듯 그저 마음이 언짢았다. '오늘은 예수가 베들레헴의 어느 마구간에서 태어난 성탄절이다. 한국 같으면 시가지가 온통 캐럴송으로 축제 분위기일 텐데 여기 일본은 겨울 날씨만큼 사람들도 시가지도 냉랭하다.

보통 시내에서 교회의 십자가를 거의 찾아볼 수 없으니 일본에서의 크리스마스는 앙꼬 없는 찐빵과 같다. 지금도 성탄절이 돌아올 때면 반백의 나이도 잊고, 나의 젊은 시절, 로망의 타임머신을 타고 고교시절로 되돌아가곤 한다.

당시 크리스마스는 단순히 예수님의 성탄을 축하하는 날만은 아니었다. 가난하지만 꽃다운 청춘을 불사를 수 있는 절호의 찬스였기 때문이다. 내가 다니던 교회는 하숙집에서 가까운 거리에 있는 감리교 교회였다. 교회당 규모는 꽤 컸으나 의자가 없어 신자들은 마룻바닥에 방석을 깔고 앉아 불편하게 예배를 보았다.

교회 안에는 여러 개의 부서로 나뉘어 있었는데 나는 학생이라 고등부에 속해 있었다. 고등부는 일요일 낮 예배가 끝나면 다른 집회 장소에 따로 모여 성경공부와 전도사업에 대해 계획을 세우는 등 서로 기탄없이 의견을 교환하는 부서였다.

처음엔 너댓 명이 모였으나 달이 가면 갈수록 여학생도 여럿이 가입하여 고등부에 활기가 돌기 시작했다. 일요일 예배가 끝나면 교회 뜰 안에서 삼삼오오 모여 새로 나온 여학생이 보이면 그에게 다가가 각자 자기소개를 하며 웃음꽃을 피우기도 했다.

고교 2년 시절의 크리스마스이브는 나에게 잊을 수가 없다. 저녁예배가 모두 끝나고 고등부는 지역을 나누어 신도 댁을 방문하여 찬송을 불러주고는 Merry X-mas, Happy new year! 을 외치는 것이 고등부의 몫이었다.

나도 변두리 지역을 맡아 나섰는데 날씨는 춥고 바람이 불더니 눈까지 휘몰아치기 시작했다. 추웠지만 어쩔 수 없이 이 집 저 집 신자의 가정을 찾아다니며 찬미가를 불러주고 송구영신의 새해 인사를 나누었다.

마지막으로 장로님 댁에 들렀을 때, 그 집 식구들은 우리들을 따뜻하게 맞아주었다. 후끈한 방에는 미리 차려놓은 빵이며 과자들이 테이블 위에 가득했다. 우리 그룹 7명은 사탕 알 하나도 남김없이 모조리 먹어치웠다. 그리고 각자 집으로 돌아가려는데 나와 같은 방향은 사범학교 1학년에 다니는 C양 뿐이었다.

그 때부터 우리 두 사람은 연인처럼 눈보라를 맞으며 나란히 그냥 눈길을 걷기 시작했다. 그런데 그녀는 생각보다 말도 잘하고 센스가 있어보였다. "가까이 우리 학교가 있는데 가보겠어요?"라고 의외의 말을 건넸다. 이 밤중에 어쩌자는 건가. 나는 적이 당황하여 잠시 주위를 두리번거리다가 언덕길을 따라갔다.

어느새 눈이 그득하게 쌓여 학교 운동장은 밤인데도 하얗게 은세계로 변해 있었다. 우리는 그 운동장을 가로 질러 어느 계단을 향해 올라가고 있었다. 거기는 아카시아 언덕이라 했다. 계단 위에 올라서니 학교건물과 벌거벗은 수목들이 어렴풋이 한눈에 들어왔다. 하얀 어둠 속에 흑백사진처럼 교사와 수목들이 그럴싸하게 눈에 비쳤다.

"학교가 멋있네요"라고 운을 떼자 그녀는 의자가 있는 곳으로 나를 안내하며 "우리 학교 참 좋아요"라면서 한참 학교자랑을 늘어 놓았다. 그녀의 청아한 목소리는 내 귓가에 내리는 눈송이처럼 살갑게 들려왔다. 나는 가까이서 그녀의 목소리를 듣고 있는 것만으로 행복했고 가슴의 박동은 퉁탕거리고 있었다.

우리는 함박눈 송이가 부서지는 가냘픈 소리를 들으면서 긴 침묵에 빠져있었다. 시간이 얼마나 흘러갔는지 모른다. 침묵이 서로의 마음을 움직일 수 있다는 사실은 가슴에 나이비티가 가득했기 때문이 아닐까. 지금에 와 옛날을 돌이켜 생각해 봐도 우직한 사내의 순정을 그녀가 얼마나 헤아리고 있었을까.

학교를 내려와 30여 분이나 시가지를 걸어 집 근처까지 둘이 나란히 걸어오면서도 그녀는 심심치 않게 나에게 질문을 던지기도 했다. 그녀의 질문에 나는 거의 예스와 노로 짧게 대답할 수밖에 없었다. 가난한 피난민을 그녀에게 알리고 싶지 않았기 때문이다.

그런데 그녀는 나를 어찌 보았을까? 무뚝뚝한 친구라 생각했을까, 아니면 듬직한 남자라 생각했을까. 그것이 아직까지도 수수께끼이다. 나의 첫사랑은 이루지 못했지만 나는 아직도 그녀의 해맑은 미소를 머리에서 지우지 못하고 있다.

오후가 되어 연구실에 들러 보았다. 일 년 전 서울에 있는 S대학으로 자리를 옮긴 허(許)동한 교수를 캠퍼스에서 만났다. 벌써 한국은 겨울방학이라 처자가 있는 일본 집에 왔다고 했다. 그는 작년 일본인 부인과 두 딸을 여기 일본에 두고 혈혈단신으로 직장을 찾아 서울로 향했다.

직장을 옮길 수 있는 능력과 젊음이 있으니 부럽기도 하다. 한 번 밥이나 같이 하자고 권해 보았지만 허 교수는 곧 서울로 돌아가야 한다는 핑계를 대며 사양을 한다. 바쁘니 그럴 수도 있을 거라고 생각해 보았다.

# 무사도武士道 정신

## 12월 26일 금요일

구름 뒤에서 햇볕이 나오다. 오늘은 기말시험 점수를 꼬느러 일부러 연구실에 나갔다. 학생 수가 작년보다 줄었지만 그래도 모두 합치면 백 명이 넘는다.

바이트 학생을 불러 잔일을 시켜도 되지만 그렇게까지 하고는 싶지 않다. 혹여 시험 결과를 사전에 학생들이 알게 되면 교무과에서 문제를 삼을 수도 있기 때문이다.

시험 답안지를 꼬느고 나서 파일에 정리하고 있는데 한 학생이 노크를 했다. 이유인즉, 시험을 잘못 보아 걱정이라며 점수를 미리 알려줄 수 없냐고 물었다. 나는 한참 있다가 이름을 물어보았다. 답안지를 찾아보니 낙제 점수였다.

학생에게 F학점이라 전하자 학생은 자기변명을 한참 늘어놓는다. 졸업단위 학점이 모자라 어쩌면 이번 3월에 졸업을 못할 것 같다며 두 손을 비비며 애걸복걸한다. 한편 안 됐다는 생각도 들었지만 그러나 학칙을 무시하고 내 멋대로 할 수는 없는 일이다.

담당교수가 자기과목이라 해서 멋대로 점수를 올려 줄 수 있는 권한이 없는 것은 아니지만 그것은 성직자의 양심과도 같고 히포크라테스의 선언과도 같은 것이라 생각한다. 그러나 현시대는 모두가 다 그렇다고는 보지 않는다. 교도소에 가 보면 어떤 직업을 가졌는지 세상에 별별 직업을 가진 자들이 버젓하게 세끼의 삼식三食이 노릇을 하고 있는 사실에 인간의 나약함과 구차함을 애처로운 눈길로 바라볼 수밖에 없었다.

사람에게 얼굴은 간판이다. 얼굴을 생명같이 여기는 사람과는 달리 자기 얼굴을 바꾸어 비열하게 남을 등치며 거짓행동을 하는 무리들이 이 세상에는 너무도 많다.

사람에게는 세 가지 혼魂이 있다고 본다. 첫째는 정신spirit이다. 이 정신은 인간의 최고 영적 가치라 생각한다. 두 번째는 기백soul이다. 이 기백氣魄도 인간의 정적 최고 가치라 생각한다. 셋째는 근성(disposition)이다. 이 근성根性은 인간의 심적 최종 가치라 생각한다. 근성이란 말은 기질, 성질, 성벽性癖으로 쓰일 수도 있지만 거의가 인간의 나쁜 버릇(bad habit)에서 마이너스 이미지가 엿보인다.

흔히 말하는 '섬나라 근성' 이니 '반도근성' 이니 하는 말 자체가 긍정적인 이미지가 아니다. 또 '노예근성' 과 '속물근성' 역시 인간을 비하하는 단어와 같이 쓰이기 때문에 여기서 정신이니 기백이니 하는 고차원의 '얼' 은 근성이라는 말에서는 찾을 수 없다. 노예에게 무슨 '얼' 이 있을 것이며 '속물' 이라는 쓰레기 인간에게 무슨 '혼' 이 깃들겠는가.

그러니 바른 인간으로 세상을 바르게 살아가려면 무슨 일이 있든지 정신을 가다듬고 바른 행동을 취하지 않으면 일생을 그르칠 수도 있다고 생각한다.

옛날 조선시대에는 양반이란 문사계급이 사회를 통치 지배해 왔다고 한다면, 같은 시기 이웃 일본은 12세기 후반 봉건제도의 소산이라 할 수 있는 무사도武士道의 사무라이(侍)계급이 등장하여 사회를 지배하며 주군主君에 대한 충성과 국가에 대한 애정을 쏟아놓았다.

다시 말하자면 우리 조선왕조의 문반文班들은 각지에서 모인 노론, 소론, 남인, 북인들이 서로 당쟁을 벌이고 있을 때 일본의 무사들은 신무기인 총칼을 손에 쥐게 되자 자연히 전투연습에 열중하게 되었고, 처음은 무無계급에서 시작됐지만 전란이 빈번해지자 용감한 자들이 지휘권을 쥐게 되더니 특권계급의 지위에 오르기도 했다.

그들은 스스로 noblesse oblige를 실행하여 국민들에게 신뢰를 얻었으며 의리義理와 용기勇氣, 그리고 인애仁愛와 성의誠意를 터득케 하여 군자의 할 일을 깨우치게 했다. '군자는 먼저 덕을 쌓아야 한다. 덕이 있으면 사람이 모이고, 사람이 모이면 토지가 생기고, 토지가 생기면 재물이 생기고, 재물이 생기면 일이 생긴다. 덕은 나무기둥이고 재물은 가지이니라.' 이렇게 공자孔子의 말씀을 되풀이하기도 했다.

다음은 '誠' 자의 의미를 살펴보자. '誠'은 言과 成의 회의會意문자로 말을 이룬다는 뜻이다. 즉, 거짓말을 하지 않는다는 말과 일맥상통一脈相通한다고나 할까. 거짓을 말하여 남을 속이는 일은 비겁한 행동으로 간주되었다.

무사들은 사회적으로 높은 지위에 있었기 때문에 상인이나 농민들보다 훨씬 높은 '誠'이 요구되었다. '무사의 일언'은 보증서와 같았다고 한다. '남아일언 중천금男兒一言重千金'이란 말도 무사도 정신에서 나온 말이며 한유韓愈의 장중승전張中承傳에 실려 있는 '남팔남아사이南八男兒死爾 불가위불의굴不可爲不義屈' - 남팔의 남아는 죽을지언정 불의에 굴해서는 안 된다는 문구도 무사도의 근간사상이라 할 수 있다.

그러니까 에도막부(江戸幕府)의 크리스트교 금교령禁教令으로 많은 신자들이 박해를 받을 당시 신자들이 '진실로 예수를 믿는다'고 고백한 선서를 깬 것과는 달리, 무사들은 약속한 그 자체를 '자기의 명예에 상처를 내는 행위'라고 생각한 것이다. 만일 무사가 거짓말을 하던가 국민들에게 불신을 불러 일으켰다면 그 죗값을 받지 않을 수 없었다. 소크라테스는 신을 모독하였다는 죄로 옥사獄司가 건네준 독배를 스스로 마신 것과 마찬가지로 무사들의 하라키리(할복, 割腹) 자살은 윤리적이고 종교적인 의미에서 자살의 정당성을 인정받으려는 것은 아니지만 단 무사들에게는 명예를 중히 여기는 신념이 스스로의 목숨을 끊는데 충분한 이유를 부여했다.

중세 당시 일본의 할복은 법률상 또는 예의상의 제도였다. 무사가 죄를 속죄한다든가 잘못을 사과한다든가 오명을 벗는다든가 성실함을 증명하는 방법으로 할복은 유행처럼 계속되었다. 근래의 유명한 할복 자살자로는 명치천황이 세상을 떠나자 노기(乃木希典) 대장은 부인과 함께 할복하여, 충신은 두 임금을 섬기지 않는다는 충신불사이군忠臣不事二君의 충정忠貞을 여지없이 보여주었다.

소설가 미시마(三島由紀夫)는 일본 군국주의를 외치다 할복했다. 그런데 지금에 와서 일본인의 할복 자살률은 제로에 가깝다. 내가 알고 있는 양심불량자들은 이런 고귀한 무사도 정신을 알기나 할까? 자기가 지은 죄도 모르는 무지막지無知莫知한 자들아! 소크라테스를 배워라!

# 무치無恥 근성

### 12월 27일 토요일

맑음. 아침에 세수를 하고 얼굴을 보니 거울 앞에 비친 형상은 내가 아니었
다. 얼굴은 마르고 피부에는 윤기가 없고 머리카락은 밤송이처럼 삐쭉삐쭉 서
있다. 내가 봐도 가관이다.

얼굴은 마음의 거울이다. 내 마음은 그렇지 않은데 누가 내 얼굴을 봐도 혐오
스럽고 우스꽝스럽게 느낄 것 같다. 이런 얼굴을 하고 밖에 나갈 수 없다.

I would be ashamed to show my face in such on outlandish outfit.

오늘은 굳이 만날 사람은 없어 보이지만 혹시 불쑥 손님이라도 찾아온다면
부끄러울 일이다. 지난 봄방학 때 제자가 찾아왔을 때도 멋모르고 아내가 현관
문을 열어주는 바람에 그냥 체면을 깎이고 말았다. 머리도 안 깎고 수염을 허
옇게 기르고 있었으니 제자인들 그런 얼굴을 봐주겠는가.

오늘 새삼 자신의 얼굴을 거울 가까이서 보니 마치 다른 얼굴의 사나이처럼
보였다. 나 자신도 마음과는 달리 엉뚱한 또 다른 사람으로 바뀔 수도 있을 것
이다. 사기꾼과 같이 어울리면 반사기꾼이 되고, 낮도둑과 같이 다니면 밤도둑
이 되는 법이니….

지금 세월이 디지털시대로 바뀌어 오늘날의 젊은 세대는 우리와 너무 격세
지감隔世之感을 느끼게 한다. IT계통은 그렇다 해도 정신심리계통의 범죄가 사
회에 만연하여 너무 세상을 어지럽게 하고 있다.

일본에는 묻지 마 살인과 같은 유형의 살인사건이 심심하면 신문 사회면을
메우고 있다. 사람은 왜 그런 끔찍한 살인을 할까? 그 이유는 현대교육의 부재
에 있다고 감히 얘기하고 싶다. 중고등학교 선생들은 무엇을 학생들에게 가르
쳤는지 되돌아봐야 한다고 생각한다.

한국 정부도 인성교육이니 도덕재무장이니 떠들어대지만 하나도 실천하지

못하고 무료급식에만 신경을 쏟고 있는 양상이다. 우리가 학교에 다닐 때는 도덕시간이 있었고, 한문시간에는 공자 맹자의 정신사상을 조금이나마 맛을 보았다. 그리고 정서적인 교양도 많이 쌓았다. 가곡을 부르고 수채화를 그리며 푸른 산에 올라 높은 하늘을 바라보며 원대한 꿈을 꾸기도 했다.

그런데 현대사회는 학생들을 오로지 입시경쟁과 출세주의로 내몰고 있는 형상이다. 그야말로 우리 교육의 현주소는 마치 말기암에 걸린 사람처럼 조금도 꿈쩍할 수 없는 와해토붕瓦解土崩 상태에 와있다고나 할까. 이는 가히 인간성 말살교육정책이라 별명을 붙여도 무방할 것이다.

그리스 철학자 디오게네스가 대낮에 등불을 밝히고 "누구 없소?"를 외치며 의로운 현인賢人을 찾아다녔다는 일화처럼 세상에서 참된 사람 찾기란 그 당시도 그리 어려웠던 모양이다.

요즘 젊은 사람들은 자기반성에 소홀하여 자신의 인성을 망치고 있다. 자기가 나쁜 짓을 했다면 자연히 수치심으로 인해 얼굴이 발갛게 달아오르는 것이 정상인데 요즘 세대는 오히려 담담한 표정으로 아무렇지도 않은 듯 뻔뻔스럽기만 하다. 구세대와 전혀 다르다고 생각한다.

자기가 잘못을 하고도 상대방에게 사죄는커녕 그것을 역으로 엉뚱한 트집을 삼아 상대방을 구렁텅이에 몰아넣는 악질적 인간들을 그동안 많이 봐 왔다. 이런 후안무치厚顔無恥한 인간들에게 부끄럼을 가슴에 깊이 새기라는 뜻에서인지 무치근성無恥根性이라는 신조어가 내 머리를 번개처럼 스쳐간다.

맹자가 말하기를, '無羞惡之心非人也'라 했다. 수오지심(四端)이 없는 자는 사람이라 할 수 없다, 라고….

# 노老 시인詩人, 가지마(加島) 씨

**12월 28일 일요일**

비가 내리다 말다 하였다. 오늘은 꼼짝 않고 집에서 신문 스크랩을 하면서 시간을 보냈다.

A신문 특집을 보니 이전부터 지면을 통해 알고 있던 가지마(加島祥造) 시인의 시집, '구하지 않아요'가 일 년 사이에 43만부가 팔렸다는 기사와 함께 86세의 백발노령의 시인이 나가노(長野)현에 있는 자택 테라스에서 흰 눈이 하얗게 쌓인 중앙 알프스를 배경으로 유유자적悠悠自適하며 지내는 모습을 보고 나도 그저 편안한 느낌을 받았다.

내가 두 번 손가락을 꼽았다 펴야 시인을 따라갈 수 있는 나이인데도 불구하고 부러운 것이 있다. 건강해 보이는 모습이 부럽고, 시집을 출간할 때마다 수많은 독자들 팬이 시인을 잊지 않고 있다는 사실이 부러웠다.

미국 유학까지 다녀 온 그는 대학에서 영문학을 강의하기도 했다. 교수라는 지위를 얻었고 번역으로 돈도 벌어 결혼도 하여 두 아이의 아버지가 되었다. 그런데 그는 또 다른 사랑에 빠져 나이 60이 되기 전에 가출을 했다. 그것도 16살 연하의 여인과 사랑을 불태우기 위해서였다.

하지만 그 애틋한 사랑도 길지 않았다. 2년 후 젊은 연인은 시인을 버리고 떠나갔다. 상상도 못했던 일이었다. 시인은 큰 충격 속에서도 그녀에게 감사하고 있다. 버림(실연)을 받고 나서 자신의 정체를 발견하였다고 한다. 과연 그 발견이 무엇인지 퍽 궁금하다. 그것은 '인생 속에서 비참함을 지워버리는 일을 사람(他人)에게 구하지 않는 일이다'였다. 자기가 저지른 일은 자기가 끝매듭을 지어야 한다는 말이 아닐까 생각해 본다.

중국 고전(예기, 禮記)에, '內言不出 外言不入'이란 고사가 있다. 가정 안의 문제는 안에서 해결하고, 가정 밖의 문제는 밖에서 해결할 것이오니, 함부로 밖으로 들고 나가거나, 집안으로 들고 오지 말라는 말이다. 특히 가장이 직장에서 어떤 문제가 생겼을 경우, 왜 그것을 집안으로 끌어들이지 말라는 걸까? 그것은 아내가 바깥일에 개입하다 보면 오히려 문제가 커질 우려가 있기 때문이다.

이 같은 현상은 현재 우리 주변에서도 흔히 볼 수 있다. 일본의 경우 맞벌이 가정은 물론 전업주부 가정이라 해도 돈주머니하고 통장은 각자 따로 차고 있는 것이 보통이다. 왜냐하면 남편이 혹시 불가피한 사정으로 빚을 졌을 경우, 남편의 채무를 부인이 갚는 경우가 없기 때문이다.

엄밀히 말하면 부부의 자산은 부부 서로가 갖고 있는 통장에 법적으로 손을 댈 수가 없게 되어 있다. 가지마 시인이 사랑하던 젊은 연인을 향해 "가지 마! 가지 마!"를 그토록 외쳐 불렀건만 그녀는 이제껏 외로운 늙은 시인 곁으로 돌아오지 않고 있다.

나 같으면 사랑을 배신한 그녀에게 '가지 마'라고 결코 외치지 않았으리라. 그 대신 "오지마(小島)! 오지 마! 내가 꾹 참을 테니 절대 다시 돌아오지 마"를 목청껏 울부짖었으리라.

'創出餘興' 하나, "가지마(加島) 씨가 오지마 씨에게, 이제 우리 집에 오지 마! 라고 하자, 오지마 씨는 화가 나서 가지마 씨댁 대문을 박차고 나와 버렸다. 오지마 씨는 홧김에 그 길로 이웃 친구 노지마(野島) 씨 댁에 가서, 당신 가지마하고 절대 '노지 마! 노지 마!'를 연발했다나? 그러자 노지마 씨가, '너 미쳤니?' 하며 오지마 씨 대머리에 소금을 됫박으로 덮어 씌웠다나, 어쨌다나? 하하하."

# 인생의 여운餘韻

## 12월 29일 월요일

오늘은 부관페리로 한국을 방문하는 날이다. 선박회사에 근무하는 제자 A군이 우리 부부를 위해 특등실로 예약을 해 놓았다니 고맙기만 하다.

그전에 한국에서 여러 가지로 돈이 필요해 엔을 찾기로 했다. F은행에 6개월 전 해외 파이낸스에 투자를 하면 배당금이 꽤 나온다는 지인의 말만 믿고 F은행에 가 수수료를 몇 만 엔을 내고 투자를 했었다. 은행원의 말에 따르면 자칭 투자신탁 전문가라는 그녀는 자기가 추천하는 P파이낸스는 큰 걱정을 하지 않아도 된다며 나를 안심시켰다.

나는 그녀의 말을 믿고 투자를 했는데 두 달 후에 은행에 갔더니 자료 화면을 보여주며 왜인지 요즈음 P파이낸스의 주가가 폭락해 자기도 깜짝 놀랐다며 고개를 갸우뚱거리고 있었다. 나는 걱정스레 "이거 그대로 두어도 괜찮을까요?"라고 말하자 그녀가 하는 말인즉, 주가는 오르고 내리는 것이 보통 있는 일이니까 한 달만 좀 있다가 생각해 보자고 권했다.

나도 판단이 서지 않아 그녀의 말을 믿고 F은행을 나왔다. 그렇게 하기를 6개월 동안 나는 전문가라는 그녀의 말을 믿고 맡긴 것이 투자금의 3분의 1이 주가 폭락으로 날아간 것이다. 지지난 달만 해도 내가 손해를 보아도 좋으니 해약을 해야겠다고 하자, 그녀는 마지막으로 자기를 한 번 더 믿어보라며 나의 주장을 묵살해 버렸던 것이다.

나는 진지하게 "이번에 다시 주가가 떨어지면 책임져야 합니다"라고 말을 건네고 그냥 은행을 나온 것이 나의 실수였다. 오늘 다시 그래프를 살펴보니 주가는 생각과는 달리 역시 하강 곡선을 달리고 있었다.

나는 놀라 "아니, 어찌된 겁니까? 요전에 오른다고 하지 않았습니까?" 그러자 그녀는 다시 한 달 쯤 기다려 보면 반드시 주가가 올라갈 것이라며, 나를 설득하려 했다. 주가는 매일같이 떨어지는데 내 몸의 피는 역류하는 듯이 목구멍이 뜨겁게 달아올랐다. 나는 그만 소리를 치고 말았다.

"농담 그만 하세요!" 그리고 나는 해약을 끝내고 지폐 몇 장을 들고 집으로 돌아왔다. 그런데 은행원은 자기가 한 말에 대한 어떤 사과 한 마디도 없다. 이제 은행원까지도 나를 얕잡아보는 듯한 기분마저 들어 마음이 언짢았다.

올해는 무슨 역마살驛馬煞이 끼었는지 액년厄年의 마지막 날까지 나를 괴롭히는지 모르겠다. 신년에는 무슨 살풀이라도 해야 할 것 같다. 올해야말로 나에게는 문자 그대로 다사다난多事多難했던 만신창이의 처참한 한해였다.

지난 일 년을 돌이켜 보면 눈물겨운 일들이 한둘이 아니었다. 너무 굴욕적이고 나이어린 사무 직원에게 무시당하는 서러움도 당했다. 이런 일은 새로 세키 이사장이 오기 전까지는 전혀 그런 험악한 분위기는 찾아볼 수가 없었다.

세키 이사장은 처음 부임하면서부터 무언가를 교직원에게 감추기 위해 음모를 꾀하고 있었다. 그의 행동은 누가 보아도 정당한 방법이 아니었고 오로지 자기 힘을 과시하기 위한 쇼맨십과 같은 것들이었다.

멍청한 나는 그들의 개혁이란 말을 믿고 있다가 7개월 만에 그들의 개혁이 엄청난 음모라는 것을 알았고 그의 말은 금방 새빨간 거짓말로 둔갑한다는 것도 알게 되었다. 말할 필요도 없이 그들은 알 수 없는 패륜집단으로 늑대의 탈을 쓰고 양의 웃음을 보여주면서 결국 나를 토사구팽兎死狗烹하려 대들었다.

나는 20년간 학칙대로 학생들을 가르쳤고 학생들을 지도하며 여름방학을 이용하여 한국에 10여 년간 어학실습들을 통하여 학생들에게 국제적인 감각을 익히게 한 공로에 대해서는 일언반구도 없이, 있지도 않은 죄를 간자間者와 내통하여 그럴 듯이 뒤집어씌워 막장연극을 꾸며내 나의 명예를 훼손시킨 이사장은 석고대죄席藁待罪 해야 한다고 생각한다.

너희들은 내 눈 속에 있는 티는 보고 네 눈 속에 있는 들보는 어찌 보지 못하느냐! 외국인이라고 얕잡아보고 없었던 일을 서로 짜서 있었던 일로 만들어 놓고 생사람을 잡으려는 소인배들의 째마리 근성이야말로 일본인의 수치가 아니고 또 무엇이랴.

저녁에 아내와 함께 페리를 탔다. 승객은 그리 많지 않았다. 제자인 A군이 마련해준 방은 투 베드의 아담하고 깔끔한 방이었다. 아내는 여느 때처럼 미리 저녁을 준비해 왔다고 했다.

　7시가 좀 지나 김밥과 삶은 계란을 먹고 선내를 좀 둘러보았다. 선내 로비에는 TV를 보는 사람, 오락실에서 떠드는 애들, 술을 마시며 잡담을 하는 젊은이들, 화투를 치며 히득거리는 아주머니들 이것이 부관 페리호의 선내 풍경이다. 일본말과 한국말이 거침없이 오가는 선내에서는 한·일 양국인 간의 거리도 없고 차이도 없다. 서로가 스무드하게 좋은 관계를 이어간다는 것은 많은 승객들이 이해하고 양보하는 배려심이 있기 때문이 아닐까?

　오늘밤은 현해탄의 노도怒濤가 아마 깊은 잠에 빠졌나 보다. 부산외항에 정박할 때까지 나는 어떻게 잠들었는지 모른다. 마치 배가 내해內海를 항해하듯 바다는 스산하여 조금도 흔들림 없이 현해탄을 건너 무사히 부산부두에 도착했다. 새해에는 오늘 이 페리호처럼 조용히 지낼 수 있게 하느님께 빌었다.

　장자莊子의 이런 말이 떠오른다. '直木先伐 甘井先竭' - '바른 나무는 먼저 잘리고, 물맛이 있는 우물은 바로 바닥이 난다.'

　나도 이제는 내가 좋아하는 책들을 읽으면서 내 인생의 감동적인 여운餘韻이 남는 작품을 남기고 싶다.

# 고독의 술 조탕주糟湯酒

## 12월 30일 화요일

어제도 부관페리를 타고 시모노세키 항구에서 부산항까지 약 200킬로의 바다를 건너 왔건만 오늘 따라 여느 때와는 달리 한국과 일본 사이의 경계감境界感이 남달리 느껴진다. 지리적으로 같은 거리인데 왜 그리 멀게 느껴질까? 나의 일본에 대한 애정이 식어서일까. 나 자신도 내 마음을 잘 모르겠다. 그곳에는 나의 스위트홈이 있고 나를 따르는 일본인 제자들이 있으며 또 나와 격 없이 지내던 직장 동료와 친지들이 있을 뿐만 아니라 주변에는 아름다운 자연이 있고 깨끗한 공기가 있다. 그런데 오늘 한국와 와보니 생각이 다른 듯하다. 제자들이 저만치에서 보이고 동료와 친지들도 무표정한 얼굴로 나를 대하는 것 같고 주변은 눈바람 몰아치는 살풍경으로 바뀐 듯 을씨년스럽다.

지난해 나는 나의 의지와 달리 생각지 않았던 쓰라린 경험을 하게 된 것이 원인이 되어 심적으로 큰 고통을 받아왔다. 어느 때는 분노하여 가슴을 치며 이 혼탁한 세상을 원망하기도 했고 당장이라도 이 속세를 떠나 홀로 방랑하며 혼자만의 삶을 살고 싶은 마음도 들었다.

이런 모진 각오를 하면서 한편 자신을 가만히 돌아다보니 나에게는 큰 단점이 있다는 사실을 깨닫게 되었다.

그것은 내 마음에 '忍' 자가 많이 부족하다는 점이다. '고라에 쇼' (참을성)가 없다는 것이 나의 결점이라는 사실을 그제야 알게 되었다. 참는다는 '忍' 자의 깊은 뜻 즉, '忍' 이 인간 만사의 근원 - 忍之一事衆妙之門 - 이라는 이치를 미처 터득하지 못했기 때문에 나는 한동안 인간에 대한 갈등과 고통苦痛 속에서 이국異國생활을 살아왔던 것이다. 그러나 이제는 그 누구도 원망하고 싶지 않다. 왜? 나를 향해 끈질기게 괴롭히던 인간들이 스스로 회개하여 인간 본연의 양심으로 되돌아올 가능성이 희박하다는 것을 늦게나마 깨달았기 때문이다.

지금 나는 외롭지만 나의 심저에서 끓어오르는 사랑의 마그마는 아직 식지 않았다. 인간은 누구나 사랑의 마그마를 가슴 속 깊이 품었다가 언젠가 분수처럼 붉은 그 마그마를 토해낸다. 그 같은 마그마의 분출이 계속하는 한 인간의 사랑은 용암처럼 끊임없이 흐른다. 지금 내가 생각하는 인간의 사랑이란 신성한 자기 희생의 아가페도 생의 본능적인 에로스도 아니다. 남녀가 평등한 관계에서 비로소 자연발생적으로 일어나는 도덕적 사랑(sexual morality) 즉 성性도덕을 말한다. 이런 경우 서로가 연정을 싹트는 사이에서 남녀 어느 한쪽이 No를 하는데 억지로 사랑을 강탈한다면 그것은 사랑이 아니라 성적 약탈이라 할 수 있다. 또 하나 요즘 사제간의 성추행을 흔히 미디어를 통해 흔히 볼 수 있는데 문제는 사제師弟의 성추문은 평등한 관계에서 이루어진 것으로 볼 수 없음으로 일단 잘못을 사師 측으로 돌리는 경우가 많지만 간혹 이상한 제弟(여자)와 간부間夫가 서로 음모하여 여자를 꽃뱀으로 슬쩍 연출케 하여 나쁜 짓을 하는 케이스도 없지 않은 것 같으니 순진한 남성들은 그 꼬임에 잘 대처해야 할 것이다. 특히 어느 직장에서 상사에게 미운 털이라도 박히면 예비된 함정에 빠질 수도 있다. 하찮은 소문이라도 그것이 성에 관한 사건으로 불거진다면 바로 그 사람의 명예와 직접 관련되는 일이니 미리 그런 환경에 있는 사람들은 항시 조심해야 할 것이다.

　겨울에 기온이 갑자기 뚝 떨어지면 퇴근길의 직장인들은 가까운 포장마차에 들러 소주 한 잔을 하며 그날의 피로를 풀기도 한다. 오늘 날씨가 말 그대로 엄동설한嚴冬雪寒의 날씨로 바뀌었다. 창밖을 보니 싸라기눈이 뿌리기 시작한다. 흩날리는 눈을 보니 내 몸도 그냥 으스스 떨리는 기분이다. 불현듯 술 생각이 난다. 그런데 같이 마실 친구가 없다. 그런데 부산에는 드물게 나의 대전大田 동기생들이 몇이 있다. 술이 먹고 싶으면 그 친구들이 생각이 난다. 내 동기생同期生중에는 술을 제대로 마실 줄 아는 친구, 송재일 형이 있다. 그는 주반酒伴이 나타나면 두주斗酒도 불사하는 주무량酒無量의 술을 마시는 타입이다. 그러니 그는 우리같이 막걸리 한사발 들이켜고 신트림을 하면서 안주만 축내는 사람과는 오장육부가 다르다는 생각이 들 때가 있다. 말하자면 그에게는 어쩌면 주유별장酒有別腸의 다른 술 배(臟器)가 따로 있는지 모른다. 또 다른 친구로 김춘일 형을 빼놓을 수 없다. 그는 대학 교수를 은퇴하고 지금은 고향 금산에서 취미로 그림을 그리는데 친구의 그림을 한참 보고 있노라면 화중유시畵中有詩란 말처럼 금방이라도 시상이 떠오를 듯한 느낌을 받는다. 당唐나라의 시성詩聖 이백李白이 채석강에 놀이배를 띄어 술을 마시다 강물 위에 비친 달그림자를 술항아리로 착각하여 강물에 빠졌다는 얘기처럼 당시 이백(李太白)을, 시선詩仙 두보杜甫와 함께 주용시호酒龍詩虎의 주선酒仙이라 사람들은 칭송하였다.

여기 나의 두 친구도 속세에 구애할 것 없는 주중선酒中仙은 아닐지언정 주선酒仙에 버금가는 주호酒豪라 하면 친구들이 서러워하지 않을까 신경이 쓰인다. 나는 비록 술을 못하는 사람(甘党 - 아마토)일지언정 이처럼 술을 좋아하는 친구(辛党 - 카라토)가 한국 각지에 있다는 사실은 나로서는 다행이 아닐 수 없다. 술을 진정 좋아하는 사람은 어쩌면 고독을 즐기는 로맨티시스트이기 때문에 통하는 데가 있어서이다.

고대 일본의 가인歌人 중에 백제계百濟系의 귀화인歸化人 '야마노우에노 오쿠라'(山上憶良)의 빈궁문답貧窮問答의 노래(歌 - 萬葉集 - 卷五. 八九二)를 보면 오쿠라가 순수하기보다 빈자의 현실적인 구차한 삶에 대한 고독을 다음과 같이 읊고 있다.

'거센 바람 불고 비 내리고 눈 내리는 밤은 어쩔 수 없이 추위에 떨며 소금을 안주로 마시는 조탕주糟湯酒'(의역)

風雜 雨布流欲乃 雨雜 雪布流欲波 爲部母奈久 寒之安禮婆 堅鹽乎 取都豆之呂比 糟湯酒 - 中略 -

가인 오쿠라가 세상의 궁핍한 현실을 있는 그대로 나타낸 노래가 바로 貧窮問答歌이다.

여기서 주목할 것은 당시(奈良시대)의 서민들의 삶이 '貧' - 가난하고 '飢'- 배고프고 '寒' - 추운 것에 한하여 노래하고 있다. 여기서 주목하고 싶은 시구는, "(왕)소금을 안주삼아 술찌끼에 뜨거운 물을 타서 마시는 조탕주이다. 이 노래의 한 구절로 당시의 서민의 남루한 옷을 입고 지푸라기로 짠 깔개에 마 -

麻로 짠 침구(이불)로 한겨울의 추위를 떨면서 쓸쓸히 지내야 했던 빈자貧者들의 애수哀愁를 노래한 詩라 하겠다.

가난은 예나 지금이나 각각 그 생활상이 다소 다를 뿐 가난한 자의 고뇌苦惱는 별 다를 바 없다고 생각한다. 가난하면 궁해지고 궁하면 사람의 발길이 끊긴다. 그래서 나중에는 외로워 사람이 그립지만 자신을 알아주는 사람이 보이지 않게 될 때 인간은 고독이란 진공관眞空管 속으로 휘말려 들어가게 된다. 이때 고통을 덜기 위해 싸구려 찌끼술을 마신다면 마실수록 그것이 되래 주유병酒猶兵이 되어 몸을 망치게 될 뿐더러 결국에는 몸을 움직일 수 없는 자포자기自暴自棄 상태에 이르게 되면 그 인생은 끝장이라 생각한다.

6.25 피난 당시 춥고 배고프던 시절, 우리 가족이 어느 술도가에서 얻어온 술찌기를 먹고 취기醉氣에 가족 모두가 혼 바람이 난 적이 있었다. 배고픔을 달래기 위해 입에 댄 그 술찌기가 그렇게 부녀아婦女兒를 혼쭐 낼 줄이야 누구도 미처 생각지 못한 것이다. 당시는 술 깨는 약도 없던 때라 궁리 끝에 이웃집에서 얻어온 시원한 동치미 국물 한 사발을 다급히 가족 모두가 마시고 나서야 겨우 정신을 차릴 수 있었다. 그때 그 상큼한 동치미 맛은 수십 성상星霜의 세월이 흘러갔건만 지금도 잊을 수 없다. 여기서 조탕주는 고대 일본 나라(奈良)시대 빈민들이 마시던 고독의 술이었다면 피난시절 먹을 것이 없어 술찌끼를 멋도 모르고 먹은 찌끼술은 조탕주와 다를 것 없는 고단했던 피난민들이 고독을 삼키기 위한 술이 아니었을까 다시 그 시절을 추억해 본다.

# 역자役者- 연기자 근성

## 12월 31일 수요일

어제 30일 부산은 눈이 내리다 말다 했다. 오늘은 맑은 날씨다. 그런데 좀 쌀쌀하다. 역시 한국은 춥다. 어제는 아들 식구와 근처의 숯불갈비집에 가서 갈비도 먹고 돌솥밥을 시켜 먹었다.

나는 왜 식욕이 좋은지 모르겠다. 스트레스가 많은 사람은 자연히 식욕이 떨어질 것 같은데 나는 그와 반대다. 이상하다. 특히 한국에 오면 사람이 많이 모인다는 식당은 거의 찾아다닌다. 나이가 들고 보니 식욕만 늘고 다른 욕심은 전혀 없다. 웃으며 노래하며 서로 어울려 얘기를 나눌 수 있는 친구들이 있으면 말할 나위도 없다.

부산은 내 고향이 아니다 보니 가까이 지내는 이웃이 그리 많지가 않다. 그러나 아내는 친구가 많이 있다. 오늘은 동생처럼 가까이 지내는 명희 씨로부터 송년음악회에 같이 가지 않겠냐는 권유의 전화를 받았다. 집에서 노부부가 궁색하게 마주앉아 별로 할 얘기도 없는데 잘됐다 싶었던지 아내가 내 얼굴을 힐끔 쳐다보고는 쉽게 OK사인을 표한다.

콘서트는 저녁 7시쯤 열리는 것으로 생각했는데 알고 보니 제야의 종소리를 들으며 묵은해를 보내고 새해를 맞이하는 송구영신送舊迎新의 신년 음악회였다. 시작이 밤 10시 30분이란다. 우리 부부는 그런 밤샘 음악회는 경험한 적이 없어 잠시 망설였다. 끝나는 시간도 확인하지 않고 그냥 시간 전에 택시를 타고 부산문화회관으로 갔다.

명희 씨를 만나 표를 사는데 예약매매라 매표소에서는 티켓이 없단다. 당황하여 우왕좌왕하는데 암표가 있다며 웬 아줌마가 표를 내민다. 세 사람이니 싸게 해 준다기에 돈을 지불하고 특별석 자리를 찾아갔다. 부산시립 심포니 오케스트라의 연주와 함께 오페라 가수들이 순서에 따라 차례차례 무대에서서 재능을 보여주었다.

한국 가곡에서부터 오페라에 이르기까지 다양한 레퍼토리로 관중석을 설레게 했다. 거의가 젊은 오페라 가수였지만 성의를 다하여 부르는 목소리처럼 보여 좀 느낌이 달랐다. 관객들로부터 우렁찬 갈채를 받자 앙코르 곡이 연속 이어지기도 했다.

자세히 살펴보니 젊은 가수 중에서 몇몇은 끼가 있어 보이기도 했다. 예술가로서 성공하기란 그리 쉬운 일은 아닐진대 예술가란 자기가 잘 할 수 있는 장르에 미치지 않으면 절대 성공하기 어려울 것이다.

옛날에는 광대라는 직업이 있었다. 지금 바꿔 말하면 배우나 가수에 해당되는 말이다. 당시 광대는 천시 당했다. 그러나 현대사회에서 일류 예술가들은 특급대우를 받고 있지 않은가.

일본에도 광대에 비교되는 말이 있다. 역자(役者 - 약샤 - 배우)란 말이다. 일본 고유의 가부키(歌舞伎)와 연극에서 연기하는 배우를 흔히 '약샤'라 부른다. 그런데 이 '약샤'란 말과는 좀 달리 네거티브 이미지가 부여된 근성根性을 일본 사람들은 흔히 같이 쓰고 있다. '약샤근성'을 우리말로 바꾸면 '광대근성'이라 할 수 있다. 현재 한국에서는 광대라는 단어는 거의 통용되지 않고 있기 때문에 사어死語라 해도 무방하다. 약샤근성의 일본어의 의미는 배우면 배우, 가수면 가수, 예술가면 예술가가 자기의 예술적 역량을 혼신의 힘을 기울여 완벽한 연기를 해내는 기술과 의지라 생각한다.

일본의 유능한 배우라면 다카쿠라겐(高倉健)과 요시나가고유리(吉永小百合), 비토타케시 씨들을 들 수 있고, 유명 가수라면 이미 고인이 된 히바리와 후랑크 나가이를 들 수 있지 않을까. 우리나라에도 현존하는 예술가 중에 이같이 근성이 엿보이는 훌륭한 분이 많다고 생각한다.

예술가는 예능방면에서 뿐만 아니라 도자기공이니 자개세공이니 죽세공과 보석세공같이 기능방면에서 재주가 뛰어난 사람들도 예술가라고 칭하고 있다. 대개 이 같은 부류의 사람들을 예부터 장인(匠人 - 쇼징)이라 불러왔다. 이같이 장인의 정교한 미술적 가치를 높이 평가하여 '장인정신'이라고 부르기도 하고 일부에서는 '장인근성'이라고 부르기도 한다.

또 일본에서는 장인을 지칭하는 쇼쿠닝(職人)이라는 말이 있다. 쇼쿠닝은 우리의 장인보다 넓은 의미로 목수, 미장이, 대장장이(治工), 철공鐵工들중에 그 방면에 뛰어난 기능보유자를 쇼쿠닝이라고도 부른다. 일반적으로 이런 특종 직업에 종사하여 자기 기술에 긍지를 갖고 완고하게 고집하는 성질을 쇼쿠닝기질氣質이라고도 하고 쇼쿠닝근성이라고도 한다.

한해가 저물었다. 어제의 쓰라린 고통은 바람처럼 어디론가 사라졌다. 내일의 태양을 바라보며 새로 열심히 살 것을 다짐하며 '年五十而知四十九年非'란 고사를 되뇌어 본다.

퇴직을 하면 재충전을 하여 다시 날고 싶다. - 伏久者 飛必高 - 菜根譚

# 에필로그

요즘은 가끔 하늘을 바라보며 마음의 여유를 느끼고 있다. 몇년 전 정년퇴직을 한 후로부터 나는 하고 싶은 일들을 할 수 있으니까 이전과는 딴 인생을 살고 있는 기분이다. 파란波瀾 많았던 나의 70여 년의 인생 중에서 내가 잘 했다고 생각하는 것은 많은 일본 사람들과 순수한 마음으로 만났다는 사실이다.

대학 강의실에서, 해외 연수 수련회에서, 각 기관의 강연장에서 스스럼없이 만나 대화를 나눌 수 있었던 것은 언어가 다르고 문화가 달라도 서로 사랑하는 마음이 있었기 때문이라 생각한다. 나는 그들과 같이 웃고 대화하고 손잡고 서로 기뻐할 수가 있었기에 나는 행복했다고 생각한다. 더욱이 현해탄을 건너가 나의 전문을 살릴 수 있도록 물심양면으로 도움을 주신 은사와 은인께 머리 숙여 깊이 감사드리는 바이다. 특히 대학시절 그 어려움 속에서도 늘 격려해 주신 박성원朴成媛 교수님과 일본인 초빙교수 오타니(大谷森繁) 박사, 그리고 장차 한·일 양국의 우호를 위해 역할을 내게 제시해 주신 전 주한일본국대사관의 마에다(前田利一, 6대) 대사님과 일본 유학시절에 도움을 주신 전 규슈대학의 카미오(上尾龍介) 교수님 그리고 언어학 지도교수로 연구과정을 이끌어 주신 오쿠무라(奥村三雄) 박사님, 이 모든 분들을 내 생애의 은사, 은인으로 모시고자 한다. 또 이번 나의 自傳的 日記 274文에 관하여 문장에서 성구成句에 이르기까지 자세히 조언을 해 준 이흥섭李興燮 동문, 조이남趙利男 동문, 그리고 일본의 어드바이저 츠치야(土屋節津) 선생, 그리고 이번 출판에 손수 멋진 표지그림과 표제를 맡아주신 이종상李鐘祥 화백님께 감사의 뜻을 전하고 싶다.

마지막으로 원고를 꼼꼼히 살펴주신 지구문학의 김시원金始原 선생님, 한누리미디어의 김재엽金載燁 사장님께 고개 숙여 감사의 말씀을 드린다.

2015년 입춘, 기타큐슈 자택에서 저자

원교수가
# 日本에서 만난 사람들

·

지은이 / 원도길
펴낸이 / 김정희
펴낸곳 / 지구문학

110-122, 서울시 종로구 종로17길 12, 215호(뉴파고다 빌딩)
전화 / (02)764-9679
팩스 / (02)764-7082

등록 / 제1-A2301호(1998. 3. 19)

초판발행일 / 2015년 4월 6일

ⓒ 2015 원도길 Printed in KOREA

값 20,000원

E-mail/jigumunhak@hanmail.net

※잘못된 책은 바꿔드립니다.
※저자와의 협약으로 인지는 생략합니다.

ISBN 978-89-89240-60-0   03810